LILLI BECK
MEHR ALS TAUSEND WORTE

*Die Vergangenheit muss reden,
und wir müssen zuhören.*

ERICH KÄSTNER

1

Berlin, 9. November 1938

ALIZA ERWACHTE VON einem durchdringenden Schrei. Einen Moment lang dachte sie, geträumt zu haben, als der nächste Aufschrei durch die Nacht gellte. Ein verzweifelter Hilferuf, der klang, als würden einem Menschen unerträgliche Qualen zugefügt. Zitternd setzte sie sich auf und starrte in die Nachtschwärze ihres Zimmers. Die vertrauten Schatten der Einrichtung und die Gewissheit, zu Hause bei ihren Eltern zu sein, beruhigten sie ein wenig. Die Wohnung befand sich in einem dreigeschossigen Gebäude in der Wormser Straße, das über je zwei Wohnungen pro Etage verfügte und in Besitz ihres Großvaters, Samuel Landau senior, war. Er hatte es 1910 errichten und jede der unterschiedlich großen Wohnungen mit Badezimmer und Toilette ausstatten lassen, ein wahrer Luxus in jenen Zeiten. Die in L-Form geschnittene Sechszimmerwohnung ihrer Eltern lag in der ersten Etage, direkt über der Praxis ihres Vaters.

Erneut hörte sie ganz in der Nähe jemanden schreien. Ihr Herz begann zu rasen. Im Zimmer war es zu dunkel, um die Uhrzeit auf dem Wecker zu erkennen, und sie wagte nicht, die tulpenförmige Lampe auf dem Nachtkästchen einzuschalten. Stattdessen tastete sie nach dem silbernen Rahmen mit Fabians Foto, drückte es an die Brust und erinnerte sich an seine Worte. »Ich bin immer bei dir, wie die Sterne am Himmel, auch wenn man sie am Tag nicht sehen kann.«

Ein Hund jaulte auf. Eine grausame Schrecksekunde lang glaubte sie, die Stimme von Emil, dem Zwergpudel ihrer Großeltern, die zwei Stockwerke über ihnen wohnten, erkannt zu haben.

Angestrengt lauschte sie in die Stille.

Nein, alles war ruhig, sie hatte sich wohl getäuscht. Vielleicht war es ein Hund aus dem Nebenhaus oder irgendwo auf der Straße gewesen.

Eine Weile konzentrierte sie sich auf das Ticktack des Weckers. Hörte auf ihren Herzschlag und versuchte, ruhig zu atmen. Eine, vielleicht auch zwei Minuten mochten vergangen sein, als sie meinte, im Treppenhaus das beängstigende Knallen eisenbeschlagener Stiefelabsätze zu vernehmen.

Gestapo?

Immer wieder hörte man von nächtlichen Verhaftungen. Und wer sonst veranstaltete solchen Lärm, während die Welt schlief? Die Bewohner des Hauses trampelten nicht die Treppen hinunter, sie benutzten den Aufzug.

Die Haustür schlug zu.

Der Motor eines Automobils wurde angelassen.

Aliza stellte den Rahmen zurück auf das Nachtkästchen. Mutig verließ sie ihr warmes Bett. Es war kalt im Zimmer, sie fröstelte trotz des knöchellangen Flanellhemds. Auf nackten Füßen eilte sie zum Fenster, von wo aus sie auf die Straße hinunterblicken konnte.

Vorsichtig lugte sie durch einen Spalt des zartgrünen Seidenvorhangs. Die Straße war menschenleer, es hatte geregnet, Blätter schwammen in den Pfützen wie kleine Boote, beleuchtet von Straßenlaternen.

Aliza mochte den Spätherbst und auch den Winter mit seinen langen Abenden, wenn es bald auf Weihnachten zuging. Im ersten Monat des neuen Jahres würde sie ihren siebzehnten Geburtstag feiern. Auch jetzt wäre es ein friedliches Bild draußen, stünde nicht direkt vor dem Haus eine schwarze Limousine, an deren Beifahrerseite gerade ein Mann einstieg. Soweit sie es erkennen konnte, saß jemand im Fond. Keiner musste ihr erklären, dass es sich um Hitlers Schergen handelte, deutlich zu erkennen am dunkelgrauen Kleppermantel, der als »Gestapomantel« beschimpft wurde.

Die rückwärtige Wagentür wurde zugeschlagen.

Der Motor heulte ungeduldig auf.

Das Fahrzeug raste davon.

Die Reifen hinterließen Spuren in der Regenpfütze, die, kaum gezogen, wieder ineinanderflossen. Das Wasser schloss sich zu einer glatten Fläche, als wäre nichts geschehen, als wäre nur ihre Fantasie mit ihr durchgegangen, wie so oft nach einem spannenden Buch.

Das Schrillen des Telefons jagte Aliza den nächsten Schreck ein. Es holte sie zurück in die Realität, in der die verhassten Nationalsozialisten an der Macht waren, die bereits 1933 zum Boykott jüdischer Geschäfte aufgerufen und jüdischen Ärzten wie ihrem Vater die Behandlung von Ariern verboten hatten.

Das Klingeln hielt an. Vermutlich ein Notfall. Ihr Vater war auch mitten in der Nacht bereit, seinen noch verbliebenen Patienten zu helfen. Aber wieso hörte er das Läuten nicht?

Mit klopfendem Herzen lief sie den kurzen Flur entlang und gelangte durch die Zwischentür in die geräumige Diele. Als kleines Mädchen war sie dort mit ihrem Dreirad stundenlang im Kreis gefahren oder hatte sich vor ihrem zwei Jahre älteren Bruder Harald in der Garderobennische versteckt.

Über dem zierlichen Telefontisch brannte wie jede Nacht die Wandlampe, damit man sich auch im Halbschlaf zurechtfand. Der Apparat schepperte weiter. Sie nahm den Hörer ab: »Aliza Landau ...«

»Hallo, Aliza, hier ist Walter Rosenberg ...«

»Hallo, Onkel Walter.« Er war nicht ihr richtiger Onkel, sondern ein alter Studienfreund ihres Vaters und von Beruf Richter, dem die Nazis wie allen anderen jüdischen Richtern, Anwälten und Staatsanwälten im April 1933 Berufsverbot erteilt hatten.

Aliza sparte sich die Höflichkeitsfloskeln und fragte direkt: »Bist du krank?«

»Nein, mit mir ist alles in Ordnung, aber ...«

Walters Stimme klang zu leise für einen Mann, der es gewohnt war, auf seinem Richterstuhl laut und deutlich zu sprechen, auch wenn ihm das seit Jahren verboten war.

Alizas Blick fiel auf eine Notiz, die halb unter den Apparat geklemmt war. »Moment, hier liegt ein Zettel mit Papas Handschrift«, sagte sie und las vor: »Mama und ich sind bei einem Notfall.«

Walter zögerte. »Und dein Bruder?«

»Harald hat Nachtschicht, er arbeitet doch im Jüdischen Krankenhaus. Seit er mit anderen jüdischen Studenten von der Universität verwiesen wurde, verdingt er sich als Leichenschieber.«

»Noch so eine Sauerei«, schnaufte Walter.

»Ja«, entgegnete Aliza knapp und schluckte, als ihr mit einem Mal bewusst wurde, dass sie völlig allein in der Wohnung war. Und Onkel Walter rief mitten in der Nacht sicher auch nicht aus reiner Höflichkeit an. Irgendetwas stimmte nicht. Ein Angstschauer kroch über ihren Rücken. »Bitte, sag mir, was los ist.«

»Das muss ich wohl«, begann Walter und erklärte, in den nächsten Tagen seien Gewaltaktionen gegen Juden geplant.

»Gewaltaktionen?«, wiederholte Aliza beklommen. Allein das Wort laut auszusprechen schürte ihre Furcht.

»Einzelheiten wusste mein Kontaktmann leider nicht, aber es ist eine Information aus sicherer Quelle, und ich nehme seine Mahnung überaus ernst. Wir sollten sehr, sehr vorsichtig sein, wenn wir das Haus verlassen.«

Intuitiv wanderte Alizas Blick zur Wohnungstür. Stand sie

nicht einen Spalt offen? Genau konnte sie es nicht erkennen, aber wehte da nicht eiskalte Zugluft in die Diele? Im nächsten Augenblick meinte sie, Schritte zu hören. Sie geriet in Panik. Ihr Mund wurde trocken, ihre Hände zitterten. Aber Onkel Walter würde ihr nicht helfen können.

»Ich richte es aus«, versprach sie und verabschiedete sich eilig, um die Tür zu verschließen und dann Fabian anzurufen. Er wohnte am Kurfürstendamm über der Parfümerie seiner Eltern und wäre mit dem Wagen in wenigen Minuten bei ihr.

Aliza nahm all ihren Mut zusammen und durchquerte die Diele. Nein, die Tür war ins Schloss gezogen. Durch die schmale Ritze schimmerte ein Lichtstreifen, das Treppenhaus war also erleuchtet. Sie presste das Ohr an die Tür und vernahm ein leises Weinen. Dann war es also nicht die Gestapo, der leise Töne fremd waren, die brüllte und lärmte und sich barbarisch benahm.

Aliza knipste den Lüster in der Diele an, öffnete vorsichtig die Wohnungstür und erschrak, als sie in den Hausflur blickte. Ziva, ihre Großmutter und die Mutter ihres Vaters, schleppte sich schwer atmend die Treppe herunter.

Die zierliche Frau, die Aliza nur in untadeliger Garderobe, mit gepflegter Frisur, gepudertem Gesicht und rötlichem Lippenstift kannte, sah erschreckend derangiert aus. Die bloßen Füße steckten in schwarzen Absatzschuhen, und die hellbraune Nerzjacke über dem fliederfarbenen Nachthemd wirkte grotesk. Ihre Augen waren rot gerändert, die bleichen Wangen tränenüberströmt, und sie blutete an der Stirn. Ihre linke Hand umklammerte eines der hellblauen Taschentücher, wie Großvater Samuel sie benutzte. Wieso war er nicht bei ihr? Seit Aliza denken konnte, waren die Großeltern unzertrennlich. Und wo war der betagte Pudel, der ihnen auf Schritt und Tritt folgte?

Aliza schob die Fußmatte über die Schwelle, damit die Tür nicht zufiel, und war mit drei Schritten bei ihr. »Was ist mit dir, Bobe?«, fragte sie.

Schluchzend sank Ziva in die Arme ihrer Enkeltochter. »Se haben ... ihn jeholt ... de braunen Bastarde ... se haben meen Mann jeholt ...«, stammelte sie. »Jeschlagen und abjeführt, wie een Verbrecher.«

Aliza fühlte einen schmerzhaften Stich in der Brust. Es war also ihr Großvater gewesen, den sie auf der Rückbank des schwarzen Wagens gesehen hatte. Den die Gestapo verschleppt hatte. Kein Wunder, dass ihre Großmutter, die sie seit jeher auf Jiddisch »Bobe« nannte, vor lauter Aufregung in den Berliner Jargon verfiel. Wo sie doch sonst so großen Wert auf geschliffenes Deutsch legte.

Nervös blickte Ziva sich um. »Samuel ... wo ist mein Sohn?« Mit weit aufgerissenen Augen starrte sie Aliza an.

Aliza begriff sofort, was Ziva meinte. »Nein, nein, er wurde zu einem Notfall gerufen. Mama ist auch bei ihm. Aber ich bin ja da, nun komm erst mal herein«, sagte sie so ruhig wie möglich, um ihre Großmutter nicht noch mehr aufzuregen. In Wahrheit war sie selbst den Tränen nahe. Sie reichte der zitternden Ziva den Arm und führte sie in die zum Hinterhof liegende geräumige Küche.

Aliza schaltete auch hier die Deckenlampe an, sowie die beiden Tischlampen auf dem niedrigen Büfett, die den Raum in warmes Licht tauchten. »Soll ich uns Kaffee kochen?«, fragte sie, um die beängstigende Stille zu durchbrechen.

Ziva antwortete nicht. Unbeweglich verharrte sie neben dem länglichen Küchentisch, der die Mitte des Raumes beanspruchte. Sie setzte sich erst, als Aliza ihr einen der gepolsterten Stühle zurechtrückte. Das Taschentuch knetend, starrte Ziva ins Leere.

»Lieber Baldriantee?« Aliza fühlte sich vollkommen hilflos. Was sollte sie tun? Was vermochte ihre Großmutter zu trösten? Das Radio einschalten? Nein, das war wohl keine gute Idee. Wenn nur Papa und Mama endlich kämen, seufzte sie lautlos, während sie die schwache Glut des Vorabends mit dem Feuerhaken auflockerte und Holzscheite nachlegte. Ein wärmendes Feuer schadete nicht, sie fror, ihre Füße waren wie Eiszapfen, sie war immer noch barfuß, wagte aber nicht, Ziva allein zu lassen, um sich etwas überzuziehen.

»Es ist jemand an der Tür«, flüsterte Ziva plötzlich, sprang auf und hetzte zu Aliza am Herd. »Wir müssen uns verstecken.«

»Ich habe nichts gehört«, entgegnete Aliza wahrheitsgemäß, aber auch, um sich selbst zu beruhigen. Die Küche lag hinter der Diele und dem Badezimmer am Ende des Flurs, also viel zu weit weg vom Eingang. Zudem hatte sie die Küchen- und die Verbindungstür geschlossen, es müsste schon jemand die Wohnungstür eintreten, dass sie es hier in dieser hintersten Ecke hören konnten.

Doch sie erahnte Zivas Angst, als diese aufgeschreckt zu der schmalen Schranktür eilte, hinter der sich die Speisekammer verbarg.

»Aliza ... Kind«, wisperte sie aufgebracht. Im Flur hallten jetzt deutlich vernehmbare Schritte. Sekunden später knarrte die Küchentür, und eine tadelnde Stimme erklang.

»Aliza! Warum springst du mitten in der Nacht durch die Gegend? Und was soll die Festbeleuchtung in der ganzen Wohnung?«

Es war Rachel, ihre Mutter, in Hut und Mantel und sichtlich übernächtigt. Sie hatte dunkle Schatten unter den Augen, die blonden Haare waren zerzaust und die Wangen gerötet. Ziva kam aufschluchzend aus ihrem Versteck. »De Gestapo hat ihn jeholt ... abjeführt wie een Verbrecher.«

»Gott der Gerechte stehe uns bei«, stöhnte ihre Mutter entsetzt, als Bobe weinend auf sie zukam.

Sekunden später betrat auch Alizas Vater die Küche. Der große dunkelhaarige Arzt war ebenfalls noch im Mantel, unter dem er einen grauen Glencheck-Anzug mit Hemd und Krawatte trug. »Mame, was ist geschehen?«, rief er hörbar besorgt. »Bist du gestürzt? Du blutest an der Stirn. Aliza, hol bitte den Medikamentenkoffer, er steht in der Diele.«

Gehorsam eilte Aliza nach draußen und nutzte auf dem Rückweg die Gelegenheit, in eine Strickjacke und Hausschuhe zu schlüpfen. Als sie in die Küche zurückkehrte, untersuchte ihr Vater gerade Bobes Stirnverletzung.

»Sorge dich nicht, Mamele, wir holen Dade wieder raus«, versprach er und streckte, ohne aufzublicken, die Hand nach der Ledertasche aus.

Aliza stellte den braunen Lederkoffer auf den Küchentisch.

Ihr Vater zog zuerst den Mantel aus und legte ihn auf einen der Stühle. »Beruhige dich, Mame, und erzähl uns, was geschehen ist. Wohin haben sie Dade gebracht?«, redete er mit gedämpfter Stimme auf seine zitternde Mutter ein, während er den Metallbügel des Koffers öffnete.

»Ach, mein Junge …« Schluchzend wischte Bobe sich mit dem Taschentuch über die Augen. »Ich kann es einfach nicht fassen, diese Unmenschen haben Emil … mit ihren Stiefeln getreten und mit einem Knüppel …« Unterbrochen von Weinkrämpfen versuchte sie, das Grauen zu beschreiben, das sich zuvor abgespielt hatte. Verzweifelt knetete sie das Taschentuch und berichtete von einem Trommeln an der Wohnungstür, das sie aus dem Schlaf gerissen hatte.

Rachel hatte den Mantel inzwischen ebenfalls ausgezogen, über eine Stuhllehne geworfen, den Hut obendrauf gelegt und machte sich am Herd zu schaffen. Aliza wusste, dass ihre Mutter sich in schwierigen Situationen gern in Geschäftigkeit flüchtete.

»Oh Ziva, was für eine Tragödie. Warum hast du denn überhaupt aufgemacht?«, fragte Rachel.

»Ich dachte doch, es sei unser Schauspieler«, erklärte Bobe kleinlaut. »Der trinkt nach den Vorstellungen oft einen über den Durst, poltert dann gegen alle Türen und brüllt nach seiner Frau oder nur so aus Daffke irgendwelche Parolen. Fremde kommen nachts nicht ins Haus, schließlich wird die Haustür abends um acht abgesperrt.«

Die Küchentür flog auf, und Harald platzte in den Raum. »Was ist denn hier los? Überall brennen die Lampen, als wäre schon Weihnachten.«

»Die Gestapo hat Großvater verhaftet«, flüsterte Aliza ihrem schlaksigen Bruder zu, der nicht weniger übernächtigt als seine Eltern wirkte. Sein kantiges Gesicht war beinahe so leichenblass wie das von den Toten, die er Tag für Tag von den Stationen in den Keller schaffte. Sein blondes Haar bedurfte dringend einer Wäsche, und Mamas prüfendem Blick nach zu schließen, war ein Vollbad vonnöten. »Wir fragen uns gerade, wer sie ins Haus gelassen hat, wo doch abends abgesperrt wird.«

Harald ging zum Spülbecken, um sich die Hände zu waschen. »Ich wette, das war Karoschke«, schimpfte er über das Wasserplätschern hinweg. »Hinterhältiger Treppenterrier. Ihr hättet ihm die Wohnung kündigen sollen, als er Blockwart wurde.«

»Nein, das wäre unklug gewesen«, entgegnete Samuel, der Bobes Stirnwunde vorsichtig mit Jod betupfte. »Außerdem, welchen Grund hätten wir angeben sollen? Ich glaube nicht, dass Karoschke etwas damit zu tun hat. Er ist uns nach wie vor dankbar für die erlassene Miete, als er damals in finanziellen Nöten war. Ich bin sicher, dass er uns auch weiterhin beschützt, jedenfalls sind wir bisher nicht behelligt worden.«

»Nicht behelligt, was redest du da?«, fuhr Ziva ihren Sohn zornig an. »Dein Vater wurde grundlos verhaftet und wer weiß wohin verschleppt. Sie haben ihn geschlagen, weil er gewagt hat zu erwähnen, dass er im Krieg als Frontarzt für sein Vaterland tätig war und man ihm für seine Verdienste sogar einen Orden verliehen hat. Einen dreckigen Juden haben sie ihn genannt, unsere Wohnung durchsucht, Möbel zertrümmert, Schubladen rausgerissen und einfach alles verwüstet. Einer hat ganz ungeniert in meine Schmuckschatulle gegriffen, die Kette mit den Solitärdiamanten, ein Geburtstagsgeschenk von Samuel, in seine Tasche wandern lassen und mich dabei hämisch angegrinst. Und mein armer Emil ...« Ihre Stimme versagte.

»Verzeih mir, Mame. So habe ich es nicht gemeint.«

Ziva putzte sich umständlich die Nase. »Ich kann mir einfach nicht vorstellen, was sie von ihm wollen, er ist doch ein alter Mann von fünfundsiebzig Jahren und nicht mehr ganz gesund ...« Leise begann sie wieder zu weinen.

Aliza fühlte auch ihre Augen feucht werden. Doch sie wollte nicht weinen, als wäre ihr geliebter Großvater bereits tot, und konzentrierte sich auf den würzigen Duft von echtem Bohnenkaffee. Dann dachte sie an das gemeinsame Abendessen, das sie gestern mit den Großeltern im angrenzenden Esszimmer eingenommen hatten. Alle Mahlzeiten wurden dort am stets mit einem weißen Damasttuch bedeckten runden Tisch verspeist. Nur das Frühstück fand immer in der Küche statt. In den Sommermonaten war der Raum von der Morgensonne durchflutet, und in der kalten Jahreszeit war er wärmer, da die drei Kachelöfen über Nacht auskühlten. Im gusseisernen Küchenherd wurde vor dem Schlafengehen nachgelegt, und die noch vorhandene Glut flackerte im Handumdrehen wieder zu einem wohltuenden Feuer auf. Zum Kochen war längst ein moderner Gasherd mit vier Flammen und einem Backrohr installiert worden, doch den alten Herd hatten sie behalten, da die Küche ausschließlich damit zu beheizen war.

»Aliza, die Milch«, mahnte ihre Mutter.

Konzentriert, als ginge es darum, eine gute Note für eine gestellte Aufgabe zu bekommen, nahm Aliza die Milchkanne aus dem wuchtigen Kühlschrank, der vor knapp drei Jahren eingezogen war. Diese praktische Errungenschaft der Technik ersparte das tägliche Milchholen, und im Sommer schwamm die Butter nun nicht mehr in einer Schüssel mit Wasser, sondern lag in einem dafür vorgesehenen Fach. Es gab sogar ein Gefrierfach, in dem man Wasser zu Eiswürfeln frieren konnte, um damit Getränke zu kühlen. Großvater hatte den Eisschrank angeschafft, damit er an heißen Sommertagen seine geliebte Zitronenlimonade eisgekühlt trinken konnte. Beim Gedanken, wie er auf dem Balkon saß und kalte Limonade genoss, liefen ihr nun doch die Tränen über die Wangen.

Harald hatte sich die Hände abgetrocknet, das Handtuch ordentlich zurückgehängt und sich auf den Stuhl neben Babe gesetzt. »Wohin wurde Großvater gebracht?«

»Ich weiß es nicht …« Ziva atmete schwer. »Sie haben mich zur Seite gestoßen, weil ich gewagt habe, danach zu fragen. Einer hat mich Schlampe genannt und mir mit der Faust ins Gesicht geschlagen.«

»Wir werden Dade rausholen, wohin auch immer sie ihn verschleppt haben«, versprach ihr Vater.

Ziva blickte ihn traurig an. »Das ist viel zu gefährlich, am Ende verhaften sie dich auch noch. *Ich* werde gehen.«

»Nein, Mame, lass mich das machen, ich rede mit Karoschke. Wenn ich ihn freundlich bitte, wird er uns helfen.«

»Bitten?« Ihre Mutter musterte Papa ungläubig, als sie die Kaffeekanne auf den Tisch stellte. »Ich kann mir nicht vorstellen, dass ein Blockwart auf *Bitten* reagiert.«

»Warten wir's ab.«

»Onkel Walter hat vorhin angerufen«, berichtete Aliza, während sie Kaffeetassen verteilte.

Samuel klebte vorsichtig ein Pflaster auf die Verletzung seiner Mutter und verstaute den Rest wieder in seinem Arztkoffer. »Was wollte er denn?«

»Uns warnen, dass in den nächsten Tagen Gewaltaktionen geplant seien. Eine Information aus sicherer Quelle, hat er gesagt. Wir sollen sehr, sehr vorsichtig sein, wenn wir das Haus verlassen.«

»Was denn für Gewaltaktionen?«, fragte ihre Mutter.

»Das wusste er nicht«, antwortete Aliza. »Aber er klang sehr besorgt. Vielleicht war die Verhaftung von Großvater bereits der Anfang.«

»Verbrecherpack«, knurrte Harald erbost und rührte so heftig in seiner Kaffeetasse, dass er ein Fußbad anrichtete. »Was werden die sich noch alles einfallen lassen? Reicht es nicht, dass sie den Ärzten vor fünf Jahren die kassenärztliche Zulassung entzogen haben, die Wohlhabenden verhaften, um sich ihre Vermögen anzueignen, und alle jüdischen Geschäftsinhaber zwingen, ihre Schaufenster mit weißen Buchstaben zu kennzeichnen? Nicht zu vergessen, dass sie uns Kennkarten mit einem roten J aufzwingen. Oder dass alle Frauen mit Zweitnahmen Sara und die Männer Israel heißen müssen.«

Bobe streichelte mit einer Hand resigniert über Großvaters Taschentuch. »Sie wollen unser Volk vernichten.«

Nachdem Ziva sich etwas beruhigt hatte, kümmerte Samuel sich um den bedauernswerten Hund. Behutsam wickelte er den leblosen Tierkörper in ein Bettlaken, das er im Wäschekorb fand, und trug das Bündel in den Keller. Später würde er das treue Haustier mit Haralds Hilfe irgendwo begraben.

Um Viertel nach sechs läutete er bei Hermann Karoschke, der als Finanzbeamter von Montag bis Samstag das Haus um halb sieben verließ. Er würde ihn also höchstens beim letzten Schluck Kaffee stören. Samuels Vater hatte dem Ehepaar Karoschke die Dreizimmerwohnung mit Küche und Bad, die gegenüber seiner Praxis lag, vor langer Zeit vermietet. Dass Karoschke inzwischen die Position eines Blockwarts innehatte, war bislang kein Nachteil gewesen.

Karoschke öffnete die Tür. Der fünfundvierzigjährige hagere Mann war, wie von Samuel erwartet, bereits korrekt in Anzug und Krawatte gekleidet. Am Revers des Jacketts steckte das runde Parteiabzeichen mit dem Hakenkreuz. Auch seine Schuhe glänzten, und das seitlich rasierte, oben extrem kurz geschnittene hellbraune Haar klebte am Schädel.

»Doktor!« Er musterte ihn verwundert. »Was verschafft mir die Ehre?«

»Guten Morgen, Herr Karoschke«, grüßte Samuel. »Ich komme wegen meines Vaters ...«

Karoschke hob die Augenbrauen. »Ich verstehe nicht ...«

»Nun, er wurde heute Nacht von der Gestapo abgeholt. Haben Sie nichts gehört? Meine Frau und ich, wir waren bei einer Hausgeburt, aber meine Mutter sagt, es sei ein ziemlicher Radau gewesen.«

Karoschke rülpste vernehmlich. »Verzeihung ... Äh nein, nicht das Geringste, ich erfreue mich eines gesunden Schlafs, sozusagen des Schlafs des Gerechten.« Erheitert über seinen eigenen Scherz, verzog er den schmalen Mund zu einem Grinsen.

»Nun, wie auch immer«, wiegelte Samuel ab, denn er glaubte dem Mann kein Wort. Aussprechen durfte er das natürlich nicht. Aber es war kein Geheimnis, dass die nächtlichen Überfälle der Gestapo Tote aufweckten. »Ich dachte, Sie als Blockwart wüssten vielleicht, wo ich mich nach meinem Vater erkundigen kann. Meiner Mutter wurde nämlich weder erklärt, was ihm vorgeworfen wird, noch, wohin sie ihn bringen wollten.«

Karoschke brummelte ein undefinierbares »Hmm«, strich sich über das glatt rasierte Kinn und erklärte: »Versuchen Sie es bei der Leitstelle der Gestapo in der Burgstraße, Doktor, dorthin werden Verhaftete zur Befragung gebracht.«

Samuel griff in die Innentasche seines Jacketts, nahm eine Zehnerpackung Schmerztabletten heraus und überreichte sie Karoschke. »Vielen Dank.«

Karoschke war zwar ein überzeugter Nationalsozialist und oft ziemlich arrogant, hatte ihm aber geholfen, die neueste Schikane zu umgehen, die Göring sich im April ausgedacht hatte. Die Anordnung des Reichsmarschalls besagte, dass Juden, deren gesamtes Vermögen fünftausend Reichsmark überstieg, dieses beim Finanzamt anzeigen mussten. Wie Karoschke es gedeichselt hatte, dass sie sich nicht beim Amt hatten melden müssen, wollte er lieber nicht wissen.

Karoschke steckte die graue Pappschachtel mit einem zufriedenen Lächeln ein. »Viel Glück, Doktor«, sagte er, ohne sich zu bedanken, und schloss die Wohnungstür.

In Karoschkes wesentlich kleinerer Wohnküche saßen seine Frau Ingrid und die sechzehnjährige Birgit auf der hölzernen Eckbank beim Frühstück mit Muckefuck, Magermilch und Margarinebrot. Eine schwache Glühbirne in der Deckenlampe über dem blanken Holztisch verbreitete schummriges Licht, das eher schläfrig als wach machte.

Ingrid Karoschke, eine südländisch aussehende Vierzigjährige mit dunkelbraunen Augen und zurückgesteckten schwarzen Locken, wickelte das Vesperbrot für ihren Mann in Pergamentpapier. Nur für ihn hatte sie es mit Mettwurst bestrichen, ihrer Tochter konnte sie lediglich einen Apfel zum Margarinebrot für die Schulpause mitgeben. Hermann hatte vor einigen Monaten äußerste Sparsamkeit angeordnet, aber gleichzeitig versichert, das Tausendjährige Reich hielte eine glorreiche Zukunft für die Familie parat. Genaueres könne er *noch* nicht verraten, und sie hatte aufgegeben, danach zu fragen. »Hier.« Sie reichte Hermann das Brotpäckchen. »Wer war denn das in aller Herrgottsfrüh?«

Karoschke verstaute das Pergamentpäckchen in der schäbigen ledernen Aktentasche, die auf dem einzigen Stuhl lag. »Landau, wegen heute Nacht, er wollte wissen, wohin der Alte gebracht wurde.«

Ingrid warf ihrem Mann einen strengen Blick zu. »Musstest du die Gestapo wirklich ins Haus lassen?«

»Kümmere dich lieber um meine Uniform, da fehlt ein Knopf. Du weißt, dass ich sie jederzeit benötigen könnte«, sagte er, ihre Frage ignorierend, beugte sich zu ihr und küsste sie liebevoll auf den Mund. »Es hat alles seine Richtigkeit.«

»Jawohl, mein Führer«, scherzte Ingrid. »Bis heute Abend. Du darfst dich auf deine Leibspeise freuen, Pellkartoffeln mit Stippe.«

»Famos.« Karoschke strich seiner Tochter über das ordentlich zu Zöpfen geflochtene dunkle Haar. Er war sehr stolz auf sein einziges Kind. Birgit war schlau wie ein Junge und ließ ihn vergessen, dass zwei Söhne nach der Geburt gestorben waren. »Sei schön fleißig, mein Schatz, damit du mich auch weiter mit so herausragenden Belobigungen erfreust wie zuletzt für die Mathearbeit.«

Birgit nickte brav. »Ja, Vati.«

Im Flur nahm Karoschke den abgetragenen Wollmantel von der Garderobe, angelte den speckig gewordenen Hut von der Ablage darüber und verließ die Wohnung. Ein wenig ärgerte er sich über Ingrids Vorwurf. Er hatte nichts weiter als seine Pflicht getan. Der Gestapo die Haustür nicht zu öffnen hätte nicht nur immensen Sachschaden bedeutet, denn versperrte Türen stellten keine Hindernisse für diese kulturlosen Horden dar, sondern auch seinen eigenen Untergang zur Folge gehabt. Wenn sie ihn nicht gleich zusammen mit dem alten Landau abgeführt hätten. Auf jeden Fall wäre ihm seine Arbeitsstelle gekündigt und infolgedessen auch der ehrenamtliche Posten des Blockwarts aberkannt worden. Doch nur in dieser Funktion war es ihm möglich, wenigstens den Doktor zu schützen. Ingrid hatte ja keine Ahnung von den weitreichenden Vorgängen, auch nicht von seinen eigenen Zukunftsplänen. Die Zusammenhänge, beziehungsweise die anstehenden Aktionen, waren ohnedies streng vertrauliche Dienstgeheimnisse, die er niemandem verraten durfte. Nicht einmal seiner wunderschönen, wohlgeformten

Ehefrau, die er auch nach zwanzig Jahren noch genauso liebte und begehrte wie am ersten Tag und um die ihn alle Männer beneideten. Mit Stolz erinnerte er sich an einen Sommersonntag am Wannsee, wo sie einem Kollegen mit dessen Familie begegnet waren. »Ein echtes Rasseweib, verehrter Kollege, und die Figur …«, hatte der mit lüsternem Blinzeln bemerkt. Weniger erfreulich waren die beleidigenden Andeutungen eines anderen Mitarbeiters, der es einfach nicht hatte lassen können, Ingrid und auch seiner Tochter, die traurigerweise seine große Nase geerbt hatte, jüdisches Aussehen zu unterstellen. Als wären dunkles Haar und eine größere Nase untrügliche Indizien jüdischer Abstammung. Blanker Unsinn, fand Karoschke. Wenn ausschließlich blonde Menschen arisch waren, müsste auch in den Adern des Führers nichtarisches Blut fließen. Hitler war schließlich dunkelhaarig und seine Nase keineswegs zierlich. Auf manchen Bildern blickte er direkt verschlagen drein, so, wie man es den Juden nachsagte. Karoschke hatte andere Erfahrungen, was Aussehen oder Verschlagenheit anging. Die Haare des Doktors waren zwar dunkel, aber er selbst ein höchst respektabler Mann, immer freundlich und großzügig, wenn jemand in Not war. Das hatte er am eigenen Leib erfahren. Als 1931 alle Gehälter im öffentlichen Dienst um fünfundzwanzig Prozent gekürzt worden waren, hatten Landaus ihm die Miete um denselben Prozentsatz gesenkt. Zum Dank hatte er zumindest den Doktor aus den Listen entfernt, als es um die Offenlegung der Vermögen ging. Natürlich hielt er seine Sympathie für die jüdische Familie streng geheim, sogar vor Ingrid und Birgit. Als Finanzbeamter und erst recht als Blockwart würde er für jede noch so kleine Sympathiebekundung als »Judenknecht« verdächtigt werden.

2

Berlin, 9. November 1938

ALIZA SASS MIT hängendem Kopf am Tisch und starrte den Teller an. Gewöhnlich war sie mittags derart hungrig, dass sie leicht ein halbes Schwein verdrücken konnte, wie ihr Vater gerne scherzte. Aber wegen des nächtlichen Geschehens und der Warnung von Onkel Walter hatte ihre Mutter sie nicht zur Schule gehen lassen. Versäumen würde sie gewiss nichts, der Unterricht war ohnehin eine Qual. Seit man sie und zwei anderen Jüdinnen in die hinteren Bänke versetzt hatte, mussten sie noch mehr Hänseleien ertragen. Aber den ganzen Tag untätig in der Wohnung zu hocken war auch schrecklich, noch dazu, wo sie sich so auf den Abend mit Fabian gefreut hatte. Er wurde heute achtzehn und hatte sie zu einem Klavierkonzert eingeladen.

Ach, Fabian, seufzte sie lautlos in sich hinein und sah sich mit ihm am Sonntagnachmittag durch Berlin spazieren. An seiner Seite war das Leben voller Lachen und Sonne. Mit ihm vergaß sie, dass sie Jüdin und seit Hitlers Machtergreifung einfach alles Schöne verboten war. Nur neben Fabian kümmerten sie die hetzerischen Plakate an den Litfaßsäulen nicht, die das deutsche Volk seit 1933 in fetten schwarzen Lettern aufforderten, sich zu wehren und nicht bei Juden zu kaufen. Zum Glück war es Juden nicht verboten, bei Ariern einzukaufen, sonst hätte sie Fabian niemals kennengelernt.

Vergangenen Januar hatte sie von Bobe zum sechzehnten Geburtstag ein Geldgeschenk erhalten und ihr erstes Parfüm bei

Pagels' erstanden. Fabian hatte sie beraten. Dass er der Sohn des Inhabers war, hatte sie damals noch nicht gewusst.

Nie würde sie den Moment vergessen, als er ihr etwas *Je Reviens* auf die Innenseite des Unterarms gesprüht hatte.

»Jeder Duft entwickelt seinen Wohlgeruch erst auf der Haut«, hatte er gesagt und ihr so tief in die Augen geblickt, dass ihr abwechselnd heiß und kalt geworden war.

Ob es unanständig ist, mit Fabian Geburtstag zu feiern, wo Großvater verhaftet worden ist?, überlegte Aliza. Sie konnte es immer noch nicht recht fassen. Gestern erst hatte er ihr ein Küsschen auf die Wange gegeben, und sie hatte gelacht, weil sein grauer Bart kitzelte. Traurig dachte sie an den toten Emil, den sie jeden Nachmittag für eine »große Runde« um die Häuser geführt hatte. In die Parkanlagen wagte sie sich wegen des Verbots für Juden trotz ihrer rotblonden Haare und der hellen Augen nur noch selten. Der Hund hatte das natürlich nicht verstanden und mit aller Kraft an der Leine gezerrt, sobald sie in die Nähe eines Parks gekommen waren.

Nur sonntags, wenn Fabian sie begleitete, kümmerte Aliza sich nicht um Verbotsschilder. Fabian war kein Jude, hatte welliges blondes Haar und blaue Augen. Und keiner, dem sie begegneten, vermutete eine verbotene Liebe zwischen einem Arier und einer Jüdin. Sie ernteten sogar freundliche Blicke von diesen grässlichen SA-Männern in ihren braunen Uniformen, die Aliza wie eine leibhaftige Drohung empfand.

In diesem Moment wurde ihr bewusst, dass der gestrige Spaziergang mit Emil der letzte gewesen war. Ein dicker Kloß im Hals verdarb ihr endgültig den Appetit auf das panierte Schnitzel, ihr Lieblingsessen. Aber auch Harald und ihr Vater, die den ganzen Vormittag in der Burgstraße gewesen und ohne Nachricht über Großvaters Verbleib zurückgekehrt waren, stocherten lustlos auf den Tellern rum. Obwohl sie sonst niemals Fleisch, nicht mal Schweinefleisch verschmähten. Ihre Familie kümmerte sich nicht um die strengen Glaubensregeln, und Mama kochte nicht koscher. Trotz des tragischen Vorfalls hatte sie auf einem gesitteten Mittagessen am Tisch bestanden. »Großvater würde es nicht gutheißen, wenn wir uns gehen ließen oder unser gewohntes Familienleben aufgäben und trauerten, als wäre er gestorben. Denn das ist er nicht!«, hatte sie mit Nachdruck erklärt, dann aber doch das Radio abgeschaltet, als Heinz Rühmann einen fröhlichen Schlager trällerte.

»Was bedrückt dich, mein Augensternchen?«, erkundigte ihr Vater sich, der noch den dunklen Anzug trug, den er für den Bettelgang in die Burgstraße angezogen hatte.

Aliza zuckte nur schwach mit den Schultern und lächelte. Sie mochte es, wenn ihr Vater sie mit dem Kosenamen anredete, nur heute änderte auch das nichts an ihrer betrübten Stimmung.

»Wie geht es Mame?«, wechselte ihre Mutter das Thema. »Aliza hat mir am Vormittag oben beim Aufräumen geholfen, zumindest die Glasscherben konnten wir wegschaffen. Ziva saß wie versteinert dabei.«

»Sie schläft jetzt in unserem Gästezimmer, ich habe ihr ein starkes Beruhigungsmittel gegeben«, antwortete der Vater und wandte sich an Harald. »Würdest du mir später mit dem Hund helfen? Zu zweit schaufelt es sich schneller, und wir müssen jede Aufmerksamkeit vermeiden.«

Aliza unterbrach das akribische Kleinschneiden des panierten Fleisches. »Ich komme auch mit.«

Ihr Bruder taxierte sie mit krauser Stirn. »Das ist nichts für kleine Mädchen.«

»Ach nee!« Herausfordernd erwiderte Aliza den Blick. »Du glaubst wohl, weil du nicht mehr studieren darfst und als Leichenschieber schuftest, bist du Spezialist für Tote? Emil war auch mein Hund. Ich kannte ihn vom ersten Tag an, als die Großeltern ihn gekauft haben, durfte den Namen aussuchen und habe ihn viel öfter ausgeführt als du.«

»Schon gut«, beschwichtigte ihr Vater. »Wir erledigen das gemeinsam. Sobald es dunkel wird, fahren wir los, etwa gegen fünf. Es sei denn, die Praxis ist voller Patienten.«

Aliza hörte deutlich den zweifelnden Unterton in seiner Stimme. Sie wusste, wie sehr es ihn schmerzte, dass seit September 1938 die Approbationen aller jüdischen Ärzte per Verordnung erloschen waren. Nun musste er sich »Krankenbehandler« nennen und durfte nur noch Juden versorgen. Einige seiner langjährigen arischen Patienten kamen dennoch heimlich am Abend oder baten um einen Hausbesuch, doch wann zuletzt alle Stühle im Wartezimmer besetzt waren, daran vermochte Aliza sich nicht zu erinnern.

»Hat denn heute niemand Hunger?«, fragte ihre Mutter, deren trauriger Blick über das beinahe unangetastete Essen wanderte.

»Wir verspeisen es am Abend kalt«, entgegnete ihr Vater. »Du hast nicht umsonst in der Küche gestanden.«

Ihre Mutter lächelte. »Schon gut.« Sie erhob sich von ihrem Stuhl und begann abzuräumen.

»Ich helfe dir«, bot Aliza unaufgefordert an. Ihr war alles recht, was sie ein wenig ablenkte von der Angst um ihren Großvater. Selbst Scherben zu beseitigen oder den Hund zu beerdigen war besser, als untätig darauf zu warten, dass Großvater wieder nach Hause kam.

Die Türklingel schrillte laut wie eine Alarmglocke.

»Wir sind nicht da«, flüsterte Aliza, deren Herz zu rasen begann.

Nur Harald schien keine Angst zu haben. Zornig sprang er auf und schob entschlossen seinen Stuhl zurück. »Wenn das die Gestapo ist, denen blase ich den Marsch, aber ganz gewaltig.«

»Du bleibst hier«, herrschte ihr Vater Harald an. »Oder willst du uns alle ins Unglück stürzen?«

Wieder schrillte die Glocke. Eine dunkle Stimme rief: »Herr

Doktor, sind Sie da? Bitte, wir brauchen Hilfe«, begleitet von einem jammervollen Schluchzen.

»Das klingt nicht nach Gestapo«, stellte ihre Mutter erleichtert fest.

»Ich werde nachsehen«, sagte Samuel.

Aliza hielt es nicht an ihrem Platz. Sie ignorierte den mahnenden Blick ihrer Mutter und folgte ihrem Vater.

Im Hausflur stand ein junges Paar neben zwei weinenden kleinen Mädchen mit rotzverschmierten Nasen. Der Mann stützte sich auf den Arm seiner Frau, sein Gesicht war schmerzverzerrt, und aus einer offenen Wunde über der Augenbraue tropfte Blut. Auch die Jacke seines dunklen Anzugs aus dickem Wollstoff war blutbespritzt und teilweise zerrissen. Aliza erschrak beim Anblick des Mannes, der ihr gut bekannt war. Es handelte sich um Jacob Tauber, Inhaber eines Juwelierladens am Olivaer Platz, ein Familienunternehmen in dritter Generation.

»Verzeihen Sie, Herr Doktor, wenn wir Sie in der Mittagszeit stören«, entschuldigte sich die Frau, die einen dunkelblauen Mantel mit Pelzkragen und eine Pelzkappe trug.

»Großer Gott, Herr Tauber, was ist denn passiert?«, fragte ihr Vater.

Aliza wusste, dass er in den letzten Wochen schon mehrmals Patienten mit ähnlichen Verletzungen behandelt hatte. Und jedes Mal hatte er berichtet, dass die Gestapo dahintersteckte.

»Unser Laden ist von einer Horde Nazis überfallen worden«, erklärte Frau Tauber.

Ihr Vater lud die Familie mit einer Handbewegung zum Eintreten ein. »Möchten Sie sich erst einmal setzen? Es ist ein weiter Weg von Ihrem Geschäft bis hierher.«

Herr Tauber nickte tapfer. »Es geht schon.«

»Gut, dann würde ich Sie in die Praxis bitten, dort kann ich Sie besser versorgen. Aliza, sag deiner Mutter Bescheid.«

Aliza tat, wie ihr geheißen, rannte dann aber hinunter, um zu helfen. Papas Sprechstundenhilfe war nämlich vor zwei Tagen ganz überraschend nach Frankreich emigriert, und Aliza hatte schon als kleines Mädchen gern »Sprechstundenhilfe« gespielt. Ihrem Vater Mullbinden, Salben oder Pflaster anzureichen oder wie vor einigen Wochen bei einer Geburt dabei zu sein, war aufregend. Noch vor einem Jahr hatte sie auch Medizin studieren wollen, doch das schien ein Ding der Unmöglichkeit, seit die Nazis sämtliche Studienfächer und auch zahlreiche Berufe für Juden verboten hatten. Und solange die sich immer neue Schikanen ausdachten, würde gleich welches Studium ein Wunschtraum bleiben. Aber sie würde sich von dieser Mörderbande nicht unterkriegen lassen. Wenn die Nazis weiter an der Macht blieben, würde sie eben Schriftstellerin werden. Ihre Mutter glaubte, sie habe großes Talent, trotz der schlechten Noten, die sie für ihre Schulaufsätze nach Hause brachte. Aber das lag nur an dem Deutschlehrer, einem Judenhasser wie aus dem Lehrbuch; er war einer jener selbst ernannten »Herrenmenschen«, die im Mai 1933 mit riesigem Tamtam eine öffentliche Bücherverbrennung am Opernplatz veranstaltet hatten. Auf einem Scheiterhaufen waren die Werke jüdischer Schriftsteller verbrannt worden und mit ihnen auch Bücher »wider den deutschen Geist«. Das Schreiben war zum Glück noch nicht verboten, und als Schriftstellerin würde sie die Machthaber eben mit einem arisch klingenden Künstlernamen täuschen. Vielleicht Anna Müller, das klang nach Müllerstochter, noch deutscher ging es kaum.

Auf den Stühlen im Wartezimmer, dessen blassgelbe Wände dringend einen neuen Anstrich benötigten, saß Frau Tauber zwischen ihren Kindern. Die etwa vier und sechs Jahre alten Mädchen mit den dunklen Pagenköpfen hatten inzwischen aufgehört zu weinen, umklammerten jedoch ängstlich die Arme ihrer Mutter.

Die Tür zur Ordination war geschlossen, Aliza klopfte kurz an und trat ein. Der Behandlungsraum mit den cremeweißen

Stahlschränken, in denen hinter Glastüren Fachliteratur, Medikamente und Verbandsmaterial aufbewahrt wurden, war ihr ebenso vertraut wie ihr eigenes Zimmer. Hier hatte ihr Vater ihre aufgeschlagenen Knie verarztet, sie gegen Diphtherie geimpft und mit vierzehn, nach ihrer ersten Monatsblutung, aufgeklärt.

»Erst die Hände«, sagte ihr Vater, als er sie bemerkte, und wies dann mit einer Kopfbewegung zu dem schmalen Schubladenkasten auf Rollen, auf dessen milchweißer Glasplatte ein Fläschchen reiner Alkohol bereitstand.

Aliza wusch ihre Hände am Waschbecken und desinfizierte sie wie eine gelernte Krankenschwester. Auch ohne Anweisung wusste sie, wann ihr Vater eine Tinktur oder eines der Instrumente benötigte, während er Herrn Taubers Wunde über der Augenbraue säuberte.

Der Patient hielt still, obwohl ihm anzusehen war, dass ihn jede Berührung schmerzte. »Haben Sie … es nicht gelesen … oder im Radio gehört?«, fragte Herr Tauber, von Stöhnen unterbrochen.

»Das Brennen wird gleich nachlassen«, versicherte ihr Vater.

»Nein, ich bin heute noch nicht dazu gekommen, die Zeitung aufzuschlagen.«

Herr Tauber sog die Luft durch die Zähne ein, als müsste er große Schmerzen ertragen. Aliza litt mit ihm, sie erinnerte sich nur allzu gut, welches Feuer die Jodtinktur auslöste.

»Erzählen Sie«, forderte ihr Vater ihn auf.

»In der Deutschen Botschaft in Paris ist ein gewisser Ernst vom Rath von einem siebzehnjährigen polnischen Juden erschossen worden. Nun zerstören die Nazis unsere Geschäfte und behaupten, das deutsche Volk wolle Rache für den feigen Mord. Aber ich sage Ihnen, es ist wieder mal nur ein Vorwand, um uns zu terrorisieren, auszuplündern und sich gewaltsam unsere Vermögen anzueignen. Ich wurde mit Stöcken …« Herr Tauber stöhnte erneut auf, als Samuel ein Stück Mulltuch über die Wunde legte und es mit dem von Aliza angereichten Pflaster festklebte.

»Leider sind wir noch nicht fertig«, bedauerte ihr Vater, während er Herrn Tauber half, Jackett und Hemd auszuziehen.

Aliza nahm die Kleider entgegen und hängte sie an einen Garderobenhaken an der Wand.

Vorsichtig tastete ihr Vater den Oberkörper des Patienten ab. »Sie haben drei gebrochene Rippen, deshalb die starken Schmerzen beim Luftholen ...«, erklärte er.

Aliza hörte aufmerksam zu, was ihr Vater über die Atmung sagte: dass Tauber keinesfalls zu flach atmen dürfe, da es sonst zu einem gefährlichen Sauerstoffverlust im Blut käme.

»Und Sie müssen sich unbedingt im Jüdischen Krankenhaus an der Iranischen Straße röntgen lassen, um abzuklären, ob innere Organe verletzt worden sind. Abtasten reicht da leider nicht.«

Herr Tauber hielt trotz der ärztlichen Warnung den Atem an. Offensichtlich war Luftholen sehr schmerzhaft.

Aliza hätte ihm gerne die Hand gehalten, wie sie es bei Kindern tat. Aber das war wohl unangebracht. Und Cognac, den schwer verletzte Erwachsene zur »Betäubung« bekamen, stand schon lange nicht mehr im Arzneischrank. Der Patientenschwund hinterließ überall seine Spuren.

An diesem Nachmittag jedoch gaben sich die Patienten die Klinke in die Hand. Verprügelte Geschäftsinhaber mit blutenden Wunden, Frauen mit Blutergüssen und zerrissenen Kleidern und sogar Kinder, die misshandelt worden waren.

Aliza und ihr Vater hörten bald auf, die Patienten zu zählen, deren Verletzungen sie behandelten oder die sie ins Jüdische Krankenhaus verwiesen. Und jeder der Hilfesuchenden berichtete von ähnlichen Gräueltaten.

»Es war einfach grauenvoll, Herr Doktor, wild gewordene

Horden mit Knüppeln bewaffnet, die zuerst auf die Schaufenster und danach auf mich und die Kunden losprügelten.«

Der nächste Verletzte war kaum noch in der Lage zu sprechen, so grausam war er zugerichtet worden. Sein Sohn begleitete ihn in die Praxis und erzählte von dem Überfall.

»Sie schlugen mit Eisenketten auf uns ein, bedienten sich an allen Waren und forderten sogar Passanten auf, die Auslagen zu plündern.« Ganze Straßenzüge seien mit Glasscherben übersät, und kein Polizist weit und breit, der für Ordnung gesorgt, oder sonst jemand, der dem Wahnsinn Einhalt geboten hätte.

Am späten Nachmittag betrat ein Uniformierter das Sprechzimmer und nahm seine Schildmütze vom Kopf.

»Verzeihn Se, Doktor, det ick so einfach rinnplatze«, entschuldigte der Mann sich. »Tachchen auch, Aliza.«

»Tach, Herr Feiler«, begrüßte ihr Vater den Polizeibeamten aus dem Revier am Kaiserdamm.

Der freundliche Polizist war auch Aliza seit Jahren gut bekannt. Herr Feiler war vor 1933 noch Patient gewesen; dass er als Beamter nicht mehr in seine Sprechstunde kommen durfte, nahm ihr Vater ihm nicht übel.

Verlegen drehte Feiler seine Mütze in den Händen. »Ick müsste Se janz dringend sprechen ...«

»Sofort, nur einen Moment«, bat ihr Vater, während er dem halbwüchsigen Jungen auf der Behandlungsliege ein Stück Heftpflaster über die genähte Wunde am Kinn klebte. »Du warst sehr tapfer«, lobte er den schmächtigen Kerl, der, außer die Stirn kraus zu ziehen, keine Miene verzogen hatte. »Sei in den nächsten Tagen sehr vorsichtig beim Waschen, und komm in einer Woche wieder. Dann ziehen wir die Fäden, und du bist wieder so gut wie neu.«

Der Junge zog die Nase hoch. Erst jetzt schien er sich eine kleine Gefühlsregung zu erlauben.

Aliza begleitete den Patienten zur Tür und vertröstete das noch wartende Paar.

»Sie verjeben noch langfristije Termine?«, bemerkte Feiler erstaunt.

»Was meinen Sie?«, entgegnete ihr Vater irritiert, der sich am Waschbecken die Hände säuberte.

»Nun, in diesen unsicheren Zeiten planen die meisten ... ähm ... Menschen nur noch von eem Tach uuf den andern.«

Aliza sah Feilers verlegener Miene an, dass er eigentlich *die Juden* hatte sagen wollen. Seit die Nazis an der Macht waren, redeten mehr und mehr Freunde und Verwandte nur noch über Emigration und verließen irgendwann das Land. Anfang August war Tante Helene, eine Cousine von Mama, mit Mann und drei Kindern nach Schanghai ausgewandert. Um dort einzureisen, brauchte man keine Bürgen und auch kein »Vorzeigegeld« als Sicherheit, nicht mal ein Visum, nur eine Ausreisegenehmigung für Deutschland. Tante Helene hatte ihre Apotheke in der Oranienburger Straße weit unter Wert verkauft und davon dann ein Viertel ihres Vermögens als »Reichsfluchtsteuer« an die Nazis abgeben müssen. Was ihr noch geblieben war, hatte für die Schiffspassagen ihrer Familie gereicht. Am Ende war der Familie nur ein kläglicher Rest Bargeld geblieben, um sich ein neues Leben in einem fremden Land aufzubauen. Ob sie gut angekommen waren, hatten sie noch nicht gehört. Es war jedoch eine unvorstellbar weite Reise ans andere Ende der Welt. Zuerst ging es mit dem Zug nach Genua, von wo aus ein Schiff durchs Mittelmeer, das Rote Meer und den Indischen Ozean bis nach China fuhr. Womöglich waren sie noch immer unterwegs.

»Ich weiß, was Sie meinen«, erwiderte ihr Vater, wobei er den Polizisten ratlos anblickte. »Aber ich kann meine Patienten nicht im Stich lassen. Sie wissen doch bestimmt, dass von den über dreitausend jüdischen Ärzten in ganz Deutschland nur noch gut siebenhundert praktizieren. Und selbst unsere Genehmigung, als Krankenbehandler zu arbeiten, ist von der polizeilichen Registrierung abhängig, die jederzeit widerrufen werden ...« Ihr

Vater stockte, alles Blut wich aus seinem Gesicht. »Sind Sie etwa hier, um mir ein endgültiges Berufsverbot zu verkünden?«

»Nee, nee, Herr Doktor«, beruhigte der Beamte ihn. »Ick komme, um Sie zu warnen, weil ick über drei Ecken erfahren habe, wat Ihrem Vater zujestoßen is.« Feiler brach ab und blickte Aliza an, als wollte er in ihrer Anwesenheit nicht weiterreden.

»Wie geht es meinem Großvater?«, platzte sie aufgeregt heraus.

»Wenn Sie etwas wissen, reden Sie, bitte«, drängte nun auch ihr Vater. »Mein Sohn und ich waren heute Vormittag in der Burgstraße, wurden aber nicht vorgelassen.«

»Leider hab ick keene Ahnung, wohin Ihr Vater jebracht wurde«, antwortete Feiler. »Aber ick weeß, dat er wie unzählige andere Mitglieder der verbotenen SPD verhaftet worden is. Vermutlich is det nur een Vorwand, um Betriebe zu arisieren oder sich de Immobilien untern Nagel zu reißen. In letzter Zeit jeschieht det doch täglich. Ich wollte Se nur warnen, Doktor, womöglich will man Ihnen ooch det Haus wegnehmen. Det Vorgehen ist doch immer det gleiche: Zuerst werden alle Männer der Familie verhaftet, denn folgt de Enteignung und danach … Man will et sich jar nicht so jenau vorstellen. Aber wir wissen nur zu jut, dat diese Bande vor nichts zurückschreckt.«

3

Kurfürstendamm, 9. November

BEHUTSAM NAHM FABIAN Pagels die Parfümflakons aus der Glasvitrine und rieb sie sorgfältig mit einem weichen Staubtuch ab. War jedes von jeglichem Schmutz befreit und glänzte verführerisch, stellte er die Kristallgefäße zurück auf den ebenfalls gesäuberten Glasboden. Zufrieden war er erst dann, wenn der Eindruck von Perfektion erreicht war, und was die meisten Verkäuferinnen tödlich langweilte, gehörte zu seinen liebsten Beschäftigungen. Nicht nur, weil er als Sohn des Hauses die Parfümerie einmal übernehmen würde, sondern weil er sich dabei an den wichtigsten Tag in seinem Leben erinnerte, als wäre es gestern gewesen.

Es war vor zehn Monaten, an einem Samstag im Januar, der völlig unspektakulär begonnen hatte – abgesehen von den Schneeflocken, die sachte vom Himmel fielen.

Kurz vor Ladenschluss betrat ein junges Mädchen die Parfümerie. Gekleidet in einen grün-schwarz karierten Mantel, steuerte es auf den Ladentisch zu, an dem er soeben eine Kundin verabschiedet hatte. Sie warf die rotblonde Lockenmähne mit so viel Schwung über die Schulter, dass die geschmolzenen Schneeflocken auf ihren Haaren als Tropfen davonflogen. Als sie ihn mit ihren großen hellgrünen Augen anblickte und lächelnd »Guten Tag« sagte, war es um ihn geschehen. Sekundenlang starrte er sie wie eine Erscheinung an, und sein Herz schlug im doppelten Tempo, als wäre er durch die halbe Stadt gerannt. Schließlich hatte er sich wieder im Griff.

»Was darf ich Ihnen zeigen?«, erkundigte er sich mit professioneller Routine.

»Ein Parfüm«, antwortete sie.

Er vermochte seine Freude kaum zu verbergen, denn nichts war zeitaufwändiger als die Auswahl eines Duftes. Und nichts eignete sich so sehr, Genaueres über eine Kundin zu erfahren. Sollte es ein Eau de Toilette für alle Tage oder ein intensiver Duft für besondere Gelegenheiten sein? Nur ein kleines Fläschchen für die Handtasche oder ein repräsentativer Flakon für den Toilettentisch? Die Antworten verrieten eine Menge über die Gewohnheiten, ob die Dame ledig oder verheiratet war und natürlich auch etwas über den sozialen Stand, denn reines Parfüm war erheblich kostspieliger als ein preiswertes Eau de Cologne. Um die Adresse des jungen Mädchens zu erfahren, bot er kostenlose Lieferung frei Haus an. Es verstand sich von selbst, dass er sie selbst übernommen hätte.

»Die Ausgabe können Sie sich sparen«, lachte sie und kräuselte ihre niedliche Nase mit den Sommersprossen.

Doch so schnell gab ein Pagels nicht auf. »Dann werde ich Sie nach Hause begleiten, sonst bleiben Sie noch in einer Schneeverwehung stecken«, sagte er mit ernster Miene, als läge Berlin im hintersten Sibirien.

Selbstbewusst blickte sie ihn an. »Wenn Sie nichts Besseres vorhaben, meinetwegen.«

Diese erste aufregende Begegnung lebte jedes Mal wieder auf, sobald er den von Lalique entworfenen bauchigen Flakon in die Hand nahm und an dem blumigen Duft von *Je Reviens* schnupperte.

Das momentane graue Novemberwetter glich ein wenig dem im vergangenen Januar, genau wie seine Hochstimmung. Heute Abend würde er seinen achtzehnten Geburtstag mit Aliza feiern. Den Musterungsbescheid, der vormittags in der Post gewesen war, verdrängte er. Er würde auch Aliza nicht davon erzählen.

Wozu? Es war nur ein Bescheid. Ob er für den Wehrdienst tauglich war, würde sich erst bei der Untersuchung herausstellen. Heute wollte er nicht über derlei Unerfreulichkeiten nachdenken. Heute wollte er glücklich sein. Mit der großen Liebe seines Lebens.

Der Vormittag verlief trotz des regen Betriebs schleppend. Fabian war ungeduldig wie selten und empfand sogar jene Kundin als lästig, die sich das gesamte Pflege- und Make-up-Sortiment einer französischen Firma einpacken und damit die Kasse kräftig klingeln ließ. Ihm blieb nicht einmal Zeit für eine Zigarettenpause, und dennoch schienen die Zeiger seiner Armbanduhr vorwärtszukriechen. Wann immer er einen Blick darauf warf, waren kaum fünf Minuten verstrichen. Er sehnte sich nach dem Ladenschluss um halb sieben – nach Aliza. Nach ihrem Lachen, ihrer Umarmung und vor allem nach ihren süßen Küssen.

Am späten Nachmittag gegen fünf, während vor dem aufziehenden grauen Nebel in den Straßen all die Cremetiegel, Fläschchen und Flakons im Licht der Neonbeleuchtung noch kostbarer als sonst glitzerten, drang frenetisches Gebrüll in die leisen Beratungsgespräche. Beinahe im selben Moment hörte Fabian das Zersplittern von Glas. Dem sekundenlangen Klirren nach zu schließen war ganz in der Nähe ein Schaufenster zu Bruch gegangen.

Vor Schreck rutschte ihm der Pinsel ab, mit dem er einer blonden Kundin gerade den neuesten Nagellack namens *Rouge noir* auf dem Nagel seines kleinen Fingers vorführen wollte. Die aufreizende Blondine mit der Nutriastola um den Hals achtete gar nicht darauf, sondern hastete, wie auch die anderen Damen im Laden, neugierig zum Schaufenster.

Fabian verschloss das Nagellackfläschchen und entfernte in aller Ruhe den Patzer mit einem Papiertuch. Als die nächste Schaufensterscheibe zu Bruch ging, war ihm, als vibrierten die Kristallflakons in der Vitrine. Nun gesellte er sich doch zu den

Schaulustigen am Fenster. Was er über die Köpfe der Damen und Herren hinweg beobachten konnte, war schlichtweg unfassbar. Entsetzt sah er vier oder fünf breitschultrige Männer in Zivil mit Eisenstangen auf die Auslagen des gegenüberliegenden Bekleidungshauses Bamberger eindreschen. Dazu brüllten sie weithin hörbar »Juda verrecke« und tobten wie von Sinnen. Was war da los? In einem ersten Impuls wollte er hinausrennen, dem brutalen Treiben Einhalt gebieten oder zumindest laut aufschreien. Nur der Kundschaft wegen hielt er sich zurück und presste die Lippen zusammen.

Die Ladentür öffnete sich, und eine Gruppe von fünf oder sechs Passanten trat ein, die offensichtlich Schutz suchten.

»Wat jeht denn da draußen vor?«, erkundigte sich eine der Verkäuferinnen.

Erneut öffnete sich die Ladentür. Herein trat eine prominente Filmschauspielerin in einem prächtigen Silberfuchsmantel, der ihr das Aussehen einer russischen Prinzessin verlieh. Ihr folgte ein blonder Hüne in einer ordenverzierten schwarzen Wehrmachtsuniform. Das Pärchen zog sofort alle Blicke auf sich.

»Der Volkszorn erwacht«, verkündete der Hüne, als hätte er die Frage der Verkäuferin gehört. »Jetzt geht es dem Judenpack an den Kragen.«

Spitze Schreckensschreie wurden ausgestoßen. Aufgeregte Kommentare wurden laut.

»Wat is los?«

»Das deutsche Volk wehrt sich gegen die Vorherrschaft der Juden«, antwortete er mit abfälliger Miene.

»Versteh ick nicht, was soll det denn heißen?«

Der Uniformierte grinste hämisch. »Das Judenpack dominiert doch die gesamte deutsche Wirtschaft, dem muss endlich Einhalt geboten werden.«

»Genau! *Der Stürmer* hat och darüber berichtet, det de Juden ganze Ladenstraßen beherrschen, Miethäuser besitzen und de Vergnügungsstätten bevölkern. Det is een unmöglicher Zustand.«

»Dabei sind se doch nur verlauste Ausländer, die uns deutsche Mieter abkassieren. Ick finde det unerträglich. Det muss uffhörn.«

»Da ham Se recht. Man muss nur mal durch de Berliner Viertel laufen, egal, wo de hinkiekst, een Judenladen nach dem anderen. Überall ham se de Finger drin.«

»Was ein Glück, dass se ihre Schaufenster nun mit einem weißen J kennzeichnen müssen, so sind se schneller zu erkennen.«

Der hochdekorierte Wehrmachtshüne erklärte schadenfroh: »Das erleichtert doch vieles!«

Zustimmendes Gelächter wurde laut.

Fabian hätte den Nazi samt seiner Holden zu gerne des Ladens verwiesen. Doch er war auch Geschäftsmann, und als solcher war es ihm unmöglich, die Kundschaft zu maßregeln. Der Kunde war König, aber sich das Gehetze weiter anzuhören, das ging dann doch zu weit. Er eilte in den rückwärtigen Teil des Geschäfts, wo er durch eine verspiegelte Tür in einen schmalen Arbeitsraum gelangte, in dem der Telefonapparat installiert war. Er würde die Polizei anrufen, damit sie etwas gegen die Zerstörer unternahm. Es konnte doch nicht angehen, dass jeder X-Beliebige seine warum auch immer aufgestaute Wut am nächsten Schaufenster auslassen durfte. Dass er so empfand, hatte nicht nur mit Aliza oder ihrer Familie zu tun. Seit der Machtübernahme der NSDAP häuften sich die Ausschreitungen und Schikanen gegen die Juden, und das war ihm einfach unerträglich. Gegen diese Horde da draußen würde er allein wenig ausrichten können. Die Polizei musste einschreiten.

»Wat globen Se denn, wat ick tun soll?«, antwortete der Beamte am anderen Ende der Leitung, nachdem Fabian ihm die Situation geschildert hatte.

»Das ist Sachbeschädigung, und Sie sind verpflichtet, dagegen vorzugehen«, protestierte Fabian energisch.

»Ick weeß, ick weeß, aber so einfach is det nich«, seufzte der Mann und legte ohne weitere Erklärungen auf.

Fabian war derart überrascht, dass er noch einige Male »Hallo« in den Hörer brüllte, bis er einsah, dass am anderen Ende tatsächlich aufgehängt worden war. Was war das denn?, murmelte er halblaut vor sich hin und überlegte, was der Polizist mit seiner letzten Bemerkung hatte ausdrücken wollen. Eine logische Erklärung fiel ihm aber nicht ein.

Trotz der geschlossenen Bürotür hörte er nun erneut das Splittern von Glas. Und dass nicht nur ein schlichtes Wasserglas zu Bruch gegangen war, sondern eine größere Fläche, verriet das darauf folgende Gejohle.

Im Verkaufsraum harrten einige Kundinnen unverändert vor der Auslage aus, offensichtlich fasziniert vom Geschehen.

Fabian überlegte verzweifelt, wie er die schaulustigen Damen auf elegante Weise aufscheuchen könnte, als die Ladentür sich ein weiteres Mal öffnete.

»Jemand verletzt?«

Es war sein Vater und Chef des Hauses, Bruno Pagels, ein großer brünetter Mann Anfang vierzig, dessen sonore Stimme die Schaulustigen am Fenster aufschreckte. Die Damen fühlten sich ertappt, die Angestellten erinnerten sich, was sie hier eigentlich zu tun hatten, und huschten auseinander, während sie aufgeregt das Geschehen kommentierten.

Bruno Pagels sah sich nach Fabian um, entdeckte ihn am Kassentresen und ging auf ihn zu. Normalerweise war er wie sein Sohn den ganzen Tag im Geschäft anwesend, doch heute waren er und seine Frau in der Privatwohnung über der Parfümerie mit den Vorbereitungen für ein besonderes Abendessen beschäftigt gewesen. Eine Radiomeldung und der Lärm auf der Straße hatten ihn aufgescheucht.

»Was sich da draußen abspielt, gefällt mir gar nicht«, sagte er zu Fabian und berichtete von den Nachrichten und den allerorts stattfindenden Aktionen gegen jüdische Geschäfte und Hausbesitzer. »Sogar Synagogen brennen.«

»Ich habe gerade bei der Polizei angerufen«, entgegnete Fabian. »Der Beamte am Telefon hat sich zwar höchst seltsam benommen, aber ich hoffe, sie schicken jemanden.«

»Dann sollten sie sich beeilen, bevor die Randalierer alles kurz und klein schlagen«, sagte Bruno leise, als Fabians Kundin auf sie zukam. Sie hatte sich an den Nagellack erinnert. Pagels senior riet noch zu einem farblich passenden Lippenstift. Gnädig nickte die Kundin die Empfehlungen ab.

Fabian versicherte: »Vorzügliche Wahl«, als er den Kassenbon ausstellte und anschließend den Einkauf abkassierte.

Bruno hatte inzwischen die Waren verpackt, überreichte das Päckchen mit einem »Beehren Sie uns bald wieder« und wandte sich abermals an Fabian. »Hast du was von Aliza gehört?«

Sein Sohn hatte ihnen Aliza im Frühjahr vorgestellt, und sie waren genauso in dieses bezaubernde Mädchen verliebt wie Fabian selbst. Bruno und seine Frau störte es nicht, dass Aliza Jüdin und noch sehr jung war. *Jung gefreit, nie bereut,* hatte schon seine Mutter gesagt, als er selbst mit zwanzig seine damals achtzehnjährige Frau geheiratet hatte. Doch er hatte Fabian zur Seite genommen, ihm ein Päckchen der von Reichsführer SS Heinrich Himmler verbotenen Fromms Präservative zugesteckt, über Verantwortung gesprochen und gesagt: »Solange Aliza noch zur Schule geht, möchte ich keine ›böse Überraschung‹ erleben.«

»Eigenartig«, wunderte sich Bruno. »Normalerweise meldet sie sich doch nach der Schule ...«

»Nicht jeden Tag«, wandte Fabian ein. »Vielleicht möchte sie mir lieber persönlich gratulieren und hat deshalb noch nicht angerufen. Wir haben uns für sieben Uhr verabredet, ich werde sie abholen.«

»Hoffen wir, dass alles in Ordnung ist«, sagte Bruno, wobei eine tiefe Unmutsfalte zwischen seinen Brauen entstand.
»Was meinst du?«, fragte Fabian.
»Ich überlege nur, wie es den Landaus geht. Die Meldungen über brennende Synagogen und was sich da draußen abspielt sind vielleicht erst der Anfang. Wer weiß, was den braunen Brüdern noch alles einfällt.«
»Vater! Du machst mir Angst.« Fabian war laut geworden, ein Ehepaar drehte sich irritiert um und begann zu flüstern.
»Das lag nicht in meiner Absicht, tut mir leid. Ich wollte dich nicht beunruhigen«, beschwichtigte Bruno seinen Sohn.
»Aber jetzt bin ich es. Wenn du einverstanden bist, fahre ich sofort zu Aliza.«
Bruno nickte. »Natürlich, bis Ladenschluss kümmere ich mich um die Kundschaft. Aber sei vorsichtig, geh diesen Schlägern aus dem Weg, und misch dich nicht in Streitereien ein. Damit hilfst du nämlich niemandem.«

Fabian kümmerte sich weder um die Mahnung seines Vaters noch um das feuchtkühle Novemberwetter, das einen warmen Mantel verlangt hätte, sondern hetzte im Anzug auf die Straße und hielt ein vorbeifahrendes Taxi an. Atemlos nannte er dem Fahrer die Straße und bat ihn, »auf die Tube« zu drücken.
Der Fahrer nickte mürrisch. Ob er schlecht gelaunt oder ihm die kurze Strecke von der Parfümerie in die Wormser Straße nicht genehm war, interessierte Fabian aber nicht.
Es dauerte immerhin zwanzig Minuten, bis der Wagen sich dem Ziel näherte. Der Chauffeur hatte mehrmals großen Glasscherben und Schaulustigen ausweichen müssen, die die Straße blockierten. Auch Lastwagen, in die Menschen verladen wurden, behinderten die Fahrt. Fabian sah dieses unmenschliche Vorgehen gegen jüdische Mitbürger nicht zum ersten Mal, angeblich wurden sie nach Osten, in eine neue, rein jüdische

Heimat ausgebürgert, aber nach dem Terror gegen die jüdischen Geschäfte hegte er Zweifel an diesen Behauptungen. Eine jüdische Familie aus der Nachbarschaft war letzte Woche abgeholt worden, nur mit Handgepäck. Wie sollten sie sich damit denn ein neues Leben aufbauen? Im nächsten Moment befiel ihn ein grausamer Gedanke: Hatte Aliza deshalb nicht angerufen, weil sie und ihre Familie ebenfalls verhaftet worden waren? »Schneller, schneller!«, schrie er voller Panik. »Es ist ein Notfall.«

Entnervt kurvte der Fahrer über Umwege zur angegebenen Adresse, während er bei jeder Störung »Wat für 'ne Sauerei« fluchte.

Fabian ahnte, dass der Mann sich nicht anmerken lassen wollte, ob er mit seinen Äußerungen die Schlägertrupps, die Verwüstungen oder das Vorgehen gegen die Juden meinte. In Zeiten, wo Hakenkreuzfahnen das Stadtbild prägten, war es gefährlich, offenkundig sein Missfallen auszudrücken. Ein falsches Wort konnte den Gewerbeschein kosten, Berufsverbot oder die Verhaftung bedeuten. Es war ratsam, lediglich dann eindeutig Partei zu ergreifen, wenn man *für* die Partei war. Seine wahren Gefühle äußerte man nur noch innerhalb der Familie, denn die Angst vor Repressalien war meist größer als die Zivilcourage.

Am Ziel angekommen, atmete Fabian erleichtert auf, als er sah, dass die hohen Sprossenfenster der Praxis jetzt um sechs noch erleuchtet waren. Trotz der eingeschränkten Sprechstunden, wie auf dem neuen Emailleschild stand.

DR. SAMUEL ISRAEL LANDAU
Kennkarte J. Kenn-Nr. 873901
9–10, 3–5, Sonntag 10–11
Zur ärztlichen Behandlung
ausschließlich von Juden berechtigt

Fabian wusste, dass Alizas Vater seit über zwanzig Jahren praktizierte, einen ausgezeichneten Ruf und vor dem Berufsverbot das Wartezimmer täglich voller Patienten gehabt hatte. Wie grausam musste es für den leidenschaftlichen Mediziner gewesen sein, als man ihm die Kassenzulassung entzogen hatte und er sich nicht mehr Arzt nennen durfte.

Erleichtert bemerkte Fabian, dass die graublau lackierte Haustür unbeschädigt und auch noch nicht verschlossen war. Obwohl er das imposante Jugendstilanwesen nicht zum ersten Mal betrat, war er abermals beeindruckt von der Eleganz in dem edel gestalteten Treppenhaus: Die Stufen wie auch die schulterhohe Wandtäfelung waren aus rötlichem Marmor, die runden Spiegel an den Seitenwänden umrandet von floralen Stuckgirlanden, kristallene Lüster hingen von der Decke. Ein Aufzug in einem kunstvoll geschmiedeten Gerüst vervollständigte die geschmackvolle Ausstattung.

Fabian überlegte, ob er Dr. Landau von den Krawallen berichten sollte. Vielleicht hatte er nichts davon mitbekommen, überall in den Nebenstraßen wie auch in der ruhigen Wormser Straße war es so friedlich wie an einem ganz normalen Mittwochabend.

Als er im Hochparterre angelangt war, wurde die Praxistür geöffnet, und Aliza trat heraus. Ihre hellgrünen Augen glänzten, ihre Wangen schimmerten rosig, und ihr rotblondes Haar war locker im Nacken zusammengebunden. Alles, was er unter Schönheit verstand, war in Aliza vereint.

4

Berlin, 9. November 1938

ALIZA WAR VON Fabians unerwartetem Erscheinen so überrascht, dass sie ihn einen Moment lang verblüfft anstarrte. Wie erwachsen er aussah in dem dunkelblauen Anzug, der dezent gestreiften Krawatte und den mit Frisiercreme gezähmten Wellen. Beinahe so, als wollte er bei ihren Eltern um ihre Hand anhalten. Was du dir alles so einbildest, rügte sie sich insgeheim und fiel ihm stürmisch um den Hals.

»Fabian, welch eine Überraschung. Herzlichen Glückwunsch zum Geburtstag.« Sie küsste ihn links und rechts auf die Wangen und anschließend innig auf den Mund. »Ist es denn schon sieben Uhr?«

»Danke, mein Liebling.« Fabian bog den Kopf ein wenig zurück und musterte sie eindringlich. »Ich bin etwas zu früh … Aber du bist doch hoffentlich nicht verletzt?«

»Wie kommst du denn auf die Schnapsidee?« Aliza lachte. »Ach so … weil ich in der Praxis war? Nein, nein, heute ist nur der Teufel los«, erklärte sie und schilderte mit besorgter Miene, warum das Wartezimmer überfüllt war. »In den Straßen wütet der Mob, wir haben so viel Jodtinktur und Pflaster verbraucht wie seit Langem nicht, und der letzte Patient wurde vor wenigen Minuten entlassen. Ich habe meinem Vater assistiert, du weißt doch, wie gern ich Krankenschwester spiele.«

»Ich weiß, meine süße Florence Nightingale. Auch in der Kantstraße, auf dem Ku'damm und wer weiß, wo noch, wurden am Nachmittag jüdische Läden überfallen und geplündert. Deshalb habe ich mir Sorgen gemacht um dich und deine Familie.« Fabian zog sie an sich und küsste sie sanft. »Mmm ... du riechst köstlich ...«

»*Je Reviens*, hat mir ein schnuckeliger Verkäufer empfohlen«, flüsterte Aliza ihm ins Ohr.

»Du wirst mir doch nicht untreu werden«, stieg Fabian auf ihre Neckerei ein.

Versunken in Küsse und Liebkosungen, bemerkten sie kaum, wie das Licht im Treppenhaus verlosch, sich wenig später die Haustür öffnete und Ingrid Karoschke in Begleitung ihrer Tochter Birgit das Treppenhaus betrat. Das Deckenlicht flammte auf, und ein gequältes Aufstöhnen ließ das verliebte Paar auseinanderfahren.

Birgit und ihre Mutter stützten sich gegenseitig, während sie mühsam die Treppen hinaufhumpelten. Ihre Mäntel waren blutverschmiert und an einigen Stellen zerrissen, die Gesichter schmerzverzerrt. Birgit hatte Schnittwunden an der Wange, blutete aus der Nase, die sonst so ordentlichen Zöpfe sahen völlig zerzaust aus, und ein Arm hing leblos herunter.

»Himmel«, entfuhr es Aliza leise, und sie eilte auf die beiden zu, um ihnen die Stufen hinaufzuhelfen. Auch Fabian bot Hilfe an.

»Es geht schon, danke, Aliza, mein Mann müsste zu Hause sein, ich habe geklingelt«, stöhnte Frau Karoschke. »Ist dein Vater in der Praxis? Die arme Birgit hat es ziemlich erwischt ...«

Das Mädchen wimmerte. »Mutti, der Arm tut so weh.« Sie blieb am Treppenabsatz stehen und lehnte sich schwer atmend an die Wand.

»Keine Sorge ...« Aliza drückte auf den Klingelknopf. »Mein Vater ist in der Praxis.«

Die Tür wurde geöffnet, Karoschke trat heraus, gekleidet in einen Anzug mit dem unerlässlichen Parteiabzeichen am Revers. Erschrocken starrte er auf seine Frau und Tochter. »Was, zum

Teufel, ist denn mit euch passiert?« Besorgt trat er auf sie zu, versuchte, seine Tochter unterzuhaken.

Birgit schrie bei der ersten Berührung laut auf und legte die unverletzte Hand wie zum Schutz auf den Bauch. Hilflos starrte Karoschke sie an.

Kurz danach stand Alizas Vater in der Praxistür. »Hast du ...« Geschockt brach er ab, als er die verletzten Nachbarinnen erblickte.

Karoschke stürzte auf den Arzt zu. »Herr Doktor, helfen Sie uns! Bitte, Sie werden es nicht bereuen.«

»Das ist doch selbstverständlich«, sagte ihr Vater. »Aliza, ich brauche deine Unterstützung. Birgit, kannst du noch laufen?«

Birgits »Ja« ging in ihrem Stöhnen unter.

Aliza ergriff Fabians Hand. Gemeinsam folgten sie ihrem Vater und den Karoschkes in die Ordination.

Ihr Vater bat Frau Karoschke, am Schreibtisch Platz zu nehmen, der gepolsterte Armlehnstuhl sei am bequemsten. Die schwer verletzte Birgit führte er zur Behandlungsliege. Als er ihr aus dem Mantel half, brüllte sie qualvoll auf. »Wurde dir der Arm nach hinten gedreht?«, fragte er. »Ich vermute ein ausgekugeltes Schultergelenk. Aliza, nimm Birgits andere Hand.« Mit ruhiger Stimme erklärte er dem Mädchen, dass es in einer Sekunde vorbei sein würde, umfasste ihr Handgelenk und brachte Schulter und Arm mit einem geübten Griff in ihre angestammte Position.

Birgit schrie kurz auf, als der Arzt an ihrem Arm zog, aber nach einem dumpfen Geräusch entspannten sich ihre Gesichtszüge. »Plötzlich tut es nicht mehr weh.«

»Sehr gut. Aber du musst den Arm mindestens eine Woche in einer Schlinge tragen. Leider habe ich nichts, was passen würde. Hast du vielleicht einen Schal zu Hause, der sich dafür eignet?«

»Hermann«, meldete sich Ingrid Karoschke. »In der Schlafzimmerkommode, oberste Schublade, da findest du ein großes blaues Kopftuch, das müsste passen.«

Karoschke stürmte hinaus.

Samuel wandte sich wieder an Birgit. »Inzwischen kümmern wir uns um die Verletzungen in deinem Gesicht. Aliza, ich brauche Wattestäbchen und Tinktur.«

Aliza wickelte kleine Stücke Verbandswatte um Holzstäbchen, die ihr Vater zum Betupfen und Säubern von Wunden benutzte.

Einige tiefe Kratzer in Birgits Gesicht hatten heftig geblutet, mussten aber nicht genäht werden. Dennoch stöhnte sie bei der kleinsten Berührung laut auf und jammerte, dass sie mit der gebrochenen Nase für immer entstellt sein würde. Erst, als Samuel versicherte, dass die Nase nicht gebrochen sei, die Kratzer in einigen Wochen verheilt wären und keine Narben zurückbleiben würden, beruhigte sie sich.

»Und mein Papa weiß, wovon er redet«, bekräftigte Aliza zusätzlich. Sie vermochte sich gut vorzustellen, wie Birgit zumute war. Oft war sie in der Schule schon wegen der großen Nase verspottet worden. Aliza hatte versucht, die Freundin zu trösten, und ihr versichert, wie wunderschön ihr dunkles Haar sei, um das sie von vielen Kameradinnen beneidet würde.

Karoschke kam mit dem Kopftuch zurück. Er bedankte sich unentwegt und versicherte ihrem Vater, niemals zu vergessen, dass er trotz des Verbots, arische Patienten zu behandeln, geholfen habe.

»Schon in Ordnung, Herr Karoschke, ich bin immer noch Arzt und fühle mich verpflichtet zu helfen, das Verbot ändert nichts daran«, antwortete Samuel, während er das Tuch zu einer Schlinge band und Birgit fragte: »Was ist denn überhaupt geschehen? Derart schlimme Blessuren holt man sich normalerweise nicht bei einem vergleichsweise harmlosen Treppensturz.«

»Zuerst waren wir Brot holen, und dann wollte Mutti noch Knöpfe besorgen …«

»Für deine Uniform«, erklärte Ingrid leicht vorwurfsvoll an ihren Mann gerichtet. »Du hast doch gemeint, das wäre dringend …«

»Ja, und?«

»Na ja, diese speziellen Knöpfe gibt's eben nicht überall, und bei Mandelbaum am Wittenbergplatz waren sie vorrätig … Ich wollte grad bezahlen, als eine Horde Männer mit Knüppeln in den Laden stürmte …« Sie brach in Tränen aus. »Sie haben alles kurz und klein geschlagen, Birgit mit Fäusten verprügelt und gegen eine Glasvitrine geschleudert … Mich haben sie Judenschlampe genannt, mir das Portemonnaie aus der Hand gerissen und die Einkaufstasche weggenommen …«

Der Blockwart schnaufte wütend, kommentierte Ingrids Erlebnis aber nicht.

Aliza schloss aus Karoschkes Benehmen, dass er seiner Frau verboten hatte, bei Juden zu kaufen. Seit dem Ausschluss ihres Vaters aus den Krankenkassen hatte er dessen Praxis auch nicht mehr betreten. Sich selbst, seine Frau oder Tochter von ihm behandeln zu lassen war wohl gänzlich unvorstellbar für einen Blockwart und glühenden Anhänger der Nazis. Aber im Angesicht offener Wunden waren Überzeugungen eben nicht mehr wert als ein Stück Heftpflaster, mutmaßte Aliza.

Birgit begann sofort wieder zu wimmern, als Samuel sie nun nach Rippenbrüchen abtastete.

»Hast du Schmerzen beim Luftholen?«, erkundigte er sich.

Birgits Antwort wurde vom Hämmern an die Praxistür und gleichzeitigem Klingeln übertönt. »Judensau, aufmachen, sofort aufmachen!«, brüllte jemand in herrischem Tonfall, der alle den Atem anhalten ließ.

Aliza erschrak so heftig, dass ihr die Schere herunterfiel, die sie ihrem Vater hatte reichen wollen.

Fabian, der an einem Fensterbrett lehnte, erbot sich zu öffnen. »Ich lasse mir eine Ausrede einfallen.«

»Ich gehe!«, bestimmte Karoschke, dessen Miene keine Regung zeigte. »Verstecken Sie sich, Doktor, schnell.« Resolut schritt er aus dem Behandlungsraum.

Aliza wusste wie jeder im Raum, wer da an die Praxistür hämmerte und in welcher Gefahr sich ihr Vater befand. Hoffentlich gelang es Karoschke, die Situation zu entschärfen.

Samuel sah sich hilflos im Raum um.

»Der Schreibtisch«, flüsterte Aliza ihrem Vater zu, als ihr einfiel, dass sie sich dort als Kind oft versteckt hatte.

Der vom Schreiner gefertigte Eichentisch mit dem hohen Aufsatz und den seitlichen Schubladensäulen verfügte über einen breiten Fußraum, und die stabile, durchgehende Rückwand machte ihn für Besucher uneinsehbar. Ein Erwachsener hatte es dort zwar nicht sonderlich bequem, aber sollte die Gestapo in die Ordination eindringen, würden sie ihren Vater nicht sehen können, da der Tisch mit der Rückwand quer zur Eingangstür postiert war. Es sei denn, sie kämen auf die Idee, dort nachzusehen.

Fabian half Frau Karoschke aufzustehen, und noch während Alizas Vater mühsam in das Versteck kroch, schwoll draußen das Gebrüll zu einer weithin hörbaren Lautstärke an: »Aufmachen … verdammte Judensau … wird's bald …«

Frau Karoschke setzte sich wie eine Wächterin wieder auf den Stuhl und legte beide Arme auf den Tisch. In diesem Moment war die Stimme des Blockwarts zu hören, und draußen verebbte das Gebrüll.

Aliza atmete erleichtert auf und bückte sich nach der Schere. Karoschke hatte es offenbar geschafft, die tobenden Herrenmenschen zu beruhigen.

Ein Trugschluss, wie sie Sekunden später feststellen musste, als sie das Klacken harter Stiefelabsätze vernahm und eine männliche Stimme drohte: »Aus dem Weg, Idiot, oder es hagelt Schläge.«

»Hier, nimm das«, flüsterte Fabian, der sich eine Mullbinde aus dem Arzneischrank gegriffen hatte und sie Aliza reichte.

Birgit rief nach ihrer Mutter, die standhaft am Schreibtisch sitzen blieb.

Fabian trat an die Liege, strich dem Mädchen sanft übers Haar und sagte: »Hab keine Angst.«

Augenblicklich verstummte Birgits Wehklagen. Dankbar griff sie nach Fabians Hand.

Die Tür wurde aufgestoßen, und Karoschke trat in den Raum, gefolgt von zwei breitschultrigen Männern in braunen Uniformen. »Bitte, sehen Sie selbst, nur meine schwer verletzte Tochter und meine Frau, wie ich gesagt habe«, erklärte er und holte Luft, als wollte er die Schergen umpusten: »Verprügelt von Ihren Leuten!«

Ungerührt nahmen die Gestapomänner die Anschuldigung hin. Als Nächstes bellte der jüngere der beiden: »Wo ist das Judenschwein Landau? Wo ist die Drecksau?«, und fixierte alle Anwesenden der Reihe nach mit eiskalten Blicken.

»Wie oft soll ich es noch sagen? Samuel Landau wurde bereits heute Nacht abgeholt«, antwortete Karoschke nicht weniger laut. »Mir als Blockwart werden Sie doch hoffentlich glauben. Falls Sie dennoch Zweifel haben, fragen Sie in der Burgstraße nach.«

Der um einiges älter wirkende Uniformierte hatte bisher schweigend neben seinem eifrigen Kumpan gestanden, dabei aber Fabian nicht aus den Augen gelassen. Nun schritt er auf ihn zu, blieb dicht vor ihm stehen und brüllte: »Ausweis vorzeigen!«

Fabian ließ Birgits Hand los, griff ohne Hast in sein Jackett, zog das geforderte Papier aus der Innentasche und reichte es dem Mann. »Bitte schön.«

»Deutscher, aha.« Er gab ihm den Ausweis zurück. »Und was wollen Sie bei diesem Judenpack?«

Fabian zögerte. »Nun ja ...«

Aliza brach der Schweiß aus. Auf keinen Fall durfte Fabian die Wahrheit sagen. Sie musste es verhindern. Als sie sah, dass er wieder nach Birgits Hand griff, sagte sie spontan: »Er ist der

Freund von Fräulein Birgit«, und warf Herrn Karoschke einen schnellen Blick zu, in der Hoffnung, er möge verstehen.

Karoschke zog überrascht die Augenbrauen hoch, öffnete den Mund, als wollte er protestieren, schwieg dann aber.

Fabian musterte Aliza nicht weniger überrascht.

Aliza blickte von Birgit zu Fabian, als stummes Zeichen der Entschuldigung, ihn auf die Schnelle mit einer anderen verkuppelt zu haben.

Birgit dagegen lächelte, als wäre das erlebte Grauen nur ein Albtraum gewesen, und zog Fabians Hand an ihre Wange.

Diese Geste schien den Uniformierten zu überzeugen. Wortlos gesellte er sich zu seinem Kollegen.

»Sind Sie nun zufrieden?«, übernahm Karoschke wieder das Wort. »Können wir uns jetzt endlich um meine verletzten Frauen kümmern?«

Statt zu antworten, fragte der ältere: »Warum lassen Sie Ihre Tochter von einem dreckigen Judenschwein behandeln?«

Aliza beobachtete Karoschke, der fast unmerklich schluckte, sich dann aber vor den Gestapomännern aufbaute und sie wütend musterte. »Sehen Sie hier jemanden, der meine Tochter *behandelt*? Ich nicht. Wir sind allein wegen des Verbandsmaterials hier. Ich wohne gegenüber, wie Ihnen bekannt sein dürfte, aber in meiner Hausapotheke findet sich nur ein Notvorrat an Pflaster, der für diese unzähligen Verletzungen nicht ausreichen würde. Wenn Sie so freundlich wären, uns zu einem deutschen Arzt zu fahren, wäre ich natürlich sehr dankbar. Ich besitze nämlich keinen Wagen, und mit meiner schwer verletzten Frau und der von Ihren Leuten fast zum Krüppel geprügelten Tochter in einen Omnibus zu steigen ist ja wohl unzumutbar. Oder wie sehen Sie das?«

Karoschkes Empörung zeigte endlich die gewünschte Wirkung. Perplex sahen sich Hitlers Rächer an und stiefelten dann ohne ein weiteres Wort davon. Karoschke folgte ihnen. Sekunden später knallte die Tür ins Schloss. Karoschke kehrte zufrieden grinsend zurück. »Die kommen nicht wieder!«

Alizas Vater kroch aus dem Versteck und bedankte sich.

»Wie kann ich das jemals wiedergutmachen, Herr Karoschke? Sie haben mich gerettet!«

Der Blockwart winkte ab. »Nicht der Rede wert.«

»Was für eine absurde Idee«, flüsterte Fabian Aliza zu, die nur lächelnd mit den Schultern zuckte.

Birgit klammerte sich weiter an Fabians Hand, bis Samuel all ihre Wunden versorgt hatte.

Eine halbe Stunde später war auch Frau Karoschke verarztet. Aliza und ihr Vater begleiteten alle zur Tür. Sichtlich erleichtert schüttelte Karoschke Samuels Hand. »Danke, Doktor.«

»Schon gut«, erwiderte der. »Aber wenn Sie vielleicht etwas für meinen Vater tun könnten …«

»Ach so … ja, ich werde es versuchen, aber versprechen kann ich nichts«, sagte Karoschke zögerlich. Zurück in der Praxis streckte Alizas Vater Fabian die Hand entgegen: »Ich kann dir gar nicht genug danken für deine mutige Hilfe, ohne dich wäre die Chose sicher nicht so glimpflich verlaufen. Du wirst doch heute achtzehn, nicht wahr? Meinen herzlichsten Glückwunsch. Und jetzt ab, ihr beiden, wenn ich mich recht erinnere, steht ein Klavierkonzert auf dem Programm. Harald und ich werden uns um den armen Emil kümmern.«

»Was ist mit Emil?«, erkundigte sich Fabian.

Aliza verstaute das restliche Verbandsmaterial im Schrank, während sie erklärte: »Die Gestapo ist heute Nacht in die Wohnung meiner Großeltern eingedrungen, hat alles verwüstet, meinen Großvater verhaftet und den armen Emil …« Sie vermochte es nicht auszusprechen.

»Er ist tot«, sagte ihr Vater. »Und wir wollten ihn irgendwo im Park begraben, aber das ist natürlich verboten und deshalb nur im Dunkeln möglich.«

Fabian legte den Arm um Alizas Schultern. »Warum gehen wir nicht mit?«

»Und dein Geburtstag?«

»Nicht so wichtig«, winkte Fabian ab. »Klavierkonzerte finden alle naselang statt.«

So konnte Harald bei Bobe bleiben, die wieder in ihre Wohnung gezogen war und davon redete, sich aus dem Fenster zu stürzen, wenn ihr Mann nicht zurückkäme.

Inzwischen war es dunkel genug, um den Pudel im Großen Tiergarten zu begraben. Dort, wo Emil so gern herumgetollt war, bis für Juden der Zutritt verboten worden war.

Während der Fahrt überlegte Aliza sich ein paar Abschiedsworte, doch als Emil eine halbe Stunde später unter einer Baumgruppe in seiner letzten Ruhestätte lag, wurde ihr die Endgültigkeit des Ganzen bewusst, und Tränen liefen über ihre Wangen. »Ich wollte ... nicht weinen«, schluchzte sie, während sie gemeinsam die Stelle mit Blättern tarnten.

Fabian nahm sie in den Arm. »Er war ja auch dein Hund, es ist ganz normal, dass du traurig bist.«

»Aber«, schniefte Aliza »heute ist doch dein Geburtstag, und jetzt ist es zu spät für das Konzert, und statt Musik hast du nur mein Geheule im Ohr.«

»Das ist unwichtig«, tröstete Fabian sie. »Wir holen das nach, nächstes Jahr habe ich wieder Geburtstag, und auch im Jahr darauf, und so weiter und so weiter ...«

Trotz ihrer Trauer um Emil spürte Aliza ein sanftes Kribbeln in ihrer Magengegend. Es klang, als redete Fabian von ihrer gemeinsamen Zukunft, als wollte er sein ganzes Leben mit ihr verbringen. Natürlich war sie mit knapp siebzehn Jahren noch viel zu jung, um ans Heiraten zu denken, aber wenn sie es dennoch tat, dann war Fabian ihr Bräutigam. Der Mann, mit dem sie ihr Leben verbringen wollte. Ihre große Liebe.

5

Berlin, November 1938

BEHUTSAM SÄUBERTE SAMUEL die klaffende Stirnwunde einer Verkäuferin, die tapfer die Zähne zusammenbiss. Die Überfälle auf jüdische Geschäfte und Wohnungen hatten noch tagelang angehalten. In der Praxis war der Strom schwer verletzter Patienten bis in die späten Abendstunden nicht abgerissen. Ohne Alizas tatkräftige Hilfe säßen viele Verletzte noch immer im Wartezimmer.

»Die kamen ins Jeschäft jestürmt und ham sich uffjeführt wie 'ne Horde Vandalen«, berichtete die Verkäuferin nun. »Eener hat einfach 'n Hosenstall jeöffnet und uff de Textilien uriniert. Is det zu globen?«

»Mich wundert nichts mehr«, murmelte Samuel erschöpft vor sich hin. Jeder der Patienten hatte von ausufernden Gewaltaktionen und Plünderungen berichtet. Es kam ihm so vor, als wäre wieder Krieg und er selbst ein junger Arzt im Lazarett. Damals hatte er gelernt, sein Mitgefühl in Grenzen zu halten, um effektiv und schnell arbeiten zu können.

»Wat für een Glück, dat Se noch nicht ausjewandert sind, Herr Doktor«, seufzte die Verkäuferin. »Meen Zahnarzt hat vorletztes Jahr schon de Koffer jepackt.«

»Das könnte diesem braunen Pack so passen«, entgegnete Samuel ausweichend. Wenn er ehrlich war, dachte er seit der Verhaftung seines Vaters an nichts anderes. Aber zuerst musste er ihn freibekommen.

»Nur ein kleines Stück«, flüsterte er Aliza zu, die das kostbar gewordene Pflaster zuschnitt. Glücklicherweise hatte Harald einiges an Desinfektions- und Verbandsmaterial im Jüdischen Krankenhaus organisieren können.

»Du siehst müde aus, Samuel«, bemerkte seine Frau einige Tage später beim Abendessen, während sie eine Scheibe Brot mit Butter bestrich, Salami darüberlegte und ihm den Teller zuschob. Samuel strich ihr liebevoll über den Handrücken und bedankte sich mit einem Lächeln. »Es geht mir gut, Rachel, mach dir keine Sorgen.« Er würde nicht jammern, auch wenn ihm danach zumute war, denn er wollte Rachel nicht unnötig beunruhigen.

»Zurzeit ist aber auch die Hölle los«, platzte Aliza aufgeregt heraus. »Du machst dir keine Vorstellungen, Mama, was diese uniformierten Ganoven sich alles erlauben. Ich habe noch nie so viel Blut gesehen. Der Inhaber deines Stammschuhladens war heute auch in der Praxis. Sie haben seine Ladeneinrichtung zerschlagen, sämtliche Schuhe in mitgebrachte Säcke gestopft, und zum Abschied wurde er noch verprügelt.«

Rachel berichtete von einer Bekannten, die sie beim Einkauf getroffen hatte. »Die Gestapo kam mit Äxten in die Wohnung, hat alles Bargeld, Schmuck und Wertpapiere konfisziert. Und als sie das Radio entdeckten, haben sie gebrüllt, ob sie nicht wüsste, dass alle Juden ihre Geräte im August hätten abgeben müssen. Der Besitz könne mit dem Tode bestraft werden.«

»Vergesst nicht«, mahnte Samuel seine Familie »dass wir unseren Apparat nur mit Karoschkes Zustimmung behalten dürfen und Programme immer bei geschlossenen Fenstern und auf niedrigster Lautstärke hören müssen.«

»Am besten noch mit drei Lagen Decken drüber«, spottete Harald und berichtete voller Verachtung, dass in den Straßen geflüstert würde, die Juden bekämen nun endlich den gerechten Volkszorn zu spüren. »*Wir* sind nämlich an allem Unglück schuld.«

»So ein Quatsch«, schimpfte Aliza, während sie ihr Käsebrot derart rabiat mit dem Messer traktierte, als könnte das ihren Unmut über die Gräueltaten dämpfen.

»Kein Quatsch«, widersprach Harald. »Auf meinem Weg in die Klinik habe ich Schaulustige vor den brennenden Synagogen beobachtet, die behaupteten, wir hätten sie selbst angezündet. Sie haben sich köstlich amüsiert, dass unsere Gotteshäuser bis auf die Grundmauern niedergebrannt sind, während die Feuerwehr mit Wasserfontänen die arischen Nebengebäude geschützt hat.«

Ziva, die bislang nur schweigend dagesessen und kaum ein halbes Stück Butterbrot verzehrt hatte, schob ihren Stuhl zurück und behauptete, müde zu sein.

»Ist alles in Ordnung, Mame?«, fragte Samuel besorgt.

Ziva nickte schwach und schleppte sich aus dem Esszimmer.

Doch Samuel kannte seine Mutter gut genug, um zu wissen, was sie außer der Verhaftung ihres Mannes noch bedrückte. Göring hatte verkündet, die Juden hätten sämtliche vom 8. bis 10. November entstandenen Schäden auf eigene Kosten zu beseitigen. Wer mehr als fünftausend Reichsmark Vermögen besaß, musste innerhalb eines Jahres zwanzig Prozent davon abgeben, als »Sühneleistung« für die feindliche Haltung gegenüber dem deutschen Volk.

»Wie sollen wir nur diese unglaubliche Summe aufbringen, die am Wert des Hauses gemessen wird?«, fragte seine Mutter, als Samuel sie nach dem Essen in ihrer Wohnung aufsuchte.

»Ich weiß es noch nicht, Mama«, antwortete er und hoffte, nicht allzu verzweifelt zu klingen. »Aber mach dir bitte keine Gedanken, wir haben noch ein paar wertvolle Gemälde, die wir verkaufen können.«

Ziva blickte ihn entsetzt an. »Unsere schönen Bilder?«

»Genau genommen ist es nur ein wenig Farbe auf Leinwand«, scherzte er, in der Hoffnung, seine Mutter aufzuheitern. »Außerdem kommen wieder mehr Patienten, und wir haben noch Zeit bis zum 15. Dezember, die erste Rate der sogenannten Judenbuße zu bezahlen.«

»Ach mein Junge«, seufzte Ziva. »Wo soll das nur enden.«

»Alles wird gut«, versprach er mit fester Stimme, obgleich er selbst nicht daran glaubte. Vor allem bezweifelte er stark, die Gemälde zu einem angemessenen Preis loszuwerden. Jeder, der jetzt das Land verlassen wollte, veräußerte sein Hab und Gut, und selten erhielt er den tatsächlichen Wert dafür. Die einschlägigen Händler nutzten das gründlich aus. Aber den Blockwart konnte er nicht noch einmal um Hilfe bitten. Sollte der etwas über den Verbleib seines Vaters herausfinden, würde er ihm ohnehin bis an sein Lebensende zu Dank verpflichtet sein.

Wenige Tage später erschien Karoschke in der Praxis, an der Hand seine Tochter Birgit.

Samuel untersuchte das Mädchen noch einmal gründlich. »Bald bist du wieder so schön wie vorher«, versicherte er Birgit und reichte ihr ein braunes Fläschchen mit Hamamelisextrakt. »Davon ein paar Tropfen ins Waschwasser, das beschleunigt die Heilung.«

Karoschke nickte sichtlich zufrieden. »Geh nach Hause, Kind, ich hab noch was mit dem Doktor zu bereden«, sagte er zu Birgit, und als er mit dem Arzt allein war: »Ich konnte herausfinden, wohin Ihr Vater gebracht wurde.«

»Wo ist er, wie geht es ihm?«, fragte Samuel. Er deutete auf den Besucherstuhl, nahm selbst auf seinem Stuhl hinter dem Schreibtisch Platz und wartete ungeduldig auf Einzelheiten.

Der Blockwart öffnete den Knopf seiner Anzugjacke und setzte sich. »Den Umständen entsprechend«, antwortete er vage.

»Dank meiner Verbindungen weiß ich, wo sich Ihr Vater befindet, aber ... wie soll ich es ausdrücken ... um ihn rauszuholen, bedarf es größerer *Mittel*, wenn Sie mich verstehen.«

Samuel verstand sehr gut und fragte geradeheraus: »Was oder wie viel wollen Sie?«

Karoschke lehnte sich zurück und hob die Hände, als wäre er zu Unrecht eines Vergehens beschuldigt worden. »*Ich* will gar nichts, schließlich haben *Sie* Ingrid und Birgit geholfen, trotz des Verbots, Arier zu behandeln. Ich löse nur eine Schuld ein. Aber mein ... Verbindungsmann sprach von einem Wagen.«

Samuel schluckte. Er hatte keine Ahnung, wie er so schnell einen auftreiben sollte.

»Nun, es muss kein neuer Wagen sein«, redete Karoschke weiter, während er mit einer Hand lässig über sein hellbraunes Haar strich. »Ein gebrauchtes Fahrzeug wäre vollkommen in Ordnung. Vielleicht ein Mercedes, wie Sie einen fahren.«

»Verstehe«, murmelte Samuel, nachdem er sich vom ersten Schock erholt hatte. Und er verstand sehr wohl, dass der angebliche Verbindungsmann in Wirklichkeit gar nicht existierte und Karoschke den Wagen für sich wollte, es aber niemals zugeben würde. Ein Beamter wie der Blockwart, der für sechzig Reichsmark zur Miete wohnte und monatlich etwa zweihundertfünfzig verdiente, würde sich niemals einen Wagen leisten können, der knapp sechstausend kostete.

Karoschke grinste breit, erhob sich umständlich und reichte ihm die Hand. »Dann sind wir uns mal wieder einig, Doktor.«

»Selbstverständlich, Sie bekommen meinen Wagen«, antwortete Samuel und fügte eilig hinzu: »Für Ihren Verbindungsmann.«

Zwei Tage später war Samuel Landau senior tatsächlich aus dem Gefängnis der Gestapo befreit.

»Wir päppeln ihn schon wieder auf«, sagte Ziva überglücklich und bemühte sich, angesichts der Blutergüsse und Schwellungen im Gesicht, der fehlenden Vorderzähne und der Striemen am Körper ihres Mannes nicht in Tränen auszubrechen.

Was man ihm angetan hatte, darüber wollte Samuel senior nicht reden, auch nicht mit seinem Sohn, als der in der Praxis seine unzähligen Wunden versorgte.

»Es ist vorbei, ich habe überlebt, und nur darauf kommt es an.«

»Hoffentlich verlangt der Blockwart eines Tages nicht noch ein weitaus größeres Dankeschön als den Mercedes«, fürchtete Rachel.

»Das Leben meines Mannes ist doch wohl mehr wert als so ein Auto, das im Grunde nur ein Blechhaufen ist.«

»Tausend Mal mehr, Mame«, versicherte Samuel, fragte sich aber, wie er Hausbesuche mit Bus oder U-Bahn würde erledigen können. Überall begegneten einem diese halbwüchsigen Burschen in HJ-Uniformen, die sich aufführten, als wären sie Hitlers ganz persönliche Knechte, und nicht zögerten, Juden zu verspotten oder sogar zu verprügeln.

In der kleinen Erdgeschosswohnung wartete Karoschke, bis seine Tochter schlafen gegangen war, und öffnete dann eine Flasche Wein, um den Mercedes zu feiern. Besitzer einer so feudalen Karosse zu sein war doch Anlass genug, um mitten unter der Woche einen zu heben.

»Wie hast du das nur wieder gedreht, Hermann?«, flüsterte Ingrid bewundernd.

»Er hat mir den Wagen ja praktisch aufgedrängt«, behauptete er, ohne rot zu werden, als sie nebeneinander auf dem Sofa saßen und anstießen. »Ich musste ihn annehmen, sonst wäre er sicher gekränkt gewesen.«

»Du hast dem alten Landau das Leben gerettet und damit wiedergutgemacht, dass du neulich nachts der Gestapo die Haustür geöffnet hast. Der Wagen ist nur eine gerechte Belohnung«, sagte Ingrid mit bewunderndem Augenaufschlag. »Und wenn ich daran denke, welche Unsumme an Miete die da oben jeden Monat kassieren, müssen die doch in Geld schwimmen. Der Doktor kann sich jederzeit ein neues Auto leisten.«

»Das vielleicht«, sagte Karoschke mit süffisantem Grinsen. »Aber fahren könnte er nicht mehr lange damit.«

»Warum das denn nicht?«

»Nun, mein geliebtes Eheweib ... Ich weiß aus sicherer Quelle, dass man Anfang Dezember alle Fahrzeuge der Juden konfiszieren wird. Die Papiere muss dann jeder bis Ende Dezember abgeben. Ich war nur etwas schneller.«

»Du alter Fuchs, du.« Ingrid streichelte lachend seine Wange. »Dann wird der Doktor eben ein paar Tage früher zum Fußgänger, das macht ja keinen großen Unterschied.«

»Sehe ich auch so.« Karoschke drückte seiner Frau einen Kuss auf die Wange. »Nicht zu vergessen die Genugtuung, die er empfinden darf, mit dem Fahrzeug seinen Vater gerettet zu haben. Im Gegensatz zu der Demütigung, die er bei der Beschlagnahmung empfunden hätte.«

Ingrid schlürfte ein wenig von dem süßlichen Wein. »Genau genommen hast du ihm also einen doppelten Gefallen getan, oder?«, kicherte sie vergnügt.

Hermann klopfte sich vergnüglich auf seinen Bauch. Er liebte es, wenn Ingrid beschwipst und dann besonders anschmiegsam war.

»Ich bin einfach ein guter Mensch. Ein klein wenig fühle ich mich dem Doktor auch verpflichtet, weil er euch nach dem Überfall geholfen hat.« Er drückte ihr den nächsten Kuss auf die Wange. »Wenn ich daran denke, wird mir jedes Mal ganz blümerant.«

»Ich bin auch heilfroh, dass wir einen Arzt im Haus haben«, sagte Ingrid. »Aber was mich doch interessieren würde – wie hast du es denn geschafft, den Alten aus dem Gefängnis zu holen?«

Hermann leerte sein Glas, bevor er antwortete. »Man muss die richtigen Leute an den entscheidenden Positionen kennen.« Dass er lediglich herausgefunden hatte, wann der olle Landau aufgrund seiner Verdienste als Frontarzt entlassen wurde, und er ihn nur nach Hause gebracht hatte, würde er niemandem auf die Nase binden, auch seiner geliebten Frau nicht.

Ingrid schmiegte sich enger an ihn. »Falls du jemanden an einer anderen entscheidenden Quelle kennst … Birgit ist aus fast allem rausgewachsen, und ich hätte auch nichts gegen ein paar schicke Kleider«, seufzte sie. Nach einer kurzen Pause fügte sie hinzu: »So was wie der Doktor und seine Familie tragen, nicht die billigen Fähnchen für drei fuffzig, mit denen wir uns begnügen müssen. Es wäre wirklich schön, wenn wir auch mal in feiner Pelle ausgehen könnten.« Ihre Hand wanderte zu seinem Hosenstall. »Dafür bekommst du dann auch eine besondere Belohnung.«

Voller Vorfreude stöhnte Hermann auf. »Unser Leben auf der Schmalspur hat bald ein Ende, mein geliebter Schatz«, versicherte er, wollte aber nichts Genaueres verraten. Dazu könne er erst in zwei, drei Wochen etwas sagen.

Fünf Tage nach der Kristallnacht, wie die brutalen und hinterhältigen Überfälle inzwischen auf den Straßen genannt wurden, kam Aliza eine knappe Stunde nach Schulbeginn wieder nach Hause.

In der Diele roch es nach Waschlauge, und Aliza fand ihre Mutter im Badezimmer. Sie war dabei, die Leibwäsche für den morgigen Waschtag in der Wanne einzuweichen, und sah in der blauen Kittelschürze und dem um den Kopf gebundenen blauen Tupfentuch der Figur auf der Waschmittelpackung *Burnus* zum Verwechseln ähnlich. Seit drei Jahren, als es Juden verboten worden war, arisches Hauspersonal zu beschäftigen, plagte sich ihre Mutter mit der Wäsche. Jüdische Hilfen waren wählerisch geworden und für solch anstrengende Arbeiten kaum zu bekommen. Zudem war das Geld knapp geworden, denn ihr Vater behandelte arbeitslose und bedürftige Patienten kostenlos.

»Aliza, was hast du angestellt?« Rachel musterte ihre Tochter mit mütterlichem Argwohn.

»Ab sofort dürfen Juden keine deutschen Schulen mehr besuchen«, erklärte Aliza.

Rachel sah sie fassungslos an. »Wieder eine neue Schikane?«

»Der Direktor handelt nach einer Verordnung von allerhöchster Stelle«, erklärte Aliza und wiederholte die Erklärung, die der Schuldirektor vorgelesen hatte. »Nach dem Mordanschlag von Paris ist es keiner deutschen Lehrkraft mehr zuzumuten, jüdische Kinder zu unterrichten. Und deutschen Schülern sei es nicht zuzumuten, mit Juden in einem Klassenraum zu sitzen.«

Aliza bedauerte es kein bisschen. Die ewigen Fahnenappelle und das tägliche »Heil Hitler« waren gerade noch zu ertragen. Nicht aber der parteitreue Lehrer, ein hagerer Mann mit kahl rasiertem Kopf und langer spitzer Nase, der im Fach Rassenkunde behauptete, alle Juden hätten angewachsene Ohrläppchen, und jüdische Mitschüler nach vorne kommen ließ, um deren Schädel zu vermessen. Aliza konnte diesen Quatsch von den angeblichen jüdischen Merkmalen nicht ernst nehmen; mit ihren rotblonden Haaren und den hellgrünen Augen sah sie arischer aus als manche »echten Arier« in der Klasse. Aber es war erniedrigend, als Untermensch bezeichnet und von allen verlacht zu werden, so wie beim letzten Sportfest. Da hatte sie den Wettbewerb im Weitsprung gewonnen, aber der Sportlehrer hatte behauptet, sie wäre mit dem Po in den Sand gefallen, und hatte sie hämisch grinsend disqualifiziert.

»Ach, plötzlich ist es unzumutbar, mit jüdischen Kindern in einem Raum zu sitzen?«, sagte ihre Mutter und wischte sich mit dem Handrücken eine Strähne ihrer blonden Haare aus der Stirn. »Da frage ich mich doch, wie Birgit die Hilfe eines jüdischen Arztes *ertragen* konnte. Ich meine, von einem Juden angefasst zu werden, muss doch weitaus schrecklicher sein, als sich mit Juden in einem Raum zu befinden.«

»Birgit kann nichts dafür, sie hat sogar gesagt, dass es ihr leidtut«, nahm Aliza die Klassenkameradin in Schutz. Die Blockwart-Tochter war ihre Freundin, hatte sie in Mathe immer abschreiben lassen und, wenn sie als Jüdin beschimpft wurde, oft verteidigt. Auch beim Sportfest war Birgit die Einzige gewesen, die sie getröstet hatte. »Aber es ist doch sowieso egal, ob ich was lerne oder nicht, wenn ich nicht studieren darf. Hochschulen sind für uns genauso verboten wie sämtliche Berufe. Am besten, ich mache mich bei Papa in der Praxis nützlich, dabei lerne ich was, und oft genug braucht er eine helfende Hand.«

Ihr Vater freute sich sehr über ihre Hilfe, war aber der Ansicht, sie solle auf jeden Fall weiterlernen. Das Tausendjährige Reich würde seiner Meinung nicht mehr lange existieren, die Alliierten würden die braunen Herren bald in ihre Schranken weisen. Und bis es so weit wäre, wollte er sich um einen Platz an einer jüdischen Einrichtung bemühen, auch wenn er das als Ghettoisierung empfand.

Schließlich fand ihr Vater einen Platz in der jüdischen Schule am Siegmunds Hof 11, wo in einem Realgymnasium und einem Oberlyzeum unterrichtet wurde.

»Keine Appelle mehr vor Hakenkreuzfahnen, nirgendwo ein Hitlerporträt, und niemand muss den Arm zum verhassten Gruß heben«, erzählte Aliza Fabian voller Begeisterung. »Leider muss ich jetzt Hebräisch lernen, aber auch Englisch steht auf dem Stundenplan, und das macht großen Spaß.«

»Dann kannst du eines Tages vielleicht doch noch studieren«, überlegte Fabian.

»Wohl kaum«, entgegnete Aliza resigniert. »Die Nazis werden es schon zu verhindern wissen. Sie verwehren uns die Hochschulen, verbieten jede Art von Reifeprüfung, und den jüdischen Schulen wurde untersagt, Abiturzeugnisse auszustellen. Ohne Zeugnis hat man selbst im Ausland keine Chance.«

Es war Samstag, ihr gemeinsamer Tag. Fabian arbeitete nur bis zwei Uhr, und je nach Jahreszeit oder Wetter verbrachten sie den Tag am Wannsee, händchenhaltend im Kintopp, Kabarett oder Varieté. Doch inzwischen war einfach alles für Juden verboten, sogar harmloseste Vergnügen wie Museumsbesuche. In ihrer Not hatte Aliza den Eltern erklärt, sie dächte über eine Lehre als Verkäuferin nach. Nur eine List, um Fabian bei allen möglichen Arbeiten zur Hand zu gehen, die er am Samstagnachmittag erledigte, wie die Schaufensterdekoration oder der Ausflug ins Warenlager, um sich das Geheimnis der Düfte erklären zu lassen. In privaten Räumen oder hier zwischen den Regalen, in denen tausendundeine Essenz lagerte, die Jugend und Schönheit versprach, mussten sie nicht fürchten, von Hitlers Schergen nach dem Ausweis gefragt zu werden. Nach dem Vorfall in der Praxis war ihr einmal mehr bewusst geworden, wie riskant ihre Liebe war.

Fabian klappte das Buch über die Herstellung von Parfüms zu. »Ach, meine süße Aliza …« Er küsste sie sanft auf die Lippen, bevor er weitersprach. »Hitler hat mit diesen Plünderungen und Überfällen der letzten Tage eindeutig übertrieben. Eine Stammkundin hat Verwandte in Amerika, und die erzählte, dass die Alliierten genau beobachten würden, was die Nazis hier veranstalten. Sie meinte, die zunehmende Judenfeindlichkeit und der ausufernde Vandalismus würden nicht so einfach hingenommen werden. Wenn sie recht behält, wird es bald vorbei sein mit Hitlers Macht«, sagte er voller Überzeugung.

»Mein Vater glaubt das auch.« Doch Aliza fiel es schwer, auf bessere Zeiten zu hoffen. »Seit uns die Gestapo in der Praxis überfallen hat, habe ich Angst, dass sie uns demnächst auch noch verbieten, die Wohnung zu verlassen.«

»Mach dir keine unnötigen Sorgen über Dinge, die *vielleicht* geschehen, sonst verblassen deine Sommersprossen.« Fabian zog sie an sich und sah ihr tief in die Augen. »Denke lieber an was Schönes, Hochzeitskleider zum Beispiel.«

Verblüfft rückte Aliza von ihm ab und starrte ihn an. Sie hatte zwar genau gehört, was er gesagt hatte, aber sie war nicht ganz sicher, ihn richtig verstanden zu haben. »Hochzeitskleider?«

Fabian küsste sie lange, und als er sie endlich losließ, flüsterte er zärtlich: »Weil ich dich mehr liebe, als tausend Worte sagen könnten, meine süße Aliza. Und sobald du achtzehn bist, wird geheiratet.«

»Oh Fabian«, lachte Aliza glücklich, »ich liebe dich auch.«

»Dann betrachte ich uns als verlobt«, erwiderte Fabian. »Ringe werden nachgeliefert.«

Aliza fühlte sich wie im siebten Himmel. Genau so musste es dort oben sein. Als schwebte man auf Wolken durch eine friedliche Welt. Als gäbe es keine Probleme und erst recht keine Nazis. Nur einen aufgeregten Herzschlag später landete sie wieder auf dem harten Boden der Tatsachen.

»Aber es geht nicht«, sagte sie entschieden. »Wir können nicht heiraten, auch wenn ich es mir mehr wünsche als alles andere auf der Welt.«

»Wenn du glaubst, du bist noch zu jung … Das ist kein Grund, mein Liebling«, wandte Fabian ein. »Meine Mutter hat auch mit achtzehn geheiratet.«

»Es geht trotzdem nicht«, beharrte Aliza.

»Na, jetzt bin ich aber gespannt.«

»Hast du vergessen, dass Ehen zwischen Ariern und Juden vor drei Jahren mit den Nürnberger Gesetzen verboten wurden?« Sie war laut geworden. »Sie gelten als Rassenschande, und selbst außereheliche Beziehungen werden bestraft. In dem Moment, wo ich auf dem Standesamt den Ausweis vorzeige, springt dem Beamten das hässliche J doch sofort ins Auge, und wir landen beide im Gefängnis.« Aliza sorgte sich nicht um sich selbst, sondern um Fabian. Sie würde um jeden Preis verhindern, dass es ihm wie ihrem Lieblingslehrer erging, der eine Jüdin hatte heiraten wollen und verhaftet worden war.

»Mein über alles geliebtes Löwenmädchen«, flüsterte Fabian zärtlich.

»Hör auf, mich so zu nennen«, wehrte Aliza heftig ab. Sie wurde schnell schwach, wenn er sie wegen ihrer rotblonden Lockenmähne so nannte. Wenn er sie mit Blicken liebkoste und sachte mit den Fingern durch ihr Haar fuhr, wie jetzt, dann war sie Wachs in seinen Händen. »Ich meine es ernst.«

»Ich auch. Diese Rassengesetze sind purer Schwachsinn. *Das Blut reinhalten,* als hätten Juden Gift in den Adern. Und selbst wenn, in deinen Adern fließt garantiert ein Liebesgift, das unsere Kinder zu ganz besonderen Menschen werden lässt.« Fabian nahm ihre Hände in seine und küsste jeden ihrer Finger einzeln, während er sagte: »Wir kümmern uns doch nicht um diese Idioten. Wir feiern heimlich Verlobung, und wenn dein Vater und ich recht behalten, sind die Nazis bald Geschichte. Dann können wir unbekümmert heiraten.«

Aliza ließ sich nur zu gern beruhigen. Vom ersten Augenblick an war sie fasziniert von seinen Überredungskünsten. Fabian gab nie auf, war dabei völlig unverkrampft und schüttelte seine Argumente derart locker aus dem Ärmel, dass es ihr unmöglich war zu widerstehen. Und allein die Vorstellung, eines Tages seine Frau werden zu können, machte sie unbeschreiblich glücklich.

»Also gut, wir sind verlobt. Aber nur heimlich, es darf niemand davon erfahren. Versprich es.«

»Alles, was dich glücklich macht, mein Liebling.« Er zog sie in seine Arme und verschloss ihre Lippen mit Küssen.

6

Berlin, November 1938

WÄHREND ALIZA UND Fabian ihre Liebe mit verlangenden Zärtlichkeiten und tausend Schwüren besiegelten, klingelte bei Dr. Landau das Telefon. Es meldete sich eine Agnes Spitz.

»Ick bin die Putzfrau von Richter Rosenberg«, sagte sie und erzählte, dass sie einen Schlüssel zur Villa besitze. »Falls die Herrschaften mal nicht zu Hause ...«

»Wie kann ich Ihnen helfen?«, fragte Samuel, als die Frau nicht weiterredete.

»Der Richter und seine Frau liegen im Schlafzimmer, vollständig angezogen auf dem Bett, aber ...«

»Was fehlt den beiden?« Samuel erinnerte sich erst jetzt wieder an das Telefonat, von dem Aliza ihm berichtet hatte. Er hatte seinen alten Studienfreund zurückrufen wollen, es dann aber über die schrecklichen Ereignisse vergessen.

»Ick weiß nich, weil ick mir nich traue, sie anzufassen, aber die Frau hat mir immer eingetrichtert, wenn mir irgendwann mal wat komisch vorkäme, sollte ick Sie anrufen ...«

»Ich verstehe«, entgegnete Samuel in dunkler Vorahnung und versprach, sich schnellstens auf den Weg zu machen.

Ohne eigenen Wagen dauerte die Fahrt mit U-Bahn und Bus etwa eine Stunde. Gegen sechs erreichte er die idyllisch gelegene Villa Rosenberg in Dahlem. Der ehemalige Richter und seine Frau bewohnten das zweigeschossige Gebäude allein. Die Villa, die von einem großflächigen Garten umgeben war, in dem sie als Studenten fröhliche Sommerfeste gefeiert hatten, lag im Dunkeln. Bäume und Hecken streckten ihre kahlen Äste in den nebelfeuchten Novemberabend. Es roch nach frischer Erde, modrigen Blättern, und vom nahen Grunewald waren Krähen zu hören.

Samuel langte über das kunstvoll verzierte Gartentor an den Türknauf, öffnete das Tor durch eine Drehung und eilte zu dem überdachten Hauseingang, vorbei an einem Spalier Rosenstöcken, die mit Hauben aus Sackleinen gegen den kommenden Frost geschützt waren.

Es dauerte eine Weile, bis nach dem Läuten hinter den honiggelben Glasfacetten der Haustür Licht aufflammte und die schwere Eichenholztür einen Spalt breit geöffnet wurde. Eine blasse dunkelhaarige Frau in einer grauen Strickjacke und einem braunen Rock blickte ihn aus rot geweinten Augen an.

»Schnell«, flüsterte sie und duckte sich hinter die Tür, damit er eintreten konnte.

Durch den Windfang und eine Schwingtür gelangte Samuel in eine geräumige Diele, wo er Hut und Mantel an der Messinggarderobe ablegte. Irritiert bemerkte er zwei große, ganz offensichtlich gepackte Lederkoffer.

»Oben«, sagte Frau Spitz mit einer Kopfbewegung, betätigte einen Lichtschalter, der die dunkle Holztreppe beleuchtete, und huschte voraus, über die mit einem roten Läufer belegten Stufen hinauf in die erste Etage. Vor einer verschlossenen Tür blieb sie stehen. »Da drin«, flüsterte sie kaum hörbar.

Zögernd legte Samuel die Hand auf die Klinke und betrat schließlich das unbeleuchtete Schlafzimmer, das durch den einfallenden Lichtstreifen schwach erhellt wurde. Der dreiteilige Kristallspiegel der mit Blumenranken verzierten Frisierkommode fing das Licht ein und warf es auf eine Ansammlung exquisiter Parfümflakons, Cremetiegel und silberner Haarbürsten. Die gegenüberliegende Längsseite bedeckte ein sechstüriger

Kleiderschrank aus rötlich glänzendem Holz. Den Mittelpunkt bildete das Doppelbett, umrandet von dicken Teppichen nebst den beiden Nachtkästchen mit den Tiffanylampen.

Beklommenen Herzens schritt Samuel auf das Fußende des Bettes zu. Sein Freund Walter lag in einem schwarzen Smoking, weißem Hemd und ordentlich gebundener Krawatte auf der rechten Seite, neben ihm seine Frau Elena in einem schwarzen Abendkleid, dessen Kragen mit kleinen schwarzen Perlen bestickt war. Die schwarzen Lackschuhe der Eheleute standen vor der jeweiligen Bettseite. Sie hielten sich an den Händen und sahen aus, als schliefen sie friedlich.

Samuel schluckte. Obgleich er es geahnt hatte, seinen alten Studienfreund und seine Frau hier leblos vorzufinden, schnürte ihm der Anblick die Kehle zu. Einen Moment lang verharrte er in stiller Trauer und murmelte dann zum Abschied: »Möget ihr in einer besseren Welt angekommen sein.« Das Ehepaar zu untersuchen war nicht nötig, um zu erkennen, dass der Schein trog ... dass sie nicht schliefen, sondern sich entschlossen hatten zu gehen. Dennoch legte er in gewohnter Gründlichkeit seine Fingerspitzen an die Halsschlagadern, um den Puls zu ertasten, der vor wenigstens zehn Stunden aufgehört hatte zu schlagen. Auch glaubte er, einen leichten Alkoholgeruch wahrzunehmen. Vermutlich hatten sie Tabletten geschluckt und dazu Hochprozentiges getrunken. Welche und wie viele das verzweifelte Paar mit Wodka oder Whisky eingenommen hatte, war unwichtig.

»Ick habe se nich angefasst«, kam die zittrige Stimme von Frau Spitz aus dem Flur.

»Sie haben alles richtig gemacht, Frau Spitz, machen Sie sich keine Gedanken darüber«, beruhigte Samuel die treue Frau und bat sie, nach einem Tuch zu suchen, um den Spiegel zu verhängen. Er selbst öffnete das zu einem Balkon führende Flügeltürfenster, wie es das jüdische Zeremoniell verlangte. »Haben Sie vielleicht einen Brief gefunden?«, erkundigte er sich, während sie ein Leintuch aus dem Schrank nahm und es ordentlich über den Spiegel legte.

Erschrocken presste sie sich die Hand auf den Mund. »Ach Gottchen ... den hab ick doch glatt verjessen ... Unten im Salon liegt een Kuvert auf dem Tisch.«

Mit schwerem Herzen betrat Samuel den hallenartigen Salon, dessen Mittelpunkt ein Kamin bildete. Wie oft hatten sein Freund und er in dem wuchtigen Ledersofa um die Feuerstelle gesessen. Hatten sich einen guten Tropfen gegönnt und beim warmen Schein der vier Schirmlampen über das Leben und seine vielfältigen Wendungen diskutiert. Hatten alte Streiche Revue passieren lassen und sich an die Studienzeit erinnert, als sie in jugendlichem Überschwang glaubten, die Welt stünde ihnen offen.

Frau Spitz knipste zwei der Lampen an und deutete auf den weißen Umschlag. »Da auf dem Couchtisch.«

Samuel nahm ihn an sich und öffnete ihn. Darin befanden sich drei dicht beschriebene Seiten edles Büttenpapier und zehn Einhundert-Reichsmark-Scheine.

Lieber Freund,
ich bedaure unendlich, Deine Freundschaft auf diese Weise zu missbrauchen. Aber es gibt außer Dir niemanden, dem ich vertrauen kann.
Vorgestern ist etwas geschehen, das ich mir in meinen schlimmsten Albträumen nicht hätte ausmalen können: Mitten in der Nacht wurden wir von der Gestapo überfallen ...

Samuel sah auf und blickte sich verwundert im Salon um, entdeckte aber nichts, was auch nur annähernd auf einen Überfall schließen ließe. Keine beschädigten Ölgemälde, keine zerschlagenen Spiegel oder aufgeschlitzten Polstermöbel, wie es bei seinen Eltern der Fall gewesen war. Auch keine Blutspuren auf dem Teppich, die von Misshandlungen gezeugt hätten. Angespannt las er weiter.

Einer der Halunken, dessen Uniform mit reichlich Silber verziert war, kam mir bekannt vor, aber ich wusste nicht mehr, wo ich ihm schon einmal begegnet war. In schroffem Ton eröffnete er mir, das Haus sei mit allem Inventar konfisziert, und hielt mir ein Formular mit einem Hakenkreuzstempel vor die Nase. Mein Vater habe das Anwesen einem Deutschen zu einem Spottpreis abgeluchst, und die Erben des ehemaligen Besitzers verlangten es zurück. Im ersten Moment war ich vollkommen perplex, erklärte schließlich, einen Kaufvertrag zu besitzen, der das Gegenteil beweise. Die Unterlagen befänden sich im Arbeitszimmer. Worauf zwei der Männer den Vertrag suchen gingen und – Du kannst es Dir sicher denken – ihn nicht fanden. Natürlich ließen sie die Unterlagen einfach verschwinden. Währenddessen mussten wir im Salon bleiben, bewacht von dem Halunken in Uniform. Und da erinnerte ich mich, woher ich ihn kannte. Vor etwa zehn Jahren war er wegen schweren Einbruchdiebstahls angeklagt worden, und ich hatte ihn zu drei Jahren Haft verurteilt.
Erneut erklärte man uns, wir seien nicht die rechtmäßigen Besitzer und müssten die Villa in spätestens drei Tagen verlassen. Es sei uns erlaubt, persönliche Erinnerungsfotos sowie unsere Kleider mitzunehmen. Bis auf hundert Reichsmark wurden uns das Bargeld und sämtlicher Schmuck inklusive meiner Armbanduhr abgenommen. Von einer Stunde zur anderen waren wir praktisch mittellos …

Samuels Herzschlag beschleunigte sich, und er benötigte einige tiefe Atemzüge, um die schockierenden Zeilen seines alten Studienfreundes in voller Gänze zu erfassen. Auch erinnerte er sich, was Walter schon vor einigen Wochen bei einem Schabbat-

Essen gesagt hatte. »Es ist Zeit, das Land zu verlassen.« Plötzlich überkam ihn ein übermächtiger Zorn auf diese absurde Ideologie, die es Kriminellen ermöglichte, innerhalb von Stunden Existenzen zu vernichten.

Den Gedanken zu emigrieren ließen wir sofort wieder fallen. Ohne nennenswertes Vermögen wäre es uns kaum gelungen, zwei Visa zu beschaffen. So entschlossen wir uns, für immer fortzugehen.
Bitte, mein alter Freund, erweise mir einen letzten Gefallen, bezahle Frau Spitz und kümmere Dich um unsere Bestattung. Ich hoffe, die beiliegenden Scheine reichen aus, um die Kosten zu decken. Es war alles, was wir für unsere Eheringe und Elenas Verlobungsring bekamen, die wir gnädigerweise behalten durften.
Ich danke Dir für Deine Freundschaft
Walter

Samuel hatte den Abschiedsbrief seines Studienfreundes im Stehen gelesen und sank nun auf das Ledersofa. Er fühlte sich erschöpfter als nach einem langen Arbeitstag. Unendlich erschüttert von der Grausamkeit der Nazis, verfluchte er das Schicksal und war dennoch unfähig zu weinen. Die letzte Bitte seines Freundes würde er gerne erfüllen, auch wenn sie ihm alle Kraft abverlangte und ihm einmal mehr bewusst wurde, in welch gefährlichen Zeiten sie lebten.

Aliza mochte den Samstag. Es war nicht nur ihr Tag mit Fabian, an dem sie beide etwas unternahmen, sondern auch der Schabbat, den ihre Familie mit Freunden und Verwandten feierte. Er wurde zwar nicht in heiliger Ehrfurcht begangen, wie es bei strenggläubigen Juden der Brauch war, die weder ein Feuer entfachten noch einen Lichtschalter betätigten. Denen es auch verboten war, Auto zu fahren, zu arbeiten oder zu kochen. Aber auch ihre Familie saß um den großen Esstisch, wie es bei den Strenggläubigen der Brauch war. Bobe hielt noch am Ritual des Kerzenanzündens fest. Dafür wurden zwei Kerzen in die Leuchter gesteckt, die sie Mama in alter Tradition zur Hochzeit geschenkt hatte. Mit geschlossenen Augen, um die Außenwelt auszublenden, sprach Bobe dann ein Gebet. Heute schloss sie ihren geliebten Mann mit ein, der noch immer nicht von seinen Verletzungen genesen war. Erst danach durfte gegessen, über Ereignisse der vergangenen Woche getratscht und gelacht werden.

Am heutigen Schabbat spürte Aliza deutlich die bedrückte Stimmung am Tisch, der wie jeden Samstag mit einem weißen Damasttuch und verschiedenen kalten Speisen gedeckt war, von denen sich jeder nach Belieben nehmen konnte. Großen Hunger schien niemand zu verspüren, deutlich zu erkennen an den kaum angerührten Platten. Aliza nahm an, dass es am Besuch von Ezra Levi lag, dem Bruder ihrer Mutter. Onkel Ezra, seine Frau Lotte und die Zwillinge Eva und Greta waren gekommen, um sich zu verabschieden.

Onkel Ezra führte eine angesehene Kunst- und Möbelhandlung in der Schillerstraße, die von Vater Levi gegründet worden war.

»Wir haben noch rechtzeitig verkauft«, erklärte Onkel Ezra, wie immer tadellos in einen dunklen Anzug gekleidet und mit dem unvermeidlichen schwarzen Hut, den er auch bei Tisch nicht absetzte, auf dem dichten Haarschopf.

»Ich kann es einfach nicht fassen«, wiederholte ihre Mutter, die mit zitternder Hand nach ihrem Weinglas griff. »Unser Vater würde sich im Grab umdrehen.«

»Würde er nicht, denn ich habe einen Käufer gefunden, der mir einen anständigen Preis gezahlt hat«, widersprach Ezra seiner Schwester. »Sonst wäre es mir vielleicht auch so ergangen wie vielen anderen, die für 'nen Appel und 'n Ei arisiert wurden.« Die Stimme des Onkels klang kämpferisch. »Seht ihr denn nicht diesen grauenvollen Schilderwald? Wo man hinschaut – *Deutsches Volk! Wehr dich! Kauf nicht bei Juden!* Und die neuesten Reklametafeln lauten: *Jetzt arisch!* Die Mörderbande stellt ihre Verbrechen auch noch als gute Tat dar. Zum Wohle des deutschen Volkes.«

Ihre Mutter sah ihren Bruder traurig an. »Ja, ich weiß, aber es war doch das Lebenswerk unseres Vaters.«

»Ich verspreche dir, Rachel, er hätte genauso gehandelt. Nichts wäre so erniedrigend gewesen wie ein erzwungener Verkauf. Und der neue Besitzer führt es in unserem Sinne weiter.« Er nahm einen großen Schluck Wein, als müsste er nun doch einen riesigen Berg Ärger hinunterspülen.

»Alles fügt sich zum Besten, denn gleichzeitig haben wir die Ausreisevisa für Amerika erhalten«, erklärte Tante Lotte, die zu den Erklärungen ihres Mannes bisher nur genickt hatte. »Und mit dem Geld aus dem Verkauf können wir drüben neu anfangen.«

»Ihr solltet auch endlich zur Vernunft kommen, bevor sie euch das Haus für ein paar läppische Reichsmark wegnehmen«, redete Onkel Ezra weiter. Er klang drohend, obwohl er leise gesprochen hatte. »Ein Tuchhändler vom Hausvogteiplatz, dessen Sohn mit unseren Zwillingen in die Klasse ging, ist schon vor drei Jahren in die Staaten geflüchtet. Er lebt jetzt auf Coney Island und hat uns eine eidesstattliche Verwandtschaftserklärung geschickt, mit der wir vom amerikanischen Konsulat eine Quotennummer bekommen haben. Damit steht unserer Ausreise nichts mehr im Wege.«

»In einem fremden Land noch mal ganz von vorne anfangen ist sicher nicht so einfach, wie du es dir vorstellst«, gab Samuel zu bedenken. »Die Sprache, das Klima, Sitten und Gebräuche. Nicht zu vergessen, dass es auch dort drüben Ämter und Gesetze gibt, die umso schwieriger einzuhalten sind, wenn man sie nicht genau kennt. Mir würde das Herz brechen, wenn ich mein geliebtes Berlin verlassen müsste. Ich bin in Charlottenburg aufgewachsen, kenne jede Straße und jeden Hinterhof, habe hier studiert, danach das Praktikum im Jüdischen Krankenhaus absolviert, Rachel geheiratet und meine Kinder aufgezogen. Ich kann mir einfach nicht vorstellen, mein ganzes Leben, alles, was mich ausmacht, zurückzulassen.«

Aliza griff nach Fabians Hand. Die Vorstellung, Berlin, ihre Familie und den über alles geliebten Mann verlassen zu müssen, ängstigte sie schrecklich.

»Das bedeutet, hierbleiben und schweigend zusehen, was dieses braune Pack uns antut?« Onkel Ezra nahm die Brille ab und putzte sie, den strengen Blick seiner Schwester ignorierend, mit dem Tischtuch. »Im Talmud steht, Schweigen ist Zustimmung, und damit versündigst du dich.«

»Mag sein, aber in erster Linie bin ich Arzt und fühle mich dem hippokratischen Eid weitaus mehr verpflichtet als dem Talmud. Was in den letzten Tagen geschehen ist, hat mir bewusst gemacht, dass es gegen meine Überzeugung wäre, meine Patienten im Stich zu lassen. Wer sollte sie versorgen, wenn alle Ärzte die Stadt verlassen und die nächste Katastrophe über sie hereinbricht?«

»Die nächste Katastrophe?« Onkel Ezra, die Brille noch in der Hand, kniff die Augen leicht zusammen und schüttelte den Kopf in sichtlichem Unverständnis. »Wir stecken doch bereits mitten drin, lieber Schwager. Solltest du nicht eher an deine Familie denken? Fühlst du dich ihr denn nicht verpflichtet? Es ist höchste Zeit, sie in Sicherheit zu bringen. Ich habe *Mein Kampf* gelesen, und ich schwöre dir, dass Hitler Deutschland in einen Krieg treiben wird. Darin formuliert er deutlich die beabsichtigte Eroberung vom ›Lebensraum im Osten‹. Damit ist nichts anderes als ein militärischer Angriff gemeint. Dass er sich im Oktober mithilfe dieses Chamberlains das Sudetenland einverleibt hat, war erst der Anfang. Was uns Juden blüht, ist inzwischen nicht mehr zu übersehen. Die tagelang andauernden Überfälle, die brennenden Synagogen und ich weiß nicht wie viele verhaftete Männer waren nur ein kleiner Vorgeschmack dessen, was noch auf uns zukommt.«

»Du siehst zu schwarz, Ezra, das deutsche Volk ist nicht dumm, sie werden Hitlers Machenschaften irgendwann erkennen und dagegen protestieren. Und wenn wir alle das Land verlassen, haben die Nazis gewonnen. Allein das ist ein Grund zu bleiben. Ich habe selbst erlebt, dass nicht alle überzeugte Nazis sind«, sagte Samuel und berichtete von seiner Rettung durch Karoschke.

Nachdenklich wiegte Onkel Ezra den Kopf hin und her. »Womöglich ist euer Blockwart die berühmte Ausnahme von der Regel, vielleicht wollte er aber auch nur, dass du seine Frau und die Tochter verarztest.«

»Kann sein«, gab Samuel zu und verdrängte die mahnende Stimme, die sich jedes Mal meldete, wenn er an Karoschke dachte. »Dennoch halte ich es für höchst unwahrscheinlich, dass Hitler mobilmachen wird. Er war doch selbst im Großen Krieg dabei und weiß aus eigener Erfahrung, wie grausam all diese Kämpfe sind. Glaubst du wirklich, er würde ›sein geliebtes Volk‹, um seinen pathetischen Jargon zu bemühen, auf dem Schlachtfeld opfern?«

Aliza hatte dieses Gespräch mit ähnlichen Argumenten und Rechtfertigungen schon häufig gehört. Dass Onkel Ezra nun fest entschlossen war, das Land zu verlassen, machte ihr Angst. »Müsst ihr unbedingt über Krieg reden?«, platzte sie zornig heraus.

»Ja, wir sollten das Thema wechseln«, sagte auch ihre Mutter und deutete auf die kaum beachteten Platten mit Eiern, Käse, Wurst und geräuchertem Fisch. »Esst doch endlich, seid vergnügt und freut euch, solange wir noch zusammensitzen können.«

»Nur Dummköpfe sind ohne Angst«, knurrte Onkel Ezra weiter, der mit vielen anderen Juden im Krieg für sein Land gekämpft hatte und dafür ausgezeichnet worden war.

»Aber wir gehören doch nicht zu diesen orthodoxen Ostjuden mit den Schläfenlocken, die koscher leben, sich am *Schabbes* vor ein bisschen Elektrizität fürchten und täglich in die Synagoge rennen«, ereiferte ihre Mutter sich, strich Butter auf eine Scheibe Brot und belegte es mit gekochtem Schinken. »Und ich trage weder Perücke, noch binde ich mir als Zeichen meiner Verheiratung ein *Kopftichel* um, wie es das Gesetz der Thora verlangt.«

»Ist das zu fassen?« Onkel Ezra setzte die Brille wieder auf die Nase und musterte seine Schwester verständnislos. »Wenn du glaubst, nur weil du dein Haar nicht vor fremden Männern verbirgst, ihr nicht koscher lebt, keine zwei Kühlschränke für milchige und fleischige Lebensmittel habt, auch das Geschirr nicht nach dieser Vorschrift verwahrt, die Leib- und Tischwäsche nicht getrennt wascht und obendrein noch christliches Weihnachten mit Tannenbaum feiert, ja sogar das angeblich so schmutzige Schweinefleisch esst, könnt ihr in diesem *braunen* Tollhaus unbehelligt weiterleben wie bisher, dann biste komplett meschugge.«

Alizas Mutter seufzte auf, und Fabian ergriff die Gelegenheit, das Thema zu wechseln. »Woher stammt eigentlich das Verbot, Schweinefleisch zu essen?«

»Dazu gibt es mehrere Erklärungen in der Bibel, aber auch in der Thora«, antwortete ihr Vater. »Meiner Meinung nach war das Verbot eher aus der Not geboren, als Moses mit den Israeliten aus Ägypten vertrieben wurde und vierzig Jahre durch die Wüste wanderte. Bekanntermaßen ist es dort ziemlich heiß, und Schweine vertragen keine direkte Sonneneinstrahlung. Sie wären elendig zugrunde gegangen. Vielleicht hat der schlaue Moses einfach gesagt, Schweine sind schmutzig und nicht koscher und dürfen deshalb nicht verspeist werden. Schafe und Ziegen, die extreme Klimaverhältnisse leichter überstehen, waren erlaubt, und das Problem gelöst.«

Onkel Ezra legte zwei Eierhälften auf seinen Teller und streute reichlich Salz darüber. »Du machst dir mal wieder alles so zurecht, wie es dir in den Kram passt, lieber Schwager«, ereiferte er sich. »Hoffentlich wird dir das eines Tages nicht noch zum Verhängnis. Davon abgesehen juckt es die Nazis überhaupt nicht, wer koscher lebt oder nicht, die trachten allen Juden nach dem Leben. Zuerst den Wohlhabenden unter uns, und das sind nicht die mit den Schläfenlocken, so viel ist sicher. Und das deutsche Volk schaut zu, es macht sich zum Helfershelfer durch Untätigkeit.«

»Nein, nicht alle sind Hitlers Helfer«, widersprach Fabian heftig. »Wie Sie wissen, bin ich kein Jude, und trotzdem kümmern mich die Nürnberger Gesetze und das Eheverbot für mich und Aliza nicht die Bohne.« Er griff nach ihrer Hand und drückte sie sanft. »Ich werde natürlich abwarten, bis die Zeiten sich ändern und dieses braune Pack verschwunden ist. Aber Aliza aufgeben? Niemals! Nichts und niemand könnte mich dazu bringen.«

7

Berlin, Dezember 1938

WENIGE TAGE NACH dem Abschiedsessen begleiteten Aliza und ihre Familie die Mischpoche, wie Harald die Levis nannte, zum Bahnhof Friedrichstraße. Der Zug nach Hamburg, der Onkel Ezra, seine Frau und die Zwillinge zum Schiff nach Amerika bringen würde, fuhr am späten Abend ab. Ein eiskalter Dezemberwind wehte durch die Straßen, sie alle hatten die gerötete Nase in den hochgeschlagenen Mantelkragen und die Hände in den Taschen vergraben.

Seit Tagen waren die nächtlichen Temperaturen bereits unter null gefallen, und vereinzelt wirbelten Schneeflocken durch die Nacht.

Am Bahnsteig warteten sie ungeduldig auf die Ankunft des Zuges, und Aliza glaubte zu spüren, dass ihre Mutter sich wünschte, er möge niemals kommen. Ihre bedrückte Miene, die angespannte Körperhaltung und wie sie sich mit beiden Händen an Ezras Arm klammerte, zeugten von ihrem Versuch, den Bruder unbedingt zurückzuhalten.

Die Gespräche waren mittlerweile verstummt. Den Blick auf die Gleise gerichtet oder gehetzte Reisende beobachtend, trat Aliza von einem Bein aufs andere. Nur die Zwillinge umrundeten hopsend die fünf Koffer in kindlicher Erwartung eines großen Abenteuers.

Schließlich ertönte die gefürchtete Durchsage, der Zug würde in wenigen Minuten einfahren. Stampfend kam die schwarze

Lok herbei, bremste quietschend, und wie auf ein Zeichen griffen alle Reisenden nach ihren Gepäckstücken.

Schluchzend umarmte ihre Mutter den Bruder ein allerletztes Mal, herzte Schwägerin Lotte und küsste die Zwillinge, die ungeduldig zum Einsteigen drängten.

Onkel Ezra winkte wenig später mit einem Taschentuch aus dem Abteilfenster. »Kommt nach, kommt nach«, rief er mit tränenfeuchten Wangen.

»Schreibt uns bald ... vergiss es nicht ... schreibt, sobald ihr angekommen seid«, schniefte ihre Mutter.

»Gute Reise«, rief Aliza schweren Herzens den Zwillingen zu.

Die Pfeife des Schaffners schrillte, die Lok stieß eine mächtige Dampfwolke aus und setzte sich träge in Bewegung.

Ihre Mutter schwenkte ihr Taschentuch auch noch, als der Zug schon außer Sichtweite war, wobei sie unablässig schluchzte: »Ich werde ihn nie wieder sehen ...«

Ihr Vater legte den Arm um Rachel. »Das kannst du doch nicht wissen«, sagte er und zog sie sanft mit sich aus der Abfahrtshalle dem Ausgang entgegen.

»Es war ein Abschied für immer, ich spüre es ganz deutlich«, beharrte ihre Mutter mit brüchiger Stimme.

Aliza war insgeheim der gleichen Meinung. Obwohl sie nicht an Vorhersehung oder Ähnliches glaubte, hatten die unzähligen Adieus, die Taschentücher und Tränen auch bei ihr ein Gefühl der Endgültigkeit geweckt. Und am Ende, nach dem allgemeinen Rennen zu den Zügen und der fast greifbaren Angst, zu spät zu kommen, hatte sie einen dicken Kloß im Hals, und in ihren Ohren verhallten die Abschiedsworte.

Als Aliza mit ihrer Familie den Bahnhof verließ und durch die Unterführung auf die Straße trat, bemerkte sie ungewöhnlich viele Kinder, die mit ihren Müttern oder Vätern unterwegs waren. Etliche schienen noch nicht einmal die Schulreife erreicht zu haben, trugen Rucksäcke und hielten Puppen oder Stofftiere im Arm. Jedes einzelne schien unendlich müde zu sein. Was war das nur für eine Zeit, in der so kleine Kinder nicht in ihren Betten lagen, sondern in einen Zug steigen mussten?

»Ob die auch alle nach Amerika auswandern?«, wandte Aliza sich an ihre Mutter, die einem weinenden Mädchen nachschaute.

Aliza bemerkte eine Frau mit einem etwa neunjährigen Jungen an der Hand auf ihren Vater zusteuern. Eine Patientin, erinnerte sie sich, und dass der Kleine Jankel hieß.

»Doktor Landau, guten Abend. Bringen Sie Ihre Tochter auch zum Kindertransport?«

»Ich ... ich fahre nach London ... Das ist ganz weit weg in ... in England«, stammelte Jankel aufgeregt. Doch seine weit aufgerissenen Augen, die unter der blauen Strickmütze hervorblickten, drückten eher Furcht als Vorfreude aus.

Alizas Vater sah die Frau verwundert an. »Ihr Sohn fährt aber nicht alleine, oder?«

»Nun ja, er fährt ohne mich, aber mit einer ganzen Gruppe von Kindern. Englische Pflegefamilien nehmen jüdische Kinder auf, um sie vor dem Naziterror zu retten.«

Aliza erschrak. Wie konnte eine Mutter nur ihr Kind wegschicken? Ihre eigene Mutter schien ebenso zu empfinden, denn ihre Augen weiteten sich vor Entsetzen. Ihren Vater schien es gleichermaßen zu treffen. Mit zitternder Hand strich er dem verängstigten Buben freundlich über die Wollmütze.

»Du bist ein ganz mutiger kleiner Mann.«

Aliza spürte die Anspannung des Abschieds am Bahnhof auch noch am nächsten Tag. Ihre Mutter lief mit geröteten Augen durch die Wohnung, ihr Vater hatte plötzlich alles Mögliche zu erledigen, wollte aber nicht darüber reden, und bei den Mahlzeiten waren alle sehr schweigsam.

Während eines Abendessens, Aliza war alleine mit ihrem

Vater, läutete es. Nur kurz und nicht anhaltend schrill in wütender Gestapomanier.

»Das wird Rachel sein, die oben bei deinen Großeltern war«, glaubte ihr Vater. »Oder Harald kommt von seinem Dienst aus dem Krankenhaus zurück. Einer von beiden wird wohl den Wohnungsschlüssel vergessen haben.«

»Vielleicht ist es auch Birgit«, sagte Aliza und stand auf, um zu öffnen. Trotz des Schulwechsels hielten die Mädchen Kontakt und verglichen manchmal die Hausaufgaben, um gegenseitig ihren Wissensstand zu prüfen.

Doch es war der Blockwart, der sie verlegen angrinste.

»Tut mir leid, wenn ich störe«, entschuldigte Karoschke sich, wobei er die Schultern gestrafft und die Hände stramm an die Hosenbeine gelegt hatte, als stünde er irgendwo in Reih und Glied.

Aliza musterte ihn möglichst unauffällig; verletzt war er nicht, jedenfalls nicht im Gesicht oder an den Händen. Hoffentlich brachte er keine schlechten Nachrichten.

»Was kann ich für Sie tun, Herr Karoschke?«

»Ich müsste dringend mit deinem Vater reden«, antwortete der Blockwart. »Wäre das wohl möglich?«

»Sicher, kommen Sie herein«, sagte Aliza und führte ihn ins Esszimmer.

»Guten Abend, Doktor«, grüßte Karoschke wohlerzogen. »Darf ich Sie wohl unter vier Augen sprechen?«

Samuel bat den Blockwart in sein Arbeitszimmer, das durch einen Erker sehr behaglich wirkte. Ein Raum, angefüllt mit hohen Bücherregalen voller Fachliteratur, Aktenordnern, in denen er handgeschriebene Berichte archivierte, und einem künstlichen Schädelknochen zur Dekoration. Möbliert war er mit einem wuchtigen Schreibtisch aus dunklem Holz, hinter dem ein bequemer Drehstuhl stand. Ein Besuchersofa, zwei

Armlehnsessel und ein niedriger Sessel waren im Erker untergebracht. »Nehmen Sie Platz. Wie geht es Birgit und Ihrer Frau?«

»Vielen Dank, den Umständen entsprechend gut, die Damen lassen grüßen.« Karoschke setzte sich in einen der Sessel.

»Das freut mich. Sonst alles in Ordnung?«, fragte Samuel und hoffte, dass Karoschke nicht in seiner Eigenschaft als Blockwart hier war, um ihm eine weitere Bosheit der Machthaber zu verkünden.

»Doch, doch ... alles bestens ... allerdings ...«

Samuel trat an seinen Schreibtisch, wo er die letzte Flasche Cognac mit zwei Gläsern im Seitenfach versteckt hatte. »Etwas zur Stärkung?« Eine rein rhetorische Frage, denn er hatte selbst dringend einen Schluck zur Aufmunterung nötig. Der Blockwart hatte ihm noch nie einen Höflichkeitsbesuch abgestattet.

Karoschke nickte, schlug die Beine übereinander und lehnte sich bequem zurück, als beabsichtigte er, länger zu bleiben. »Haben Sie Pläne zu emigrieren? Falls ja, könnte ich Visa für Südamerika beschaffen. Ich verfüge über einen zuverlässigen Kontakt an entsprechender Stelle. Sie müssten nirgendwo anstehen, könnten sonstige Bedingungen umgehen, und die Chose wäre im Nu geritzt. Dreitausend Dollar das Stück.«

Samuel war dermaßen verblüfft über das Angebot, dass er den Blockwart einen Moment lang nur schweigend anstarrte. Der Mann saß da und redete, als wären illegale Visa die normalste Sache der Welt. Fahrig entkorkte Samuel die Flasche und goss ein. »Nein, wir bleiben, auch wegen meiner Eltern. Mein Vater ist seit der Verhaftung gesundheitlich stark angegriffen.« Er hob den Cognacschwenker. »Auf Ihr Wohl.«

»Das habe ich mir schon gedacht.« Karoschke grinste jovial. »Auf die Gesundheit ... Deshalb wollte ich Sie über eine neue Verordnung informieren, von der ich als Beamter bereits Kenntnis habe.« Er schwenkte das Glas, betrachtete zufrieden lächelnd die goldbraune Flüssigkeit und nahm dann einen großen Schluck.

Samuel leerte sein Glas in einem Zug. Das Wort »Verordnung« verhieß garantiert weitere Sanktionen. Ob Karoschke wieder den Retter spielen wollte?

»Ohne lange Einleitung, Herr Doktor, gemäß der neuen Vorschrift, die in den nächsten Tagen öffentlich gemacht werden wird, müssen alle Juden ihre Gewerbebetriebe und Immobilien verkaufen sowie ihre Wertpapiere bei einer Devisenbank hinterlegen. Noch klarer ausgedrückt: Man wird Sie zwingen, sämtliches Vermögen abzuliefern und Ihr Haus zu verkaufen.«

Samuel stockte der Atem. Was Karoschke soeben geäußert hatte, kam einer Katastrophe gleich. Wenn es tatsächlich der Wahrheit entsprach, war seine Familie mittellos und stand auf der Straße wie die Rosenbergs. Ungläubig blickte er den Blockwart an. Doch der schien nicht zu scherzen.

»Ich besitze keine Wertpapiere, und das Anwesen gehört immer noch meinem Vater«, erklärte Samuel schließlich.

»Das weiß ich, Doktor, aber wie Sie eben selbst gesagt haben, ist Ihr Vater gesundheitlich nicht auf der Höhe, weshalb ich direkt mit Ihnen verhandeln möchte.«

»Verhandeln? Ich verstehe nicht …«

»Nun …« Karoschke lockerte die Krawatte, als bekäme er schlecht Luft. »Sie wissen, dass ich Ihnen Dank schulde …«

»Wir sind quitt«, versicherte Samuel. »Ohne Ihr beherztes Eingreifen säße ich heute nicht hier.«

Der Blockwart nickte schwach. »Aber nun werden Sie wegen dieser hinterhältigen Verordnung doch noch Ihren gesamten Besitz verlieren – wenn man nichts dagegen unternimmt.«

»Ich verstehe leider immer noch nicht …«

»Nun, ich möchte Ihnen einen Vorschlag machen, der sich vielleicht etwas unorthodox anhört, aber durchaus zu Ihren Gunsten wäre.«

Erhitzt stürmte Aliza in die Parfümerie Pagels. Der Unterricht in der jüdischen Schule war wegen eines Anschlags zwei Stunden früher beendet worden. Eine Gruppe der Hitlerjugend hatte Rauchbomben ins Treppenhaus geworfen, die innerhalb weniger Minuten die Luft derart verpesteten, dass es kaum noch möglich war zu atmen, geschweige denn, sich zu konzentrieren. Die Hebräisch-Stunde war dem Attentat zum Opfer gefallen. Aliza fand es nicht weiter tragisch, sie hatte nicht vor, nach Palästina zu emigrieren. Berlin zu verlassen war genauso unvorstellbar wie von Fabian getrennt zu werden. Aber genau das drohte ihr nun.

Fabian war gerade mit einer Kundin beschäftigt. Ungeduldig zog Aliza die Mütze vom Kopf und öffnete die Knöpfe ihres dunkelgrünen Mantels. Sie war von der Straßenbahnhaltestelle zur Parfümerie gerannt, und hier drinnen im Laden war es viel zu warm. In manierlichem Abstand blieb sie am Regal mit den Kulturbeuteln stehen. Unter anderen Umständen hätte sie es genossen, in einem Raum voll von himmlischen Düften zu sein, verbliebene Parfümwolken zu erschnuppern, vielleicht einen Klecks Handcreme oder sogar einen Lippenstift auszuprobieren. Aber heute war sie so unruhig wie Emil, wenn er dringend das Bein heben musste. Der Gedanke an den Hund ließ ihre Augen feucht werden. Eilig suchte sie nach einem Taschentuch, fand aber keines und musste ganz undamenhaft die Nase hochziehen.

Sehnsüchtig beobachtete sie Fabian. Er trug einen dunkelblauen Anzug mit feinen Nadelstreifen, ein weißes Hemd, dazu eine gestreifte Krawatte, sein Haar war streng zurückgekämmt und lag glänzend an. Er sah einfach zum Verlieben aus. Endlich bemerkte er sie und sandte ihr ein knappes Nicken, als stumme Botschaft, dass es nur noch wenige Augenblicke dauern würde. Wenn die korpulente Dame mit dem ausgestopften Vogel auf dem Hut sich nur endlich entscheiden würde. Wie Aliza erkennen konnte, reihten sich vor ihr auf der Ladentheke einige Tiegel Hautcreme aneinander, deren Inhalt sie auch nicht schöner machen würde. Nun hielt sie auch noch zwei Seifenstücke in Händen, an denen sie abwechselnd roch, als würde sie allein dadurch schon sauber. Schließlich verließ sie den Laden – ohne etwas gekauft zu haben.

»Scheint eine schwierige Kundin gewesen zu sein«, bemerkte Aliza, nachdem Fabian die Dicke zur Tür begleitet und sie trotz allem höflich verabschiedet hatte.

»Sie suchte eine ganz bestimmte Veilchenseife, die ihr vor langer Zeit mal jemand aus England mitgebracht hatte, aber leider führen wir die Marke nicht«, erklärte Fabian, den offenbar nichts aus der Fassung brachte. »Und was machst du hier, mein wildes Löwenmädchen?« Er blickte sie liebevoll lächelnd an. »Du bist ganz rot im Gesicht, als wärst du auf der Flucht.«

»Genau dorthin wollen meine Eltern mich schicken«, platzte sie heraus, ohne auf seine Bemerkung zu ihrem Aussehen einzugehen.

»Wohin?«

»Nach England.« Aliza seufzte aus tiefstem Herzen. Sie hatte es ausgesprochen, und nun hing das Wort, das Trennung und Schmerz bedeutete, wie ein Damoklesschwert direkt über ihr.

Fabian antwortete nicht und warf stattdessen einen Blick auf seine Armbanduhr. »Warte einen Moment«, bat er, entließ das Personal in die Mittagspause und schloss die Ladentür ab. Erst als sie allein waren, fragte er: »Habt ihr Verwandte dort?«

»Nein, ich soll mit den Kindertransporten verschickt werden«, antwortete sie und sprudelte los: »In England hat man von den Pogromen, den brennenden Synagogen und auch von den grundlos verhafteten jüdischen Männern gehört. Worauf Privatleute eine Hilfsorganisation gründeten, um wenigstens jüdische Kinder vor den Nazis zu retten. Englische Familien nehmen die Pflegekinder so lange auf, bis sich die Lage hierzulande entspannt hat. Mein Vater erfuhr das alles von der ehemaligen Patientin, die wir trafen, als sie ihren Sohn zum Zug nach England brachte und wir Onkel Ezra und seine Familie verabschiedet haben. Aber ich will nicht weg von dir ...« Alizas Stimme erstickte vor aufkommenden Tränen.

Fabian fischte ein Taschentuch aus seiner Hosentasche, reichte es ihr und nahm sie dann in den Arm. »Beruhige dich, mein Liebling, wir verziehen uns nach hinten ins Büro, wo wir ungestört sind. Dort erzählst du mir alles ganz genau, und dann finden wir eine Lösung, versprochen.«

Aliza putzte sich die Nase, und auf dem Weg in den versteckten Raum hinter der Spiegeltür, wo niemand sie beobachten konnte, begann sie zu erzählen. Von Papas altem Studienfreund, der mit seiner Frau den Freitod gewählt hatte, von den traurigen Kindern am Bahnhof und am Ende von Karoschkes Besuch.

Fabian setzte sich, zog Aliza auf seinen Schoß und umschlang sie mit den Armen. »Ich nehme an, dass der Blockwart keine erfreulichen Neuigkeiten für euch hatte.«

»Diese blutsaugenden Nazis haben sich schon wieder neue Schikanen ausgedacht. Wie mein Vater von Karoschke erfuhr, müssen demnächst alle Juden ihre Besitztümer verkaufen. Häuser, Grundstücke, Fabriken, einfach alles. Warum, ist nicht schwer zu erraten. Du hast es ja selbst beobachtet ... Erst zerstören sie jüdische Läden und vernichten Existenzen, und jetzt gehen sie an den Rest der jüdischen Vermögen. Karoschke kam nun auf die geniale Idee, uns, also meinen Großeltern, das Haus zu erhalten, indem er es pro forma kauft und ...«

»Moment«, unterbrach Fabian sie. »Entweder kauft er, oder er kauft nicht. Pro forma geht nicht, das wäre doch ein Null-Komma-nichts-Handel.«

»Genau darum geht es ja. Damit das Haus nicht in die Hände der Nazis fällt, kauft Karoschke es per Scheinvertrag, und sobald der Naziterror ein Ende hat, gibt er es zurück, und der Vertrag wird zerrissen. Es ist zu unserem Vorteil, denn selbst Karoschke ist inzwischen überzeugt, dass der Wahnsinn nicht ewig so weitergehen kann.«

»Aha. Und dein Vater hat sich darauf eingelassen?« Fabian schien verwundert. »Jetzt fragt sich nur, ist der Blockwart wirklich der grundgütige Mensch, der er vorgibt zu sein? Und wenn ja, welchen Nutzen hat er von seiner Hilfsbereitschaft?«

»Er will nur mietfrei wohnen, das ist alles«, antwortete Aliza. »Du hast den Mann doch selbst erlebt, an jenem Abend. Er hat uns vor der Gestapo gerettet, nicht zum ersten Mal, wie mein Vater sagte, und er hat meinen Großvater aus dem Gefängnis geholt. Deshalb vertraut mein Vater ihm. Andererseits, was hätte Papa für eine Wahl? Hätte er sich nicht auf den Handel eingelassen, würden die Nazis das Haus demnächst konfiszieren und uns auf die Straße setzen, wie sie es mit dem Richter und seiner Frau vorhatten. Aber mit Karoschke als neuem ›Besitzer‹ können wir wohnen bleiben. Und weil das Anwesen uns nicht mehr gehört, fällt auch die ›Judenbuße‹ flach. Es ist also für beide Seiten ein lukratives Geschäft.«

»Das klingt tatsächlich nach einer cleveren Finte, aber was hat das mit den Kindertransporten zu tun?«

»Sehr viel«, seufzte Aliza. »Trotz des Handels mit dem Blockwart ist Mama der Meinung, wir sollten Deutschland verlassen ...«

»Aber dein Vater wollte doch wegen seiner Eltern in Berlin bleiben. Geht es deinem Großvater denn inzwischen so viel besser, dass er eine Reise verkraften würde?«

Traurig verneinte Aliza. »Er liegt nur im Bett und isst kaum noch was. Ich besuche ihn jeden Tag, lese ihm etwas vor oder halte einfach seine Hand. Aber er reagiert so gut wie gar nicht. Bobe fürchtet, dass die Haft seinen Lebenswillen gebrochen hat. Er kann nirgendwohin reisen, seit seiner Rückkehr hat er noch nicht einmal die Wohnung verlassen. Mama war dennoch beim jüdischen Hilfsverein, wo sie tagelang Schlange stehen musste, und ist von Konsulat zu Konsulat gerannt, doch es besteht nicht die geringste Chance. Seit den Pogromen will plötzlich jeder Deutschland verlassen, aber kein Land will noch Juden aufnehmen. Selbst für Amerika, wo Onkel Ezra für uns bürgen würde, bekämen wir frühestens in zehn Jahren eine Quotennummer. Und so lange müssen wir hierbleiben.«

»Und diese Nummer wäre unbedingt nötig?«

»Ja, denn vorausgesetzt, man kann einen Bürgen angeben, nimmt Amerika noch eine begrenzte Anzahl Emigranten auf, deshalb die Nummerierung. Eine letzte Möglichkeit wären falsche Visa. Papa sagt, man könne sie unter der Hand kaufen, das Stück zu dreitausend Reichsmark ...«

Fabian stieß einen kurzen Pfiff aus. »Mein lieber Scholli, das wären schlappe achtzehntausend Reichsmark für euch – ein Vermögen, wenn man bedenkt, dass unsere Verkäuferinnen im Schnitt einhundertfünfzig pro Monat verdienen.«

»Ich weiß, es ist eine unglaubliche Summe, die wir nicht besitzen. Und aus diesem Grund ist meine Mutter nun fest entschlossen, wenigstens *mich* mit den Kindertransporten nach England zu schicken ...« Sie schnaufte empört. »Ich bin fast siebzehn Jahre alt und schließlich kein Kind mehr, oder?«

»Aber du wärst in Sicherheit«, ergänzte Fabian und zog sie zärtlich an sich. »Das klingt doch sehr vernünftig.«

»Ja, schon, und ich finde es auch sehr lieb von Mama, dass sie sich solche Sorgen um mich macht«, gestand Aliza ein und sah ihn herausfordernd an. »Aber was wird dann aus unserer Verlobung?«

Fabian fuhr spielerisch durch ihr Haar. »Ich kann deiner Mutter nur zustimmen, in England wärst du in Sicherheit, mein Liebling.« Er gab ihr einen zärtlichen Kuss auf den Mund. »Wo würdest du wohnen und wie versorgt werden?«

Aliza schlang die Arme um Fabians Hals. »Du weichst mir aus, als wolltest du mich loswerden«, entgegnete sie lauernd.

»Im Gegenteil, du weißt, ich liebe dich mehr, als tausend Worte sagen könnten, und wir werden heiraten, das verspreche ich dir gerne jeden Tag aufs Neue«, beteuerte Fabian. »Daran wird sich niemals etwas ändern, aber ich sorge mich ebenso um deine Sicherheit wie deine Mutter. Und wenn du nach England gingest, würde ich auf dich warten, bis der Teufel die Nazis geholt hat. Also, wann packst du die Koffer?«

Aliza fiel Fabian um den Hals. »Nie«, sagte sie leidenschaftlich. »Zuerst werden nämlich jüngere oder elternlose Kinder ausgesucht, alle anderen landen auf einer Warteliste. Und da ich bald siebzehn werde, ist es fraglich, ob es klappt, das ist nämlich die Altersgrenze.«

Fabian hielt sie fest umschlungen und streichelte über ihr Haar. Nach einer Weile fragte er leise: »Könntest du dort zur Schule gehen? Vielleicht Abitur machen?«

Aliza schmiegte sich an ihn und wechselte das Thema. »Ach, Fabian, können wir nicht einfach hier in diesem Hinterzimmer bleiben, bis die Nazis zur Hölle fahren?«

»Also mir würde es gefallen, andere Menschen und ein neues Land kennenzulernen, die haben sogar eine Königin, vielleicht lädt sie dich mal zum Tee ein«, fuhr Fabian vergnügt fort, ohne auf ihre Frage einzugehen.

Aliza spürte einen dicken Kloß im Hals. Ob Fabian sie auf diese Weise loswerden wollte? Verstehen würde sie es. Sobald er mit ihr zusammen war, schwebte er in Gefahr. Wenn jemand sie beobachtete und verpfiff, würde man ihn als Judenfreund verhaften.

»Ich dürfte überhaupt nicht hier sein.« Sie wand sich aus seiner Umarmung.

»Nein, um Himmels willen, du hast mich missverstanden«, beteuerte Fabian entsetzt, zog sie wieder an sich und bedeckte ihr Gesicht mit Küssen. »Vom ersten Moment an, als du damals die Parfümerie betreten und mich angelächelt hast, wusste ich,

dass ich dich heiraten will. Dein zauberhaftes Lächeln möchte ich jeden Tag in meinem Leben sehen. Es ist nur …«
Ängstlich flüsterte sie: »Was?«
»Ich muss meinen Wehrdienst leisten.«
Aliza begriff sofort, was das bedeutete. Sie würde Fabian monatelang nicht treffen können. Man würde ihn, der im Nadelstreifenanzug so unfassbar attraktiv aussah, in eine scheußliche Uniform stecken, ihm einen Stahlhelm auf die blonden Wellen setzen, eine Waffe in die Hand drücken und ihn in eine Kaserne einsperren. Eiskalte Wut packte sie.
»Wenn ich mich weigere, werde ich vermutlich sofort an die Wand gestellt und erschossen«, sagte Fabian, als ahnte er Alizas düstere Gedanken. »Aber das ändert nichts an meiner Liebe zu dir. So eine kleine Trennung kann uns doch nichts anhaben. Und ehe wir uns dreimal umdrehen, habe ich den Dienst abgeleistet, und du kannst vielleicht auch wieder zurückkommen.«
Aliza musste an Onkel Ezra und seine Prophezeiung denken. Tränen traten ihr in die Augen, und bald schüttelte sie ein Weinkrampf. Falls die Nazis einen Krieg anzettelten, würde Fabian eingezogen werden, und das war genauso lebensbedrohlich wie eine Verweigerung.
Fabian küsste ihr die Tränen von den Wangen. »Ich finde, wir sollten uns auf das Positive konzentrieren.«
Aliza vermochte nicht zu erkennen, was an einer Trennung positiv sein sollte.
»Du könntest vielleicht zur Schule gehen, dein Abitur machen und studieren. Und sobald ich meinen Wehrdienst geleistet habe, komme ich nach England, und wir heiraten dort«, erklärte Fabian so lässig, als redeten sie lediglich über ein, zwei Wochen.
Aliza antwortete nicht. Niemand wusste, wie die Zukunft aussah. Schon gar nicht in diesen dunklen Zeiten, in denen Juden verfolgt, beraubt und ermordet wurden, weil sie angeblich minderwertig waren. In denen kleine Kinder allein weit weg

zu fremden Menschen geschickt wurden. In denen Verliebte keine Pläne schmieden durften, weil sie von einer Sekunde zur nächsten zerbrachen wie hauchdünnes Glas. Mit einem Mal hatte sie schreckliche Angst. »Wir wissen ja nicht mal, ob wir morgen überhaupt noch leben«, entgegnete sie trotzig, um sich ihre Angst nicht anmerken zu lassen.

8

Berlin, Dezember 1938

IM VERGANGENEN JAHR war Aliza in der letzten Woche vor Weihnachten mit ihrer Mutter Geschenke einkaufen gewesen, und später hatten sie den Tannenbaum mit Kugeln geschmückt. Tagelang hatten sie überlegt, wer an den Feiertagen zu Besuch kommen und welche Speisen sie anbieten würden.

Dieses Jahr versammelte sich Aliza zum zweiten Mal mit ihrer Familie auf dem Friedhof Berlin-Weißensee. Ihr Großvater wurde beigesetzt. Alle Bewohner des Hauses, sogar Karoschkes, waren gekommen, um Samuel Landau senior die letzte Ehre zu erweisen.

Rabbi Feinstein hatte Gebete gesprochen, und nun schnitt Alizas Vater jedem Familienmitglied einen Saum am Mantel auf, um den Riss im Herzen zu symbolisieren.

Im jüdischen Volksmund hieß ein Friedhof »der gute Ort«, aber Aliza empfand ihn an diesem 23. Dezember nur als einen traurigen Ort, wo die Trauergemeinde dem nasskalten, windigen Wetter trotzte. Einen Ort, an dem weder Blumen noch Kränze niedergelegt wurden, denn im Tod waren alle Menschen gleich, und kein Grab sollte prächtiger geschmückt sein als das andere. Für Alizas geliebten Großvater war es ein besserer Ort. Hier konnte ihm die Gestapo nichts mehr anhaben. Befreit von körperlichen Schmerzen, die sie ihm zugefügt hatten, würde er nun bis in alle Ewigkeiten ungestört ruhen.

Als Rabbi Feinstein die Gedächtnisrede auf den Großvater

hielt, drängte die Wintersonne durch die graue Wolkendecke, und während jeder drei Schaufeln voll Erde auf den Sarg warf, wärmten ihre Strahlen die durchgefrorenen Trauergäste. Als der Sarg vollständig mit Erde bedeckt war, sprach Samuel das Kaddisch für seinen Vater, um den Aufstieg seiner Seele zu unterstützen.

Alizas Großmutter war nie eine strenggläubige Jüdin gewesen, doch nach dem Tod ihres über alles geliebten Mannes suchte Ziva Trost in den traditionellen Ritualen. Leider war es nicht möglich, die Spiegel zu verhängen, wie es die Talmudregeln forderten, denn die Gestapo hatte alle zerstört, deshalb wollte sie wenigstens Schiwa sitzen.

»Ich werde sieben Tage lang das Haus nicht verlassen, und ich wünsche, dass meine Familie bei mir ist«, erklärte Bobe mit Bestimmtheit.

Aliza fügte sich widerwillig. Natürlich hatte sie ihren Großvater sehr geliebt und würde ihn nie vergessen, aber Fabian eine Woche lang nicht sehen zu dürfen empfand sie als harte Strafe. Harald wurde die Schiwa erlassen; er hatte Feiertagsdienst im Jüdischen Krankenhaus. Nicht einmal der Tod eines nahen Verwandten befreite ihn davon.

Während allerorts die Christbäume geschmückt und nach dem Dunkelwerden die Kerzen angezündet wurden, verwandelte sich die Wohnung der Großeltern in eine Erinnerungsstätte für Samuel Landau senior.

Kerzen wurden aufgestellt, Tee und Essen gekocht, um Freunde, Bekannte und auch Patienten zu bewirten, die der Großmutter ihren Besuch abstatten wollten. Jene, die noch beim alten Landau in Behandlung gewesen waren, griffen nach Bobes Händen und trösteten sie. »Er war ein Gerechter. Ihm wird nur Gutes im Jenseits widerfahren.«

An Silvester, während andere Familien Bowle ansetzten und Sekt kalt stellten, umrundete Aliza mit Bobe und der restlichen

Familie einmal das Haus, um nach der siebentägigen Trauer die Rückkehr ins alltägliche Leben zu demonstrieren. Nun durften sie wieder baden und die Männer sich rasieren, was in den sieben Tagen zuvor nicht erlaubt gewesen war. Selbst in den Briefkasten hatten sie nicht sehen dürfen.

Es steckten zahlreiche Kondolenzkarten darin, viele von ehemaligen nichtjüdischen Patienten, die ihr Mitgefühl ausdrückten. Nur ein Brief war nicht an Bobe, sondern an ihren Vater adressiert. Er kam aus London, von einem Ehepaar Kaufmann, und war Anfang Dezember abgestempelt.

»»Lieber Doktor Landau««, las ihr Vater laut vor, »»vielleicht erinnern Sie sich noch an mich und meinen Mann, wir waren zuletzt im Jahr '33 bei Ihnen in Behandlung, kurz bevor wir nach England emigrierten. Und hier komme ich gleich zum Anlass meines Schreibens. Mit Entsetzen haben wir in den hiesigen Zeitungen von den Ereignissen im November gelesen. Wenig später erfuhren wir von der Hilfsorganisation, die hier in England gegründet wurde und die englische Pflegefamilien für jüdische Kinder suchen. Da wir selbst keine Verwandten mehr in Deutschland haben, die unserer Hilfe bedürften, fielen uns Ihre Kinder ein, die, soweit wir uns erinnern, im entsprechenden Alter sein müssten. Sollten Sie einen sicheren Platz für sie suchen, wären wir gerne bereit, sie aufzunehmen und auch an einer Schule anzumelden.««

Nervös fragte Aliza sich, was sie davon halten sollte. Sie hatte noch nie von diesem Ehepaar gehört und fand es höchst seltsam, dass es Hilfe anbot. Sicher wollten die beiden Geld dafür, doch ihre Eltern hatten keines. Bei dem Gedanken atmete sie innerlich auf.

Ihre Mutter hingegen sagte mit tränenfeuchten Augen: »Oh Samuel, es gibt doch noch gute Menschen. Wir müssen uns bei der jüdischen Kultusgemeinde registrieren und Aliza auf eine Liste eintragen lassen.«

»Warte, es geht noch weiter …« Ihr Vater nickte seiner Frau zu. »Leider erlauben es die Hilfsorganisationen nicht, ein bestimmtes Kind auszuwählen, die Kleineren und Kinder von KZ-Häftlingen werden bevorzugt. Es sei denn, man hinterlegt selbst die fünfzig Pfund, die vom Innenminister pro Kind als Sicherheit bis zu dessen Wiederausreise gefordert werden. Damit soll gewährleistet werden, dass kein Kind die öffentliche Hand belastet. Daher können wir Ihnen nur die Unterkunft und Verpflegung anbieten. Was wir mit Freuden tun möchten.« Er blickte seine Tochter an. »Wie findest du das, mein Augensternchen? Du kannst sogar zur Schule gehen und dort sicher einen Abschluss machen.«

Alizas Herz klopfte so heftig, dass sie meinte, ihre Eltern müssten es deutlich hören. »Natürlich würde ich gerne eine Schule besuchen«, versicherte sie. »Aber doch nicht in einem fremden Land, wo ich Sprachprobleme habe, dem Unterricht nicht wirklich folgen kann und deshalb kaum etwas lernen werde.« Ein gutes Argument, gratulierte sie sich im Stillen und war froh, dass die Hilfsaktion an finanziellen Problemen scheitern würde.

»Fünfzig Pfund …« Fragend blickte ihre Mutter ihren Vater an. »Wie viel mag das in Reichsmark sein?«

»Ich weiß es nicht, aber wir werden das Geld schon irgendwie beschaffen, und wenn wir auch noch den letzten Silberlöffel verkaufen müssen«, antwortete er.

»Vielleicht benötigen kleinere Kinder den Platz dringender als ich«, sagte Aliza, um die Eltern zu bremsen.

»Es bleiben noch zwanzig Tage bis zu deinem siebzehnten Geburtstag«, sagte ihr Vater, der ihr offensichtlich gar nicht zugehört hatte. »Und die werden wir nutzen, um die nötigen Mittel zu beschaffen.«

An diesem Abend starrte Aliza lange in die Dunkelheit ihres Zimmers. Die vertrauten Schatten hatten heute keine beruhigende Wirkung auf sie. Die Eltern schienen fest entschlossen, sie zu fremden Menschen und in ein Land zu schicken, dessen Sprache sie kaum verstand. In eine Schule, wo sie vielleicht die einzige Jüdin sein und wieder beschimpft werden würde. Doch am schrecklichsten war die Vorstellung, von Fabian getrennt zu werden. Verzweifelt stand sie mitten in der Nacht auf, um sich ein Glas Milch zu holen. In der Diele hörte sie die Stimmen ihrer Familie, die im Wohnzimmer saß. Nervös blieb sie stehen und lauschte.

»Offensichtlich hat Karoschke allen Hausbewohnern mitgeteilt, der neue Besitzer zu sein, und die zahlen ihre Miete nun an ihn«, sagte ihr Vater. »Aber ich kann ihn unmöglich darauf ansprechen. Wir müssen dankbar sein, dass er von uns keine Miete verlangt.«

»Ich sollte dem verdammten Nazi die Fresse polieren!«

Das war eindeutig Haralds wütender Kommentar.

»Ich warne dich«, fuhr ihn der Vater an. »Du wirst dich gefälligst beherrschen. Oder willst du noch mehr Zores anrichten?«

»Gott der Gerechte stehe uns bei«, klagte ihre Mutter, wie so oft in den letzten Tagen und Wochen.

Aliza bezweifelte, ob der Gerechte überhaupt noch auf irgendein Flehen hörte, sonst hätte er die Nazis doch längst aufgehalten. Aber um nichts unversucht zu lassen, bat sie ihn, er möge doch bitte *ihr* statt ihren Eltern beistehen. Noch inständiger hoffte sie, die Zeit möge für sie arbeiten. Mit jeder einzelnen Stunde, die verstrich, näherte sie sich ihrem siebzehnten Geburtstag. Dann galt sie definitiv nicht mehr als Kind.

Samuel ließ sich nicht beirren, auch wenn Alizas Bitten ihm das Herz brachen. Die immer härter werdenden Sanktionen gegen die Juden drängten sie langsam, aber sicher in die totale Armut, doch wenn er wenigstens seine Tochter retten konnte, würde er alles dafür tun, auch, den Preis der Trennung zu zahlen. Sofort verfasste er einen langen Brief an die Kaufmanns, in dem er sich herzlich für das großzügige Angebot bedankte, das er gerne annehme, und Aliza ankündigte.

In den folgenden Tagen verfiel er in nervöse Geschäftigkeit, um die erforderlichen fünfzig Pfund zu beschaffen. Umgerechnet waren es rund tausend Reichsmark, unfassbar viel Geld. In etwa so viel, wie die Jahresmiete für eine der größeren Dreizimmerwohnungen betrug. Leider war es der Blockwart, der nun die Mieten einstrich. Das hielt Samuel dennoch nicht von seinem Vorhaben ab. Sie besaßen noch einige Wertsachen, die er verkaufen konnte. Rachel opferte all ihren Schmuck, und Mame steuerte das von der Gestapo zurückgelassene Tafelsilber und silberne Kerzenleuchter bei.

Der Verkauf war ein mühsames Geschäft, wie Samuel seiner Frau allabendlich erschöpft berichtete. Seit Anfang Dezember war es Juden gesetzlich verboten, Kunstgegenstände, Juwelen und jeglichen Zierrat aus Edelmetall frei zu verkaufen. Sie durften ihre Schätze nur noch den offiziellen Ankaufsstellen anbieten. Die Summen, die man dort für Wertsachen anbot, waren eine unerhörte Frechheit. Und jeden Abend, wenn er nach Hause kam, bettelte Aliza: »Bitte, Papa, gib es doch endlich auf, und lass dich nicht länger demütigen. Auf diese Weise bekommst du das Geld niemals zusammen.«

»Solange du noch nicht siebzehn bist, versuche ich es weiter«, erwiderte er und zählte die Tage bis zu ihrem Geburtstag, als fieberte er ihrer Niederkunft entgegen. Harald bot seinen kärglichen Lohn an. Und Rachel begann, Rechnungen an säumige Patienten zu schreiben, die zu Alizas Freude kaum einer beglich.

Am 8. Januar, zwei Wochen vor Alizas Geburtstag, hielt Samuel endlich das ersehnte Schreiben vom Jüdischen Kinderwohlfahrtsverband in Händen.

»Geschafft!«, verkündete er freudestrahlend.

Aliza kniff misstrauisch die Augen zusammen, damit die gefürchtete Nachricht in der Hand ihres Vaters zu einem undeutlichen weißen Irgendwas verschwamm, das ihr nichts anhaben konnte.

»Hier«, lächelnd reichte er ihr das Schreiben. »Lies selbst. Man wird dich mitnehmen.«

Enttäuscht starrte Aliza den Brief an. Ihr Vater hingegen strahlte sie an, als handelte es sich um einen Urlaub an der Ostsee und nicht um ihre Verbannung. Aber sie wollte es nicht schwarz auf weiß sehen, wollte es nicht wahrhaben.

»Bitte, Papa, bitte, bitte, schick mich nicht weg, ich möchte hierbleiben … bei euch«, flehte sie verzweifelt.

Doch sosehr Aliza ihren Vater auch anbettelte, er bestand darauf, sie nach England zu schicken.

»Es ist ein großes Glück, dass du einen Platz bekommen hast und ich die fünfzig Pfund überweisen konnte, obwohl es Juden verboten wurde, Geld ins Ausland zu schicken.«

Wie er das Gesetz habe umgehen können, sei unwichtig, antwortete er geheimnisvoll, als sie danach fragte.

Unwillig packte Aliza am 11. Januar schließlich ihren Koffer. Ihre Mutter saß auf ihrem Bett und las die Packliste vor, die von der Organisation geschickt worden war. »Außer der Reisekleidung sind erlaubt: ein Kleid, zwei Pullover, zwei Nachthemden, vier Tageshemden, sechs Unterhosen, zwei Paar Schuhe, zwei Paar Hausschuhe, ein Spielzeug.«

»Spielzeug«, echote Aliza abfällig und sandte ihrer Mutter einen zornigen Blick. »Allein daran kannst du erkennen, dass ich zu alt für diesen blöden Transport bin.«

»Nur zu alt für Puppen oder Plüschtiere, mein Schatz«, entgegnete ihre Mutter sanft und wandte sich wieder der Liste zu. »Keinen Schmuck, keine Wertsachen, keine Musikinstrumente. Und an Bargeld höchstens zehn Reichsmark.«

»Ein Jammer, dass ich keine Trompete besitze«, bedauerte

Aliza. »Ich hätte sie mitgenommen, am Bahnhof laut damit gespielt und wäre zurückgeschickt worden.«

Ihr Vater kam ins Zimmer und überreichte ihr ein schmales, in hellbraunes Leder gebundenes Buch. »Es ist ein Tagebuch.«

»Um das ganze Ausmaß der Tragödie auch noch schriftlich festzuhalten?« Aliza wusste, dass ihre Eltern es nur gut meinten, aber die bevorstehende Trennung von Fabian war wie eine Bestrafung für etwas, das sie nicht begangen hatte. Seit es kein Zurück mehr gab, war sie einfach nur noch unendlich traurig und zu keinem freundlichen Wort mehr fähig.

»Lass uns nicht schwarzsehen«, versuchte ihr Vater einzulenken.

»Wir sind bald wieder zusammen«, versprach ihre Mutter. »Papa und ich bemühen uns um Ausreisevisa. Ich habe gehört, dass in England laufend Hauspersonal gesucht wird und man im Londoner *Jewish Cronicle* eine Anzeige aufgeben kann.«

»Ich bin handwerklich geschickt und könnte als Hausmeister arbeiten, schließlich habe ich hier im Haus schon oft genug etwas repariert«, sagte ihr Vater und erklärte, dass sie mit einer Anstellung im Ausland sofort eine Ausreiseerlaubnis bekämen.

Aliza vernahm die Stimmen wie aus weiter Ferne. Sie fürchtete sich, zum ersten Mal allein ohne ihre lieben Eltern zu verreisen, noch dazu in ein fremdes Land. Aber ihre Gedanken drehten sich vor allem um Fabian. Voller Angst fragte sie sich, wann sie zurückkehren und ihn wiedersehen würde. Ob er sie inzwischen vergessen oder sich in eine andere verlieben würde. Und jedes einzelne Stück, das sie in den Koffer legte, war mit Tränen benetzt.

Den letzten Abend vor ihrer Abreise verbrachte Aliza mit Fabian. Eng umschlungen saßen sie auf dem bequemen hellbraunen Samtsofa im Wohnzimmer der Pagels'. Der Raum war wesentlich kleiner als der ihrer Eltern und auch nicht mit derart kostbaren Möbeln ausgestattet, aber mit Fabian wäre sie auch in einer winzigen Kammer glücklich gewesen. In seinen Armen brauchte sie kein Kleid aus dunkelrotem Wollstoff, keine schimmernden Seidenstrümpfe oder Schuhe aus schwarzem Saffianleder. Sie wäre mit etwas weit weniger Ansehnlichem ebenso zufrieden. Alles, was sie sich wünschte, war, die Zeit anhalten zu können. Und für immer in seinen Armen zu liegen.

»Was für ein Massel, dass deine Eltern die Einladung meines Vaters angenommen haben und wir den Abend allein verbringen können«, sagte Aliza selig.

»Deine Eltern wollten sich mit einem Essen für die Hilfe meiner Eltern bedanken«, sagte Fabian, der zärtlich mit ihren Haaren spielte. »Und ich habe mein Ehrenwort gegeben, mich anständig zu verhalten.«

»Durch und durch Kavalier«, entgegnete Aliza, als seine Hand von ihrem Haar nach unten wanderte und wie zufällig über ihren Busen strich. »Aber wofür müssen sich meine Eltern bedanken?«

»Für die Banküberweisung nach England. Sonst hättest du nicht mitfahren können.«

Abrupt löste Aliza sich aus seiner Umarmung. »Wie bitte?«

Fabian blickte sie verständnislos an. »Wusstest du nichts davon?«

»Nein!« Aliza schnappte nach Luft. Binnen Sekunden wurde ihr heiß. Zornesröte überzog ihr Gesicht. »Dann sind *deine* Eltern schuld daran, dass wir uns trennen müssen? Ich verstehe das nicht. Sind sie plötzlich gegen unsere Verbindung?«

»Beruhige dich.« Fabian griff nach ihren Händen und streichelte sie sanft. »Als du mir von diesem Gesetz erzählt hast, habe ich meinen Vater gebeten, die Überweisung über unser Konto laufen zu lassen.«

»Warum hast du das nur getan?« Wütend sprang Aliza auf und schubste dabei ein Sektglas um, dessen restlicher Inhalt sich über den Tisch ergoss. »Weißt du denn nicht, dass ich hier bei dir bleiben möchte?«

Geistesgegenwärtig holte Fabian ein Taschentuch aus der Hosentasche und warf es auf die Pfütze. »Natürlich weiß ich das«, sagte er versöhnlich. »Und ich wünsche mir nichts sehnlicher, als mit dir zusammen zu sein. Aber ich sorge mich nicht weniger um dich als deine Eltern.«

Aliza war nicht bereit, so schnell nachzugeben. Erbost funkelte sie ihn an. »Warum machen sich nur alle immerzu Sorgen? Ich habe nämlich keine Angst. Mein Vater sagt, Karoschke kümmert sich um unsere Sicherheit. Und bisher hat er doch auch Wort gehalten. Der Blockwart hat sogar Großvater aus der Haft befreit.«

»Aliza, bitte, sei mir nicht böse, ich will nicht mit dir streiten«, startete Fabian den nächsten Versuch, sie zu besänftigen. »Ich finde nur, ihr solltet dem Mann nicht blind vertrauen. Außerdem ...«

»Noch mehr Überraschungen?«, unterbrach sie ihn misstrauisch.

Zwischen Fabians geschwungenen Augenbrauen erschien eine tiefe Falte. »Du weißt, dass ich in wenigen Tagen eingezogen werde und die Kaserne während der dreimonatigen Grundausbildung nicht verlassen darf. Auch wenn du in Berlin bleiben würdest, könnten wir uns nicht sehen, sondern nur schreiben. Jetzt schicke ich die Briefe einfach nach England, das ist der einzige Unterschied.«

Aliza mochte es immer noch nicht glauben. »Gibt es denn gar keinen Ausweg? Bitte, Fabian, denk nach. Ich überlebe das nicht.«

»Ich denke an nichts anderes, glaube mir, mein Liebling – aber es gibt keine Möglichkeit, sich vor dem Wehrdienst zu drücken.« Fabian griff nach ihren Händen. »Auf Verweigerung steht die Todesstrafe, das weißt du doch. Aber jetzt genug davon, lass uns nicht länger streiten, mein über alles geliebtes Löwenmädchen. Ich will dir endlich dein Geschenk überreichen.« Er griff unter eines der Brokatkissen und förderte ein kleines schwarzes Kästchen hervor, um das eine rote Schleife gewickelt war. »Für dich, mein Liebling, damit du mich nicht vergisst.«

Aliza hatte sich den Abend allein mit Fabian als schönstes Geburtstagsgeschenk ausgemalt, streiten hatte sie gewiss nicht wollen, aber auch nicht mit einem Präsent gerechnet. Aufgeregt nahm sie es entgegen, zerrte ungeduldig an der Schleife und glaubte zu träumen, als sie einen goldenen Ring erblickte, dessen tiefgrüner Smaragd von Diamantsplittern umgeben war.

»Oh Fabian, wie wunderschön! Aber er ist viel zu kostbar.«

Fabian ignorierte Alizas Einwand, nahm das Schmuckstück heraus und steckte es an den Ringfinger ihrer linken Hand. »Passt«, stellte er zufrieden fest, küsste sie innig und erklärte anschließend: »Jetzt sind wir ganz offiziell verlobt.«

Aliza streckte ihre Hand aus. Der grüne Stein erstrahlte im Licht der Deckenlampe, und die kleinen Diamanten funkelten wie Sterne. Noch nie hatte sie solch eine Kostbarkeit besessen. »Er ist traumhaft«, flüsterte sie noch ganz benommen und bedankte sich mit einem zarten Kuss, der schnell leidenschaftlich wurde. In der Wehmut des letzten Zusammenseins und der beängstigenden Ungewissheit, wann sie einander wiedersehen würden, drängte sie sich an ihn. Fordernd, wie sie es noch nie getan hatte.

»Aliza«, raunte Fabian heiser. »Ich habe versprochen, mich anständig zu verhalten.«

»Ich weiß«, antwortete sie mit einem leisen, nervösen Lachen. Sie wollte nicht *anständig* sein, wollte, dass der heutige Abend unvergesslich war. Dass *es* geschah. Heute Abend würde sie Fabian ihre »Millionen« schenken, wie Bobe die Jungfräulichkeit nannte. Theoretisch wusste sie aus den Büchern ihres Vaters, *was* geschehen würde, und sie hatte Fabian im Sommer am Wannsee in der Badehose, also beinahe nackt gesehen. Aber nie hatte sie dabei dieses aufregende Prickeln im Magen verspürt, das Zittern ihrer Hände oder wie ihre Wangen glühten. Ihr ganzer Körper war heiß wie nach einem ausgiebigen Sonnenbad und nicht eiskalt, wie es normal wäre an einem Januarabend, an dem Schneeregen gegen die Fensterscheiben klatschte.

Sachte löste sie sich aus der Umarmung und öffnete langsam die Knöpfe des Kleides, die vom Halsausschnitt bis zur Taille reichten.

Fabian starrte sie ungläubig an. »Aliza, was tust du?«

»Wir wissen nicht, wann oder ob wir uns überhaupt jemals wiedersehen«, entgegnete sie, stand auf und ließ das Kleid auf den Teppich fallen.

Aliza hatte sich diesen Moment schon oft vorgestellt und befürchtet, dass es vielleicht peinlich wäre, sich vor Fabian auszuziehen. Aber es fühlte sich ganz und gar selbstverständlich an, auch als sie die Träger ihres Unterrocks über die Schulten schob und ihn über die Hüften streifte.

Fabian erhob sich vom Sofa. Seine graugrünen Augen flackerten vor Begierde, und sein Atem ging heftig, als er sie in seine Arme zog. »Willst du das wirklich?«

Aliza war sich so sicher wie niemals vorher. Sie sehnte sich nach seinen Berührungen und noch viel mehr. »Ich will es wirklich … mehr als alles andere«, seufzte sie.

»Mein Liebling …« Zärtlich strich er mit den Fingerspitzen von ihrem Hals zu ihrer Brust. »Ich liebe dich mehr, als tausend Worte sagen könnten.«

Unter Küssen und Liebesschwüren zog auch Fabian sich aus. Als sie schließlich nackt auf dem Teppich lagen, flüsterte Aliza: »Ich will deine Frau sein, selbst wenn wir uns niemals wiedersehen.«

9

Berlin, Januar 1939

ALIZA WAR FEST entschlossen, beim Abschied nicht eine Träne zu vergießen. Sie war fast siebzehn Jahre alt, und ihr Verlobter begleitete sie zum Bahnhof. Ihren Eltern hatte sie zu Hause Lebewohl sagen müssen. Alle Kinder durften nur von einem Erwachsenen begleitet werden, um jegliches Aufsehen zu vermeiden. Aliza empfand all das einfach nur als absurd, genau wie die Zöpfe, die Haarklammern, den Mittelscheitel und die mit Zuckerwasser geglätteten widerspenstigen Härchen. »Du darfst auf keinen Fall zu alt aussehen, sonst wirst du am Ende vielleicht nicht mitgenommen«, hatte ihre Mutter erklärt. Aber genau darauf hatte Aliza bis zum letzten Moment gehofft. Dass irgendwas oder irgendwer ihre Verschickung noch aufhalten könnte. Ein anderes Kind benötigte den Platz dringender, die Lokomotive hatte einen irreparablen Schaden, oder – die ersehnteste aller Katastrophen – jemand brächte Hitler um die Ecke, und der Albtraum hätte endlich ein Ende.

Ich werde nicht weinen, wiederholte Aliza im Stillen, als sie Hand in Hand mit Fabian zum Treffpunkt lief.

Ich werde nicht wie ein kleines Kind losheulen, sondern mich wie eine junge Dame benehmen.

Ich werde auch nicht jammern oder betteln.

»Bitte, Fabian, lass uns einfach weglaufen«, entfuhr es ihr ungewollt, als es nur noch wenige Schritte bis zum Bahnhof waren.

Fabian blieb stehen und wandte sich ihr zu, ohne ihre Hand

loszulassen. »Habe ich dir eigentlich schon erzählt, wann ich wusste, dass ich dich heiraten werde?«

Neugierig sah Aliza ihn an. »Nein, erzähl, wann war das?« Sie konnte nicht genug kriegen von seinen Liebesbekenntnissen.

»Als du damals in den Laden gestürmt bist und mich angelächelt hast. Dein Lächeln erhellte die Parfümerie mehr als all unsere Lampen, und dieses zauberhafte Lächeln wollte ich jeden Tag sehen.«

Aliza fühlte sich sterbenselend, und ihr war viel eher zum Heulen zumute, aber sie schaffte es, ihn anzulächeln.

»Vergiss nie, dass ich dich über alles liebe«, fuhr Fabian fort. »Ich werde Tag und Nacht an dich denken und immer bei dir sein, wie die Sterne im Weltall. Aber bitte, steig in diesen Zug, mir zuliebe. Dann weiß ich dich in Sicherheit, wenn ich dich nicht beschützen kann.«

»Ich liebe dich auch«, flüsterte Aliza. Noch bevor Fabian die Tür zum Wartesaal öffnete, krampfte sich ihr Magen zusammen. Ihre Kehle war wie zugeschnürt. Und sie begann am ganzen Körper zu zittern. Plötzlich hatte sie schreckliche Angst, glaubte, sicher zu wissen, sobald sie durch diese Tür ginge, würde sie nie wieder nach Berlin zurückkehren. Der Versuch, Fabian ihre Hand zu entreißen, misslang. Er hielt sie fest und zog sie entschlossen zum Sammelpunkt in den Saal.

Eine ohrenbetäubende Geräuschkulisse aus jämmerlichem Kinderweinen und besorgten Erwachsenenstimmen schlug ihnen entgegen. Der Raum war bis zum Bersten gefüllt mit Kindern von vier bis sechzehn Jahren. Jedes Kind hatte einen Rucksack geschultert und einen kleinen Koffer in der Hand. Die jüngeren umklammerten mit der anderen Hand Puppen, Plüschtiere oder ihre Mütter. Die größeren blickten sich vorsichtig um, manche hielten sich an Geschwisterhänden fest. Eine Mutter war vor ihrem weinenden kleinen Mädchen in die Hocke gegangen und redete beruhigend auf es ein.

»Du fährst in ein schönes Land und bekommst neue Spielkameraden.« Doch das tränennasse Gesicht des hübschen Kindes mit der weißen Fellmütze auf den dunklen Locken verriet deutlich, wie sehr es sich fürchtete.

Über Megafon ertönte eine Durchsage: »Achtung, Achtung, wir werden nun in alphabetischer Reihenfolge jedes Kind aufrufen. Bitte kommt dann hierher.« Ein winkender Arm ragte aus der Menge, signalisierte die Richtung.

Verzweifelt hielt Aliza Fabians Hand fest. Erst jetzt, als sie mit brennenden Augen über die Köpfe hinwegstarrte, begriff sie die Endgültigkeit ihres Vorhabens. Sie musste sich von Fabian verabschieden. Vielleicht für immer. Ihr Herz begann zu rasen, abwechselnd wurde ihr heiß und kalt, Tränen liefen über ihre Wangen.

»Uns bleibt bestimmt noch eine halbe Stunde, bis der Buchstabe L aufgerufen wird«, sagte Fabian, als wäre das ein Trost.

Aliza musste seltsamerweise an ihre Freundin Birgit denken, die gezählt hätte, wie viele Kinder sich in dem Wartesaal befanden und wie viel Zeit ihr tatsächlich noch mit Fabian bliebe. Sie hingegen vermochte nicht zu sagen, woher die rufende Stimme kam, die plötzlich wie ein scharfes Messer in ihr Ohr drang: »Aliza Sara Landau!«

Fabian schob Aliza durch die Menge. Mit der Nummer 157, die auf einem Pappschild um ihren Hals hing, kam sie zurück. Ihren Koffer hatte sie bei einer Sammelstelle abgeben müssen, wo er mit derselben Zahl gekennzeichnet worden war.

»Entschuldigung ...« Es war die Mutter mit dem weinenden Mädchen an der Hand, die sich krampfhaft an ihren Teddybären klammerte. »Bist du nicht die Tochter von Doktor Landau in der Wormser Straße?«

Aliza nickte stumm.

»Wir waren Patienten bei deinem Vater«, erklärte die Frau. »Das ist meine Tochter Amelie, sie ist erst vier ...«

»Mami, ich will nach Hause«, jammerte die Kleine.

»Nicht weinen, mein Schatz, du darfst mit dem Zug fahren, das wird dir bestimmt gefallen.« Die Frau, deren Gesicht von höchster Sorge gezeichnet war, streichelte ihrer Tochter über die blasse Wange und wandte sich wieder an Aliza. »Ich wollte dich bitten, ob du dich ein wenig um sie kümmern könntest?«

Abermals unterbrach eine Durchsage die junge Mutter. »Liebe Eltern, verabschieden Sie sich jetzt von Ihren Kindern! Leider ist es strengstens untersagt, die Kinder zum Bahnsteig zu begleiten. Haben Sie bitte Verständnis, der normale Zugbetrieb soll nicht gestört werden.«

Aliza zitterte, als sie Fabian ein letztes Mal umarmte. »Schreibe bald und vergiss mich nicht.«

»Dich vergessen? Erst, wenn alle Sterne am Himmel verglühen. Hier …« Er drückte ihr ein Taschentuch in die Hand. »Vergiss du mich auch nicht.«

Ein feiner Duft stieg Aliza in die Nase. »*Je Reviens.*«

»*Je Reviens,* mein Liebling.«

Aliza steckte das Taschentuch ein. »Ich vergesse dich erst, wenn ich tot bin und man mir Scherben auf die Augen legt«, sagte sie mit einem Lächeln.

»Scherben?« Irritiert zog Fabian die Stirn hoch. »Mein verrücktes Löwenmädchen, wir sehen uns wieder, das habe ich dir doch versprochen. Also, bis bald.« Er küsste sie zärtlich.

»Bis bald«, antwortete Aliza mit einem tapferen Lächeln. Dann versicherte sie der Mutter, sich um die kleine Amelie zu kümmern, und beugte sich zu dem Kind herab: »Ich heiße Aliza, und ich bin auch ganz alleine.«

»Wir sehen uns bald wieder, ich muss nur noch einiges erledigen, dann komme ich auch nach England«, versprach die Mutter ihrer Kleinen, küsste sie ein letztes Mal und verschwand dann eilig in der Menge.

Aliza nahm die schluchzende Amelie auf den Arm und folgte

den Handzeichen und Rufen der Begleitpersonen, die Richtung Ausgang deuteten. An der Tür drehte sie sich ein letztes Mal um und sah Fabian, der ihr unter Tränen zuwinkte.

Für den Kindertransport war kein Sonderzug eingesetzt worden, wie man hätte annehmen können, die Kinder wurden einfach in den normalen Schnellzug verfrachtet, der täglich um Mitternacht zwischen Berlin und der holländischen Grenze verkehrte und ganz normale Reisende nach Magdeburg, Braunschweig oder Hannover brachte. Nur am Ende des Zuges waren ein paar Extrawaggons für die Kinder angehängt worden.

Auf dem Bahnsteig drängten sich alle dicht aneinander, nicht wissend, wo sie einsteigen sollten. Die von der Organisation gestellten Betreuerinnen griffen ordnend ein und schoben die inzwischen völlig übermüdeten Flüchtlinge in die einzelnen Waggons.

Manch eines der größeren Kinder strahlte, als ginge es in die Sommerfrische, die sie vielleicht vor 1933 mit ihren Eltern in Norderney oder Travemünde verbracht hatten. Erinnerungen an fröhliche Ferien und traumhafte Urlaubsorte, die seit Langem für Juden verboten waren.

Aliza und Amelie wurden in ein Sechser-Abteil geschoben, dessen Fensterplätze bereits von zwei ungefähr zehnjährigen Jungs besetzt worden waren. Auf den mittleren Plätzen saß ein Geschwisterpaar, das Mädchen war etwa fünf und der Junge vielleicht sieben Jahre alt.

Aliza hob Amelie auf einen der freien Plätze. »Wenn der Zug fährt, können wir die Häuser und Bäume vorbeifliegen sehen«, sagte sie, um das Mädchen aufzumuntern.

»Wann kommt meine Mutti?«

Aliza musste einen Moment überlegen, welche Antwort die Kleine zu trösten vermochte. »Alle Kinder fahren ohne ihre Eltern, das ist ein großes Abenteuer. Aber du brauchst keine

Angst haben, ich werde auf dich aufpassen«, erklärte sie, und mit einem Mal wurde ihr bewusst, um wie viel grausamer so eine Reise ins Ungewisse für kleine Kinder sein musste.

Aliza verstaute die Rucksäcke im Gepäcknetz über den Sitzen, bevor sie ihren hellbraunen Dufflecoat, den moosgrünen Schal und die gleichfarbige Mütze auszog. Anschließend half sie Amelie aus dem dunkelroten Mantel, über dem ein weißer Muff hing. Darunter trug das Mädchen ein Kleid aus dunkelblauem Wollstoff, darüber eine graue Strickjacke mit Zopfmuster, und ihre Beine steckten in einer dazu passenden Strickhose, die an den Fußenden geknöpft war. Frieren würde das Mädchen nicht.

»Wie heißt denn dein Teddy?«, fragte Aliza betont heiter, um Amelie von ihrem Kummer abzulenken. Das Mädchen antwortete nicht, sondern weinte unablässig nach ihrer Mutter.

»Soll ich dir eine Geschichte erzählen, oder hast du vielleicht ein Bilderbuch dabei?« Aliza bemühte sich nach Kräften, ohne Erfolg. Und sie bedauerte, keines ihrer alten Kinderbücher zum Vorlesen eingepackt zu haben.

Eine Trillerpfeife schrillte.

Das unwiderrufliche Zeichen zur Abfahrt.

Der endgültige Abschied.

Die letzte noch offene Tür wurde zugeschlagen. Grauweißer Dampf entwich aus dem Schornstein der schwarzen Lok, die schwer schnaufend die unzähligen Waggons aus dem hallenden Gewölbe des Bahnhofs Friedrichstraße zog.

»Bist du schon einmal mit dem Zug gefahren?«, fragte Aliza, doch Amelie blickte nur traurig ins Leere.

Nach wenigen Minuten hielt der Zug noch einmal am Bahnhof Zoo. Amelie schien zu glauben, ihre Mutter hole sie wieder ab, sprang freudig auf und wollte unbedingt ihren dunkelroten Mantel anziehen.

»Es ist nur eine Station, an der noch mehr Reisende einsteigen«, erklärte Aliza geduldig. Amelie packte ein verzweifeltes

Schluchzen. Aliza nahm sie in den Arm, streichelte sie und redete beruhigend auf sie ein. Doch erst als Walter und Georg, die beiden Jungs am Fenster, ihre Nasen an der Scheibe platt drückten und aufgeregt schrien: »Uiii, schaut mal … wir fahren weiter …«, kam Amelie auf andere Gedanken und beruhigte sich ein wenig.

»Darf ich auch aus dem Fenster schauen?«, fragte sie mit wackliger Stimme. Endlich schien ihre Neugier die Angst zu besiegen.

Aber die Fenstergucker wollten ihre Logenplätze nicht so ohne Weiteres aufgeben. Mit dem Vorschlag »Ihr seid bestimmt schon ziemlich schlau und könnt Amelie erklären, wo der Zug vorbeifährt« gelang es Aliza, an die Hilfsbereitschaft der beiden zu appellieren.

»Wir wollen auch«, meldeten sich nun Ruth und David, die Geschwister, die bislang schweigend auf ihren Plätzen gesessen hatten.

Einige Minuten lang drückten die fünf abwechselnd ihre Nasen an die Scheibe, und die Jungs zählten die wenigen Autos, die noch unterwegs waren. Später wirbelten zarte Schneeflocken gegen das Fenster und zerflossen als Wassertropfen. Sehr viel mehr war nicht zu bestaunen. Mittlerweile war es nach Mitternacht, und die Dampflok zog die Waggons mit wachsender Geschwindigkeit aus der Stadt. Die Häuser wurden spärlicher, die erleuchteten Fenster weniger, und schließlich tauchte der Zug in die Nacht ein.

Die durch den gesamten Wagen wabernden hellen Stimmen verstummten nach und nach. Die Kinder setzten sich auf ihre Plätze, und die Geschwister holten den Proviant aus ihren Rucksäcken.

Aliza erinnerte sich noch genau an den Brief, in dem man sie über die Abfahrtszeit, den erlaubten Inhalt des Koffers und den Proviant informiert hatte: *Jedes Kind hat einen unzerbrechli-*

chen Becher, Waschutensilien und an Proviant ein Gabelfrühstück, ein Mittag- und ein Abendessen auf die Reise mitzunehmen. Was derart gestelzt in Worte gefasst worden war, hieß in der Realität nichts anderes als: ein paar belegte Brote, Äpfel und vielleicht eine Tüte Karamellbonbons, wie Aliza sie in ihrem Rucksack vorfand.

Der Duft von Butterbroten weckte auch Amelies Lebensgeister. Vermutlich hatte sie zu Hause in der Aufregung kaum etwas gegessen und verspeiste jetzt mit großem Appetit den Apfel, den ihre Mutter eingepackt hatte. Und die Bonbons, von denen Aliza nach der Mahlzeit jedem der Kinder eines gab, entlockten Amelie ein zaghaftes Lächeln. Doch trotz ihres bettelnden Blickes nach einem zweiten musste Aliza den Kopf schütteln. Die Tüte sollte für die gesamte lange Reise reichen. Ungefähr dreißig Stunden würden sie unterwegs sein, bis sie englischen Boden erreichten – jedenfalls hatte Fabian das ausgerechnet. Die Erinnerung an den Abschiedsabend, an die Leidenschaft, in der sie sich vereint hatten, nahm ihr fast den Atem. Und nun, nur einen Tag und eine halbe Nacht später, saß sie in einem Zug, der sie mit jeder Sekunde weiter weg von dem Mann brachte, den sie über alles liebte und den sie schon jetzt bis zur Unerträglichkeit vermisste. Wie sollte sie das über Wochen oder gar Monate aushalten?

Das rhythmische Schaukeln des Zuges in Verbindung mit der späten Stunde zeigte bald Wirkung. Amelie fielen die Augen zu. Aliza legte ihr den Pelzmuff als Kissen unter den Kopf und deckte sie mit dem Mantel zu. Auch die anderen gähnten, und bald schliefen alle Kinder.

Aliza knipste das Licht aus und versuchte, es sich auf dem Sitz bequem zu machen, aber sie war zu groß, um sich ausstrecken zu können wie die Kleinen. Halb im Sitzen döste sie vor sich hin. Irgendwann schien sie doch in einen Halbschlaf gefallen zu sein, aus dem ein Albtraum sie aufschreckte. Die Gestapo war ins Haus gestürmt, hatte Eltern, Harald und die Großmutter verhaftet und die Einrichtung demoliert. Hatte sie auf einen Lastwagen verladen und wer weiß wohin verschleppt … Als sie erwachte, fragte sie sich besorgt, ob Karoschke die Eltern und Bobe weiter beschützen würde oder es mit jedem Tag gefährlicher für sie wurde, in Deutschland zu bleiben. Sie zwang sich, ihre Gedanken auf Fabian zu konzentrieren, seine Küsse, seine Zärtlichkeiten und das parfümierte Taschentuch, das er ihr zum Abschied in die Hand gedrückt hatte. Eilig holte sie es aus der Manteltasche und presste es an die Nase. Welch ein himmlischer Duft. Nach einigen tiefen Atemzügen wurde sie ruhiger. Vielleicht würde es tatsächlich Spaß machen, ein fremdes Land und neue Menschen kennenzulernen. Vielleicht konnte sie für die Eltern Anstellungen im Haushalt finden. Vielleicht käme auch Fabian angereist, und sie würden in England heiraten. Mama hatte ihr noch die Geburtsurkunde mitgegeben: *Damit du nicht vergisst, wer deine Eltern sind und wo du geboren bist.* Als ihr einfiel, wie Fabian sie mit der Bemerkung »Die haben sogar eine Königin« hatte begeistern wollen, musste sie schmunzeln. Zu gerne würde sie ihm jetzt sofort einen Brief schreiben, aber sie müsste das Licht einschalten, und das würde die Kinder wecken. So verfasste sie den ersten Liebesbrief nur in Gedanken. Aufschreiben würde sie alles, sobald sie angekommen war.

Mit der Morgendämmerung erwachte langsam wieder das Leben im Abteil. Und bald auch im gesamten Waggon, unschwer am wilden Geschrei und hektischen Gedränge wahrzunehmen.

In jedem Wagen reiste eine Betreuerin mit. Hilda hieß die achtundzwanzigjährige Frau, der auch Alizas Abteil unterstand. Sie hatte alle Mühe, die Ungeduldigen vor den Toiletten zu zügeln und die übermütigen Jungs von den auch während der Fahrt zu öffnenden Fenstern fernzuhalten.

»Kommt sofort da weg, oder wollt ihr rausfallen?«

»Hier steht nur ›während der Fahrt nicht hinauslehnen‹«, scherzten ein paar wagemutige Rabauken. »Aber von ›nicht hinauspinkeln‹ ist da nicht die Rede.«

Etwas ruhiger wurde es, während jeder sein Frühstücksbrot verzehrte. Danach wurden die Gänge zu Rennstrecken erklärt. Die Nacht auf den Sitzen war nur mäßig erholsam gewesen, und den kindlichen Bewegungsdrang noch länger zu zügeln war schlicht unmöglich.

Fangen und Versteck spielen lenkte auch Amelie ab, und die Sehnsucht nach ihrer Mutter schien für eine Weile nicht mehr ganz so quälend zu sein. Die Zeit verging nun viel schneller, und in den frühen Morgenstunden erreichten sie Hannover. Von dort aus war es nicht mehr weit bis Bentheim an der Grenze zwischen Deutschland und Holland.

»Zollstation, Zollstation, Zollstation«, gellte bald eine scharfe Stimme durch den Lautsprecher.

Aliza zuckte zusammen, Amelie begann wieder zu weinen, und die anderen Kinder starrten erschrocken aus dem Fenster. Vor der Abfahrt in Berlin war ihnen eingeschärft worden, während der Zollkontrolle in den Abteilen zu bleiben und sich ruhig zu verhalten. An der Grenzstation würden die Koffer auf Wertsachen untersucht werden, vielleicht auch die Rucksäcke.

Hilda steckte den Kopf ins Abteil. »Die Pässe bereithalten.« Und zu Aliza: »Achte bitte auf die Kleinen, niemand darf den Zug verlassen. Hast du verstanden?«

»Ja, ich werde aufpassen«, versicherte Aliza und freute sich insgeheim, ihren wunderschönen Verlobungsring so raffiniert versteckt zu haben, dass ihn garantiert niemand finden würde.

Als sie wenig später beobachtete, wie einige Koffer auf den Bahnsteig geworfen und von Männern in SS-Uniformen rücksichtslos durchwühlt wurden, lief ihr ein Angstschauer über den Rücken. Wie die SS-Männer Kleider, Wäsche oder Schuhe aus den Gepäckstücken zerrten, achtlos in den Schmutz fallen ließen und sogar noch ihre Zigarettenasche darauf schnippten, war nichts weiter als Schikane. Mit Zollkontrolle hatte dieses rüde Benehmen nichts zu tun.

Hilda und die anderen Betreuerinnen bemühten sich nach Kräften, alles wieder in den richtigen Gepäckstücken zu verstauen.

Irgendwann schienen die Uniformierten keinen Spaß mehr an ihrem Vandalismus zu haben und stiegen in die Waggons.

Höhnisches Gelächter, begleitet von Stiefeltrampeln, dröhnte durch die Gänge vor den Abteilen, und nicht nur Aliza wusste, welche Gefahr diesen Geräuschen folgen konnte.

Beschützend hatte sie einen Arm um die vor Angst zitternde Amelie gelegt. Die Geschwister hatten sich auf einen Platz gedrängt, fassten sich an den Händen und blickten stur auf den Boden. Die Jungs am Fenster starrten mit weit aufgerissenen Augen zur Tür.

Die schweren Stiefelschritte kamen näher, die Tür wurde aufgerissen, und zwei braun Uniformierte stapften ins Abteil. Sie trugen schwarze Schildmützen mit dem Totenkopfabzeichen und hatten je eine Gerte in der Hand, mit der sie nervös auf ihre glänzenden schwarzen Stiefel schlugen. »Pässe!«, brüllten sie einstimmig.

Aliza hatte die Ausweise bereits eingesammelt und hielt ihnen den Stapel entgegen. Der ältere griff danach und gab die Hälfte davon an seinen Kameraden.

Schweigend, mit düsterem Blick, kontrollierten sie die Papiere, und anstatt sie zurückzugeben, musterten sie Aliza spöttisch und ließen die Ausweise einfach fallen.

Als Aliza die Pässe aufgehoben hatte, deutete der ältere SS-Mann mit seiner Gerte nach oben auf die Rucksäcke. »Runter damit, Judenbalg«, brüllte er dermaßen laut, dass die Kinder zu weinen begann. Worauf er sie anschnauzte: »Ruhe, ihr Saubande.«

Aliza holte den Rucksack aus dem Gepäcknetz und öffnete ihn wortlos. Der jüngere riss ihn ihr aus der Hand, drehte ihn um und leerte den Inhalt einfach auf den Boden. Mit seinem Stiefel schob er die eingepackten Butterbrote wie Abfall auseinander. »Los, aufmachen«, kommandierte er.

Aliza nickte ergeben und öffnete in aller Ruhe ein Brotpäckchen nach dem anderen. Anscheinend glaubten sie, es lägen Geldscheine oder sonst irgendetwas Wertvolles dazwischen, doch da hatte er sich geirrt. Das Versteck ihres Ringes konnte er zwar sehen, aber nicht erkennen.

Als die SS-Männer merkten, dass hier nichts zu finden war, rissen sie die anderen Rucksäcke auf, durchsuchten sie vergebens und knallten schließlich erbost die Tür zu.

Aliza hätte nicht sagen können, wie lange die schikanösen Kontrollen dauerten, aber es schien eine Ewigkeit vergangen zu sein, als der Zug endlich wieder losfuhr. Wenig später verkündete eine Stimme aus den Lautsprechern: »Wir erreichen jetzt die holländische Grenze.«

Sie waren in Holland. In Freiheit!

10

Berlin, Januar 1939

WÄHREND DER KINDERTRANSPORT den Schikanen der SS-Schergen ausgesetzt war, stand Hermann Karoschke hochzufrieden vor der Eingangstür zu seiner neuen Wohnung. Beinahe andächtig steckte er den Schlüssel ins Schloss, drehte ihn langsam um, öffnete die Tür und betrat die weitläufige Diele.
Welch ein Anblick.
Was für ein denkwürdiger Tag.
Das Ziel war erreicht.
Für diesen bedeutsamen Anlass hatte er sich extra einen neuen Zwirn zugelegt, einen vom Schneider angefertigten Dreiteiler, und keinen dieser ordinären Anzüge von der Stange, wie bisher. Ab sofort würde er nur noch die extrafeine Pelle tragen, wie es ihm zustand. Ein euphorischer Schauer lief über seinen breiten Rücken, als er durch die Räume schritt. Erregt begutachtete er die gediegene Einrichtung, befühlte hier eine glatt polierte Kommode, dort eine glänzende Kristallschale, ließ sich lachend auf das breite Sofa fallen, strich über die samtigen Vorhänge, warf einen Blick aus dem Fenster und inspizierte am Ende noch die Küche. Ingrid würde jubeln. Endlich ein Kühlschrank! Bevor er das neue Zuhause wieder verließ, um seine Familie abzuholen, gestattete er sich einen kurzen Rückblick auf sein Leben.
Als Kellerkind auf die Welt gekommen, hatte er, solange er denken konnte, hoch hinausgewollt und nun, mit fünfundvierzig, sein Ziel erreicht.

Geboren im November 1893, aufgewachsen in einer eiskalten, feuchten Kellerwohnung, war seine Kindheit geprägt von Entbehrung und einem brutalen Vater. Die Schwerstarbeit auf dem Bau hatte den Vater zu einem zornigen Mann werden lassen, der seine Wut über die Ungerechtigkeit des Lebens an seinem Sohn ausließ. Die sanfte, aber immer kränkliche Mutter vermochte die Anfälle des Vaters nur am Monatsende zu lindern, wenn sie ihm von ihrem Lohn fürs Reinemachen bei den Reichen ein paar Pfennige fürs Wirtshaus zustecken konnte. Dann wurde es ganz still in der ewig düsteren Küche, in der Hermann seine Hausaufgaben an einem wackeligen Tisch erledigte. Oft strich sie ihm mit ihren rauen Händen liebevoll über den selten gewaschenen Schopf und sagte: »Du bist was Besonderes, aus dir wird mal was ganz Großes.« Das behauptete sie völlig unabhängig von den guten Noten, die sein Zeugnis regelmäßig zierten. Er war immer einer der Besten gewesen, und die Schulkameraden verspotteten ihn trotzdem nicht als »Streber«, weil er die anderen abschreiben ließ. Die Lehrer lobten ihn für seinen unermüdlichen Fleiß und spornten ihn zusätzlich an. Hermann erinnerte sich noch genau, wie der Mathematiklehrer sagte: »Strebe nach Höherem, dann wirst du es weit bringen.« Damals begann er davon zu träumen, dem Kellerloch zu entkommen, und setzte sich Ziele, die er eines nach dem anderen erreicht hatte. Ungeachtet der hämischen Bemerkung seines Vaters: »Wer hoch hinauswill, wird tief fallen.«

Hermann hörte nicht auf den Suffkopf und verfolgte weiter seinen Plan. Punkt eins war die Mittlere Reife, die er mit einem Notendurchschnitt von 1,5 bestand. Keines der anderen Kellerkinder hatte das jemals geschafft. Abitur oder gar ein Studium wären niemals finanzierbar gewesen, deshalb begann er eine Lehre bei Aaron Hirschberg, der sich mit seiner Privatbank auf Hypotheken spezialisiert hatte. Hermann liebte Zahlen, auf die war Verlass. In diesem jüdischen Geldtempel, wie sein Vater das renommierte Haus verächtlich schimpfte, erkannte Hermann mit jedem Tag deutlicher: Eine Hand wäscht die andere, und Geld regiert die Welt. Wer Geld hat, hat nicht nur Macht, sondern auch die Möglichkeit, es geschickt zu investieren, zu verleihen und zu vermehren. Und die Vermehrung des Geldes bedeutete wiederum die Vermehrung der Macht. Macht bedeutete, nie wieder frieren oder hungern zu müssen, nie wieder geschlagen zu werden.

Von jedem Lohn kassierte sein Vater die Hälfte als Kostgeld und versoff alles, bis er eines Nachts im Rausch vor eine Straßenbahn lief und nicht wieder aufstand. Mit den Prügeln und Schikanen war es vorbei. Für immer.

Die Wehrpflicht und damit der gefürchtete Kriegsdienst war die nächste zu überwindende Stufe. Zu seiner Überraschung war er untauglich. Das bescheinigte ihm der Musterungsarzt und Vater eines ehemaligen Klassenkameraden. Dem Kumpel aus der Volksschule hatte er während fünf gemeinsamer Schuljahre bei Mathematikprüfungen geholfen und für so manches Wurstbrot Nachhilfe erteilt. Der Vater des ehemaligen Freundes erinnerte sich gut an Hermann, und als leitender Musterungsarzt deichselte er die Sache mit der Tauglichkeit. Hermann hatte ihn nicht direkt darum gebeten, nur so ganz im Vertrauen erwähnt, dass er Waffen verabscheue und beim Laufen Schmerzen habe, wegen seiner Plattfüße. Den ehemaligen Klassenkameraden traf er wenig später wieder, als der bei der Hirschberg-Bank um eine Hypothek zur Praxiseröffnung anfragte. Verstand sich von selbst, dass er den alten Kameraden wärmstens beim Chef empfahl. Wofür er einen Bonus erhielt, da der junge Arzt einen Wohnblock als Sicherheit verpfändete. Die Prämie erlaubte ihm, seine Mutter zu einem Sonntagsessen ins Wirtshaus einzuladen. An diesem Tag lernte er Ingrid kennen. Drei Monate später wurde sie seine Frau.

Und nun – endlich – konnte er seiner geliebten Ingrid das

sorgenfreie Leben mit allem Komfort und Luxus bieten, das er ihr am Tag seines Antrags versprochen hatte.

»Na, was sagt ihr?«, fragte Hermann, als er Ingrid und Birgit in ihr neues Reich führte.

Sie stellten die Koffer in der Diele ab.

Ingrid hakte sich bei Hermann ein. »Ich bin sprachlos. Allein die Diele ist größer als unser Wohnzimmer.«

»Birgit, schau dir doch Alizas Zimmer … ähm, ich meine, dein neues Zimmer an«, forderte Hermann sie auf, wies ihr mit der Hand die Richtung, und als sie losstürmte, wandte er sich wieder an Ingrid. »Was möchtest du zuerst besichtigen, mein geliebtes Weib?«

»Das Schlafzimmer«, raunte Ingrid ihm ins Ohr.

Karoschke führte sie an der Hand durch die weiß lackierte Tür, die sich zu einem Raum öffnete, der mit allem Pomp ausgestattet war.

»Walnusswurzelholz, auf Hochglanz poliert«, erklärte er stolz. »Feinste Kristallglasspiegel am Kleiderschrank und an der Frisierkommode. Seidenvorhänge und Spitzenstores an den Fenstern. Nicht zu vergessen die handgeknüpfte Bettumrandung.«

»Hermann, ich glaub, ich träume«, sagte Ingrid, deren Augen vor Begeisterung leuchteten, als sie den Nerzmantel im Schrank entdeckte. Nachdem sie ihn anprobiert und sich ausgiebig im Spiegel bewundert hatte, ließ sie sich noch im Pelz auf die zartgelbe Steppdecke fallen. »Du bist der beste Mann, den eine Frau sich wünschen kann, und heute Abend bedanke ich mich richtig«, versprach sie mit einem lasziven Blick durch halb geöffnete Lider.

Hermann lächelte zufrieden und genoss das vorfreudige Zucken in der Lendengegend.

Birgits Freudenschreie drangen zu ihnen. Hermann zog Ingrid mit Schwung in die Aufrechte. Hand in Hand, wie zwei frisch Verliebte, eilten sie zu ihrer Tochter, die soeben den Inhalt von Alizas Kleiderschrank entdeckt hatte.

Beim Abendessen feierten sie den Umzug mit Delikatessen vom *KaDeWe*.

»Das kribbelt in der Nase«, gluckste Birgit, nachdem sie von dem echten französischen Champagner gekostet hatte.

»Ich finde ihn exquisit«, urteilte Ingrid, wobei sie vornehm näselte.

»In der Tat!«, bestätigte Hermann und dachte kurz an seinen Vater, der sich gründlich getäuscht hatte. Er, ein Kellerkind, war endlich oben angekommen. Hatte am Finanzamt eine Position mit Entscheidungsbefugnis und würde oben bleiben. So viel war sicher.

»Ganz schön ungewohnt, so ein Esszimmer«, sagte Birgit, als sie das silberne Messer zur Hand nahm und sich in der blank polierten Schneide wie in einem Spiegel betrachtete.

Ingrid lächelte verschmitzt. »Wir werden uns schon daran gewöhnen, in Zukunft von feinem Porzellan zu speisen, und nicht wie bisher von angeschlagenen Keramiktellern am Küchentisch, der nicht mal halb so groß war wie diese weiß gedeckte *Tafel*.«

»Das will ich meinen«, setzte Hermann nach. Er und seine Familie würden es bald als selbstverständlich ansehen, teuer gekleidet zu sein. In Zukunft statt der groben Streichwurst feine Leberpastete mit Trüffeln und zarten Filetbraten statt des fetten Eisbeins zu verspeisen, den langweiligen Schellfisch durch exotischen Shrimpscocktail zu ersetzen. Auch dem trockenen Napfkuchen würde er keine Tränen nachweinen. Törtchen und Konfekt waren ein mehr als würdiger Ersatz.

Nachdem sie ausgiebig geschlemmt hatten, saßen sie gemeinsam im Salon; das Wort »Wohnzimmer« war zu gewöhnlich für den Raum, in dem ein reich verzierter Kachelofen für wohlige Wärme sorgte. Hermann und Ingrid hatten es sich auf dem daunengepolsterten dunkelroten Plüschsofa bequem gemacht, Birgit saß mit angezogenen Beinen in einem der vier breiten Sessel.

Und wie es sich für gebildete Reichsbürger geziemte, lauschten sie leiser Klaviermusik aus dem Radio.

Birgit blätterte in der neuesten Ausgabe von *Die junge Dame.* Gegen neun wünschte sie »Gute Nacht«, sagte: »Ich lese noch ein wenig im Bett« und küsste ihren Vater herzhaft auf die Wangen. »Danke, Papa, für den neuen Wintermantel mit dem Pelzkragen. Darum habe ich Aliza immer beneidet, und jetzt werden mich alle anderen beneiden.«

»Schlaf schön, mein Schatz.«

Auch Hermann und Ingrid zogen sich kurz darauf zurück.

»Du hast dein Versprechen gehalten, das du mir am Tag deines Antrags gegeben hast«, sagte Ingrid, als sie die Nachttischlämpchen mit roten Tüchern bedeckte, wie sie es seit ihrer Hochzeitsnacht tat. »Dafür hast du eine ganz besondere Belohnung verdient.«

Hermanns Blut kam bei der Schummerbeleuchtung sofort in Wallung, und er seufzte aus tiefster Brust, als Ingrid begann, sein Liebesschwert, wie sie seinen Schwanz nannte, zu streicheln. Gekonnt liebkoste sie ihn mit der Zunge und verschaffte ihm mit dem Mund die höchste Lust. Dafür lohnt sich jede Gaunerei, dachte er, bevor er sich ganz seinen körperlichen Empfindungen hingab. Es dauerte nicht lange, bis er in sie eindrang und ihr mit kräftigen Stößen leidenschaftliche Stöhnlaute entlockte.

Später, als Ingrid wieder zu Atem gekommen war, gurrte sie leise: »Findest du es verrucht, wenn es mir in der Luxuswohnung doppelt so viel Spaß macht?«

Hermann setzte sich auf, öffnete eine gut gekühlte Flasche des französischen Getränks und tupfte sich einige Tropfen hinters Ohr. »Mit dir bin ich gerne verrucht.«

»Du Hengst.« Ingrid schob sich ein Kissen in den Rücken und schenkte ihrem Helden einen bewundernden Blick. »Aber jetzt erzähle, wie hast du es geschafft, dass Dr. Landau uns seine

Wohnung mitsamt der Einrichtung überlassen hat«, forderte sie ihn auf, als er die Gläser auffüllte.

»Auf dich, mein Schatz!« Hermann hob sein Glas, um die Spannung noch zu steigern, und nahm einen großen Schluck, bevor er den Hergang zu erklären begann. »Mir fiel auf, dass der Doktor mit großen Taschen das Haus verließ und später am Abend mit hängenden Schultern und trauriger Miene zurückkam. Ich fragte also, ob ich helfen könne …« Genüsslich nahm er den nächsten Schluck Champagner, um zu überlegen, wie er seine Geschichte ausschmücken konnte. »Der Doktor bedankte sich für meine Anteilnahme und berichtete, dass er so um die tausend Reichsmark benötige, um seine Tochter nach England zu schicken. Ganz genau habe ich die Aktion zwar nicht kapiert, aber du weißt ja, dass ich für die Familie alles in meiner Macht Stehende tue. Wir sind ihnen zu Dank verpflichtet.« Zärtlich fuhr er über die kaum noch sichtbare Narbe an Ingrids Schläfe, die der Arzt genäht hatte.

»Die Landaus haben wirklich großes Glück, mit dir als Beschützer«, hauchte Ingrid, griff nach seiner Hand und küsste sie.

Hermann schmunzelte zufrieden. »Wie auch immer, ich habe ein paar Reichsmark zur Seite gelegt und bot dem Doktor die betreffende Summe an. Das ist ein prima Geschäft, allein die Möblierung ist ein Vielfaches wert, ganz zu schweigen von der prall gefüllten Vorratskammer. Im ersten Moment schien Landau es für einen Scherz zu halten, doch dann überschlug er sich förmlich vor Dankbarkeit. Und weil er nicht wusste, wann er mir den Betrag zurückzahlen könnte, kam er auf die Idee, mir seine Wohnung als Sicherheit anzubieten. Wie hätte ich ablehnen können, wo ihm so viel daran lag?« Ingrid musste nicht erfahren, dass in Wahrheit er dem Doktor zu verstehen gegeben hatte, die Wohnung als Pfand zu wollen.

»Du hast einfach ein großes Herz«, sagte sie und streichelte sein Liebesschwert.

»Hmm«, schnurrte Hermann. Er war zufrieden wie ein Straßenkater, der endlich ein warmes Zuhause gefunden hatte, und genoss die verdiente Belohnung. Auch wenn böse Zungen behaupten mochten, er habe den Doktor erpresst, am Ende zählte doch nur das Ergebnis. Aliza war unterwegs nach England, angeblich in die Sicherheit, wenngleich er das nicht nachvollziehen konnte. Der Doktor war mit Frau und Sohn zu der alten Ziva Landau in die dritte Etage umgezogen, deren Vierzimmerwohnung genügend Platz für vier Personen bot. Und er residierte mit seiner Familie endlich so, wie es ihm nach den unzähligen Gefälligkeiten zukam. Er schloss die Augen und dachte nicht länger darüber nach, ob es Erpressung gewesen war oder nicht, sondern gab sich ganz der Lust hin, die Ingrid ihm ein weiteres Mal bereitete.

In der dritten Etage saß Samuel mit seiner Familie in der Wohnküche beim Abendbrot. Hier war die Stimmung weit weniger ausgelassen als bei Karoschkes. Nur Ziva, die sich seit dem Tod ihres Mannes sehr allein gefühlt hatte, versetzte der Einzug ihres Sohnes mit Familie in regelrechte Euphorie.
»Ich finde es schön, euch bei mir zu haben, und dein Vater hätte genauso gehandelt«, sagte sie zu Samuel.
»Danke für dein Verständnis, Mame«, entgegnete Samuel, der seiner Mutter nicht verschwiegen hatte, dass er sich Karoschke gegenüber erniedrigt und ihn um ein Darlehen gebeten hatte. Aber er hatte keine Wahl gehabt. Ebenso wie er Karoschke vertrauen musste, auch wenn er sich dabei von Mal zu Mal mulmiger fühlte. »So bald wie möglich bekommen Sie den ganzen Betrag zurück«, hatte er dem Blockwart versichert, worauf der freundlich genickt und behauptet hatte: »Selbstverständlich helfe ich Ihnen, Doktor. Aber Sie werden verstehen, dass ich ein Risiko eingehe. Allein, dass Sie noch hier wohnen, ist gefährlich, aber Ihnen solch eine hohe Summe zu leihen grenzt an

Schwachsinn. Wenn das irgendwie rauskommt, bin ich geliefert. Jeder, der Juden Unterstützung gewährt, gleich welcher Art, wird als ›Judenknecht‹ bezeichnet und mit Gefängnis oder sogar Lager bestraft. Mir als Blockwart droht womöglich der Strick. Das sind keine schönen Aussichten, Doktor, und Sie werden verstehen, dass ich ohne einen gewissen Anreiz …« An dieser Stelle hatte Karoschke sich am Kinn gekratzt, als müsste er nachdenken. Samuel hatte eilig versichert, er verstünde die Bredouille, wisse aber keinen Ausweg. Worauf Karoschke die Wohnung als »Sicherheit« verlangt hatte. »Mit allem Inventar, versteht sich«, hatte der Blockwart hinzugefügt. Im Weggehen hatte er noch angedeutet, dass seine Ingrid sich bestimmt über Rachels Pelzmantel freuen würde. Ein Wunder, dass sie ihre persönlichen Kleider hatten mitnehmen dürfen.

Samuel war im ersten Moment geschockt gewesen von Karoschkes Forderung. Inzwischen fand er es nicht weiter tragisch, mit Rachel und Harald bis auf Weiteres bei seiner Mutter zu leben. Mame freute sich so sehr, nicht mehr allein zu sein, er war hier in den Räumen aufgewachsen und hatte eine glückliche Kindheit verlebt. Die elterliche Wohnung war ebenso sein Zuhause wie die sechs Zimmer im ersten Stock. Rachel hatte praktisch gedacht und gemeint, zwei Zimmer weniger bedeuteten weniger Arbeit.

Mame hatte ihnen das Schlafzimmer überlassen und war nach einigen Umgestaltungen in das ehemalige Arbeitszimmer seines Vaters gezogen. Harald hatte das ehemalige Kinderzimmer bekommen, in dem früher Samuel und später ein Dienstmädchen gewohnt hatten. Nach deren Weggang war es unverändert geblieben, und so hatte jeder ein eigenes Schlafzimmer. Worüber also klagen? Dass sie kein Esszimmer mehr besaßen und in der Küche speisten, war in seinen Augen kein Unglück. Nur Harald schien die Auswegslosigkeit der Situation nicht verstehen zu wollen, was Samuel mit großer Sorge beobachtete.

Der Junge lag entweder apathisch auf dem Wohnzimmersofa, oder er war wütend, gab mürrische Antworten und, was Samuel viel mehr beunruhigte, stieß Drohungen gegen Karoschke aus, den er abgrundtief zu hassen schien. Er wollte einfach nicht begreifen, dass der Blockwart ihr einziger Schutz war. Sicher war er kein wahrer Freund, sondern ein gemeiner Parasit, da machte Samuel sich nichts vor, aber bisher profitierte auch seine Familie von dessen Gier.

Harald biss in ein Margarinebrot. »Wenn ich diesen elenden Blutsauger irgendwann mal nachts allein auf der Straße erwische, schlage ich ihm den Schädel ein«, knurrte er kauend.

Samuel legte das Messer zur Seite, mit dem er auf die halbe Brotscheibe etwas Schmelzkäse hatte streichen wollen. »Harald, so etwas darfst du nicht einmal denken, geschweige denn laut aussprechen.«

»Wenn ich nicht mal mehr zu Hause Tacheles reden darf, kann ich mich ja gleich aus dem Fester stürzen.«

»Hör auf zu jammern, Harald, wir dürfen uns nicht beklagen«, mahnte Rachel. »Anderen ist es viel schlimmer ergangen. Denke nur an Richter Rosenthal oder Pelzhändler Epstein. Er, seine Frau und die vier Kinder wurden mitten in der Nacht aus den Betten geholt und in eines dieser Judenhäuser zwangseinquartiert. Dort hausen sie nun in einer winzigen Ein-Zimmer-Küche-Unterkunft ohne Bad und mit einer Toilette im Hinterhof. Sie durften nur das Nötigste einpacken, mussten alle Wertsachen zurücklassen, und noch am selben Tag machte sich irgendein hohes Nazi-Tier in ihrer Villa breit.«

»Ich verstehe euch nicht.« Haralds zorniger Blick wanderte zwischen den Eltern hin und her. »Einerseits bringt ihr Aliza in Sicherheit, aber für euch selbst ignoriert ihr die Gefahren, die jeden Tag deutlicher werden. Wisst ihr denn nicht, dass sogar ein Würfelspiel herausgebracht wurde, das ›Juden raus‹ heißt? Mama wird nicht mehr in den Läden bedient, in denen sie seit

Jahren Stammkundin war. Für Brot, einen Topf Margarine oder diesen grässlichen Käse …«, angewidert starrte er auf den Teller mit den Käseecken in der Tischmitte, »muss sie meilenweit laufen. Und auch die sauberste Tischdecke ändert nichts an der Bedrohung, die mit jedem Tag schlimmer wird.«

»Ein paar Meter machen mir nichts aus«, entgegnete Rachel leise und strich mit der Hand eine kleine Falte der Tischdecke glatt.

»Ein paar Meter?«, höhnte Harald, wobei sich seine graugrünen Augen verdunkelten. »Geschlagene drei Stunden warst du heute unterwegs. Hast du mal nachgesehen, wie viele Löcher deine Schuhsohlen haben? Und was ist mit deinen Füßen, spürst du sie überhaupt noch?«

»Harald, lass deine Mutter in Ruhe«, herrschte Samuel seinen Sohn an, als er bemerkte, wie Rachel sich ein Taschentuch an die Nase drückte und versuchte, ihre Tränen zurückzuhalten.

»Tut mir leid, Mama«, entschuldigte Harald sich. »Aber mich bringen diese braunen Halunken einfach zur Weißglut. Reißen sich nach und nach alles unter den Nagel. Behandeln uns wie Aussätzige, drängen uns aus der Wirtschaft, verbieten jegliches Studium und verweisen die Kinder von den Schulen. *Der Stürmer*, dieses widerliche Hetzblatt, wird vermutlich demnächst noch fordern, wir sollen aufhören zu atmen.«

Ziva sah ihren Enkelsohn traurig an. »Was sollen wir denn tun? Die geringste Gegenwehr ist doch lebensgefährlich.«

»Was wir längst hätten tun sollen: emigrieren!«, forderte Harald.

Müde schüttelte Ziva den Kopf. »Nein, ich bin zu alt, um noch einmal in einem fremden Land und mit einer fremden Sprache von vorne anzufangen.«

Harald sah seine Eltern herausfordernd an. »Und was ist eure Entschuldigung?«

Nach einer langen Pause antwortete Samuel: »Es gibt viele

Gründe hierzubleiben, in der Hauptsache würde es an der Reichsfluchtsteuer scheitern. Wovon sollten wir die bezahlen?«

»Vater, ich bitte dich, sei doch nicht so schwerfällig, wir verkaufen das Haus.«

Samuels Atem ging schwer. Bislang hatte er seiner Familie noch nichts von dem Handel mit Karoschke erzählt. »Es ... gehört uns nicht mehr«, presste er schließlich hervor.

Rachel schlug sich die Hand vor den Mund.

Zivas Augen weiteten sich vor Entsetzen.

Harald beugte sich nach vorne, als wollte er seinem Vater in der nächsten Sekunde an die Gurgel springen. »Was soll das heißen?«

»Wir hätten es per Verordnung vom Dezember letzten Jahres ohnehin verkaufen müssen«, erklärte Samuel. »Kurz vorher hatte Karoschke mich gewarnt und vorgeschlagen, ihm das Haus pro forma zu überschreiben. Ich habe zugestimmt, denn damit war das Anwesen vor dem Zugriff der Nazis gerettet. Leider kassiert Karoschke jetzt auch die Mieten von allen vier Parteien.«

Harald hob überrascht die Augenbrauen, in der nächsten Sekunde wandelte sich seine erstaunte Miene zu einem spöttischen Grinsen. »Aha, dann verdanken wir unser üppiges Mahl wohl diesem hinterhältigen Treppenterrier.«

Samuel schob seinen Teller weg. Die heftigen Streitereien mit seinem Sohn verdarben ihm den Appetit. »Hätte ich nicht eingewilligt, wäre das Haus und damit alles, was wir noch besitzen, unwiederbringlich verloren gewesen. Man hätte uns auf die Straße gejagt oder in eines der sogenannten Judenhäuser abgeschoben. Und dort werden fünfköpfige Familien in einem Zimmer zusammengepfercht, wie deine Mutter soeben erklärt hat. Karoschke hat mir in die Hand versprochen, alles zurückzugeben, sobald Hitler und seine braune Mannschaft nicht mehr an der Macht sind.«

»Du hast das Richtige getan«, versicherte Ziva einmal mehr.
»Ich hoffe es, Mame …« Samuel seufzte. »Vor allem hoffe ich, dass Karoschke sein Wort hält. Aber noch viel mehr hoffe ich auf die Alliierten, die dem Treiben dieser Gewaltherrschaft doch nicht ewig zusehen können.«
Harald verschränkte abweisend die Arme vor der Brust. »Auf die Alliierten kannst du lange warten, die schauen seit Hitlers Machtergreifung zu und scheren sich einen Dreck um uns Juden. Was haben denn die Plünderungen und Überfälle im November bewirkt? Die Amerikaner haben ihre Botschafter aus Berlin abgezogen. Ausländische Unternehmen kündigten ihre Handelsverträge mit Deutschland. Das war's auch schon. Zumindest die Engländer nehmen Kinder auf, aber kaum ein Land vergibt noch eine Einreiseerlaubnis an Juden.«

»Dann rede nicht von Emigration«, herrschte Samuel seinen Sohn an.

»Ich habe gesagt, *kaum* ein Land. Außerdem werden Pässe ohne den verräterischen J-Stempel unter der Hand verkauft. Nicht ganz billig, versteht sich.«

»Ja, ich weiß, dass man mit Geld so gut wie alles kaufen kann. Für Südamerika sollen Visa für dreitausend Dollar das Stück angeboten werden«, sagte Samuel, erwähnte aber nicht, dass es Karoschke war, der davon gesprochen hatte. Es wäre nur Öl auf Haralds Feuer.

»Na bitte«, trumpfte Harald auch ohne dieses Wissen auf. »Haben wir nicht noch einige Wertgegenstände, die sich flüssig machen ließen?« Provokant blickte er seinen Vater an.

Samuel hatte die letzte der drei Zigaretten angezündet, die er sich pro Tag noch leisten konnte. »Deine Mutter und ich haben bereits versucht, Schmuck zu veräußern, als wir das Geld für den Kindertransport benötigt haben. Mame hat uns alle Antiquitäten angeboten, die nicht von der Gestapo zerstört wurden. Aber wie du bestimmt weißt, dürfen wir auch Gemälde oder

Möbel nur bei den amtlichen Ankaufstellen veräußern, und was wir dort dafür bekämen, schreit zum Himmel.«

Ziva lächelte Samuel tapfer an. »Nicht darüber nachdenken, mein Junge, einfach nicht nachdenken.«

Harald starrte schweigend auf die angebissene Brotscheibe, griff dann nach der noch vollen Teetasse, leerte sie in einem Zug und knallte sie zurück auf die Untertasse.

»Ich ertrage eure Naivität einfach nicht länger.« Geräuschvoll schob er seinen Stuhl zurück und verließ fluchend den Raum.

»Harald«, rief Samuel ihm nach. »Beruhige dich, wir sind doch in Sicherheit.«

»Vielleicht sollte ich an Ezra schreiben. Wenn er mir eine Stelle in einem Haushalt beschaffen könnte, würde ich sofort eine Ausreisegenehmigung erhalten und könnte in Amerika etwas für euch tun«, sagte Rachel, während sie begann, den Tisch abzuräumen.

Ziva erhob sich wortlos und verließ das Wohnzimmer.

»Mame, keine Angst, wir bleiben hier«, rief Samuel ihr nach und wandte sich dann an Rachel: »Meine Mutter alleine zurücklassen? Das würde ich mir mein Leben lang nicht verzeihen.«

11

An der holländischen Grenze, Januar 1939

WENIGE MINUTEN NACHDEM der Kindertransport die Grenze passiert hatte und damit endlich der Gestapo und SS entkommen war, hielt der Zug an einer kleinen Station.

Erstaunt beobachtete Aliza eine Frauengruppe, die mit prall gefüllten Henkelkörben einstieg. Hilda erklärte, die Frauen hätten von dem Transport erfahren und kleine Geschenke für die Kinder. Freundlich lächelnd spazierten sie durch die Waggons, verteilten Becher mit warmer Milch, dicke Käsebrote, frisches Obst und so viel Schokolade, dass jedes Kind ein großes Stück bekam.

Amelie fragte unsicher: »Darf ich die aufessen?«

»Ja, die gehört nur dir allein«, antwortete Aliza, worauf Amelie zum ersten Mal seit der Abfahrt lächelte und mit leuchtenden Augen in die begehrte Köstlichkeit biss.

Bald tauchten die ersten Windmühlen auf, und weil keines der Kinder die holländischen Wahrzeichen vorher gesehen hatte, begann Aliza, das Märchen von der schönen Müllerstochter zu erzählen, die Stroh zu Gold spinnen konnte.

Die restliche Wegstrecke zur Fähre verging mit dem Zählen der schwarz-weißen Kühe, die friedlich auf den Weiden grasten, und dem Bestaunen der flachen Felder, die bis an den Horizont reichten. Aus anderen Abteilen erklangen die helle Stimmen der Kinder, die vor Erleichterung zu singen begonnen hatten.

Alizas Angst vor dem, was sie in Zukunft erwartete, war nicht völlig verschwunden, aber erträglicher geworden. Und als der Zug schließlich Hoek van Holland erreichte, atmete sie erleichtert auf, das enge Zugabteil endlich verlassen zu können. Befreit stürzten alle auf den Bahnsteig, wo die Koffer aufgereiht worden waren, nummeriert mit der Zahl, die jedes Kind auf seinem inzwischen ziemlich zerdrückten Pappkärtchen um den Hals trug.

Es dämmerte bereits, als Aliza sich mit Amelie an der Hand über eine wackelige Gangway auf die Fähre schleppte; ein kleiner Vorgeschmack dessen, was sie auf der Fahrt über den Ärmelkanal erwartete.

Auf dem Schiff wurden sie an großen Tischen mit heißem Tee oder Kakao und gebutterten Weißbroten versorgt.

»Das schmeckt wie Kuchen«, staunte Walter, der ebenso wie Georg und die Geschwister Aliza als Beschützerin anerkannt hatte.

Nach dem Essen bezogen sie eine schmale fensterlose Kabine im Unterdeck. Die Luft in dem schlauchartigen Raum war stickig, doch die Stockbetten schienen sauber zu sein, und es gab Wasser, um sich das Gesicht zu waschen und die Zähne zu putzen.

Aliza, die sich selbst kaum noch auf den Beinen halten konnte, ließ einfach die Koffer fallen und seufzte erleichtert: »Hier werden wir sehr gut schlafen, und wenn wir morgen früh aufwachen, sind wir in England.«

Amelie steuerte erschöpft auf das Bett zu und fiel wortlos auf das weiße Kissen. Dass Aliza ihr Mantel und Schuhe auszog, bemerkte sie nicht mehr.

Aliza streifte nur die Schuhe von den Füßen, legte sich im Kleid auf das Bett darüber, drückte Fabians Taschentuch an ihr Gesicht und schlief sofort ein. Irgendwann wurde sie von lauten »Mami-Mami«-Rufen geweckt.

Aliza benötigte einige Sekunden, um sich zu erinnern, dass

sie auf einer Fähre in einem Stockbett lag und es Amelie sein musste, die so bitterlich weinte.

Schluchzend stand das Mädchen da und stammelte voller Verzweiflung: »Mein Bauch tut weh und macht Purzelbäume.« Aliza nahm einen intensiv säuerlichen Geruch wahr und entdeckte eine weißliche Pfütze neben Amelie. Das arme Kind hatte sich erbrochen. Milch und Weißbrot waren auf dem Kopfkissen und Fußboden gelandet. Aliza wagte kaum zu atmen, als sie spürte, wie ihr Magen sich hob. Sie sehnte sich nach frischer Luft, doch da war kein Fenster, das man hätte öffnen können.

Tapfer hielt sie sich die Nase zu, stieg von ihrem Bett und nahm das Mädchen in die Arme. »Ist nicht so schlimm«, behauptete sie, während der Boden unter ihren Füßen gefährlich schwankte, es vor ihren Augen flimmerte und ihr scheußlich schwindlig war.

Sie waren wohl beide seekrank. Gehört hatte sie schon davon, auch von den Symptomen, aber nicht, dass man sich dabei so sterbenselend fühlte. Dazu dieser ekelerregende Gestank, der den Brechreiz um ein Vielfaches verstärkte.

»Du musst nicht weinen, das geht bald wieder vorbei«, tröstete sie Amelie, ohne wirklich davon überzeugt zu sein. Die Wellen schlugen tosend gegen die Bordwand, und solange sie auf dem Schiff waren, würde sich an ihrem Zustand kaum etwas ändern.

Sie nahm die wimmernde Amelie an die Hand und verließ mit ihr die Kabine, um nach einem Putzlappen zu suchen. Auf dem Flur war es wenigstens nicht mehr ganz so stickig. Hier liefen noch mehr weinende Kinder umher, denen der heftige Seegang genauso zugesetzt hatte. Ein paar hilfsbereite Stewards verteilten Eimer mit Wasser und Lappen und redeten aufmunternd mit den Notleidenden. Falls es gute Ratschläge gegen die Übelkeit waren, verstand sie leider niemand. Aber es war deutlich zu sehen, wie fürsorglich die jungen Männer waren und wie sie zu helfen versuchten. Keiner drohte mit Prügel, keiner jagte sie davon oder schrie: »Dreckiges Judenpack, kotzt unser schönes Schiff voll!« Welch ein befreiendes Gefühl, dachte Aliza, und zum ersten Mal, seit sie Berlin verlassen hatte, begann sie zu ahnen, wie ein Leben ohne Ausgrenzung, ohne Verfolgung sich anfühlte. Wie es sein musste, ohne Angst durch die Straßen zu gehen. Und im Unterricht nicht als minderwertige Rasse verspottet zu werden. Wie schon in Holland an der Grenze, als die Frauen ihnen Brote und Schokolade brachten, spürte Aliza, was es bedeutete, nicht gehasst, nicht verfolgt zu werden.

Hilda kam den Flur entlang. »Wir gehen rauf ans Oberdeck!«, rief sie. »Frische Luft hilft gegen die Übelkeit.«

»Sollen wir uns das Meer anschauen?«, wandte Aliza sich an die noch immer käseweiße Amelie, die nur schwach nickte.

Nachdem der Fußboden gesäubert war und Amelies Magen sich etwas beruhigt hatte, zogen sie Mäntel, Schals und Mützen an und gelangten über drei steile Treppen ans Oberdeck.

Eiskalte Seeluft schlug Aliza ins Gesicht, als sie durch eine Tür an Deck trat und vor sich eine schwarze Unendlichkeit erblickte. Nur einige Lichter aus Bullaugen zauberten helle Ränder auf die mächtigen schwarzen Wellen, die mit Wucht an die Reling klatschten.

Aliza fühlte einen schmerzhaften Stich, als sie keinen Stern am nachtblauen Himmel sah und sich an Fabians Liebesschwur erinnerte: bis alle Sterne verglühen. Ob er sie bereits vergessen hatte?

»Tief ein- und ausatmen«, brüllte Hilda den Kindern zu, um gegen die ohrenbetäubende Mischung aus gleichmäßigem Motorbrummen und klatschendem Wellenschlag anzukommen.

»Ich habe Angst«, sagte Amelie weinend und klammerte sich panisch an Aliza. Sie war nicht die Einzige, die zurück in die Kabine wollte.

Trotz allen Luftholens spürte Aliza keinerlei Besserung. Bei ruhigem Wetter hätte die von Fisch und Tang getränkte Seeluft ihre Übelkeit vielleicht gemildert, aber das Schiff schwankte in den meterhohen Wellen wie ein fragiles Papierboot, und mit jeder turbulenten Bewegung rebellierte auch ihr Magen.

Im Morgengrauen erreichte das Schiff den Ankunftshafen Harwich an der Ostküste Englands.

Erschöpft von einer unruhigen Nacht mit wenig Schlaf, betrat Aliza mit Amelie an der Hand das fremde Land.

Nervös blickte sie sich um. Es war kühl, es nieselte, und die schmuddeligen Hafenbaracken wirkten nicht gerade einladend auf sie. Aber nirgendwo sah sie eine Hetztafel. Kein »Kauf nicht bei Juden«. Keine Männer in SS-Uniformen. Nicht eine einzige Hakenkreuzfahne. Und niemand riss den Arm zum Hitlergruß nach oben. Stattdessen flogen kreischende Möwen über ihre Köpfe hinweg, als hießen sie die Flüchtlinge willkommen.

Befreit, und auch ein klein wenig glücklich, atmete Aliza die nasskalte Meeresluft ein.

Vor der Bahnfahrt in die englische Hauptstadt stand ihnen noch die Gepäck- und Passkontrolle in der Ankunftshalle bevor. Verglichen mit der Schikane der SS-Männer waren es jedoch nur harmlose Stichproben. Als letzte Hürde war noch die ärztliche Untersuchung zu überwinden.

Tapfer meldeten sich die großen Buben, um den Anfang zu machen.

»Mund aufmachen, Zunge rausstrecken und Aaa sagen«, übersetzte Hilda und hielt den kleineren Kindern zur Beruhigung die Hand.

Die Brust wurde abgehört, der Hals nach Schwellungen abgetastet, und wenn hinter den Ohren keine Rötungen oder Pusteln zu sehen waren, durfte man passieren, denn dann schleppte man keine hochansteckenden Krankheiten wie Masern, Röteln oder Scharlach ins Land ein.

Aliza war trotz der langwierigen Prozeduren erleichtert, festen Boden unter den Füßen zu haben. Selbst ihr Magen hatte das Frühstück aus Tee und Weißbrot behalten.

Um die Mittagszeit saß sie dann endlich mit ihren Schützlingen im Zug, der am Nachmittag sein Ziel erreichte.

London. Bahnhof Liverpool Street.

»So, meine kleine Amelie, wir haben es geschafft«, sagte Aliza, während sie das Mädchen anzog, dann selbst in den Mantel schlüpfte, ihre Mütze aufsetzte und den Schal um den Hals band. »Jetzt dauert es gar nicht mehr lange, und du wirst deine neue Pflegemutter kennenlernen.« Wie auf Amelies Pappkärtchen vermerkt, handelte es sich dabei um eine Frau namens Mabel Shepard. Auch die Adresse stand darauf. »Mabel ist so ein hübscher Name, das ist bestimmt eine ganz liebe Frau.«

Amelie blickte sie mit großen Augen an. »Aber du kommst auch mit, ja?«

Aliza schluckte. Was sollte sie dem armen Kind sagen, das sich in all den kräftezehrenden Stunden an sie gewöhnt hatte wie an eine große Schwester? »Ich bleibe bei dir, bis wir Mabel Shepard gefunden haben«, versprach sie.

Ein schwaches Lächeln huschte über Amelies blasses Gesicht, sie schien Alizas Antwort als ein »Ja« zu verstehen.

»Na, dann los«, forderte Aliza auch die anderen Kinder auf, die erwartungsvoll aus dem Fenster starrten.

Zögernd verließen die übermüdeten Kinder das Zugabteil und folgten den Betreuerinnen quer durch die mächtige Ankunftshalle aus Glas und Stahl in einen weitläufigen Wartesaal mit Sitzbänken und Tischen auf jeweils einer Längsseite, dreimal so groß wie der Sammelpunkt in Berlin. Auch hier war der Bereich voller Menschen, die sich aufgeregt unterhielten. Die Höhe des Geräuschpegels konnte ohne Frage mit dem eines einfahrenden Zuges mithalten. Und über allem hingen Schwaden von Zigarettenrauch, der sich mit dem Mief feuchter Wintermäntel und dem Geruch von knapp zweihundert Kindern mischte, die ebenso dringend ein Bad benötigten wie ihre Kleider eine Wäsche.

Auch das Gepäck war in die Wartehalle gebracht und neben den Holzbänken abgestellt worden. »Sucht eure Koffer, und wer müde ist, kann sich auf den Bänken ausruhen«, schrie Hilda über den Lärm hinweg und wies zur anderen Seite des Saals. »Dort drüben sitzen die Helfer der jüdischen Flüchtlingshilfe, die euch in alphabetischer Reihenfolge aufrufen und dann den Pflegeeltern übergeben. Wir bleiben aber bei euch, bis jeder untergekommen ist.«

Aliza staunte über die elegant gekleideten Herrschaften, die in ihren wuchtigen Pelzmänteln, Tweedkostümen mit Samtkrägen, pelzverzierten Hüten oder zierlichen Samtkappen mit Tüllschleiern auf gewellten Frisuren eher in ein Schloss als auf einen schmutzigen Bahnhof gepasst hätten. Um die Tische hatten sich die Pflegefamilien versammelt. Eine bunte Mischung aus Männern, Frauen und auch Kindern, die mit neugierigen Blicken nach »ihrem« Kind Ausschau hielten. Einige winkten, manche lachten, andere riefen kaum verständliche Namen, auf die keiner reagierte.

Aliza zerriss es das Herz, als sie wenig später beobachtete, wie die kleinen Kinder nicht verstanden, warum wildfremde Menschen in einer fremden Sprache auf sie einredeten. Und warum sie schließlich trotz ihrer verzweifelten Rufe nach ihren Müttern einfach weggezerrt wurden. Sie fürchtete sich vor dem Moment, wenn Amelie abgeholt würde. Inzwischen fühlte sie sich verantwortlich für das stille Mädchen und würde alles darum geben, wenn sie Amelie mit zu den Kaufmanns nehmen könnte.

Als Erster wurde Walter von einem Ehepaar abgeholt und Georg von einer jungen Frau, die in Begleitung eines etwa gleichaltrigen Mädchens gekommen war. Den betrübten Gesichtern der beiden Jungs war anzusehen, wie sehr es sie schmerzte, sich voneinander trennen zu müssen. Traurig winkten sie sich zu, als sie sich wortlos von fremden Händen in die Ungewissheit führen ließen.

Mehr Glück hatten die Geschwister, die von Verwandten in deutscher Sprache begrüßt und liebevoll umarmt wurden.

Aliza wartete mit Amelie auf einer Bank, die Koffer neben ihren Füßen. Amelie rieb sich unentwegt die Augen, gähnte mehrmals und lehnte sich müde an ihre Seite. Aliza war nicht weniger erschöpft, und doch war sie aufgeregt wegen der Begegnung mit ihren Abholern. Ihr Vater hatte Ephrem Kaufmann als vierzigjährigen Mann mit dunklen Haaren beschrieben. Seine Frau Charlotte sei achtunddreißig und ebenfalls dunkelhaarig. Sehr viel mehr wusste sie nicht über das Künstlerehepaar, das Berlin 1933 verlassen hatte und jetzt ein wildfremdes Kind aufnehmen wollte. Wahrscheinlich erkannte das Paar sie zuerst in der Masse der Kinder, denn Papa hatte ein Foto geschickt.

Aliza verengte die Lider zu schmalen Schlitzen, um die Menge genauer zu betrachten, aber sosehr sie sich auch anstrengte, kein Paar entsprach der Beschreibung ihres Vaters. Ob sie es sich im letzten Moment anders überlegt hatten?

Amelie schubste Aliza vorsichtig an. »Wo ist unsere Pflegefrau?«

»Wir müssen warten, bis deine Nummer aufgerufen wird«, erklärte Aliza und betete im Stillen um eine liebevolle Familie für ihren kleinen Schützling.

Kurz nachdem Amelies Name ertönte, löste sich eine pausbäckige Frau aus der Menge, breitete die Arme aus und lief direkt auf sie zu. Unwillkürlich musste Aliza an Frau Holle denken. Ihre füllige Figur steckte in einem dunkelgrauen Mantel, und auf dem blonden Lockenkopf saß ein grüner Hut ohne Krempe, den ein hellgrünes Blumenbouquet zierte. In einer Hand hielt sie einen geflochtenen Henkelkorb, dessen Inhalt ein geblümtes Tuch verdeckte.

»*I'm Mabel.*« Ihre hellblauen Augen strahlten eine sanfte

Freundlichkeit aus, während sie mit der freien Hand aufgeregt gestikulierte.

Aliza verstand kaum etwas, aber was auch immer Mabel sagte, unter allem lag ein liebevoller Singsang. »Das ist deine neue Pflegemama«, erklärte Aliza. »Hab keine Angst, sie spricht Englisch, so wie in England gesprochen wird. Ich bin sicher, du wirst bald alles verstehen.«

Mabel kramte eine Banane aus ihrem Korb und reichte sie mit sanftem Lächeln an Amelie, die Aliza unsicher anblickte.

»Die ist für dich, du magst doch Bananen«, sagte Aliza.

Amelie nickte schwach und nahm sie entgegen. Mabel setzte sich zu ihnen auf die Bank, streichelte hin und wieder über Amelies Wange und schien keine Eile zu haben, ihr Pflegekind mit nach Hause zu nehmen. Vielleicht wollte sie Amelie auch einfach noch ein wenig Zeit mit Aliza gönnen.

Plötzlich sprang sie auf, riss beide Arme nach oben, schrie »*I am here*« und stürzte mit wehendem Mantel davon.

Verdattert sahen Aliza und Amelie ihr nach, wie sie die Wartehalle durchquerte und vor einem der Tische zum Halten kam.

»Sie kommt bestimmt gleich zurück, ihren Korb hat sie ja hier stehen gelassen«, sagte Aliza.

Mabel sprach mit einer der eleganten Damen des Komitees und steuerte wenig später zum anderen Ende der riesigen Halle, wo eine Gruppe größerer Flüchtlingskinder versammelt war.

Nicht alle Kinder hatte man bereits in Pflegefamilien unterbringen können, wusste sie von Hilda, deshalb sollten sie in einen Bus verfrachtet und nach Dovercourt in ein Ferienlager gefahren werden. Dort wollte man Treffen mit interessierten Familien organisieren.

Während Aliza noch überlegte, ob Mabel vielleicht ein weiteres Kind aufnehmen wollte, kam sie auch schon zurück. An der Hand ein ungefähr zehnjähriges Mädchen mit kurzen dunklen Haaren, das Amelie neugierig betrachtete.

»Ich sollte mit in das Ferienlager fahren, weil niemand mich haben wollte«, sagte sie mit einem vergnügten Blick auf Amelie, als wären sie langjährige Freundinnen, die sich in London verabredet hatten.

»*That's Rebekka*«, sagte Mabel, schob das Mädchen auf die Bank, setzte sich selbst zwischen die beiden und legte voller Stolz ihre Arme um deren Schultern, wie eine Glucke ihre Flügel um zwei frisch geschlüpfte Küken.

Aliza betrachte Rebekka unauffällig. Sie war nicht besonders hübsch, hatte einen olivfarbenen Teint, eine ziemlich große Hakennase in ihrem schmalen Gesicht und entsprach damit dem hinterhältigen Klischee, das die Nazis von Juden verbreiteten. Aber wer in die fröhlichen Augen des Mädchens blickte, bemerkte den äußeren Makel nicht, zudem sie eine gewinnende Ausstrahlung besaß und vermutlich ein rechter Wirbelwind war.

Hilda gesellte sich zu der kleinen Gruppe und erklärte den beiden Mädchen die Situation. »Frau Shepard nimmt euch mit zu sich nach Hause, ich bin sicher, dass es euch dort gut gefallen wird. Sie hat ein schönes Häuschen mit Garten, wo sie Hasen und Hühner hält ...«

»Ich ... ich will bei Aliza bleiben«, protestierte Amelie leise und wischte sich über die tränenfeuchten Augen.

Aliza ging vor Amelie in die Hocke. »Das geht leider nicht, aber vielleicht kann ich dich besuchen.« Sie blickte Hilda an. »Ob Frau Shepard mir ihre Adresse gibt?«

Hilda vermittelte und besorgte Papier und Stift. Während Mabel schrieb, erklärte sie gleichzeitig, mit welcher U-Bahn Aliza fahren und an welcher Station sie aussteigen sollte.

Aliza hätte ohne Hildas geduldige Übersetzung nicht ein Wort verstanden. Hoffentlich liegt es an der Schnelligkeit, mit der Mabel lossprudelt, dachte Aliza, oder wir hatten in der Schule das falsche Buch.

Schließlich rappelte Mabel sich von der Bank auf und griff nach ihrem Korb. »*We have to go.*«

Aliza nahm Amelie in den Arm. »Auf Wiedersehen, und bis bald, meine Kleine.«

Amelie hielt Aliza fest umklammert und schluchzte: »Geh nicht weg …«

Rebekka hatte ihren Koffer bereits in der Hand, stellte ihn wieder ab und wandte sich Amelie zu. »Weinen ändert auch nichts«, sagte sie altklug und griff nach Amelies Hand. »Wir müssen tapfer sein, sonst werden unsere Eltern traurig.«

Offensichtlich fiel diese ungewöhnlich erwachsene Ermahnung bei Amelie auf fruchtbaren Boden. Nickend schluckte sie ihre Tränen runter und drückte Aliza ein letztes Mal. »Auf Wiedersehen, Aliza. Besuch mich bald.«

»Auf bald«, versprach Aliza und beobachtete leidlich beruhigt, wie Mabel mit den Koffern in den Händen, an denen die Mädchen sich festhielten, in der Menge untertauchte.

»Aliza, du wurdest aufgerufen«, riss Hilda sie aus ihren Gedanken. »Und dort drüben winkt dir jemand zu.«

12

London, Januar 1939

ALIZA ERKANNTE DIE Kaufmanns sofort. Ihr Vater hatte das Paar treffend beschrieben. Ephrem, im hellgrauen Tweedmantel, hatte einen schwarzen Filzhut auf dem Kopf und einen karierten Schal um den Hals geschlungen. Charlotte, seine attraktive, zierliche Frau, trug einen in der Taille gegürteten hellen Staubmantel. Ein sandfarbener Hut mit breiter Krempe saß schräg auf dem zum Nackenknoten gebundenen dunklen Haar und verlieh ihr das Aussehen eines Filmstars.

Charlotte streckte Aliza beide Hände entgegen.

»Herzlich willkommen in London«, sagte sie und zog sie in ihre Arme.

Aliza brachten die freundliche Begrüßung, die liebevolle Umarmung und die abfallende Anspannung an den Rand ihrer Beherrschung. Leise schniefend bedankte sie sich.

»Wir sind sehr erleichtert, dass du heil angekommen bist«, ergänzte Ephrem, bückte sich nach Alizas Koffer und musterte sie: »Die weite Reise war doch sicher sehr beschwerlich?«

Aliza konnte kaum noch die Augen offen halten. Die letzten Stunden lasteten wie schwere Gewichte auf ihren Schultern, die sie niederdrückten. Und jetzt, nachdem alles überstanden war, gestand sie sich ein, wie sehr die Verantwortung sie belastet hatte. Wie sehr es sie mitgenommen hatte, die kleinen Kinder so leiden zu sehen. Und wie schwierig es gewesen war, sich immer neue Erklärungen ausdenken zu müssen, warum ihre Mütter sie ganz alleine in diesen Zug gesetzt hatten. »Ich könnte im Stehen schlafen«, bekannte sie erschöpft.

»Mein armes Kind«, sagte Charlotte und hakte Aliza unter. »Ich kann dir sehr gut nachfühlen, mir ging es ähnlich, als ich die strapaziöse Zugfahrt und die Reise auf der Fähre nach England überstanden hatte. Gleich kannst du dich im Auto ausruhen. Wir wohnen in Streatham, das liegt im Südwesten von London, und je nach Verkehr ist es mit dem Auto etwa eine Stunde vom Bahnhof Liverpool Street entfernt.«

Feuchtkalte Winterluft schlug Aliza ins Gesicht, als sie aus der Halle auf die Straße traten. Eben noch zum Umfallen müde, denn die einschläfernde Atmosphäre in dem beheizten Wartesaal hatte ihr den Rest gegeben, empfand sie die ersten tiefen Atemzüge als belebend. Während sie von Charlotte sanft Richtung Auto geführt wurde, blickte sie sich gespannt um.

Was für ein quirliges Durcheinander, welch ein Dröhnen und Trubel, in dem sich Massen von Menschen bewegten.

Aliza wusste aus Büchern, dass in dieser Metropole Linksverkehr herrschte, aber ihr schien es ein Chaos ohne erkennbare Regeln zu sein. Auch dieses Lichtermeer aus Scheinwerfern, Straßenlaternen und Neonreklamen hatte sie nicht erwartet. Dagegen war es in Berlin beinahe dunkel. Verstärkt wurde der Eindruck durch die tuckernden Geräusche der Motoren und das Dauerhupen von ungeduldigen Fahrern, die hofften, ihren Vordermann damit antreiben zu können. Zusätzlich behinderten wuchtige schwarze Taxis den Verkehr durch ihr Anhalten und das Aussteigen der Fahrgäste. Sogar Pferdefuhrwerke bahnten sich ihren Weg durch das Gewühl und hinterließen eine stinkende Spur Pferdeäpfel. Alles wurde überragt von den berühmten roten Doppeldeckerbussen, die weitaus größer als die in Berlin waren und aussahen, als würden sie in der nächsten Kurve umkippen. Dazwischen schlängelten sich Fußgänger, bellende Hunde, todesmutige Radfahrer und marktschreierische

Zeitungsverkäufer, denen der dichte Verkehr nicht die geringste Angst einzujagen schien.

Aliza musste an ihre stets übervorsichtige Mutter denken, die den Kopf schütteln und mit rollenden Augen »Gott der Gerechte, hier mal eben übern ›Damm‹ zu laufen ist ja lebensgefährlich« stöhnen würde. Auch Aliza würde die Straße nur an den Ampeln überqueren, dennoch fand sie die Atmosphäre aufregend. Aber richtig glücklich machte sie, dass es ein Land ohne Hakenkreuze war und die patrouillierenden behelmten Schupos in den nachtblauen Pelerinen nicht bedrohlich wirkten, sondern eher den Eindruck vermittelten, als spazierten sie bloß auf und ab.

Ephrem, der einige Schritte vorangegangen war, wartete an einer Kreuzung. »Dort drüben steht unser *black cab*.« Er deutete zur anderen Straßenseite. »Der Fahrer ist ein sehr guter Bekannter ...«

»Liebling«, unterbrach Charlotte ihren Mann. »Solche Kleinigkeiten interessieren Aliza bestimmt nicht.«

Aliza war der versteckte Tadel in Charlottes Stimme nicht entgangen, und sie erinnerte sich, was die Kaufmanns ihren Eltern geschrieben hatten. Offensichtlich schien es nicht gerade rosig um ihre finanzielle Situation zu stehen, und eine derart weite Taxifahrt kostete vermutlich ein kleines Vermögen. Sie besaß zehn Reichsmark und konnte sich an den Kosten beteiligen. »Darf ich etwas zum Fahrpreis beisteuern?«

»Nein, nein, das ist nicht nötig«, wehrte Ephrem höflich ab. »Aber vielen Dank für das Angebot.«

Am Taxi angekommen, verstaute Ephrem den Koffer in dem offenen Gepäckabteil, das sich neben der geschlossenen Fahrerkabine befand. Er redete kurz mit dem Fahrer, der durch eine Scheibe von den Fahrgästen getrennt war, und stieg dann mit Charlotte und Aliza in den Fond. Ein mit schwarzem Leder gepolsterter Sitz bot ausreichend Platz für drei Fahrgäste und nahezu unbegrenzte Beinfreiheit.

Aufatmend ließ Aliza sich auf den weichen Sitz fallen, lehnte den Kopf an das Seitenfenster und schloss die Augen.

Sie war tatsächlich angekommen. In London. Wo man sie hingeschickt hatte, um ihr Leben zu retten. Im Moment fühlte sie sich einfach nur unendlich müde. Und sie sehnte sich nach Fabian. Seufzend betastete sie ihren Verlobungsring, der noch immer für alle anderen unsichtbar war.

»Alles in Ordnung mit dir?«, erkundigte sich Charlotte besorgt.

»Danke, ich sitze sehr gut«, antwortete Aliza. »Ich musste nur mal eben tief durchatmen.«

»Verständlich«, sagte Ephrem und klopfte kurz an die Zwischenscheibe, worauf der Fahrer den Wagen startete und losfuhr.

Aliza spürte noch, wie sie sanft in den Sitz gedrückt wurde, dann war sie eingeschlafen. Wach wurde sie wieder, als das gleichmäßige Motorengeräusch verstummte.

Orientierungslos sah sie sich um und erinnerte sich schließlich, wo sie war. Sie saß in einem englischen Taxi, hatte von Fabian geträumt und wollte am liebsten laut losheulen, so sehr vermisste sie ihn.

»Wir sind da«, sagte Charlotte. »Fühlst du dich etwas besser?«

Aliza nickte stumm. Sie sah, dass Ephrem bereits ausgestiegen war und mit ihrem Koffer in der Hand vor einer roten Haustüre wartete.

Charlotte stieg aus, und Aliza ergriff dankbar die Hand, die sie ihr entgegenstreckte.

»Das hier ist die *High Road*, also die Hauptstraße von Streatham, wir wohnen direkt über der Bäckerei«, erklärte Charlotte und deutete auf das gemalte Schild über dem Laden.

Bakery, entzifferte Aliza lautlos, während sie das zweistöckige Haus betrachtete. Es stand inmitten einer langen Reihe von sich ähnelnden dunkelroten Ziegelbauten, hatte weiß gerahmte Fenster und einen spitzen Dachgiebel, unter den sich ein Rundbogenfenster schmiegte. Im jeweiligen Erdgeschoss hatten sich Ladengeschäfte angesiedelt, und die Auslage der Bäckerei präsentierte köstlich aussehende Buttercremetorten und Kuchen auf Etageren. Die kaum befahrene Straße wurde durch einen mit niedrigen Sträuchern bepflanzten Mittelstreifen geteilt, doch am auffälligsten war die ländliche Ruhe. Ein Stück weiter vorne, an der nächsten Straßenecke, erspähte sie durch den Nebel ein Telefonhäuschen – zu gerne wäre sie sofort hingelaufen, um Fabian anzurufen.

»Morgen, bei Tageslicht, kannst du dir alles genau ansehen«, sagte Charlotte.

Das Taxi fuhr mit kurzem Abschiedshupen davon. Ephrem stand inzwischen in der offenen Haustür. »Wir sollten reingehen, es ist kalt, und Mizzi wartet sicher schon ungeduldig.«

Aliza nahm an, es handelte sich um eine Verwandte oder Freundin, die zu Besuch war. Jedenfalls erinnerte sie sich nicht daran, dass Ephrem in seinem Brief eine Mizzi erwähnt hätte. Sie folgte Charlotte und Ephrem, der mit großen Schritten über eine schmale Treppe in die zweite Etage eilte.

Oben angekommen, schloss Ephrem eine der beiden rot lackierten Wohnungstüren auf. Er hatte den Türknauf noch in der Hand, als plötzlich eine junge Frau auftauchte.

»Endlich!«, rief sie freudig.

Alles an ihr war rund. Das pausbäckige Gesicht, die knubbelige Nase, die dralle Figur mit dem großen Busen und die Hornbrille, durch die sie Aliza mit ausdrucksvollen saphirblauen Augen ansah. Sie war einen Kopf kleiner als Aliza, trug ein langärmliges schwarzes Kleid und darüber eine hellbeige Strickweste mit schwarzer Einfassung, die über die Körpermitte reichte. Ihr glänzendes schwarzes Haar war über den Ohren zu runden Schnecken festgesteckt.

Aliza fand, sie wirkte trotz der kindlichen Frisur und der Fülle attraktiv, nicht zuletzt wegen der eindrucksvollen Augenfarbe, der knallrot lackierten Fingernägel, des Lippenstifts in gleicher Farbe und der todschicken schwarzen Absatzschuhe mit der beigen Einfassung. Sie war bestimmt schon über zwanzig und derart elegant zurechtgemacht, als wäre sie einem Modeheft entsprungen.

»Das also ist Mizzi, sie kommt auch aus Berlin, und das ist Aliza«, stellte Charlotte sie einander vor.

»Herzlich willkommen!«, lachte das Mädchen und streckte ihr die Hand entgegen. »Annemarie Lichtenstein, genannt Mizzi. Wie war die Reise? Die Kontrollen an der holländischen Grenze? Was ist los in Berlin? Du musst mir alles erzählen. Ich brenne vor Neugier.« Sie schnappte sich Alizas Koffer. »Komm mit …«

Aliza hatte sich auf der knapp einstündigen Fahrt nur mäßig erholt und gehofft, sich sofort hinlegen und ausschlafen zu dürfen. Aber jetzt war sie doch neugierig, mehr über dieses Energiebündel zu erfahren, das bestimmt nicht eher ruhen würde, bis sie alle Fragen beantwortet hätte.

Leichtfüßig tänzelte Mizzi den kurzen Flur bis zum Ende entlang und öffnete eine Tür. »Komm rinn, kannste rauskieken«, berlinerte sie vergnügt, als befänden sie sich auf einer Ferienreise.

Aliza trat über die Schwelle. Der Raum wurde von zwei Betten dominiert, die links und rechts ein hohes Fenster flankierten. Darunter stand ein mittelgroßer Tisch. Augenscheinlich diente er als Nachtkästchen, war aber groß genug, um eventuelle Schularbeiten daran zu erledigen. Zwischen den Betten lag ein Läufer mit Blumenmuster, an den Fußenden standen schlichte Stühle aus dunklem Holz. Links neben dem Eingang hatte ein schmaler Kleiderschrank Platz gefunden, und die einzige elektrische Lichtquelle war ein zierlicher Deckenlüster. Ein offensichtlich provisorisch eingerichtetes Zimmer, das sie mit Mizzi teilen würde. Nun war sie umso begieriger, mehr über dieses eigenwillige Geschöpf mit der Schneckenfrisur zu erfahren.

Mizzi stellte Alizas Koffer vor dem linken Bett ab und setzte sich auf das rechte. »Ich habe mir das hier ausgesucht, aber wenn dir diese Seite besser gefällt ... Mir ist das piepegal, ich kann überall schlafen.«

»Nein, nein, schon in Ordnung, ich kann auch überall schlafen«, versicherte Aliza und hielt es vor Neugier nicht länger aus. »Aber erzähl doch mal, was machst du hier in London?«

»Tee ist serviert, wie es hierzulande in besseren Kreisen heißt.« Charlotte tauchte unerwartet in der Tür auf und blickte die Mädchen fragend an. »Seid ihr hungrig?«

»Mizzi kam kurz vor Weihnachten zu uns«, erklärte Ephrem, als sie am gedeckten Tisch bei Tee, Sandwiches und kleinen Kuchen Platz nahmen.

Das Wohnzimmer war nicht sehr groß, helle Holzdielen bedeckten den Fußboden, Blümchentapeten zierten die Wände, und an dem Bogenfenster hingen blassgrüne Vorhänge. Verstohlen, um nicht neugierig zu erscheinen, blickte Aliza sich um. Hier würde sie also in nächster Zeit leben. Auf einem Plüschsofa mit Mizzi Tee trinken, gegenüber den Kaufmanns, die in zwei mit Blumengobelinstoff bezogenen Armlehnsesseln Platz genommen hatten. Für den Rücken gab es Kissen mit aufgestickten Rosen in Pastellfarben, und ihre Füße ruhten auf einem Teppich, den in sich verschlungene pastellfarbene Ornamente zierten. Zwei Frauenskulpturen, die auf Beistelltischen standen, balancierten auf ihren erhobenen Händen beleuchtete Glaskugeln. Ein langgestrecktes Büfett aus rotbraunem Holz barg Geschirr, deutlich sichtbar hinter einer Glastür in der Mitte präsentiert. Darüber zeigte ein goldgerahmtes Ölgemälde den Kurfürstendamm bei Nacht. Die zusammengewürfelte Möblierung wurde von den rötlichen Flammen des Gaskamins beleuchtet, um den Sofa und Sessel sich gruppierten.

»Ich hatte deinen Eltern geschrieben, dass wir noch ein Mäd-

chen in deinem Alter aufnehmen«, sagte Ephrem, der Tee in dünnwandige weiße Tassen eingoss. »Vermutlich kam der Brief erst nach deiner Abreise an. Wie auch immer, ich denke, ihr werdet euch gut verstehen, Mizzi kommt ja auch aus Berlin.«
»Warum sollten wir uns nicht gut verstehen?« Mizzi kippte zwei Löffel Zucker in ihren Tee. »Wir sind Schicksalsgenossinnen und ungefähr gleichaltrig. Ich werde am zwanzigsten Februar siebzehn. Und du?«
»Am zwanzigsten Januar«, antwortete Aliza, abgelenkt von der Tatsache, dass Mizzi auch noch Milch in den Tee gab. Zu Hause tranken sie den Tee mit Zitrone.
Mizzi klatschte vergnügt in die Hände. »Prächtig, ganz prächtig. Das sollten wir ganz groß feiern.«
»Das werden wir«, sagte Charlotte und deutete auf einen Teller. »Bitte, Aliza, bedien dich.«
Mizzi griff nach einem Gurkensandwich und biss hinein. »Hmm ... ich überlege dauernd ...«, sagte sie kauend, »ob wir uns in Berlin schon mal begegnet sind.«
Aliza nahm eines der Brote ohne Rinde, die mit einer Käsescheibe belegt und in kleine Rechtecke geteilt waren. »Nein, an dich würde ich mich bestimmt erinnern.« Sie blickte auf Mizzis lackierte Fingernägel. Fabian hatte sie Nagellack ausprobieren lassen, aber ihre Eltern hätten ihr eine solche Extravaganz niemals erlaubt.
Mizzi starrte auf Alizas Haare und sagte mit bewunderndem Blick: »Dich hätte ich aber auch nicht vergessen, so eine traumhafte Haarfarbe wie deine habe ich in meinem ganzen Leben noch nie gesehen. Die glänzen wie flüssiger Honig.«
Verlegen strich Aliza sich über das immer noch geflochtene Haar. Seit ihrer Ankunft hatte sie nur Hände und Gesicht gewaschen. Sie sehnte sich nach einem heißen Bad und einer Haarwäsche, wagte aber nicht zu fragen, ob das möglich wäre.
»Aus welchem Stadtteil kommst du?«, wechselte Mizzi

das Thema. »Wie groß ist deine Familie, Eltern, Großeltern, Geschwister und sonstige Mischpoche? Bestimmt vermisst du sie jetzt schon ganz schrecklich.«

»Meine Eltern, mein Bruder und meine Großmutter wohnen in der Wormser Straße, in Charlottenburg«, antwortete Aliza, während sie nach ihrem Verlobungsring tastete. Sie vermisste Fabian so sehr, und jeder Schlag ihres Herzens war ein sehnsüchtiger Schrei nach ihm. Es drängte sie, ihm jetzt sofort zu schreiben und von ihren Erlebnissen zu berichten. Aber das angebotene Essen abzulehnen wäre unhöflich gewesen, und der heiße Tee war eine Wohltat.

»Meine Eltern besaßen ein gut florierendes Hotel am Kurfürstendamm, das Lichtenstein. Schon mal gehört?«

Aliza schüttelte den Kopf. Nein, sie kannte das Hotel nicht, auf dem Ku'damm gab es für sie nur ein Ziel: die Parfümerie Pagels.

»Wie solltest du auch. Wann brauchst du schon ein Hotel, wenn Berlin deine Heimat ist?« Mizzi verdrehte die Augen, als wunderte sie sich über ihre absurde Frage. »Wie auch immer, meine Großeltern haben es Anfang des Jahrhunderts gegründet, und mein älterer Bruder sollte es eines Tages übernehmen, aber dann kamen diese verdammten Nazis und …« Sie zog die Nase hoch, als kämpfte sie gegen ihre Gefühle, und griff zittrig nach ihrer Teetasse.

Charlotte beugte sich etwas nach vorne und streichelte sanft über Mizzis Arm. »Gibt es neue Nachrichten von zu Hause?«

Mizzi hatte ihre Tasse geleert, stellte sie zurück und hob den Kopf. »Nein, der letzte Brief kam zu Weihnachten. Mama schrieb, dass sie von einem Konsulat zum nächsten rennt, aber solange Papa noch in Sachsenhausen ist, würde sie Berlin nicht verlassen.« Sie blinzelte nervös. »Ist das nicht schrecklich? Weil mein armer Vater verschleppt wurde, bekam ich einen Platz im Kindertransport.«

»Das tut uns so leid, aber bitte, gib die Hoffnung nicht auf«, sagte Ephrem, und Charlotte nickte bekräftigend.

Aliza dachte an ihren geliebten Großvater, der die Verhaftung und die Verhöre nicht überlebt hatte. Nicht auszudenken, wenn Papa abgeholt würde. Was für ein Massel, dass Karoschke ihn beschützte.

»Es ist so ungerecht«, setzte Mizzi nach.

Aliza unterdrückte ein Gähnen. »Verzeihung.« Der heiße Tee und die Wärme des Kaminfeuers zeigten Wirkung. Sie musste dringend ins Bett, wenn sie nicht auf dem Sofa umfallen wollte.

»Es ist spät geworden«, sagte Charlotte und erhob sich.

»Ich helfe dir beim Abwasch«, bot Mizzi an und musterte Aliza, die sich ebenfalls anschickte abzuräumen. »Du zisch ab ins Bett, kannst ja kaum noch aus den Augen schauen.«

Aliza atmete auf. »Danke, das ist sehr lieb von dir.« Die quirlige Leidensgenossin wurde ihr mit jeder Sekunde sympathischer. Ja, sie würden sich bestimmt gut verstehen.

Auf das ersehnte heiße Bad musste sie leider verzichten. An der Wanne scheiterte es nicht, die war in dem hellblau gekachelten Badezimmer vorhanden, aber es hätte zu lange gedauert, Feuer unter dem Kessel anzufachen, um das Wasser aufzuheizen. Ephrem hatte es für morgen versprochen. Heißes Wasser kam nur aus dem rechten Hahn am Waschbecken. Nach dem Zähneputzen wusch sich Aliza ein weiteres Mal das Gesicht und verteilte ein wenig von einer ganz besonderen Creme auf der Haut, die Fabian ihr geschenkt hatte: »Sie duftet zart nach Rosen und ist ein kleiner Ersatz dafür, dass ich dir vorerst keine Blumen mehr werde schenken können.«

Ach, Fabian ... Seufzend zog sie die Schleife und den Haargummi vom rechten Zopf und löste vorsichtig das Band vom linken Geflecht – da war er, ihr wunderschöner Verlobungsring, verschlungen mit dem Haargummi, getarnt mit einer Haarschleife. Besser versteckt als in jedem Safe. Zuerst hatte ihre

Mutter überlegt, den Ring in den Saum ihres Mantels einzunähen, aber das war eines der lausigsten Verstecke überhaupt. Die Nazis wussten längst von dieser Finte und tasteten hin und wieder die Kleider- und Mantelsäume ab. Bei ihr hätten sie nichts gefunden, dachte sie und lächelte. Hinter dem Futter des Koffers wäre auch eine passable Möglichkeit gewesen, aber nichts übertraf die Idee, das kostbare Stück in ihren Haaren zu verbergen. Ihre Mutter hatte zufrieden geschmunzelt und die Schleife zweimal verknotet.

Aliza streifte ihn über ihren Ringfinger an der linken Hand, schloss die Augen und erinnerte sich mit einem süßen Kribbeln im Magen an den letzten Abend mit Fabian, seine Küsse und Liebeserklärungen.

Zurück in ihrem Zimmer, hängte sie ihr Kleid ordentlich auf einen Bügel, schlüpfte in das warme Flanellnachthemd, legte sich ins Bett und löschte das Licht. Anders als zu Hause gab es hier kein dickes Federbett, unter dem man kalte Winternächte, ohne zu frieren, überstand; ein dünnes weißes Laken und eine graubraune Wolldecke sollten offensichtlich genügen. Beides war eiskalt, wie überhaupt das Zimmer, in dem weder Heizkörper noch Kamin vorhanden waren. Doch als sie die Beine ausstreckte, spürte sie am Fußende eine Wärmflasche.

Wohlig stemmte sie ihre eisigen Füße dagegen. Vielleicht würde es eine Weile dauern, sich einzugewöhnen, aber sie wollte sich große Mühe geben.

Fabian Pagels streckte sich ausgiebig und gähnte ungeniert. Der Stuhl am schmalen Packtisch im Warenlager der Parfümerie war unbequem, und seine Glieder schmerzten. Er hatte seit Alizas Abreise nicht geschlafen. Freiwillig. Aus Liebe zu ihr. Seine Eltern hielten ihn für vollkommen übergeschnappt, aber er wollte am eigenen Leib erfahren, wie es sich anfühlte, eine Nacht im Sitzen zu verbringen. Wollte körperlich nachempfinden, was es bedeutete, sich unzählige Stunden nicht richtig ausstrecken zu können. Eine Vergnügungsreise stellte er sich anders vor. Er hatte sich natürlich waschen, die Zähne putzen sowie das Hemd wechseln können; ob im Zug ausreichend Wasser vorhanden war, wagte er zu bezweifeln, dennoch war er so langsam am Ende seiner Kräfte. Tagsüber hatten ihn die Kundinnen auf Trab gehalten, da waren keine Pausen entstanden, in denen er einer Schwäche hätte nachgeben können, doch seit Ladenschluss wurde die Sehnsucht nach seinem Bett übermächtig.

Fabian blickte auf seine Armbanduhr. Neun. Aliza müsste inzwischen London erreicht haben und hoffentlich schon schlafen. Er stand auf, verließ den Lagerraum durch die Hintertür, vollführte einige Kniebeugen in der kalten Abendluft und rauchte eine Zigarette. Danach war der Müdigkeitsanfall überwunden. Er nahm einen Schluck Wasser aus dem Hahn und setzte sich wieder an den Packtisch, um den vor einigen Stunden begonnenen Brief an Aliza zu beenden.

Berlin, 12. Januar 1939
Mein liebes, über alles geliebtes Löwenmädchen,
wie war die Reise? Bist Du heil im Land mit der Königin angekommen? Sind die Kaufmanns auch lieb zu Dir? Ich hoffe, Du bekommst die Möglichkeit, zur Schule zu gehen und das Abitur zu machen, ich weiß ja, wie sehr Du es möchtest.
Ich hingegen wünsche mir nur eines: bei Dir zu sein. Mich quält die Sehnsucht nach Dir in jeder Sekunde. Wenn ich die Augen schließe, sehe ich Dich den Wartesaal verlassen und in der Dunkelheit verschwinden. Lange noch stand ich wie versteinert an der Stelle, an der wir uns trennen mussten, unfähig, mich zu bewegen. Mein Verstand wusste genau, nur in England bist Du in Sicherheit, aber mein dummes trauriges Herz hoffte verzweifelt, Du kämst zurück, würde ich nur lange genug ausharren.

Bitte verzeih, dass ich so rührselig bin. Ich möchte Dir auf keinen Fall die Eingewöhnung in der Fremde erschweren, aber Du sollst wissen, wie sehr ich Dich liebe, Dich vermisse und mir wünsche, bei Dir zu sein. Ich kann es gar nicht erwarten, die Wehrpflicht hinter mich zu bringen, die Uniform abzulegen und in einen Zug nach England zu steigen, wie ich es versprochen habe. Bis es so weit ist, wollen wir positiv denken, was bedeuten kann, dass sich die Zeiten ändern können und Du schneller zurückkehren wirst, als wir zu hoffen wagen.

Ich schreibe diesen Brief im Warenlager, wo wir zusammen gelacht und von einer gemeinsamen Zukunft geträumt haben, versprühe hin und wieder ein wenig von Deinem Parfüm und bilde mir ein, Du hättest den Raum gerade verlassen. Ich kann nicht aufhören, an unseren letzten Abend zu denken, an Deine Lippen auf meinem Mund, Deine Hände auf meinem Rücken und Deinen Atem an meinem Ohr. Sehnsüchtig erinnere ich mich, wie sich unsere Körper vereinten, höre Dein leises Stöhnen und Dich meinen Namen flüstern ...

Fabian legte den Füller zur Seite. Wie lange würde er sich wohl mit der Erinnerung an diese einzige leidenschaftliche Begegnung zufriedengeben müssen? »Nicht länger als bis zum Ende des Wehrdienstes!«, sagte er laut vor sich hin, um dem Gedanken Gewicht zu verleihen.

Den Gerüchten, es könne Krieg geben, schenkte er keinen Glauben. Im Gegensatz zu Harald, seinem Schwager in spe, der zu den Pessimisten gehörte und nicht müde wurde, eine dunkle Zukunftsstimmung zu verbreiten. Er selbst gehörte nicht zu den Schwarzsehern, die nicht von der Schreckensvision ablassen wollten. Die sich und andere mit Brandreden aufpeitschten.

»Fabian!« Das war die Stimme seines Vaters, die aus dem Verkaufsraum zu ihm drang.

»Im Lager«, rief er ihm zu.

Die Tür ging auf, und sein Vater, gekleidet in eine bequeme Wollstoffhose, mit offenem Hemdkragen und Strickjacke, kam herein. »Komm endlich nach oben, du solltest dich ausschlafen, bevor du einrückst«, mahnte er mit besorgtem Gesichtsausdruck. »Gleich beim ersten Appell schlappzumachen würde ich dir nicht raten. Dann hat der Schleifer dich von Anfang an auf dem Kieker und macht dir das Leben mit allen möglichen Schikanen zur Hölle.«

»Fünf Minuten«, versprach Fabian. »Der Brief soll doch morgen noch zur Post, damit er rechtzeitig zu Alizas Geburtstag in London ankommt.«

13

London-Streatham, 20. Januar 1939

ALIZA ZOG DIE dünne Decke über den Kopf. Sie wollte nicht aufwachen, wollte weiter in diesem süßen Traum verweilen, die siebzehn Kerzen auf der Geburtstagstorte ausblasen und sich von Fabian »*Happy birthday*« zuflüstern lassen. Sie musste lachen, weil er Englisch sprach.

»*Happy birthday,* Schlafmütze.«

Woher kam plötzlich die fremde weibliche Stimme? Und der Duft nach Toast und Tee?

»Alles Liebe zum Geburtstag!«

»Auch von mir die allerbesten Wünsche.«

Aliza blinzelte. Die Vorhänge waren noch nicht geöffnet, und nur durch einen schmalen Spalt fiel graues Licht ins Zimmer. Am Fußende des Bettes erblickte sie Charlotte, Ephrem und Mizzi, die sie anstrahlten.

Mizzi, heute in weiten schwarzen Hosen, weißer Schleifenbluse und schwarzer Schleife im offenen Haar, sah nach feiner Dame aus, die sich für eine Modenschau schick gemacht hatte. Neben ihr stand die noch leicht zerzaust wirkende Charlotte in einem flauschigen hellblauen Morgenmantel, in dem sie gewöhnlich frühstückte. Ephrem trug einen kastanienbraunen Tweedanzug, ein weißes Hemd und einen grün-blau gestreiften Schlips.

Mizzi streckte ihr ein Tablett entgegen, darauf eine Tasse dampfenden Tees, ein Teller mit Marmeladentoast und eine rosarote Nelke in einer Vase. »Geburtstagskinder dürfen im Bett frühstücken.«

Aliza rappelte sich zum Sitzen hoch. »Danke, vielen Dank, das ist sehr lieb«, krächzte sie mit verschlafener Stimme.

Mizzi stellte das Tablett auf den Tisch zwischen den Betten, und Charlotte legte zwei weiße Kuverts und eine Ansichtskarte von Berlin dazu. »Briefe aus der Heimat, bestimmt noch mehr Glückwünsche«, sagte sie und beugte sich über das Tablett, um die Vorhänge aufzuziehen.

Aufgeregt griff Aliza nach der Post und drehte sie eilig auf die Rückseite, um den Absender zu lesen. Die Karte war von Birgit, sie wünschte ihr alles Gute zum Geburtstag. Ein Brief war von den Eltern und einer von Fabian. Ihr Mund verzog sich zu einem seligen Lächeln.

»Dann lassen wir dich jetzt allein, damit du ungestört deine Post lesen kannst«, sagte Charlotte und schubste die beiden Mitgratulanten Richtung Tür.

Mizzi drehte sich noch einmal kurz um. »Aber vertrödle deinen Geburtstag nicht im Bett, das bringt Unglück.«

Aliza blickte sie verwundert an. »Das habe ich ja noch nie gehört.«

»Stammt ja auch von mir«, lachte Mizzi vergnügt und schloss die Zimmertür.

Ungeduldig riss Aliza zuerst das Kuvert von Fabian auf. Zwei lange Seiten hatte er geschrieben, und das Papier duftete zart nach *Je Reviens*. Nur mit Mühe gelang es ihr, einen übermütigen Jauchzer zu unterdrücken, den die neugierige Mizzi sicher hätte aufhorchen und zurückkehren lassen. Stattdessen drückte sie die Briefbogen an ihre Wange. Ein kläglicher Ersatz für seine Hände, aber sie stellte sich vor, er würde sie streicheln.

Mit klopfendem Herzen begann sie zu lesen, verschlang eine Zeile nach der anderen und fing wieder von vorne an. Der Tee wurde kalt, das Toastbrot blieb unangerührt, aber sie konnte, wollte nicht aufhören. Und jedes Mal, wenn sie bei der letzten Zeile angelangt war, musste sie weinen.

Vergiss nicht, morgen ist ein neuer Tag, an dem wir uns vielleicht schon wiedersehen.
Dein Fabian – ich liebe Dich mehr, als tausend Worte sagen könnten.

Aufschluchzend griff sie unter das Kopfkissen, wo sie ihren Verlobungsring versteckt hatte, nahm ihn in die Hand und schloss sie zur Faust. Der Stich, den sie durch den Stein in der weichen Handfläche fühlte, war lächerlich gegen den Schmerz, den ihre Sehnsucht nach Fabian auslöste. Seit sie hier angekommen war, weinte sie sich jeden Abend in den Schlaf und fragte sich, wie sie den nächsten Tag überstehen sollte. Vielleicht musste sie noch monatelang hierbleiben. Allein der Gedanke an eine nicht enden wollende Trennung war so unerträglich, dass sie schier verzweifelte.

Morgen ist ein neuer Tag, flüsterte sie beschwörend, während sie zuerst den Ring in Fabians Taschentuch wickelte und ihn dann in einem ihrer dunkelbraunen Schnürstiefel versteckte. Sie hatte bisher noch niemandem von der heimlichen Verlobung erzählt und hatte es auch nicht vor.

Gewiss, morgen war ein neuer Tag, aber eines wusste sie schon heute ganz genau: dass sie morgen nicht nach Berlin zurückfahren und auch Fabian nicht wiedersehen würde. Morgen war nämlich der erste Tag in der neuen Schule.

Widerwillig kletterte sie aus dem Bett. Die kühle Zimmertemperatur ließ sie frösteln. Charlotte hatte davon gesprochen, dass die Winter in London nie so eisig wären wie die in Berlin, wenn schneidende Ostwinde über die Stadt fegten. Doch selbst für milde Winter waren die Wärmequellen in der Dreizimmerwohnung spärlich. Die Räumlichkeiten befanden sich in einem der um 1930 neu erbauten Wohnblöcke entlang der Hauptstraße von Streatham, wie die Kaufmanns berichtet hatten, und das Badezimmer verfügte bereits über fließend warmes Wasser an den Waschbecken und eine Innentoilette. Lediglich für ein Vollbad wurde der Kessel einmal wöchentlich angeheizt. Im Wohnzimmer sorgte der Gaskamin mit einem zusätzlichen Heizkörper für Wärme, und in der puppenstubengroßen Küche wurde auf einem Gasherd gekocht.

Im Badezimmer wusch Aliza sich verschwenderisch mit warmem Wasser. Mizzi benutzte nur kaltes, sie fand, das härtete ab, was wiederum ein Garant sei, gesund und am Leben zu bleiben – etwas, worüber »der mickrige Adolf« sich grün ärgern würde, weil er doch allen Juden Krankheiten und den Tod wünschte. Mizzi hatte Hitler einmal aus nächster Nähe gesehen und ihn als klein und mager beschrieben, überhaupt sei er entsetzlich unscheinbar. Ein wahrhafter *Führer* sähe in ihren Augen beeindruckender, stattlicher aus.

Im Wohnzimmer wurde Aliza von Charlotte und Mizzi erwartet. Ephrem war zu einem Treffen mit dem Intendanten eines großen Londoner Theaters gegangen, der sich für eines seiner Stücke interessierte.

Der Tisch war mit Teekanne, Tassen, Toast, Butter, Marmelade und einem Teller Rührei gedeckt. Charlotte, nach wie vor im Morgenmantel, hatte es sich in einem der Sessel bequem gemacht, war inzwischen aber frisiert, und ihre Lippen schimmerten rosa. Normalerweise schlief sie bis zehn Uhr, da sie bis spätabends an der Kasse des *Astoria Cinema* arbeitete, einem Filmtheater in Streatham. Für Charlotte war es jetzt um halb elf das erste, für Aliza und Mizzi das in England übliche zweite Frühstück, das gewöhnlich um elf eingenommen wurde.

»Du hast uns ja ewig warten lassen. Die Briefe waren wohl länger als ein Roman? Es ist schon Zeit für die *Elevenses*«, sagte Mizzi in gespielt beleidigtem Tonfall.

»Deinen Eltern geht es hoffentlich gut?«, erkundigte Charlotte sich, während sie die Teetassen füllte.

»Oh ja, danke, sehr gut«, flunkerte Aliza. Über Fabians Brief hatte sie den der Eltern doch tatsächlich vergessen.

»*Sehr* gut! Wirklich?« Erstaunt hob Mizzi die dunkel gestrichelten Augenbrauen. »Das klingt, als gäbe es überhaupt keine Nazis.«

»Das wäre himmlisch«, entgegnete Aliza schwärmerisch, und ihr erster Gedanke galt Fabian, und dass sie sofort heiraten könnten. Dann erzählte sie von dem Ereignis am 9. November in der Praxis, als der Blockwart ihrem Vater versprach, die Familie zu beschützen. »Als Finanzbeamter hat er ziemlich gute Kontakte zu wichtigen Ämtern und konnte sogar meinen Großvater aus dem Gefängnis holen. Ohne seine Hilfe hätten meine Eltern nicht die nötigen Mittel gehabt, mich nach England zu schicken.«

Staunend hatte Mizzi zugehört. »Hilfsbereite Nazis? Das klingt für mich wie ein Märchen.«

Charlotte rührte einen halben Teelöffel Zucker in ihre Tasse. »Es soll Ausnahmen geben, die das System auf ihre Weise boykottieren, und dieser Mann gehört offensichtlich dazu.«

»Wir sind ihm auch sehr dankbar«, sagte Aliza. »Es ist umso bewundernswerter, da es für ihn nicht ungefährlich sein dürfte. Wer weiß, was ihm blüht, wenn herauskommt, was er für uns getan hat.«

»Der Blockwart soll leben!« Mizzi hob ihre Teetasse. »Möge er noch weitere gute Taten vollbringen.«

»Auf den Blockwart«, echote Charlotte.

Sie tranken einen Schluck heißen Tee auf Karoschke, und danach überreichte Charlotte Aliza ein Kuvert. »Ein kleines Geschenk von Ephrem und mir.«

Gerührt bedankte sich Aliza. »Aber das wäre doch nicht nötig gewesen«, sagte sie bescheiden und öffnete es gespannt. Hervor kam ein Gutschein zum *Afternoon Tea* im Hotel Ritz.

»Du hast sicher längst bemerkt, dass die Briten leidenschaftliche Teetrinker sind«, erklärte Charlotte, als Aliza sie ein wenig irritiert ansah. »Für einen Engländer gibt es absolut nichts, das nicht mit *a nice cup of tea* in Ordnung zu bringen wäre. Und deshalb wollten wir dich und natürlich auch Mizzi zu einem klassischen Teenachmittag einladen. Meiner Meinung nach ist es das schönste Hotel in ganz London. Die prächtigen Räumlichkeiten vermitteln das Gefühl man wäre im Buckinghampalast zum Tee eingeladen.«

Aliza musste daran denken, dass Fabian die Königin erwähnt hatte. Sie wünschte sich so sehr, er würde jetzt sofort zur Tür hereinspazieren, einen schöneren Geburtstag konnte sie sich nicht vorstellen.

»Und von mir bekommst du auch ein Geschenk«, sagte Mizzi, wobei sie das offene schwarze Haar mit einer saloppen Kopfbewegung über die Schultern warf. Sie griff unter das Sofa und zog ein flaches Paket hervor, das rot eingewickelt und mit einer schwarzen Satinschleife zugebunden war. »Für dich!«

Zögerlich nahm Aliza das Präsent entgegen. »Danke … das ist wirklich eine freudige Überraschung, aber …«

»Papperlapapp.« Mizzi wedelte mit der rechten Hand, als wollte sie Alizas Einwand wegwischen. »Genau genommen ist es nur ein halbes Geschenk. Öffne, dann erkläre ich es dir.«

Aliza zog an der glänzenden Schleife und schlug das Papier auf. Hervor kam ein zartrosa Karton mit der goldenen Aufschrift *Harrods*. Dass der Karton an allen Ecken abgestoßen war, einige Flecken hatte und reichlich mitgenommen aussah, störte Aliza nicht. Die Geste zählte. Vorsichtig hob sie den Deckel an, leicht zerknittertes Seidenpapier raschelte.

»Nicht so schüchtern«, drängelte Mizzi.

Charlotte hatte sich in ihrem Sessel zurückgelehnt, die Beine angezogen und nippte genüsslich an ihrer Teetasse.

Gespannt entfernte Aliza das knisternde Seidenpapier, darunter kam eine dunkelgraue Hose zum Vorschein, die sie neugierig aus dem Karton nahm. Sie war aus feinem englischem Flanell gefertigt, mit Umschlägen an den weit geschnittenen Beinen und schrägen Eingrifftaschen, wie bei den Hosen ihres Großvaters. Nun war sie endgültig verwirrt. »Das ist ja eine Überraschung«, rief sie ehrlich verwundert aus und hielt sich die Hose vor den Bauch. »Danke schön, aber ich verstehe nicht ganz, warum du mir eine Männerhose schenken möchtest …« Mizzis Hose war ebenso geschnitten, und wenn sie gerne so rumlief, bitte schön, aber nur weil sie gleichaltrig und Schicksalsgenossinnen waren, bestand noch lange kein Grund, ihr nachzueifern.

»Das ist eine Marlenehose!«, verbesserte Mizzi mit Nachdruck. »Im Gegensatz zu einer Herrenhose hat diese hier einen breiten Bund, der die Taille betont. Womöglich weißt du es nicht, aber Marlene Dietrich trägt schon seit 1930 solch weite Hosen, sie hat dieses Kleidungsstück für uns Frauen salonfähig gemacht. Modisch sind sie der letzte Schrei, außerdem bequemer als Kleider und im Winter wärmer. Jede Frau sollte so eine Hose besitzen.«

Höflich hatte Aliza dem kleinen Vortrag zugehört. Schöne Kleider trug sie natürlich auch gerne, aber noch nie hatte sie Hosen getragen. Nur Schauspielerinnen und andere lockere Frauenzimmer liefen in solch einer Aufmachung umher.

»Bist du eine Modeexpertin?«, fragte sie freundlich lächelnd.

»Ganz richtig.« Mizzis saphirblaue Augen leuchteten hinter der runden Hornbrille auf. »Neben dir steht die aufstrebende Modeschöpferin Mizzi Lichtenstein, die eines Tages mindestens so berühmt sein wird wie Coco Chanel. Deshalb trage ich auch nur Kleider in Schwarz, Weiß und Beige, Cocos Lieblingsfarben. Und diese Hose ist ein Modell aus meiner ersten Kollektion. Von mir selbst entworfen und eigenhändig angefertigt. Charlotte hat eine Nähmaschine, sie hat mir auch den Harrods-Karton geliehen, damit ich meine Kreation verpacken konnte.

Aber in nicht allzu ferner Zukunft wird auf meinen eigenen Kartons ein *ML* für Mizzi Lichtenstein prangen. Deshalb wirst du auch demnächst alleine zur Schule gehen müssen, denn ich beabsichtige mich auf dem ehrwürdigen *London College of Fashion* anzumelden.«

Aliza war sprachlos.

»Dort werde ich alles erlernen, was nötig ist – Modezeichnen, Schnitte entwerfen, zuschneiden, perfekte Nähte setzen und was man sonst noch alles können muss ... Ach, ich kann dir gar nicht sagen, wie aufregend das werden wird.« Verzückt blickte sie in die Ferne, als könnte sie bereits ihren Traum verwirklicht sehen.

Aliza kam aus dem Staunen nicht heraus. »Erwarten deine Eltern denn nicht, dass du ihr Hotel übernimmst?«

Mizzi schloss für einen kurzen Moment die Augen und seufzte wie unter großen Schmerzen. Gleich darauf straffte sie die Schultern, die traurige Anwandlung schien überwunden zu sein. »Das Hotel hätte ohnehin mein älterer Bruder weiterführen sollen, aber es ist doch sowieso für immer verloren.«

»Ich bin sicher, dass die Nazis nicht ewig an der Macht bleiben werden, und dann bekommt ihr euer Hotel zurück, und du übernimmst es zusammen mit deinem Bruder«, versuchte sie, Mizzi aufzumuntern und dachte an den Handel, den ihr Vater mit Karoschke abgeschlossen hatte.

»Schon möglich«, gab Mizzi schulterzuckend zu. »Trotzdem werde ich mich lieber nicht darauf verlassen. Als die Nazis unser Hotel ›arisiert‹ haben und Papa verhafteten, zogen wir vorübergehend zu einer Schwester meiner Mutter nach Kreuzberg. Meine Tante ist Schneiderin, sie hat dort auch ein renommiertes Geschäft und immer sehr viel zu tun. Sie hat einmal gesagt, dass kein Mensch ohne Essen und Kleidung überleben kann. Aber wann braucht der Mensch ein Hotelzimmer?«

Aliza wunderte sich immer mehr über dieses Mädchen, das

so ungewöhnliche Ansichten vertrat. »Stimmt, Kleidung ist tatsächlich ungeheuer wichtig.«

»Sag ich doch, und jetzt probiere endlich mein Modell an«, verlangte Mizzi und erklärte, die Hose nach dem Größenschild in Alizas Kleid genäht zu haben. »Ich besitze natürlich Schnitte in jeder Konfektionsgröße, dennoch könnte sie etwas zu weit geraten sein – du bist ja so beneidenswert schlank.« Ihre Stimme klang eher bewundernd als neidisch.

»Gut, dann gehe ich mich umziehen. Und was trägt man dazu?«

»Ein Pullover wäre todschick, falls du einen mitgebracht hast.«

Aliza besaß einen dunkelroten Strickpullover, den sie im Herbst im *KaDeWe* erstanden und erst wenige Male getragen hatte. Damit und mit dem Geschenk begab sie sich ins Badezimmer. Dort zog sie ihr Kleid aus, schlüpfte in den Pulli und die Hose. Ohne großen Spiegel vermochte sie nicht zu beurteilen, wie sie nun aussah, eines war jedoch gewiss: Die Strapse drückten sich leicht durch, und die wollenen Strümpfe klebten bei jedem Schritt am Flanellstoff. Schön war das nicht.

»Dummerchen«, lachte Mizzi heiter, der nun ein Maßband um den Hals baumelte. »Der Stoff ist warm genug, da brauchst du keine Strümpfe mehr, sondern nur noch Söckchen. Oder beabsichtigst du, im Park zu nächtigen?«

»Lieber nicht«, lachte Aliza und beschloss insgeheim, in den kalten Nächten in Hosen und Strümpfen zu schlafen, um nicht mehr zu frieren.

»Dreh dich mal, aber bitte langsam«, forderte Mizzi und trat einige Schritte zurück.

Aufmerksam von Mizzi beäugt, drehte Aliza sich in Zeitlupe um die eigene Achse.

»Sehr schön … sehr schön … aber hier …« Mizzi stand nun neben Aliza und griff an den Hosenbund. »Zwei Zentimeter zu weit, das werde ich noch ändern.«

Während Mizzi sämtliche Nähte kontrollierte und Aliza von Kopf bis Fuß vermaß, erklärte sie, was es mit dem »halben Geschenk« auf sich hatte. »Du hast die perfekte Figur, an dir kommt meine Kreation bestens zur Geltung, und deshalb habe ich dich zu meinem Mannequin auserkoren. Ich werde dich komplett einkleiden, völlig kostenlos. Was sagst du?«

Aliza war ein wenig unwohl bei dem Gedanken, in einer Männerhose auf die Straße zu gehen. Aber wie sollte sie das der Zimmergenossin beibringen, ohne sie zu beleidigen? Dann hatte sie eine Idee.

»Oh Mizzi, wie lieb von dir. Aber die Hose werde ich vorsichtshalber nur zu Hause tragen, damit ihr auch nichts geschieht … Ich meine, wenn es dein erstes Modell ist, sollten wir sie wie ein rohes Ei behandeln. Der Stoff war sicher teuer, und ich bin ziemlich tollpatschig, bekleckere mich gerne mal …«

Charlotte beendete die Unterhaltung mit der Erinnerung, dass die Schuluniformen abgeholt werden mussten und Aliza noch die Anzeige für ihre Eltern im Londoner *Jewish Chronicle* aufsetzen wollte. Den Text formulierten sie gemeinsam: *Married couple from Berlin, waiting for emigration, seeks position in household.*

Nach einem Mittagessen aus Bohnen mit Stampfkartoffeln und einer braunen Sauce drehte Aliza sich in der Uniform vor dem Flurspiegel. Grauer Faltenträgerrock, weiße Hemdbluse mit dunkelblau-grün gestreifter Krawatte und darüber einen dunkelgrünen Blazer.

»Ziemlich gewöhnungsbedürftig, so eine Uniform«, sagte sie, und allein das Wort löste beängstigende Assoziationen aus. Direkt hässlich waren die Sachen nicht, das Dunkelgrün der Jacke passte sogar ausgesprochen gut zu ihren rotblonden Haaren, dennoch hätte sie nie im Leben solch eine Kombination gewählt.

Mizzi hatte die Schulkleider bereits wieder ausgezogen, sie erbost auf ihr Bett gepfeffert und stand nun in der weiten Hose und der Schleifenbluse neben Aliza. »Wenn du mich fragst, Faltenröcke sind das Langweiligste überhaupt. Das macht mich doch zu einer drallen Bauerntrine.« Sie blies die Backen auf und verdrehte genervt die Augen. »Dir steht das allerdings sehr gut, du siehst richtig adrett darin aus.«

»Mit Zöpfen würde ich wie eine brave Zwölfjährige wirken«, ergänzte Aliza, die sich plötzlich auch so fühlte. Hilflos wie ein kleines Mädchen, der Willkür eines Diktators ausgeliefert.

Später, als sie das *Ritz* betraten, lösten sich Alizas düstere Gedanken schneller auf als ein Würfel Zucker in heißem Tee.

Bereits das Entrée mit dem livrierten Concierge, den Liftboys in Goldknopfjacken und der Weg zum *Palm Court*, wo sie den *Afternoon Tea* einnehmen würden, beeindruckte sie ungemein. Nie zuvor hatte sie eine solche Pracht gesehen: seidenstoffbezogene Wände, filigraner Deckenstuck, glitzernde Kristalllüster, zierliche Sessel mit verzierten Armlehnen und zweiarmige Wandleuchter, die sich in goldgerahmten Spiegeln verdoppelten. Und jeder Schritt wurde von dicken Teppichen verschluckt.

Aliza war erleichtert, dass Charlotte auf angemessener Kleidung bestanden hatte. Mizzi hatte sie tatsächlich überreden wollen, in Hosen zu erscheinen. Als sie nun die elegant gekleideten Gäste erblickte, wusste sie, dass eine provokante Aufmachung in diesem Traditionshotel unerwünscht war.

Mizzi, die als Hoteliersstochter ziemlich perfekt Englisch sprach, hatte »*I'am not amused*« genäselt und behauptet, dass Marlene Dietrich bestimmt nicht des Hauses verwiesen werden würde.

»Schon möglich, aber keine von uns ist Marlene«, hatte Charlotte erwidert, deren schwarzes Haar zu dem langärmligen blasslila Seidenkleid sehr vornehm wirkte.

Aliza trug das dunkelrote Kleid mit den Seidenstrümpfen und den schwarzen Schuhen, in dem sie den letzten Abend mit Fabian verbracht hatte. Es war ihr schönstes Kleid, ein zweites hatte sie nicht einpacken dürfen, und gerade darin vermisste sie ihn umso mehr. Mizzi war ganz im Chanel-Stil gekleidet: wadenlanges schwarzes Nachmittagskleid mit halblangen Ärmeln und am viereckigen Ausschnitt eine weiße Kamelie aus Samt. Ephrem, der seinen dunklen Premierenanzug aus dem Schrank geholt hatte, konnte glatt als Mann von Adel durchgehen.

Ein Kellner in Frack mit weißer Fliege am Hemdkragen empfing sie an der oberen der drei weißen Marmorstufen, die in den *Palm Court* führten.

Ephrem nannte den Namen, auf den er einen Tisch für vier Personen bestellt hatte. Der befrackte Kellner führte sie daraufhin durch den ganz im Stil der Belle Époque gehaltenen Palmenhof zu einem runden Tisch in der Nähe des Brunnens, der sich in der Mitte des ovalen Saals befand. Eingelassen in einer Nische, saß dort eine lebensgroße goldene Nymphe, die umringt war von goldenen Putten und flankiert wurde von duftenden Blumenbouquets.

Charlotte hat nicht übertrieben, dachte Aliza, als sie Platz nahmen. Auch das Schloss einer Königin konnte kaum prächtiger sein. Sie war nicht gerade in Armut aufgewachsen, hatte nie gehungert oder schäbige Kleidung tragen müssen, aber insgeheim gestand sie sich ein, dass sie großen Spaß an verschwenderischem Luxus hatte. Der rechteckige Tisch mit dem blütenweißen Tischtuch war bereits eingedeckt: weißes Porzellan mit einem feinen Goldrand, auf den Tellern weiße Servietten, daneben silbernes Besteck. Wie wundervoll wäre es, hier mit Fabian zu sitzen, seine Hand zu halten, sich verliebt anzusehen und in diesem Hotel zu heiraten.

»Ein Penny für deine Gedanken, wie man hier in England sagt.« Es war Mizzi, die sie ansprach.

»Ich habe noch nie Geburtstag ohne meine Eltern gefeiert«, flunkerte Aliza. Sie wollte nicht über Fabian reden, irgendwie fühlte es sich falsch an. Nicht, dass sie sich seiner schämte, aber sie war noch minderjährig, lebte nun in einem fremden Land, und obwohl es hier keine Nazis gab, kannte sie doch die Gesetze nicht.

»Wir werden alles tun, um dir einen unvergesslichen Nachmittag zu bereiten«, versprach Ephrem, der sich gleich darauf dem Kellner zuwandte und die Bestellung aufgab.

Für Aliza hatte es den Anschein, als könnte das Personal zaubern, so schnell servierte ein Kellner ein Silbertablett mit Teekanne. Ein zweiter Bediensteter stellte Milchkännchen und Zuckerdose auf den Tisch, ein dritter zwei silberne Etageren dazu. Nach der höflichen Frage »*Would you like milk or lemon*« wartete er die Antwort ab und goss dann durch ein silbernes Teesieb ein. Wurde der Tee mit Milch gewünscht, kam zuerst die Milch in die Tasse, wie es Aliza auch schon des Öfteren bei Mizzi beobachtet hatte. Nachdem jeder bedient worden war, entfernte er sich mit einer höflichen Verbeugung.

Wenn das meine Eltern erleben könnten, dachte Aliza wehmütig. Wie glücklich wären sie, mir feine Manieren beigebracht zu haben und dass man sich mit der Serviette nicht über den Mund wischt wie mit einem Waschlappen, sondern ihn nur vorsichtig abtupft.

Charlotte deutete auf die Etagere: »Bitte, greift zu.«

»Laut Etikette beginnt man mit den Sandwiches, und erst, wenn der größte Hunger gestillt ist, nimmt man etwas Süßes«, erklärte Ephrem. »Da haben wir Gurke, Lachs-Mousse, Eier und Kresse und Frischkäse mit Schnittlauch. Die kleinen Kuchen heißen *Scones*. Die musst du unbedingt probieren, Aliza, man isst sie mit *clotted cream* und Marmelade.«

»Schmecken wie die Sünde«, schwärmte Mizzi, während sie gleichzeitig danach griff.

Aliza beobachtete, wie Mizzi das »Sündenküchlein« quer in der Mitte durchschnitt, einen Klecks Creme und obendrauf einen Löffel Erdbeermarmelade häufte. Sie tat es ihr gleich. Es schmeckte tatsächlich sündhaft köstlich. Ja, sie würde sich wohlfühlen im Land der luxuriösen Teezeremonien, des Verkehrs auf der falschen Seite und einer Sprache, die sie nur schwer verstand. Zumindest so lange, bis Fabian sie holen würde.

14

Berlin, 20. Januar 1939

WÄHREND ALIZA IHRE Familie von Karoschke gut beschützt und in Sicherheit wähnte, starrte Samuel den Einhundert-Reichsmark-Schein an, den Edith Abraham auf seinen Schreibtisch gelegt hatte. Die wunderschöne junge Frau, deren dunkle Locken auf den Kragen eines Fuchspelzmantels fielen, saß ihm gegenüber am Schreibtisch und bat schluchzend um Hilfe.

»Bitte, Herr Doktor ...« Edith putzte sich wiederholt die Nase mit einem schneeweißen Spitzentaschentuch, das bereits völlig durchnässt sein musste. »Ich bin total verzweifelt und weiß nicht, an wen ich mich sonst wenden sollte. Bitte, Sie müssen mir helfen, Sie kennen mich doch von Kindesbeinen an und wissen, dass ich kein liederliches Weibsbild bin ...«

Samuel erinnerte sich noch sehr genau an die sechsköpfige Familie Abraham, die bei ihm in Behandlung gewesen war, und auch an die kleine Edith, die zum ersten Mal vor etwa fünfzehn oder sechzehn Jahren mit ihrem Vater, einem reichen Privatbankier, in die Praxis gekommen war. »Ich glaube, damals habe ich dich gegen Diphtherie geimpft. Der schmerzhafte Einstich war nach einem Stück Schokolade vergessen.«

Edith nickte schniefend. »Dann helfen Sie mir?«

»Es tut mir leid, ich bin nur Allgemeinarzt. Du musst vorher untersucht werden, und das kann nur ein Gynäkologe. Es ist unumgänglich abzuklären, wie weit die Schwangerschaft fortgeschritten ist«, erklärte Samuel und ermahnte sich, seine Überzeugung nicht zu verraten. Er war dem Leben verpflichtet, und auch für einen jüdischen Krankenbehandler waren Abtreibungen streng verboten. Käme seine Mithilfe ans Licht, wären die Folgen nicht nur für ihn verheerend. Auch Edith würde verhaftet werden. Und was dann mit ihr geschah, würde sie vermutlich nicht überleben.

»Ich schwöre, dass ich im ersten Monat bin, höchstens Anfang zweiter Monat«, versicherte Edith wie bereits zu Beginn des Gespräches.

»Edith, mein liebes Kind, es bleibt dennoch sehr gefährlich«, versuchte Samuel, sie zu besänftigen. »Aber ich kann dir dieses *Mittel* zur Einleitung einer Fehlgeburt ohnehin nicht geben, weil ich es nicht habe und auch nichts über die Dosierung weiß.«

Im Stillen schalt er sich einen Narren. Warum die junge Frau nicht einfach an den Kollegen verweisen, der in solchen Fällen keine Skrupel kannte? Er selbst hätte den Geldschein dann lediglich für die Weitergabe einer Adresse kassiert. Daraus konnte ihm niemand einen Strick drehen, doch seine Familie würde endlich wieder einmal satt werden und Harald vielleicht wenigstens ein paar Tage lang aufhören zu rebellieren.

Edith öffnete den Messingverschluss ihrer hellbraunen Krokodillledertasche, kramte darin herum und legte einen zweiten Schein auf den Tisch. »Ich flehe Sie an, Dr. Landau. Oder wollen Sie, dass mich mein Vater auf die Straße setzt, weil ich ein uneheliches Kind von einem Goj bekomme?«

Samuel dachte an seine Tochter, die auch in einen Nichtjuden verliebt war und die heute ihren siebzehnten Geburtstag feierte – ohne die Familie. Er dachte an Rachel, die er seit Monaten nicht mehr ins *Kempinski* zum Essen einladen konnte, wie er es gewöhnlich getan hatte. Stattdessen lief sie tagein, tagaus zu ehemaligen Patienten mit großen Anwesen, in der Hoffnung, eine freie Stelle im Haushalt zu finden, um das nötige Geld für die geplante Auswanderung zu verdienen. Samuel sah Rachel vor sich, wie sie allabendlich erschöpft auf das Sofa sank, mühsam die Enttäuschung unterdrückend, wenn sie von weiteren ruppigen Ablehnungen berichtete. Er dachte an seine Mutter, die kaum noch etwas aß und behauptete, keinen Appetit zu haben, aber in Wahrheit ihre Portionen Harald zuschob.

Edith schien sein Wanken zu bemerken. »Niemand wird es erfahren, das verspreche ich, Herr Doktor.«

Samuel dachte an sein leeres Wartezimmer, in dem nur noch uralte Zeitschriften auslagen und heute, Abrahams Tochter mitgezählt, drei Patienten gesessen hatten. Keiner der beiden anderen hatte bezahlen können. Er verfluchte Karoschke, der die Mieten kassierte, während sie ihren Lebensunterhalt von den wenigen Patienten und dem läppischen Lohn bestritten, den Harald als Leichenschieber nach Hause brachte. Er stellte sich einen reich gedeckten Abendbrottisch vor, und dass seine Familie einmal nicht mit knurrendem Magen schlafen gehen müsste. Und schließlich beruhigte er sein Gewissen mit der Tatsache, dass er Edith lediglich einen Frauenarzt empfahl. Welches Leiden sie plagte, hatte sie ihm eben nicht verraten. Leicht zitterig nahm er einen Notizblock aus der Schublade, notierte dann aber mit ruhiger Hand die Adresse. »Der Kollege wird dich auch danach noch einmal untersuchen, um zu kontrollieren, ob alles glatt verlaufen ist.«

Edith bedankte sich überschwänglich und versicherte: »Das vergesse ich Ihnen nie, solange ich lebe.«

»Doch, doch«, widersprach Samuel. »Du musst es sogar vergessen, die Notiz später verbrennen, mit niemandem darüber reden und dich nicht einmal daran erinnern, woher du diese Adresse hattest. Du willst uns doch nicht in Gefahr bringen, oder?«

»Nein, natürlich nicht. Vielen Dank, Herr Doktor.« Edith reichte ihm die Hand, und wenige Sekunden später war sie fort. Zurück blieb ein Hauch exklusiven Parfüms, der Samuel daran erinnerte, wie lange seine geliebte Rachel kein Geld mehr für derartigen Luxus hatte ausgeben können. Aber von den heutigen »Einnahmen« würde er ihr zumindest einen Strauß Blumen schenken.

Der Mensch muss essen, murmelte er halblaut in das Sprechzimmer, als er die Geldscheine in seine Börse steckte.

Ein Blick auf seine Armbanduhr sagte ihm, dass es kurz vor zehn und die gestattete vormittägliche Ordinationszeit fast vorbei war. Erst am Nachmittag zwischen drei und fünf Uhr war es ihm noch einmal erlaubt zu praktizieren. Ganze drei Stunden täglich durfte er Kranke behandeln. In dieser lächerlich kurzen Zeit musste er genug erwirtschaften, um eine vierköpfige Familie zu ernähren. Wie sollte das gehen, wenn man ihm die Kassenzulassung entzogen hatte, er keine Rechnungen mehr schreiben durfte und immer mehr wohlhabende Juden das Land verließen? Wer im Lande blieb, hatte nicht die finanziellen Mittel für die Reichsfluchtsteuer, kaum genug zum Leben und erst recht nicht für einen Arztbesuch. Was für ein Segen, dass wenigstens Aliza in gesicherten Verhältnissen untergekommen war. Um sie musste er sich vorerst keine Sorgen machen.

Er zog den weißen Kittel aus, hängte ihn ordentlich auf einem Bügel an den Garderobenhaken und eilte nach oben in die Wohnung. Die Tür zu Haralds Zimmer war wie üblich zu dieser Tageszeit verschlossen, er schien also zu schlafen. Rachel hatte heute Morgen das Haus um acht verlassen und würde vermutlich erst am Nachmittag zurückkommen. Mames Schlafzimmertür war angelehnt. Sie lag mit geschlossenen Augen in dem schmalen Bett, das sie nebst einem passenden Nachtkästchen für wenig Geld bei einem Trödler gekauft hatten. Am Fenster stand der zierliche Schreibtisch mit dem Armlehnstuhl, an dem sein Vater noch bis kurz vor seinem Tod Sachtexte zum Thema »Wie Ernährung die Gesundheit beeinflusst« verfasst hatte. Aus heutiger Sicht empfand Samuel das beinahe zynisch.

Ganz besonders der Anblick seiner in den letzten Wochen rapide gealterten Mutter schmerzte Samuel. Ihre Wangen waren eingefallen, die Haut fahl, und ihr vollkommen abgemagerter Körper zeichnete sich unter den zwei Wolldecken wie der eines Kindes ab.

»Mame, ich bin es, Samuel«, flüsterte er.

Ziva öffnete die Augen. »Mein Junge«, hauchte sie, als fehlte ihr die Kraft zum Reden.

Samuel setzte sich ans Fußende und holte die Geldscheine aus der Börse. »Du wirst es nicht glauben, Mame, was eben geschehen ist. Ein Patient hat sämtliche noch offenen Rechnungen beglichen«, schwindelte er hemmungslos.

Ziva sagte nichts, nur ihre Mundwinkel hoben sich zu einem kaum erkennbaren Lächeln, als sie auf die Scheine blickte.

»Zur Feier dieses seltenen Ereignisses wollte ich ein paar Kleinigkeiten aus der Feinkostabteilung des *KaDeWe* holen. Hast du nicht Lust, mitzukommen und dir etwas auszusuchen? Wir hatten ewig keinen geräucherten Fisch mehr. Vielleicht auch ein gebratenes Täubchen aus Frankreich, das du so gerne isst. Auf jeden Fall brauchen wir Weißbrot, das viel bekömmlicher für dich ist als das schwer verdauliche Graubrot, frisches Obst zum Nachtisch und etwas von der köstlichen belgischen Schokolade.«

»Ich habe schlecht geschlafen«, seufzte Ziva statt einer Antwort.

»Ich weiß, ein hungriger Magen hält wach«, entgegnete Samuel mit sanfter Stimme. »Schade, ich wäre so gerne mit dir an den verlockenden Vitrinen vorbeigebummelt, aber wenn es dir zu anstrengend ist, werde ich mich alleine auf den Weg machen.«

Samuel strich seiner Mutter liebevoll über das ergraute Haar und versprach, in einer Stunde zurück zu sein. Bis drei Uhr blieben ihm noch knapp fünf Stunden. Genug Zeit, um auch noch in der Parfümerie Pagels eine Kleinigkeit für Rachel zu besorgen.

Leise verließ er das Zimmer, schloss die Tür und schlüpfte an der Garderobe in den sandfarbenen Kamelhaarmantel, das letzte warme Kleidungsstück, das aus den »guten Zeiten« stammte. Als sie noch Hausbesitzer waren, nicht mit jedem Pfennig knausern mussten und in allen Läden bedient wurden. Sein Haar verbarg er unter dem *Schabbesdeckel,* wie Mame den teuren Sonntagshut aus braunem Velour mit dem schwarzen Ripsband bezeichnete. Seitdem die meisten Geschäfte sich weigerten, Juden zu bedienen, verließ er das Haus nie mehr ohne Kopfbedeckung. Sein dunkles welliges Haar, die braunen Augen und die markante Nase entsprachen viel zu sehr dem Abbild eines »typischen Juden«. Aber in der vornehm wirkenden Kluft würde er hoffentlich als betuchter Kunde durchgehen, der sich die feinen Spezereien im *KaDeWe* leisten konnte.

Samuel genoss den kurzen Spaziergang zu Berlins größtem Kaufhaus in die Tauentzienstraße. Mit sechs Grad über null war es relativ warm für Januar, und der leichte Nieselregen reinigte die Luft.

Im Kaufhaus nahm er die Rolltreppe nach oben in die sechste Etage zur Feinschmeckerabteilung, zog den Hut noch etwas weiter ins Gesicht und hielt den Kopf gesenkt, um niemanden ansehen zu müssen. Vorsicht war besser, als von irgendeinem Fanatiker, die sich hier mit Sicherheit tummelten, beschimpft zu werden.

Während er an den üppig dekorierten Fisch- und Fleischvitrinen vorbeiflanierte, die beinahe künstlich glänzenden Orangen begutachtete und an verschiedenen Schokoladenständen den verführerischen Duft einatmete, überkam ihn ein längst vergangenes Gefühl von Freiheit. Die Erinnerung an das normale Leben in Berlin, als er jedes Geschäft, ohne darüber nachzudenken, betreten und sich nicht vor unliebsamen Begegnungen hatte fürchten müssen. Als er sich keine Gedanken über die Kosten hatte machen müssen. In einer nostalgischen Anwandlung entschloss er sich, auch noch eine Flasche von dem französischen Rotwein mitzunehmen und heute Abend ein Glas auf Alizas Wohl zu trinken.

»Herr Doktor, sind Sie es wirklich?«

Samuel schreckte aus seinen melancholischen Betrachtungen hoch und blickte nach rechts, woher die weibliche Stimme kam. Ein Schauer lief über seinen Rücken, als er sah, wer da mit hochgezogenen Brauen auf ihn zusteuerte: Ingrid Karoschke – in Rachels Pelzmantel –, die leibhaftige Verkörperung einer »Nazisse«, wie die skrupellosen Nutznießerinnen des Systems genannt wurden. Auf ihren ondulierten dunklen Locken saß eine extravagante Samtkappe in Form einer übergroßen Schleife, am Arm baumelte eine teure Handtasche aus Krokoleder, und ihre Füße steckten in dazu passenden Absatzschuhen.

Samuel tippte sich kurz an den Hutrand, wobei er den Kopf zu einer angedeuteten Verbeugung neigte. »Einen wunderschönen guten Tag, Frau Karoschke.«

»Was machen *Sie* denn hier?«, flötete sie laut, als freute sie sich, musterte ihn aber derart abfällig, als wäre seine Anwesenheit die reinste Zumutung.

»Oh, ich wollte mich nur ein wenig umschauen«, behauptete Samuel und war zutiefst erleichtert, noch mit leeren Händen dazustehen. Sein Argument war zwar höchst fadenscheinig, aber die Blockwartsgattin durfte keinesfalls auf die Idee kommen, er könnte sich die teuren Delikatessen leisten. Sie würde es brühwarm ihrem Gatten weitertratschen, worauf sich die beiden fragen würden, woher der plötzliche Reichtum käme. Der Blockwart betonte zwar bei jeder Gelegenheit, ihn beschützen zu wollen, und hatte ihm gegenüber auch noch nie ein antisemitisches Wort fallen lassen, dennoch zweifelte Samuel längst nicht mehr daran, dass Karoschke ihn aus Neid in die Mittellosigkeit getrieben hatte. Warum sonst kassierte er kommentarlos die Mieten und dachte gar nicht daran, sie an ihn weiterzuleiten, obwohl er ihm in die Hand versprochen hatte, das Anwesen bliebe in seinem Besitz? Das vor wenigen Sekunden aufgeblühte Gefühl von Freiheit wich der Erkenntnis, Karoschkes Gefangener zu sein. Und er konnte nichts dagegen unternehmen.

Frau Karoschke hob die gestrichelten Augenbrauen. »Ein Bummel bei den Delikatessen, wie originell ...« Sie lachte schrill auf, als wäre es das Absurdeste, das sie jemals gehört hatte.

Samuel lächelte freundlich, tippte sich erneut an den Hutrand und wünschte einen Guten Tag.

Frau Karoschke nickte huldvoll und stöckelte immer noch kichernd davon.

Samuel nahm die Begegnung als Warnung. Es lohnte doch nicht, sich wegen ein paar Luxushappen schwach anreden oder neuerlichen Erpressungen aussetzen zu lassen. Eilig verließ er das Kaufhaus, um das geplante Abendessen bei Jalowizki, einem alteingesessenen Berliner Schlachter, zu besorgen. Hier waren sie seit Ewigkeiten Kunden, und er wurde anstandslos bedient.

Karoschke setzte sich an den großen runden Esstisch und ließ den Blick über die vollbeladenen Platten wandern, die Ingrid eine nach der anderen servierte. Ja, so hatte er sich das Leben als wohlhabender Mann vorgestellt: edelster Damast, feinstes Porzellan, glänzende Silberleuchter, ein Tisch, der sich unter den Delikatessen bog, und natürlich ein vollmundiger Wein. Allabendlich gönnten Ingrid und er sich ein, zwei Gläser und am Wochenende auch mal eine ganze Flasche. Ingrid und Birgit trugen nur noch Kleider, die er sich noch vor wenigen Wochen nicht hätte leisten können. Und seine geliebte Tochter würde demnächst die Universität besuchen. Erst vor ein paar Tagen hatte sie wieder die beste Klassenarbeit in Mathematik geschrieben. Der Gedanke, dass Birgit mit einem Studium automatisch eine großartige Zukunft vor sich haben würde, stimmte ihn euphorisch. Allein das war es wert, die Gewissensbisse zu ertragen, die ihn wegen Dr. Landau gelegentlich plagten. Andererseits wäre die Familie ohne seine Hilfe womöglich längst in eines der Lager verschleppt worden, und was darüber erzählt wurde, war haarsträubend. Er war dem Führer und der Partei aufs Innigste verbunden, aber was sie den Juden antaten, fand er dann doch übertrieben.

»Du isst ja gar nicht, Hermann, mein Schatz. Magst du die Trüffelpastete nicht mehr? Vielleicht sollte ich etwas Abwechslung auf den Tisch bringen. Du musst deine Wünsche nur äußern.«

Ingrid hatte ihn aus seinen Überlegungen gerissen. »Nein, nein, ich war nur in Gedanken ...« Zur Bestätigung probierte er eine Gabel von der Pastete und versicherte: »Es schmeckt ganz vorzüglich ...« Zärtlich tätschelte er dann ihre Hand und fragte neugierig: »Hatte mein kleines Frauchen einen schönen Tag?«

»Oh ja, mein Lieber«, antwortete Ingrid. »Du ahnst nicht, wen ich heute im *KaDeWe* getroffen habe.«

Karoschke nahm einen großen Schluck von dem trockenen Spätburgunder, von dem er sich drei Kisten hatte liefern lassen. »Jemanden, den wir kennen?«

»Sehr gut sogar«, antwortete Ingrid geheimnisvoll.

»Also, Mama, mach's doch nicht so spannend.«

»Dr. Landau – in der Feinschmeckerabteilung.«

»Und was ist daran so aufregend?«, wollte Birgit wissen.

Das Ehepaar warf sich einen verschwörerischen Blick zu.

»Ach, eigentlich nichts«, wiegelte Ingrid ab. »Ich habe ihn nur noch nie dort gesehen, das ist alles.«

»Du bist ja auch erst seit Kurzem dort Stammkundin«, erinnerte Birgit ihre Mutter. »Im Gegensatz zu den Landaus, die seit vielen Jahren diese Leckereien genießen. Also war es doch zu erwarten, dass du ihnen dort früher oder später begegnen würdest.«

Karoschke musterte seine einzige Tochter mit dem erhabenen Gefühl eines stolzen Vaters. Was für einen messerscharfen

Verstand dieses Kind doch hatte. Birgit erfasste und analysierte jede Situation binnen Sekunden. Eines Tages würde aus ihr eine bedeutende Wissenschaftlerin werden, die Großes leistete.

Später am Abend, als Birgit schlafen gegangen war, saß er mit Ingrid im Salon beim Wein. Er hatte sich eine Zigarre angezündet, Ingrid naschte ein wenig aus einer Bonbonniere, das Feuer im Kachelofen verbreitete wohlige Wärme und ließ einen das feuchtkalte Januarwetter vergessen.

»Weißt du, Hermann«, begann Ingrid, während sie sich in die Arme ihres Mannes schmiegte. »Ich habe mich gefragt, wie der Doktor es sich leisten kann, dort einzukaufen. Ist ja kein billiges Vergnügen.«

»Hmm, fürs *KaDeWe* braucht man eine gut gefüllte Brieftasche ...« Karoschke zog an seiner Zigarre und blies einige Rauchkringel in den Raum, bevor er weitersprach. »War er denn beladen mit Tüten und Paketen?«

»Das nicht, aber er wollte dort einkaufen, darauf wette ich. Aus der Entfernung konnte ich beobachten, wie er eilig davongerannt ist.«

»Hmm ...« Nachdenklich drehte Karoschke die Zigarre zwischen den Fingern, schenkte Wein nach, stieß mit Ingrid auf ihrer beider Gesundheit an und fragte sich, ob der Doktor eine geheime Geldquelle hatte.

»Vielleicht hat die Frau Doktor eine gut bezahlte Arbeitsstelle, auch wenn mich das verwundern würde.«

»Wie kommst du denn auf die Idee? Niemand würde einen Juden einstellen, sie werden höchstens zur Zwangsarbeit verpflichtet, und damit ist noch keiner reich geworden.«

»Nun ja, seit einigen Tagen huscht die Frau Doktor schon frühmorgens aus dem Haus und kehrt erst spätabends zurück, da macht man sich eben so seine Gedanken. Aber vielleicht hat die alte Landau noch ein paar Goldbarren in irgendeiner Schublade versteckt, von denen du nichts weißt.«

Karoschke spürte ein heftiges Zucken in den Lenden. Wie Ingrid *Goldbarren* aussprach, klang es fast ein wenig schmutzig. Er zog sie an sich, streichelte ihre Brust und sog den Duft nach teurem Parfüm ein, das sie sich nun täglich auf ihr Dekolleté sprühte. »Darüber zerbrich dir mal nicht dein wunderhübsches Köpfchen. Ich kümmere mich darum. Wenn die da oben tatsächlich noch ein Geheimversteck haben, dann werde ich es schon aufstöbern.« Er griff nach Ingrids Hand und drückte sie auf seinen pulsierenden Schoß.

Ingrid entzog ihm ihre Hand. »Heute nicht, mein Schatz, ich bin schrecklich müde …« Seufzend hob sie die Arme, als müsste sie sich strecken, und gähnte demonstrativ.

Karoschke richtete sich derart abrupt auf, dass die Weingläser auf dem Couchtisch zitterten. »Das kenne ich ja gar nicht von dir. Bist du krank?«

Ingrid sank zurück ins Sofa. »Nein, nein, nur erschöpft von der Hausarbeit. Du weißt, wie dankbar und glücklich ich wegen der neuen Wohnung bin, und ich scheue mich auch vor keinem Putzlappen, aber …« Sie blickte ihn mit großen Augen an. »Ich hatte ja keine Vorstellung, wie viel Arbeit sechs Zimmer bedeuten. Wenn ich einmal durch bin, kann ich wieder von vorne anfangen.«

Augenblicklich erfasste Karoschke die Notlage seiner geliebten Gattin und schlug sich gegen die Stirn. »Was bin ich doch für ein Hornochse«, bezichtigte er sich. »Du bekommst natürlich eine Haushaltshilfe, und zwar gleich morgen.«

Ingrids Hand wanderte zurück auf die ausgebeulte Stelle seiner Hose. »Oh Hermann, du guter, guter Mann. Eine Hilfe würde mein Glück vollkommen machen.«

15

Berlin, 20. Januar 1939

SAMUEL VERGASS DIE unerfreuliche Begegnung mit Frau Karoschke im *KaDeWe*, als Rachel beim Abendessen von ihrem erstaunlichen Erlebnis berichtete.

»Ich war heute in Weißensee auf dem Friedhof ...« Rachel bestrich eine Scheibe Weißbrot mit guter Butter und legte eine Scheibe gekochten Schinken von Schlachter Jalowizki darauf. »Als ich ein Steinchen auf Großvaters Grab legte, hatte ich das Gefühl, er würde mir zuflüstern, ich solle in der Nähe des Friedhofs nach Arbeit fragen.«

Ziva nickte zustimmend. »Mein Samuel ist vielleicht gestorben, aber sein Geist bleibt bei uns.«

»Ja, ich denke auch, dass Dade noch in unserer Nähe ist«, stimmte Samuel seiner Mutter zu und hob sein Weinglas, als wollte er auf das Wohl seines verstorbenen Vaters trinken.

»An einer recht feudalen Villa, am Klingelschild stand Wolff, wagte ich einen Versuch«, erzählte Rachel weiter, während sie das Schinkenbrot in mundgerechte Stücke schnitt. »Aber auch nach drei Mal läuten kam keine Reaktion. Ich wollte gerade gehen, da öffnete ein völlig verstörter älterer Mann um die sechzig die Tür und stammelte etwas von einem Unfall. Ich bot natürlich sofort meine Hilfe an und behauptete, Erfahrung in Krankenpflege zu haben ...«

»Mmm ... nicht ... Mmm ... gelogen«, bestätigte Harald, der sich mit glänzenden Augen eine dicke Stulle nach der anderen schmierte, nur noch mit vollem Mund redete und heute in der Nachtschicht zwei Leichenwagen auf einmal schieben wollte. »Und ... Mmmh ... einfach köstlich ... was war passiert?«

»Seine Frau lag neben dem Bett und stöhnte schrecklich.« Harald lachte vergnügt. »Das is' ja ein Ding.«

»Aber keines zum Lachen«, rügte Rachel, doch auch in ihrer Stimme lag ein Schmunzeln. »Die arme Frau Wolff ist ziemlich übergewichtig. Wie ich schnell herausfand, leidet sie an Diabetes und infolgedessen an einer Augenkrankheit. Sie hatte sich neben die Bettkante gesetzt und kam alleine nicht wieder hoch. Ihr Mann, dünn wie ein Faden, konnte ihr nicht aufhelfen und erklärte, dass er bereits einen Arzt gerufen habe. Mit vereinten Kräften schafften wir es schließlich doch, die arme Frau ins Bett zu befördern. Danach schnaufte Herr Wolff wie ein geschundenes Pferd, und ich fürchtete, er kippt auch gleich um. Deshalb bot ich an, mit ihm auf den Arzt zu warten und inzwischen Tee zu kochen. Dankbar führte er mich in die Küche. Mich traf beinahe der Schlag, als ich sie betrat. Da stapelte sich das Geschirr von mindestens einer Woche, es stank nach vergorenem Essen, und es hätte mich nicht gewundert, wenn mir auch noch Ungeziefer über die Füße gelaufen wäre.«

»Du kamst im richtigen Moment«, bemerkte Ziva, die heute tatsächlich aufgestanden war und am ungewohnt üppig gedeckten Abendbrottisch zulangte.

Genüsslich trank Rachel einen Schluck Wein, bevor sie weiterredete. »Nachdem ich den versprochenen Tee gekocht hatte, machte ich mich ans Geschirr. Zum Dank für meine Hilfe wollte Herr Wolff mir ein paar Mark zustecken. Ich lehnte natürlich ab und fragte stattdessen ganz höflich, ob er denn keine Zugehfrau habe. Wie sich herausstellte, hatte er eine, die letzte Woche erst herausgefunden hatte, dass seine Frau Jüdin ist, und daraufhin den doppelten Lohn verlangte. Als Herr Wolff nicht bereit war, sich erpressen zu lassen, ließ die Frau alles stehen und liegen und verschwand auf Nimmerwiedersehen.«

»Zu deinem Glück«, schlussfolgerte Harald.

»Das ist wahr, denn der Arzt war inzwischen gekommen und riet Herrn Wolff, dringend eine neue Hilfe einzustellen, die ihm auch bei der Pflege seiner Frau beistehen könne«, bestätigte Rachel und berichtete, dass Herr Wolff sie eingestellt hatte und ihr monatlich einhundert Mark bezahlen würde.

»Besser als in die hohle Hand gespuckt«, kommentierte Harald, der für kräftezehrende zehn Stunden Leichenschieben täglich gerade mal achtzig Mark im Monat verdiente.

Ziva hatte die Unterhaltung aufmerksam verfolgt und jedes Wort ihrer Schwiegertochter wie eine Botschaft aus dem Jenseits aufgesogen. »Mein Samuel hat den Handel eingefädelt, da bin ich ganz sicher«, betonte sie, während ihre immer müden Augen plötzlich hellwach wirkten.

»Ganz gewiss ist die Anstellung ein Riesenglück, ich hoffe ...«, Rachel stockte und senkte den Blick.

Samuel bemerkte sofort, dass etwas nicht stimmte. »Was hast du?«

»Ich ... ich habe mich Herrn Wolff als Witwe vorgestellt, aus Angst, er würde mich nicht beschäftigen wollen, wenn ich selbst eine Familie zu versorgen hätte«, gestand Rachel.

Ziva stieß einen kurzen Schrei aus. »Rachel, du hast meinen Sohn sterben lassen!«

Samuel legte seine Hand auf die seiner Mutter und streichelte sie. »Sei bitte nicht so dramatisch, Mame, es war eine Notlage, und Rachel hat es für uns getan.« Er schenkte Wein nach, hob dann sein Glas und blickte seine Familie reihum an. »Und jetzt lasst uns auf das Wohl von Aliza trinken. Es ist das erste Mal, dass sie ihren Geburtstag ohne uns feiert.«

»Hoffentlich auch das letzte Mal, ich vermisse mein Kind so

sehr«, ergänzte Rachel mit feuchten Augen und leerte ihr Glas in einem Zug.

Beunruhigt beobachtete Samuel in den nächsten Tagen, wie anstrengend es für Rachel war, die Villa der Wolffs in Schuss zu halten und sich auch noch um die schwer kranke Frau zu kümmern. Obendrein benötigte sie für die Fahrt von Charlottenburg nach Weißensee und zurück über zwei Stunden. Obwohl sie darauf beharrte, die Anstellung sei ein großes Glück, war sie oft so erschöpft, dass sie lieber schlief, als etwas zu essen. Samuel war gerne bereit, sie zu entlasten, spülte Geschirr in seiner langen Mittagspause, wirbelte mit dem Staubwedel durch die Räume und kümmerte sich auch um die Wäsche. Das hielt zwar den eigenen Haushalt einigermaßen auf Zack, war aber kein Heilmittel für Rachels Gesundheit.

»Wird es dir auch wirklich nicht zu viel?«, fragte er sie nach drei Wochen, als sie blass am Frühstückstisch saß und er eine neue graue Strähne in ihrem Haar entdeckte.

Harald war noch nicht von seiner Nachtschicht zurück, und Ziva hatte sich nach einer halben Tasse Tee wieder in ihr Bett zurückgezogen.

»Wir brauchen das Geld«, antwortete Rachel ausweichend, während sie mit zitternder Hand die Tasse Pfefferminztee zum Mund führte.

»Nicht so dringend, wie ich dich brauche«, entgegnete Samuel und lächelte sie zärtlich an. Seit fünfundzwanzig Jahren waren sie nun verheiratet, und er liebte sie mehr als am ersten Tag. Jeder neue Schicksalsschlag, den sie in den letzten Wochen durchgemacht hatten, vertiefte ihre Liebe, aber was nützte es ihnen, wenn sie sich zu Tode schuftete. »Ich möchte nicht eines Tages an Aliza schreiben müssen, dass du dich krankgearbeitet hast.«

Rachel erwiderte sein Lächeln und drückte seine Hand.

»Mach dir keine Sorgen, ich werde mich schon daran gewöhnen. Außerdem kann ich Herrn Wolff nach ein paar Monaten um ein Zeugnis bitten, und das wäre doch eine große Hilfe, wenn wir es nach England schaffen.«

»Natürlich wäre eine Empfehlung hilfreich«, gestand Samuel. »Dennoch mache ich mir ernsthaft Sorgen um dich.«

»Das musst du nicht, und ich bin dir sehr dankbar, wenn du dich um unseren Haushalt kümmerst, damit entlastest du mich sehr, mein Lieber.«

»Das ist doch nicht der Rede wert«, wehrte Samuel ab und beschloss im gleichen Atemzug, im Jüdischen Krankenhaus nach Arbeit zu fragen. Für ein gesichertes Einkommen war er bereit, auch niedere Tätigkeiten anzunehmen, dann könnte Rachel die Arbeit bei Wolff aufgeben.

Mittags stand Samuel mit hochgekrempelten Ärmeln und umgebundener Schürze vor der Badewanne, neben ihm ein Korb mit schmutziger Wäsche, aus dem er ein Stück nach dem anderen in die Einweichlauge fallen ließ. Als er den Stampfer zur Hand nahm, um die Schmutzwäsche zu bearbeiten, kam Rachel vorzeitig zurück.

Abgehetzt, noch in Hut und Mantel, den zart geblümten Seidenschal aus vergangenen Wohlstandstagen in der Hand, tauchte sie im Türrahmen auf und blickte ihn traurig an. »Frau Wolff ist tot.«

Samuel ließ den Wäschestampfer in die Lauge fallen, war mit zwei Schritten bei ihr und wischte sich eilig die feuchten Hände an der Schürze ab, ehe er sie in den Arm nahm. Liebevoll strich er ihr über den Rücken. »Es tut mir so leid. Wann ist es denn passiert? Ich meine, bist du bei ihr gewesen?«

Rachel atmete tief ein, ehe sie antwortete. »Nein, es muss wohl heute Nacht geschehen sein.«

»Und was hat Herr Wolff dir erzählt?«

»Ich brauche einen Schluck Wasser«, sagte Rachel ablenkend und schleppte sich in die Küche, wo sie ein Glas aus dem Schrank nahm, es mit Wasser füllte und dann auf einen der vier Stühle am Küchentisch sackte.

Samuel war ihr gefolgt. »Rachel, mein Liebling, ist alles in Ordnung?«

Rachel zog einen zerknüllten Zettel aus der Manteltasche und legte ihn auf den Tisch. »Ich verstehe das nicht ...«

Samuel nahm das Stück Papier, strich es ein wenig glatt und las laut vor, was dort in steilen Buchstaben geschrieben stand: »›Verehrte Frau Landau, bitte entschuldigen Sie, dass ich auf diesem Weg das Arbeitsverhältnis auflösen muss. Meine Frau erlag gestern am späten Abend einem Herzinfarkt, eine Folge ihres Diabetes. Hochachtungsvoll, Dieter Wolff.‹« Samuel setzte sich neben Rachel auf einen Stuhl. »Ich verstehe nicht ganz. Wieso schreibt er dir?«

»Na, weil er gar nicht da war, als ich heute zur Arbeit kam.« Sie griff erneut in eine Manteltasche und förderte einen Hundert-Mark-Schein hervor. »Der hier lag mit dem Zettel in der Küche. Du weißt ja, dass Herr Wolff mir schon in den ersten Tagen einen Schlüssel zur Haustür überreicht und gesagt hat, er vertraue mir. Den Schlüssel habe ich natürlich in den Briefkasten geworfen.«

»Immerhin hat er dich für den ganzen Monat bezahlt, das war sehr großzügig«, versuchte Samuel, sie zu trösten.

Rachel nahm den Geldschein wieder in die Hand und drehte ihn nachdenklich von der einen zur anderen Seite. »Das war es wirklich.« Unvermittelt huschte ein Lächeln über ihre erschöpften Gesichtszüge. »Wenigstens werden in unserer sonst so mageren Kartoffelsuppe mal wieder Würstchen oder gebratener Speck schwimmen.«

»Na, siehst du, alles hat zwei Seiten.«

»Aber ich hatte doch so sehr auf ein Zeugnis gehofft. Damit hätte ich viel eher eine neue Stelle bekommen, aber ohne fange ich praktisch wieder bei null an. Wie soll das nur weitergehen?«

»Bitte, Rachel, mach dir nicht so viele Gedanken um die Zukunft ...«

Sie seufzte aus tiefster Brust. »Du hast recht, niemand kann sagen, ob wir überhaupt noch eine haben.«

Von nicht erfüllten Zukunftsträumen sprach auch der hohlwangige junge Mann, der in die Sonntagssprechstunde gekommen war.

Im dicken Wintermantel mit Pelzkragen, Schal um den Hals und den Hut nervös in den Händen drehend, saß er auf der anderen Seite des Schreibtisches. Er schien zu frieren, denn er lehnte dankend ab, als Samuel ihm anbot, er könne seinen Mantel an einem der Wandhaken aufhängen.

»Ich stand kurz vor dem Abschlussexamen meines Jurastudiums, als ich mit den anderen jüdischen Studenten von der Hochschule ...« Der junge Mann brach ab, als wäre er nicht in der Lage, darüber zu reden.

»Ich kann mir sehr gut vorstellen, wie Sie sich fühlen«, sagte Samuel. »Meinem Sohn erging es ähnlich.«

Der Mann bedankte sich für Samuels Mitgefühl, sah ihn aber fordernd an. »Wurde er auch zur Zwangsarbeit verpflichtet, wie ich? Seit ein paar Monaten schufte ich nämlich in einer Metallfabrik als Dreher im Akkord. Nachtschicht von sechs bis sechs. Eine Arbeit, für die ich gänzlich ungeeignet bin.« Er legte seinen Hut auf den Schreibtisch und streckte Samuel seine mit Wunden übersäten Hände entgegen. »Wenn ich mir vorstelle, dass man uns Juden in Zukunft mit solchen Tätigkeiten ausbeuten und vermutlich in den Tod treiben will, dann ohne mich. Meine Zukunft wird auf keinen Fall in diesem Land stattfinden«, raunte er mit gedämpfter Stimme, der die unterdrückte Wut deutlich anzumerken war.

Samuel nickte betroffen und fragte, wie er ihm helfen könne.

»Ich habe von Tabletten gehört, die hohes Fieber erzeugen. Die brauche ich und auch das Gegenmittel«, sagte er frei heraus, wobei er aus blutunterlaufenen Augen ins Leere starrte, als plante er ein schweres Verbrechen.

»Ich verstehe nicht.« Samuel sah ihn irritiert an.

»Übermorgen kann ich das Land verlassen, wie genau ist unwichtig, und je weniger Sie wissen, Herr Doktor, umso sicherer ist es für Sie.«

»Wozu dann diese Fieberpillen, wenn Sie das Land verlassen wollen?« Gespannt wartete Samuel auf den Rest der Geschichte.

»Nun, wenn ich grundlos der Arbeit fernbleibe, wird das sofort gemeldet, und man würde mich noch in der nächsten Minute von der Gestapo suchen lassen. Damit das nicht geschieht, benötige ich einen Vorsprung von mindestens drei Tagen, den mir eine Krankschreibung vom Vertrauensarzt der Firma verschaffen würde. Wenn der mich für arbeitsunfähig erklärt, wird niemand nach mir suchen. Verstehen Sie jetzt?«

»Nur zu gut«, antwortete Samuel und erklärte, wie gefährlich derartige Mittel seien. »Die Wirkung solcher Medikamente lässt sich nie genau vorhersagen. Im Klartext – Sie könnten dabei sterben.«

»Ich bin kerngesund, was kann da ...«

»Verzeihen Sie, dass ich unterbreche, aber wenn ich Sie so ansehe, dürfte Ihr Gewicht weit unter normal liegen, und selbst wenn Sie sich als gesund empfinden, mit solch einem Medikament gehen Sie ein hohes Risiko ein«, erklärte Samuel. Er wollte dem jungen Mann gerne helfen, aber wie bei Edith Abraham kämpfte er gegen seine Prinzipien. Er war Arzt geworden, um Menschen zu *helfen*, und nicht, um ihnen zu einer schweren Krankheit zu *verhelfen*.

»Geht es um die Bezahlung? Ich habe Geld.« Er zog einen Zwanzig-Mark-Schein aus der Innentasche seines Mantels und knallte ihn auf den Schreibtisch. »Oder haben Sie moralische Bedenken? *Ich* kenne keine Moral mehr, die können sich nur Menschen leisten, die ohne Angst leben, denen es erlaubt ist, an ein Morgen zu denken und ihre Zukunft zu planen. Für mich zählt nur das Hier und Jetzt, allein der Augenblick. Erst wenn ich dieses ›Großdeutsche Reich‹ verlassen habe, gibt es auch für mich wieder eine Zukunft.«

»Nein, es geht mir nicht um Moral«, antwortete Samuel, lauter als beabsichtigt, denn aus ärztlicher Sicht wäre es in hohem Maße unmoralisch, ein derartiges Medikament zu verschreiben. »Es geht um Ihre Gesundheit, im schlimmsten Fall um Ihr Leben.«

»In diesem Land ist mein Leben nicht mehr wert als das Schmieröl unter meinen Fingernägeln.« Missmutig blickte der junge Mann auf die schwarzen Ränder unter seinen Nägeln.

»Es tut mir leid«, sagte Samuel. Obgleich er die Verbitterung seines Gegenübers deutlich wahrnahm, konnte er sich nicht zu einer Verschreibung überwinden. Zu groß war die Furcht, dass sie beide auffliegen könnten. Ein Rezept musste in einer Apotheke eingelöst werden und brachte auch ihn in Gefahr. Was sollte aus seiner Familie werden, wenn man ihn belangte?

Sichtlich enttäuscht erhob sich der junge Mann, nahm den Geldschein vom Tisch und steckte ihn wieder ein. Sein »Guten Tag« klang bitter. Während er sich zum Gehen wandte, drückte er sich den Hut auf den Kopf.

Er hatte schon die Türklinke in der Hand, als Samuel ihn zurückrief. »Warten Sie, es gäbe da eine andere Möglichkeit.«

Hoffnungsvoll kehrte der junge Mann zurück an den Schreibtisch und setzte sich wieder. »Ja?«

»Mir ist ein altes Hausmittel eingefallen, wie man ohne Pillen Fieber erzeugt. Aber bevor ich Ihnen das verrate, muss ich wissen, ob Sie eine Möglichkeit für ein heißes Bad haben.«

Der junge Mann nickte heftig. »Das kriege ich schon hin, Doktor, aber machen Sie es doch nicht so spannend.«

»Nun gut – es handelt sich um eine Badetherapie, bei der aber unbedingt jemand dabei sein sollte, das müssen Sie mir versprechen.«

»Auch kein Problem. Und ich schwöre auf den Talmud, wenn Sie wollen«, entgegnete er mit einem hoffnungsvollen Funkeln in den Augen.

»Gut.« Samuel glaubte ihm nicht hundertprozentig, war aber erleichtert, ihm ohne Rezept helfen zu können. »Also, Sie lassen sich ein Bad ein, das so heiß ist, dass Sie es gerade eben aushalten. Nun ein Kilo Bittersalz ins Wasser geben, woher Sie das bekommen, kann ich im Moment auch nicht sagen.«

»Ich werde es schon beschaffen, weiter bitte ...«

»Sie müssen mit dem ganzen Körper eintauchen, sodass gerade noch der Kopf herausschaut, fünfundzwanzig Minuten lang und regelmäßig heißes Wasser nachfüllen, die Temperatur darf nicht absinken. Während des Bades zusätzlich heißen Tee trinken. Dann ganz vorsichtig aus dem Wasser steigen. Hier muss unbedingt jemand helfen, denn es könnte Ihnen schwindelig werden, und Sie würden ausrutschen und hinfallen.«

Der junge Mann hatte aufmerksam zugehört. »Ich habe verstanden. Und danach?«

»Jetzt nur kurz abtrocknen, danach ins Bett legen und mit möglichst vielen Decken zudecken. Die Körpertemperatur steigt nun stark an, das sollte jemand mit einem ganz normalen Fieberthermometer überprüfen, und Sie werden stark schwitzen. In diesem Zustand gehen Sie dann, wenn möglich auch in Begleitung, zum Vertrauensarzt, er wird Ihnen eine echte Grippe attestieren. Nach spätestens acht Stunden sinkt die Temperatur wieder auf normal.«

»Das klingt sehr einfach.«

»Ist es im Grunde auch. Der Vorteil ist, Sie müssen nicht lügen, falls der Vertrauensarzt Verdacht schöpft und fragt, ob

Sie irgendwelche Mittel eingenommen haben. Ich gehe nämlich davon aus, dass der Kollege nicht auf den Kopf gefallen ist. Wie auch immer, heiße Bäder sind eine hohe Belastung für das Herz, genau wie echtes Fieber, deshalb ignorieren Sie meine Warnung nicht, und führen Sie diese Prozedur auf keinen Fall alleine durch.«

»Ich danke Ihnen.« Er kramte nach dem Geldschein und legte ihn wieder auf den Schreibtisch. »Reicht das?«

Samuel zögerte eine Sekunde, dann nickte er und griff danach. »Natürlich. Und viel Glück für Ihre Zukunft.«

Am nächsten Sonntag saß eine junge Frau vor Samuel, die ebenfalls nach den Fieberpillen verlangte. Sie war in einer Kartonagenfabrik zwangsverpflichtet, die Verpackungen für Lebensmittel herstellte, und schuftete zehn Stunden täglich an sechs Tagen pro Woche. Zusätzlich litt die hübsche dunkelhaarige Frau unter dem Aufseher, der sie jeden Abend für Überstunden einteilte und sie dann in einer Kammer zum Geschlechtsverkehr zwang. Nicht auf brutale Weise, dazu war er zu schlau, denn der Firmenchef duldete keine Gewalt gegen die Zwangsarbeiter. Der Mann nötigte sie verbal, mit Drohungen, sie als faules Stück zu melden, das absichtlich langsam arbeiten würde. Hätte *sie* sein Vergehen dem Chef gemeldet, wäre sie vermutlich wegen Verleumdung eines Ariers deportiert worden.

»Bitte, helfen Sie mir, ich kann es einfach nicht länger ertragen, er stinkt aus dem Mund, sabbert und schwitzt wie ein wildes Tier, dass es mir jedes Mal den Magen umdreht«, sagte sie mit gebrochener Stimme, die all ihre Qualen enthielt. »Ich habe zwar nicht die Möglichkeit, das Land zu verlassen wie mein Bekannter, der letzte Woche bei Ihnen war, aber mit einer Krankschreibung könnte ich mich wenigstens eine Woche lang erholen.«

Verwundert fragte Samuel: »Hat Ihnen der junge Mann denn nicht erzählt, wie das mit einer heißen Badewanne funktioniert?«

»Hat er, aber ich habe weder eine Wanne, noch kann ich irgendwo baden. Deshalb bitte ich Sie inständig, mir diese Pillen zu verschreiben.«

Samuel zögerte, als die junge Frau gestand, niemandem so weit vertrauen zu können, dass er ihr beistehen und sie im fiebrigen Zustand zum Vertrauensarzt begleiten würde. »Diese Tabletten allein einzunehmen bringt Sie in große Gefahr. Das Fieber steigt allzu leicht in eine lebensgefährliche Höhe«, erklärte er ihr.

Dennoch wollte er helfen, und so schlug er ihr vor, unter seiner Aufsicht das Bad in der Praxis zu nehmen. Seine Frau könne sie dann zum Vertrauensarzt begleiten.

Dieses spontane Hilfsangebot sprach sich schneller herum, als Samuel das Wasser in der Badewanne ablassen und wieder auffüllen konnte, und noch ehe er sichs versah, war eine regelrechte Badeepidemie ausgebrochen. Für die Aussicht, einige Tage von schwerer Zwangsarbeit befreit, vielleicht sogar entlassen zu werden und sich länger erholen zu können, wurde die Heißwassertortur gern in Kauf genommen.

»Wir sollten vorsichtiger sein«, mahnte Rachel eines Tages. »Karoschke hat mich neulich gefragt, warum wir in der Praxis baden. Ich habe natürlich behauptet, er würde sich täuschen, doch er beharrte darauf, im Hausflur hätte Wasserdampf gestanden, dichter als in einer Wäscherei. Worauf ich mich eiligst für meine Vergesslichkeit entschuldigte und erklärte, ein Kind wäre mit Keuchhusten in die Praxis gekommen, hätte einen krampfartigen, lebensbedrohlichen Hustenanfall erlitten, und als Sofortmaßnahme sei Wasserdampf am wirksamsten.«

Samuel verschrieb den nächsten Patienten dann doch lieber die Pillen, zu groß war die Gefahr, von Karoschke verraten zu werden. Aber er war nach wie vor bereit, die Patienten in der Praxis zu betreuen. Zu seinem Erstaunen entwickelte sich daraus eine völlig neue Einnahmequelle, die der Familie das tägliche Brot sicherte und die Behandlungsliege zum Schlafplatz werden ließ.

16

London, Ende August 1939

ALIZAS WERTVOLLSTER BESITZ war ein unscheinbarer Schuhkarton, den Fabian ihr zum Geburtstag geschickt hatte. Prall gefüllt mit Cremes, Parfüm und tausend Worten Liebe war er einige Tage später als sein Brief angekommen. Auch Fabians gerahmte Fotografie, die sie in der Hektik des Kofferpackens und vor lauter Abschiedsschmerz zu Hause vergessen hatte, hatte im Karton gesteckt. Jeden Abend öffnete sie ihn, tupfte sich einen Tropfen *Je Reviens* auf das linke Handgelenk und las die Briefe. Mittlerweile hatte sich ein hübscher Stapel angesammelt. Mama und auch Papa schrieben regelmäßig, und Aliza antwortete ausführlich auf die zahlreichen Fragen: wie es ihr in England gefiel, wie die Schule war und ob sie sich in den mittlerweile sieben Monaten gut eingelebt hatte. Birgit schickte ab und an eine Ansichtskarte, die letzte war im Juli aus Österreich gekommen, wo sie mit ihren Eltern Urlaub gemacht hatte. Die Briefe erweckten den Anschein, als würden die Eltern, Harald und Bobe noch immer von Karoschke beschützt werden. Doch zwischen den Zeilen standen die bangen Fragen, ob Alizas Bemühungen um eine Anstellung endlich erfolgreich waren. Zu ihrer Enttäuschung hatte sie bisher weder auf die Zeitungsinserate noch auf die Aushänge in Charlottes Einkaufsläden ein Angebot erhalten. Ephrem hatte sich bei den wenigen wohlhabenden Schauspielern erkundigt, aber niemand benötigte eine gute Köchin oder einen handwerklich begabten Mann. Es bestand zwar großer

Bedarf an Hauspersonal, aber nur wer bereits im Land lebte und sich sofort persönlich vorstellen konnte, hatte wirklich eine Chance. Jemanden allein auf eine schriftliche Bewerbung hin einzustellen schien ein zu hohes Risiko zu sein. Es war zum Verzweifeln.

Aliza gab trotzdem nicht auf und hoffte, die Eltern konnten die Reichsfluchtsteuer bezahlen, sobald es mit einer Anstellung klappte. Im letzten Brief hatten sie zu diesem Thema zwar nichts geschrieben, nur dass die Nazis inzwischen eine »Reichszentrale für jüdische Auswanderung« eingerichtet hätten. Papa könne seinen Arztkoffer mit allen Utensilien mitnehmen, ohne dafür irgendwelche Abgaben bezahlen zu müssen.

Ephrem, der gut informiert war, hatte dazu seine eigene Meinung. »Welch ein Hohn, dass die Nazis jetzt extra eine Zentrale einrichten, um uns loszuwerden, wo kaum noch Länder Juden einreisen lassen. Im Juli '38, auf der Konferenz von Évian, hat keines der zweiunddreißig teilnehmenden Länder sich bereit erklärt, bedrohte Juden aufzunehmen. Wo immer man auch einreisen will, die Hürden heißen Aufnahmequoten, Bürgschaften und Vorzeigegeld.«

Aliza studierte fleißig die Tageszeitungen, in denen die Gerüchte um einen bevorstehenden Krieg nicht mehr verstummen wollten, seit Hitler im März den Einmarsch der Wehrmacht in die »Rest-Tschechei« befohlen hatte. Im August wurde das Volk mit einem Zitat von Generaloberst von Brauchitsch beruhigt: »Hitler würde niemals das Leben eines deutschen Menschen leichtfertig aufs Spiel setzen.« Ephrem meinte, einem Diktator könne man nicht trauen, und wenn er noch so viel Kreide fräße.

Eilig faltete Aliza den Brief zusammen, als Mizzi, in schwarzer einteiliger Unterwäsche und Lockenwicklern im Haar, aus der Küche zurückkam. In den Händen hielt sie zwei Gläser mit Zitronenwasser, in denen reichlich Eiswürfel schwammen.

»Gegen die Hitze.« Sie stellte die Getränke auf dem Tisch unter dem Fenster ab, das in der Hoffnung auf eine frische Abendbrise weit geöffnet war. Aber nicht der kleinste Lufthauch kühlte den Schweiß auf Alizas Haut.

Seit Wochen schon war das Wetter in London ungewöhnlich heiß. Die Sonne brannte von einem stahlblauen Himmel, heizte Häuser, Straßen und auch noch die schattigsten Hinterhöfe auf. Erbarmungslos brachte sie die Bewohner zum Schwitzen, ließ Bäume, Sträucher und Felder vertrocknen und verwandelte kleine Räume ohne Durchzugsmöglichkeit wie das Schlafzimmer von Aliza und Mizzi in Backöfen. Die winzigste Wolke wurde hoffnungsvoll beobachtet, sehnten sich inzwischen doch selbst die eifrigsten Sonnenanbeter nach einem kräftigen Regenguss und die Vögel in den Parkanlagen nach einer Wasserpfütze, in der sie sich den Staub aus dem Gefieder waschen konnten.

»*Spielst* du wieder mit deinem Herzallerliebsten?«, scherzte Mizzi mit frechem Augenzwinkern. Sie setzte sich ihr gegenüber aufs Bett, kreuzte die Beine und griff nach dem Zeichenblock.

»Und du entwirfst das tausendste Mizzi-Lichtenstein-Modell?«, konterte Aliza. Ungern ließ sie sich bei ihrem Ritual stören, das für sie wie eine direkte Verbindung zu Fabian war. Längst kannte sie jeden einzelnen seiner Briefe auswendig, aber ohne sie täglich zu lesen und einen letzten Blick auf sein Foto zu werfen, fand sie nicht in den Schlaf. Manchmal gelang es ihr auch, sein Gesicht mit in ihre Träume zu nehmen, dann erlebte sie den letzten gemeinsamen Abend noch einmal. Lag nackt in seinen Armen, fühlte seinen Körper auf ihrem und hörte ihn zärtliche Liebesworte flüstern. Fabians Ring hielt sie nach wie vor versteckt, nur mit dem Foto war es ihr nicht gelungen. Ihr war einfach keine Ausrede eingefallen, mit der sie es Mizzi hätte verwehren können.

»Dein Fabian ist wohl hässlich?«, hatte sie provokant lachend gesagt. Wie sich zu beider Überraschung herausstellte, war

Fabian mit Mizzis älterem Bruder zur Schule gegangen und hatte die Lichtensteins auch manchmal zu Hause besucht. Mizzi hatte ihn auf dem Foto sofort erkannt. Ab und zu nahm sie Aliza das Bild einfach aus der Hand, blickte es traurig an und sagte Sätze wie: »Ich wünschte, jemand würde mich *so* ansehen.« Jetzt sah Mizzi von ihrem Skizzenblock auf. »Was schreibt denn dein Herzallerliebster?«

Aliza spürte den neugierigen Blick der Freundin förmlich auf ihrer Haut brennen. »Er hasst das ewige Marschieren«, antwortete sie. »Die Verpflegung ist gut, aber die Appelle sind mörderisch. Ohne die Kameradschaft unter den ›Mitgefangenen‹, wie er es ausdrückt, würde er es nicht ertragen. Und er schickt mir viele Küsse.« Der letzte Satz war ihr unabsichtlich rausgerutscht. Zurücknehmen ging leider nicht.

»Ach ja«, seufzte Mizzi sehnsüchtig. »Liebe muss so schön sein. Wie ist das genau, wenn ein Mann seinen Arm um einen legt und dann so richtig leidenschaftlich küsst?«

Mizzi gierte unablässig nach Einzelheiten, fragte, ob sie und Fabian schon mehr miteinander getan hätten, als sich nur zu küssen. Aber sosehr Aliza ihre Zimmergenossin als Freundin ins Herz geschlossen hatte, niemals würde sie von diesem ersten Mal erzählen. Von der Leidenschaft, die sie empfunden hatte. Dem Begehren, das sich angefühlt hatte, als stünde ihr Körper in Flammen. Von Fabians Liebesschwüren und dem Versprechen, sie bis zu seinem letzten Atemzug zu lieben. Das alles war ganz allein ihr Geheimnis.

Aliza vertiefte sich eilig in den letzten Brief der Eltern und las laut vor, dass die Praxis unverändert gut besucht sei und sie sich keine Sorgen machen solle. An dieser Stelle unterbrach sie sich und wechselte das Thema. »Wie geht es deiner Mutter und deinem Bruder?«

»Ich hoffe, sie sind in Sicherheit, jedenfalls hat meine Mutter geschrieben, dass Papa bald entlassen würde, sie Visa für Kuba hätten und die Koffer packen würden. Sie hat mir auch über Freunde noch einmal eine große Summe überweisen können, mit der ich die Modeschule finanzieren kann.«

Aliza war erleichtert, dass Mizzi auf den Themawechsel eingegangen war. »Sind sie denn gut in Kuba angekommen?«

Mizzi senkte den Kopf, ihre Schultern fielen nach vorne, und ihre ganze Körperhaltung verriet, wie sehr sie unter der Ungewissheit litt. »Seit dem letzten Brief habe ich keine Nachricht mehr bekommen«, antwortete sie geknickt.

Aliza hatte bewusst nicht nach Mizzis Vater gefragt. Für die Freundin war es grausam genug, ihn im Lager zu wissen; es wäre unmenschlich, sie mit Fragen zu quälen. Doch selbst die Erwähnung von Bruder oder Mutter schien Mizzi traurig zu stimmen. Um sie aufzumuntern, bedurfte es nur der Frage nach ihren Modellen.

»Darf ich mal sehen, was du Schönes entwirfst?«

Abrupt richtete Mizzi sich auf, streckte ihren üppigen Busen nach vorne, und ihre eben noch so traurigen Augen funkelten hinter den Brillengläsern vor Begeisterung. »Ein Cocktailkleid.« Sie entknotete ihre Beine, erhob sich und saß eine Sekunde später auf Alizas Bettkante. »Wie findest du es?«, fragte sie und legte ihr den Block auf die Beine.

Mizzi hatte ein Kleid aus floralem Seidenchiffon skizziert, und dabei war ihr das unglaubliche Kunststück gelungen, dieses hauchzarte Material, das die Figur wie ein fein gesponnener Schleier umschmeichelte, plastisch darzustellen. Der Schnitt war simpel, und gerade dadurch wirkte das Kleid so exklusiv: U-Boot-Ausschnitt, kleine angeschnittene Ärmel, schmaler Rock auf Wadenlänge.

»Oh Mizzi«, seufzte Aliza ehrlich bewundernd. »Es ist einfach unbeschreiblich schön. Deine bisher beste Kreation. Natürlich sind auch die anderen traumhaft, du bist eine große Künstlerin. Eines Tages wirst du weltberühmt sein. Aber woher nimmst du nur immer diese grandiosen Einfälle?«

»Danke, danke.« Mizzi stand auf und verbeugte sich mit ausgestreckten Armen, als stünde sie auf einer Bühne.

Nur zu gerne spendete Aliza Beifall, musste sich aber ein Lachen verkneifen, weil die Freundin in ihrer Unterwäsche mit den Wicklern im Haar und der Brille auf der Nase einfach zu komisch aussah. Gleichzeitig beneidete sie Mizzi ein kleines bisschen um ihre Zielstrebigkeit. Sie schien ihre berufliche Zukunft genau zu kennen und auch keinerlei Zweifel an deren Erfüllung zu haben. Aliza selbst hoffte, vielleicht doch noch Medizin studieren zu dürfen. Aber wer kannte schon die Zukunft? Nur eines war sicher – ihre unvergängliche Liebe zu Fabian.

Mizzi ließ sich wieder neben Aliza auf die Bettkante sinken, griff nach der Skizze und betrachtete sie einen Moment lang. »Ja, du hast recht, es ist perfekt«, urteilte sie selbstbewusst, rückte die Brille zurecht und vollendete ihr Werk, indem sie schwungvoll ihre Initialen *ML* daruntersetzte. »Aber um deine Frage zu beantworten, woher meine Inspiration kommt ... Ich weiß es gar nicht genau. Plötzlich habe ich es ganz deutlich vor mir gesehen und musste es nur noch zeichnen. Vielleicht liegt es ja am Wetter. Dieser Sommer ist so widerlich heiß, da möchte man am liebsten nur nackt rumlaufen. Selbst jetzt am Abend ist es noch zu warm für mehr als ein dünnes Hemd. Solche Tropentage lassen sich am ehesten in hauchzarten Gewändern ertragen.«

Aliza fand die Hitze herrlich, es waren Schulferien, und auch die Modeschule hatte geschlossen.

Zusammen mit Mizzi hatten sie Amelie besucht, die in der älteren Rebekka eine große Schwester gefunden hatte und bei Mabel mit den Hasen und Hühnern sehr glücklich war. Das Mädchen verstand die Sprache inzwischen recht gut, begrüßte Aliza sogar auf Englisch, und die großherzige Mabel wollte Amelies Mutter offiziell als Köchin einstellen. Dass sie nur Kost und Logis würde anbieten können, war dabei nicht wichtig.

An manchen Tagen waren Mizzi und sie schwimmen gegangen oder abends ins Kino, für das sie nicht bezahlen mussten, weil Charlotte an der Kasse saß. Mizzi war regelrecht süchtig nach Hollywoodfilmen, vor allem nach den außergewöhnlichen Kostümen der Stars. Auch Aliza liebte das Kino. Wenn sie auf die Leinwand starrte und sich dabei an den ersten gemeinsamen Kinobesuch mit Fabian im Ufa-Palast erinnerte, hatte sie Mühe, die Tränen zurückzuhalten.

Es war im Frühjahr 1938, noch bevor im November Kinobesuche für Juden verboten wurden, als sie sich *Fünf Millionen suchen einen Erben,* eine Komödie mit Heinz Rühmann in der Hauptrolle, ansehen wollten.

Während sie in der Kassenschlange schrittweise vorrückten, hielt eine schwarze Limousine direkt vor dem Kinoeingang. Der Fahrerseite entstieg ein Mann in schwarzer Uniform, umrundete den Wagen mit forschen Schritten und öffnete die Beifahrertür. Er streckte die rechte Hand aus, die von einer zierlichen Frauenhand in weißen Spitzenhandschuhen ergriffen wurde. Ein schlankes Bein erschien, an dessen Fuß ein schwarzer Riemchenstöckelschuh saß. Gleich darauf wand sich ein Wesen aus dem Autositz, für das selbst ein Wort wie *überirdisch schön* noch unzulänglich erschien. Ebenmäßige Gesichtszüge, in Wellen gelegtes blondes Haar, das wie mit Goldstaub bedeckt glänzte, und ein schwarzes Seidenkleid, bedruckt mit fliederfarbenen Blüten, das ihre perfekten Kurven umspielte. Eine prächtige Silberfuchsstola unterstrich zusätzlich ihre Attraktivität. Sie hakte sich bei ihrem Begleiter unter, sah sich beiläufig um und schien das Aufsehen zu genießen. Ein Mann in der Warteschlange riss plötzlich den rechten Arm hoch und brüllte »Heil Hitler«. Offensichtlich kannte er den Uniformträger.

»Braunes Pack, gehören alle eingesperrt«, flüsterte Fabian ihr zu.

Erst nach diesem Abend erzählte sie Fabian, dass sie Jüdin

war, und bat ihn um Verzeihung, weil sie es verheimlicht hatte. Fabian lachte nur, meinte, seine Familie besuche sonntags die evangelische Kirche, er selbst aber glaube nicht an Märchen. Damit war das Thema Religionszugehörigkeit für sie beide erledigt. Nie würde sie sein Lachen vergessen, und wie erleichtert sie war.

Fabian brütete seit einer guten halben Stunde vor einem leeren Blatt Papier, kaute auf seiner Lippe herum und suchte in Gedanken nach romantischen, aber doch unverfänglichen Formulierungen. Fünf Mal hatte er den Brief an Aliza bereits begonnen und die Bögen wieder zerrissen. Es war verdammt schwierig, ja fast unmöglich, einen Liebesbrief mit dem Wissen zu verfassen, dass er von der Zensur gelesen wurde. Wie schnell das für Hohn und Spott sorgte, hatte er bei einem Kameraden erlebt. Der war offensichtlich zu sehr in schlüpfrige Details verfallen und wochenlang drangsaliert worden. Im Grunde war man nur auf der sicheren Seite, wenn man auf eine simple Postkarte schrieb: *Mir geht es gut, die Verpflegung ist bestens, und die Ausbilder sind Vorbilder. Viele Grüße.* Aber das wäre gelogen. Vor allem die Ausbilder waren einer wie der andere Kotzbrocken. Auch den Kasernenstandort, die Manöver oder irgendwelche Waffen zu erwähnen war hochgradig riskant. Über die Ausbildung nur einen ehrlichen Satz zu verlieren brächte ihn in Teufels Küche. Alles in dieser verdammten Kaserne war ein Staatsgeheimnis. Absolut nichts durfte nach draußen dringen. Er wagte nicht einmal, die wöchentlich stattfindenden Stubenappelle zu beschreiben. Wenn der Feldwebel jeden Samstag die Sauberkeit der Unterkunft oder urplötzlich die Spinde kontrollierte. Wenn er aus Jux und Tollerei den Inhalt auf den Fußboden beförderte und Befehl gab, alles in kürzester Frist wieder ordnungsgemäß einzuräumen. Selbstverständlich wurde nachkontrolliert, und wenn der Befehlshaber schlecht gelaunt war, begann das Spiel von vorne. Auch die schikanöse Begutachtung der Ausgehuniform war nicht ohne. Fand der diensthabende Aufpasser nur ein Haar auf der Schulter, hagelte es Stubenarrest. Als er den ersten Brief nach England geschickt hatte, war er mit Fragen attackiert worden, warum er ins Ausland schreibe. »Meine Braut möchte ihr Englisch perfektionieren, deshalb wollte sie dort einen Schulabschluss machen«, hatte er geantwortet. Für das in einem Brief erwähnte verhasste Marschieren war ihm dann der sonntägliche Ausgang gestrichen worden. Zusätzlich war er zum Ausheben von Gräben abkommandiert und während der verdammten Schaufelei auch noch mit spöttischen Bemerkungen drangsaliert worden. »Schneller, Pagels, das hier ist doch weitaus gemütlicher als marschieren.« Jede noch so kleine Andeutung über den Wehrdienst war brandgefährlich. Schriebe er, dass die Wehrmacht ungefähr viereinhalb Millionen Soldaten stark war – eine Zahl, die er aufgeschnappt hatte –, würde man ihn vermutlich wegen Hochverrats an die Wand stellen.

Wie gerne hätte er Aliza von der Sonderausbildung am Nachrichtengerät berichtet und *Ich liebe dich* in Morsezeichen geschrieben. Hätte unzählige Punkte und Striche für *Ich sehne mich nach dir* oder *Ich kann es kaum erwarten, dich wiederzusehen* gemalt. Aber er hatte längst erkannt, dass ein schnelles Wiedersehen in weite Ferne gerückt war. Vor zwei Tagen, am 26. August, war die Mobilmachung verkündet worden, und das bedeutete Krieg. Bloß nicht an Kampfhandlungen denken, denn das schürte nur unnötig die Angst, sagte er sich und nahm ein neues Blatt Papier zur Hand.

28. August 1939

Mein geliebtes Löwenmädchen,
wundere Dich bitte nicht über die fehlende Ortsangabe, aber unser Standort ist geheim.

Nein, das Wort *geheim* roch nach Ärger. Er zerriss auch diesen Bogen und entschloss sich, Aliza von seiner Liebe zu schreiben. Zensur hin oder her, es würde Krieg geben und er eingezogen werden. Wenn es zum Schlimmsten kam, sollte sein letzter Brief keine Banalitäten enthalten.

28. August 1939
Mein über alles geliebtes Löwenmädchen,
habe ich Dir schon geschrieben, wie sehr ich Dich vermisse, und dass ich Dich mehr liebe, als tausend Worte sagen können? Ganz bestimmt, aber ich werde nicht müde, es zu wiederholen. Sind doch die Briefe die einzige Verbindung, die wir im Moment haben.
Die Trennung von Dir fällt mir schwerer, je länger sie dauert, auch wenn ich mir Abend für Abend sage, dass jeder vergangene Tag uns einander näher bringt. Mein letzter Gedanke am Abend gehört Dir, und nachts träume ich von Dir und einem gemeinsamen Leben, das hoffentlich bald beginnt – mit einer großen Hochzeit.

Er hielt kurz inne. Um ein Haar hätte er geschrieben, wo sie heiraten wollten und ob er zum Judentum übertreten sollte. Darüber hatten sie sich bislang noch nicht unterhalten. Wozu auch? Es spielte keine Rolle für ihn, aber womöglich war es Aliza wichtig, dann würde er sich nach ihren Wünschen richten. Diejenigen, die seine Briefe zensierten, sahen das ganz gewiss anders. Also lieber nicht über Trauungszeremonien schreiben und stattdessen ein neutrales Thema wählen.

Ich stelle mir vor, wie wir uns die Ringe anstecken, später die Hochzeitstorte anschneiden, uns dann beim ersten Tanz als Ehepaar drehen und uns am Nachmittag von den Gästen verabschieden, um auf Hochzeitsreise zu gehen. Wohin möchtest

Du fahren? Die Auswahl überlasse ich Dir. Ich werde sowieso nur Dich sehen, egal, ob wir auf einem Berg stehen, übers Meer schauen oder innig umschlungen im Bett liegen. Meine ganze Aufmerksamkeit wird immer Dir gelten. Mein ganzes Leben lang, das verspreche ich Dir schon heute. Ich werde Dich auf Händen tragen und Dir jeden Wunsch von den Augen ablesen. Aber ich will Dich nicht in einen goldenen Käfig sperren oder an den Küchenherd ketten, ganz im Gegenteil. Ich weiß, wie gerne Du studieren möchtest. Klug wie Du bist, wirst Du die Reifeprüfung mit einer Traumnote bestehen, mit der Du jedes Studienfach wählen kannst.

Was immer Du auch planst für Deine, unsere Zukunft, ich werde Dich unterstützen, Deine Sorgen mit Dir teilen oder zumindest Deine Bücher zur Hochschule tragen.

Du weißt, ich liebe Dich mehr, als tausend Worte sagen könnten.

Dein Fabian

PS: Man lernt hier nicht nur mit dem Gewehr umzugehen, sondern auch ganz alltägliche Dinge wie Knöpfe annähen. Das beherrsche ich inzwischen perfekt – und wenn wir eines Tages Mann und Frau sind, was hoffentlich bald der Fall sein wird, werde ich mich um alle lockeren Knöpfe kümmern. Das ist ein Versprechen.

17

Berlin, 1. September 1939

SAMUEL BEENDETE DEN Brief an Aliza mit der Versicherung, dass es allen gut gehe, Karoschke sein Versprechen halte und er auf ein baldiges Wiedersehen in England hoffe.

Die Wahrheit sah anders aus; das Wartezimmer war in der Vormittagsstunde leer gewesen, wie schon die ganze Woche über, und er hatte mehr Zeit als genug, um seiner Tochter zu schreiben. Ihr einmal mehr von der angeblichen Anstellung im Jüdischen Hospital zu berichten und kleine Anekdoten aus dem Klinikalltag zu erfinden, um sie zu beruhigen. Dass er sich dort wöchentlich nach Arbeit erkundigte und regelmäßig abgewiesen wurde, musste sie nicht erfahren, auch nicht, dass es in der Klinik einen Überschuss an Ärzten gab. Sie sollte die Zeit in England als Erfahrung ansehen, die sie eines Tages hoffentlich als etwas Besonderes empfinden würde. Es war traurig genug, dass sie sich in einem fremden Land durchschlagen musste. Auch wenn sie bei den Kaufmanns gut untergekommen war und über ihre neue Freundin Mizzi so fröhlich berichtete, spürte er doch, dass seine geliebte Tochter ihr Zuhause vermisste.

Nach einem letzten Kontrollblick in das leere Wartezimmer zog er den weißen Kittel aus, ließ ihn achtlos auf den Stuhl fallen, schlüpfte in das leichte Sommerjackett und schloss die Praxis ab. Er vermochte sich kaum noch daran zu erinnern, wann er ohne Unterlass zu tun gehabt hatte und den Tag ohne Mittagessen hatte überstehen müssen. Oder am Nachmittag einen frischen Kittel benötigte, weil er blutige Verletzte versorgt hatte. Vor zwei Wochen war zum letzten Mal ein Patient in der Praxis gewesen. Die akuten Halsschmerzen und der Verdacht auf eine Angina hatten sich lediglich als völlig normaler Infekt herausgestellt. Einen Augenblick lang hatte er gehofft, eine sommerliche Grippeepidemie möge um sich greifen, hatte sich aber sofort für derart verwerfliche Wünsche geschämt. Dennoch beschäftigte ihn die Sorge um die fehlenden Einnahmen in jeder Sekunde. Ohne die Fieber-Sonntage, wie er sie insgeheim nannte, würden sie längst nur noch Margarinebrote essen.

Mutlos stieg er die zwei Etagen in die Wohnung hinauf, wo Rachel mit einer letzten Erinnerung an längst vergangene Zeiten auf ihn wartete: echtem Bohnenkaffee. Ein »Fieberpatient« hatte mit einem Zweihundert-Gramm-Päckchen bezahlt. Rachel hatte es mit leuchtenden Augen betrachtet und ging damit so sparsam um, als handelte es sich um lebenswichtige Medizin. Denn bald würden sie nur noch den muffigen Geruch von Ersatzkaffee, gebrannt aus Korn und Eicheln, einatmen. Luxusprodukte wie Bohnenkaffee standen nämlich nicht auf den Lebensmittelkarten, die Karoschke ihnen in seiner Eigenschaft als Blockwart vor einigen Tagen überreicht hatte. Für jedes Familienmitglied eine einzelne Karte, auf der quer das Wort Jude aufgedruckt war.

»Wenn das keine Vorboten für einen Krieg sind, bewerbe ich mich morgen bei der Gestapo«, hatte Harald verächtlich kommentiert.

Mame hatte Rachel angefleht: »Wir müssen so viel Vorräte und Feuerholz wie nur irgend möglich anschaffen. Wenn es zum Krieg kommt, möchte ich nicht noch einmal solche Hungerwinter erleben wie in den letzten beiden Jahren des Großes Krieges. Von 1916 bis 18 haben wir fast nur von Steckrüben gelebt, und die Menschen sind zu Tausenden verhungert oder in ihren eiskalten Wohnungen erfroren.« Samuel war als junger Arzt an der Front tätig gewesen, wo auch er gehungert hatte; noch heute schmerzten seine erfrorenen Zehen an frostigen Tagen.

Aber jetzt wollte er beim Duft von frisch gebrühtem Bohnenkaffee eine Weile aufatmen. Eine Kaffeetasse lang sich vorgaukeln, es gäbe keine Nazis. Am Küchentisch sitzen und von einer besseren Zukunft träumen.

Als er den Flur betrat, hörte er Rachel in der Küche. »Eine Rede aus dem Reichstag«, flüsterte sie ihm zu, als er neben ihr stand.

Sie hatte das Radiogerät eingeschaltet, das alle Juden längst hätten abgeben müssen. Dicht gedrängt setzten sie sich vor den Apparat. Trotz des leise gedrehten Tons lief Samuel ein eiskalter Schauer über den Rücken. Hitlers aggressive Stimme, die zerstückelten Sätze und das Anheben der Lautstärke, um bestimmten Worten Gewicht zu verleihen, erhöhten seinen Herzschlag und ließen ihn gleichzeitig den Atem anhalten.

Angriffslustige Worte über seine angebliche Friedensliebe, die niemand mit Schwäche oder gar Feigheit verwechseln solle, wurden mit frenetischem Applaus und Jubelrufen belohnt. Wenige Sekunden später verkündete der Führer, dass nun seit 5:45 Uhr zurückgeschossen, Bombe mit Bombe vergolten und Giftgas mit Giftgas bekämpft würde. Zornbebend versprach er, keinen Kampf gegen Frauen und Kinder führen zu wollen und seiner Luftwaffe den Auftrag erteilt zu haben, sich auf militärische Objekte zu beschränken. Dass es keine Entbehrung in Deutschland geben solle, die er nicht selbst auf sich nähme. Sein ganzes Leben gehöre von jetzt an erst recht seinem Volk.

Ziva, die sich nach dem kargen Frühstück gewöhnlich wieder hinlegte, saß schweigend am Küchentisch, den Rachel in alter Gewohnheit mit einem weißen Tuch gedeckt hatte. Heute erschien es Samuel fast wie ein Leichentuch. Gemeinsam hörten sie der Übertragung zu, die nach einer halben Stunde mit »Deutschland – Sieg Heil« und Gesang endete.

»Das Gebrüll eines Wahnsinnigen«, flüsterte Mame, die auf ihrem Stuhl immer kleiner geworden war.
Rachel sah Samuel verängstigt an. »Bedeutet das Krieg?«
»Ich weiß es nicht. Aber mit etwas Glück beschränkt sich diese Schießerei auf Polen.« Samuel verschwieg seine Befürchtung, die Truppen stünden mit geladenen Gewehren bereit und die Kanonen wären längst in Stellung gebracht.

Nicht zuletzt wegen des Runderlasses, der heute Morgen im Briefkasten gelegen hatte, unterschrieben mit: *Blockwart Karoschke*. Darauf wurden die Hausbewohner angewiesen, sich auf Fliegerangriffe vorzubereiten, die nötigen Materialien wie Decken oder Packpapier für eine Verdunkelung zu beschaffen und die Fenster von wenig benutzten Räumen dauerhaft abzudichten. Im Falle eines Angriffs seien unverzüglich sämtliche Lichter zu löschen und der Luftschutzkeller aufzusuchen.

Rachel schaltete den Radioapparat aus und brühte erst jetzt den wertvollen Bohnenkaffee auf. »Ich bin unendlich erleichtert, dass wenigstens Aliza in Sicherheit ist. Wir sollten ihr schreiben, damit sie sich keine Sorgen macht, falls sie von dieser Rede hört oder in der Zeitung darüber liest.«

Samuel holte den Brief aus der Innentasche seiner Jacke und legte ihn auf den Tisch. »Schon geschehen. Du möchtest sicher Grüße und Küsse dazusetzen, und was dir sonst noch so einfällt. Anschließend bringe ich ihn gleich zur Post, wer weiß, wie lange es uns überhaupt noch erlaubt ist, das Haus zu verlassen. Seit wir nach acht Uhr abends nicht mehr auf die Straße dürfen, muss man mit allem rechnen.«

Karoschkes Laune war im Keller. Heute Morgen hatte er noch den Gassenhauer *Ich wollt, ich wär ein Huhn* gepfiffen, und jetzt war er verstimmter als das unbenutzte Klavier im Salon. Mürrisch verließ er das Finanzamt. Den Kopf gebeugt, den Hut gegen den Nieselregen gerichtet, lief er prompt an seinem Wagen vorbei, den er unweit vom Amt geparkt hatte. Um Haaresbreite überrannte er den Zeitungsjungen, der lautstark ein Extrablatt mit neuesten Nachrichten anpries. Er achtete auch nicht auf die langen Gesichter um ihn herum. Ihn ärgerte der Paragraf einer neuen Verordnung, der sämtliche Jahreseinkommen über 2400 Reichsmark zu einem Zuschlag von fünfzig Prozent auf die Einkommensteuer verdonnerte. Sein Gehalt zuzüglich der Mieteinnahmen überstieg den Freibetrag natürlich bei Weitem. Ein anderer Passus der Verordnung betraf eine neue Sondersteuer, die zukünftig auf Bier, Tabak, Schaum- und Branntwein erhoben würde. Wozu diese Extrasteuern dienten, verriet die Kriegswirtschaftsverordnung – allein das sperrige Wort verhagelte einem die Stimmung. Aber er war nicht bereit, einen Krieg mitzufinanzieren, auch wenn er im Moment noch nach einer Idee suchte, wie er diese Extraabgaben umgehen konnte.

Die dreißigminütige Rede des Führers, die er mit Kollegen am heutigen Freitag, den 1. September 1939 angehört hatte, bestätigte seinen Verdacht. Hitler wollte Krieg, und dazu musste er die Kriegskasse füllen. Seine Erklärung, im Verhältnis zu Polen für ein friedliches Zusammenleben sorgen zu wollen, empfand er zunächst als beruhigend. Doch wenig später brüllte der Führer unter tosendem Beifall, dass nun zurückgeschossen würde und in den Aufbau der Wehrmacht 90 Milliarden Reichsmark geflossen seien. Die Wehrmacht derart aufzurüsten war eine überdeutliche Kriegserklärung. Oder warum hatte der Führer kurz danach versichert, jederzeit sein Leben einsetzen zu wollen? Und warum hatte er Göring zu seinem Nachfolger ernannt, sollte ihm im Kampfe etwas zustoßen? Die hitzige Rede vor dem Reichstag und der polizeiliche Runderlass waren Anlass genug, sich Sorgen zu machen. Um die Sicherheit seiner Familie, die Beschaffung seiner geliebten Zigarren oder des Champagners, den Schutz seines Anwesens und nicht zuletzt um seine Mieter. Spezielles Kopfzerbrechen bereiteten ihm der Doktor und seine

Familie. Seit April war es erlaubt, Juden ohne Angaben von Gründen fristlos die Wohnung zu kündigen und sie in Judenhäuser einweisen zu lassen. Seitdem bedrängte Ingrids Bruder ihn, dem er die Wohnung im Erdgeschoss überlassen hatte, dieses Judenpack endlich aus den vier Zimmern im dritten Stock zu werfen und ihn dort einziehen zu lassen. Aber das brachte er einfach nicht übers Herz. Die Landaus auch noch um die Wohnung zu betrügen, nachdem er ihnen das Haus abgeluchst hatte, wäre unmenschlich. Nein, solange er dazu in der Lage war, würde er seine schützende Hand über die Familie halten. Außerdem war der Doktor ein hervorragender Mediziner, und einen solchen in der Nähe zu wissen fand er beruhigend. Mit Schaudern erinnerte Karoschke sich an die erste Luftschutzübung im September 1937. An Sirenengeheul, Verdunkelung, Schutzkeller und Gasmasken, die bei ihm Panik auslösten. Sollte es tatsächlich zum Äußersten kommen, wären er und seine Familie zumindest medizinisch versorgt. Auch der Schwager würde das im Ernstfall zu schätzen wissen. Spätestens wenn Bomben fielen und sie im Schutzraum ums Überleben beteten, würde er sich in die Nähe eines Arztes wünschen.

Nachdem Karoschke den Mercedes nach Hause gefahren und ihn außer Sichtweite des Hauses geparkt hatte – der Doktor musste seinen ehemaligen Wagen ja nicht unbedingt sehen – eilte er zwei Stufen auf einmal nehmend in die erste Etage. Kaum hatte er den leichten hellbeigen Staubmantel auf dem Kleiderbügel in der Garderobennische verwahrt und den braunen Hut und den Schal aus Krawattenseide auf der wertvollen Biedermeierkommode abgelegt, kam Ingrid lächelnd den Flur entlang. Augenblicklich vergaß er alle Probleme.

Hinreißend sah sie aus in dem meerblauen Kleid mit den breiten Schultern, dessen weich fallender Rock ihre Kurven aufreizend umspielte. Ihr in Wellen gelegtes Haar verlieh ihr ein aristokratisches Aussehen. Auch die schwere goldene Gliederkette der alten Landau mit dem Opalstein stand ihr phänomenal. Es wäre ein Jammer gewesen, der Alten die Klunker zu lassen, wo sie ohnehin keine Gelegenheit mehr hatte, sich zu schmücken. Kino, Theater, Konzerte und Oper waren seit letztem November für Juden verboten. Wann hätte eine alte Frau sonst noch Schmuck tragen können? Sie würde ihn also gar nicht vermissen, und ins Grab konnte sie ihre Schätze auch nicht mitnehmen.

»Hermann ...« Ingrid umarmte ihn flüchtig und hauchte ihm ein Küsschen auf die linke Wange. »Gut, dass du heute schon so früh zurückkommst. Ich brauche mehr Geld.«

Ohne nachzufragen, wofür, zog er sein Portemonnaie aus seinem Jackett und nahm einen Fünfzig-Mark-Schein heraus.

Rasch zupfte Ingrid den Schein aus seiner Hand. »Das reicht aber nicht, ich brauche vielleicht das Zehnfache«, sagte sie mit keckem Grinsen, als wäre sie eine Bordellbetreiberin, die ihm etwas ganz Spezielles anbieten wollte.

Karoschke hob die Augenbrauen und fragte sich insgeheim, ob die Preise über Nacht derart drastisch angestiegen waren, was ihn auch nicht erstaunt hätte. Oder hatte Ingrid das Haushaltsgeld schon am Monatsanfang ausgegeben? Das allerdings würde ihn wundern, denn bislang war sie mit den dreihundert Mark locker über den Monat gekommen. Andere dreiköpfige Familien mussten mit gerade mal achtzig oder hundert Mark haushalten.

»Schau mich nicht so vorwurfsvoll an«, sagte Ingrid kess. »Schuld ist *dein* Adolf, mit seiner aufwiegelnden Ansprache. Da wird irgendwo geschossen.«

»Ich hab's gehört«, sagte Karoschke. »Aber warum brauchst du jetzt mehr Haushaltsgeld?«

»Seit dieser Ansprache ist die ganze Stadt auf den Beinen, redet über einen Krieg mit Polen und räumt die Regale leer. Die dummen Lebensmittelkarten verschärfen die Situation zusätzlich. Soll ich vielleicht tatenlos zusehen, wie sich alle anderen die Speisekammern vollstopfen? Das kannst du doch nicht wollen. Frau Miehe ist gerade dabei, die Einmachgläser mit kochendem Wasser auszuspülen, um die Birnen, Bohnen und Gurken einzuwecken, die wir sofort besorgen konnten.«

»Das nennt man Hamsterkäufe, und das ist bei Strafe verboten.« Schmunzelnd kniff er sie in den Po.

Kichernd wackelte Ingrid mit den Hüften. »Ist mir doch schnuppe. Außerdem werden Gemüse, Kartoffeln und Obst noch frei verkauft. Wenn Birgit aus der Schule kommt, möchte ich mit dem Kind in die Parfümerie, um Kosmetikvorräte zu besorgen, und Putzmittel und Waschpulver aus der Drogerie. Außerdem hat dein geliebter Führer in seiner Rede betont, er erwarte von der deutschen Frau, dass sie sich mit eiserner Disziplin in die große Kampfgemeinschaft einfügt. Und mein Schlachtfeld ist nun mal der Haushalt, also werde ich *aufrüsten*, wenn du verstehst, was ich meine.« Sie streichelte seinen Bauch, der in den letzten Monaten deutlich an Umfang zugenommen hatte. »*Mein* Führer soll nicht hungrig oder ungewaschen ins Amt gehen müssen, weil ich nicht vorgesorgt habe.«

»Ich verstehe dich nur allzu gut, mein Schatz«, schnurrte Karoschke, weil er seiner geliebten Frau ohnehin nichts abschlagen konnte. Warum auch, seine finanzielle Lage erlaubte ihnen jeglichen Luxus, und seit eine Haushälterin die groben Arbeiten erledigte, war Ingrid auch nicht mehr zu müde für Liebesspiele. Und er würde schon irgendwie dafür sorgen, dass diese vermaledeiten Extrasteuern seinen schwer erkämpften Lebensstandard nicht schmälerten oder er sich zum Feierabend die liebgewonnene Zigarre und das Gläschen Champagner verkneifen musste.

18

London, Anfang Dezember 1939

ALIZA HEFTETE DEN Blick auf das Stückchen Margarine, mit dem sie ihren Toast bestrich. Mit aller Macht konzentrierte sie sich auf diese profane Tätigkeit, als hingen die letzten Minuten ihres Lebens an diesem Frühstück, als wäre es eine Henkersmahlzeit. Was so abwegig nicht war. Ihr Leben war dabei, sich aufzulösen wie das Streichfett in den Poren des Toastbrotes.

Ihr kleines Leben, das sie sich seit ihrer Ankunft in diesem Land mühsam erkämpft hatte, war durch den Beginn des Krieges zerstört worden. Plötzlich war sie in der Schule die feindliche Deutsche, wurde als Nazi verspottet und immer wieder gefragt, ob sie deutsche Radiosender höre. Man hatte sie sogar der Spionage verdächtigt. Es hatte ganz den Anschein, als reiche Hitlers Macht bis nach England. Wie alle über sechzehnjährigen Flüchtlingskinder waren sie und Mizzi aufgefordert worden, sich bei der Polizei registrieren zu lassen. Auf dem Revier waren sie misstrauisch beäugt, dort von einem sabbernden Betrunkenen als *bloody Germans* bezeichnet und angespuckt worden. Noch nie in ihrem ganzen Leben hatte sie sich so gefürchtet.

»Aliza, hör auf, das Brot zu attackieren, iss es lieber auf. Es wird schon nicht so schlimm werden.«

Es war Mizzi, die selbst in dieser ausweglosen Situation noch glaubte, es könne sich alles zum Guten wenden. Die sich heute Morgen geschminkt und die Nägel frisch lackiert hatte, als wäre nichts geschehen. Die in einem neuen schwarzen Kleid mit breiten Schultern und Pelzmanschetten an den Ärmeln auf dem Sofa saß, als wäre es das übliche zweite Frühstück.

Aliza legte das Messer auf dem Teller ab und blickte die Freundin traurig an. »Wir befinden uns im Krieg, *noch* schlimmer kann es gar nicht werden.«

Nach dem ersten Kuss von Fabian hatte sie geglaubt, das Glück habe seine Arme ausgebreitet und würde sie für immer umschließen. Doch seit seinem letzten Brief fürchtete sie sich vor jedem Morgen. Fabian hatte nicht ein Wort über den Krieg verloren, nicht erwähnt, wo er stationiert war oder ob man ihm schon ein Gewehr in die Hand gedrückt hatte. Und genau das machte ihr solche Angst. Wie ein Seil, das ihr die Luft abschnürte, lag sie um ihren Hals. Von den Eltern war die letzte Post vor zwei Monaten gekommen. Es war ihnen nicht gelungen, die Ausreisepapiere und das *domestic permit* zu erhalten. Darin mussten die Bewerber erklären, ausschließlich Stellungen als Dienstpersonal anzunehmen und dem Staat nicht zur Last zu fallen. Aliza hatte Hilfe im *Woburn House* gesucht, einer Flüchtlingsorganisation, die Menschen half, Deutschland zu verlassen. Aber kein Land der Welt wollte jetzt noch deutsche Juden aufnehmen, Großbritannien schon mal gar nicht, wo Reichsaußenminister Joachim von Ribbentrop dem Land die Schuld am Kriegsausbruch zugewiesen und dem englischen Premierminister Chamberlain britische Überheblichkeit vorgeworfen hatte. Sämtliche Zeitungen hatten ausführlich über Ribbentrops in Danzig gehaltene Rede berichtet.

Mizzi streckte die linke Hand von sich weg. Zufrieden lächelnd betrachtete sie ihre dunkelrot glänzenden Fingernägel.

»Wenn man es so zusammenfasst, klingt es irgendwie pessimistisch. Zu dumm, dass meine Geldreserven bald aufgebraucht sind, ich habe zu viele Stoffe gekauft.«

»Vergiss die Pelzmanschetten nicht, die waren bestimmt nicht billig.« Aliza fand Mizzis permanente Einkäufe übertrieben und konnte sich die kleine Stichelei nicht verkneifen.

Ihre Freundin verdrehte die Augen und stöhnte übertrieben. »Wenn ich nur geahnt hätte, was da auf uns zukommt … Na ja, ist nicht mehr zu ändern. Ich frage mich, ob ich die Modeschule werde aufgeben müssen. Aber es gibt Menschen, die noch viel mehr leiden als wir. Wenn ich an die arme Mrs. Turner und ihre zwei Katzen denke …« Sie ließ den Satz unbeendet.

»Ich will es nicht hören«, fuhr Aliza die Freundin zornig an. Was die Frau des Bäckers unten im Haus getan hatte, würde sie niemals begreifen. »Aus Liebe« hatte Mrs. Turner, und mit ihr zigtausend andere Engländer, in der ersten Septemberwoche ihre geliebten Stubentiger mittels einer Giftspritze einschläfern lassen. Die Tiere waren nicht krank oder alt, sondern nur nicht »kriegstauglich«, wie es in den Zeitungen genannt worden war. Es war nämlich verboten, bei Bombenangriffen Haustiere in die Schutzkeller mitzunehmen. Und die vierbeinigen Gefährten in die Wohnung einzusperren, sie ihrer Angst und eventuellen Verletzungen auszusetzen, brachten die tierlieben Engländer nicht übers Herz. Sie empfanden den Tod als die humanere Lösung. Die Tageszeitungen hatten von einem Haustiermassaker mit über 400.000 Opfern berichtet.

»Ich meine ja nur«, sagte Mizzi leise und griff nach der hellgrünen Schachtel mit der irritierenden Aufschrift *The Greys Silk Cut*. »Ich rauche jetzt in aller Ruhe noch eine, wer weiß, ob ich mir diesen Luxus in Zukunft überhaupt noch leisten kann. Danach wickle ich meine Kleider in Seidenpapier, bevor ich sie in den Koffer packe. Womöglich kann ich meine Sachen so bald nicht wieder aufbügeln, und in Seidenpapier knittern sie kaum. Egal, wo wir auch enden, es schadet nie, gut gekleidet zu sein.«

Fasziniert beobachtete Aliza, wie Mizzi ein Streichholz anriss, dessen Flamme sich in den Brillengläsern spiegelte, die Zigarette anzündete und sich dann entspannt zurücklehnte. Obwohl sie Mizzi nun schon bald ein Jahr kannte, war sie ihr oft ein Rätsel. Wie schaffte die Freundin es nur, sich selbst in einer Notlage ganz auf ihr Äußeres zu konzentrieren und so zu tun, als wäre sie eine reiche Hotelerbin? Getreu ihrem Motto: »Wer etwas erreichen will, muss die Aufmerksamkeit suchen!« Und gut angezogen erreichte man sein Ziel sehr viel leichter – glaubte Mizzi zumindest. Nichts war ihr so wichtig wie ihre Kleidung, ihre Nägel und die Haare, die sie momentan seitlich zurücksteckte und den Rest im Nacken zu einer Rolle drehte. Noch vor dem Frühstück begann sie sich zu schminken, und jeden zweiten, spätestens jeden dritten Tag wurden die Nägel frisch lackiert. Aliza pflegte sich natürlich auch, badete, wechselte die Wäsche, achtete auf ihre Kleidung, wusch sich regelmäßig das Haar und maniküre ihre Nägel. Leider war ihre Auswahl an Kleidung ebenso begrenzt wie ihre finanziellen Mittel. Von den zehn Reichsmark hatte sie bei einem Händler für Gebrauchtwaren ein Sommerkleid, Sandalen und einen Badeanzug erstanden. Mizzi hatte ihr zwar einige Modelle auf den Körper geschneidert, tragen durfte sie jedoch keines. Dafür bot sie großzügig ihre Schminkutensilien an. Aber Aliza käme es niemals in den Sinn, sich morgens um sieben die Wimpern zu tuschen oder das Gesicht zu pudern. »Du mit deinen langen Puppenwimpern und der makellosen Pfirsichhaut hast es auch nicht nötig«, hatte Mizzi einmal festgestellt. Es stimmte, Aliza hatte noch nie unter Pickeln gelitten wie Mizzi, dennoch fand sie den Aufwand selbst für *Elevenses* übertrieben.

Sie stellte Tassen und Teller zusammen. »Ich erledige schnell den Abwasch. Wenn Charlotte von ihren Erledigungen nach Hause kommt, möchte sie bestimmt keine schmutzige Küche vorfinden.«

Mizzi zog genüsslich an der Zigarette, inhalierte und blickte beim Ausatmen der Rauchwolke nach. »Soll ich helfen? Ich kann später packen.«

»Nein, schon in Ordnung, meine fünf Sachen sind in zwei Minuten verstaut«, sagte Aliza. Das Wichtigste war ohnehin der

Schuhkarton mit den Briefen, alles andere würde sie freiwillig verschenken, wenn nur dieser Krieg vorbei wäre.

»Danke, Aliza, du bist eine wahre Freundin.« Mizzi drückte die knapp bis zum Filter gerauchte Zigarette aus. »Ich helfe dir dann beim Packen. Oder ich frisiere dich, ganz wie du möchtest. In einer Mode-Illustrierten habe ich eine traumhafte Frisur gesehen; die Seitenpartien werden eingerollt und festgesteckt, das restliche Haar bleibt offen. Würde dir das gefallen?«

Aliza nickte lächelnd, griff nach dem Tablett, das sie neben dem Tisch abgestellt hatte, stapelte das Geschirr darauf und brachte es in die Küche.

Mit dem Aufdrehen des Wasserhahns über dem Spülstein war es mit ihrer Zurückhaltung vorbei. Während sie laut mit Tassen und Tellern scheppterte, schluchzte sie hemmungslos auf. Sie musste an die traurige Unterhaltung gestern Abend mit den Kaufmanns denken, als Charlotte den Tee noch einmal aufgebrüht hatte.

Ein zweiter Aufguss war das sichere Anzeichen für schlechte Nachrichten, wie Aliza in den letzten Wochen gelernt hatte. Nichts tröstete so sehr wie heißer Tee, hatte Charlotte gesagt, das habe sie von den Engländern gelernt. Ein bekannter Radiosprecher hatte gescherzt, *a nice cup of tea* könne sogar über diesen Dauerregen hinweghelfen, der seit Wochen ganz Europa in einen Schlammkontinent verwandele und allein die Gummistiefelhersteller glücklich machte.

Nachdem jeder seinen Tee hatte, begann Ephrem leise mit einer unerfreulichen Mitteilung. »Seit der britische Premierminister Chamberlain am dritten September in einer Radioansprache dem englischen Volk erklärt hat, man befinde sich nun im Krieg mit Deutschland, hat sich für uns Juden auch in England alles verändert.«

Aliza spürte Sorge in sich aufsteigen um Fabian, die Eltern und auch um Harald. Daran, dass sie selbst betroffen sein könnte, dachte sie zuletzt. Wie naiv sie war, wurde ihr erst bewusst, als Ephrem die eigentliche Hiobsbotschaft verkündete.

»Charlotte und ich wurden entlassen.«

Charlotte setzte sich zu ihnen auf das Sofa. »Wir haben versucht, eine billigere Wohnung zu finden, die noch groß genug wäre für uns vier. Aber in der momentanen Lage will niemand an Deutsche vermieten. Wir waren jedes Mal erleichtert, wenn wir nur mürrisch abgewiesen und nicht mit Beschimpfungen verjagt wurden.«

Aliza erschrak so sehr, dass sie Charlotte und Ephrem nur schweigend anstarrte. Gleich darauf hörte sie ein leises Pfeifen in den Ohren, das sich zu einem schrillen, fast schmerzhaften Ton steigerte, sodass sie kaum noch der Unterhaltung folgen konnte.

»Viele unserer deutschen Freunde werden plötzlich als Feinde tituliert und entlassen«, erklärte Ephrem weiter. »Mietverträge werden grundlos gekündigt, und von einer Minute auf die andere steht man praktisch auf der Straße. Kaum ein Engländer weiß, was es wirklich mit der Judenverfolgung in Deutschland auf sich hat, wie es uns ergeht und warum wir emigriert sind. Für sie sind wir Deutsche und damit schuld am Krieg.«

Mizzi überwand den Schock als Erste, zündete sich eine Zigarette an und fragte so gelassen, als erkundigte sie sich nach der Uhrzeit: »Das heißt, wir müssen ausziehen?«

»Ja, und es tut uns unendlich leid«, antwortete Charlotte mit wässrigen Augen. »Wir können die Miete nicht mehr aufbringen, und die Vermieter wollen uns sowieso loswerden.«

Alizas Hände zitterten, als sie nach der Teetasse griff. Das Pfeifen hatte aufgehört, aber in ihrem Kopf verwirbelte sich das eben Gehörte zu einem Strudel aus beängstigenden Fragen. Was würde nun aus ihr? Wo sollte sie hin? Selbst wenn sich in letzter Minute doch noch jemand fand, der ihr eine Kammer überließ, wovon sollte sie die Miete bezahlen? Würde sie, eine Schülerin, Arbeit finden? Höchstens als Dienstmädchen. Hatte es nicht geheißen, Hauspersonal würde überall gesucht, und wer sich bereits in England aufhielt, hatte größere Chancen? Oder würde man sie zurück nach Deutschland schicken? Zurück nach Hause? Sie hatte nie nach England gewollt, war gezwungen worden herzukommen, und wenn man sie nun zurückschickte, sollte es ihr doch nur recht sein. Bei den Eltern war es auch nicht unsicherer als in einem Land, wo sie als Feindin betrachtet wurde. Auf einmal fand sie die Situation gar nicht mehr so beklemmend. Mit etwas Glück würde sie Fabian wiedersehen. Es gab doch Fronturlaub ...

»Macht euch keine Sorgen um mich, ich möchte zurück nach Berlin«, sagte sie lächelnd, weil allein die Vorstellung sie fröhlich stimmte.

»Aliza!« Ephrem war derartig entsetzt, als hätte sie gedroht, sich vor den Zug zu werfen.

»Nein, Aliza, das ist unmöglich«, sagte Charlotte, während sie den Rest Tee verteilte.

Aliza verstand nicht. »Züge fahren doch noch, und die Zeitung schreibt, der Krieg konzentriere sich auf Propagandaaktionen, unbedeutende Luftangriffe und die See.«

»Wissen wir Zivilisten denn, ob sie uns die Wahrheit sagen? Du könntest verhaftet werden, sobald du deutschen Boden betrittst«, erklärte Ephrem. »Es mag sein, dass sich der Krieg in Grenzen hält, wenn man überhaupt so absurd über einen Krieg urteilen kann, aber für Juden hat sich die Situation in Deutschland nicht verbessert. Es ist gefährlicher denn je. Freiwillig geht niemand dorthin zurück, solange dieser ›Führer‹ an der Macht ist.«

»Die Nazis hassen uns immer noch, jeden Einzelnen von uns, auch dich«, ergänzte Mizzi, deren Blick einer Rauchwolke nachhing. »Und ich würde lieber hier in einer Notunterkunft hausen, als nach Berlin zurückzukehren. Niemand kann sagen, was dort genau geschieht.«

Aliza verstand, dass Mizzi Angst hatte, schließlich hatte sie nichts mehr von ihrem Vater gehört und fürchtete täglich um sein Leben. Aber ihrer Familie drohte keine Gefahr, das schloss sie aus den Briefen ihres Vaters.

»Ich kann nur sagen, dass mein Vater positiv schreibt«, trumpfte sie auf. »Er hat Arbeit im Jüdischen Hospital, verdient genug, um die Familie zu ernähren, und alle wohnen nach wie vor in unserem Haus.«

»Dennoch kommt es nicht infrage, dass wir dich nach Berlin reisen lassen. Ihr müsst auch nicht in eine Notunterkunft, sondern könnt in einem Heim für ältere Emigrantenkinder aus Deutschland unterkommen«, erklärte Charlotte aufatmend, als hätte sie den schwierigsten Teil der Unterredung hinter sich.

Aliza hörte die Entschlossenheit in Charlottes Stimme, wollte aber sicher sein, nicht allein in das nächste Abenteuer geschickt zu werden. Daher fragte sie: »Bleiben Mizzi und ich zusammen?«

»Ja, ihr werdet beide aufgenommen«, antwortete Ephrem und erklärte, dass dort viele gleichaltrige Mädchen wohnten.

Mizzi nahm Alizas Hand und strahlte sie aus ihren saphirblauen Augen an. »Na, was habe ich gesagt? Es wird gar nicht so schlimm.«

Aliza mochte noch nicht daran glauben.

Aliza war erleichtert, dass Mizzi auf dem Weg nach Notting Hill aufgeregt plapperte wie eine Reiseleiterin. So musste sie während der langen Fahrt ins nordwestliche London nicht reden, und niemand bemerkte ihr Schweigen.

»Was für ein wunderschönes Gebäude, in so einem würde ich gerne leben«, kommentierte Mizzi die prachtvollen Villen, die im viktorianischen Stil erbaut worden waren, wie Ephrem ihnen erklärte.

Aliza hörte nur mit halbem Ohr hin. Sie hatte sich in ihrem selbst gestrickten roten Schal verkrochen und war in Gedanken. Hoffentlich hielt die Bäckersfrau ihr Versprechen und schickte die Post nach. Sie schob ihre Hand zwischen die Mantelknöpfe, um sie zu wärmen. Doch eigentlich war sie gar nicht kalt, sie wollte nur ihren Ring spüren, der unter ihrem Pullover an einem Band um den Hals hing. Sobald sie ausgepackt hatte, wollte sie Fabian die neue Adresse mitteilen, den Eltern natürlich auch. Beim Kofferpacken war ihr das Tagebuch in die Hände gefallen, das Papa ihr vor der Abreise geschenkt hatte. Damals hatte sie vorgehabt, in England ihre Ängste und Sorgen hineinzuschreiben, doch daraus war nichts geworden. Kein Buch konnte es mit einer Freundin wie Mizzi aufnehmen. Ohne Mizzi hätte sie sich niemals so gut eingelebt und wäre über die neuerliche Situation verzweifelt. Die Vorstellung, alleine in einer fremden Stadt zu sein, fand sie unverändert beängstigend. Mizzi hatte nie Probleme mit neuen Menschen oder Situationen. Sie schien sich sogar zu freuen. Jedenfalls gab die Freundin sich derart euphorisch, als erwartete sie ein spannendes Abenteuer.

»So, da wären wir«, hörte Aliza Ephrem sagen, als das Taxi in Notting Hill ankam.

Vor einem dreigeschossigen Gebäude aus rotem Backstein stellte der Fahrer den Motor ab. Das Wort *Hostel* prangte in einzelnen roten Lettern über einer doppelt breiten Holztür. Die hohen, schmalen Fenster waren von weißen Steinen ummauert, die Fensterscheiben quer in der Mitte geteilt. Wie bei fast allen Fenstern hierzulande wurde die untere Hälfte zum Lüften einfach nach oben geschoben.

»Nicht ganz so elegant wie eine viktorianische Villa, aber auch keine schäbige Gartenlaube«, stellte Mizzi mit einem Blick durch das Wagenfenster fest und wand sich mit einer geschmeidigen Bewegung aus dem Fond. »Los, auf ins Getümmel«, sagte sie lachend.

Zögernd kam Aliza der Aufforderung nach und sah sich vorsichtig um. Der Himmel war voller dunkler Wolken, aber es regnete wenigstens nicht mehr, und die bunten Neonlichter mit den beleuchteten Auslagen der Läden wirkten einladend heiter. In dem zweistöckigen Nebenhaus befand sich ein Teeladen, aus dem sie meinte, den würzigen Duft von Earl Grey zu schnuppern, der sich mit dem Tabakgeruch aus dem Geschäft nebenan mischte. Wie in Streatham reihte sich auch in diesem Stadtviertel Händler an Händler. Es war ziemlich viel los auf der Portobello Road an diesem nebelgrauen Dezembertag. Mehr oder weniger dick verpackt hasteten die Londoner durch die Straßen, kamen aus den Läden oder standen an den in der Straßenmitte aufgebauten Marktständen und verscheuchten unbeabsichtigt die Tauben, die zwischen den Ständen nach Krümeln suchten. Bald ist Weihnachten, durchfuhr es Aliza plötzlich, und nun bemerkte sie auch die weihnachtliche Dekoration in einigen Auslagen. Mit einem Mal war ihr so elend zumute, dass sie nur mühsam den dicken Kloß im Hals hinunterschlucken konnte.

Der Taxifahrer hatte inzwischen die Koffer zu ihren Füßen abgestellt. Keuchend nannte er den Fahrpreis, begleitet von weißen Atemwolken. Mizzi bezahlte. Sie hatte darauf bestanden. Sie besäße noch genug Vermögen, und die Kaufmanns hätten lange genug für zwei Kinder gesorgt.

Aliza fragte sich einmal mehr, wie Mizzi es schaffte, sogar als fast Mittellose die selbstbewusste Erbin zu geben. Eines Tages würde sie dahinterkommen, ganz bestimmt, und dann wollte sie es auch versuchen – es schien, als erleichterte es das Leben ganz ungemein.

»Jetzt ist es also so weit ...« Charlotte blinzelte heftig, während sie den grün-schwarzen Tweedmantel mit dem schwarzen Samtkragen enger um sich zog.

»Sehen wir uns wieder?« Aliza zog die Schultern hoch. Ein kalter Wind fegte durch die langen Häuserreihen, der jede

Abschiedsträne zu Eis erstarren ließ. Und sie fror entsetzlich, trotz des warmen Mantels aus braunem Wollstoff, den ihr eine von Charlottes Freundinnen vermacht hatte. Ihrer war längst zu klein geworden.

»Wir begleiten euch noch hinein«, wechselte Charlotte das Thema und griff nach einem von Mizzis Koffern.

Ephrem schnappte sich Alizas Gepäck. »Von hier aus habt ihr es nicht weit bis zum Hyde Park, bei schönem Wetter müsst ihr dort unbedingt einen Spaziergang machen«, sagte er, und auch seine Stimme klang heiser, als kämpfte er gegen die Rührung an.

Das Hostel empfing sie mit warmer Luft, und allein das löste Alizas innere Spannung. Aufatmend rieb sie sich die kalten Hände. Sie stand in einer großen Eingangsdiele, an dessen Stirnseite eine Holztreppe in drei Absätzen nach oben führte. Es roch nach Seifenwasser, der dunkle Steinfußboden glänzte und war frisch geputzt. Das verriet ein Wassereimer, der vor einer Pförtnerloge abgestellt worden war, die sich rechts neben dem Eingang befand. Hinter einem breiten Glasfenster saß eine hagere Frau im schwarzen Kleid mit weißem Kragen. Als sie die Neuankömmlinge bemerkte, stand sie auf und trat aus dem Kabuff.

»Das war mal ein Hotel«, erklärte Mizzi und betrachtete neugierig die Frau, die mit gestrafften Schultern auf sie zukam.

Aliza schätzte sie um die fünfzig, vor allem wegen der schmutzig blonden Haare, die von vielen grauen Strähnen durchzogen waren.

Höflich nahm Ephrem den Hut ab und sprach mit der Frau, die sich als Mrs. Weinberg vorstellte. Ein typisch jüdischer Nachname, dachte Aliza.

Von der Unterhaltung verstand Aliza nur wenig. Mrs. Weinberg, die Hausmutter des von der jüdischen Hilfsorganisation betriebenen Hostels, redete schnell und im Cockney-Dialekt. Da wurde das »h« von *house*, *help* oder *hello* verschluckt, das »th« verwandelte sich in einen f-Laut, und *with* klang wie *wif*.

»Det kann ja lustig werden, ick verstehe nämlich nur Bahnhof«, flüsterte Mizzi ihr zu.

Aliza starrte sie erschrocken an. Warum musste Mizzi ausgerechnet jetzt berlinern, wo sie vor Heimweh kaum atmen konnte?

Die Kaufmanns verabschiedeten sich mit einer letzten innigen Umarmung und dem vagen Versprechen, sie eventuell Weihnachten zu besuchen. In der nächsten Woche würden sie bei einem berühmten Schauspielehepaar in deren Cottage auf dem Lande als *'ousekeeper* – um im Cockney zu bleiben – unterkommen.

Hilflos sah Aliza dem Ehepaar nach, das sie in den elf Monaten so liebgewonnen hatte. »Bis bald«, wisperte sie gerührt, ohne wirklich an ein Wiedersehen zu glauben.

Mizzi redete derweil auf die Hausmutter ein, die ihrerseits Mizzi argwöhnisch beäugte. Offensichtlich entsprach sie in ihrem eleganten Mantel, dem aufgerollten Haar und der Schminke überhaupt nicht Mrs. Weinbergs Vorstellung von einem bedauernswerten Flüchtlingskind.

Aliza schon eher, denn sie erntete ein barmherziges Lächeln, gefolgt von einem freundlichen Blick auf den Strickschal, der nicht besonders regelmäßig gearbeitet war.

Die Hausmutter sagte etwas zu ihnen, das Aliza nicht verstand, drehte sich gleich darauf um und schritt erhobenen Hauptes Richtung Treppe.

»Wir sollen ihr folgen, so viel habe ich kapiert«, erklärte Mizzi, die nach ihren beiden Koffern griff und auf ihren Absatzschuhen losstöckelte.

Aliza rannte mit ihrem Gepäck hinterher. Jetzt war sie doch gespannt, was sie erwartete. Wenn dieses Haus tatsächlich ein ehemaliges Hotel war, bekämen sie vielleicht ein schönes Zimmer mit Bad und Toilette. Das wäre dann wie die erste eigene kleine Wohnung, die sie mit einer Freundin bezog. Vielleicht behielt Mizzi recht, und es würde richtig aufregend werden.

In der ersten Etage blieb die Hausmutter vor einer hellen Tür mit der Nummer neun stehen und legte die Hand auf die Klinke. Der Anblick des verkratzten Anstrichs machte Aliza klar, dass sie sich einer Fantasie hingegeben hatte. Wenn das Zimmer so aussah wie die Tür, dann bewahrheitete sich das alte jüdische Sprichwort: *Wenn du kein Glück hast, kommt auch noch das Pech dazu.*

Als sich die Tür öffnete, stieg Aliza der intensive Geruch von Bohnerwachs in die Nase. Teppiche sah sie keine, aber dunkle Ränder an den gelblichen Wänden, die verrieten, dass Bilder abgehängt worden waren. Durch zwei hohe Fenster fiel Tageslicht auf die Einrichtung, bei deren Anblick Aliza heftig schlucken musste.

Mizzi entfuhr ein überraschtes: »Mein lieber Scholli.«

Aliza erinnerte sich, dass Charlotte gesagt hatte, sie würden im Heim mit gleichaltrigen Mädchen zusammenwohnen. Das war nur allzu offensichtlich in diesem Zimmer, das vollgestopft war mit fünf weißen Stahlrohrbetten, ähnlich wie sie in Kliniken verwendet wurden. Graubraune Decken, angegraute Bettwäsche und dünne Kopfkissen am Fußende vervollständigten das trostlose Bild. Neben jedem Bett stand ein winziger runder Tisch, darauf eine kleine Schirmlampe. Zur Einrichtung gehörte noch ein hoher Kleiderschrank mit geschnitztem Aufsatz aus hellem Holz, der seine besten Zeiten längst hinter sich hatte, sowie zwei Kommoden mit je vier Schubladen. Über einer hing ein ovaler Spiegel, an dessen Rahmen verblasste Goldspuren zu erkennen waren. Es gab keinen Tisch und auch keine Stühle, aber dafür wäre ohnehin kein Platz mehr gewesen. Und das Einzige, was den Raum ein wenig wohnlicher als ein Krankenhauszimmer wirken ließ, waren die geblümten Vorhänge an den Fenstern.

Mrs. Weinberg deutete auf zwei freie Betten. Dann sprudelte sie los. Aliza bemühte sich, aus dem Redeschwall herauszuhören, was die Hausmutter ihnen sonst noch mitteilte. Aber sie verstand nur einzelne Worte.

Mizzi nickte hin und wieder, sagte *yes* oder *no* und fragte schließlich nach dem Badezimmer.

Mrs. Weinberg hob die angemalten Augenbrauen, die Aliza an zwei Regenwürmer erinnerten, und erst nach einer endlos langen Pause bedeutete sie ihnen mit einer Kopfbewegung, ihr zu folgen.

Es gab tatsächlich ein richtiges Badezimmer mit Wanne und Waschbecken. Neben dem Becken stand ein Holzregal mit Waschutensilien und Zahnbürsten. Die genaue Zahl vermochte Aliza auf einen Blick gar nicht zu benennen, aber es waren genug, um zu ahnen, dass es Gedränge geben würde. Zu ihrer Erleichterung befand sich zumindest die Toilette nicht im Badezimmer, sondern nebenan.

»*Tea at five*«, sagte Mrs Weinberg, drehte sich um und rauschte davon wie die Queen persönlich.

»*Thank you*«, rief Mizzi ihr nach, hakte Aliza unter und sagte: »Dann wollen wir es uns mal gemütlich machen.«

Aliza stellte sich unter »gemütlich« etwas anderes als ein Zimmer voller Stahlrohrbetten vor. Aber sie war neugierig zu erfahren, was Mrs. Weinberg alles von sich gegeben hatte. Viel Freundliches war nicht dabei gewesen, das hatte ihr Mizzis verdutzte Miene verraten.

19

London, Dezember 1939

ALIZA SASS AUF dem ordentlich gemachten Bett und hielt sich an ihrem wertvollsten Besitz fest. Wenn etwas sie tröstete, war es die Schuhschachtel mit Fabians Liebesbriefen und seinem Foto. Und natürlich der Ring unter ihrem Pullover … Ach, wäre er doch nur ein Zauberring, mit dem sie sich in Fabians Arme wünschen könnte. Oder stünde er vor ihr, sobald sie an dem duftenden Taschentuch schnupperte. Was Mizzi ihr nämlich soeben erzählt hatte, übertraf ihre schrecklichsten Erwartungen.

Sie waren allein im Zimmer, die Mitbewohnerinnen hatten sie noch nicht kennengelernt und auch nicht erfahren, wo sie sich herumtrieben. Mizzi lehnte an einem der Fenster, das sie einen Spalt nach oben geschoben hatte, und rauchte genüsslich die letzte von fünf Zigaretten. Danach würde sie aufhören. Aber nur so lange, bis sie etwas verdiente.

»Hast du die Hausmutter auch richtig verstanden?«, hakte Aliza noch einmal nach.

»Was gibt es denn an dem Wort *Arbeit* falsch zu verstehen? Wir sollen uns sofort welche suchen, die Hilfsorganisation könne nicht ewig für Unterkunft, Verpflegung und das Taschengeld aufkommen, meinte die olle Weinberg. Und mein Gefühl sagt mir, die haben absichtlich so eine biestige alte Schachtel als Aufpasserin angestellt, damit wir uns hier nicht wie zu Hause fühlen und schnellstmöglich wegwollen.«

Aliza beherrschte nur ein Gefühl: die Sehnsucht nach ihrem

Zuhause, nach Fabian. Sie fürchtete sich davor, Arbeit suchen und für sich selbst sorgen zu müssen. »Du mit deinen vielen Talenten findest bestimmt sofort etwas, aber ich, ich kann doch nichts, nicht mal den hiesigen Dialekt verstehe ich.«

Mizzi nahm einen letzten Zug, zerdrückte die Kippe auf dem äußeren Fenstersims und warf sie auf die Straße. Dann schob sie die Fensterhälfte nach unten und kam zu Aliza. »Zieh nicht so ein langes Gesicht, das steht dir nicht«, scherzte sie. »Wir finden schon was. Die Weinberg meinte, es gäbe große Chancen im Haushalt, und auch in vielen Läden würden Aushilfen gesucht.«

»In einem Haushalt?« Aliza seufzte verzweifelt. »Ich kann nicht mal Geschirr spülen, ohne mindestens eine Teetasse zu zerschlagen.«

»Denk nicht so viel über ungelegte Eier nach«, entgegnete Mizzi in gewohnter Leichtigkeit. »Morgen ist erst mal Samstag. Wenn das Wetter mitspielt, erkunden wir die Gegend um das Hostel und verprassen den einen Schilling Taschengeld. Am Sonntag gucken wir uns den Hyde Park an, und am Montag – das überlegen wir uns am Montag.«

Aliza wollte gerade antworten, dass sie auch am Montag noch eine lausige Dienstbotin abgeben würde, als die Tür aufging und ein sehr großes, dünnes Mädchen eintrat. Auf ihrem Kopf saß ein brauner Hut, unter dem blonde Strähnen hervorlugten, und der schwarze Persianermantel, der etliche abgeschabte Stellen aufwies, war sichtlich zu klein. Er reichte ihr kaum bis zu den Knien, und die Ärmel waren ein ganzes Stück zu kurz.

Ein kleines Lächeln huschte über ihren schmalen Mund, als sie die Neuankömmlinge erblickte. »Hallo, ich bin Anne.« Sie steuerte auf eines der Betten zu, nahm den Hut vom Kopf und ließ sich noch im Mantel darauffallen.

»Ich bin die Mizzi.«

»Mein Name ist Aliza.«

Anne setzte sich wieder auf und schnaufte erschöpft. »Mir

reicht's für heute. Meine Füße brennen, als wäre ich tagelang durch die Stadt gerannt, aber ohne Erfolg.« Sie schnupperte in den Raum wie ein Spürhund. »Habt ihr geraucht?«

Mizzi grinste schuldbewusst.

»Lasst euch bloß nicht von der Weinberg erwischen«, meinte Anne mit einem vielsagenden Lächeln.

Mizzi zuckte die Schultern, fragte: »Willst du eine?« und holte ihre fast leere Packung Zigaretten unter dem Kopfkissen hervor.

Annes braune Augen glänzten. »Oh ja, bitte, rauchen hilft gegen den Hunger«, antwortete sie. Dann beugte sie sich nach vorne, griff unter ihr Bettgestell und zog einen kleinen Handkoffer hervor. Flink hob sie ihn aufs Bett, öffnete ihn und kramte einen Unterteller heraus. »Ich habe auch einen Aschenbecher.«

Aliza glaubte, sich verhört zu haben. »Wäre es nicht klüger, etwas zu essen?«

»Du sagst es.« Anne erhob sich, ging einen halben Schritt und setzte sich mit ihrem Tellerchen zu Mizzi aufs Bett. »Aber in der Not ...« Sie steckte sich die angebotene Zigarette in den Mund.

Aliza fröstelte. Es war nicht kalt im Zimmer, aber das, was Anne *nicht* gesagt hatte, vielleicht auch nicht sagen wollte, jagte ihr einen Schauer über den Rücken.

Im Abstand von wenigen Minuten fanden sich auch die beiden anderen Mitbewohnerinnen ein: Franziska, ein sechzehnjähriges Mädchen aus München, die einen knapp sitzenden grauen Lodenmantel mit weißen Hornknöpfen trug, und die fünfzehn Jahre alte Edeltraud aus Frankfurt, deren Puppengesicht mit den hellblauen Augen von üppigen blonden Locken umrahmt war.

Jede war auf Arbeitssuche gewesen und berichtete aufgeregt von ihren Erlebnissen.

»Wenn man bereit ist, täglich zwölf Stunden zu schuften, hat man gute Chancen, eine Stellte in einem Haushalt zu finden«, erklärte die vollschlanke Franziska mit bayerischem Zungenschlag und gerolltem »r«. Mit dem runden Gesicht und den zwei Haarklammern im kurz geschnittenen braunen Haar sah sie aus wie ein Schulmädchen.

Mizzi offerierte den beiden Zigaretten, die ohne Zögern angenommen wurden. »Und wo genau findet man so eine Anstellung?«, fragte sie neugierig. »Mrs. Weinberg hat uns nämlich geraten, Arbeit zu suchen.«

»Ei, deswegen verlassen wir doch jeden Morgen das Haus und kommen am späten Nachmittag fertig zurück, aber ohne Erfolg«, entgegnete Edeltraud in leichtem hessischem Dialekt, wobei sie ein Gähnen unterdrückte. »Sobald die Engländer nämlich merken, dass man Deutsche ist, und sie hören es sofort an unserer Aussprache, wird einem die Tür vor der Nase zugeschlagen. Sie hassen uns und können nicht begreifen, dass wir die Nazis ebenso hassen und deshalb geflohen sind.«

»Ich war heute in Mayfair, dort leben die reichen Engländer, oder die *upper class,* wie man hier sagt, in unfassbarem Luxus. Diese Herrschaften beschäftigen quasi für jeden einzelnen Kamin einen Extraangestellten«, berichtete Franziska.

Edeltraud war plötzlich wieder hellwach. »Du hast eine Stelle gefunden?«

»Mir wurde angeboten, mich als Küchenmädchen zwölf Stunden täglich für zwölf Schillinge die Woche zu Tode zu schuften«, antwortete Franziska und blies zornig eine dicke Rauchwolke ins Zimmer.

Aliza blinzelte durch die Rauchschwaden, die ihr in den Augen und im Hals brannten. Sie war froh zu wissen, dass es Mizzis letzte Zigaretten waren, mit vier qualmenden Mitbewohnerinnen wäre sie sonst irgendwann erstickt. Aber um ihnen den letzten kleinen Spaß nicht zu verderben, presste sie eine Hand auf den Mund und bemühte sich, den aufkommenden Hustenreiz zu unterdrücken.

Mizzi bemerkte es dennoch und stand von der Bettkante auf.

»Ich schiebe mal das Fenster auf, damit die olle Weinberg nichts merkt.«

Die Raucherinnen nickten zustimmend, schlugen die Mantelkrägen hoch und nahmen tiefe Züge.

»Warum hast du abgelehnt?«, erkundigte sich Edeltraud.

»Hab ich ja nicht, ich dumme Kuh habe angenommen«, antwortete Franziska, wobei sie sich mit der flachen Hand auf die Stirn schlug. »Es war seit Wochen die erste Adresse, wo man mich einigermaßen höflich behandelt hat. Zum Wochenlohn bekomme ich Verpflegung und kann dort auch wohnen, mit einem anderen Hausmädchen zusammen. Wenn ich es gar nicht aushalte, kann ich immer noch in die Themse gehen.«

»Zwölf Schillinge plus Verpflegung ...« Edeltraud blickte ins Leere. »Das ist mehr, als wir hier haben.«

Aliza hörte deutlich den frustrierten Unterton heraus. »Was soll das heißen: mehr als wir hier haben?«

»Na ja, mit einem Schilling Taschengeld, das ist nicht mal eine Reichsmark, kann man keine großen Sprünge machen, und was die Verpflegung betrifft ...« Edeltraud nuckelte an ihrer Zigarette, als wäre sie aus Schokolade.

Mizzi warf ihr einen auffordernden Blick zu, und als Edeltraud nicht weiterredete, hakte sie nach. »Was sollen diese Bemerkungen? Vorhin meinte Anne, rauchen helfe gegen den Hunger, und du deutest an, dass wir hier nichts Ordentliches zu essen bekommen ...«

»Nein, nein, ganz sooo schlimm ist es nicht.« Franziska drückte mit einem zweideutigen Lächeln die Zigarette auf dem Teller aus.

Eine gute Stunde später saßen die Mädchen wieder auf ihren Betten, und Aliza hatte erfahren, was hinter Franziskas Grinsen gesteckt hatte.

Das Abendessen war ein frugales Mahl aus zwei Tassen Tee, zwei Scheiben Toastbrot, einem Klecks Margarine und einer hauchdünnen Scheibe Käse gewesen. Sich darüber zu beschweren kam für ein Flüchtlingskind nicht infrage. Und wer noch hungrig war, musste bis zum Frühstück warten.

»Auch deshalb bin ich bereit, Fußböden zu wischen oder Kamine anzuzünden, um endlich mal wieder richtig satt zu werden«, erklärte Franziska, die hingebungsvoll ihre Nägel feilte. »Wer weiß, ob ich dazu jemals wieder Zeit finden werde.«

Edeltraud riss ungläubig die hellblauen Augen auf. »Bekommst du denn keinen freien Tag?«

»Doch, am Sonntag. Aber da werde ich nur schlafen, schlafen, schlafen.« Franziska legte die Nagelfeile auf dem kleinen Tisch ab, gähnte ungeniert und ließ sich auf ihr Kopfkissen fallen. »Wenn ich mir vorstelle, ab Montag jeden Morgen um fünf Uhr aufstehen zu müssen, bin ich jetzt schon steinmüde.«

Aliza mochte sich kein Leben als Dienstbotin vorstellen, nicht einmal für den Preis einer üppigeren Verpflegung. Sie würde die Hoffnung auf einen Schulabschluss und ein Studium nicht aufgeben. Hatte sie doch in den letzten Wochen deutliche Fortschritte in Englisch gemacht und war im Unterricht gelobt worden. Sobald der Krieg vorbei ist, werde ich studieren, schwor sie sich insgeheim.

Alizas und Mizzis Erkundungsgang rund um das Hostel endete in der Portobello Road, wo täglich von acht bis acht ein Markt abgehalten wurde. Einige Händler hatten ihre Stände direkt in der Straßenmitte aufgebaut, andere seitlich an den Bürgersteigkanten. Arbeit würden sie hier keine finden, denn niemand suchte Aushilfen. Da immer noch ein eisiger Dezemberwind durch die Straße fegte, empfand Aliza den Spaziergang als Tortur. Gleichgültig, wohin man sich wandte, mit einem fast leeren Magen war der Anblick der Warenfülle kaum zu ertragen. Der Duft von glänzenden Zitrusfrüchten ließ ihr das Wasser im Mund zusammenlaufen, während goldgelbe Bananenstauden zum Kauf animierten. Dann wieder regte der intensive Geruch nach Gewürzen, Käse oder Würsten ihren Appetit an. In den Auslagen der dahinterliegenden Ladengeschäfte lockten buntzuckrige Kuchen und kunstvoll verzierte Buttercremetorten die Käufer an. Die Ladentür einer Bäckerei öffnete sich, und der Duft von ofenwarmem Brot verströmte ein derart unwiderstehliches Aroma, dass Aliza flugs die Nase in ihrem selbst gestrickten Schal verbarg, um das Magenknurren zu dämpfen. Sie konnte sich nicht erinnern, wann im Leben sie jemals so hungrig gewesen war. Die letzte warme Mahlzeit, Kartoffelbrei mit gebratenen Würsten und brauner Sauce, hatte sie vorgestern Abend bei den Kaufmanns verspeist. Und das Frühstück im Hostel hatte gerade mal den »hohlen Zahn« gefüllt.

Mizzi schien der Überfluss auf dem Markt nicht das Geringste auszumachen. Schick gekleidet in ihren schwarzen Mantel mit Pelzkragen und mit federverziertem Hut auf dem Haarknoten, blieb sie stehen, redete hier mit den Händlern oder hörte dort ungeniert einem Verkaufsgespräch zu.

Aliza beneidete die Freundin einmal mehr um das Talent, Fremde ganz unverkrampft anzusprechen. »Im Hotelgewerbe lernt man das schon als Kind«, hatte die Freundin ihr erklärt. Sie selbst war zu schüchtern, es sei denn, jemand war hilfsbedürftig wie die Kinder im Zug oder krank, dann erwachte die Krankenschwester in ihr, und sie vergaß ihre Scheu. Obgleich sie niemanden ansprechen musste, empfand sie die Menschenmenge als erdrückend.

Die Briten kauften am Samstag fürs Wochenende ein, und trotz der Kälte waren einige Marktstände dicht umlagert. Händler brüllten den vorbeieilenden Kunden ihre Angebote entgegen, um sie an ihre Stände zu locken. Eine Mutter mit Kinderwagen beschimpfte lauthals einen Radfahrer, der zu dicht vorbeifuhr. Ein Rudel Kinder spielte Fangen, aber nirgendwo entdeckte Aliza einen Hund oder eine streunende Katze. Dagegen zierte reichlich Abfall die Straße, und man musste aufpassen, nicht auf matschigen Obstresten auszurutschen. Vermutlich würde so ein Bummel mehr Spaß machen, wenn ich etwas kaufen könnte, dachte Aliza, aber sie hatte nun mal kein Geld. Als sie dann auch noch einige Bündel Tannenzweige erblickte und sich an Weihnachten zu Hause, an Plätzchen backen und Geschenke einkaufen mit ihrer Mutter erinnerte, ertrug sie es nicht länger. Sachte zupfte sie Mizzi am Ärmel. »Ich würde gerne zurückgehen.«

Mizzi blieb stehen. »Hast du eine Verabredung?«

»Nein, aber meine Hände sind eiskalt, weil ich keine Handschuhe habe, und meine Füße schmerzen ganz scheußlich, weil die Schuhe zu klein sind«, flunkerte Aliza, um Mizzi den Spaß nicht zu verderben. Es war nicht zu übersehen, wie viel Vergnügen ihr das Umherflanieren bereitete. Die Freundin fühlte sich in der Menge so wohl wie ein Fisch im Wasser. Aber Aliza wollte sich lieber in dem trostlosen Hostelzimmer verkriechen und Briefe schreiben, als sinnlos durch die Straßen zu laufen.

»Du brauchst also Handschuhe und neue Schuhe« bemerkte Mizzi mit einem prüfenden Blick auf Alizas Füße. »Umso wichtiger ist es, dass wir Arbeit finden.«

»Dann sind wir hier aber auf dem falschen Dampfer«, fuhr Aliza sie eine Spur zu schrill an.

Prompt wurde sie von einem älteren Ehepaar angepöbelt, das sie ganz offensichtlich als Deutsche erkannte. Es war unnötig, den genauen Wortlaut ihrer Beschimpfung zu verstehen, die wutverzerrten Gesichter waren deutlich genug.

Mizzi hob nur die Nase noch ein wenig höher und drehte ihnen den Rücken zu. »Von wegen falscher Dampfer, ich habe bereits einen sehr wertvollen Tipp erhalten«, erklärte sie. »Die Frau des Gemüsehändlers hat mir geraten, die Pubs abzuklappern.«

Aliza starrte sie ungläubig an. »Die Pubs? Ich würde nie allein ein Lokal betreten, geschweige denn dort arbeiten. Mich vielleicht auch noch von betrunkenen Männern bedrängen, als *bloody German* oder *damn Nazi* beschimpfen zu lassen«, protestierte sie leidenschaftlich. »Lieber schäle ich Kartoffeln bei einer Adelsfamilie.«

»Beruhige dich, darum geht es doch gar nicht.«

»Worum denn dann?«

»Wir sollen dort nach freien Arbeitsstellen fragen, die Wirte wüssten oft mehr als jede Tageszeitung, meinte die Marktfrau.«

Zum nächsten Pub in der Lancaster Road waren es nur wenige Schritte. Er befand sich in einem dreistöckigen Backsteinhaus, dessen schmucklose Fassade lediglich von hohen Fenstern unterbrochen wurde. Über dem Eingang baumelte ein Emailleschild, auf dem *The Red Lion* zu lesen war, darunter fauchte ein roter Löwe.

»Macht es dir etwas aus, wenn ich hier draußen auf dich warte?«, versuchte Aliza einen letzten Einwand.

»Nichts da, du kommst gefälligst mit«, entschied Mizzi. »Aber keine Angst, das Reden übernehme ich.«

Widerwillig, die Schultern hochgezogen, die Hände in den Manteltaschen vergraben und den Blick auf den Fußboden gerichtet, folgte Aliza der Freundin durch den von einer dunkelgrünen Markise überdachten Eingang in einen düsteren Gastraum. Es handelte sich wohl eher um eine Spelunke denn um ein Restaurant, in der wohl kein besonders talentierter Koch am Herd stand, wie der Geruch nach verbranntem Fleisch verriet. Ihr Magen reagierte dennoch mit lautem Knurren.

Mizzi schien es nicht zu kümmern, obwohl sie genauso hungrig sein musste. Sie steuerte direkt auf die Theke am Stirnende des Pubs zu.

Aliza hielt sich dicht hinter der Freundin und versuchte, die misstrauischen Blicke der ausschließlich männlichen Gäste zu ignorieren, die bei schummriger Beleuchtung auf einfachen Holzbänken an langen Tischen vor ihren Biergläsern saßen. Die leisen Pfiffe, denen schmutzige Lacher folgten, widerten sie an. Sie musste sogar einer knochigen Hand ausweichen, die nach ihr greifen wollte.

Hinter der Theke erwartete sie überraschenderweise eine weißhaarige Frau, die sie neugierig musterte.

Aliza atmete erleichtert auf, als sie vernahm, wie liebenswürdig die Wirtin sich mit Mizzi unterhielt und sogar ein Lächeln für sie übrighatte. Sie hörte aufmerksam zu, verstand aber wieder einmal nur einzelne Worte, auf die sie sich keinen Reim machen konnte. Nach wenigen Minuten bedankte Mizzi sich höflich und zog Aliza aus dem Lokal.

Die Essensdüfte im *Roten Löwen* hatten Alizas Erinnerung an den Linseneintopf mit Würstchen geweckt, den ihre Mutter im Winter regelmäßig auf den Tisch brachte. Davon konnte sie nur träumen, genau wie von einer Tasse heißen Tees. Stattdessen scheuchte Mizzi sie durch den eisigen Wind. Erschöpft zog Aliza den Schal enger um den Hals, hakte Mizzi unter und bugsierte sie möglichst unauffällig in Richtung Hostel. »Hatte die Rote Löwin einen guten Rat für uns oder sogar eine Arbeitsstelle?«

»Beides«, antwortete Mizzi und hielt vor einem Geschäft mit Tabakwaren. »Ich muss jetzt unbedingt eine rauchen.«

Aliza erinnerte sie daran, damit aufgehört zu haben, und den einen Schilling Taschengeld nicht zu verplempern. Doch Mizzi ignorierte die Mahnung, betrat den Laden und kam mit einer einzelnen, bereits brennenden Zigarette wieder heraus.

Genüsslich nahm sie einen tiefen Zug, inhalierte, und als sie nach dem Ausatmen der Rauchwolke nachblickte, versicherte sie: »Das ist die letzte«, und fügte schnell ein »Ganz ehrlich« hinzu, als Aliza den Mund verzog.

Nachmittags saß Aliza mit verschränkten Beinen auf ihrem Bett, ein Bogen Briefpapier auf dem Schuhkarton, und schrieb an Fabian, damit er ihre neue Adresse erhielt. Bislang stand aber nur *Mein geliebter Fabian* auf dem Blatt. Sollte sie ihm wirklich wahrheitsgemäß berichten, was in den letzten Tagen geschehen, warum sie in einem Zimmer mit vier anderen Mädchen gelandet war und wie düster ihre Zukunft aussah? Dass Mizzi dennoch an bessere Zeiten glaubte, nur weil sie von der alten Wirtin die Adresse einer Schneiderei in Soho erhalten hatte, die Hilfskräfte suchte? Am Montag wollte Mizzi sie dorthin schleppen. Ihren Einwand, sie könne nicht mal einen Knopf annähen, hatte die Freundin mit einem fröhlichen Lachen quittiert.»Das ist doch kinderleicht«, hatte sie behauptet, aus ihrem Koffer ein Stück Stoff, eine Handvoll Knöpfe sowie Nährzeug geholt und ihr vorgeführt, wie einfach es war.

Alles war einfach.

Wenn man talentiert war.

Und geschickte Finger hatte.

Aliza schob den Karton samt Briefpapier zur Seite. Sie schaffte es nicht, Fabian von ihren Nöten zu schreiben. Er würde sich nur Sorgen machen, aber nichts daran ändern können. Nein, sie wollte über Positives berichten. Entschlossen nahm sie die Näharbeit wieder auf. Sie wusste um das Glück, eine patente Freundin wie Mizzi zu haben, sie zu enttäuschen käme ihr niemals in den Sinn. Also würde sie üben, üben und noch mal üben. Womöglich hatte Mizzi recht, und es war einfacher als sie dachte.

Der erste Stich gelang, auch der zweite, doch dann ging die Tür auf, und sie erschrak so sehr, dass die Nadelspitze das kleine Loch im Knopf verfehlte und stattdessen ihre Fingerkuppe traf. Rotes Blut sickerte in den hellen Stoff und erschuf ein bizarres Muster. Tränen der Wut stiegen ihr in die Augen. Erbost schleuderte sie das Versuchsstück in eine Ecke. Die kleinste Störung, und sie versagte. Kein Schneider, der bei Verstand war, würde sie beschäftigen. Tat er es dennoch, würde er es spätestens dann bereuen, wenn sie ein Kleidungsstück ruiniert hatte. Sie war einfach zu ungeschickt in Sachen Näharbeiten, egal, wie lange sie übte, und es fiel ihr nicht schwer, das einzugestehen.

»Na, wie sehe ich aus?«

Es war Mizzi, die aus dem Badezimmer zurückgekommen war, an ihr Bett trat und sie durch die runde Hornbrille mit ihren tiefblauen Augen anstrahlte.

Mizzi hatte sich abgeschminkt, das Haar zu einem schlichten Knoten im Nacken gesteckt und sogar den Nagellack entfernt.

»Was hast du vor?«, fragte Aliza. Normalerweise ging Mizzi nämlich mit »nacktem Gesicht« nur schlafen.

»Geld verdienen, im *Roten Löwen*«, antwortete Mizzi und erklärte, sich heute und an jedem weiteren Samstagabend dort als Kellnerin zu verdingen.

»Du willst tatsächlich betrunkenen Männern Bier servieren und dich dumm anquatschen lassen?« Aliza war fassungslos.

»Ach was«, lachte Mizzi. »Ohne Schminke sehe ich doch aus wie ein armes Kellerkind, ich kann mir nicht vorstellen, dass auch nur einer von diesen Kerlen von seinem Bier aufschaut oder frech wird. Sollte ich mich täuschen, so werde ich für ein warmes Essen und drei Schillinge jede Belästigung tapfer ertragen. Das wären zwölf Schillinge, verdient an vier Samstagen, dafür muss Franziska eine ganzen Woche Kamine ausfegen.«

»Dann wünsche ich dir viel Glück«, sagte Aliza und beneidete Mizzi um das warme Essen, aber besonders um ihre pragmatische Einstellung zu den Widrigkeiten des Lebens.

20

London, April 1940

ERWARTUNGSVOLL BLICKTE ALIZA durch das offene Fenster der Pförtnerloge, wo Mrs. Weinberg dabei war, die Post zu sortieren. »Guten Morgen, Mrs. Weinberg«, grüßte Aliza höflich und fragte, ob etwas für sie dabei sei.

»*Indeed*«, murmelte die hagere Hausmutter, die heute ein dunkelblaues Kleid mit einem V-förmigen Spitzeneinsatz trug. Zielsicher angelte sie ein gelbliches Kuvert aus dem Stapel Briefe heraus und reichte es Aliza durch das Fenster.

Gespannt sah Aliza auf den Absender. Doch es war kein sehnlichst erwarteter Brief von Fabian und auch keiner von den Eltern, sondern die Antwort auf eine ihrer zahlreichen Bewerbungen, die sie in den letzten Monaten geschrieben hatte. Seit sie im vergangenen Dezember hier eingezogen war, hatte sie sich auf etliche Anzeigen gemeldet und sogar als Dienstmädchen vorstellen dürfen. Doch sobald man sie nach ihren Fähigkeiten gefragt hatte, hatte sie zugeben müssen, nur sehr wenig Erfahrung im Haushalt zu haben, und war schnellstens hinauskomplimentiert worden. Inzwischen schwand jede Hoffnung auf Arbeit.

Aliza zögerte, den Brief zu öffnen. Wenn es wieder eine Absage war, würde sie weiter hierbleiben und bei den anfallenden Hausarbeiten anpacken müssen. Jedes der Mädchen, das wie sie noch kein Geld verdiente und vom Hilfskomitee abhängig war, musste sich nützlich machen. Sich von der launischen

Köchin beim Gemüseputzen herumkommandieren lassen, Mrs. Weinberg bei der großen Wäsche helfen oder Fußböden und Treppen wischen. Wenn sie zwischen den ungeliebten Aufgaben wählen durfte, dann entschied sie sich für das Putzen. Mit Eimer und Schrubber zu hantieren war nicht weniger beschwerlich, als mit gebeugtem Rücken über dem Waschbottich zu stehen, auch danach waren die Hände am Abend rissig, der Rücken schmerzte, und man fiel halb tot ins Bett. Aber sie war wenigstens nicht den Adleraugen der Köchin ausgesetzt, der es niemand recht machen konnte.

»Gute Neuigkeiten, *dear?*«, fragte Mrs. Weinberg süßlich und fixierte neugierig den Umschlag.

Aliza lächelte stumm. Wenn die Hausmutter einen ausfragen wollte, war sie die Liebenswürdigkeit in Person.

»Er ist von Hazel und Henry Gibson«, antwortete Aliza freundlich, obwohl Mrs. Weinberg garantiert den Absender gelesen hatte.

»*Lovely*«, befand sie und reckte unwillkürlich den Hals.

Aliza reichte ihr den Brief. »Würden Sie mir den Gefallen tun und ihn für mich öffnen? Wenn es eine Absage ist, möchte ich gar nicht wissen, warum.«

Die Gibsons waren alte Bekannte von Mrs. Weinberg, die das Ganze eingefädelt hatte. Viel lieber hätte sie Mizzi um das Öffnen des Briefes gebeten, aber die war vor einigen Wochen ausgezogen, und sie sahen sich höchstens noch an Mizzis freien Sonntagen. Die Freundin hatte eine Stelle als Zimmermädchen im *Landmark* ergattert, einem feudalen Hotel Nähe Regent's Park, wo sie mit zwölf Schillingen wöchentlich entlohnt wurde. Im *Roten Löwen* hatte sie nämlich keine einzige Minute gekellnert. Die alte Wirtin hatte Mizzis nacktes Gesicht nur fassungslos angestarrt und gemeint, sie sähe aus wie eine Obdachlose und würde die Gäste eher verscheuchen, als sie zum Trinken animieren.

»Du solltest nicht so negativ denken«, sagte Mrs. Weinberg in mildem Tonfall. Dann ergriff sie ihren silbernen Brieföffner, schlitzte das Kuvert mit einer geübten Bewegung auf und angelte ein Blatt heraus. Routiniert schob sie die runde Nickelbrille auf der dünnen Nase zurecht, und noch während des Lesens verzog sich ihr schmaler Mund zu einem Lächeln.

Aliza atmete auf, als sie vernahm, dass sie sich so bald wie möglich persönlich vorstellen solle.

Mrs. Weinberg erlaubte ihr zu telefonieren, und wenig später hatte Aliza Hazel Gibson am Apparat. Es war nur ein kurzes Gespräch, an dessen Ende sie eine Verabredung für den kommenden Mittwoch hatte, weil an diesem Tag die Geschäfte und auch die *convenience stores* geschlossen waren. Und die Gibsons betrieben genau solch einen kleinen Kolonialwarenladen im südöstlichen London.

Aliza hatte zuerst bezweifelt, warum ausgerechnet sie für die Stelle geeignet sein sollte. Aber Mrs. Weinberg ließ nicht locker und schilderte die Gibsons als herzliche Eheleute, die ein zuverlässiges Mädchen suchten, das nicht nur Kunden bedienen, sondern sich auch um die Büroarbeit kümmern sollte, wozu eine ordentliche Schulbildung nötig sei. Die konnte Aliza vorweisen, auch hatte sie ihrem Vater regelmäßig bei den Schreibarbeiten, dem Sortieren von Patientenakten und ähnlichen Arbeiten geholfen.

Außer Atem erreichte Aliza die belebte Station Charing Cross, fand endlich die richtige Haltestelle und sprang in letzter Sekunde in den hellblauen Autobus nach Sidcup. Nicht auszudenken, wenn sie den Bus verpasst hätte. Die Gibsons wären zu Recht enttäuscht gewesen und hätten sie obendrein für unzuverlässig gehalten.

Dass sie sich hatte so abhetzen müssen, daran war ein besonders *freundlicher* Zeitgenosse schuld. Im ersten Moment hatte er sie angelächelt und sie vermutlich wegen ihrer rotblonden Haare und der hellen Augen für eine Engländerin gehalten, was ihr schon häufiger passiert war. Doch als sie nach dem Weg fragte, hatte er sie an ihrem Akzent erkannt, abfällig »*You're German!*« gesagt und sie absichtlich in die verkehrte Richtung zum Trafalgar Square geschickt.

Seit die deutsche Wehrmacht Anfang April Norwegen überfallen hatte und zur See wie in der Luft gegen britische Truppen um norwegische Häfen kämpfte, war praktisch jeder Deutsche zum persönlichen Feind geworden und wurde mit allen Mitteln bekämpft.

Keuchend löste sie eine Fahrkarte beim Chauffeur, der danach sofort losfuhr. Über die Köpfe der Fahrgäste hinweg entdeckte sie weit hinten eine unbesetzte Zweierbank. Sie schlängelte sich durch den schmalen Gang, erreichte den Platz und rutschte ans Fenster.

Geschafft, seufzte sie im Stillen, kramte den kleinen Spiegel aus ihrer schwarzen Handtasche und erschrak, als sie hineinblickte. Sie war vollkommen verschwitzt, ihr Gesicht glühte fiebrig rot, und die mühsam an den Seiten hochgesteckte Frisur hatte sich teilweise aufgelöst. Kunststück, nach einem Dauerlauf in einem viel zu warmen hellbraunen Wollkostüm, das sie sich mit der dazugehörigen weißen Bluse von Alma, einem neu im Hostel eingezogenen Mädchen, geliehen hatte. Obendrein schien die Aprilsonne heute ziemlich kräftig, heizte den Omnibus ordentlich auf, und die zahlreichen Fahrgäste sorgten für zusätzliche Wärme. Es roch nach Schweiß, billigem Parfüm und Abgasen, die durch die geöffneten schmalen Fenster ins Wageninnere wehten.

Nachdem Aliza die Jacke ausgezogen hatte und auf den weniger sonnigen Platz zum Durchgang gerutscht war, kam sie langsam wieder zu Atem, und auch das Hitzegefühl ließ nach.

Die Fahrt nach Sidcup, einem Vorort im Südosten Londons,

würde inklusive Stopps ungefähr zwei Stunden dauern, durch die südliche Hälfte der riesigen Weltstadt führen und eine willkommene Abwechslung zu dem mühseligen Alltag im Hostel werden.

Aliza nahm Fabians Taschentuch aus der Handtasche, hielt es sich im Zurücklehnen an die Nase und blickte aus dem Fenster. Seit über einem Jahr war sie nun in London, hatte Parks, Museen, die Tower Brigde, den Buckinghampalast und natürlich Piccadilly Circus besichtigt. Erstaunt hatte sie erfahren, dass der Name auf *piccadills* – fein gefädelte, steife Halskrausen – zurückging, die ein Schneider namens Robert Baker dort um 1600 angefertigt hatte.

Die Stadt aus einer erhöhten Position zu betrachten war ein besonderes Vergnügen. Der Autobus überquerte zuerst die mächtige Themse und fuhr dann entlang breiter Hauptstraßen, aber auch durch kleinere, von frühlingsgrünen Bäumen gesäumte Straßen. Teilweise konnte sie direkt in die Wohnungen der Menschen blicken, wo manche bei einer Tasse Tee saßen. Schließlich steckte sie das Taschentuch zurück in die Handtasche und nahm stattdessen ein dünnes Buch heraus, das sie erstanden hatte, um ihr Englisch zu üben. Es hieß *The Thirteen Problems*, verfasst von einer Schriftstellerin namens Agatha Christie. Es waren spannende Kurzgeschichten, die ihr ein wenig von der englischen Mentalität im ländlichen Raum vermittelten.

Hin und wieder hielt der Wagen an, um neue Fahrgäste einsteigen zu lassen. Nach etwa der Hälfte der Strecke, an der Station *Lee, Dacre Park,* stieg eine ältere Frau ein. Sie wirkte ärmlich gekleidet, trug ein Kopftuch und hatte einen Korb in der Hand, aus dem drei Lauchstangen herausragten. Suchend sah sie sich nach einem Sitzplatz um, steuerte dann direkt auf Aliza zu und bat etwas umständlich um den freien Platz.

»*It would be my pleasure*«, sagte Aliza und erkundigte sich, welchen der beiden Sitze sie bevorzuge.

»*Thank you*«, sagte die Frau und bat um den Fensterplatz, auf dem Aliza die Kostümjacke abgelegt hatte. Dann stellte sie sich vor, ihr Name war Phyllis McBride.

Aliza klappte ihre Lektüre zu, beförderte rasch die Jacke ins Gepäcknetz über den Sitzen und stellte sich ebenfalls vor.

Den Höflichkeiten folgten zwei, drei manierliche Fragen nach dem Reiseziel, man fuhr gemeinsam nach Sidcup, danach verstummte Phyllis. Mit einem Mal spürte Aliza abschätzende Seitenblicke, und prompt kam in spitzem Tonfall die befürchtete Frage, ob sie Deutsche sei.

Alizas Herzklopfen beschleunigte sich. Sie ahnte, was auf sie zukam, und fürchtete sich vor den Beschimpfungen, an dessen Ende sie die alleinige Schuld am Krieg trüge und womöglich noch aus dem Fahrzeug geworfen würde.

»Ja, ich bin Deutsche, aber ich bin auch Jüdin, und vielleicht wissen Sie, dass die Nazis uns verfolgen«, erklärte sie und bemühte sich, fehlerfrei und möglichst unaufgeregt zu berichten, wie sie nach London gelangt war. »Ich verdanke diesem Land und seinen mitfühlenden Menschen mein Leben, und das werde ich bis zu meinem letzten Atemzug nicht vergessen.« Hoffentlich habe ich nicht zu dick aufgetragen, dachte sie, als die Dame sie nun schweigend ansah.

Schließlich fragte Phyllis leise: »Wo sind deine Eltern jetzt?«

»Immer noch in Berlin, hoffe ich jedenfalls. Ich habe seit Wochen keine Nachricht von ihnen erhalten, vielleicht wurde der Postverkehr eingestellt. Ich weiß, dass sie Deutschland sofort verlassen würden, wenn sie die unglaubliche Summe für die Reichsfluchtsteuer aufbringen könnten«, antwortete Aliza und schilderte die grausamen Pogrome und die immer neuen Verordnungen, mit denen die Nazis alle Juden terrorisierten. Dass ihr Großvater allein wegen seiner Mitgliedschaft in einer sozialdemokratischen Partei verhaftet worden war, ihr Vater keine Arier mehr behandeln durfte und kaum noch etwas verdiente, ihr Bruder von der Hochschule und sie vom Gymnasium verwiesen worden war. Nur die heimliche Verlobung mit Fabian verschwieg sie.

Draußen waren dunkle Wolken aufgezogen. Passanten hetzten über die Straßen. Die ersten Regentropfen klatschten gegen die Scheiben, vom Fahrtwind zu schmalen Rinnsalen zusammengetrieben.

Phyllis griff nach Alizas Hand, streichelte sie sanft mit der anderen und flüsterte immer wieder: »Mein armes Kind.«

Überwältigt von der offensichtlichen Sinneswandlung, lief Aliza ein Schauer über den Rücken. Es war, als hätten das Mitgefühl und die sanfte Geste dieser fremden Frau die Tür zu einem verbotenen Zimmer geöffnet, in das sie seit dem Tag ihrer Abreise aus Berlin all ihre Verzweiflung gesperrt hatte. Mühsam gelang es ihr, das aufkommende Schluchzen zu unterdrücken. Sie würde nicht weinen, es würde ja doch nichts ändern. Auch in Tränen aufgelöst wäre sie noch immer ein achtzehnjähriges Mädchen, das in einem Hostel lebte und auf Almosen angewiesen war. Das endlich Arbeit und ein besseres Leben finden wollte. Ein verquollenes Gesicht war dabei garantiert nicht hilfreich.

»Wie freundlich von Ihnen, danke schön«, sagte sie leise, und während sie Phyllis vorsichtig die Hand entzog, entschuldigte sie sich, um nach ihrer Jacke zu greifen, in der ein zweites Taschentuch steckte.

»Du musst dich nicht schämen«, sagte Phyllis und erkundigte sich, ob sie jemanden in Sidcup besuchen wolle.

»Nicht direkt besuchen …« Aliza fand das Taschentuch und putzte sich die Nase. Dann erzählte sie von den Gibsons und warum sie Arbeit suchte.

Phyllis kicherte leise. »Die Welt ist ein Dorf«, meinte sie heiter, und dass sie mit Hazel zur Schule gegangen sei.

»Was sind die Gibsons für Menschen?«, wagte Aliza zu fragen. Phyllis' Herzlichkeit machte ihr Mut.

»Ich kaufe regelmäßig bei Hazel ein. Sie ist eine erfolgreiche Geschäftsfrau, redet ein bisschen viel, und wenn du sie nach der Uhrzeit fragst, erklärt sie dir auch gleich, wie eine Uhr funktioniert«, erwiderte Phyllis schmunzelnd. »Ihr letztes Mädchen hat vor Kurzem geheiratet, Hazel wird also dringend eine neue Hilfskraft suchen. Aber ganz egal, ob du die Stelle bekommst oder nicht, danach musst du mich auf eine Tasse Tee besuchen.« Sie nannte Aliza die Adresse. »Ich wohne nicht sehr weit von Hazels Geschäft entfernt. Wenn wir angekommen sind, werde ich dich dorthin begleiten.«

Am frühen Nachmittag erreichten sie Sidcup, und von der Haltestelle bis zur High Street, wo der Laden lag, waren es nur einige Minuten Fußweg.

»Das Herz von Sidcup«, erklärte Phyllis, als sie in die Hauptstraße einbogen.

Die breiteste Straße dieses Vorortes ähnelte der in Streatham, hatte aber keinen bepflanzten Mittelstreifen. Doch auch hier reihten sich zu beiden Seiten ein- oder zweistöckige Gebäude aneinander. Im jeweiligen Erdgeschoss waren Ladengeschäfte untergebracht, und an einer Kreuzung hatte sich *Barclays Bank* angesiedelt. Wie an jedem verkaufsfreien Mittwoch herrschten eine idyllische Ruhe und kaum Verkehr in der Geschäftsstraße. Auch hier hatte es geregnet, in den Schlaglöchern stand noch das Regenwasser, es roch nach Frühling, frischem Gras, dem würzigen Duft immergrüner Hecken, und auf den ersten zartgrünen Ästen saßen balzende Vögel, die aufgeregt um die Wette zwitscherten. Obgleich Sidcup ganz offiziell zu London gehörte, hatte Aliza das Gefühl, in die Sommerfrische gefahren zu sein.

»Was für ein bezaubernder Ort«, sagte sie und musste an Miss Marple aus den Kurzgeschichten denken. In einem der adretten Häuser könnte die schrullige alte Dame leben, bei den Gibsons ihren Bedarf an Lebensmitteln erstehen und am Nachmittag ihre Freunde zu Tee und Scones einladen.

»Wir haben sogar ein eigenes Krankenhaus, das *Queen's Hospital*. Während des Großen Krieges wurden dort Soldaten mit Gesichtsverletzungen behandelt«, erklärte Phyllis mit hörbarem Stolz und erzählte auch von Thomas Townshend, dem Ersten Viscount Sydney und berühmtesten Sohn des Ortes. »Er war ein wichtiger Politiker im Kabinett, und noch zu seinen Lebzeiten wurde Sydney, die Hauptstadt von Australien, nach ihm benannt.« Sie blieb vor einem Eckhaus mit zwei Etagen stehen. »Hier sind wir auch schon.«

Gibson's Convenience Store stand in geradliniger Schrift auf den Markisen, die sich über zwei Eckschaufenster spannten. Der Eingang lag etwas zurückversetzt unter einem Vordach. Im oberen Glasfenster der dunklen Holztür hing ein weißes Schild: *Closed*. Mrs. Gibson hatte Aliza am Telefon darauf hingewiesen, dass sich der Hauseingang nur zwei Schritte daneben befände.

Bevor sich Phyllis verabschiedete, erklärte sie Aliza den Weg zu ihrer Wohnung. »Ganz leicht zu finden, und bitte, besuche mich, ich möchte doch gerne wissen, ob Hazel dich eingestellt hat.«

Aliza bedankte sich und blickte Phyllis lächelnd nach. Diese warmherzige Frau hatte ihr nicht nur Mut gemacht, sondern mit der Erwähnung der Klinik ein wenig Zuversicht aufleuchten lassen. Wenn Mrs. Gibson sie einstellte, würde sie im Hospital nach einer Stelle für ihren Vater fragen. Seine Erfahrung im Frontlazarett war sicher eine gute Empfehlung. Womöglich war einer der Ärzte Kunde bei Gibson, dann ergab sich früher oder später gewiss eine Gelegenheit, ihren Vater im Gespräch zu erwähnen.

Aber immer eines nach dem anderen, sagte sich Aliza und atmete tief durch. Im Schaufenster kontrollierte sie ihr Aussehen, zupfte den Blusenkragen unter der Kostümjacke zurecht und drückte dann auf die Klingel.

Lange Zeit rührte sich nichts hinter der Haustür mit den

Glasverzierungen, und Aliza überfiel die düstere Vorstellung, man wollte ihr nicht öffnen, weil die Stelle inzwischen vergeben war. Hatte sie den weiten Weg vergebens gemacht?

Nach endlosen Minuten des Wartens vernahm sie eilige Schritte, und wenig später wurde die Tür geöffnet. Eine schlanke Frau mit dunklen Haaren, die zu einer straffen Nackenrolle gebunden waren, blickte sie aus braunen Augen freundlich an. Ihre helle Haut war leicht gepudert, die Lippen strahlten in einem sanften Rot, und ihre Nägel waren im gleichen Farbton lackiert. Sie wirkte äußerst gepflegt und in dem schmal geschnittenen hellgrauen Kleid, das bis zur Wadenmitte reichte, unerwartet vornehm. Jedenfalls hatte Aliza sich Phyllis' ehemalige Schulkameradin nicht so elegant vorgestellt. Nur die von Schmutzflecken übersäte geblümte Kittelschürze, die sie über dem Kleid trug, bildete einen unpassenden Kontrast.

»*Good afternoon*«, grüßte Aliza und nannte ihren Namen.

»Aber natürlich, meine Liebe, wir erwarten dich ja schon. Ich bin Hazel Gibson, komm herein, ich hoffe, du musstest nicht zu lange warten«, sprudelte die Frau los, blieb aber im Türrahmen stehen. »Der Wasserkessel fing gerade an zu pfeifen, als Henry meinte, die Klingel gehört zu haben, sich dann aber nicht mehr so sicher war. Wie auch immer, ich dachte, nachsehen schadet nicht, und schau, der gute alte Henry hört doch noch die Flöhe husten ...« Sie lachte vergnügt auf, was die tropfenförmigen Ohrringe kräftig zum Schaukeln brachte.

»Nein, nein, es war höchstens eine Minute«, versicherte Aliza, wagte aber nicht, näher zu treten.

Endlich reichte Hazel ihr die Hand. »Nun, dann komm herein, Henry ist schon sehr gespannt auf dich.« Sie wandte sich zum Gehen. »Du musst die Haustür fest zudrücken.«

Aliza nickte, trat in den schmalen Hausflur und stemmte sich gegen die Tür, die einen quietschenden Laut von sich gab.

»Die Scharniere benötigen Öl«, sagte Hazel in einem Tonfall, als wollte sie ihrem neuen Mädchen bereits die erste Aufgabe erteilen.

Aliza folgte Hazel schweigend durch den kurzen Flur, der an einer Treppe endete. Ein gerahmtes Bild fiel ihr auf. Jemand hatte auf weißes Leinen einen Spruch gestickt: *A house ist made of walls and beams. A home ist built with love and dreams.*

»Hübsch, nicht wahr? Aber nun trödle nicht herum, Henry wartet oben in der Wohnung«, erklärte Hazel, während sie genauso schnell die Stufen hinaufeilte wie sie redete.

»Verzeihung.« Aliza folgte ihr und bemerkte erst jetzt die halbhohen roten Pumps, die bei Mizzi regelrechte Begeisterungsschreie ausgelöst hätten. Hazel entsprach in ihrer gesamten Erscheinung – abgesehen von der schmuddeligen Kittelschürze – eher einer englischen Landadeligen denn einer Lebensmittelhändlerin. Nun war sie auf Henry gespannt.

Am Ende der Treppe stand eine Tür einen Spalt breit offen. Hazel stieß sie mit einer raschen Bewegung vollends auf und ging voran durch eine geräumige Diele, ohne auf Aliza zu achten. Der blieb keine Zeit, sich umzusehen, sie nahm lediglich im Vorbeieilen ein antikes Tischchen wahr, neben dem ein hoher, holzumrahmter Spiegel angebracht war, in dem man sich von Kopf bis Fuß betrachten konnte.

Hazel steuerte auf die Tür an der Stirnseite der Diele zu, drehte sich nun endlich nach Aliza um und sagte: »Hier herein.«

Zum ersten Mal seit ihrer Ankunft in England stand Aliza in einem Raum, dem die Bezeichnung *Salon* gerecht wurde. Dick gepolsterte moosgrüne Samtsofas, ein Mahagonitisch, Sessel in hellgrünem Rosenmuster. Über dem Marmorkamin das Gemälde einer Jagdszene und auf dem dunklen Holzboden ein gigantischer Orientteppich, dessen Fransen schnurgerade gekämmt waren. Zwei lange Kommoden mit Porzellanfigurinen, keine Bücherregale und auch keine Bücher. An den Wänden dezent beige-weiß gestreifte Tapeten. Linker Hand öffnete sich der Raum zu einem Erker, durch dessen Rundbogenfenster die Nachmittagssonne schien und alles in warmes Licht tauchte.

Sekunden nachdem sie eingetreten waren, kam ein älterer Mann mit Hornbrille durch die Tür. Er war einen Kopf kleiner als Hazel, um die Körpermitte herum ziemlich füllig, und sein Haaransatz war bereits weit zurückgewichen. Er trug eine moosgrüne Kordhose, in deren Bund ein grün-weiß kariertes Hemd steckte, und darüber einen moosgrünen Pullunder. Rein optisch verschmolz er beinahe mit dem Mobiliar. Auf den Händen balancierte er ein Silbertablett, darauf Teegeschirr und eine Etagere mit Sandwiches und Scones.

»Darf ich bekannt machen: mein Mann Henry«, sagte Hazel.

Henry blieb direkt vor Aliza stehen und musterte sie mit grünen Augen durch die Brille. »Herzlich willkommen«, sagte er dann und strahlte sie an, als wäre sie eine gute Freundin des Hauses.

»Sehr erfreut«, entgegnete Aliza mit einem schüchternen Lächeln.

»Sei doch so liebenswürdig und gehe Henry ein wenig zur Hand«, wies Hazel Aliza an. »Du weißt sicher, wie man aufdeckt, oder?«

»Oh ... ja ... natürlich«, stammelte Aliza überrascht. Sie hatte nicht erwartet, zum Tee eingeladen zu werden, aber noch weniger, dass sie sofort mit anpacken sollte.

Henry steuerte auf den Erker zu. »Wir trinken den Tee dort am Esstisch, wo wir übrigens alle Mahlzeiten einnehmen.« Er blickte sich nach Hazel um und zog das Satzende nach oben, als wäre es eine Frage.

Aliza suchte nach einer Möglichkeit, wo sie die Handtasche deponieren konnte. Vielleicht auch die Jacke, ihr wurde langsam warm.

»Du kannst auf dem Sessel ablegen«, hörte sie Hazel sagen, die offensichtlich gemerkt hatte, dass sie sich unsicher umschaute.

Aliza bedankte sich, verstaute Handtasche und Jacke und folgte Henry zum Esstisch. Er hatte das Tablett auf der rundum verlaufenden Sitzbank abgestellt und griff nach einer Tischdecke, die zusammengefaltet auf der Bank bereitlag.

»Darf ich?«, fragte Aliza. Henry reichte ihr die Decke, und als sie den kühlen Stoff in der Hand hielt, musste sie schlucken. Weißer Damast, wie ihre Mutter ihn zu allen Mahlzeiten aufgelegt hatte. Womöglich ein gutes Zeichen, sagte sie sich, faltete die Decke auseinander und strich sie nach dem Auflegen sorgfältig mit den flachen Händen glatt. Beinahe wie zu Hause, durchfuhr es sie schmerzhaft, während Henry Tassen und Teller verteilte. Aliza stellte die Etagere, Milchkännchen und Zuckerschale dazu.

Hazel, die nur zugesehen hatte, lachte unerwartet auf. »*My goodness,* warum sagt mir denn keiner, wie ich aussehe.« Sie stürmte aus dem Zimmer und kam kurz darauf ohne Schürze zurück.

Aliza saß inzwischen auf Henrys Aufforderung hin auf dem mittleren Platz der Eckbank.

»Warum erzählst du uns nicht ein wenig von dir, Aliza?« Hazel goss den Tee ein, wie üblich zuerst die Milch, ohne Aliza zu fragen, ob ihr das recht sei.

Ungewöhnlich, fand Aliza, denn soweit sie die Engländer bisher kennengelernt hatte, waren alle extrem höflich. Aber es störte sie nicht weiter, längst hatte sie sich an den Geschmack von Tee mit Milch gewöhnt. Und sie hoffte auch auf eines der köstlich aussehenden Sandwiches, denn der Anblick ließ ihr das Wasser im Mund zusammenlaufen.

Aliza hatte keine Ahnung, was oder wie viel Hazel bereits über sie wusste, straffte die Schultern und erzählte ausführlich über ihre Familie, welche Schuldbildung sie hatte, wie sie nach England gekommen und dank seiner mitfühlenden Menschen den Nazis entkommen war.

Währenddessen verspeisten Hazel und Henry genüsslich ein Sandwich nach dem anderen, griffen bei den Scones zu, boten aber Aliza nichts an. Hazel gab mehrmals ungläubig Zischlaute von sich, schüttelte den Kopf oder unterbrach Aliza mit Fragen. Henry schwieg und blickte sie nur ab und zu entsetzt an. Als Aliza bei der Stelle angelangt war, wo die Kaufmanns sie und Mizzi ins Hostel brachten, griff Hazel nach dem letzten Scone.

Aliza musste sich mit der zweiten Tasse Tee zufriedengeben, die Hazel ihr anbot, und fragte, welches ihre Aufgaben wären.

»Das lässt sich an Ort und Stelle am einfachsten erklären«, meinte Hazel, und im Aufstehen wies sie Henry an, das Geschirr abzuräumen. Sie fügte noch ein »*Darling*« an, was ihren Befehlston aber nur wenig milderte.

»Selbstverständlich«, versicherte Henry servil wie ein Butler.

Spätestens jetzt wurde Aliza bewusst, dass Hazel mit eiserner Hand regierte und sicher eine strenge Chefin sein würde.

Der Weg in den Laden führte über die Stufen zurück in den Hausflur und durch eine schmale Tür hinter der Treppe, die Aliza beim Eintreten nicht aufgefallen war.

»Leider kann ich das Licht nicht einschalten. Wie du weißt, ist Mittwoch unser freier Tag, vorbeilaufende Kunden könnten meinen, wir hätten geöffnet«, erklärte Hazel, trat durch die unverschlossene Tür und drehte sich zu Aliza um. »Wir müssen uns also im Halbdunkel zurechtfinden. Vorsicht, hohe Stufe! Bleib erst mal dicht hinter mir. Aufgepasst, hier steht ein Karton mit Dosengemüse, den ich noch auspacken und einsortieren muss.«

Phyllis hat recht, dachte Aliza amüsiert. *Hazel redete tatsächlich viel.*

21

London, Mai 1940

UNZÄHLIGE MALE HATTE Aliza das Kopfkissen auf die kühle Seite gedreht und versucht, wieder einzuschlafen oder sich zumindest auf die positive Nachricht zu konzentrieren, die gestern aus Berlin gekommen war. Es war kein richtiger Brief, die Post funktionierte längst nicht mehr, sondern eine Fünfundzwanzig-Wörter-Nachricht, die man über das Rote Kreuz versenden und so in Kontakt bleiben konnte.

Geliebtes Kind, wir vermissen Dich. Geht es Dir gut, bist Du gesund? In Berlin geht es allen gut, Karoschke hält Wort. In Liebe, Deine Eltern

Dass sie trotz der täglichen Zwölf-Stunden-Schufterei schlaflos in ihrem Bett lag, ein Taschentuch nach dem anderen durchnässte und es ihr nicht gelang, sich zu beruhigen, lag an Fabians Brief. Nicht einmal das Umklammern ihres Ringes oder die Erinnerung an den aufregenden Abend vor ihrer Abreise besänftigten ihre Ängste.

Das letzte Mal hatte er im August 1939 geschrieben, und gestern war endlich, endlich wieder Post gekommen. Mrs. Weinberg hatte den Brief nachgesendet. Mit zitternden Händen hatte Aliza das Kuvert geöffnet, zwei Blätter herausgeholt und sie voller Entsetzen angestarrt. Beinahe alles war von der Zensur geschwärzt worden, und egal, wie oft sie das

Papier drehte und wendete, es blieb bei einer kurzen Liebeserklärung:

Mein Liebling, mein geliebtes Löwenmädchen,
wenn ich die Augen schließe, gebe ich mich der Illusion hin,
Dich in meinen Armen zu halten. Tag und Nacht denke ich an
Dich. Ich vermisse Dich so sehr und noch tausend Mal mehr,
wenn ich im ...

Danach kamen nur noch schwarze Linien, bis hinunter zur Unterschrift: *Dein Fabian, der Dich mehr liebt, als tausend Worte sagen.* Sogar das Datum seines Schreibens und der Absender waren nicht mehr zu entziffern. Dachten diese elenden Nazis vielleicht, sie wäre eine Spionin, der man den Absender verheimlichen musste? Und der Poststempel auf der Briefmarke war von einem Wassertropfen oder auch Mrs. Weinbergs feuchten Händen verwischt worden.

Wie sollte sie nur herausfinden, wann Fabian den Brief verfasst hatte und wie lange er unterwegs gewesen war? Wo war er stationiert? Steckte er womöglich bei den Truppen, die oben im Norden kämpften? Hatte er Verletzungen erlitten, lag er in irgendeinem Lazarett und grämte sich, weil sie nicht antwortete? Die Ungewissheit war so quälend, dass sie kaum atmen konnte. Seit sie den Brief erhalten hatte, gelang es ihr nur mühsam, die Pflichten in Laden und Haushalt zu erfüllen.

Die Gibsons hatten sie tatsächlich eingestellt, und obwohl Hazel sie pausenlos beschäftigte, war Aliza dankbar für die kostenlose, wenn auch bescheidene Unterkunft mit dem gleichen Stahlrohrbett wie im Hostel. Für ausreichende Verköstigung, inklusive Nachmittagstee mit Sandwiches und Scones. Warum man ihr beim Vorstellungsgespräch nichts davon angeboten hatte, wusste sie bis heute nicht. Vielleicht war es ein Test gewesen, den sie durch Zurückhaltung bestanden hatte. Als Lohn erhielt sie wöchentlich fünfzehn Schillinge, die sie fast zur Gänze sparte. Nur an ihrem freien Mittwoch, wenn sie sich mit Mizzi traf, die ziemlich neidisch war auf die drei Schillinge mehr, gönnten sie sich für ein paar Pence einen Kinonachmittag, eine Portion Fish and Chips oder einen Becher Eiscreme.

»Aliza! Schläfst du etwa noch? Los, aufstehen!«

Unverkennbar Hazel, die ungeduldig an die Tür trommelte, als hätten die Nazis Bomben über Sidcup abgeworfen und das Haus stünde in Flammen.

»Ich bin sofort da.« Aliza hüpfte aus dem Bett. Sie erschrak, als sie auf den Wecker blickte. Offensichtlich war sie doch noch eingeschlafen und nun zehn Minuten zu spät dran. Dafür würde sie den ganzen Tag lang büßen müssen.

Hazel hasste Verspätungen und tolerierte nicht eine Sekunde. Dergleichen könnten sich nur Kunden erlauben, aber niemals eine Geschäftsfrau, lautete ihr Credo.

Aliza schnappte sich ihr Waschzeug, das sie abends auf der schulterhohen Kommode abstellte, dazu das über der Stuhllehne getrocknete Handtuch und vom Bügel an dem schmalen Kleiderschrank das brombeerfarbene Baumwollkleid mit den halblangen Ärmeln. Die Wohnung verfügte nur über ein Badezimmer, das sie zwar jederzeit benutzen, aber keinesfalls »verwüsten« durfte, wie Hazel einen vergessenen Kamm bezeichnet hatte. Selbst die Handtücher des Ehepaars hingen auf den Millimeter genau ausgerichtet auf den Haltestangen. Die Gibsons verstauten ihre Toilettenartikel in einem Einbauregal, das eine Spiegeltür bedeckte. Nur die Handtücher und ein Stück blasslila Veilchenseife zeugten von Bewohnern.

Aliza war es erlaubt, die Seife zu benutzen, sie musste sie jedoch anschließend sauber abspülen und ohne Schaumbläschen in die Seifenschale zurücklegen. Eine Anweisung, die Aliza penibel befolgte. Die Seife erinnerte sie an den Tag, als sie von den Kindertransporten erfahren hatte und zu Fabian in die Parfümerie gestürmt war. Damals hatte er eine Dame mit ausgestopftem Vogel auf dem Hut bedient, die genau solch ein Seifenstück gesucht hatte.

Als sie heute die Veilchenseife aufschäumte, kam ihr der erlösende Einfall: Warum schreibe ich nicht an Fabians Eltern? Die leben in Berlin, da muss die Zensur keine Spionage befürchten. Gleich heute Abend wollte sie an die Pagels' schreiben. Zur Sicherheit doppelt: einen Brief und eine Rot-Kreuz-Nachricht.

Erleichtert lächelte sie in den Spiegel – und erschrak. Die dunklen Ringe unter ihren hellgrünen Augen ließen sie krank aussehen, und die zerzausten Haare zeugten von ruhelosem Umherwälzen. Sie sah aus wie ein gerupftes Huhn. Mizzi wüsste, was dagegen zu tun wäre – andererseits hatte Aliza das Interesse an ihrem Aussehen längst verloren. Sie würde sich niemals für jemand anderen als Fabian hübsch machen.

Sie steckte ihr rotblondes Haar so gut wie möglich zurück, zog sich an und verbarg den Verlobungsring in ihren Winterstiefeln. Nachts trug sie ihn an der Hand, aber tagsüber wäre er selbst an einem Band um den Hals womöglich zu sehen, und dann würde sie erklären müssen, wie ein Flüchtlingsmädchen zu solch einem wertvollen Schmuckstück kam. Am Ende würde man ihr nicht glauben und sie des Diebstahls bezichtigen.

Vergnügt betrat Aliza die Küche. »Guten Morgen«, begrüßte sie Henry, der in Kordhose, Karohemd und Pullunder am Spülbecken lehnte und hingebungsvoll seine Brillengläser unter fließendem Wasser wusch. »Tut mir leid, dass ich zu spät bin.«

Zu ihren Aufgaben gehörte, Henry bei der Zubereitung des Frühstücks zu helfen. Hazel war in den frühen Morgenstunden mit der Annahme der Tageszeitungen, von Eiern, Milch und Käse beschäftigt, die teils mit der Zeitung täglich geliefert wurden. »In ein paar Wochen, wenn du dich eingearbeitet hast, werde ich dich in diese komplexen Abläufe einweisen«, hatte

Hazel erklärt, und dass Tee kochen, Rühreier braten und Toast rösten doch kinderleicht sei.

Aliza hatte nicht widersprochen, obwohl sie gerade mal das Zubereiten von Tee beherrschte. Rühreier hatte sie noch nie im Leben gebraten und auch noch keinen Toast geröstet, zu Hause war kräftiges Vollkornbrot auf den Tisch gekommen.

Seit einem Monat war sie nun bei den Gibsons angestellt, verquirlte täglich Eier, kippte die Mischung in eine Pfanne mit Butter und rührte, bis die Eier die richtige Konsistenz hatten. Wirklich gelungen waren sie ihr aber noch nie. Zumindest die Toastscheiben verbrannten nicht mehr. Es hatte lange gedauert, bis sie dieses seltsame Gerät beherrschte, das dazu benutzt wurde. Es war aus glänzendem Metall und verfügte auf beiden Seiten über eine Art Klappe, die man öffnen musste, um dann die Brotscheiben hineinzulegen und sie nach einer Weile umzudrehen. Zu erahnen, wann sie hellbraun waren, grenzte an Hellseherei.

Henry drehte den Wasserhahn ab, schüttelte die restlichen Tropfen von der Brille und zog ein Taschentuch aus der Hosentasche.

»Guten Morgen«, murmelte er leicht abwesend, während er die Brillengläser bearbeitete. »Ah, du bist es, Aliza«, fügte er hinzu, nachdem er die Brille aufgesetzt hatte.

»Wer sonst?«, entgegnete Aliza.

»Wie?« Zerstreut sah er sie an. »Ach, manchmal verwechsle ich dich mit Janet. Dabei seht ihr euch gar nicht ähnlich.«

Aliza holte das Frühstücksgeschirr mit den Wiesenblumen aus dem Hängeregal über dem niedrigen Schrank, in dem wiederum Töpfe und Pfannen verstaut waren. »Das Mädchen, das vor mir hier gearbeitet hat? Was ist aus ihr geworden?«

»Die gute Janet war fünf Jahre bei uns, dann kam ein junger Mann, hat sie geheiratet und ihr verboten weiterzuarbeiten.« Henry füllte den elektrischen Wasserkessel.

Aliza hatte das praktische Gerät schon bei den Kaufmanns bewundert. Damit kochte das Wasser um einiges schneller als im Topf auf der Gasflamme. Und während sie den Tisch deckte, schwor sie insgeheim, keinesfalls fünf lange Jahre in einem Kolonialwarenladen zu verbringen. Auch wenn die Gibsons noch so freundlich waren und sie vergleichsweise anständig bezahlten. Hinter einem Ladentisch zu stehen, mit Kunden zu plaudern und Waren in Tüten zu füllen war beileibe keine Schwerstarbeit, aber sie hatte ihren Traum von einem Studium noch nicht aufgegeben. Außerdem hatte Fabian versprochen, nach England zu kommen, sobald dieser scheußliche Krieg vorbei war. Und er würde sein Wort halten, daran gab es keinen Zweifel.

Nach dem Frühstück beeilte Aliza sich mit der Hausarbeit: Geschirr spülen und alles ordentlich einräumen, Kissen im Wohnzimmer aufschütteln, Betten machen, Staub wischen, Boden kehren. Genau in dieser Reihenfolge. Samstags stand noch das Abkehren des Teppichs auf dem Plan. Eine gute halbe Stunde rutschte sie dann auf Knien mit Handbürste und Schaufel von Ornament zu Ornament. Jeder einzelne von Hazel verlangte Handgriff war ihr verhasst, doch heute erledigte sie die Arbeit automatisch und in doppeltem Tempo. Sie freute sich darauf, nach Feierabend den Brief an die Pagels' zu verfassen. Antwort würde sie von den Schwiegereltern in spe gewiss erhalten.

Doch zuerst musste sie noch die Salatbeete gießen und das nachgewachsene Unkraut rupfen. Im Februar hatten Hazel und Henry die recht überschaubare Rasenfläche im Innenhof des Hauses umgegraben und Gemüsebeete angelegt. »Wer weiß, was auf uns zukommt, ich möchte nicht noch einmal so darben wie im Großen Krieg«, hatte sie Aliza erklärt. Gemeinsam hatten sie eine schnell wachsende Salatsorte angepflanzt, die mittlerweile ansehnliche Köpfe bildete. Nun hieß es aufpassen, dass sich kein lästiges Unkraut ausbreitete und die Nährstoffe aus dem Boden raubte.

Gegen elf hatte Aliza endlich auch das letzte nutzlose Pflänzlein beseitigt, und die Buckelei hatte ein Ende. Noch rasch die Hände waschen, die Erdreste unter den Nägeln entfernen, die Frisur ordnen und ab in den Laden.

Hazel hatte sie wohl schon sehnlichst erwartet, was Aliza aus der Begrüßung »Da ist sie ja endlich« schloss.

»Im Garten war heute sehr viel zu tun«, erklärte Aliza, während sie die weiße Kittelschürze vom Haken neben der Eingangstür nahm.

»Ja, ja, Petrus meint es gut mit uns, wenn es so warm ist, schießt alles ins Kraut«, bemerkte ein hagerer Mann, der vor dem Ladentisch stand und Aliza neugierig musterte.

Aliza trat an die Ladentheke, die vor den bis zur Decke reichenden Holzregalen aufgebaut war.

»Guten Morgen«, grüßte sie höflich und riskierte einen verstohlenen Blick. Sie schätzte den großgewachsenen Mann mit den braunen Augen und den angeklatschten blonden Haaren auf Mitte dreißig.

Hazel lehnte in der unvermeidlichen weißen Kittelschürze am Verkaufstresen. Wie jeden Tag war ihr Gesicht gepudert, die Lippen waren hellrot geschminkt, und von der geleckten Frisur stand nicht ein einziges Härchen ab. »Das ist Pastor Grant, er wurde erst vor Kurzem in unsere Gemeinde versetzt. Gerade habe ich ihm von dir erzählt und ihn gebeten, nachsichtig zu sein, falls du die eine oder andere Ware nicht sofort findest.«

»Sehr erfreut, Herr Pastor.« Aliza spürte, wie ihr das Blut in die Wangen schoss. Musste Hazel sie denn unbedingt wie ein dummes Kind behandeln? So groß war das Warenangebot nun auch wieder nicht. Längst wusste sie, wo was zu finden war. Und wenn sie es einmal nicht wusste, zeigten die Kunden es ihr. Die Hausfrauen waren sehr freundlich, halfen gern, und die männliche Kundschaft war immer zu Scherzen aufgelegt. Ihre Lieblingskunden waren die Kinder. Meist kamen sie in kleinen Gruppen, und jedes wollte fünf oder zehn von den bunten Bonbons, die in großen Gläsern im Regal hinter der Ladentheke aufgereiht waren. Öffnete man die Glasdeckel, entströmte dem Gefäß das wundervolle Aroma von Himbeeren, Orangen oder Zitronen. Im Vergleich zur Hausarbeit war Verkaufen kinderleicht, das Einsortieren von Konserven erinnerte sie ein bisschen an Kaufmannsladen spielen, und nebenbei übte sie sich in der Sprache.

»Bediene du den Pastor weiter, Aliza, und bitte sei besonders aufmerksam, wir wollen ihn doch als Stammkunden gewinnen. Ich sehe mir den Garten an und habe auch noch etwas mit Henry zu bereden«, sagte Hazel, nickte dem Kirchenmann zu und verabschiedete sich mit: »Auf Wiedersehen, Pastor Grant, beehren Sie uns bald wieder«, bevor sie durch die Hintertür verschwand.

Aliza schluckte die Zurechtweisung hinunter und lächelte tapfer. »Was darf es für Sie sein, Herr Pastor?«, erkundigte sie sich bei dem Mann in dem altmodischen hellen Leinenanzug, den sie niemals für einen Geistlichen gehalten hätte.

»Den *Telegraph*, bitte.«

Aliza nahm die konservative Tageszeitung *The Daily Telegraph* von dem Stapel, der direkt auf dem Tresen lag. Es war das einzige von Hazel georderte Blatt und wurde von den meisten Kunden verlangt. Blieb eines übrig, durfte Aliza es lesen. Vorausgesetzt, Hazel fand keine unaufschiebbare Aufgabe für sie, garniert mit Weisheiten wie: *Never go with empty hands* oder *A woman's work is never done.*

»Wie gefällt es Ihnen in Sidcup?«

Diese Frage war Aliza schon oft gestellt worden. Die Kunden waren nicht nur freundlich, sondern auch neugierig, und da sie es leid war, ausgefragt zu werden, hatte sie sich eine manierliche Antwort überlegt. »Es ist ein reizender Ort mit überaus liebenswürdigen Bewohnern, ich fühle mich glücklich, hier sein zu dürfen. Darf es sonst noch etwas sein?«

»Eine Packung *Winchester*, und bitte anschreiben«, sagte der Pastor, dem ein Einkauf ohne Geld nicht peinlich zu sein schien. »Sie müssen sich sehr einsam fühlen, so weit weg von zu Hause und ohne Ihre Familie. Mrs. Gibson hat mir von Ihrem schweren Schicksal berichtet. Deutschland ist wunderschön, das Land von Goethe und Schiller. Vor einigen Jahren durfte ich es besuchen und konnte auch etwas Deutsch lernen.«

»Sehr freundlich«, erwiderte sie mit einer banalen Höflichkeitsfloskel, während sie das kleine Schuldnerheft aus der Schublade unter der Kasse holte. Sie hatte längst gelernt, wie hierzulande unangenehme Fragen abgewehrt wurden. Und da er offensichtlich bereits alles über sie wusste, war es unnötig, die Ereignisse noch einmal zu schildern.

»Aliiizaaa!«

Hazels aufgebrachter Schrei ließ die Bonbongläser im Regal vibrieren. Eine Sekunde später stürzte sie in den Laden, als wäre jemand hinter ihr her. »Was, um Himmels willen, hast du dir nur dabei gedacht?«

»Entschuldigung?«, entgegnete Aliza leise und zog das Wortende wie eine Frage nach oben. Sie ahnte, dass sie wieder einmal etwas falsch gemacht hatte. Aber was?

Schon baute Hazel sich vor ihr auf. Keuchend, die Augenbrauen hochgezogen, die Fäuste in die Hüften gestemmt, bellte sie: »Du hast alles rausgerissen, was wir letzte Woche gesät haben.«

Aliza öffnete den Mund, um sich zu verteidigen. Sie hatte doch nur Unkraut gejätet. Deshalb musste Hazel sie nicht vor einem Kunden zusammenstauchen, als hätte sie in die »Kasse gegriffen«. Doch dann besann sie sich und blickte schuldbewusst zu Boden. Die Arbeit war zu wichtig für sie, wenn sie die verlor, stand sie ohne jegliche Sicherheit auf der Straße. Neue Stellen waren nicht so leicht zu finden. Und sie wollte doch unbedingt etwas verdienen, um ihrer Familie helfen zu können.

»Das nächste Mal benutze deinen Kopf, der ist nämlich nicht nur dazu da, damit du einen Hut aufsetzen kannst. Wenn du nicht genau weißt, was da wächst, kannst du mich doch fragen. Himmel noch eins!« Sie schnaufte erschöpft.

Aliza war ratlos. Wovon, um alles in der Welt, redete Hazel?

»Hast du dich denn nicht gefragt, warum die Pflänzchen in einer Reihe wachsen? Wenn man die Augen aufmacht, erkennt man den Unterschied, Unkraut wächst nämlich kreuz und quer.«

Aliza bat untertänigst um Verzeihung, wiederholte, wie leid es ihr tue, und fragte, wie sie es wiedergutmachen könne.

»Es ist eben noch kein Gärtner vom Himmel gefallen«, kam der Pastor ihr zu Hilfe, und an Hazel gewandt, meinte er: »Das hätte mir auch passieren können. Ich kann gerade mal Grashalme von Gänseblümchen unterscheiden.« Er griff nach der Zeitung und den Zigaretten, klemmte sie sich unter den Arm und verabschiedete sich. »Sehen wir Sie am Sonntag in der Kirche?«

»Wie jeden Sonntag«, versicherte Hazel.

Aliza fühlte sich nicht angesprochen und sagte nur »Auf Wiedersehen«. Als Grant die Tür hinter sich zugezogen hatte, versicherte sie noch einmal, wie sehr sie den Fehler bedauere. »Es wird nicht wieder vorkommen, versprochen.«

Hazel nickte gnädig. »Schon gut, Kind, ich war nur wütend, weil ich noch nie Radieschen ausgesät und mich gefreut hatte, dass die Samen so schnell austrieben. Lass uns Tee trinken, das beruhigt.« Sie verschloss die Ladentür. »Am Sonntag zeige ich dir, wie Scones gebacken werden. Eines Tages wirst du vielleicht einen jungen Mann kennenlernen, den du zum Tee einladen möchtest, und nichts überzeugt Männer so sehr von den Qualitäten einer Frau wie frisch gebackene Scones und selbst gemachter *lemon curd*.«

»Vielen Dank, eine Tasse Tee wäre wundervoll.« Längst hatte Aliza das britische Allheilmittel lieben gelernt – sogar wenn man ihr »Bitte ohne Milch« ignorierte. Dass es bereits einen Mann in ihrem Leben gab, konnte Hazel natürlich nicht wissen.

22

London, November 1940

ALIZA PRESSTE DIE Lippen aufeinander, um nicht laut zu schreien. Die Welt stand in Flammen, die Angst um Fabian, ihre Familie und Mizzi raubte ihr jede Nacht den Schlaf, aber Henry Gibson verlangte nach hausgemachtem *lemon curd*.

Auch Hazel kümmerten die beängstigenden Kriegsmeldungen herzlich wenig. Nicht einmal die Lebensmittelrationierung brachte sie aus dem Konzept. Sie begann jeden Tag wie den vorherigen. Das Haar frisiert, die Nägel lackiert, die Lippen angemalt und unter der weißen Kittelschürze stets untadelig gekleidet, kümmerte sie sich um den Laden und plauderte mit der Kundschaft, als fänden die Kämpfe auf einem anderen Planeten statt. Als ließen die Piloten Ihrer Königlichen Majestät keine Bomben auf Berlin fallen. Als revanchierte sich die deutsche Luftwaffe nicht mit der Zerstörung Londons. Soweit es Hazels Geschäfte und ihre Familie betraf – wozu sie auch Aliza zählte –, konnte sie nichts und niemand von ihren Tagesplänen abbringen. Nur die staatlich verordnete Verdunkelung aller zehn Fenster in der Wohnung störte den abendlichen Ablauf.

Und weil Henry nun mal nach hausgemachter Zitronencreme verlangte, stand heute die Zubereitung derselben auf der Tagesordnung. Zum Dank würde Henry bei jedem Bissen schwärmen, wie unvergleichlich der Aufstrich zu frisch gebackenen Scones doch schmecke. Er hätte auch im Laden eine große

Auswahl in Gläsern gefunden, doch er bestand auf der selbst gemachten von seiner Hazel.

»Aliza, nicht einschlafen«, herrschte Hazel sie an. »Die Eier müssen mit dem Zucker und dem Zitronensaft sehr gleichmäßig aufgeschlagen werden, und zwar so lange, bis eine helle Creme entsteht. Davon sehe ich aber noch nichts. Also los, los, tummle dich. Und grüble nicht über Dinge, die du nicht ändern kannst.«

Aliza erschrak, Hazel hatte sie tatsächlich beim unerlaubten Grübeln ertappt. »Tut mir sehr leid«, entschuldigte sie sich und konzentrierte sich auf die helle Flüssigkeit in der Schüssel über dem Wasserbad. Vielleicht konnte diese stupide Tätigkeit mit dem Schneebesen ihre Ängste tatsächlich für ein paar Minuten verdrängen. Von Fabian hatte sie seit dem geschwärzten Brief keine Post mehr erhalten. Auch von den Eltern war die Rot-Kreuz-Nachricht die letzte gewesen. Wie es ihnen wohl erging? Waren auch sie von der Rationierung betroffen? Hatten sie genug zu essen? Hielt das Gebäude den Fliegerangriffen stand? Rund um die Uhr kreisten ihre Gedanken um diese Fragen.

Die Nachmittagssonne schien in die geräumige Küche, die mit einem Sammelsurium aus niedrigen Schränkchen, Wandregalen, einer hundert Jahre alten Anrichte und einem Küchentisch mit Stühlen möbliert war. Die Geräuschkulisse bildeten ein paar fröhlich gackernde Hühner im Garten, die Hazel kürzlich angeschafft hatte.

Hazel hob den Rosenmustervorhang unter dem Spülstein hoch und warf die ausgepressten Zitronenhälften in den dahinter versteckten Abfalleimer. »Es ändert nicht das Geringste, wenn du dir fortwährend die fürchterlichsten Ereignisse ausdenkst.«

»Ich sorge mich einfach um meine Familie. Jede einzelne Radiomeldung über die erfolgreiche Bombardierung Berlins macht mir schreckliche Angst«, gestand Aliza ein. Bisher hatten die Eltern nur Schutz vor den Nazis benötigt. Wer aber konnte sie vor den englischen Bomben schützen? Nicht einmal Karoschke vermochte solche Heldentaten.

»Krieg ist unmenschlich.« Hazel seufzte aus tiefster Kehle, während sie die Saftpresse unter fließendem Wasser säuberte. »Ich bin ja nur eine schlichte Geschäftsfrau, und die große Weltpolitik war mir schon immer ein Rätsel. Aber es will mir einfach nicht in den Kopf, warum sich Probleme nicht mit Worten regeln lassen. Manchmal genügt es doch schon, wenn man dem anderen nur zuhört und sein Anliegen ernst nimmt. Ich erlebe das täglich im Geschäft. Nie im Leben käme ich auf die Idee, einen schwierigen Kunden zu beschimpfen oder ihn mit faulem Gemüse zu bewerfen. Was nicht heißen soll, dass ich dergleichen überhaupt im Angebot hätte. Gott bewahre.« Sie schüttelte den Kopf über ihre abwegigen Gedanken.

»Wenn es mal nur faules Gemüse wäre«, entgegnete Aliza. »Meine arme Freundin Mizzi sitzt bei jedem Fliegerangriff zitternd im Schutzkeller des Hotels am Regent's Park.«

»Hab keine Angst, mein Kind, unser kleines Sidcup liegt weit ab von der Londoner City und ist strategisch völlig uninteressant für die Deutschen«, beruhigte Hazel sie. »Hier wird dir nichts geschehen.«

»Aber die Sirenen heulen doch auch in Sidcup jede Nacht, seit London zum ersten Mal angegriffen wurde«, entgegnete Aliza. Es war ein Samstag im August gewesen, wie sie sich nur zu gut erinnerte.

»Wer könnte diesen Tag jemals vergessen?« Hazel griff nach dem Geschirrtuch, das an einem Haken neben dem Spülstein hing, um die Zitronenpresse abzutrocknen. »Damals haben die Nazis den strategisch wichtigen Hafen in Portmouth überfallen und die Innenstadt um den Oxford Circus angegriffen. Worauf unserem hochverehrten Premier Churchill der Kragen platzte und er als Vergeltungsmaßnahme die Bombardierung Berlins befahl.«

Aliza hätte Hazel am liebsten angefahren, doch endlich still zu sein. Genügte es nicht, dass Henry zum Frühstück regelmäßig die neuesten Erfolge der Piloten Ihrer Königlichen Majestät vorlas? Für die Gibsons war jedes zerstörte Gebäude in Berlin ein Zeichen von Stärke der *Royal Air Force* und ein weiterer Schritt zum baldigen Sieg. Für Aliza war es die reinste Folter. Natürlich wünschte sie den Briten Glück bei ihren Angriffen und hoffte, sie würden Hitler mitsamt der Nazibande zur Hölle schicken – wenn die Piloten nur ihre Familie verschonten.

»Aliza, hör sofort auf«, herrschte Hazel sie plötzlich an. »Du verteilst ja die Creme an den Wänden.«

Aliza hatte Hazels Tiraden über den Krieg nicht mehr hören wollen und derart heftig mit dem Schneebesen auf die cremige Masse eingeschlagen, dass einzelne Spritzer davonflogen. Die nächste Entschuldigung war fällig. »Es tut mir leid. Das wollte ich nicht.«

»Schon gut, Kind. Ich kann verstehen, wie sehr dich das alles aufwühlt. Bei dem Angriff im Oktober, als die Deutschen zehn Tonnen Brandbomben und fast vierhundert Sprengbomben über London abwarfen, sind meine Tante und ihr Mann ums Leben gekommen.« Behutsam nahm sie Aliza den Schneebesen aus der Hand, drehte am Herd die Gasflamme ab und zog die Schüssel mit der glänzenden hellgelben Creme von der Kochstelle. »Aber wir dürfen uns nicht entmutigen lassen und müssen weitermachen, sonst hat der Feind gewonnen. Ich werde die Butter selbst unterheben, und dann sind wir auch schon fertig.«

Aliza entschuldigte sich, um auf die Toilette zu gehen. Als sie in die Küche zurückkam, füllte Hazel gerade die hellgelbe, köstlich nach Zitronen duftende Creme in Gläser ab und trällerte dazu den momentanen Lieblingssong aller Engländer: *You'll Get Used to It*. Dieses Lied wurde unentwegt im Radio gespielt, und nicht nur Hazel glaubte daran, dass man sich an alles gewöhnen könne. Als wäre Krieg ein großes Abenteuer und nicht das

Grausamste, zu dem Menschen fähig waren. Aliza wunderte sich oft über die Briten und ihren König, der mit seiner Königin und den beiden Prinzessinnen trotz der heftigen Bombardierungen auf London die Stadt nicht verlassen hatte. Sogar auf den Buckinghampalast waren Bomben gefallen, doch die königliche Familie hatte sich auch davon nicht vertreiben lassen.

»Du kannst gleich die Schüssel auswaschen, die brauchen wir für den Scone-Teig, den darfst du heute kneten«, verkündete Hazel. »Und später schreibst du deiner reizenden Freundin Mizzi, ob sie nicht mal wieder einen Mittwoch zu Besuch kommen möchte. Das bringt dich bestimmt auf andere Gedanken.«

Aliza teilte Hazels unverbesserlichen Optimismus nicht, aber ein Besuch von Mizzi schützte sie zumindest vor zusätzlichen Aufgaben, die Hazel ihr gerne aufbürdete, wenn sie mittwochs keine Pläne hatte.

Hazel stellte nacheinander Butter, Mehl und Milch auf den blank gescheuerten Küchentisch aus massivem Eichenholz, der vor knapp fünfzig Jahren ein Hochzeitsgeschenk ihrer Eltern gewesen war, wie sie nicht müde wurde zu erzählen.

»Es gibt natürlich Lunch und später auch Tee. Was meinst du? Mizzi hat doch bei ihrem letzten Besuch berichtet, wie schwierig die Versorgungslage in London geworden ist. Dass die Regierung den Hyde Park umgraben und Gemüsebeete anlegen lässt ... Man stelle sich vor, Kohlköpfe im Park ...« Sie zog ein Taschentuch aus der Schürzentasche und tupfte sich schniefend die Nase, als wäre jemand gestorben. »Aus Höflichkeit dir gegenüber werde ich jetzt nichts gegen die Deutschen sagen, aber ich hasse sie allesamt.«

»Vielen Dank, ich lade Mizzi gerne ein, sie wird sich bestimmt freuen«, entgegnete Aliza, der klar war, dass Hazel niemanden aus reinem Edelmut zum Tee bat. Beim letzten Besuch hatte Hazel sich von Mizzi ausführlich in Modefragen beraten lassen.

»Na, siehst du«, meinte Hazel. »Aber sag, hat Pastor Grant

schon wegen des Unterrichts mit dir gesprochen?«, wechselte sie unvermittelt das Thema. »Er hat zwar ein Buch, meinte er, aber allein zu studieren sei ihm zu mühsam und vor allem zu langweilig.«

»Verzeihung«, meinte Aliza stirnrunzelnd und stellte die gewaschene Schüssel auf den Küchentisch. »Welches Buch? Und was für ein Unterricht?«

An ihrem nächsten freien Mittwoch saß Aliza nicht mit Mizzi bei Tee, Sandwiches und Scones zusammen, sondern schlenderte durch den typischen Londoner Nebel die High Street von Sidcup entlang. Die Schnürschuhe, ein abgelegtes Paar von Hazel, waren eine halbe Nummer zu klein und drückten an der Ferse. Die Ärmel des Mantels, den ihr Charlottes Freundin überlassen hatte, waren längst zu kurz geworden, und der selbst gestrickte Schal aus den Wollresten war nach wie vor hässlich. Mizzi hatte sie getröstet und gemeint, er sei eben eine »eigenwillige Kreation«. Dennoch ließ sich nicht verleugnen, dass ihre gesamte Garderobe – welch hochtrabendes Wort für die gebrauchte, abgetragene Kleidung – aus milden Gaben bestand. Was sie an Winterkleidung aus Berlin mitgebracht hatte, passte schon lange nicht mehr, daher war sie nun auf die Hilfe anderer Menschen angewiesen. Hazel würde »*You'll get used to it*« sagen, und Alizas gute Erziehung verbot ihr zu widersprechen. Sie hatte ohnehin keine Wahl und musste sich wohl oder übel daran gewöhnen, keine passende Kleidung zu besitzen. Nicht zuletzt deshalb war sie auf dem Weg zu Pastor Grant. Er wollte seine Deutschkenntnisse mit ihrer Hilfe verbessern und sie dafür bezahlen. Vielleicht konnte sie sich dann endlich ein paar eigene Schuhe kaufen. Die Vorstellung, mit einem fremden Mann allein in einem Raum zu sitzen, war ihr unangenehm, aber Hazel war der Meinung, ein Pastor sei absolut vertrauenswürdig.

Dass Aliza weder Lehrerin war noch Erfahrung im Unterrichten hatte, störte den Kirchenmann nicht im Geringsten. Sich mit jemandem in dessen Muttersprache unterhalten zu können sei alleine schon eine Entlohnung wert. An diesem Punkt hatte Aliza freudig zugestimmt – nicht nur wegen eines neuen Paars Schuhe. Sobald ihre Eltern nach England kämen, würde sie jeden Penny benötigen.

Dennoch steckte sie in einer moralischen Zwickmühle, für die ihr keine Lösung einfallen mochte. Der Unterricht würde nämlich auch für sie mehr Vergnügen als Mühe sein. Seit Mizzi und sie sich nicht mehr so häufig trafen, vermisste sie es sehr, Deutsch zu sprechen. Wie viel konnte sie also für die Stunde verlangen? Hazel hatte einen Schilling für sie vereinbart. Aber der Pastor ließ dauernd anschreiben, seinem Schuldenkonto nach zu urteilen schien er eine arme Kirchenmaus zu sein.

Aliza überlegte, die erste Stunde als kostenlose Probestunde anzubieten und dann einen Schilling für eine Doppelstunde zu verlangen. Das klang doch fair.

Pastor Grant bewohnte ein winziges Häuschen aus roten Backsteinen hinter der Kirche, zu dem ein Garten gehörte. Über einen niedrigen Lattenzaun erblickte Aliza brach liegende Beete, kümmerliche Rhododendronbüsche, zwei, drei Rosensträucher und eine Kletterrose, die sich um einen weißen Spalierbogen rankte. Grün waren um diese Jahreszeit nur noch die Rhododendren, und an der Heckenrose hingen die letzten, bereits braun gewordenen Blüten.

Statt einer Klingel war ein Löwenkopf aus Messing an der blau lackierten Haustür angebracht.

Pastor Grant in braunen Manchesterhosen, dunkelblauem Rollkragenpullover und braunen Schnürschuhen öffnete so schnell, als hätte er hinter der Tür auf sie gewartet.

»Kommen Sie herein«, sagte er, als Aliza ihren Mantel an einen schlichten Garderobenhaken gehängt hatte. »Ich habe Tee und Sandwiches für uns – bitte hier entlang, ich darf vorausgehen.«

Aliza wollte entgegnen, dass sie nicht zur Tee-, sondern zu einer Unterrichtsstunde gekommen sei, aber das mochte der Pastor als unhöflich empfinden, und so nickte sie nur stumm. Zu ihrer Überraschung führte er sie in einen schmalen Raum, der von einem uralten wuchtigen Schreibtisch und einem dunklen Holzregal voller Bücher beherrscht wurde. Auf dem Tisch lag ein Stapel beschriebenes Papier neben einer Lampe mit grünem Glasschirm. Hinter dem Schreibtisch stand ein Armlehnstuhl, Besucher mussten stehen. Es war nicht geheizt, und ein widerlicher Geruch nach kaltem Rauch stieg in ihre Nase, obgleich ein Aschenbecher aus grauem Marmor frisch geputzt glänzte.

»Hier erarbeite ich meine Predigten und lese in meiner Freizeit deutsche Bücher. Zumindest versuche ich es – was mir jedoch nicht sehr gut gelingt. Deshalb war ich überglücklich, als Sie dem Unterricht zugestimmt haben.« Er trat an das Regal und zog ein Buch mit braunem Leineneinband heraus. »*Gedichte* von Joachim Ringelnatz. Ich habe es damals in München gekauft.«

»Oh, ich mag Ringelnatz sehr ...« Aliza streckte die Hand nach dem Buch aus. »Darf ich?«

»Bitte.«

Aliza blätterte darin, fand das Sechs-Zeilen-Gedicht von den Ameisen und begann, auf Deutsch vorzulesen. »»In Hamburg leben zwei Ameisen ...'«

»Deutsch ist eine so wunderschöne Sprache«, schwärmte der Pastor, wobei er Aliza bewundernd betrachtete. »Sie haben großes Talent fürs Vortragen.«

In der Schule hatte Aliza sich über jedes Lob gefreut, aber die Art, wie der Pastor sie ansah, war ihr peinlich.

»Danke schön«, sagte sie knapp und wechselte das Thema. »Wussten Sie, dass Ringelnatz zu den Autoren gehört, deren Werke von den Nazis mit großem Pathos verbrannt wurden?«

»Nein, ich hatte keine Ahnung, das klingt schauderhaft. Wann war das?«

»Im Mai 33, kurz nach der Machtergreifung der Nationalsozialisten«, antwortete Aliza und erklärte, dass damit die systematische Verfolgung jüdischer und anderer politisch unerwünschter Schriftsteller begonnen hatte. Noch während sie darüber sprach, kam ihr der Gedanke, wie sie den Unterricht gestalten könnte. »Was halten Sie davon, wenn wir mit einem Ihrer Bücher lernen?«

Der Pastor war einverstanden, nahm drei Bände aus dem Regal und antwortete mit einer Kostprobe seines Könnens. »*Very* danke schön«, sagte er.

»Nur danke schön, ohne *very*«, verbesserte Aliza.

Der Pastor »Oh, das ist ... *simple*.«

Aliza nickte. »Sollen wir hierbleiben?«, fragte sie nun wieder auf Englisch, um den Small Talk zu beenden.

»Oh nein, zu zweit auf einem Stuhl wäre zu unbequem.« Er lachte kurz auf und warf einen amüsierten Blick auf den Schreibtischstuhl. »Bitte verzeihen Sie, aber wenn ich ins Plaudern komme, vergesse ich schnell die Zeit. Eine typische Macke aller Seelsorger ... Dann folgen Sie mir bitte in den Salon.«

Was der Pastor so hochtrabend als *Salon* bezeichnete, war ein winziger Raum mit einer Kaminattrappe und Möbelstücken vom Trödelmarkt. Insgesamt wirkte er noch ärmlicher als das Wohnzimmer der Kaufmanns.

»Sie haben es sehr hübsch hier«, bemerkte Aliza trotzdem, denn verglichen mit ihrem halb so großen Zimmer hinter Hazels Küche war es gemütlich, und eine Fenstertür führte direkt auf eine kleine Terrasse mit Ausblick auf den Garten. Aber wie im Büro war auch hier nicht geheizt, und der kalte Rauch von unzähligen Zigaretten hing in den Möbeln und in den schmuddelig wirkenden Vorhängen an der Tür zum Garten. An einem schmalen Fenster ohne Vorhänge entdeckte sie eine Tischuhr und eine erstaunlich gesund aussehende Grünlilie. Hazel hatte solch eine Pflanze in der Küche und ihr den Namen genannt.

»Bitte, nehmen Sie doch Platz.« Pastor Grant deutete auf ein ziemlich abgewetzt wirkendes Chesterfield-Sofa. Auf einem ovalen Tisch hatte er Teegeschirr mit Blümchen und auf einem dazu passenden Teller zwei Sandwiches bereitgestellt. Er selbst zog einen Küchenstuhl an den Tisch und setzte sich. Dann schenkte er den Tee ein, mit Milch, wie Hazel es tat, und zündete sich eine Zigarette an.

»Danke schön«, sagte Aliza höflich. Sie hatte sich an die am wenigsten abgenutzte Stelle dicht an der Armlehne des Sofas gesetzt. Tee mit Milch schien eine tief verwurzelte Tradition in England zu sein, und sie war die Letzte, die dagegen protestieren würde. Nicht einmal die angeschlagene Teetasse würde sie kritisieren. Um den Unterricht endlich zu beginnen, nahm sie eines der Bücher zur Hand und schlug es auf. »Was halten Sie davon, wenn Sie mir einfach daraus vorlesen? Danach sprechen wir über die Stellen, die Sie nicht verstanden haben, und ich erkläre Ihnen die Grammatik.«

Dem Pastor gefiel die Idee, und wie sich bald herausstellte, waren seine Deutschkenntnisse sowie seine Aussprache recht passabel. Auffallend flüssig las er eine halbe Seite fast ohne Fehler.

Verwundert hörte Aliza zu. »Das klingt perfekt«, lobte sie und fügte hinzu, dass er sich die Ausgaben für Unterrichtsstunden sparen könne. »Eher müssten Sie mir Sprachunterricht geben.«

»Nein, ich nicht denke so«, antwortete er auf Deutsch, lobte Alizas englischen Sprachschatz und erklärte erneut, dass es ihm Freude machen würde, sich mit jemandem in dessen Muttersprache unterhalten zu können.

»Wenn Sie es wünschen«, entgegnete Aliza ebenfalls auf Deutsch. Hauptsache, sie konnten endlich beginnen, die erste halbe Stunde war bereits verstrichen, wie ihr ein verstohlener Blick auf die Uhr sagte.

Statt einer Antwort schob der Pastor den Sandwichteller ein Stück näher zu ihr und forderte sie auf, sich zu bedienen.

Wohlerzogen nahm sie eines der beiden dreieckigen Brote. Es schmeckte trocken, als läge es seit Stunden auf dem Teller, und war nur mit viel Tee genießbar. Aber sie war ja nicht zur Teestunde, sondern wegen des Unterrichts hier. Zwischen zwei Bissen forderte sie ihn dann auch auf: »Warum beginnen Sie nicht schon mit dem Lesen?«

Aus der einen Stunde wurden dann doch beinahe zwei. Schließlich war Aliza vollkommen erschöpft. Der Pastor fand immer noch eine Stelle, die er unbedingt lesen wollte oder zu der er Fragen hatte. Deutsche Grammatik zu erklären war schon schwierig, aber die Regeln teilweise übersetzen zu müssen, überforderte wiederum ihre Englischkenntnisse.

»Es tut mir sehr leid, Herr Pastor, aber ich fürchte, ich bin keine gute Lehrerin.«

»Was für eine absurde Idee, liebes Kind«, sagte der Pastor in vertraulichem Tonfall. »Ich versichere Ihnen, jede Minute mit Ihnen ist ein Vergnügen.«

Aliza bedankte sich und stand gleichzeitig auf. »Leider muss ich jetzt aber wirklich gehen. Mrs. Gibson erwartet mich.«

Der Pastor erhob sich ebenfalls. »Natürlich. Ich begleite Sie hinaus.«

An der Tür reichte er ihr einen Schilling. »Wie vereinbart.«

Aliza zögerte einen Atemzug lang, doch dann nahm sie die Bezahlung dankend an. Sie hatte eine kostenlose Probestunde vereinbart, es war nur gerecht, wenn er für die zweite Stunde bezahlte.

»Sehen wir uns nächste Woche?«, fragte er, während er ihr die Hand reichte.

Aliza nickte lächelnd. Sie verspürte zwar wenig Lust, aber ein Schilling war ein Schilling, der sich nächste Woche verdoppelte.

Zu Hause wurde Aliza von Hazel in der Küche erwartet. Wie jeden Mittwoch war sie ungeschminkt, hatte Lockenwickler im Haar, trug ihr Mittwochshauskleid, ein klein gemustertes Etwas, und darüber eine grün-weiß gestreifte Schürze. Mit einem Glas Scotch, das sie sich ebenfalls nur mittwochs gönnte, stand sie am Gasherd und kochte *Vanilla Fudge,* ihre Spezialität, für die sie in ganz Sidcup berühmt war. Besonders bei den Kindern, an die sie die zuckrigen Butterwürfel freigiebig verteilte.

Hazel trank den letzten Schluck aus dem Glas und stellte es zur Seite. »Köstlich. Erzähl, wie war es? Wie lebt der Pastor? Hast du irgendetwas entdeckt, das nach einer Frau aussieht, oder hat er eine Haushälterin? Aber vor allem, hast du dein Geld bekommen?«

»Ja, einen Schilling«, bestätigte Aliza.

Hazel nickte zufrieden und sah sie neugierig an. »Und sonst?«

»Ich bekam eine Tasse Tee und ein Gurkensandwich«, erwiderte Aliza. Wie staubtrocken es gewesen war, würde sie Hazel nicht verraten.

»Ich wette, dass es nicht so gut war wie unsere«, sagte Hazel mit selbstsicherer Miene. »Aber ich meinte, ob du während dieser Stunden die Sorgen um deine Familie vergessen konntest?«

»Nein, nicht vergessen, aber ich habe tatsächlich eine Weile nicht daran gedacht«, antwortete Aliza und entschied, dass sich allein dafür die Teestunde mit dem Pastor gelohnt hatte.

Hazel strahlte. »Ich wusste es.« Sie stellte die Gasflamme ab, griff in die geräumige Schürzentasche vor ihrem Bauch, die Platz für zwei Hände bot, und fischte einen Umschlag heraus. »Inzwischen kam Post für dich. Ich hoffe, es sind gute Neuigkeiten.«

Aufgeregt griff Aliza danach. Es war eine Rot-Kreuz-Nachricht aus Berlin. Sie entschuldigte sich bei Hazel und hetzte in ihr Zimmer, wo sie das Kuvert ungeduldig aufriss.

Geliebtes Kind, wie geht es Dir? Lange keine Post. Familie gesund, leider eine traurige Nachricht: Großmutter verstorben. Bitte schreib uns, in Liebe, Papa, Mama, Harald

Die ganze Tragweite der Nachricht begriff sie erst nach erneutem Lesen. Sie würde ihre geliebte Großmutter nie wiedersehen. Aufschluchzend sank sie auf ihr Bett.
»Bobe, meine liebe Bobe«, flüsterte sie.

23

Sidcup, Juli 1941

ZORNIG HACKTE ALIZA auf die wüstentrockene Erde zwischen den üppig gedeihenden Buschbohnen ein. Penibel darauf bedacht, die Pflanzen nicht zu verletzen, riss sie nur nutzlose Unkräuter heraus, die sie mittlerweile auf einen Blick erkannte, und schleuderte sie in hohem Bogen auf den wachsenden Haufen am Ende des Beetes.

Normalerweise hasste sie Gartenarbeit, doch Hazels Gemüsebeete waren ein willkommenes Ventil für den Schmerz, den sie in jeder wachen Stunde empfand.

Mit wachsendem Groll wühlte Aliza zwischen den Bohnen nach nutzlosem Grünzeug, das laut Hazel dort nicht wachsen durfte. »Ich habe nichts verbrochen, werde aber dennoch bestraft«, schluchzte sie vor sich hin. Allein in einem fremden Land, ausgenutzt, herumgeschubst und gehasst zu werden, das alles hatte sie über sich ergehen lassen. Hatte es ausgehalten, um zu überleben. Aber in der Emigration ausharren zu müssen und dazu die Gewissheit zu haben, ihre geliebte Bobe nicht auf ihrem letzten Weg begleitet zu haben, ja, nicht einmal ihr Grab besuchen zu können, das war unmenschlich.

Unablässig fragte sie sich, ob ihre Familie und Fabian noch am Leben waren. Im Juni 1940 hatten die Nazis Paris besetzt, vielleicht musste er mittlerweile gegen die Franzosen kämpfen. Und das, wo er alles Französische, insbesondere die Parfüms, doch so liebte … Die anhaltende Ungewissheit war unendlich zermürbend. Nachts erwachte sie schwitzend aus Albträumen, und nur das Umklammern ihres Verlobungsrings ließ sie wieder einschlafen. Brach dann der Morgen an, wartete sie sehnsüchtig auf den Postboten, der jedoch, wenn er schließlich eintraf, nur mit den Schultern zuckte oder ihr mitleidige Blicke zuwarf.

Die Unterrichtsstunden bei Pastor Grant taugten längst nicht mehr zur Ablenkung und waren sogar ein weiterer Grund für ihren Unmut. Der Kirchenmann blieb ihr nämlich meist die vereinbarte Bezahlung schuldig. »Nächstes Mal«, beteuerte er unablässig. Zwanzig Schillinge, also ein ganzes Pfund, schuldete er ihr inzwischen. Aber heute *muss* er bezahlen, oder ich drehe auf dem Absatz wieder um, schwor sie sich selbst.

Nach der schweißtreibenden Gartenarbeit freute Aliza sich auf das Mittagessen und den Tee, auch wenn der seit Monaten immer wässriger wurde. Die einmal aufgegossenen Teeblätter landeten nämlich nicht mehr auf dem Komposthaufen, sondern wurden auf einer doppelten Lage des *Telegraph* zum Trocknen ausgebreitet. Das Zeitungspapier musste sie später in gleich große Stücke schneiden, in einer Ecke mit der Schere durchbohren und an einer Schnur auffädeln, um es als Toilettenpapier aufs Örtchen zu hängen. Das etwas angenehmere braune Klosettpapier auf Rollen, das sie bislang auch im Laden verkauft hatten, war verbannt worden, nachdem Hazel herausgefunden hatte, dass es in Deutschland produziert wurde. »Wir befinden uns im Krieg, das verpflichtet uns alle zur Sparsamkeit«, argumentierte sie.

Der zweite Teeblätteraufguss schmeckte eher wie gefärbtes Wasser denn nach einer anständigen Tasse Tee. Dazu aßen sie gebackene Bohnen in Tomatensauce, je zwei Scheiben Toast, die, wie Henry es ausdrückte, »mit Streckbutter gequält worden waren«. Für diesen kriegsbedingten Aufstrich wurde normale Butter geschmolzen und pro einhundert Gramm mit fünfzig Gramm Mehl gestreckt. Das Ergebnis war nahrhaft, schmeckte aber deutlich nach »Notzeiten«.

Auch selbst hergestellter *lemon curd* mit reichlich Butter gehörte der Vergangenheit an, und Scones wurden nur noch selten gebacken, trotz der fünf Hühner, die gerade im Sommer fleißig Eier legten – leider wurden die meisten davon im Laden verkauft. Übergewicht gehörte wahrlich nicht zu Alizas Sorgen. Dennoch wäre es ihr nie in den Sinn gekommen, sich über die schmale Kost zu beschweren. Wie Hazel hatte sie in den letzten Monaten an Gewicht verloren, und Henrys Bauch war fast völlig verschwunden, was Hazel bei Tisch oft als Anlass zu Scherzen nahm.

Schmunzelnd zog Henry dann seine mit einem Gürtel geschürte Hose vom Bauch weg, hob den Kopf und blickte seine Frau keck an.»Wenn ich noch mehr abnehme, verwandle ich mich in einen jungen Beau, und die jungen Mädchen werden mir schöne Augen machen, *Darling*.«

Worauf Hazel seine Hand tätschelte und mit einem koketten Lächeln entgegnete:»Wenn ich auch nur eine davon erwische, kratze ich ihr die Augen aus.«

Dieses liebenswürdige, stets von zärtlichen Gesten begleitete Geplänkel zwischen den Eheleuten berührte Aliza zutiefst. In solchen Momenten schmerzte die Sehnsucht nach Fabian wie eine offene Wunde, in die jemand Salz gestreut hatte.

Seufzend schleppte Aliza sich nach dem Mittagessen zu Pastor Grant. Die Julisonne brannte vom Himmel, über der erhitzten Straße flirrte die heiße Luft, und in den Bäumen kreischten die Vögel nach Regenpfützen. Nur mit aller Gewalt gelang es ihr, die auftauchenden Bilder aus glücklichen Tagen am Wannsee zu vertreiben. Als Fabian sie an der Hand gefasst und lachend in den aufgewärmten See gezogen hatte. Als sie später mit Eistüten auf der rot-grau karierten Decke saßen, die nassen Haare von der Sonne trocknen ließen und sich gegenseitig die Eisspuren von den Lippen küssten. Sie würde alles darum geben, sich in einen See stürzen zu können, ihr verschwitztes Haar zu waschen und es von der Juliluft trocknen zu lassen. Doch Lufttrocknen hätte zu lange gedauert, und Hazel hatte erklärt: »Es schickt sich nicht, mit nassem Kopf einen Pastor zu besuchen.« Ihr langes Haar mit dem Heißluftföhn zu trocknen war wegen der kriegsbedingten Sparmaßnahmen verboten, und so hatte sie in der Not ein Tuch umgebunden. Auch der Kessel im Badezimmer wurde nur einmal wöchentlich geheizt. An den anderen Tagen musste man mit kaltem Wasser vorliebnehmen, was an heißen Sommertagen wie heute eine angenehme Erfrischung war.

Die Umgebung auf dem etwa fünfzehn Minuten langen Weg zum Pfarrhaus beachtete sie längst nicht mehr, sie war schon so häufig hier entlanggegangen, dass sie im Halbschlaf zum Pfarrhaus finden würde. Die ersten Meter lief sie vorbei an den Läden der High Street, in denen sie ohnehin nichts kaufen konnte. Als sie in die Nebenstraße Richtung Pfarrhaus einbog, ignorierte sie die in Reihen erbauten dunkelroten Backsteinhäuser mit den weißen Fensterrahmen, in deren Vorgärten Blumen und Ziersträucher durch Gemüsebeete ersetzt worden waren. In denen womöglich junge Paare mit Kindern wohnten, glückliche Familien, deren Anblick sie keine Sekunde lang ertragen würde. Und sie senkte die Lider, sobald Mütter mit Kinderwagen auf sie zukamen, um den aufblitzenden Gedanken zu vertreiben, dass der Vater des Babys vielleicht gegen Fabian kämpfte. Dass einer von beiden umkommen könnte, das Kind ohne Vater aufwachsen oder sie die große Liebe ihres Lebens verlieren würde.

Pastor Grant erwartete sie am Gartentor, in einer schmuddelig wirkenden hellen Leinenhose und einem kurzärmeligen weißen Hemd. »Wie schön, Sie zu sehen, mein Kind«, begrüßte er sie liebenswürdig mit ausgestrecktem Arm, hielt dann ihre Hand fest umfangen und musterte sie mit besorgtem Blick. »Geht es Ihnen auch wirklich gut? Sie sehen überarbeitet aus.«

Zwanzig Schillinge, erinnerte sie sich an ihr Vorhaben, bevor sie antwortete. »Ich habe vorhin Unkraut gejätet und vielleicht etwas übertrieben.« Sie senkte die Lider und entzog ihm ihre Hand. Jedes Mal hielt er sie unschicklich lange fest. Aber was konnte sie dagegen tun? Und was gegen den durchdringenden Blick, mit dem er sie anstarrte?

Der Pastor überspielte die kurze Peinlichkeit mit höflicher Konversation: »Sollen wir hineingehen oder uns in den Garten setzen?«

»Es sieht nach Gewitter aus«, entgegnete sie mit einem Blick auf die sich zusammenballenden dunklen Wolken.

Im Haus war es angenehm kühl. Der sonst vorherrschende kalte Zigarettenrauch hatte sich durch die offen stehende Fenstertür verzogen. Alizas Blick verfing sich in den weißen Blüten eines prächtigen Rosenstrauchs im nahen Garten.

Pastor Grant entschuldigte sich, in der Küche habe er Zitronenlimonade vorbereitet. Aliza setzte sich auf das Chesterfield-Sofa, wie jedes Mal dicht bei der Armlehne, löste das Kopftuch und lockerte ihr Haar mit den Fingern. Welch eine Wohltat.

»Guter Gott, Sie sehen aus wie ein Engel.«

Aliza blickte erschrocken zur Tür, wo Pastor Grant stand, ein Tablett auf den Händen balancierte und sie mit leuchtenden Augen fixierte. Ohne zu antworten, band sie eilig das Tuch wieder um.

Der Pastor trat an den Tisch, stellte das Tablett ab und setzte sich zu Alizas Überraschung dicht neben sie.

»Es tut mir leid, wenn ich unangemessen reagiert habe«, raunte er leise. »Aber du bist so wunderschön ... so unglaublich betörend mit deinen Sirenenhaaren und deinen grünen Katzenaugen«, keuchte er. »Du kennst deine Wirkung auf Männer, du weißt genau, wie du uns verrückt machen kannst ...« Mit einer schnellen Bewegung zog er ihr das Tuch vom Kopf.

Verblüfft hatte Aliza zugehört, es nicht glauben wollen, aber nun sprang sie auf. »*Wie* bitte?«

Grant griff sie am Handgelenk, zog sie zurück aufs Sofa, legte blitzschnell den Arm um ihre Schultern und hielt sie fest. »Ich wusste, dass du leidenschaftlich bist. Du kleine Wildkatze, du hast Feuer im Blut.« Mit seiner freien Hand packte er sie am Kinn und küsste sie hart.

Aliza schlug um sich, aber die Überraschung war auf seiner Seite. Im Bruchteil einer Sekunde kniete er breitbeinig über ihr und hielt ihre Handgelenke fest. Dem Versuch, sich ihm zu entwinden, folgte ein Riss in der Taille ihres Kleides. Er schien übermächtige Kräfte zu besitzen, und es gelang ihr nicht, sich ihm zu entwinden. Erneut versucht er, sie zu küssen.

Aliza drehte den Kopf zur Seite, brüllte so laut sie konnte: »Loslassen, sofort loslassen«, und spuckte ihn an.

»Na, warte, du Biest ...« Seine Augen verdunkelten sich vor Gier. An den Schläfen traten blaue Adern hervor. Und sein sonst so akkurat gekämmtes Haar hing ihm strähnig in die Stirn. »Ich werde dir schon zeigen, was Spaß macht.«

Aliza überwand ihren Ekel, hielt ihm ihr Gesicht entgegen, und als er versuchte, seine Zunge in ihren Mund zu schieben, biss sie mit aller Kraft zu.

Er brüllte auf vor Schmerz, ließ sie abrupt los, sprang hoch und presste eine Hand auf seinen blutenden Mund. Wütend funkelte er sie an. »*You bloody German bitch.*«

Instinktiv flüchtete Aliza durch die offene Verandatür in den Garten und entkam durch die niedrige Holztür im Zaun auf die kleine Straße, wo sie keuchend weiterhetzte.

Er würde ihr nicht hinterherrennen, so viel war sicher, doch erst auf der Hauptstraße verlangsamte sie ihre Schritte. Ihr ganzer Körper bebte vor Zorn, sie schwitzte vor Anstrengung, und über ihren Rücken liefen Schweißtropfen. Doch das Schlimmste war der widerliche Gestank nach seinem rauchigen Atem, den sie noch immer zu riechen glaubte und der sie so stark würgen ließ, dass sie Mühe hatte, sich nicht zu übergeben. Ihr war danach, ihre Wut laut herauszuschreien, und doch musste sie sich beherrschen. Trotz der wie üblich am Mittwoch geschlossenen Läden war die Straße nicht menschenleer, und irgendjemand könnte vielleicht auf sie aufmerksam werden. Welchen Grund hätte sie für solch einen Anfall angeben können? Und was, fiel ihr gleich darauf ein, sollte sie Hazel sagen, warum sie verfrüht nach Hause kam? Und wie den Riss an ihrem Kleid erklären?

Zitternd und mit gesenktem Blick schleppte Aliza sich die Straße entlang und hoffte inständig, keinem Kunden zu begegnen. Bei den ersten mitleidigen Worten würde sie sich nicht länger zurückhalten können. Die aufziehenden schwarzen Gewitterwolken mahnten zur Eile, doch in ihrem Kopf lief das eben Erlebte wie in endloser Wiederholung ab. Abscheu und Ekel ließen sie beben und bremsten ihre Schritte. Schließlich wurde ihr bewusst, dass sie nur ganz knapp einer Vergewaltigung entkommen war. Wie hatte das nur geschehen können?, fragte sie sich bei jedem Atemzug. Sie war nie besonders freundlich oder liebenswürdig, manchmal beinahe schroff zu dem Pastor gewesen. Hatte sich bewusst neutral verhalten. Wieso war ihr nicht aufgefallen, dass der Unterricht nur ein lächerlicher Vorwand war? Dass der Pastor ein hinterhältiger Heuchler war? Die einzige Erklärung, die ihr einfiel, war ihre Konzentration auf den Verdienst. Auf die paar Schillinge, die sie für ihre Familie hatte verdienen wollen.

Wie zur Bestätigung donnerte es plötzlich, gleich darauf erhellte ein greller Blitz den dunklen Himmel. Die wenigen Passanten beschleunigten ihre Schritte, Kinder begannen zu weinen, Vögel schwirrten flach über Bäume und Büsche hinweg. Die ersten dicken Tropfen platschten auf das staubtrockene Pflaster und Alizas Nase.

Aufgelöst, immer noch wütend und durchnässt bis auf die Haut kam sie Hause an. Zu ihrer Überraschung saß Mizzi mit Hazel und Henry am Esstisch bei wässrigem Tee. Auch die Freundin hatte sichtbar an Gewicht verloren, die runde schwarze Brille passte irgendwie nicht mehr so recht zu dem schmal gewordenen Gesicht, und die breiten Schultern des schwarzen Kleides aus der Zeit an der Modeschule schienen sie zu erdrücken.

»Schon zurück?«, fragte Hazel mit erstaunter Miene. »War es dem Pastor etwa zu heiß heute?«

Aliza nickte geistesabwesend und starrte Mizzi an. »Waren wir verabredet?«

»Also bitte, ich fahre knapp zwei Stunden aus London hierher, und du musterst mich wie einen ungebetenen Gast«, beschwerte sich Mizzi und starrte sie fragend an. »Alles in Ordnung bei dir?«

Aliza legte die Arme in der Taille so übereinander, dass sie den Riss verdeckten. Mizzis geschulter Blick für Kleidung hatte den Schaden natürlich sogleich bemerkt. »Lass uns in den Garten gehen«, bat sie Mizzi.

Es hatte wieder aufgehört zu regnen, die Luft war spürbar abgekühlt, und es roch nach frischer Erde. Die Sonne drängte durch die Wolkendecke und ließ die unzähligen Tropfen auf den Pflanzenblättern wie kleine Diamanten glitzern. Am Ende des handtuchschmalen Gartens, unter dem Vordach des Verschlags für Hazels Hühner, stand eine trockene Bank, auf der die Freundinnen sich niederließen.

Unterbrochen vom leisen Gegacker der fünf Legehennen, die nach Futter pickten, berichtete Aliza, was geschehen war.

Mizzi hörte einfach nur zu. »Du musst zur Polizei gehen!«, forderte sie schließlich.

»Na klar, die glauben bestimmt einer Deutschen, wenn sie behauptet, von einem englischen Pastor angefallen worden zu sein!«

»Hmm«, brummte Mizzi zustimmend. Nach einer Weile sah sie Aliza fragend an: »Und was willst du tun, wenn er das nächste Mal in den Laden kommt?«

Aliza zuckte zusammen. Daran hatte sie überhaupt noch nicht gedacht, und sie wollte sich diesen Moment auch gar nicht vorstellen. Allein Mizzis Frage bereitete ihr Magenschmerzen.

»Er wird bestimmt kommen, vielleicht schon morgen«, setzte Mizzi nach. »Du musst mit deiner Chefin darüber reden.«

»Nein«, sagte Aliza entschieden. »Wenn sie mir nicht glaubt, bin ich die böse Deutsche, die ihren heiß geliebten Pastor verleumdet, und stehe in zwei Sekunden auf der Straße. Und was dann?«

»Dann ... dann ...« Mizzi zuckte die Schultern, auch sie schien keinen Ausweg zu sehen. Nach einem Moment des hilflosen Schweigens, in dem sie wie die Hühner mit den Füßen über den Boden scharrte, fiel ihr doch etwas ein: »Dann kommst du zu mir nach London, und ich quartiere dich in einem leerstehenden Hotelzimmer ein. Und wenn nichts frei ist, verstecke ich dich in einer Wäschekammer, bis du eine neue Anstellung gefunden hast.« Triumphierend lachte sie auf. »Dann wären wir wieder zusammen. Wäre das nicht schön?«

Gerührt fiel Aliza der Freundin um den Hals, seufzte: »Ach, Mizzi, das wäre himmlisch«, und als diese ihr übers Haar streichelte, wagte sie endlich, ihren Gefühlen freien Lauf zu lassen.

Mizzi wartete geduldig, bis Aliza sich ausgeweint hatte, tröstete sie mit einem hoffnungsvollen »Das wird schon wieder«, und verlangte nach Nähzeug, um das zerrissene Kleid zu reparieren.

»Das ist lieb, vielen Dank, aber der Schaden ist doch ein Beweis, und vielleicht glaubt Hazel mir dann eher«, entgegnete Aliza und erntete ein zustimmendes Nicken von ihrer Freundin.

Für Mizzi wurde es bald darauf Zeit aufzubrechen.

»Versprich mir, dass du mit Hazel redest«, verlangte sie, als Aliza sie zum Omnibus begleitete.

»Versprochen.«

Beim abendlichen Wassermilchtee mit üppigen drei Scheiben Käsetoast und einer Tomate suchte Aliza verzweifelt nach den passenden Worten für das Ungeheuerliche vom Nachmittag.
»Du bist so still, mein Kind«, bemerkte Hazel mit besorgter Miene. »Du wirst dir doch keine Sommergrippe geholt haben?«
»Nein, nein, alles in Ordnung, nur ...« Aliza legte resigniert eine Hand auf den Bauch, um anzudeuten, dass sie ihre Regelblutung habe.
Wie sollte sie auch glaubwürdig erklären, dass sie den Pastor zu absolut nichts ermutigt hatte? Dass sie weder mit den Wimpern geklimpert noch zu viel Bein gezeigt oder lasziv gekichert hatte. Dass er einfach über sie hergefallen war. Am Ende beschloss sie abzuwarten, wie sich der Pastor beim nächsten Einkauf benehmen würde. Mit etwas Glück hatte er Gewissensbisse, käme nie wieder in den Laden und erledigte seine Besorgungen in Zukunft bei der Konkurrenz, eine Viertelstunde weiter oben in der High Street.

Wenn Zerstörung über das Haus kommt, fängt sie an der Schwelle an, besagte ein uraltes jüdisches Sprichwort, an das Aliza sich erinnerte, als der Pastor am frühen Samstagmorgen als erster Kunde durch die Ladentür trat. Mit unbewegter Miene und einem höflichen Gruß steuerte er auf die Verkaufstheke zu.

Aliza hatte so sehr gehofft, ihm nie wieder zu begegnen. Nun, angesichts seines dreisten Benehmens, erstarrte sie bis in die Fingerspitzen und hörte in ihren Ohren das Hämmern ihres eigenen Herzschlags. Ihre Angst war so groß, dass sie einfach den Laden verlassen, Hazel suchen und unerträgliche Schmerzen vorspiegeln wollte, als sich die Tür erneut öffnete. Es war Phyllis McBride, die mit einem fröhlichen »*Good morning*« hereinkam.

Unendlich erleichtert atmete Aliza auf. Zumindest war sie nun nicht mehr allein mit diesem Wüstling. Phyllis würde ihr beistehen. Seit ihrer ersten Begegnung im Bus hatte Phyllis sie ab und an zum Tee eingeladen, und wenn sie zum Einkaufen kam, hielten sie jedes Mal einen kleinen Schwatz.

»Sie wünschen?«, fragte sie den Pastor mit einem frostigen Blick.

»Den *Telegraph* und drei Packungen *Winchester*.« Gleichzeitig legte er einen Geldschein auf den Ladentisch.

Leicht irritiert, dass er nicht wie üblich anschreiben lassen wollte, tippte sie den Betrag in die Kasse ein und gab das Wechselgeld heraus.

Der Pastor klemmte sich die Zeitung unter den Arm, verstaute die Zigaretten in seiner Jackentasche und nahm die Münzen an sich. Ohne Gruß schritt er zum Ausgang. Aliza sagte trotzdem »Auf Wiedersehen« und erkundigte sich anschließend nach Phyllis' Wünschen. Im nächsten Moment blieb der Pastor vor der Tür stehen, machte kehrt und kam mit zornigem Blick zurück.

Unhöflich schubste er Phyllis zur Seite und streckte Aliza die offene Hand mit den Münzen entgegen. »Sie haben mir falsch herausgegeben«, erklärte er barsch.

Aliza war hundertprozentig sicher, keinen Fehler begangen zu haben, erkannte aber auf einen Blick, dass tatsächlich eine Münze in der Hand des Pastors fehlte. Vermutlich hatte er sie auf dem Weg zum Ausgang verschwinden lassen. Aber wie konnte sie das beweisen?

Noch bevor Aliza etwas entgegen konnte, lief der Pastor rot an. »*You bloody German.* Glaubst du etwa, du kannst mich betrügen?«, schrie er so laut, als ginge es darum, den Satan zu vertreiben. Phyllis zuckte zusammen, wobei sie den Diener Gottes anstarrte wie den Teufel in Person.

»Aliza hat sich noch nie verrechnet«, kam sie ihr zu Hilfe.

»Mischen Sie sich nicht ein«, knurrte er die arme Phyllis an.

Aliza musste die Anschuldigung über sich ergehen lassen, aber hinter dem Ladentisch ballte sie kampfeslustig die Fäuste.

Sie ahnte nämlich, was er vorhatte: sie als Diebin zu beschuldigen, um Hazel indirekt zu zwingen, sie zu entlassen.

»Ich verlange, Mrs. Gibson zu sprechen«, herrschte er sie im Tonfall eines Scharfrichters an.

»Was ist denn hier los?« Hazel hatte den Lärm offensichtlich gehört. Während sie nach dem weißen Kittel am Haken neben der Tür griff, begrüßte sie die beiden Kunden mit gewinnendem Lächeln. »Einen wunderschönen guten Morgen zusammen. Aliza, was gibt es denn?«

Ehe Aliza antworten konnte, bellte Pastor Grant bereits los. »Ich empfand es schon reichlich unangenehm, mich vom Feind bedienen lassen zu müssen, aber nun auch noch betrogen zu werden ist eine Zumutung. Meine Geduld ist am Ende«, beschwerte er sich lautstark.

Geduldig hörte Hazel sich die Vorwürfe an, ehe sie in aller Ruhe sagte: »Bitte, beruhigen Sie sich, lieber Herr Pastor. Aliza arbeitet seit über einem Jahr bei mir, hat auch Sie immer korrekt bedient, und es gab noch nie Probleme. Sicher handelt es sich nur um ein kleines Missverständnis ...« Sie hatte die Kasse geöffnet und sämtliches Bargeld herausgenommen. Dann wandte sie sich erneut an den echauffierten Kirchenmann: »Wären Sie so freundlich mitzurechnen?« Sie notierte den vorhandenen Geldbestand auf einem schmalen Block und zog die Einnahmen ab.

Das Ergebnis stimmte mit dem Bargeldbestand vom Morgen in der Kasse überein und strafte den Pastor Lügen. Nervös wartete Aliza auf Hazels Reaktion. Die forderte den Pastor mit zuckersüßer Stimme auf, sein Wechselgeld nachzuzählen.

Er knallte die Münzen auf den Tisch. »Sehen Sie selbst«, knurrte er.

Hazel musterte ihn wie eine Mutter ihren verstockten Sohn. »Kann es sein, dass die fehlende Münze in eine Ihrer Taschen gerutscht ist? Seien Sie doch so freundlich und sehen nach. Mir zuliebe.«

Knurrend steckte er sein Wechselgeld ein, murmelte: »Schon gut«, und verließ das Geschäft ohne weitere Erklärung oder einen Gruß.

»Diese Hitze bekommt einfach nicht jedem«, bemerkte Hazel nonchalant und wandte sich Phyllis zu. »Wie geht es dir, meine Liebe? Ich habe frische Eier für dich zurückgelegt. Die Hühner legen so fleißig, die lassen sich von keinem Krieg und auch von sonst nichts und niemandem irritieren.«

Aliza war zutiefst erleichtert. Für Hazel war die Angelegenheit offensichtlich erledigt.

Leider nicht für Pastor Grant, der in einer glühenden Sonntagspredigt den hinterhältigen Feind verteufelte, vor dem man in jeder Sekunde auf der Hut sein müsse, weil einem selbst beim Zeitungskauf deutsche Spione begegnen könnten.

Deutlicher hätte er es nicht ausdrücken müssen. Die Gemeinde verstand sofort, worauf er hinauswollte, und das Gerücht, Hazel beschäftige eine unehrliche Deutsche, die betrügen und die Engländer ausspionieren würde, verbreitete sich, wie alle Lügen, in Windeseile.

Eine Woche lang ignorierte Hazel das Getuschel; sogar, als man Aliza tatsächlich der Spionage verdächtigte, verteidigte Hazel sie. Erst als mehr und mehr Kunden zur Konkurrenz abwanderten, sprach sie Aliza eines Abends nach Ladenschluss darauf an.

»Was ist denn nur geschehen, meine Kleine, gab es ein Problem mit dem Unterricht? Der Pastor ist plötzlich wie ausgewechselt.«

Aliza zögerte, ob sie Hazel den Vorfall erzählen oder besser die Ahnungslose spielen sollte. Dann aber entschied sie sich für die Wahrheit.

Hazel hörte ihr entgeistert zu. »Es tut mir unendlich leid, mein Kind, was für ein Scheusal. Wie konnte ich mich nur so in ihm täuschen?« Sie nahm Aliza in den Arm und strich ihr tröstend über den Rücken. »Ich kann mein Entsetzen kaum in Worte fassen. Ich vertraue dir nach wie vor, mein Kind, aber du hast sicher selbst bemerkt, dass der Umsatz zurückgegangen ist ...«

»Sie müssen nicht weitersprechen«, unterbrach Aliza die Chefin. »Sie waren immer sehr gut zu mir, haben mich fair bezahlt und mir so vieles beigebracht. Dafür danke ich Ihnen sehr herzlich, liebe Mrs. Gibson.«

Ein letzter Händedruck, ein letztes Lächeln, dann ihre wenigen Habseligkeiten packen und sich ein letztes Mal in der kleinen Schlafkammer aufs Bett fallen lassen, bevor sie wieder auf der Straße stünde. Trotz der vielen Arbeit, der beengten Unterkunft und Hazels oftmals übertriebenen Ansprüchen waren die Gibsons ihr ans Herz gewachsen, war sie hier zu Hause gewesen.

24

Berlin, Ende November 1941

SAMUEL BESCHLEUNIGTE SEINE Schritte. Nicht wegen des heftigen Schneeregens, der ihm abwechselnd ins Gesicht und dann wieder in den Kragen wehte, sondern um die Klinik rechtzeitig zu erreichen. Die paar Schneeflocken störten ihn nicht, sie waren eine willkommene Erfrischung für sein erhitztes Gesicht. Er war seit über einer Stunde unterwegs, aber bis Wedding hatte er noch mindestens vierzig Minuten Fußweg vor sich, und nur wenn es in Strömen regnete oder er sich abends nach dem Dienst kaum noch auf den Beinen halten konnte, wagte er sich in den Linienbus. Gleich nach Kriegsbeginn, im September 1939, hatten die Nazis den Juden die Benutzung öffentlicher Verkehrsmittel verboten, doch die Kontrollen fanden hauptsächlich in den U-Bahnen statt, und bislang war er nicht erwischt worden. Ein großes Glück, denn diese perfide Bande hatte sich etwas ausgedacht, um Juden sofort erkennen zu können: einen gelben Davidstern aus Stoff, den man für zehn Pfennig kaufen und auf die linke Brustseite seiner Kleidung nähen musste. Wurde man ohne Stern erwischt, drohten 150 Reichsmark Geldstrafe oder eine sechswöchige Haft.

Drei Jahre waren seit der Verhaftung seines Vaters vergangen. Ein Pogrom nach dem anderen war wie biblische Plagen über die Juden hereingebrochen. Nun wurden sie auch noch wie Vieh gekennzeichnet, zur Zwangsarbeit verpflichtet und erhielten keine Kleiderkarten mehr. Letztes Jahr im Juli war ihm das

Telefon in der Praxis gesperrt worden, nicht einmal Karoschke hatte es verhindern können. Auch gegen die im selben Monat erlassene Verordnung, nach der sie die streng rationierten Lebensmittel nur noch am Nachmittag von vier bis fünf in bestimmten Läden einkaufen durften, war Karoschke machtlos. Ebenso hatte er nichts gegen die Verpflichtung zur Zwangsarbeit ausrichten können. Rachel schuftete bei Siemens am Fließband, acht Stunden an sechs Tagen die Woche, während er die Anstellung in der Klinik hatte ...

»Halt!«

Zwei Männer in braunen Uniformen versperrten Samuel den Weg. Sofort blieb er stehen, hütete sich aber vor direktem Blickkontakt. Wie gehässig er von den Männern gemustert wurde, spürte er auch, ohne sie anzusehen. Aus den Augenwinkeln konnte er abschätzen, dass beide etwa gleich groß und gleichaltrig waren, nur von unterschiedlicher Statur. Einer war fett, mit dickem Wanst und ohne erkennbaren Hals, der andere klapperdürr mit einem hohlwangigen Totenkopfschädel.

»Papiere!«, schnauzte der Fette, wozu er lässig seinen Schlagstock schwang.

Samuel zog seine Kennkarte und die polizeiliche Erlaubnis aus der Manteltasche, die ihn berechtigte, seinen Wohnbezirk Charlottenburg zu verlassen; auch das war seit September 39 verboten. Den Blick gesenkt, reichte er beides dem Uniformierten.

»Nimm gefälligst den Hut ab, du Dreckschwein.« Der Forderung folgte ein gezielter Hieb mit dem Schlagstock auf seinen Arm. Samuels Hut segelte davon und landete in einer Pfütze.

»Wohin, alte Judensau?«

»In das Jüdische Krankenhaus an der Iranischen Straße«, antwortete Samuel, obwohl das auf dem Papier notiert war.

Der Totenkopf lachte amüsiert. »Schöner Spaziergang, wa?«

»Wat willste im Krankenhaus?«, fragte der Fette.

Samuel antwortete nicht, sondern starrte nur auf seine Papiere, die der Fette während der ganzen Zeit in der Hand hielt, ohne sie zu prüfen.

»Hat's dir die Sprache verschlagen, elende Judensau?«, bellte der Totenkopf und spuckte Samuel ins Gesicht.

Samuel zwang sich, ruhig zu bleiben, konzentrierte sich darauf, gleichmäßig zu atmen, und unterdrückte den Impuls, die Spucke abzuwischen.

»Lauter, wir können dich nicht verstehen!«, schrie nun der Fette und verpasste Samuel mit dem Schlagstock einen weiteren harten Hieb auf den rechten Arm.

Samuel holte Luft, um den Schmerz zu bekämpfen. »Ich arbeite dort als Küchenhilfe und Tellerwäscher«, schrie er ihm seine Wut entgegen, die ihn seit dem ersten Tag seiner Anstellung nicht mehr verlassen wollte. Seinen Zorn auf die Ideologie des arischen Blutes. Auf ein verbrecherisches System, das vor wenigen Tagen alle deutschen Juden ausgebürgert hatte. Seither waren sie staatenlos. Kein Asylland würde sie jetzt noch aufnehmen. England war unerreichbar geworden.

»Hahaha ... Die verdammte Judensau muss Teller waschen. Wenn dat keen juter Witz is ... Pass bloß auf, dass da nix zu Bruch geht.« Der Dürre lachte polternd und sagte zu seinem Kollegen: »Gib dem Arschloch den verdammten Wisch zurück, damit er an den Spülstein kommt«, worauf der Fette die Unterlagen einfach fallen ließ.

Panisch bückte sich Samuel. In dem Moment verpasste ihm einer der beiden einen Fußtritt. Samuel fiel der Länge nach auf das klatschnasse Pflaster und begrub die Kennkarte und den Erlaubnisschein unter sich.

»Da ist der richtige Platz für so 'ne dreckige Judensau«, grölte einer der beiden und trat erneut nach ihm, bevor sie abmarschierten.

Stöhnend rappelte Samuel sich hoch, sammelte die Papiere

und den Hut ein. Die Tritte waren nicht das Schlimmste, auch nicht der nasse Hut oder der Mantel, die würden wieder trocknen, nicht einmal die Spucke auf seiner Wange, aber die verwischte Schrift auf der Erlaubnis kam einer Katastrophe gleich. Er musste sich bei der Polizei ein neues Papier ausstellen lassen, und die würde nach dem Grund fragen. Den Überfall anzugeben war mindestens so gefährlich, als hätte er die beiden Männer angepöbelt. Inzwischen waren die meisten Polizisten in die Partei eingetreten; nur wenige hatten dem Druck der Nazis widerstanden, wie der freundliche Polizeibeamte Feiler vom Revier am Kaiserdamm.

Kraftlos räumte Samuel den letzten Tellerstapel ins Regal. Nach acht Stunden Geschirr spülen, Pfannen und Töpfe schrubben fühlte er sich vollkommen ausgelaugt, aber das Wischen des Kachelbodens stand ihm noch bevor. Erst dann durfte er sich auf den weiten Nachhauseweg machen. Ein Weg, der ihn Abend für Abend an neu errichteten Luftschutzbunkern vorbeiführte, die selbstverständlich nur für Arier gedacht waren. Auf jeder freien Fläche wuchsen jetzt düstere Betonklötze in die Höhe, die angeblich der halben Stadt Schutz bieten würden; in ihm lösten sie nur die Vorstellung von Massengräbern aus. In seinen Augen waren es Mahnmale eines Geisteskranken, der das Land in einen irrwitzigen Krieg gestürzt hatte und sein Volk skrupellos in den Tod schickte.

Samuel achtete auf seinen Nachhausewegen auch nicht auf die Wartenden vor den Tabakläden, die seit dem Angriff der Wehrmacht auf die Sowjetunion oft zahlreicher waren als vor den Lebensmittelläden. Oder die Schlangen vor den Bäckereien, die ihn schmerzlich an den Tod seiner geliebten Mame erinnerten, die absichtlich verhungert war, indem sie Harald ihre Brotrationen zugeschoben hatte. Er mied den Blick auf die Gemüsebeete, die auf öffentlichen Grünflächen angelegt worden waren, um nicht zum Dieb zu werden. Auch hatte er es aufgegeben, über die Länge des Weges nachzudenken; egal, wie sehr er sich jeden Abend davor fürchtete, kürzer wurde die Strecke nicht. Sobald er die Klinik verließ, setzte er stoisch einen Fuß vor den anderen und rezitierte Beschreibungen klassischer Krankheitsbilder, die ihn vergessen ließen, was aus ihm geworden war. Ende 1940 hatte er nicht mehr selbstständig nach Arbeit suchen dürfen, sondern sich bei der *Zentralen Dienststelle für Juden* in der Fontanepromenade melden müssen. »Im Jüdischen Krankenhaus wird ein Arzt gesucht, doch davon würde ich abraten«, hatte der Mann hinter dem Schalter verkündet und ihm stattdessen einen Posten als Küchenhilfe empfohlen. Auf seine Frage, warum er als studierter Mediziner Küchenarbeit leisten solle, hatte er die Antwort erhalten: »Als Arzt kann es Ihnen passieren, dass Sie abkommandiert werden, um die Judentransporte in die Lager zu begleiten. Und was man so hört, ist noch keiner von dieser Reise zurückgekommen.« Nun säuberte er also dreckiges Geschirr und wischte Fußböden ...

Die gebückte Stellung beim Schrubben des Kachelbodens verstärkte den Schmerz in seiner Hüfte, der rechte Arm pochte von den Schlägen, und auch sonst spürte er jeden einzelnen Knochen, sodass die Aussicht auf den langen Heimweg an diesem Abend zur Schreckensvision geriet. Er wünschte sich nichts sehnlicher, als heute ohne Angst in den Autobus steigen zu können, während der Fahrt den Kopf an eine Fensterscheibe zu lehnen, die Augen zu schließen und vom Ende des Krieges zu träumen.

Kurz überlegte Samuel, die Nacht in der Klinik zu verbringen, wie Harald es manchmal tat. Sein Sohn arbeitete inzwischen inoffiziell als Krankenpfleger und nächtigte nach Überstunden gerne in irgendeiner Kellerecke auf einer alten Matratze. Rachel wusste von Haralds Notlager, doch käme auch *er* nicht nach

Hause, würde sie vor Sorge kein Auge zutun. Sie würde bei einem Fliegerangriff allein den Schutzkeller aufsuchen müssen, wo Karoschke »seine Juden« entgegen jeder Vorschrift duldete. Rachel würde am Ende gar befürchten, er sei verhaftet worden. Seit Oktober hatten die Deportationen beängstigende Ausmaße angenommen. Ganze Familien erhielten den behördlichen Befehl, ihre Wohnungen zu räumen und sich gemeinschaftlich in den nichtabgebrannten Synagogen zur Deportation einzufinden. Fassungslos hatte Samuel letzte Woche beobachtet, wie eine Kolonne mitten durch Berlin getrieben worden war. *Zur Umsiedelung in den Osten,* lautete die offizielle Version, *um sich dort eine neue Existenz aufzubauen.* Seltsam nur, dass sämtliches Inventar der jüdischen Wohnungen von der Gestapo beschlagnahmt wurden. Wie sollte man sich ohne sein Hab und Gut ein neues Leben aufbauen?

Samuel verstaute die Putzutensilien in der Gerätekammer und schleppte sich in den Umkleideraum, wo um kurz nach sieben ein geschäftiges Kommen und Gehen herrschte. Die angestellten Krankenpfleger tauschten hier ebenso ihre Straßenanzüge gegen die Klinikbekleidung wie die Zwangsarbeiter. Extraräume, um den hochstehenden Ariern die Gegenwart eines »dreckigen Untermenschen« nicht zuzumuten – wie Rachel es täglich bei Siemens erdulden musste –, waren in einer jüdischen Klinik natürlich unnötig.

Müde zog Samuel den grauen Kittel aus, verstaute ihn mit den leichten Sandalen in seinem Spind und nahm die festen Straßenschuhe heraus. Aufstöhnend ließ er sich auf der an der Wand aufgestellten Bank nieder. Er sehnte sich nach seinem Bett. Danach, zwei, drei Wochen lang auszuschlafen. Leider besaß er keine dieser »Fieberpillen«, um sich eine Woche Bettruhe zu ergattern, und er hatte auch keine Möglichkeit, sich das Medikament zu beschaffen. Heiße Bäder waren wegen Kohlemangels nur noch eine Erinnerung aus einem anderen Leben.

Aber trotz aller Demütigungen und körperlichen Qualen schützte ihn genau diese Schinderei vor der Deportation. Solange er und seine Familie Arbeit hatten, waren sie nützlich. Ein System, das seine Männer in den Krieg schickte, musste zwangsläufig auf die Ausgestoßenen zurückgreifen.

Die Tür flog auf, und Harald stürmte in den Umkleideraum. Sein großer, breitschultriger Sohn, der inzwischen einundzwanzig Jahre alt war, sah verschwitzt aus, sein Gesicht gerötet, das blonde Haar klebte am Kopf, und der helle Kittel war von undefinierbaren Flecken übersät.

Harald erblickte seinen Vater zusammengesunken auf der Bank. Alarmiert hastete er durch den Raum. »Papa! Meine Güte, was ist mit dir?«

Samuel zuckte zusammen. »Nichts, alles in Ordnung. Ich habe nur davon geträumt, gemütlich im Bus zu sitzen.«

»Aber es ist bereits nach sieben, du solltest schon fast zu Hause sein. Warst du für Überstunden eingeteilt?« Harald setzte sich neben seinen Vater.

Samuel verneinte. »Es war einfach viel zu tun heute, deshalb bin ich überarbeitet, sonst nichts.« Mühsam drückte er sich mithilfe beider Hände von der Bank hoch, wobei er unabsichtlich aufstöhnte.

Harald war sofort auf den Beinen und griff stützend nach dem Arm seines Vaters. »Was ist los, bist du verletzt?« Voller Sorge musterte er ihn.

»Nein, ich habe mir vorhin beim Putzen die Hüfte an einem Türrahmen gestoßen«, wehrte Samuel ab. Er würde den Überfall besser verschweigen. Haralds Wut auf Hitlers braune Bagage schlug schnell in blinden Hass um, der seinen Sohn bei der nächsten Begegnung zu unvorsichtigen Äußerungen oder sogar zu Handgreiflichkeiten verleiten könnte.

Harald setzte sich wieder auf die Bank. »Dann lass uns den Bus nehmen.«

»Bist du meschugge?«

»Nein, aber auch völlig übermüdet.« Harald verschränkte die vom Leichenschieben muskulös gewordenen Arme vor der breiten Brust und sah seinen Vater kämpferisch an. »Wir reißen einfach die Sterne ab, und alles ist paletti.«

»Du *bist* meschugge«, stellte Samuel fest.

Wenig später verstauten sie die Sterne in den Manteltaschen, bestiegen todesmutig den Bus und ergatterten zwei Plätze. Samuel lehnte den Kopf an die Scheibe und schloss die Augen. Unwillkürlich entschlüpfte ihm ein wohliger Seufzer. Er hatte schon fast vergessen, wie unfassbar luxuriös es war, nicht stundenlang durch die kriegsbedingt verdunkelte Stadt, ohne Neonreklamen, Schaufenster und Straßenlaternen nach Hause laufen zu müssen. Und er beruhigte sich mit dem Gedanken, dass es mit dem Teufel zugehen müsste, an einem Tag zweimal kontrolliert zu werden.

Die Fahrt verlief tatsächlich ohne Zwischenfall. Erst an der vorletzten Haltestelle stieß Harald seinen Vater unsanft in die Seite und zischte ihm leise zu: »Sitz aufrecht, verhalte dich ganz ruhig, und werde bloß nicht nervös.«

Samuel öffnete die Augen. Der Anblick zweier Männer in braunen Uniformen, die hinter einigen anderen Fahrgästen zustiegen, jagte ihm eine Welle der Angst durch die Adern, stärker als er sie damals unter dem Schreibtisch verspürt hatte, als die Gestapo ins Sprechzimmer gestürmt kam. An jenem Tag hatte Karoschke ihn gerettet, nun aber waren sie allein und verloren. Sein Herzschlag begann zu rasen, das Blut schoss ihm ins Gesicht, auf seiner Stirn bildeten sich verräterische Schweißperlen, und er hatte nur noch einen Gedanken: In wenigen Sekunden würde man sie beide verhaften. Er war fünfzig Jahre alt, ausgezehrt von Entbehrungen und würde dieses karge Dasein ohnehin nicht mehr lange überleben, aber Harald war ein junger Mann, der sein ganzes Leben noch vor sich hatte. Samuel beschloss, seinen Sohn zu retten, zu behaupten, sie gehörten nicht zusammen. Man würde ihm, dem typischen dunkelhaarigen Juden, glauben, dass dieser blonde junge Mann mit den graugrünen Augen nicht sein Sohn war.

In dieser Sekunde sprang Harald plötzlich auf und rief laut: »Ach du Schreck, beinahe hätten wir unsere Station verpasst. Schnell, wir müssen aussteigen ...« Er hakte seinen Vater unter, zog ihn vom Sitz hoch und bugsierte ihn aus dem Fahrzeug – unbeachtet von Hitlers Schergen.

Zitternd stand Samuel auf dem Bürgersteig und blickte dem in die Dunkelheit eintauchenden Autobus hinterher. »Was für ein Massel.« Stöhnend fischte er ein Taschentuch aus der Manteltasche und wischte sich den Schweiß von der Stirn.

Harald lachte nur. »Erstens sehe ich aus wie ein Arier aus dem Bilderbuch, zweitens darf man niemals seine Angst zeigen, und drittens ist dieses braune Pack doch total unterbelichtet. Nichts weiter als ein Haufen Gauner, von denen jeder reichlich Dreck am Stecken hat. Kein Geschäftsmann mit Verstand würde einen von denen einstellen, aber die Nazis heuern jeden Banditen an, weil gerade die es gewohnt sind, Schandtaten auf Befehl auszuführen. NSDAP bedeutet schließlich: Nur solange die Affen parieren!«

»Nicht so laut«, mahnte Samuel und blickte sich ängstlich um.

»Schon gut, wir sind außer Gefahr, Papa. Aber jetzt komm, sonst laufen wir noch einer Streife in die Arme, und die fragen dann, warum ich nicht an der Front fürs geliebte Vaterland kämpfe.«

25

Berlin, Ende April 1942

KAROSCHKE SCHLENDERTE PFEIFEND durch den Nieselregen. Er war beinahe unanständig guter Stimmung, und die würde er sich weder von dem fiesen Aprilwetter noch von der fortlaufenden Rationierung verderben lassen. Heute juckte ihn nicht mal die leidige Benzinrationierung, die ihn regelmäßig zwang, den Mercedes stehen zu lassen. Endlich war ihm nämlich eine Lösung für den permanent nörgelnden Schwager eingefallen. Und das verlangte nach einem Festessen, zu dem selbstverständlich eine Flasche seines französischen Lieblingsgetränks gehörte – einerlei, ob es aus dem Feindesland stammte und als dekadent galt. Ohne einen edlen Tropfen zum Anstoßen wäre es für ihn nur der halbe Genuss. Ja, die Zeiten waren mies, aber er hatte immer noch die Mittel, sich seine Delikatessen ohne Lebensmittelmarken zu beschaffen; nur das Gejammere der Kollegen, dass von zwei Kilo Kartoffeln pro Woche keiner satt werde, strapazierte seine Nerven. Wer sich wirklich beschweren durfte, waren die Juden, deren Zuteilungen knapp vor dem Hungertod waren. Die Vorstellung, dass die Familie Landau vielleicht bei einer wässrigen Kartoffelsuppe am Tisch saß, verdarb ihm beinahe den Appetit auf den sündteuren Lachs, von dem ein halbes Pfund in seiner Aktentasche aus feinstem hellbraunem Kalbsleder steckte.

Doch heute war nicht der Tag, über die missliche Lage der Juden nachzudenken, heute verdrängte er auch diese lästige Stimme im Hinterkopf, die ihm einreden wollte, der Familie einen Teil der Mieteinnahmen zu überlassen. Mitleid war brandgefährlich; wenn es rauskäme, würde man ihn nämlich als Volksschädling anklagen, und das würde ihn alles kosten, was er bisher erreicht hatte. Nein, heute wollte er das Leben genießen. Mal wieder auf die Pauke hauen. Nicht dran denken, dass er wegen der verdammten Engländer vielleicht die Nacht im Keller verbringen musste.

Seit August 1940 kam es regelmäßig zu Luftalarmen, und in den letzten Tagen hatte die Engländer die Stadt Rostock, das Zentrum der Rüstungsindustrie, in Trümmer gelegt. Längst war es Routine geworden, am Abend die Fenster zu verdunkeln und gegen Mitternacht gen Himmel zu blicken. War er wie heute wolkenverhangen oder schüttete es wie aus Kübeln, konnte man sich beruhigt schlafen legen. Konnte man dagegen die Sterne erkennen, legte man sich besser in voller Montur ins Bett, um bereit zu sein für das Rennen in den Luftschutzkeller. Nichts hasste er so sehr, wie da unten zu hocken und auf die Entwarnung zu warten. Dazu die Angst vor einem Volltreffer, der den Einsturz seines Anwesens bedeuten könnte, auch wenn das Haus solide gebaut war und die Kellergewölbe bestens abgestützt waren, das hatte er von einem Fachmann prüfen lassen. Der alte Landau hatte nicht an der Statik gespart, das musste man ihm lassen. Zum Dank dafür war Karoschke sogar heimlich auf den jüdischen Friedhof an sein Grab gepilgert und hatte ihm ein Steinchen hingelegt.

Es fehlte auch nicht an Bequemlichkeit im Keller, dafür hatten Ingrid und Birgit mit ausrangierten Sesseln, Kissen und Decken gesorgt. Trotz allem war jede Minute eine einzige Qual, weil regelmäßig in ihm die Erinnerung an seinen brutalen Vater hochkam, der ihn grundlos oft nächtelang in den Kohlekeller gesperrt hatte.

Die düsteren Gedanken verflogen im Nu, als er seine Wohnung betrat. Er verstaute den Kamelhaarmantel samt Mohairschal und Hut in der Dielengarderobe, warf einen Kontrollblick in den Spiegel und strich mit der Hand über das dunkelblonde Haar. Sekunden später stürmte eine strahlende Birgit aus ihrem Zimmer. Mit einem »Vati, da bist du ja endlich« flog sie ihm in die Arme, wie sie es schon als kleines Mädchen getan hatte.

Wohlwollend betrachtete er sein einziges, geliebtes Kind. In den letzten Jahren hatte sie den Babyspeck verloren, das Gesicht hatte mehr Kontur und die Figur weibliche Rundungen bekommen. Neider würden behaupten, die schwarzen Locken und die dunklen Glutaugen wirkten doch sehr jüdisch. Aber welche Jüdin konnte wie seine beiden Frauen noch ausschließlich maßgefertigte Kleider und Pelzmäntel tragen und sich wöchentlich vom besten Friseur der Stadt die Haare waschen und legen lassen? Nur Birgits Kleidergeschmack missfiel ihm. Sie trug schon wieder diese grässlichen Marlenehosen, die ihre wohlgeformten Beine verbargen und die er höchst unweiblich fand.

»Was ist los, mein Schatz?«

»Der Professor hat mir zu meinem Referat gratuliert.«

»Erzähl, worüber hast du gesprochen?«

Birgit schob die Hände in die Hosentaschen. »Über die Auslöser des Krieges, dass Polen uns seit Jahren provoziert, Frankreich immer schon unser Feind war und die Engländer uns den Krieg erklärt haben.«

Karoschkes Herz schlug schneller. Ein süßes Hochgefühl durchflutete ihn. Er hätte platzen können vor Stolz. »Du bist das klügste Mädchen der Stadt«, versicherte er mit glänzenden Augen und fragte sie, was sie sich zur Belohnung wünsche. »Möchtest du vielleicht mal wieder ins Varieté? Oder wir schauen uns eine Operette an.«

»Ach, mein lieber, lieber Vati. Ich hab doch alles.« Sie drückte ihm einen Schmatz auf die Wange. »Aber wenn du mir unbedingt etwas schenken möchtest ...«

»Nur raus mit der Sprache.«

»Ich würde gerne Auto fahren lernen.«

Karoschke war ehrlich überrascht, doch dann erkannte er, welch kluger Wunsch es war. »Es gibt keinen Grund, warum nicht auch Frauen am Steuer sitzen sollten«, erklärte er. »Und wenn du den Führerschein bestanden hast, woran ich keine Sekunde zweifle, organisiere ich ein paar Extraliter Sprit, und du darfst uns im Mercedes über die Chaussee chauffieren!«

Ingrid kam aus dem Wohnzimmer. »Was wird denn hier ausgeheckt?«

»Birgit möchte den Führerschein machen«, antwortete Karoschke und lächelte seine Frau an, während er sie gleichzeitig mit den Augen verschlang. Sie hatte das Haar auf dem Oberkopf festgesteckt, trug eine rote Seidenbluse mit Volant am Ausschnitt, einen schmalen schwarzen Rock, dazu schwarze Schuhe mit Keilabsätzen und sah einfach zum Anbeißen aus.

»Heute Abend wird das aber nichts mehr«, scherzte Ingrid vergnügt. Sie umarmte ihren Mann und küsste ihn flüchtig auf den Mund. »Du weißt, Gustav und seine Frau kommen zum Abendessen, wie jeden Samstag. Hast du den Lachs bekommen? Im Kühlschrank herrscht nämlich eine geradezu angstmachende Leere, dank dieser verdammten Rationierung. Frau Miehe ist verzweifelt, sie weiß nicht, wie sie aus sauren Gurken und Mostrich etwas zaubern soll.«

»Keine Sorge, mein Liebling, dein Bruder wird nicht verhungern«, beruhigte er seine Frau. »Ich habe auch noch Weißbrot und eine Flasche vom besten Champagner besorgt.«

Ingrid drückte ihm einen Kuss auf sein rechtes Ohr, was anregend kitzelte, und hauchte lasziv: »Dafür bekommt *mein* Führer ein Extradankeschön!«

Karoschke tätschelte ihren Po und sagte sich insgeheim, dass es sich allein für dieses Prachtweib lohnte, den Schwager zu ertragen. Er mochte Ingrids acht Jahre älteren Bruder nämlich nicht besonders. Nur Ingrid zuliebe hatte er ihn in seine ehemalige Erdgeschosswohnung einziehen lassen und nahm es hin, wenn Gustav ihm die Miete schuldig blieb. Ein anständiger Bewohner würde sechzig oder sogar siebzig Reichsmark dafür bezahlen. Gustav war leider ein elender Geizkragen. Aber was sollte man von einem ungebildeten Proleten schon erwarten? Genau das war er nämlich, ein dämlicher Sachbearbeiter bei der Müllabfuhr, der glaubte, ihm stünde etwas von dem zu, das er, Karoschke, sich hart erkämpft hatte. Zu ärgerlich, dass er Gustav die Wohnung nicht hatte verweigern können. Der wäre sofort zur Gestapo gerannt und hätte ihn verpetzt, dass er trotz Verbotes Juden einen Platz im Schutzkeller genehmigte oder dass sie überhaupt noch hier wohnten.

Der Abend wurde ein voller Erfolg. Der beschränkte Schwager ließ sich zu einem »Jeräucherter Lachs uff jeröstetem Weißbrot mit französischer Brause vom Schwarzmarkt hat man och nich alle Tage« herab, wozu die Schwägerin blasiert kicherte und die Gürkchen als »deliziös« bezeichnete. Als wüsste diese einfältige Kuh, was das Wort bedeutete.

Beim zweiten Glas Champagner eröffnete Karoschke dann seinen Plan und schloss mit den Worten: »Darüber aber kein Sterbenswort, zu niemandem. Hast du verstanden, Gustav?«

Sein Schwager hatte mit offenem Mund zugehört, kapierte aber schnell: »Na, wo werd ick denn, ick bin doch nich uffn Kopp jefallen«, und meinte bewundernd: »Det haste clever jedreht, Schwager, bist en ausjefuchstes Schlitzohr!«

Darauf wurde angestoßen, und die Sache war besiegelt – jedenfalls zwischen ihm und Gustav. Aber der schwierigste Teil des Vorhabens stand Karoschke noch bevor. Die Chose dem Doktor zu verklickern.

Am nächsten Morgen gegen elf stieg er zwei Etagen nach oben und klingelte bei Landau. Er wusste, dass der Doktor am Sonntag nicht in diesem Krankenhaus in Wedding arbeitete, demnach also zu Hause war.

Dr. Landau öffnete persönlich.

Karoschke erschrak, wie sehr sich der Arzt verändert hatte. Die markante Nase trat spitz aus dem Gesicht hervor, das dunkle Haar war stark ergraut. Er hatte Schatten unter den Augen, wirkte blass und ausgemergelt, ja beinahe krank. Womöglich trauerte Landau immer noch um seine Mutter, aber er hatte bereits kondoliert, und es wäre unhöflich, das schlechte Aussehen des Doktors zu erwähnen. Natürlich verlor er auch kein einziges Wort über den dicken Mantel, den Landau trug. Vermutlich wurde an Brennmaterial gespart, wie die kalte Luft verriet, die ihm aus dem Wohnungsflur entgegenschlug. Nun ja, die Zeiten waren eben hart und die Nächte frostig.

»Wunderschönen guten Morgen, Herr Doktor«, grüßte Karoschke betont freundlich. »Ich müsste Sie dringend sprechen. Wenn Sie vielleicht ein paar Minuten Zeit hätten?«

Der Arzt trat einen Schritt zur Seite. »Selbstverständlich. Bitte, kommen Sie herein.«

Karoschke zögerte. »Wenn es Ihnen nichts ausmacht, würde ich das gerne unten in der Praxis bereden.«

Hin- und hergerissen zwischen Entsetzen und Unglauben, starrte Samuel sein Gegenüber an. Er hatte sich im Sprechzimmer auf den Stuhl hinter seinen Schreibtisch gesetzt, Karoschke hatte ihm gegenüber Platz genommen. Ganz so, als wären sie Arzt und Patient. Als wäre die Welt noch in Ordnung, als lebten sie in einer friedlichen Demokratie, in der es unwichtig war, welchem Glauben man angehörte. In der man die Fenster nicht allabendlich mit dickem schwarzem Stoff verhängen musste, damit auch ja nicht der kleinste Lichtstrahl nach draußen fiel. Stattdessen war eingetreten, was er nicht fassen konnte, nicht wahrhaben wollte – und ihn doch an eine endgültige Lösung denken ließ. Mit einer Hunderte Male ausgeführten Bewegung erhob er sich, schob den Stuhl ein wenig zurück und schleppte sich zum Medizinschrank, in dem ein kläglicher Rest Medikamente lagerte.

»Haben Sie verstanden, Herr Doktor?«

Samuel antwortete nicht. Stattdessen öffnete er die Glastür und zählte insgesamt zwölf Packungen Schlaftabletten. Zusammen mit den knapp zwanzig Schachteln Schmerztabletten ...

»Herr Doktor!«

Samuel verschloss den Medikamentenschrank. »Ja, ich habe verstanden, meine Familie steht auf der Deportationsliste«, sagte er, während er an den Schreibtisch zurückging.

»Nun schauen Sie nicht so entsetzt, Doktor, noch ist nichts geschehen, und ich helfe Ihnen, wann immer ich dazu in der Lage bin. Deshalb bin ich doch zu Ihnen gekommen, um das zu bereden.«

Das Gespräch mit Karoschke dauerte eine halbe Stunde, in der Samuel nur halbherzig zuhörte. Seine Gedanken schweiften zu den unzähligen Patienten, die er im Laufe der Jahre in diesem Sprechzimmer behandelt hatte. Er erinnerte sich an den verzweifelten kleinen Jungen, der mit einem toten Wellensittich zu ihm gekommen war, in der festen Überzeugung, weil Samuel ihn vom Scharlach geheilt hatte, könne er auch einen toten Vogel wiederbeleben. In solchen Momenten war er davon überzeugt gewesen, auch mit siebzig oder achtzig Jahren noch Patienten zu beruhigen, Rezepte auszuschreiben oder Verbände anzulegen. Nicht einmal in seinen schlimmsten Albträumen wäre ihm eingefallen, mit fünfzig Jahren Teller waschen zu müssen, nur weil er als Jude geboren war. Einen Moment lang fragte er sich, ob der ihm gegenübersitzende Mann im maßgeschneiderten dreiteiligen Nadelstreifenanzug mit getupfter Seidenkrawatte und blütenweißem Hemd die Wahrheit sagte. Aber im Grunde war es unwichtig, ob Karoschke log oder nicht, er war Arier und obendrein der Blockwart, das genügte. Wenn es Karoschke passte, konnte er ihn, Rachel und Harald in eines der Judenhäuser einquartieren lassen. Sie wären eingepfercht mit zwanzig, dreißig Menschen in einer heruntergekommenen Einzimmerwohnung ohne Bad und Klo auf halber Treppe. Was blieb ihm also übrig, als dem Vorschlag des Blockwarts zuzustimmen?

Karoschke stand auf. »Dann sind wir uns also einig, Doktor?« Er streckte ihm die Hand entgegen.

Samuel ergriff sie und drückte sie sanft, wie er jahrzehntelang die Hände seiner Patienten gedrückt hatte. Sie war nicht feucht oder eiskalt wie die Hand eines Lügners, der Angst hatte, ertappt zu werden, sondern angenehm warm und stark wie die eines Retters, der ihn und seine Familie mühelos den Fängen der Gestapo entziehen konnte.

Karoschke verabschiedete sich mit einem freundlichen Grinsen. »Ich finde selbst hinaus. Sie haben vermutlich noch einiges zu ordnen. Dafür eignet sich ein Sonntag wie heute doch bestens.«

Samuel antwortete nicht. Sicher gab es eine Menge zu »ordnen«, allerdings würde er sich lieber schlafen legen und, wenn möglich, nie mehr erwachen. Doch zuerst musste er mit Rachel und Harald reden.

Rachel war in der Küche am Spülbecken dabei, unter fließendem Wasser Kartoffeln abzuschrubben. Der Anblick seiner frierenden Frau in Mantel und Kopftuch, die versuchte, aus zwei armseligen Kartoffeln und einer halben Zwiebel eine Suppe für drei ausgehungerte Menschen zu kochen, schmerzte ihn mehr als jeder Tritt von einem Nazi.

Rachel drehte den Hahn ab und sah ihn besorgt an. »Was war denn los?«

»Wir müssen umziehen«, platzte Samuel mit der Hiobsbotschaft heraus, die er ihr eigentlich schonend hatte beibringen wollen.

Rachel ließ die Kartoffel in ihrer Hand ins Becken fallen. Eine Weile sah sie Samuel schweigend an und sagte schließlich

»Karoschke?« mit einer Stimme, in der so viel Verzweiflung lag, dass Samuel sie eilig in den Arm nahm.

In dem Moment tauchte Harald im Türrahmen auf. In Mantel, Strickmütze und Schal, mit einem graubraunen Kartoffelsack in der Hand, der offensichtlich gefüllt war.

»Mama, ich war einkaufen.« Demonstrativ hielt er den Sack hoch.

Rachel löste sich aus Samuels Armen. »Wo ist dein Stern?« Mahnend starrte sie auf Haralds linke Brustseite.

Schmunzelnd griff Harald in seine Manteltasche und zog ein zusammengeknülltes gelbes Stück Stoff hervor. »Habe ich immer dabei. Aber vergiss den blöden Stern, schau lieber, was ich hier habe.« Er schüttete alles auf den Küchentisch. »Kartoffeln, Karotten, einen Kohlkopf, ein Stück Speck, drei Eier und – einen ganzen Würfel Margarine.«

Ungläubig betrachtete Rachel die Schätze. »Harald, woher hast du das?«, fragte sie streng.

Harald zog die Mütze vom Kopf, setzte sich an den Tisch und lehnte sich entspannt zurück. »Ich habe da so meine Quellen«, antwortete er ausweichend. »Aber keine Sorge, nichts davon ist geklaut oder sonst irgendwie unkoscher – abgesehen vom Speck natürlich. Aber das juckt uns ja zum Glück nicht.«

»Legal aus einem Laden stammen die Sachen aber auf keinen Fall«, erwiderte Samuel und verlangte zu wissen, wo Harald »eingekauft« habe.

»Sagen wir mal so, ich habe es legal getauscht.«

»Wogegen denn?« Samuels braune Augen funkelten zornig, auf seiner Stirn schwoll eine Ader an. »Jedes wertvolle Gemälde und jedes Möbelstück aus dieser Wohnung haben wir längst eingetauscht. Und das teure Geschirr mit dem Goldrand, das zu meiner Bar-Mizwa angeschafft worden war, ziert jetzt den Tisch eines feisten Kohlehändlers, der uns gerade mal einen Sack Briketts dafür gegeben hat. Also *kann* dieses Zeug da gar nicht legal sein.«

»Nun reg dich nicht so auf, Papa, ich habe nur ein paar Medikamente gemopst.«

In Rachels Gesicht spiegelte sich Angst. »Harald! Du landest noch im Gefängnis.«

»Niemand hat mich gesehen, Mama – aber ich habe das dunkle Gefühl, ihr seid gar nicht wegen dieser paar Sachen da auf dem Tisch so wütend.« Er blickte von seinem Vater zur Mutter und wieder zurück. »Was ist hier los? Warum seid ihr vorhin so auseinandergefahren, als ich reinkam?«

»Setzt euch«, sagte Samuel und berichtete von seinem Gespräch mit Karoschke. »Er war sehr freundlich ...«

»Freundlich?«, unterbrach Harald seinen Vater. »Dieser verdammte Treppenterrier weiß doch gar nicht, wie das geht. Ich wette, er hat sich schon wieder eine neue Sauerei ausgedacht. Will er uns etwa auf die Straße setzen? Im Moment hört man von massenhaften Umquartierungen in Judenhäuser. Würde mich nicht wundern, wenn er uns auch abschieben will. Dann gehört ihm das Haus endlich ganz allein.«

»Nein, du irrst dich, er versucht, uns zu helfen«, antwortete Samuel, und nach einer langen Pause sprach er es aus. »Wir stehen nämlich auf der Deportationsliste.«

Rachel presste die Lippen aufeinander, schlug die Hände vors Gesicht und begann zu weinen.

Harald riss ungläubig die Augen auf.

Samuel atmete schwer, bevor er unter größter Anstrengung mit ruhiger Stimme erzählte, wie das Hilfsangebot aussah. »Der Bruder von Karoschkes Frau arbeitet an entsprechender Stelle und hat unsere Namen auf einer dieser Listen gesehen ...«

»Aber ich dachte, solange wir Arbeit haben, sind wir sicher?«, unterbrach Harald erneut seinen Vater.

Ratlos zuckte Samuel die Schultern. »Das dachte ich auch, aber wir wissen ebenso gut, dass die Nazis unberechenbar sind. Wir können uns nur auf Karoschke verlassen, er hat mir verraten, dass an höchster Stelle geplant sei, alle Juden zu deportieren. Berlin soll judenfrei werden. Jüdische Zwangsarbeiter sollen gegen nichtjüdische Häftlinge oder Gefängnisinsassen ausgetauscht werden.«

Harald lachte hämisch auf. »Du hast einen Pakt mit dem Teufel geschlossen. Wir werden von diesem raffgierigen Scheißkerl so lange ausgeplündert, bis wir nur noch unsere Kleider am Leib haben.«

»Bisher hat Karoschke immer Wort gehalten«, widersprach Samuel. »Und er hat seinen Schwager überredet, uns von der Liste zu streichen. Der macht das natürlich nicht ohne Gegenleistung, wir werden aus dieser Wohnung in die kleinere im Erdgeschoss umziehen, und ich gebe die Praxis auf.«

»Ah, schon kapiert!« Wütend sprang Harald von seinem Stuhl auf. »Karoschkes sauberer Schwager will sich hier breitmachen. Erst hat er dir deinen Wagen abgeluchst, dann das Haus, unsere große Wohnung unten und nun auch noch diese hier. Was kommt als Nächstes? Müssen wir uns demnächst im kleinsten Kellerverschlag verkriechen? Ich glaube diesem elenden Speichellecker von Blockwart kein einziges Wort. Das ist doch wieder nur eine Schikane.«

»Was haben wir denn für eine Wahl?«, meldete Rachel sich leise, die ihre Hände in die Ärmel ihres Mantels geschoben hatte. »Willst du zur Gestapo rennen und nachfragen, wohin wir deportiert werden sollen?«

»Natürlich nicht, und das weiß dieser Verbrecher ganz genau. Deshalb kann er ja alles Mögliche behaupten, und wir müssen es schlucken.« Harald kniff die Augen zusammen, stellte sich breitbeinig hin und verschränkte die Arme vor der Brust. »Wenn mir dieser elende Nutznießer im Dunkeln begegnet, prügle ich die Wahrheit schon aus ihm raus.«

»Harald, ich warne dich«, brüllte Samuel seinen Sohn an. »Dein zügelloser Zorn bringt uns noch alle ins Lager.«

26

Brighton, Mai 1942

NIE WÜRDE ALIZA den Moment vergessen, als sie *Le Chapeau* zum ersten Mal betrat. Es war der vornehmste Salon für elegante Hüte und Seidenblumen in ganz Südengland, wie Imogen Harris, die Inhaberin, gerne behauptete. Vielleicht übertrieb sie ein wenig, aber der Laden in der King's Road, durch dessen Schaufenster man aufs Meer blicken konnte, war mit Sicherheit der bekannteste und eleganteste in ganz Brighton.

Imogens traumhafte Kunstblumensträuße schmückten ebenso alte Schlösser wie luxuriöse Wohnungen, und ihre fantasievollen Hutkreationen waren die aufregendsten, mit denen eine Lady ihren Kopf verschönern konnte. Sofern sie – oder ihr Gatte, für den Imogen ebenfalls Hüte kreierte – über die nötigen finanziellen Mittel verfügte. Imogens Schöpfungen waren nämlich nicht nur außergewöhnlich schön, sondern auch teuer wie wertvolle Kunstschätze. Wem von den Preisen dann doch schwindlig wurde, der konnte auf das runde meergrüne Polstersofa sinken, das auf einem pastellfarbenen Blumenteppich bereitstand und aus dessen Mitte eine deckenhohe Palme ihre fächerartigen Blätter ausbreitete. Doch es schien, als lebten in dem mondänen Badeort an Englands südlicher Küste jede Menge Wohlhabender, die ohne mit der Wimper zu zucken regelmäßig bei Imogen einkauften.

Um die Kundschaft in das Geschäft zu locken, wurde jeden Freitag vor Ladenöffnung die Schaufensterdekoration erneuert.

Zuerst entfernte Imogen eigenhändig das ausgestellte Modell. Anschließend nahm eine Hilfskraft den Dekorationsstoff heraus; je nach Saison war es weicher Samt, schimmernde Seide, zarte Spitze oder raschelnder Taft. Dann krabbelte sie in das kleine Schaufenster, um die Scheiben gründlich zu putzen. Sobald diese streifenfrei glänzten, legte das Mädchen den neuen Stoff in die Auslage und entfernte die letzten Fusseln mit einer weichen Haarbürste. Die finale Dekoration war natürlich Imogens Werk.

Heute würde das neueste Meisterwerk ausgestellt werden. Ganz in Weiß, aus zarten Seidenblüten, glitzernden Glassteinchen und hauchfeinem Tüll, erinnerte es deutlich an ein Brautgesteck. Imogen hielt zwar wenig von der Ehe, sie hatte vor fünfzehn Jahren einmal »Ja« gesagt und war bald gescheitert, aber der Mai war nun einmal der beliebteste Hochzeitsmonat. Zudem wurde in Kriegszeiten doppelt so häufig geheiratet wie im Frieden. Für Imogen Grund genug, auch Kriegsbräute zu beglücken.

Aliza stimmte der Gedanke an Hochzeiten unendlich traurig. Jedes dieser hauchzarten Gebilde war Öl auf ihr Sehnsuchtsfeuer und erinnerte sie daran, dass sie seit Monaten keine Nachricht von Fabian erhalten hatte und die Auswirkungen des Krieges mittlerweile auch in Brighton zu spüren waren. Nach den bisher einzigen Luftangriffen im Juli und September 1940 hatte man den Pier geschlossen, die Strände mit Minen bedeckt und mit Stacheldraht gesichert. Seither war das Seebad zum Glück nicht mehr angegriffen worden. Doch selbst ein flüchtiger Blick aus dem Schaufenster zu dem von der Armee bewachten und für die Öffentlichkeit geschlossenen Strand erinnerte sie schmerzhaft daran, dass ihre große Liebe vielleicht auf irgendeinem Schlachtfeld ums Leben kämpfte.

Während sie den schneeweißen Seidensamt mit der weichen Bürste bearbeitete, schluckte sie ihre aufsteigenden Tränen hinunter. Würde auch nur ein winziger Tropfen auf das wertvolle Material fallen, könnte das für Imogen womöglich ein Grund sein, sie rauszuwerfen. Ihre Anstellung im *Le Chapeau* hing praktisch in jeder Sekunde an einem seidenen Faden. Die kleinste Verfehlung, und sie wäre wieder in der gleichen Situation wie letztes Jahr in Sidcup.

Hazel hatte ihr seinerzeit großzügig angeboten, noch so lange den Haushalt zu versorgen, bis sie eine neue Stelle mit Unterkunft gefunden hätte. In der ersten Erleichterung hatte Aliza annehmen wollen, aber die Gefahr, dem Pastor nochmals zu begegnen, war ihr zu riskant gewesen. Sie hätte es nicht ertragen, wenn er sie womöglich noch einmal als Diebin beschuldigt hätte. Die Vorstellung war ihr entsetzlicher vorgekommen, als zurück nach London zu gehen und in einer Kammer zwischen Schmutzwäsche zu nächtigen.

Mutig war sie noch am selben Tag in den Bus nach London gestiegen und hatte Mizzi überrascht, die nicht wenig gestaunt hatte, als Aliza mit dem Koffer aufgetaucht war …

»Aliiizaaa! Wie lange dauert das denn noch? Es kann doch nicht so schwer sein, ein Stück Stoff zu säubern.«

Imogens forsche Stimme holte Aliza zurück in die Gegenwart. Eilig kontrollierte sie den schimmernden Seidensamt, fand aber kein einziges Stäubchen mehr. »Es ist alles bereit«, rief sie über die Schulter.

Schon tauchte die gestrenge Chefin neben ihr auf. Bereits am frühen Morgen war ihr kastanienbraunes Haar in modische Wellen gelegt und im Nacken zu einem lockeren Knoten verschlungen, der mit einem Haarnetz fixiert war. Ihre schlanke Figur steckte in einem maßgeschneiderten Kostüm aus hellgrauem Rips mit breiten Schultern und einem schmalen Rock. Dazu trug sie sandfarbene Seidenstrümpfe mit Naht, ein absoluter Luxus in Kriegszeiten, und schwarze Wildledersandaletten mit Keilabsatz. Auf ihrer hellen Haut lag eine Schicht zartrosa

Puder, die dichten Augenbrauen über den türkisblauen Augen waren schwungvoll nachgezeichnet, die Wimpern getuscht und die Lippen aufreizend rot geschminkt. Durch eine Hornbrille, die ihr ein kompetentes Aussehen verlieh, kontrollierte sie, ob die Scheiben auch wirklich blitzblank waren und der Stoff ordentlich gebürstet. Erst dann erlaubte sie Aliza eine kurze Frühstückspause. »In fünfzehn Minuten bist du zurück, um in den Regalen Staub zu wischen und den Fußboden zu säubern.«

Mit einem ergebenen »Ja, Mrs. Harris« hetzte Aliza aus dem Laden.

Sie erinnerte sich noch sehr deutlich an das erste Treffen mit der attraktiven Endvierzigerin. Die Begegnung war von Mizzi eingefädelt worden und hatte zwei Tage nach ihrer Ankunft in London im Hotel *Landmark* stattgefunden, wo Imogen eine luxuriöse Suite bewohnte. Mizzi war als Zimmermädchen in dem feudalen Hotel in der Nähe des Regent's Park auch für Imogens Suite zuständig gewesen. Neugierig, wie sie war, hatte Mizzi schnell herausgefunden, dass Imogen auf Einkaufstour für ihr Hutgeschäft war und außerdem ein »Mädchen für alles« suchte. Es hatte Mizzi keine halbe Stunde gekostet, bis sie Imogen von ihren Qualitäten überzeugt und auch nicht vergessen hatte, das abgebrochene Studium an der Modeschule zu erwähnen. Und weitere fünfzehn Minuten, um Imogen einzureden, auch Aliza nach Brighton mitzunehmen.

»Ihre Freundin hat Ihre fundierten Erfahrungen im Verkauf überschwänglich gelobt. Stimmt das denn auch?«, hatte Imogen an jenem Tag gefragt und sie von oben bis unten gemustert. Aliza hatte genickt und das Zeugnis vorgezeigt, das Hazel ihr ausgestellt hatte. Wortlos hatte Imogen es studiert, mit einem Nicken zurückgegeben und erklärt: »Die Frage Ihrer Kleidung müsste noch geklärt werden, ansonsten wäre ich bereit, Ihnen eine Probezeit von drei Monaten zu gewähren, gegen Kost und Logis. Danach sehen wir weiter.«

Mizzi hatte sich sofort darangemacht, ihre Modellkleider aus der Modeschule für Aliza zu ändern. Ohne feine Ausstattung hätte Imogen sie vermutlich niemals fest angestellt, denn wer Kunden bediene, repräsentiere die Firma, predigte Imogen allmorgendlich, wenn sie Aliza von den zur Steckfrisur gebändigten Locken bis zu den blitzblank geputzten Schuhen beäugte. In den einfachen Baumwollkleidchen, die Aliza in Sidcup getragen hatte, wäre sie in Brighton sofort als armes Flüchtlingskind erkannt worden. Und ein solch bedauernswertes Geschöpf wäre Imogen nie über die Ladenschwelle gekommen. Geschweige denn, dass sie gestattet hätte, die erlauchte Kundschaft von so jemandem bedienen zu lassen.

Vor knapp einem Jahr war sie mit Mizzi von der Waterloo-Station mit dem Zug nach Brighton gefahren. Inzwischen waren sie beide fest angestellt und verdienten jede fünfzehn Schillinge die Woche. Die freie Unterkunft war eine mittelgroße Kammer im Souterrain, eingerichtet mit zwei Betten, einer Kommode, einem Kleiderschrank und einem Fenster zum Hinterhof. Das Essen war besser als bei Hazel, es gab sogar regelmäßig Fleisch, aber dafür schufteten sie täglich zwölf Stunden. Ihr Leben hatte sich nicht verschlechtert, aber auch nicht großartig verbessert. Bei genauer Betrachtung lebte Aliza in einer Endlosschleife mit zu viel Arbeit und zu wenig Schlaf. Nur dann, wenn es den Alliierten endlich gelänge, diesen unmenschlichen Krieg zu beenden, wäre auch sie aus dieser beschwerlichen Tretmühle befreit. Bis dahin wollte sie durchhalten und weiterhin jeden Schilling sparen, den sie nicht unbedingt ausgeben musste.

Sie und Mizzi hatten im Untergeschoss auch eine schmale Teeküche zu ihrer persönlichen Benutzung. Mizzi war gerade dabei, einen Topf Wasser auf die zweiflammige Kochplatte zu stellen. Der rechteckige Kaffeehaustisch aus dunklem Holz, an dem zwei braune Bugholzstühle standen, war mit unterschiedlich geblümten Tassen und Tellern gedeckt.

»Ich koch uns Tee und Eier ... uaaah.« Mizzi gähnte ausgiebig, streckte die Arme nach oben und dehnte sich. »Mein Rücken bringt mich noch um. Diese winzigen Pailletten und Perlen aufzunähen ist die reinste Sklavenarbeit. Schau dir nur meine Finger an ...« Sie hielt Aliza die Hände vors Gesicht. »Meine Fingerkuppen sind total geschwollen. Die beiden Lohnnäherinnen behaupten, man würde sich daran gewöhnen, aber das kann ich mir nicht vorstellen. Ich stichle doch jetzt schon fast ein Jahr, aber es fällt mir immer noch so schwer wie in den ersten Wochen.«

»Es tut mir so leid«, bedauerte Aliza die Freundin und erklärte: »Wenn ich könnte, würde ich mit dir tauschen. Aber du weißt ja, ich und nähen, das ist wie Feuer und Wasser.«

Seufzend rieb Mizzi sich die ungeschminkten Augen. Makeup benutzte sie nicht mehr, für die Nähstube lohnte es sich nicht, auch ihre Leidenschaft für elegante Kleider war erloschen. Morgens schlüpfte sie in eine ausgewaschene Bluse, zog eine von zwei hellblauen Kittelschürzen drüber und band ihr Haar, das ewig nicht mehr geschnitten worden war, mit einem Gummi zusammen. Einzig ihre drei Millimeter langen Fingernägel feilte sie regelmäßig, damit sie Pailletten und Perlen greifen konnte, die empfindlichen Stoffe aber nicht beschädigte.

»Die Eier sind in ein paar Minuten fertig.«

»Danke, das ist lieb von dir, dann kann ich mich noch waschen und umziehen«, sagte Aliza, der ihr Aussehen auch reichlich egal war, aber Imogen bestand darauf, dass sie sich anständig zurechtmachte. Eine gepflegte Erscheinung sei der Schlüssel zum Erfolg – womit Imogen natürlich ihren eigenen meinte.

Neben der Teeküche gab es eine Toilette mit einem darüberhängenden Spülkasten, an dessen rechter Seite eine lange Kette hing. Auch ein breites Waschbecken war vorhanden, aus dessen verchromten Wasserhähnen sogar warmes Wasser floss. Darüber hing ein fleckig gewordener Spiegel, den Imogen aussortiert hatte. Diese Nasszelle, mit einem Wandregal für Zahnbürsten und Kosmetik, diente Mizzi und Aliza als Waschraum. An den Samstagen durften sie ein Vollbad bei Imogen nehmen – als Belohnung für das vorherige Putzen der Privatwohnung, die über dem Hutladen lag. Dass sie das Badezimmer so zu hinterlassen hatten, als hätten sie es nie betreten, verstand sich von selbst.

Der Freitag verlief in gewohnter Routine. Die Sonne lockte die Menschen ins Freie, und gegen Mittag läutete die kleine Türglocke immer häufiger. Zu Alizas Aufgaben gehörte das Verpacken der Hüte und, wenn gewünscht, deren Lieferung. War Imogen mit einer Kundin beschäftigt, war es Aliza erlaubt, auch Telefonate zu beantworten.

»Le Chapeau, *good morning*«, meldete Aliza sich und lauschte den Wünschen der Kundin. Diese sprudelte in solch einem Tempo los, dass es schwierig war, alles zu verstehen. Höflich entschuldigte Aliza sich mit der Ausrede, die Leitung sei wohl gestört, was normalerweise akzeptiert wurde. Doch die Anruferin schien ihren deutschen Akzent erkannt zu haben, beschimpfte sie zornig als »*stupid German*« und verlangte, sofort die Inhaberin zu sprechen.

Aliza wusste nur zu gut, was darauf folgte.

»Ab in den Keller mit dir, dort wartet Arbeit auf dich, bei der du hoffentlich nichts falsch machen wirst, du ungeschickter Trampel.«

Wortlos verzog Aliza sich in das Materiallager. Die in Kriegszeiten besonders kostbaren Stoffe und Accessoires für Imogens Hüte waren in einem Extraraum untergebracht, der praktischerweise an die Nähstube anschloss. Metallregale von Wand zu Wand hüteten die Kostbarkeiten. Bänder, Federn, Samt- oder Seidenblumen waren in großen beschrifteten Kartons verstaut, Stoffe auf Papprollen. Weiße Tücher schützten gegen Staub. In der Mitte des Raumes stand ein drei Meter langer Holztisch, der als Ablage diente.

Aliza kannte ihre Aufgabe genau, oft genug hatte die Chefin ihr diese deprimierende Arbeit schon aufgebrummt. Aber Imogen war ihr gefolgt, sie schien zu glauben, es einer Neunzehnjährigen zum hundertsten Mal erklären zu müssen.

»Zuerst entfernst du vorsichtig die weißen Tücher, um keinen Staub aufzuwirbeln, und schüttelst sie im Hinterhof kräftig aus. Danach legst du alle Kartons auf den Tisch, beginnend von unten. Anschließend wischst du die Regale feucht ab und trocknest sie mit einem sauberen Tuch. So weit verstanden?« Imogen durchbohrte Aliza mit Blicken.

»Selbstverständlich«, versicherte Aliza.

»Gut.« Imogen nickte zufrieden. »Dann die Kartons ...«

»Einzeln öffnen und auf Motten überprüfen«, fiel Aliza ihr ungeduldig ins Wort.

Imogen hob die Augenbrauen. »Aber immer nur einen, und erst wenn dieser wieder verschlossen ist, darfst du den nächsten öffnen«, ergänzte Imogen streng.

»Ich weiß. Falls sich doch irgendwo eine Motte eingenistet hat, könnte sie sonst in den anderen Karton flattern.«

»Richtig! Und was machst du mit den Stoffballen?«, fragte Imogen, als wäre Aliza eine Schülerin, die eine Prüfung ablegte.

»Auch hier vorsichtig die weißen Tücher abnehmen, keinen Staub aufwirbeln und im Hinterhof kräftig ausschütteln.«

»Richtig!« Imogens roter Mund verzog sich zu einem kaum sichtbaren Lächeln. »Wie geht es weiter?«

»Erst wenn die Stoffballen wieder abgedeckt sind, öffne ich das Fenster für eine halbe Stunde, in der ich den Tisch und den Fußboden feucht wische«, antwortete Aliza gehorsam.

»Sehr schön«, befand Imogen und schritt auf ihren Keilabsätzen davon. An der Tür drehte sie sich noch einmal um. »Wenn du damit fertig bist, wartet eine Auslieferung auf dich.«

Aliza nickte schweigend.

»Hast du mich verstanden?«

»Eine Auslieferung«, wiederholte Aliza gehorsam, dann endlich fiel die Tür ins Schloss, und sie war allein in einem Keller voller Kartons und Stoffrollen.

Eilig zog sie den grauen Kittel über, der an einem Haken an der Tür hing, und machte sich ans Werk. Obwohl sie diese Arbeit hasste, war sie ihr weitaus lieber, als im Laden zu stehen und fortwährend zu lächeln oder arroganten Kundinnen zu schmeicheln, die nach Komplimenten gierten wie Kleinkinder nach Süßigkeiten. War sie hier unten allein, durfte sie ihren Gedanken nachhängen, von einem Wiedersehen mit Fabian träumen oder sich an seine Briefe erinnern, die sie alle auswendig kannte: *Vergiss nicht, morgen ist ein neuer Tag, an dem wir uns vielleicht schon wiedersehen. Dein Fabian – ich liebe Dich mehr, als tausend Worte sagen könnten.*

Die Tür ging auf, und Aliza schreckte aus ihren Träumereien. Es war Mizzi mit einem Tablett. Darauf zwei Tassen Tee und Toast mit Erdbeermarmelade – leider ohne *clotted cream*.

Frech grinsend stellte sie das Tablett auf den langen Tisch. »*Tea Time.*«

»Wenn Imogen uns inmitten ihrer Heiligtümer mit Essen erwischt, stehen wir auf der Straße«, mahnte Aliza besorgt.

»Keine Sorge, die hat wichtige Kundschaft. Eine junge Braut mit Mama, und sogar die Schwiegermutter in spe ist dabei. Das kann dauern.« Lässig schwang Mizzi sich auf den Tisch und ließ die Beine baumeln wie ein kleines Mädchen. »Ich halte es mit meiner Urgroßmutter, die fünfundneunzig wurde und mir eine Weisheit mitgab: *Mit ein bisschen Frechheit kommt man leichter durchs Leben.* Also entspann dich und genieße deinen Tee.«

Aliza hatte ihre Tasse erst zur Hälfte geleert, als sie Schritte vernahmen. Gleich darauf tauchte eine der Lohnnäherinnen auf. »Aliza, die Chefin verlangt nach dir.«

»Aber ich bin hier noch nicht fertig«, protestierte Aliza schwach.
»Du sollst sofort kommen, anscheinend gibt es Wichtigeres, als Staub aufzuwirbeln.«

Seufzend zog Aliza den Kittel aus und schnappte sich den Marmeladentoast, um wenigstens den unterwegs zu verspeisen.

Im Laden herrschte regelrechtes Gedränge. Zu der Braut und ihrer Mutter hatte sich ein elegant gekleideter älterer Herr gesellt, der einen weichen Filzhut in der Hand hielt, den Aliza als einen von Imogens Hüten erkannte. Vermutlich der Vater der Braut, dachte Aliza, als sie die Ähnlichkeit bemerkte. Er hatte das gleiche hellrote Haar wie das junge Mädchen. Bei genauerem Hinsehen erblickte sie einen kleinen Pudel, der artig neben den Füßen des Mannes lag. Aliza starrte ihn ungläubig an. Mit seiner schwarz-weißen Fellzeichnung, den lustigen Knopfaugen und der feucht glänzenden schwarzen Nase glich er Emil, dem Hund ihrer Großeltern, aufs Lockenhaar genau.

»Hallo, du Süßer«, flüsterte sie ergriffen und musste sich beherrschen, nicht einfach hinzugehen, um ihn zu streicheln.

Der Hund hob den Kopf, spitzte die Ohren und wedelte mit dem Stummelschwanz.

Imogen bemerkte Aliza im selben Moment. »Kannst du mit Hunden umgehen?«

»Sehr gut sogar, meine Großeltern hatten einen«, antwortete sie mit einem freundlichen Lächeln.

»Schön, dann nimm Lord Baringhams Pudel mit in die Teeküche und versorge ihn mit Wasser«, befahl Imogen.

Aliza ging auf den Herrn zu. »Darf ich?«, fragte sie und streckte die Hand nach der Leine aus.

Er nickte freundlich. »Das wäre reizend.« Er reichte ihr den Lederriemen. »Na los, Daisy, geh mit der freundlichen jungen Dame.«

»Komm mit, du bekommst Wasser«, lockte Aliza, und der Hund folgte ihr, ohne sich zu sträuben.

In der Teeküche füllte sie eine Untertasse mit frischem Wasser und stellte sie auf den Fußboden.

Daisy schlabberte ein paar Mal, aber großen Durst schien sie nicht zu haben. Wohlerzogen setzte sie sich dann auf die Hinterbeine und blickte Aliza mit glänzenden Augen erwartungsvoll an.

Aliza zeigte ihr die leeren Handflächen. »Ich habe leider nichts zu fressen für dich«, sagte sie auf Deutsch und spürte plötzlich einen dicken Kloß im Hals. Es war nicht die Sprache, die sie plötzlich melancholisch werden ließ, sie redete ja auch mit Mizzi nur Deutsch, es war der Anblick dieses kleinen Fellknäuels, das eine übermächtige Sehnsucht nach Berlin, nach ihrer Familie in ihr auslöste. Seufzend ließ Aliza sich auf einen der Stühle nieder. Daisy gab ein leises Fiepen von sich, als spürte sie Alizas Kummer, und hüpfte ihr auf den Schoß. In dem Moment vermochte Aliza ihren Kummer nicht mehr zurückzuhalten. Schluchzend umarmte sie die Hündin, drückte das Gesicht in ihr Fell und erzählte dem Tier von ihren Sorgen.

27

Brighton, im Herbst 1943

ERSCHÖPFT LIESS ALIZA sich in ihrem braunen Wollmantel auf das Bett fallen. Keine schlaue Idee, den guten Sonntagsmantel zu zerknittern, aber sie war einfach zum Umfallen müde. »Ich kann nicht mehr«, stöhnte sie und streifte im Liegen die Schuhe mit den kleinen Absätzen aus braunem Leder von den Füßen. »Ich fühle mich, als hätte ich mindestens hundert Hüte ausgeliefert, meine Waden brennen wie Feuer ...«

Mizzi saß in einem von den schwarzen Pyjamas aus den »guten alten Zeiten bei den Kaufmanns« im Schneidersitz auf der Decke und feilte ihre Fingernägel. »Absatzschuhe sind aber auch vollkommen ungeeignet, um damit stundenlang durch die Gegend zu rennen«, stellte sie mit einem mitfühlenden Blick fest.

»Du sagst es. Aber ich besitze nur dieses eine Paar, und egal, wie viele Botengänge Imogen mir aufbrummt, ich muss sie in diesen Tretern erledigen«, murmelte Aliza schwach.

»Hast du wenigstens Trinkgeld bekommen?«, erkundigte Mizzi sich.

Aliza lachte bitter auf. »Du träumst wohl. Der Einzige, der mir jemals ein paar Pennies zugesteckt hat, war dieser Lord mit dem kleinen Pudel. Die meisten Kunden nehmen mir die Pakete an der Tür ab, ohne sich zu bedanken. Einmal musste ich dringend zur Toilette und bat das Dienstmädchen, das Bad benutzen zu dürfen. Diese arrogante Ziege hat nicht mal geantwortet, sondern mir kommentarlos die Tür vor der Nase zugeschlagen.«

»Es ist unser Akzent«, erwiderte Mizzi. »Je länger der Krieg dauert, umso mehr hassen uns die Engländer. Wir sind der Feind. Wir sind schuld daran, dass sie allabendlich die Fenster verdunkeln müssen, dass es hochgefährlich ist, im Dunkeln durch die Straßen zu spazieren, und dass das Nachtleben in den Städten nur noch im Verborgenen stattfindet. Dass ihre geheiligten Rasenflächen in den Londoner Parks zu profanen Gemüsebeeten umfunktioniert wurden und immer mehr Lebensmittel rationiert werden. *Unsere* spezielle Situation ist ihnen unverständlich. Die beiden Lohnnäherinnen haben vor uns noch nie eine Jüdin kennengelernt. Wie die meisten Briten können sie nicht nachvollziehen, warum wir verfolgt werden.« Mizzi legte die Nagelfeile auf das runde Tischchen, das zwischen den beiden Betten stand, und betrachtete ihr Werk. »Ich würde alles darum geben, endlich dieser verfluchten Nähstube zu entkommen.«

»War in der Nachmittagspost was für mich dabei?«, wechselte nun auch Aliza das Thema.

Traurig schüttelte Mizzi den Kopf. »Das hätte ich dir doch sofort gegeben. Wer weiß, ob diese verfluchten Nazis nicht sämtliche Sendungen fürs Ausland einfach verbrennen. Zutrauen würde ich es diesem elenden Pack.«

Aliza erhob sich stöhnend. Sie war so unendlich müde, dass sie es kaum schaffte, den Wollmantel auszuziehen und auf einen Kleiderbügel an die Schranktür zu hängen. »Normale Briefe kann man ja schon lange nicht mehr verschicken, aber ich hoffe sehr, dass die Rot-Kreuz-Nachrichten nicht boykottiert werden.«

Mizzi griff nach dem Tiegel mit der Handcreme, mit der sie jeden Abend ihre geschundenen Hände einrieb. »Wann kam denn die letzte Post?«

»Ich habe den Eltern natürlich sofort unsere Adresse in Brighton geschrieben. Aber die letzte Nachricht kam vor zwei Jahren im November, als Bobe gestorben ist. Bei jeder Meldung über Luftangriffe auf Berlin habe ich Angst, dass ihnen etwas zustößt. Oder dass sie in eines dieser Lager deportiert wurden, wie es neulich in einer Radiomeldung hieß.«

»Wir dürfen die Hoffnung nicht aufgeben. Der Krieg wird bald vorbei sein, ich verfolge die Meldungen sehr genau ...«

Aliza zog ihr Kleid aus und schlüpfte in Strümpfen, Unterrock und Unterwäsche ins Bett. Sie war zu müde, um noch etwas zu essen, und sogar zu müde, um sich zu waschen, abzuschminken oder die Zähne zu putzen. Das einzig Positive, was sie über die Arbeit bei Imogen sagen konnte, war die allabendliche bleischwere Müdigkeit, die sie in wenigen Sekunden einschlafen ließ. Die ihr traumlose Nächte schenkte.

»Wie kannst du da so sicher sein, dass der Krieg bald zu Ende ist?«, wollte sie wissen.

»Im Sommer sind amerikanische und britische Truppen in Süditalien gelandet«, berichtete Mizzi aufgeregt, während sie sich die letzte der drei Zigaretten anzündete, die sie sich pro Tag leistete. »Mussolini wurde abgesetzt, in Afrika wurde die Wehrmacht bezwungen, Zehntausende deutsche Soldaten kamen in alliierte Gefangenschaft, die deutsche Kriegsmarine verlor zahlreiche U-Boote, und auch in der Luft sind die Alliierten den Nazis total überlegen. Die Amis fliegen tagsüber, und die Engländer übernehmen die nächtlichen Angriffe. Sie bombardieren vor allem deutsche Rüstungsstandorte.«

Aliza hörte nicht mehr zu. Sie dachte nur daran, dass morgen ein neuer Tag war, der sie hoffentlich dem Ende des Krieges näher brachte. Als Mizzi begann, von der erfolgreichen Bombardierung der Alliierten zu reden, schlief sie bereits.

Mizzis sehnlichster Wunsch, der Nähstube zu entkommen, erfüllte sich genauso wenig wie ihre Vorhersage über das Ende des Krieges. Und trotz der Erfolge der Alliierten änderte sich das Leben der beiden Freundinnen nur wenig – abgesehen von den kleiner werdenden Fleischportionen. Imogens Geschäfte liefen inzwischen nicht mehr ganz so prächtig wie noch vor einem Jahr. Neue Kreationen verkauften sich zögerlicher, so aufregend Imogens Dekorationen auch sein mochten. Stattdessen ließen die Kundinnen ihre alten Hüte aufarbeiten, die Aliza dann auszuliefern hatte.

Wieder einmal hatte sie von Imogen einen der mintgrünen runden Kartons mit der goldenen Aufschrift *Le Chapeau* und eine Notiz mit der Lieferanschrift erhalten, als der Postbote den Laden betrat.

Erwartungsvoll blickte Aliza ihn an, wobei sie sich gleichzeitig für das bedauernde Schulterzucken wappnete.

Doch er lächelte sie an. »Heute ist etwas für Sie dabei«, sagte er und überreichte ihr einen hellbraunen Umschlag. »Hoffentlich gute Nachrichten.«

»Den Brief kannst du später lesen. Zuerst musst du den Hut abliefern«, unterbrach Imogen und trieb sie zur Eile an. »Hast du die Adresse, wirst du sie auch finden?«

»Natürlich«, versicherte Aliza und steckte den Umschlag in die Tasche ihres Wintermantels. *Natürlich* vergaß sie ihren Auftrag, sobald sie den Laden verlassen hatte. Sie wartete seit einer Ewigkeit auf Nachricht von zu Hause, da konnte die Kundin auch ein paar Minuten warten. Davon würde deren Leben wohl nicht sofort im Chaos versinken.

An der nächsten Straßenecke, weit genug vom Hutladen entfernt, stellte sie den Karton einfach auf dem Trottoir ab.

Ihre Hände zitterten vor Aufregung, als sie das Kuvert aus der Manteltasche zog. Sie zögerte, es aufzumachen. Zu groß war ihre Angst vor schlechten Nachrichten. Lange hielt sie den Umschlag einfach nur in der Hand, bis sie ihre Furcht überwand, ihn öffnete, das Blatt herausnahm und zu lesen begann.

Geliebtes Kind, wie geht es Dir? Wir sind überglücklich, Karoschke besorgt neue Pässe und Visa. Papa. Ich schreibe bald wieder.

Pässe … Visa …, wiederholte sie halblaut. Hier stand zwar nicht, für welches Land die Papiere ausgestellt würden, aber sie hoffte inständig, dass die Eltern nach England kämen. Vor Freude kicherte sie leise.

Doch da war noch ein PS: *Fabian angeblich vermisst.*

Irritiert starrte sie diese drei Worte an. »Vermisst«, las sie erst halblaut und dann immer lauter, ohne sich um das junge Pärchen zu kümmern, das im Vorbeigehen verwundert den Kopf schüttelte. »Das muss ein Irrtum sein«, murmelte sie immer wieder, und alles in ihr sträubte sich, daran zu glauben. Seltsamerweise schienen jedoch die Wiederholungen genau das Gegenteil zu bewirken. Steckte nicht hinter jedem Gerücht ein Körnchen Wahrheit? Hieß es nicht: *Wo Rauch ist, ist auch Feuer?* Und war *vermisst* am Ende nur der Versuch ihres Vaters, ihr die grausame Wahrheit schonend beizubringen? War Fabian gefallen? War das also der Grund, weshalb sie so lange nichts von ihm gehört hatte?

Tote schrieben keine Briefe …

Nach und nach drang der grausame Gedanke in ihr Bewusstsein. Fabian war womöglich gefallen. Tot. Ihr wurde schwindelig. Wimmernd holte sie sein Taschentuch aus ihrer Manteltasche und drückte es an ihre Nase. Es hatte in letzter Zeit nicht mehr sehr intensiv geduftet, nun war der Duft verflogen, es roch nicht mehr nach *Je Reviens* und auch nicht mehr nach Fabian.

Unbeweglich, als hätte ihr jemand eine lähmende Injektion verpasst, verharrte sie an der Straßenecke.

Erst ein kleines Mädchen, das an der Hand ihrer Mutter an ihr vorbeiging und mit den Worten »*Mommie, look*« auf den Karton deutete, erinnerte Aliza an ihren Auftrag.

Mutlos machte sie sich auf den Weg zu der Kundin, die eine gute halbe Stunde entfernt von der King's Road wohnte. Dort wurde ihr die Tür von einem mürrischen Hausmädchen geöffnet, das sie sogleich mit einer zornigen Tirade überschüttete. Die Lady sei sehr, sehr wütend wegen der Verspätung und würde sich beschweren.

Aliza zuckte die Schultern, drehte sich wortlos um und begab sich auf den Rückweg. Was kümmerte sie eine verwöhnte Lady, deren einzige Sorge einer lächerlichen Kopfbedeckung galt.

Als Aliza in den Laden zurückkehrte, hatte sie die Drohung bereits wieder vergessen. Imogen offensichtlich nicht. Sie war allein im Geschäft und erwartete Aliza mit einer düsteren Miene, die deutlich Ärger verriet.

»Wo hast du dich rumgetrieben, du nutzloses Ding? Die Kundin hat sich beschwert, dass ihr Hut über eine Stunde zu spät ausgeliefert wurde.«

»Es tut mir leid, ich habe die Adresse nicht sofort gefunden«, schwindelte Aliza.

Imogen blickte streng über ihre Hornbrille. »Du lügst! Ich frage dich also noch einmal. Wo warst du?«

Aliza blickte zu Boden und schwieg. Was immer sie auch vorbringen würde, Imogen würde ihr ohnehin nicht glauben.

»Etwa in irgendeinem Pub?« Entsetzt riss Imogen die sorgfältig geschminkten Augen auf. »Hast du getrunken? Hauch mich mal an.«

Eine Kundin mit Ehemann betrat den Laden.

Augenblicklich änderte sich Imogens mürrische Grimasse in ein liebenswürdiges Lächeln. »Wir reden später weiter.«

Aliza huschte eilig ins Souterrain in die Teeküche und ließ sich auf einen Stuhl fallen.

Wenig später tauchte Mizzi auf und schien sofort zu spüren, dass etwas nicht stimmte. »Hab ich da die Chefin brüllen hören? Du bist ja käseweiß. Ist dir ein Geist begegnet?«

»Aliiiza!«, schrillte Imogens aufgebrachte Stimme durch das Souterrain. Einen Atemzug später stand sie in der Tür zur Teeküche. »Du packst sofort deine Sachen und verschwindest. Auf der Stelle.« Sie knallte den Lohn für eine Woche auf das kleine Tischchen. »Unzuverlässiges Personal kann ich nicht gebrauchen, das ist hochgradig geschäftsschädigend, das ruiniert meinen hart erarbeiteten Ruf.«

Mizzi schnappte nach Luft und baute sich vor Imogen auf. »Was hat sie denn getan?«

»Das geht dich gar nichts an, verschwinde in die Nähstube, dort ist dein Platz«, fuhr Imogen sie an. »Und du hast mich hoffentlich verstanden«, wiederholte sie ihren Rauswurf.

Aliza erhob sich stumm, holte ihr Waschzeug aus der Toilette und begab sich in die Schlafkammer, um zu packen. Wozu sich verteidigen? Wozu die Umstände erklären? Wozu um eine Arbeit kämpfen, die sie hasste? Ihr war sowieso alles egal. Fabian war gefallen.

Mizzi folgte ihr. »Nun sag schon, was war denn los?«

Noch ehe Aliza auch nur ein Wort sagen konnte, stand Imogen wieder hinter ihr. »Du sollst deiner Arbeit nachgehen«, fuhr sie Mizzi an.

Mizzi zuckte die Schultern, verließ dann aber mit einem leisen »Ich geh ja schon« die Kammer.

Imogen blieb in der Tür stehen und beobachtete Aliza, wie sie ihre wenigen Habseligkeiten und das Tagebuch, in das sie aus Zeitmangel nie geschrieben hatte, zusammensuchte. Zuletzt packte sie die Schuhschachtel mit den Briefen in den Koffer, mit dem sie aus Berlin nach England gekommen war und den sie erst wieder hatte packen wollen, wenn es zurück nach Berlin ginge. Sie seufzte.

»Wie lange dauert das denn noch?«, trieb Imogen sie zur Eile an. »Falls du glaubst, ich ändere meine Meinung, dann irrst du dich.«

Aliza holte tief Luft, um nicht unhöflich zu werden. Aber dann änderte *sie* ihre Meinung. Sie hatte nichts mehr zu verlieren und würde mit dieser Ausbeuterin endlich Tacheles reden.

»Und falls Sie glauben, ich würde bleiben wollen, dann irren Sie sich, Sie ... Sie Sklaventreiberin. Ich habe ohne Murren jeden Tag mindestens zwölf Stunden für lächerliche fünfzehn Schillinge geschuftet, und wegen so einer Kleinigkeit werfen Sie mich nun raus, das ist unmenschlich.«

Imogen riss empört die Augen auf. »Was erlaubst du dir, du unverschämtes Ding«, schrie sie wie eine Furie. »Ich habe dich aus reiner Herzensgüte aufgenommen, obwohl ich keine zweite Hilfskraft benötigt hätte. Habe dir Unterschlupf gewährt, dich trotz Lebensmittelrationierung verköstigt und dir einen gerechten Lohn gezahlt. Und das ist nun der Dank dafür? Hinaus!« Mit ausgestrecktem Arm wies sie den Flur entlang.

Entgeistert starrte Aliza auf Imogens Arm. Es war, als würde Imogen sie per Hitlergruß aus dem Haus jagen. Schon fast vergessene Demütigungen aus Schulzeiten kamen wieder hoch. Die Erinnerung an die Nacht, als ihr Großvater von der SS abgeholt worden war. Und sie sah Szenen vor sich, wie unschuldige Juden von SS-Männern grundlos drangsaliert wurden. Nicht einmal in England schien sie diesen Peinigern entkommen zu können. Entmutigt schloss sie den Koffer, packte ihn und flüchtete über den Laden hinaus auf die Straße.

Ohne zu wissen, wohin, schleppte sie sich die King's Road entlang.

In tiefster Verzweiflung dachte sie daran, rüber an den Strand zu laufen, um hoffentlich auf eine zu Mine treten. Dann wäre sie von ihrem Elend erlöst. Und wenn es einen Himmel gab, würde sie Fabian wiedersehen.

Versunken in tiefe Mutlosigkeit, lief Aliza durch die kleinen Seitenstraßen, achtete weder auf den Verkehr noch auf Spaziergänger oder Hunde. Doch die kleine Daisy erkannte Aliza schon von Weitem, zerrte ungeduldig an der Leine und nötigte ihr Herrchen zu einem schnelleren Tempo. Am Ziel angekommen, sprang sie fröhlich bellend an Aliza hoch.

Das überraschende Wiedersehen mit dem kleinen Tier und seine offensichtliche Zuneigung brachten Aliza zum Weinen.

»Daisy, benimm dich«, mahnte Lord Baringham seine Hündin und fragte höflich: »Mein Kind, geht es Ihnen nicht gut, kann ich etwas für Sie tun?«

Aliza erinnerte sich an den Kunden, den Imogen Lord genannt hatte. »Nein, danke, My Lord, es ist nur ...«

»Was auch immer Sie bedrückt, eine Tasse Tee könnte auf keinen Fall schaden«, entgegnete Baringham gestelzt. »Was meinst du dazu, Daisy?« Der Pudel wedelte aufgeregt mit dem kurzen Schwanz. »Sehen Sie, Daisy wäre ebenfalls erfreut, wenn Sie uns erlaubten, Sie zu einer Tasse einzuladen. Es ist ohnehin bald fünf.« Noch während er sprach, griff er in die Innentasche seines eleganten anthrazitfarbenen Mantels, angelte ein gefaltetes schneeweißes Stofftuch heraus und reichte es ihr. »Bitte.«

Zögernd nahm Aliza es an und putzte sich etwas umständlich die Nase, wobei sie den herben Duft eines Aftershaves wahrnahm. »Ich weiß gar nicht, wie ich ... ähm ... es waschen und sauber zurückgeben kann«, sagte sie verlegen.

»Das spielt keine Rolle, behalten Sie es gerne, es ist nur ein Stück Stoff«, beruhigte Baringham sie.

Die Freundlichkeit dieses vornehmen Mannes löste bei Aliza einen Tränensturz aus. »Tut mir so leid, ich bin eigentlich keine ... keine *Heulsuse*«, entschuldigte sie sich nach erneutem Naseputzen.

Baringham sah sie neugierig an und entschuldigte sich, dieses Wort noch nie gehört zu haben.

»Verzeihen Sie, das war Deutsch. So nennt man bei uns Mädchen, die bei jeder Kleinigkeit weinen«, erklärte sie.

Lord Baringham lächelte. »Ich verstehe. Vielleicht kann ich

Sie mit einem englischen Sprichwort trösten: *Every cloud has a silver line.* Aber oft genügt auch eine Tasse Tee. Wenn Sie also möchten, ich wohne nicht weit von hier entfernt.« Er sprach leicht näselnd, aber ohne Akzent – Upperclass-Englisch, soweit Aliza es beurteilen konnte.

»Ich weiß, Victoria Street«, sagte sie und erinnerte sich an das Trinkgeld, das sie bekommen hatte.

»Sehen Sie, wir sind uns gar nicht so fremd«, entgegnete er.

Dennoch bleibt er ein Fremder, dachte Aliza. Ein wesentlich älterer Mann mindestens Ende vierzig, mit freundlichen goldbraunen Augen, zahlreichen Lachfalten und ebenso vielen Sommersprossen, die ihr schon bei der ersten Begegnung aufgefallen waren. Konnte sie ihm vertrauen, oder wollte er ihre Situation ausnutzen? Unschlüssig sah sie ihn an.

»Oh, bitte, verzeihen Sie meine Unhöflichkeit ...« Er nahm seinen Hut ab. »Ich habe mich Ihnen noch gar nicht vorgestellt. Archibald Ernest Randolph, Lord Baringham der Dritte, im Großen Krieg eine Prothese erworben« – er hob die rechte behandschuhte Hand, um die Daisys Leine geschlungen war, leicht an – »und meine Freunde würden mich als absoluten Gentleman beschreiben. Soll heißen, Sie können mir vertrauen. Und trotz meines Handicaps bin ich durchaus in der Lage, Tee zuzubereiten.«

»Vielen Dank für die Einladung«, sagte Aliza, und nach einem Blick auf die schweren dunklen Wolken, die von einem heftigen Wind über den Horizont getrieben wurden, verdrängte sie das scheußliche Erlebnis mit dem Pastor aus ihren Gedanken. Lord Baringham wirkte freundlich, überaus vertrauenswürdig und war in etwa so alt wie ihr Vater.

»Das freut mich. Bitte erlauben Sie mir, Ihr Gepäck zu tragen.« Er bückte sich mit der linken Hand nach dem Koffer, den Aliza neben sich abgestellt hatte.

»Darf ich dann Daisy führen, Lord ... ähm ... Verzeihen Sie, ich weiß gar nicht, wie ich Sie ansprechen darf.«

»Nur keine Umstände, einfach Archibald, wie mich alle meine Freunde nennen.« Er blickte sie liebenswürdig an. »Und ich hoffe, Sie erlauben mir, Ihr Freund zu sein ... Miss?«
»Aliza Landau.«
»Sehr erfreut, Miss Landau.« Er deutete eine Verbeugung an.

Lord Baringham der Dritte lebte in einem hellen Backsteingebäude im viktorianischen Stil, mit kantigen Erkern und Bogenfenstern. Drei geflieste Treppenstufen führten zu einem leicht zurückversetzten Hauseingang. Archibald schloss auf und sagte Aliza, sie könne Daisy von der Leine lösen. Kaum spürte die Hündin die Freiheit, sauste sie die mit einem roten Läufer belegten Treppenstufen nach oben. Freudig hechelnd setzte sie sich vor eine zur Hälfte bleiverglaste weiße Wohnungstür.

»Treten Sie ein«, sagte Archibald, als er auch diese Tür aufgeschlossen hatte.

Aliza betrat ein beeindruckend geräumiges Entrée, das ein mächtiger Spiegel im ornamentalen Goldrahmen auch noch optisch vergrößerte. Daneben standen zwei rötlich glänzende Marmorkonsolen mit prächtigen Seidenblumensträußen von Imogen.

Archibald half Aliza aus dem Mantel und verstaute ihn mitsamt dem Koffer und seinem eigenen Mantel in einer Garderobe, deren tapetenbezogene Tür kaum erkennbar war.

»Geradeaus geht es in den Salon«, erklärte Archibald, während Daisy zu einer anderen Tür rannte und daran kratzte. »Ein paar Minuten Geduld, *Darling*«, rief er dem Pudel zu.

Wie Aliza vermutet hatte, war der Wohnraum sehr weitläufig. Durch drei hohe Fenster fiel verschwenderisches Tageslicht herein und malte sanfte Schatten auf einen taubenblauen Teppich mit dezentem chinesischem Dekor.

Waren die gebrauchten Möbel der Kaufmanns ebenso zusammengewürfelt gewesen wie die des Pastors, hatten die der

Gibsons von bescheidenem Wohlstand gezeugt und Imogens Art-déco-Stil von ihrem Erfolg. Die prachtvollen Antiquitäten Lord Baringhams aber repräsentierten den sagenhaften Reichtum des britischen Adels – zumindest in Alizas Vorstellung. Wertvolle Einrichtungen und auch Antiquitäten kannte sie nicht zuletzt aus ihrem eigenen Zuhause und dem der Großeltern, aber derart erlesene Stücke in solch großer Anzahl hatte sie noch nie gesehen.

»Traumhaft«, sagte Aliza nach einer Weile, in der sie die auf Hochglanz polierten Möbelstücke, die ebenso gut in ein Schloss gepasst hätten, stumm bestaunt hatte.

»Sehr freundlich, aber bei genauerer Betrachtung werden Sie erkennen, dass es sich lediglich um wurmstichigen Trödel handelt«, sagte Archibald in ruhigem Tonfall.

Aliza benötigte einen Moment, um sich an das berühmte englische *Understatement* zu erinnern.

»Ich verstehe«, entgegnete sie schmunzelnd.

»Nehmen Sie doch bitte Platz, während ich mich um den Tee kümmere«, wechselte Archibald galant das Thema. Er deutete auf zwei zierliche Sofas mit umlaufenden Holzverzierungen und geschnitzten Füßen, bezogen mit gelber Gobelinseide, die quer zu einem weißen Marmorkamin postiert waren. Dazwischen stand ein niedriger Tisch.

»Kann ich helfen?«, fragte Aliza mit einem flüchtigen Blick auf Archibalds Prothese. »Ich bin eine perfekte Teeköchin. Bitte, es wäre mir eine Freude.«

»Wenn Sie unbedingt möchten.«

Die Küche entpuppte sich als weniger hochherrschaftlich und erinnerte Aliza eher an die von Hazel: helle Fliesen auf dem Fußboden, ein tiefes Keramikspülbecken, ein antikes Büfett mit Aufsatz, darin goldgerahmtes Geschirr mit Wappen und in den mittigen Schubladen graviertes Silberbesteck, silberne Teesiebe und Zuckerzangen. Auf dem blank polierten Küchentisch stand ein Silbertablett mit Wappen.

Während Aliza Wasser aufsetzte, gab Archibald der Hündin ihr Futter. Anschließend stellte er Teller, Tassen, Milchkännchen und Zuckerdose auf einen Teewagen.

»Leider muss ich gestehen, Ihnen keine frischen Scones zum Tee anbieten zu können«, entschuldigte er sich. »Aber wenn Sie mit Toast, *clotted cream* und Erdbeermarmelade vorliebnehmen würden ...«

»Herzlichen Dank«, erwiderte Aliza und lächelte bei dem Gedanken an *clotted cream*. In Zeiten des *ration book*, wie Lebensmittelmarken in England hießen, war die köstliche fette Sahne ein echter Luxus.

»Sie sind Jüdin, nicht wahr?«, fragte Archibald, als sie gegenüber auf den Sofas Platz genommen hatten, die bequemer waren als angenommen.

»Ja, Landau ist ein typisch jüdischer Familienname und mein Vorname ebenfalls.«

»Verstehe. Aber es war die liebe Imogen, die bei jeder sich bietenden Gelegenheit damit prahlt, aus reiner Herzensgüte zwei jüdische Flüchtlingsmädchen aufgenommen zu haben. Deshalb war ich einigermaßen irritiert, Ihnen mit einem Koffer in der Hand auf der Straße zu begegnen. Möchten Sie mir verraten, was geschehen ist? Und bitte verzeihen Sie mir, falls ich indiskret bin, aber es muss etwas Schwerwiegendes vorgefallen sein, sonst hätten Sie bestimmt nicht geweint.«

»Es würde Sie nur langweilen«, entgegnete Aliza vorsichtig. Wie Archibald von Imogen gesprochen hatte, war es durchaus möglich, dass sie enge Freunde waren. Demnach war es vielleicht keine gute Idee, ausgerechnet ihm das Herz auszuschütten. Doch dann platzte sie einfach mit der Wahrheit heraus, zeigte ihm die Rot-Kreuz-Nachricht und übersetzte den Text.

»Fabian ist mein Verlobter, deshalb war ich so durcheinander und habe einen Hut zu spät ausgeliefert, worauf Mrs. Harris mich entlassen hat.«

Archibald füllte Tee nach und kraulte Daisy, die selig dösend neben ihm auf dem Sofa lag und im Traum mit den Pfötchen zuckte.

»Wenn ich das sagen darf … Sie sollten nicht verzweifeln, *angeblich* bedeutet in Kriegszeiten überhaupt nichts. Ich habe selbst miterlebt, dass totgesagte Männer eines Tages wieder heimkehrten. Vielleicht nicht in bester Verfassung« – er blickte auf seine Prothese – »aber doch lebendig. Solange Sie also keine offizielle Bestätigung über den Verbleib Ihres Verlobten in Händen halten, sollten Sie die Hoffnung nicht aufgeben.«

Archibalds Worte trösteten Aliza ein wenig. Lächelnd bedankte sie sich und hoffte inständig, dass er recht behielte.

»Was Ihre Arbeitsstelle betrifft«, redete Archibald weiter.

»Ich werde mir etwas Neues suchen«, sagte Aliza und fügte scherzhaft hinzu: »Ohne Arbeit ist das Leben doch ziemlich langweilig.«

»Das kann ich nur bestätigen«, lachte Archibald, stand auf und trat an einen Servierwagen, der mit edlen Gläsern und kostbaren Kristallkaraffen bestückt war. »Einen Sherry?«, wechselte er das Thema.

»Nein, herzlichen Dank, ich bin Alkohol nicht gewohnt«, sagte Aliza mit leichtem Unbehagen. Hoffentlich wollte er sie nicht betrunken machen und dann über sie herfallen.

»Allerdings handelt es sich in meinem Fall nicht um Arbeit im eigentlichen Sinne …« Archibald füllte ein aufwendig verziertes Glas mit goldenem Sherry und nahm wieder Platz. »Es sind eher … wie soll ich das nur ausdrücken … gesellschaftliche Verpflichtungen … Ja, das trifft es ziemlich genau.«

Aliza konnte sich wenig darunter vorstellen und blickte ihn neugierig an.

»Meist kein wirkliches Vergnügen«, ergänzte Archibald. »Und nicht selten hat die arme Daisy darunter zu leiden.«

»Ich verstehe nicht.«

»In letzter Zeit musste sie deswegen oft allein zu Hause bleiben. Bis vor Kurzem hatte ich noch einen Butler, der den Haushalt und meine liebe Daisy versorgt hat, leider ... hat er mich aus gesundheitlichen Gründen verlassen. Wie Sie gesehen haben, kann ich Tee kochen, Toast rösten und mir auch einmal ein Ei braten, aber meine Prothese hindert mich an unzähligen anderen Tätigkeiten. Deshalb habe ich mich gefragt, ob Sie eine Anstellung als Hausmädchen und Daisys Betreuerin in Betracht ziehen würden? Zehn Schillinge pro Woche, inklusive Verpflegung und Unterkunft in einem reizenden Zimmer.«

Sprachlos vor Überraschung blickte Aliza den Lord an. Er sah so freundlich aus, und sein Angebot kam ihr wie das größte Glück in höchster Not vor. Ihr fiel Bobe ein, die jetzt gesagt hätte: *Siehste wohl, selbst im Unglück kann man Glück haben.* Gleichzeitig fragte sie sich, ob es nicht eine riesige Dummheit wäre, bei einem alleinstehenden Mann in Dienst zu treten.

28

Berlin, November 1943

HARALD LIEBTE DAS Spiel mit dem Feuer. Als Dreijähriger war er versessen darauf gewesen, seinem Vater die Zigaretten und das trockene Spanholz in den Kachelöfen anzuzünden. Hatten dann auch die großen Scheite Feuer gefangen, starrte er mit gierigen Augen in die züngelnden Flammen, bis sein Gesicht glühte. Bis er glaubte zu verbrennen, um dann, in letzter Sekunde, zu entkommen.

Ohne den verhassten gelben Stern am Mantel, das Kennzeichen der Ausgestoßenen, in zerstörten Häusern nach Beute zu suchen oder aus verwüsteten Wohnungen noch Lebensnotwendiges zu stehlen, war ein lohnenswertes, aber lebensgefährliches Spiel. Wie leicht wurde er hier in Charlottenburg erkannt. Wo er als Kind auf der Straße gespielt, nach der Schule auf dem Heimweg getrödelt und später den Mädchen hinterhergepfiffen hatte. Wie schnell begegnete er einer Streife, die vermeintliche Soldaten auf Fronturlaub kontrollierte. Wie gefährlich war es dann zu behaupten, er sei kein Jude und heiße Harald Koch? Aber er war süchtig nach Risiko: Medikamente entwenden, Lebensmittel organisieren und die nichtbrauchbaren Dinge auf dem Schwarzmarkt verhökern. Es war, als säße er auf einem Pulverfass, das jederzeit explodieren konnte; gleichzeitig war es das berauschende Gefühl, am Leben zu sein. Auch wenn es ein jämmerliches Dasein war, am Rande des Untergangs. Jede Nacht mischte sich das Heulen der unablässig fallenden Bomben mit dem Bersten von Fensterscheiben und den Angstschreien der Patienten. Wenn der Gesang des nahenden Todes bis in den letzten Winkel des Leichenkellers drang. Wenn die Klinikmauern wieder einmal den Angriffen standgehalten hatten. Nach solch einer Nacht klopfte er sich den Staub aus den zerschlissenen Kleidern, kroch ans Tageslicht und füllte seine Lunge mit Luft, die, gesättigt von Schwefel, doch nur Hustenanfälle auslöste. Atemlos, die Angst um seine Eltern im Nacken, rannte er heim. Fand er das Haus seiner Familie unversehrt, Mutter und Vater am Leben, mischte sich die Erleichterung mit der Verbitterung angesichts der Macht des blutsaugenden Blockwarts. Dem sie inzwischen dreißig Mark Miete zahlten und als arische Familie Koch in Karoschkes alter Wohnung gegenüber der Praxis lebten. Und trotz aller Zugeständnisse ihrerseits hatte diese hinterhältige Ratte einen unerschöpflichen Vorrat an Ausreden parat, warum es mit den zugesagten Pässen und Visa nicht klappte. Allein der Gedanke an Karoschkes Gier und seine Unverfrorenheit war Brennmaterial für Haralds Wutfeuer.

Seine Beutezüge lenkten ihn ab. Wenn er sich darauf konzentrierte, in der Trümmerwüste Holz, Parkettdielen oder Türstöcke zu entdecken, wurde er ruhiger. Die Vorboten des Winters mehrten sich; die Nächte wurden kälter, morgens glitzerte Raureif auf den Dächern, Fensterscheiben beschlugen, Mauern wurden feucht, begannen zu schimmeln. Dagegen half nur Feuer; es bedeutete Wärme, Energie für Mamas Kochherd, heißes Wasser für die Badewanne. Egal, wie übernächtigt er war, seine übermüdeten Augen forschten in den von Schutt übersäten Straßen, zusammengefallenen Gebäuden oder verwaisten Wohnungen nach Holz und anderen Fundstücken. Meist wurde er belohnt. In einem Schuttberg hatte er die Uniform eines Wehrmachtsoffiziers und den leicht angekokelten Ausweis eines jungen schwarzhaarigen Mannes in seinem Alter entdeckt. Das Foto hatte er mittels Feuer unkenntlich gemacht. Den Ausweis zu benutzen war nicht ungefährlich, aber in allerhöchster Not würde er es tun. Vorerst hatte er die Schätze noch im Leichenkeller versteckt. Ein Paar nagelneuer Damenschuhe aus Leder war ihm praktisch in die Hände gefallen. Drei Nummern zu groß für seine Mutter, doch auf dem Schwarzmarkt hatten sie Brot, Käse und Öl für einen Monat eingebracht. Es waren Überlebensmittel, denn seit September erhielten Juden keine Lebensmittelmarken mehr für Eier, Milch und Fleisch. Er musste weiter stehlen – wie sonst hätte er seine Eltern vor dem Hungertod bewahren können?

In der Kantstraße hatten die königlichen Flieger mit ihren Sprengbomben mehrere Gebäude erwischt. Manche waren bis auf die Mauerreste in sich zusammengefallen, einem dreistöckigen Wohnhaus fehlte die Vorderfront, und wohin man auch blickte, überall schwelten noch Brandherde.

Vor einem halb eingestürzten Haus hielt ihn eine alte Frau an. »Junger Mann, könn' Se mal kurz mit anpacken?«

»Eigentlich bin ick sehr in Eile, Gnädigste.« Harald kratzte sich am Kopf, als überlegte er. Er half gerne – vor allem sich selbst.

Die Frau zurrte ihr Kopftuch unterm Kinn fest und musterte ihn eindringlich mit klaren hellblauen Augen. »Dauert och nur een Augenblick, soll Ihr Schaden nich sein.«

Harald schmunzelte. Schon häufig war er auf dem Heimweg von seinem Nachtdienst um Hilfe gebeten worden. Zögern hatte noch immer den erwünschten Effekt gehabt. »Na denn – wo steht det Klavier?«

Vorsichtig stieg er über eine Schicht aus glitzernden Glasscherben und Mörtelbrocken die Steintreppen ins Hochparterre hinauf. Dichte Staubwolken hingen in der Luft und reizten die Lunge genauso wie der intensive, beißende Geruch nach verbranntem Holz.

»Gleich hier«, erklärte die Alte und deutete nach rechts, während sie erstaunlich elegant über die Trümmer hinwegstieg. Harald schleppte die halbe Wohnungseinrichtung auf die Straße, was natürlich nicht »in einem Augenblick« erledigt war, doch seine Mühe wurde mit einem halben Würfel Margarine belohnt. Das gestrickte Tuch aus brauner Wolle, das er unbemerkt aus einem Wäschekorb stibitzen und unter seinem Mantel verbergen konnte, würde seine Mutter wärmen und vielleicht auch ihren andauernden Husten lindern.

Nach getaner Arbeit verabschiedete er sich eilig und machte sich auf die letzten Meter Heimweg.

In der Wormser Straße atmete er erleichtert auf. Sein Elternhaus und die Nebengebäude hatten die Luftangriffe der vergangenen Nacht ohne Schaden überstanden. Es gibt doch einen Gott, dachte er. Auch wenn es ihm schwerfiel, an einen zu glauben. Und er sich unablässig fragte, welcher Gott sein auserwähltes Volk vor der ägyptischen Knechtschaft rettete und es vierzig Jahre durch die Wüste schickte, um es dann von den Nazis in kürzester Zeit vernichten zu lassen?

Im Hausflur kam ihm »Kaiser Karoschke« entgegen. Hochnäsig schritt der gehasste Parasit die letzte Treppenstufe herunter. Wie gewöhnlich spannte sich ein luxuriöser Kaschmirmantel mit Persianerkragen um seinen fett gewordenen Bauch, auf dem Kopf saß ein Hut aus weichem Velours, und an den Händen sah Harald Handschuhe aus feinem Kalbsleder, wie sein Vater sie einst getragen hatte.

Ich werde ihn zur Rede stellen, beschloss Harald. Ich werde nicht kuschen wie mein Vater, der alles hinnimmt wie ein Opferlamm. Ich werde mit dem Schnorrer Tacheles reden.

»Guten Morgen, Herr Karoschke«, grüßte er höflich und stellte sich dem etwas kleineren Blockwart in den Weg. »Wie schön, dass ich Sie treffe.«

»Morgen«, brummte Karoschke einsilbig und versuchte, sich vorbeizudrängeln.

Harald reagierte entsprechend mit einem flinken Schritt zur selben Seite.

»Tut mir leid, ich bin in Eile.« Karoschke versuchte, auf der anderen Seite zu entkommen.

Harald war schneller. »Sobald Sie mir verraten, wann wir endlich mit den versprochenen Papieren rechnen können, gebe ich den Weg frei. Wir haben all Ihre Bedingungen erfüllt, sind umgezogen, zahlen Miete und warten trotzdem seit etlichen Monaten. Ich verstehe einfach nicht, warum es so lange dauert, wo Sie doch die allerbesten Beziehungen haben. Oder war es Ihr Schwager, der angeblich an entsprechender Stelle sitzt?«

»Wenn du mich bedrängst, geht es auch nicht schneller, im Gegenteil«, konterte Karoschke angriffslustig.

Harald schnaufte. Ihm wurde heiß. In seinen Ohren wummerte sein Herzschlag. »Soll das eine Drohung sein?«

»Mir doch schnuppe, was du daraus schließt«, knurrte Karoschke, hob den Kopf und blickte Harald wütend an. »Und jetzt lass mich endlich vorbei, du unverschämter Judenbengel, oder ihr könnt die Papiere komplett vergessen.«

Harald spürte, wie ihm das Blut ins Gesicht schoss und seine Hände automatisch Karoschkes Kragen packten. Er war so wütend, dass er gar nicht merkte, wie das Wolltuch zu Boden fiel, das er unter seinem Mantel verborgen hatte. »Willst du uns drohen, du widerlicher Blutsauger? Du hast dir doch längst unsere gesamte Habe unter den Nagel gerissen, die Praxis meines Vaters an einen anderen Arzt vermietet, und obendrein kassierst du nun auch uns, die rechtmäßigen Hausbesitzer, monatlich ab. Was willst du eigentlich noch? Wir haben nichts mehr, nur noch Fetzen am Leib.«

»Loslassen!« Karoschke griff nach Haralds Händen, doch fett und träge, wie er geworden war, gelang es ihm nicht, sie abzuschütteln.

Plötzlich ließ Harald doch los, aber nur, um auszuholen. Einen Augenblick später landete seine Faust an Karoschkes Kinn. Der stöhnte auf, taumelte, hielt sich aber auf den Beinen. Harald holte ein zweites Mal aus und schlug heftiger zu. Karoschkes Hut flog davon, er schwankte und verdrehte die Augen. Dann fiel er um und blieb reglos liegen. Harald überlegte kurz, ob er dem Widerling aufhelfen sollte, entschied sich aber dagegen. Der würde von selbst wieder zu sich kommen und die Warnung hoffentlich kapieren. Aufgewühlt griff er nach dem Wolltuch am Boden, schloss die Wohnungstür auf und rief in den Flur: »Mama, ich habe eine Überraschung für dich.«

Karoschke erlangte nach wenigen Sekunden das Bewusstsein wieder. Orientierungslos fragte er sich, was geschehen war. Warum fühlte es sich so an, als läge er im Hausflur auf dem kalten Marmor? Warum schmerzte sein Kinn? Und auch sein Kopf? Als er sich schließlich erinnerte und sich hochgerappelt hatte, packte ihn eine mächtige Welle der Wut.

Er war geschlagen worden.

Derart heftig, dass er auf dem Boden lag.

Wie damals, als sein Vater ihn geprügelt hatte.

Sein Kopf dröhnte. Ihm war schwindelig, er musste sich auf den Treppenabsatz setzen. Vorsichtig befühlte er mit einer Hand die pochende Stelle am Hinterkopf. Er blutete. Nun war auch noch der Handschuh ruiniert.

Karoschke war außer sich vor Empörung. Verdammter Saujud'! Das würde er bereuen. Die gesamte Familie würde den Tag verfluchen, an dem der Sohn die Beherrschung verloren hatte.

Aber zuerst musste er zurück in die Wohnung. Und er benötigte ärztliche Versorgung. Aber nicht von dem neuen Doktor, der die Praxis angemietet hatte, es wäre zu peinlich, würde er von dem Vorfall erfahren. Nein, besser Ingrid bestellte einen fremden Arzt ins Haus. In diesem Zustand konnte er ja unmöglich unter die Leute gehen und sich auch nicht im Amt sehen lassen. Nicht auszudenken, wenn die Kollegen erführen, von wem er zu Boden geschickt worden war. Von dieser Demütigung würde er sich nie wieder erholen. Erst recht nicht von den Untersuchungen, die folgen würden. Die würden ihn am Ende noch ins Gefängnis bringen. Dann wären auch Ingrid und Birgit in Gefahr, und das durfte auf keinen Fall geschehen.

In einer Hand den Hut, mit der anderen sich an der Wand entlangtastend, erreichte er den Lift. Normalerweise nahm er die Treppen, Bewegung war wichtig, aber seine Beine schlotterten, und vor seinen Augen flimmerte es.

Ächzend kam er in der ersten Etage an und schloss zitternd die Wohnungstür auf.

»Ingrid!«, rief er nach Betreten der Diele, während er den Mantel einfach von den Schultern rutschen und den Hut obendrauf fallen ließ.

»Ja, mein Führer«, erklang Ingrids launige Antwort, als sie aus dem Wohnzimmer trat. Mit dem Blick einer Ehefrau, die jede Gefühlsregung und jeden Gesichtsausdruck ihres Gatten genau kannte, erfasste sie sofort, wie echauffiert er war. »Hermann, du lieber Himmel, du siehst aus, als wäre dir der Leibhaftige begegnet.«

Er streckte ihr die Hand mit dem blutigen Handschuh entgegen. »Ich wurde überfallen.«

Ingrid hakte ihn unter. »Komm erst mal mit ins Badezimmer, dort sehe ich mir das genauer an. In der Gastwirtschaft meiner Eltern hatten wir häufig Schlägereien, und meist sah alles viel schlimmer aus, als es tatsächlich war.«

Stöhnend sank Hermann auf den geschlossenen Klodeckel. »Ist da ein Loch? Muss es genäht werden?«, fragte er ängstlich, als er fühlte, wie Ingrid vorsichtig das Haar teilte.

»Nein, nur eine kleine Hautabschürfung. Es blutet auch gar

nicht mehr. Ich werde es desinfizieren, ein Pflaster draufkleben, und morgen bist du fast wieder wie neu.«

»Brauche ich denn keinen Verband?«

»Nein, mein Lieber, zum Glück nicht. Du kannst ganz beruhigt sein, es ist wirklich kein Drama. Aber nun erzähl schon, wer war das, was ist geschehen?«

Wutschnaubend berichtete Karoschke, was im Hausflur vorgefallen war. »Ich kann es immer noch nicht fassen. Mich einfach zu schlagen. Mit der Faust. Zwei Mal.«

Ingrid hatte ein Jodfläschchen und Pflaster aus dem Arzneivorrat herausgesucht, alles Geschenke von Doktor Landau, und betupfte vorsichtig die leicht verletzte Stelle an Hermanns Kopf.

»Wann wolltest du denn die Papiere beschaffen?«, fragte sie, als Hermann sein Lamento beendet hatte.

»Gar nicht.«

»Das verstehe ich nicht. Wieso hast du es dann versprochen?«

Karoschke hatte sich ein wenig beruhigt und lachte nun schallend. »Damit der Doktor einverstanden war, in unsere ehemalige Wohnung im Erdgeschoss zu ziehen und dafür auch noch Miete zu zahlen, habe ich ihm Pässe plus Visa versprochen. Aber ich bin doch nicht bekloppt, die würden neuntausend Reichsmark kosten. Für solch eine riesige Summe lässt sich bestimmt eine bessere Verwendung finden, meinst du nicht auch, mein Liebling?« Er nahm ihre Hand und küsste sie zärtlich. »Bald ist Weihnachten, und wenn ich dein entzückendes, aber nacktes Handgelenk so betrachte ...«

»Das ist natürlich ein Argument«, stimmte Ingrid ihm zu. »Soll ich im Amt anrufen und dich für heute entschuldigen?«

Karoschke nickte aufatmend. »Wenn du so lieb wärst – und telefoniere auch gleich mit deinem Bruder, er soll der Gestapo Bescheid geben, dass sich hier im Haus eine jüdische Familie unter falschen Voraussetzungen eingeschlichen hat. Ich hab genug von der Mischpoche.«

Ingrid wich einen Schritt zurück und musterte ihn ungläubig. »Hermann, das kannst du doch nicht machen ...«
»Und ob ich das kann!«, fiel er ihr ärgerlich ins Wort. »Nach allem, was ich für diese Familie getan habe, Kopf und Kragen, ja sogar meinen Posten im Amt habe ich riskiert, und jetzt überfällt mich dieser Sauhund. Aber mich schlägt keiner ungestraft, das habe ich mir am Grab meines Vaters hoch und heilig geschworen. Und jetzt kein Wort mehr darüber. Bring mir was von dem französischen Calvados.«

29

Brighton, Weihnachten 1943

WÄHREND IN BERLIN über die Volksempfänger verkündet wurde, die Hauptstadt sei endlich judenfrei, saßen Aliza und Mizzi ahnungslos in Archibalds Salon.

»Einen Sherry?«, fragte Aliza, nachdem sie wie zwei reiche Erbinnen ihre *Elevenses* genossen hatten. »Ist zwar noch etwas früh am Tag, aber ausnahmsweise, weil Weihnachten ist.«

»Einen doppelten, wenn du so lieb wärst«, bat Mizzi. »Der lässt mich hoffentlich wieder zur Besinnung kommen. Ich bin ja vollkommen geblendet von dieser Pracht. Sieh dich nur um – Sofas und Sessel wie aus einem Schloss. Gemälde alter Meister, Kronleuchter an den Decken, jede Menge Silberleuchter, silberne Schalen mit kostbaren Blumengebinden, natürlich von Imogen ... Und erst die Kristallkaraffen voller edelster Tropfen! Nicht zu vergessen die seidenen Vorhänge, die Masse an Büchern in einem Bibliothekszimmer, die gerahmte Königsfamilie auf dem Kaminsims und darüber, sozusagen als Krönung, ein Schloss in Öl. Womöglich der Familiensitz?«

»Ja. Ist es nicht wunderschön?« Aliza liebte das Ölgemälde in dem schweren Goldrahmen. Es zeigte ein zweigeschossiges hellrotes Herrenhaus mit einer von Säulen flankierten Freitreppe und halbrunder Auffahrt inmitten eines weitläufigen Parks. »Es liegt in der Nähe von Offham, gut eininhalb Autostunden von Brighton entfernt.«

Sie füllte zwei der verzierten Sherrygläser und brachte eines davon ihrer Freundin, die sich ein dickes Kissen in den Rücken geschoben hatte.

»Besten Dank, *Mylady*«, witzelte Mizzi, als sie das Glas entgegennahm.

»Du bist meschugge. Ich bin hier nur das Hausmädchen und Daisys Betreuerin. Nicht wahr, meine Süße?« Aliza kraulte die Hündin, die es sich ebenfalls auf dem Sofa gemütlich gemacht hatte, und nahm neben Mizzi Platz. Die Freundin besuchte sie nicht zum ersten Mal, seit sie bei Archibald in Diensten war, aber heute waren sie allein in der Wohnung und konnten sich ungeniert umsehen.

Mizzi fragte, ob sie rauchen dürfe, und zündete sich nach Alizas Erlaubnis eine Zigarette an. »Solange der Lord verreist ist, bist du die Hausherrin, und in solch einem feudalen Ambiente residieren nur hochwohlgeborene Damen. Jeder Fremde, der jetzt hier reinschneien würde, käme niemals auf die Idee, uns für zwei bedauernswerte Flüchtlingsmädchen zu halten. Wir sehen doch höchst repräsentabel aus, oder nicht?« Vornehm nippte sie an ihrem Sherry. Sie trug eine schwarze Crêpe-de-Chine-Bluse mit großer Schleife zu schwarzen Marlenehosen, hatte die Fingernägel dunkelrot lackiert, die Lippen schimmerten in der gleichen Farbe, und ihre dunkel umrandeten Augen leuchteten tiefblau hinter der Brille. Ihr schwarzes Haar glänzte frisch gewaschen, war seitlich gescheitelt und fiel lockig auf die Schultern.

»Hmm …«, murmelte Aliza und versuchte, sich vorzustellen, sie wäre tatsächlich eine feine Lady, die mit ihrer besten Freundin ein Glas Sherry genoss. Draußen zog der Dezembernebel über dem Meer herauf, drinnen prasselte ein Feuer im Kamin, und der kleine Pudel schlief zufrieden auf den seidenen Polstern. Was für ein Leben. Lächelnd legte sie die Hand auf den perlenbestickten Kragen ihres bordeauxroten Satinkleides, unter dem sich ihr Verlobungsring verbarg. Das Kleid war eines der Modelle aus Mizzis Modeschule, zu dem sie sich von ihrem Ersparten ein paar schwarze Schuhe mit hohen Absätzen geleistet hatte. Als Weihnachtsgeschenk und als ein Zeichen der Zuversicht auf friedliche Zeiten, in denen sie Fabian hoffentlich wiedersehen würde.

»Wenn nur dieser scheußliche Krieg endlich vorbei wäre. Ich habe solches Heimweh nach Berlin.« Mizzi zog an ihrer Zigarette und blickte versonnen der Rauchwolke nach.

»Und ich würde gerne nachsehen, was der Kühlschrank fürs Abendessen hergibt«, unterbrach Aliza die Freundin. Allein die Erwähnung der Heimatstadt stimmte sie traurig. »Komm mit in die Küche. Archibald hat mir erlaubt, mich an allem zu bedienen.«

»Weiß er, dass du mich eingeladen hast?«, wollte Mizzi wissen.

»Selbstverständlich. Ich habe gefragt, und er hat es sofort erlaubt«, antwortete Aliza. »Er hat extra noch betont, dass ich mich ganz wie zu Hause fühlen soll.«

»*Superb*«, grinste Mizzi. »Dann wünsche ich vor dem Dinner eine Schlossführung, *Mylady*.«

Aliza verpasste der Freundin einen Schubs. »Jetzt hör schon auf mit dem Blödsinn. Ich führe dich herum, aber du musst mir versprechen, nichts anzufassen.«

Mizzi drückte die Zigarette aus und hob drei Finger wie zum Schwur. »Ehrenwort.«

»Gut, mein Zimmer kennst du ja bereits.«

»Oh ja, und darum beneide ich dich glühend«, seufzte Mizzi theatralisch. »Rosentapete an den Wänden, ein weicher Teppich auf dem glänzenden Holzboden, ein gemütliches Polsterbett und erst dieser niedliche Frisiertisch. Sich vor einem dreiteiligen Spiegel zurechtzumachen muss ein wahres Vergnügen sein. Und als Sahnehäubchen hast du auch noch ein eigenes kleines Badezimmer. Im Vergleich zu der armseligen Kellerkammer, in der ich bei Imogen hause, residierst du in einem Palast.«

»Du weißt, dass du mich an den Sonntagen jederzeit besuchen, dich in die Wanne legen und stundenlang vor den Spiegel setzen kannst«, bot Aliza der Freundin zum wiederholten Male an, während sie durch die Diele Richtung Esszimmer gingen. Daisy spazierte schwanzwedelnd hinterher.

Mizzi erwiderte nichts, steuerte stattdessen die Tafel aus rötlichem Mahagoniholz an und setzte sich auf einen der sechs Armlehnstühle. Bewundernd musterte sie den Kronleuchter und strich ehrfürchtig über die glatt polierte Tischplatte.

»So vornehm haben wir auch diniert, bevor dieses verdammte Nazipack sich unsere Villa unter den Nagel gerissen hat.«

Aliza hörte deutlich, wie sehr Mizzi ihre Situation hasste. Wie sehr sie sich wünschte, sie könnte dem Albtraum endlich entkommen. »Hast du neue Nachrichten von deiner Familie?«, fragte sie vorsichtig.

»Die letzte kam tatsächlich aus Kuba, ist schon eine Weile her. Mama schrieb, sie seien gut angekommen, aber es gäbe keine Arbeit, sie würden zu dritt in einem Hotelzimmer leben und müssten schrecklich sparen. Vielleicht reicht das Geld nicht mal für Briefmarken. *Anyway* ...« Mizzi nahm die Brille ab, putzte sie mit ihrem Rocksaum und setzte sie wieder auf die Nase. »Wo nächtigt Lord Baringham? Sicher ist es dort nicht so beengt wie bei meinen Eltern und meinem Bruder.«

Das Schlafzimmer befand sich am Stirnende des schmalen Flurs, der von der Diele abzweigte. Kaum hatte Aliza die Tür geöffnet, sprang Daisy auf das mit einem hellgrauen Satinüberwurf bedeckte Bett, drehte sich dreimal um die eigene Achse und ließ sich dekorativ in der Mitte nieder.

»Man müsste als reiche Engländerin geboren sein«, seufzte Mizzi, als sie den ganz in Grau, Silber und Weiß gehaltenen Schlafraum betrachtete.

»Ja, unser Leben sähe anders aus«, bestätigte Aliza.

Mizzi hörte nicht mehr zu, sondern starrte auf ein schwarzes

Smokingjackett, das auf einem Stummen Diener hing. »Tut mir leid, das muss ich einfach genauer ansehen.«

»Nichts anfassen!«, erinnerte Aliza sie.

Zu spät. Mizzi hatte das Jackett bereits vom Bügel genommen und betrachtete den eingestickten Namen an der Innenseite. »Prächtig! Ganz ungemein prächtig. Vom berühmtesten Herrenschneider Londons!«, erklärte sie aufgeregt. »Meinst du, dein Archibald kennt den Schneider gut genug, um mich ihm zu empfehlen?«

»Er ist nicht *mein* Archibald«, korrigierte Aliza sie streng. »Davon abgesehen, was willst du denn bei einem Herrenschneider?«

»Erfahrungen sammeln, aber noch lieber einen reichen Mann kennenlernen, um endlich aus der Nähstube rauszukommen.« Mizzi hängte den Smoking zurück auf den Stummen Diener und strich mit beiden Händen beinahe zärtlich über die Schultern.

Aliza lachte amüsiert. »Reichen Männern begegnet man doch nicht in einer Nähstube.«

»Ach, meine ahnungslose Kleine«, spottete Mizzi und zog blasiert die gestrichelten Brauen hoch. »Beim Maßnehmen der Hosen kommt man den Lords sogar ziemlich nahe, wenn du verstehst, was ich meine. Ich habe da so meine Erfahrungen. Im Hotel wurde ich nicht nur ein Mal gerufen, um Knöpfe anzunähen oder eine aufgeplatzte Naht zu schließen. Wenn ich dann ins Zimmer kam, stand manch Adliger in Unterhosen vor mir ... und ... Na ja, den Rest kannst du dir denken.« Lachend zwinkerte sie Aliza zu.

Aliza glaubte, sich verhört zu haben. »Du hast dich mit wildfremden Männern eingelassen?«

»Nun tu doch nicht so entsetzt, schließlich bin ich eine junge Frau von einundzwanzig Jahren und muss nicht wie du die eiserne Jungfrau spielen, nur weil du dich für deinen Fabian ...«

»Das ist gemein!«, unterbrach Aliza sie wütend. »Du weißt genau, was in der letzten Nachricht stand.«

Erschrocken lief Mizzi auf Aliza zu und umarmte sie. »Tut mir leid, so war das nicht gemeint. Und ich habe dir ja schon gesagt, dass ich genau wie Archibald nicht daran glaube, dass er wirklich vermisst wird. Fabian lebt, ist putzmunter, und sobald der Krieg vorbei ist, werdet ihr euch wiedersehen, da bin ich ganz sicher.«

Aliza ließ sich nur zu gerne trösten. »Meinst du wirklich?«

»Tausendprozentig! So wahr ich hier vor dir stehe.« Mizzi tätschelte ihr freundschaftlich den Rücken. »Aber wo wir gerade beim Thema sind, hat Lord Baringham dir jemals schöne Augen oder Andeutungen gemacht, dass er etwas anderes von dir erwartet, als nur bekocht zu werden?«

Aliza musste schlucken, weil Mizzis Worte ihr Erlebnis mit Pastor Grant heraufbeschwörten. Sie nahm sich zusammen und holte tief Luft. »Nein, und selbst wenn, dann hätte er es in den sechs Wochen, seit ich hier bin, doch längst versucht. Er benimmt sich durch und durch wie ein Gentleman.«

»Das freut mich für dich. Aber ein wohlhabender Mann in den besten Jahren ohne Weib, das kann ich einfach nicht glauben. Das wäre in etwa so, als würden Nazis Juden retten. Ich meine, der Mann stinkt doch vor Geld, dem müssten die Frauen scharenweise nachlaufen. Bekommt er denn keine Besuche, Briefe, Anrufe, Einladungen zu Gesellschaften?«

»Doch, schon, er ist viel unterwegs«, antwortete Aliza. »Aber von einer Freundin oder gar Verlobten weiß ich nichts.«

»Nicht zu fassen.« Mizzi starrte sie verdutzt an. »Also, wenn ich sechs Wochen für einen Mann arbeiten würde, hätte ich längst alle seine Geheimnisse gelüftet und herausgefunden, ob es eine Frau in seinem Leben gibt. Was ist mit seiner Wäsche, kein Lippenstift am Kragen und dergleichen?«

»Das geht alles in eine Wäscherei, und seine persönliche

Wäsche sortiert er selbst in die Schränke. Aber falls du darauf spekulierst, in seinen Sachen rumzuschnüffeln, vergiss es«, protestierte Aliza. »Das gehört sich nicht.«

»Schon gut, wir müssen ja keine Schubladen durchwühlen, aber die herumstehenden Fotografien mal genauer anzusehen ist kein Schnüffeln, oder?«

»Das ist sicher in Ordnung«, gab Aliza zu, die nun auch neugierig geworden war.

In Begleitung von Daisy liefen sie von Zimmer zu Zimmer und begutachteten sämtliche Fotos, die in silbernen Bilderrahmen aufgestellt waren. Danach konnten sie sich ungefähr vorstellen, wie Archibalds Leben verlaufen war: Geboren als dritter Sohn einer wunderschönen Mutter und eines stattlichen Vaters, der ein hohes Tier bei der Marine war – zu erkennen an der üppig mit Orden verzierten Uniform. Aufgewachsen mit zwei älteren Brüdern – ein Farbfoto zeigte überdeutlich die Ähnlichkeit. Etwa ab dem vierten Schuljahr Internatsschüler – Archibald inmitten einer Gruppe halbwüchsiger Jungs in Schuluniformen. Unzählige Männer, vermutlich Anverwandte, in roten Reitröcken auf edlen Pferden, umringt von Jagdhunden. Britische Aristokraten, die der traditionellen Jagdleidenschaft frönten. Unter Archibalds ehemaligen Schulfreunden stiegen allerdings einige lieber in ein schnittiges Rennauto als auf ein Pferd. Auch Hochzeitsfotos waren unter den gerahmten Erinnerungen, allerdings keines von Archibald.

»Sehr merkwürdig«, murmelte Mizzi mehrmals, als sie am Ende des Rundgangs noch einmal das Schlafzimmer inspizierten. Am Fenster, auf einem antiken Intarsientisch, entdeckten sie eine kleine Schwarz-Weiß-Fotografie, die sie vorher übersehen hatten. Sie zeigte Archibald mit Pomadefrisur, Oberlippenbart und mindestens zwanzig Jahre jünger, an seiner Seite eine hübsche junge Frau im Charlestonkleid mit aufgestickten Perlen. An ihrer linken Hand prangte ein Diamantring.

Mizzi hatte den Rahmen zur Hand genommen, betrachtete ihn eingehend und sank dann seufzend in den Polstersessel neben dem Tisch. »Eindeutig ein Verlobungsfoto, der Stein ist ja so groß wie ein Pflaumenkern. Warum schenkt mir kein Mann so einen?«

»Warum steht das Bild in seinem Schlafzimmer?«, überlegte Aliza, die es beim Staubwischen noch nie so detektivisch genau betrachtet hatte.

»Vielleicht hat sie ihn für einen anderen verlassen, und er trauert immer noch um sie«, überlegte Mizzi und spekulierte gleich darauf: »Oder sie ist inzwischen verstorben.« Sie stellte den Rahmen zurück auf den Tisch. »Wer war eigentlich die Braut, mit der du ihn damals bei Imogen im Laden gesehen hast? Vielleicht eine Tochter aus dieser Ehe? Womöglich wohnst du in ihrem ehemaligen Zimmer. Aber weil sie jetzt verheiratet ist, braucht sie es nicht mehr. Und nur deshalb konnte er dir von jetzt auf gleich eine Stelle mit Unterkunft anbieten.«

»Deine Fantasie geht mit dir durch«, lachte Aliza. »Nichts davon trifft zu. Die Braut aus dem Laden ist eine entfernte Verwandte, zu deren Hochzeit er eingeladen war. Bei Imogen wollte sie ihren Haarschmuck anfertigen lassen. Archibald hatte sie nur begleitet, so hat er es mir jedenfalls erklärt.«

»Dann bleibt die Frage, wozu ein alleinlebender Mann ein so wunderschönes, feminines Zimmer benötigt«, sinnierte Mizzi, während sie sich eine widerspenstige Locke aus der Stirn strich. »Ich glaube, dahinter steckt ein Geheimnis. Hast du noch nie darüber nachgedacht?«

»Ich glaube, du irrst dich. Das Zimmer, in dem ich wohne, liegt doch hinter der Küche und ist eindeutig ein Dienstbotenzimmer. Aber jetzt, wo du es sagst, finde ich die Ausstattung zumindest befremdlich«, entgegnete Aliza und fand dann doch eine Erklärung. »Vielleicht hat er Nichten oder Cousinen und möchte jederzeit ein hübsches Gästezimmer parat haben, in dem sie sich wohlfühlen.«

»Hmm ... schon möglich«, gab Mizzi zögerlich zu. Doch ihrem Tonfall war deutlich anzuhören, dass Alizas Erklärung sie nicht überzeugte. »Würde ein Lord die Verwandtschaft denn tatsächlich hinter der Küche unterbringen?«
»Dann vielleicht in der Bibliothek, dort steht ein breites Sofa, das sehr bequem ist. Ich habe schon stundenlang darauf gesessen und gelesen.«

Mizzi nahm den Rahmen wieder zur Hand. »Archie ist vielleicht kein Schönling, nein, das kann man ihm wirklich nicht nachsagen«, urteilte sie schmunzelnd. »Aber das würde mich überhaupt nicht stören.«

Verwundert musterte Aliza die Freundin. »Wieso sollte es dich stören?«

In diesem Moment begann Daisy zu jaulen, hopste vom Bett und sauste aus dem Zimmer. Es war Zeit für ihre tägliche Mittagsrunde. Damit war die Erforschung von Archibalds Liebesleben vorerst beendet.

Die Freundinnen schlüpften in ihre Schuhe, zogen die Mäntel an, Aliza legte Daisy das Halsband um und nahm sie an die Leine.

Es war kühl geworden, aber lange nicht so kalt wie im Dezember in Berlin, wenn eisige Ostwinde in Nasen und Ohren bissen. Hier war die Luft durchdrungen von Salz und Tang, der Himmel zeigte sich milchig grau, und ein frischer Wind trug Möwengeschrei durch die küstennahen Straßen. Winter mit Eis und Schnee kannte man hier nicht, und die Temperaturen fielen selten unter null.

Aliza bevorzugte die Spaziergänge an der höher gelegenen Uferpromenade, liebte es, übers Meer zu blicken und zu wissen, irgendwo am Ende des Horizonts lag das Festland und noch ein Stück weiter Berlin. Dann fühlte sie sich Fabian am nächsten, beinahe so, als könnte sie ihm zuwinken. Und wenn der Wind ihr Haar zerzauste, bildete sie sich ein, es wären seine Hände.

»Ist es nicht ein Riesenmassel, dass es hier niemals schneit?«, sagte Mizzi, während Daisy auf dem Rückweg zum x-ten Mal stehen blieb, um eine Markierung zu beschnüffeln. »Ich könnte trübsinnig werden vor Sehnsucht nach deutschen Weihnachten«, meinte sie dann. »Nach Christbaum, Glitzerkugeln, Lametta, Plätzchen, Punsch und Gänsebraten und sogar nach deutschen Weihnachtsliedern. Wie habt ihr denn Weihnachten verbracht?«

»Eigentlich genauso«, antwortete Aliza und musste schlucken. In den ruhigen Nebenstraßen, fernab des mit Stacheldraht abgesperrten Strandes, konnte man sich einbilden, in einer friedlichen Welt zu leben, in der sich die Menschen hinter den erleuchteten Fenstern auf die Festtage vorbereiteten. Die Erinnerungen an den köstlichen Duft von Weihnachtsgebäck, an Geschenkekäufe mit ihrer Mutter, an die heimeligen Abende mit der Familie machten sie traurig. »Ich kenne leider keine Plätzchenrezepte, sonst hätte ich längst welche gebacken. Hazel hat mir zwar viel beigebracht, aber das nicht.«

»Ach, einfache Butterplätzchen sind kinderleicht, dafür braucht man nur Butter, Zucker, Mehl und ein oder zwei Eier«, erklärte Mizzi.

»Was hältst du davon, wenn wir zum Nachmittagstee ein paar Plätzchen backen?« Aliza war begeistert von ihrem spontanen Einfall. Backen würde die Sehnsucht besänftigen.

»Butterplätzchen in Kriegszeiten wären echter Luxus. Woher willst du die Zutaten nehmen? Imogen stöhnt jeden Tag über die Rationierung.«

»Butter und Eier sind im Kühlschrank. Die restlichen Zutaten sind bestimmt auch im Haus. Ein Bauer liefert regelmäßig alle zwei Wochen«, erklärte Aliza und war Archibald einmal mehr dankbar, dass er sie aufgenommen hatte. Sie bekam genug zu essen, er behandelte sie wie seine Tochter, und die Arbeit war in einem halben Tag erledigt. Und nur selten musste sie für ihn kochen, meist aß er in seinem Club.

»Hab ich nicht gesagt, reich müsste man sein?«, murmelte Mizzi hörbar unwillig. »Aber hoffe nicht darauf, dass ich Weihnachtslieder mit dir singe, das würde ich nicht ertragen.«

»Ich auch nicht«, entgegnete Aliza.

Als sie später in der Küche standen, fiel ihnen auf, dass es in Archibalds Haushalt keine Ausstechformen gab.

»Dann backen wir eben Husarenkrapferl«, schlug Mizzi vor und erklärte, dass sie dazu nur kleine Kugeln formen, in die Mitte eine Vertiefung drücken und diese mit Marmelade füllen müssten.

»Die hießen bei uns Engelsaugen«, sagte Aliza und summte ganz leise vor sich hin, während sie die Zutaten für den Teig bereitstellte. »Hast du als Kind auch Wunschzettel geschrieben und fest daran geglaubt, dass sie in Erfüllung gehen?«

»Aber ja«, seufzte Mizzi, während sie Mehl, Zucker und Butter abmaß. »Ich weiß noch, als ich mir einen Kaufmannsladen gewünscht und auch bekommen habe. Das war mein erstes Maßatelier.«

»Und was würdest du heute auf deinen Wunschzettel schreiben?«, fragte Aliza, während sie ein Ei in einer Teetasse aufschlug und es prüfend betrachtete. Wäre auch nur eine winzige Blutspur zu sehen, wäre es nicht koscher und dürfte nicht verwendet werden. Das war die einzige Koscherregel, die ihre Mutter befolgte und die auch sie beherzigte. Wegen der Lebensmittelrationierung hätte sie das Ei natürlich niemals weggeworfen, sondern nur die blutige Stelle rausgefischt. Aber dieses Exemplar war in Ordnung.

Mizzi mischte die trockenen Zutaten, knetete dann die Butter und das Ei darunter. »Frieden und einen reichen Mann. Und selbst wenn er so alt wäre wie Archibald.«

Aliza musste lächeln. Mizzi und Archibald als Paar? Was für eine absurde Vorzustellung.

»Was grinst du denn so? Glaubst du nicht, dass ich in ein Schloss passen würde und Furore als Lady machen könnte?«

»Doch, doch, du wärst eine hinreißende Lady«, schwindelte Aliza der Freundin zuliebe und musterte sie von der Schleifenbluse bis zu den Lackschuhen. »Und auf allen Gesellschaften die mit Abstand bestangezogene Frau, so viel ist sicher.«

»In der Tat.« Mizzi unterbrach das Teigkneten und blickte verträumt ins Leere. »Ich würde einen großen Haushalt führen, hätte Personal, das ich aber niemals so schinden würde wie Imogen, und würde Feste feiern, um deren Einladungen sich alle reißen würden. Irgendwann bekäme ich zwei entzückende Kinder ...« Sie stockte, als wären ihre Wünsche anmaßend, und blickte Aliza fragend an: »Was wünschst du dir?«

»Dass es Fabian gut geht und wir beide bald nach Berlin zurückkehren können«, antwortete Aliza, wobei sie gleichzeitig überlegte, wie er nach vier Jahren als Soldat wohl aussah. Sicher nicht mehr so gesund und wohlgenährt, aber sie würde ihn pflegen und liebevoll aufpäppeln. Hauptsache, sie wären wieder zusammen.

30

Brighton, Mai 1944

ALIZA HATTE DAS tägliche Putzprogramm erledigt: Ihr kleines Reich war aufgeräumt, Archibalds Schlafgemach und das Badezimmer blitzten, die Schmutzwäsche lag im Korb, den die Wäscherei abholen würde, das Geschirr vom Frühstück war gespült, die Küche glänzte, und das Staubwischen war dank des Staubwedels aus Straußenfedern eher Spielerei als Mühsal. Nur noch die Fußböden und die Teppiche galt es zu säubern, aber nicht auf Knien mit der Bürste wie bei Hazels Orientteppich. Archibald besaß einen neumodischen Schlittenstaubsauer mit einer sogenannten Saugdüse. Damit über die Böden zu fahren und dabei das Gerät hinter sich herzuziehen, das einer Bombe auf Kufen ähnelte, war keine anstrengende Arbeit.

Bevor sie den Staubsauger einschaltete, lauschte Aliza an der Tür zur Bibliothek. Archibald hatte sich dorthin zurückgezogen, um zu telefonieren. Sie vernahm seine Stimme. Er redete also noch, und so lange verbat es sich, die »Schlittenbombe« einzuschalten, denn sie veranstaltete einen Höllenlärm. Also begab sie sich in die Küche, um den Elf-Uhr-Tee vorzubereiten.

Das Radio war noch angestellt, gerade ertönten die letzten Takte von *In the Mood* von Glen Miller. Punkt elf meldete der Nachrichtensprecher, dass Berlin nun rund um die Uhr mit Bomben beworfen wurde.

Aliza stöhnte auf. Niemals würde sie sich an Meldungen wie diese gewöhnen. Wenn sie zutrafen, würde ihre Heimatstadt bald ein einziger Trümmerhaufen sein. Wieder einmal war sie zutiefst erleichtert, sich um die Eltern und Harald nicht länger sorgen zu müssen. Auch wenn sie keine Post bekommen hatte, glaubte sie fest dran, dass sie in Sicherheit waren. Im Frühjahr war berichtet worden, die Rote Armee habe die deutsche Wehrmacht zum Rückzug aus der Ukraine gezwungen, und die Alliierten hatten französische Städte befreit. Würde es ihnen endlich gelingen, Hitlers Wehrmacht zu besiegen? Gab es Hoffnung auf Frieden? Hoffnung auf das Ende ihres Exils?

Aliza lauschte nochmals an der Tür zur Bibliothek. Archibald redete jetzt ungewöhnlich laut, beinahe, als würde er mit jemandem streiten. So erregt hatte sie ihn noch nie gehört. Anzuklopfen wagte sie nicht, und so verzog sie sich wieder in die Küche. Sicher würde er gleich nach seinem Tee verlangen, mittlerweile kannte sie seine festen Gewohnheiten.

Als sie heißes Wasser in die Teekanne füllte, um sie vorzuwärmen, wurde die Wohnungstür zugeschlagen, und gleich darauf bellte Daisy.

Neugierig eilte sie in den Flur. Die Hündin saß vor der Tür und schien nicht zu verstehen, warum Archibald das Haus ohne sie verlassen hatte.

»Schon gut, Daisy, reg dich nicht auf. Ich bin ja da. Dein Herrchen hatte es wohl sehr eilig«, tröstete sie mit leiser Stimme und lockte sie in die Küche. »Vom Frühstück müsste noch eine Scheibe Schinken übrig sein.«

Daisy bekam ihren Schinken, Aliza den Elf-Uhr-Tee mit Buttertoast und selbst gemachtem *lemon curd*. Archibald tauchte erst am Nachmittag wieder auf.

»Setzen Sie sich zu mir«, bat er Aliza, als sie im Salon den Fünf-Uhr-Tee serviert hatte.

Archibald hatte Aliza schon häufig gebeten, ihm Gesellschaft zu leisten, sie nach ihrer Familie gefragt und zutiefst erschüttert zugehört, als sie die Pogrome schilderte. Aliza hatte auch von

Emils gewaltsamem Tod erzählt, und Archibald hatte ihr verraten, dass Daisy nach der Heldin des Romans *Der große Gatsby* benannt worden war. Er hatte ihr auch Fotos von der Plantage seines Patenonkels gezeigt, dessen Tee sie genossen. Doch heute schien er nicht zum Plaudern aufgelegt und wirkte seltsam unkonzentriert, beinahe derangiert. Nicht seine Kleidung betreffend: Der dreiteilige graue Anzug aus feinstem englischem Tuch, das weiße Hemd, die dezent gemusterte Krawatte und das dazu passende Einstecktuch waren ebenso makellos wie die blitzblank geputzten schwarzen Schuhe. Selbst sein rotes Haar, das er mit Frisiercreme bändigte, saß perfekt. Nur seine goldbraunen Augen flackerten unruhig, und auf seiner Stirn schimmerten winzige Schweißperlen, als stünde er unter extremer Anspannung.

Aliza bedankte sich höflich und entschuldigte sich kurz, um die Schürze abzulegen. Darunter trug sie einen dünnen hellgrünen Pulli, dazu die grauen Marlenehosen, die sich prima zum Putzen eigneten. Ein Blick in den Flurspiegel sagte ihr, dass ihre Kleidung annehmbar war, sie aber ihr Haar bürsten sollte. Die Locken seitlich mit Kämmen fixiert, kehrte sie in den Salon zurück. Sie schenkte sich Tee ein und nahm auf dem Sofa gegenüber Archibald Platz. Daisy, die es sich normalerweise neben ihrem Herrchen gemütlich machte, saß auf dem Teppich, als wäre sie ihm noch böse, und sprang sofort zu Aliza aufs Sofa.

Archibald rührte ungewöhnlich lange in seiner Teetasse, bevor er sich räusperte und stammelnd erklärte: »Ich bedauere unendlich ... meine liebe Aliza ... aber es sind Umstände eingetreten, die ... wie soll ich es ausdrücken ... Ich kann unser Beschäftigungsverhältnis leider nicht länger aufrechterhalten.«

Aliza starrte ihn schweigend an. Nicht länger *was?* War das eine Kündigung? Sie musste sich verhört haben, manchmal waren Archibalds Upperclass-Ausdrücke schwer zu enträtseln.

»Selbstverständlich setze ich Sie nicht auf die Straße, seien

Sie mein Gast, bis Sie eine neue Anstellung gefunden haben.« Etwas zittrig stellte er die Teetasse ab, angelte eine Packung *The Greys* aus der Innentasche seines Jacketts und nahm eine heraus. Doch anstatt wie üblich die Zigarette mit seinem goldenen Feuerzeug anzuzünden, stand er auf und ging zum Kamin, wo eine Schachtel Streichhölzer bereitlag.

Also hatte sie doch richtig verstanden. Ihr wurde übel. Sie musste einige Male tief Luft holen, bevor sie sich wieder im Griff hatte.

»Verzeihung, Mylord, ist es meine Schuld? Habe ich etwas falsch gemacht? Sind Sie nicht mehr zufrieden mit meiner Arbeit?«

»Aber nein, wo denken Sie hin«, versicherte er betreten und entflammte das Streichholz an der Reibefläche. »Es ist ...« Er räusperte sich und zündete die Zigarette an. »Es ist mir äußerst peinlich ...« Verlegen blickte er zur Seite. »Es handelt sich um eine ... ähm ... peinliche Misere.«

Was denn für eine Misere?, wunderte sich Aliza und fragte sich insgeheim, ob er Streichhölzer benutzte, weil er sein wertvolles Feuerzeug versetzt hatte.

Archibald inhalierte den Zigarettenrauch. »Ich bin Ihnen bereits den Lohn für zwei Wochen schuldig, und wie es aussieht, stecke ich in einem Dilemma, das sich so schnell nicht lösen lassen wird.« Er kam zurück zum Sofa und setzte sich.

»Mylord«, sprach sie ihn nun formell an. »Es sind nur lächerliche dreißig Schillinge. Ich wüsste ohnehin nicht, wofür ich das Geld ausgeben sollte. Machen Sie sich bitte keine Sorgen, ich arbeite gern für Sie, auch wenn ich auf den Lohn warten muss.«

Aliza war so unendlich erleichtert, dass sie nur mit Mühe einen Jubelschrei unterdrücken konnte. Lieber wollte sie ohne Bezahlung arbeiten und dafür in diesem luxuriösen Zimmer mit eigenem Bad und bei diesem freundlichen Mann bleiben, als womöglich wieder in einem Kellerloch wie bei Imogen zu landen.

Hier konnte sie morgens ausschlafen, war noch nie angebrüllt worden, und die Hausarbeit war nicht schwer. Wann immer sie Hunger verspürte, durfte sie sich aus dem Kühlschrank bedienen, hatte ausreichend Muße, englische Bücher zu lesen, und ihre Sprachkenntnisse dadurch merklich verbessert. Sie hatte sogar Zeit gefunden, in das Tagebuch zu schreiben, das sie in all den Jahren nur ein- und ausgepackt hatte. Abgesehen von ihrer Sehnsucht nach ihrer Familie und Fabian hätte sie sich kaum wohler fühlen können. Wenn es etwas gab, das sie nicht besonders gerne tat, war es höchstens, das Silber zu putzen, ansonsten lebte sie wie im Paradies. Mizzi beneidete sie zu Recht.

»Es schickt sich nicht, jemanden ohne Bezahlung zu beschäftigen«, erklärte Archibald unnachgiebig. »Es wäre gerade so, als wollte ich Sie ausbeuten. Die britische Aristokratie hat sich viele Jahrhunderte lang in dieser Angelegenheit nicht gerade mit Ruhm bekleckert.«

»Wenn ich einverstanden bin, Ihnen meinen Lohn zu stunden, müssen Sie sich wegen dieser *Angelegenheit* keine Gedanken mehr machen«, widersprach Aliza und fügte hinzu, wenn er unbedingt wolle, könne er ihr wöchentlich eine Art Schuldschein unterschreiben. »Sobald sich das *Problem* gelöst hat, bezahlen Sie mich, und alle sind glücklich.«

Archibald nahm einen letzten Zug von der Zigarette und blickte nachdenklich der Rauchwolke hinterher. »Ein ungewöhnlicher Vorschlag.«

Aliza nahm einen Schluck Tee, in der Hoffnung, Archibald würde sich konkreter dazu äußern. Aber er drückte nur schweigend die Zigarette aus.

»Ich befinde mich ebenfalls in einer Zwangslage«, sagte sie leicht geknickt, um an sein Mitgefühl zu appellieren. »Es ist immer noch Krieg, Mylord, und ich bin nach wie vor die feindliche Deutsche. Müsste ich mir jetzt eine neue Stellung suchen, würde mich wohl kaum jemand haben wollen.«

Archibald griff erneut in seine Jackentasche. Doch die Packung Zigaretten war leer. Sichtlich verärgert knüllte er sie zusammen und schleuderte sie in den Kamin. »Ich hatte ohnehin die Absicht, mit dem Rauchen aufzuhören. Erinnern Sie mich daran, falls ich es vergessen sollte.«

»Sehr gerne«, sagte Aliza und hoffte, dass er mit dieser Anweisung die Entlassung zurückgenommen hatte. Während sie das Teegeschirr auf das Tablett räumte, fragte sie zur Sicherheit noch: »Was möchten Sie heute Abend zum Dinner?«

»Ich werde im Club speisen«, erklärte Archibald und zog sich mit einem Kopfnicken in die Bibliothek zurück.

»Sehr wohl«, entgegnete Aliza und lächelte erleichtert. Archibald benahm sich, als wäre nichts geschehen, was bedeutete, sie durfte bleiben.

Nachdem sie das Geschirr gespült und wieder ordentlich in den Schrank geräumt hatte, klopfte sie an der Bibliothekstür und rief: »Ich führe Daisy aus.«

Ein dumpfes »In Ordnung« war die Antwort. Als sie nach einer Stunde vom Spaziergang zurückkehrte, war Archibald bereits in seinen Club geeilt.

In der nächsten Woche wurde die Angelegenheit nicht mehr erwähnt. Aliza erledigte ihre Arbeit mit Freude, summte beim Silberputzen *You'll Get Used to It,* und Archibald führte sein Leben weiter wie zuvor. Als die Lieferung von Bauer Colefield erwartet wurde, bemerkte Aliza erleichtert, dass Archibald wie üblich das Geld auf das Küchenradio gelegt hatte. Die Misere hatte sich offensichtlich erledigt. Alles ging wieder seinen normalen Gang. Bis Aliza beim täglichen Staubwischen in der Bibliothek eine leere Stelle in einem Bücherregal auffiel. Aber es fehlte kein Buch, sondern eine der Ölminiaturen mitsamt der winzigen Staffelei, auf der es vor den Büchern präsentiert worden war. Sie kontrollierte besonders gründlich sämtliche Regale, für den Fall, dass sie es tags zuvor versehentlich umgestellt hatte. Es war jedoch nicht auffindbar.

Nach und nach verschwanden auch diverse Silberschalen, Silberleuchter, größere Ölgemälde und vom Kaminsims die goldene Empire-Uhr aus Frankreich. Irgendwann fiel ihr auf, dass Archibald keine Armbanduhr mehr trug und auch nicht die Krawattennadel mit dem blutroten Rubin.

Am Tag, als die nächste Lebensmittellieferung erwartet wurde, kam Archibald noch vor dem Frühstück zu Aliza in die Küche. Er trug seinen Hausmantel aus grau-rot kariertem Wollflanell und Aufschläge aus gesteppter roter Seide an den Ärmeln und am Revers. Aliza versuchte, ihre Überraschung mit einem freundlichen »Guten Morgen, Mylord« zu verbergen.

»Guten Morgen.« Er nickte ihr zu, sagte: »Bauer Colefield kommt heute nicht«, und fragte mit dem nächsten Atemzug, ob sie und Daisy schon auf der Morgenrunde gewesen seien.

Aliza verneinte. »Sobald Ihr Frühstück fertig ist, gehe ich los.« Sie füllte drei Löffel Teeblätter in die bereits vorgewärmte Silberkanne.

Er legte einige Münzen auf den Küchentisch. »Gut, dann bringen Sie mir bitte eine Schachtel Zigaretten mit.«

»Verzeihung«, unterbrach Aliza ihn. »Ich sollte Sie daran erinnern, dass Sie das Rauchen aufgegeben hätten.«

»Zur Hölle damit, ich wünsche, dass Sie meine Anweisungen befolgen«, brüllte er so unbeherrscht, wie Aliza ihn noch nie erlebt hatte.

Sie nickte schweigend. Wozu diskutieren? Was immer ihn bedrückte, sie war nur eine Angestellte, es stand ihr nicht zu, nachzufragen oder sein Verhalten zu kritisieren.

Daisy schien das ungewöhnliche Gebaren ihres Herrchens ebenfalls zu beunruhigen. Sie erledigte ihr Geschäft beinahe vor der Haustür, blieb dann stehen und wollte nicht weiter.

»Was ist denn heute los?«, redete Aliza auf die Hündin ein.

»Erst benimmt dein Herrchen sich, als wäre er von einer wilden Hummel gestochen, und nun hast du keine Lust auf deinen Spaziergang? Das hat es ja noch nie gegeben.«

Daisy winselte, als verstünde sie jedes Wort, und setzte sich demonstrativ auf die Hinterbeine.

Aliza versuchte es mit Sanftmut: »Nun komm schon, sei nicht so faul, die Sonne scheint, und es ist windstill. Wir spazieren in den kleinen Park um die Ecke, vielleicht begegnen wir dem dicken Mops, der sich dir immer vor die Pfoten wirft. Außerdem müssen wir noch die Zigaretten besorgen.«

Daisy blieb stur sitzen.

Aliza gab nach. »Na gut, Madame Faulpelz, dann bringe ich dich eben nach Hause und hole die Zigaretten allein.«

Kaum, dass sie die Hündin im Hausflur von der Leine gelassen hatte, rannte Daisy nach oben an die Wohnungstür, wo sie laut jaulend auf Aliza wartete. Als Aliza den Schlüssel im Schloss umgedreht und die Tür geöffnet hatte, jagte Daisy wie der Blitz durch den Flur Richtung Bibliothek. Aliza folgte ihr, klopfte an die Tür und trat ein, weil sie glaubte, ein »Herein« gehört zu haben.

Archibald saß an dem edlen Wurzelholztisch, der quer zwischen den beiden hohen Fenstern als Ablage für die oft umfangreichen Bildbände diente. Doch Lord Baringham, jüngster Sohn des Duke of Offham, blätterte in keinem Buch, sondern hielt sich mit der linken Hand eine Pistole an die Schläfe.

Entsetzt verharrte Aliza im Türrahmen, als könnte die kleinste Bewegung den Schuss auslösen, während Daisy laut bellend zu ihrem Herrchen raste.

Archibald ließ die Waffe sinken.

»Was ... was ...?« Aliza hörte ihren Herzschlag in den Ohren hämmern, sie zitterte am ganzen Körper und fand keine Worte, um ihr Entsetzen auszudrücken.

Daisy kratzte mit einer Pfote Archibald am Bein, ein Zeichen dafür, dass sie auf seinen Schoß wollte.

Archibald hatte die Pistole inzwischen auf dem Tisch abgelegt, blickte nun zu Aliza an der Tür und fragte mit undurchdringlichem Gesichtsausdruck: »Haben Sie meine Zigaretten?«, als wäre es vollkommen normal, am frühen Morgen in einer Bibliothek zu sitzen und sich mal eben eine Waffe an den Kopf zu halten. »Daisy, aus!«, fauchte er die Hündin an, die sich daraufhin flach auf den Boden legte.

»Was tun Sie da?«

»Wie bitte?«

Aliza löste sich aus ihrer Starre und trat an den Tisch. »Was haben Sie mit diesem ... diesem Ding da vor?«, präzisierte sie ihre Frage und fixierte die schwarze Schusswaffe. Sie war ziemlich groß, wirkte unhandlich und wurde offensichtlich in dem aufgeklappten Kästchen verwahrt, das mit dunkelblauer Seide ausgekleidet war.

»Nichts«, antwortete er einsilbig, legte die Waffe in das Lederkästchen zurück und schloss den Deckel.

»Nichts?«, wiederholte Aliza entgeistert, vergaß ihre gute Kinderstube und brüllte los: »Sie schicken mich aus dem Haus, damit ich Zigaretten hole, obwohl Sie nicht mehr rauchen, um sich in Ruhe erschießen zu können? Daisy muss etwas gespürt haben, Hunde besitzen einen siebten Sinn, nur deshalb kam ich zurück. Ich wage nicht, mir vorzustellen, wenn ich nur eine Minute zu spät ...« Sie stockte, die Vorstellung einen blutüberströmten Körper auf dem Fußboden zu finden, war zu beängstigend. »Wer hätte mir, der feindlichen Deutschen, geglaubt, dass ich nichts damit zu tun habe?«, brüllte sie keuchend. »Ich wäre des Mordes verdächtigt worden und ...« Sie vermochte nicht weiterzusprechen, die Vorstellung war zu schrecklich.

»Beruhigen Sie sich, ich wollte die Waffe nur reinigen, und in einer skurrilen Anwandlung habe ich sie mir mal eben an die Schläfe gehalten«, erklärte Archibald, nun wieder ganz der englische Gentleman, der sich mit seiner antiken Waffensammlung die Zeit vertrieb.

»Das können Sie mir nicht erzählen«, schrie Aliza immer noch aufgebracht. Ihr Herz schlug heftig, wie früher, wenn Emil im Tierpark ausgebüxt und hinter einem Hasen hergejagt war. »Niemand hält sich mal eben eine Waffe an den Kopf. Außerdem sehe ich keinerlei Reinigungsmittel, ja, nicht mal ein Putztuch. Und bei allem Respekt ... Ich wage zu bezweifeln, dass Sie mit einer Hand dazu in der Lage wären. Sie sind mir eine Erklärung schuldig. Hat es vielleicht mit den Streitereien zu tun, die Sie in letzter Zeit am Telefon hatten?«

Er senkte den Kopf, als stünde er vor Gericht.

Aliza verstand es als ein Ja. »Ich denke, ein Tee wäre jetzt genau das Richtige«, erklärte sie, weil sie selbst dringend eine Tasse zur Beruhigung benötigte. Bevor sie in die Küche verschwand, nahm sie das Kästchen an sich und Archibald das Versprechen ab, in der Zwischenzeit jeglicher *skurrilen Anwandlung* zu widerstehen. »Fallen Sie ja nicht aus dem Fenster.«

Wenig später servierte sie den Tee im Salon.

»Vor zwei Jahren verließ mich William, mein Butler«, begann Archibald, als er, korrekt gekleidet, ihr gegenüber auf einem der Sofas saß. Daisy lag dicht neben ihm.

»Ich erinnere mich, er war krank, nicht wahr?«

»Ja.« Archibald gab zwei Löffel Zucker in seinen Tee und starrte bedrückt in die Tasse, während er umrührte.

»War er lange in Ihren Diensten?«, erkundigte Aliza sich neugierig.

»Über zwanzig Jahre.«

Aliza vernahm deutlich seinen traurigen Tonfall, Archibald war mit diesem Mann wohl sehr vertraut gewesen.

»Bevor die Nazis uns Juden Personal verboten haben, hatten wir auch ein Hausmädchen, sie war wie eine Familienangehörige«, erzählte sie. »Aber ich verstehe nicht, was Ihr Butler mit dieser ... dieser Pistole zu tun hat.«

»Nun, die Wahrheit ist ...« Er trank einen Schluck Tee und blickte sie aus geröteten Augen an. »Was ich Ihnen nun erzähle, wird Sie hoffentlich nicht zu sehr schockieren ...«

Aliza verstand nicht. »Sie werden ihn ja wohl nicht ermordet haben«, entfuhr es ihr. Langsam hatte sie genug von seinen Ausflüchten.

»Nein, ich habe ihn nicht umgebracht. William verstarb nach langer Krankheit, aber er war nicht mein Butler, sondern mein Lebensgefährte.«

Aliza runzelte die Stirn. War es hierzulande üblich, einen Butler als Lebensgefährten zu bezeichnen?, fragte sie sich, um einen Lidschlag später endlich zu begreifen, was genau er damit meinte. Obgleich sie persönlich noch nie einem Mann begegnet war, der kein Interesse an Frauen hatte, wusste sie, dass es Liebe unter Männern gab. Zu Hause in Berlin wurden sie salopp als »warme Brüder« oder »vom anderen Ufer« bezeichnet. Der medizinische Begriff lautete homosexuell. Angeblich war es eine Krankheit, aber krank sah Archibald nicht aus, eher tieftraurig.

»Das tut mir sehr leid, dass Sie ihn verloren haben«, kondolierte Aliza. »Aber das erklärt noch immer nicht die Situation von vorhin.«

»Jemand hat von meiner Beziehung zu William erfahren und erpresst mich. Ich habe natürlich alles abgestritten, aber er glaubt mir nicht. Entweder ich bezahle, oder er meldet mich bei der Polizei.«

»Deshalb haben Sie all Ihre Wertsachen verkauft? Die französische Kaminuhr, die Gemälde, das Silber, Ihre persönlichen Schmuckstücke ...« Verstohlen blickte Aliza auf das vergleichsweise profane Holztablett und die unzähligen leeren Stellen im Salon, der wirkte, als hätten Diebe ihn ausgeplündert.

Archibald unterdrückte ein Seufzen. »Dieser Gauner verlangt

zehntausend Pfund. Ich soll beweisen, dass ich nicht ›andersherum‹ bin, oder bezahlen. Aber mit den Verkäufen gelang es mir nicht, die Summe aufzubringen. Ich komme mir so vor, als müsste ich bis an den Horizont laufen und würde doch niemals ankommen.«

»Hatten Sie deshalb die Absicht, sich umbringen?«, folgerte Aliza kopfschüttelnd.

Draußen zogen schwarze Regenwolken vor die Sonne. Trotz der Vormittagsstunde wurde es im Zimmer plötzlich so dunkel, dass Aliza die Lampen einschalten musste.

»Ich wusste keinen Ausweg. Homosexualität ist hierzulande ein schweres Verbrechen, das mit jahrelanger Zwangsarbeit bestraft wird.« Müde hob er die Prothese an. »Das wäre mein sicherer Tod. Im Grunde ist es einerlei, ob ich bei schwerer Arbeit sterbe oder in meiner Wohnung. Wenn ich die geforderte Summe nicht binnen vier Wochen aufbringe …«

Aliza legte ihre rechte Hand über die Stelle auf ihrem Kleid, unter der ihr Verlobungsring an einem Band hing. Er war das einzig Wertvolle, das sie besaß, und sie würde ihn niemals verkaufen, nicht in tausend Jahren. Aber sie hatte Erspartes, das konnte sie Archibald anbieten.

»Ich konnte einen Großteil meines Lohns zur Seite legen«, begann sie.

Archibald musterte sie mit hochgezogenen Brauen. Ganz offensichtlich hatte er verstanden, worauf sie hinauswollte. Seine Miene signalisierte jedoch deutlich, dass er ihr Angebot für unangebracht hielt.

»Um wenigstens Bauer Colefield zu bezahlen«, ergänzte Aliza eilig. »Und wenn es nicht zu anmaßend ist, wüsste ich gerne, ob Sie die Miete …«

»Oh, darüber müssen Sie sich nicht sorgen«, antwortete er. »Das Haus gehört meiner Familie, egal, was geschieht, wir haben ein Dach über dem Kopf.«

Welch eine Erleichterung, dachte Aliza. Ein Rauswurf aus der Wohnung wäre für sie eine Katastrophe gewesen. »Aber wie soll es nun weitergehen? Ihre Familie können Sie wohl nicht um Hilfe bitten?«

Ratlos zuckte Archibald die Schultern. »Meine Familie weiß nichts von meiner Veranlagung und darf auch niemals davon erfahren.« Müde erhob er sich und erklärte, nun doch dringend eine Zigarette zu benötigen. »Ich werde Daisy mitnehmen und bei einem Spaziergang darüber nachdenken.«

»Aber es gießt wie aus Kübeln«, wandte Aliza ein.

Archibald trat an eines der Fenster und blickte hinaus. Nach einer Weile drehte er sich wieder um und sagte: »Ich bin einfach ein Pechvogel.«

Aliza ging nicht darauf ein, sondern begann, das Teegeschirr zusammenzustellen. Ganz nebenbei wechselte sie das Thema. »Wer ist eigentlich das hübsche junge Paar auf der Fotografie in Ihrem Schlafzimmer?«

»Wieso fragen Sie?« Seine Stimme klang zittrig, als wäre er bei einer Sünde ertappt worden.

»Beim Staubwischen ist mir das schöne Bild aufgefallen. Ich war mir nicht sicher, ob Sie das auf dem Foto sind, und ich habe mich gefragt, warum es gerade dort steht«, antwortete sie.

»Ja, das bin ich mit knapp zwanzig. Es war kurz vor Beginn des Krieges, 1914 ...« Archibald drehte sich wieder zum Fenster und schwieg.

»Und die junge Lady«, hakte Aliza unbarmherzig nach, denn Archibald schien nicht zu erkennen, welche Chance sich mit dem Bild auftat.

»Lady Amber.«

»Sie trägt einen Ring, der nach Verlobung ...«

»Bitte«, unterbrach er Aliza ungehalten. »Drängen Sie mich nicht, darüber zu sprechen.«

»Aber Mylord ... Archibald«, erwiderte Aliza mit fester

Stimme. »Wenn Sie tatsächlich verlobt waren, sind Sie doch nicht homosexuell. Ich meine, das Foto ist ein Beweis. Vielleicht könnte Lady Amber bezeugen, dass William einfach nur Ihr Butler war. Sie verstehen?«

Archibald starrte sie an wie eine Erscheinung. »Großartiger Gedanke, nur leider weilt Lady Amber nicht mehr unter uns ...« Er benötigte einen Moment, um weitersprechen zu können. »Sie starb bei einer Treibjagd, wenige Wochen vor unserer Hochzeit. Bald danach wurde ich zur Armee eingezogen und kam als Krüppel zurück.«

Insgeheim fand Aliza auch, dass er tatsächlich ein Pechvogel war, laut ausgesprochen hätte sie es natürlich nicht. Stattdessen versuchte sie, ihn zu trösten. Er hatte sie damals in höchster Not gerettet, nun wollte sie ihm helfen. Und sie würde nicht eher ruhen, bis sie einen Ausweg gefunden hatte. »Bitte, geben Sie nicht auf. Irgendeine Lösung wird sich auftun.«

»Oh, es gäbe sogar einen todsicheren Ausweg.«

Aliza sah ihn irritiert an. War das nun wieder der typisch britische Humor, oder wollte er auf irgendeine Selbstmordvariante anspielen? »Sie haben mir versprochen, keine Dummheiten mehr zu machen.«

»Keine Sorge.« Er rang sich ein Lächeln ab. »Ich wollte Ihnen von Onkel Winifield erzählen.«

Aliza hatte inzwischen das Tablett befüllt und es in die Küche bringen wollen. Nun setzte sie sich wieder. »War er ... ähm ... auch an Männern interessiert?«

»Im Gegenteil, Onkel Winifield war drei Mal verheiratet.« Archibald ging zu einer zierlichen Kommode mit zwei Schubladen, zog die unterste auf und nahm eine Ledermappe heraus.

»Drei Ehen, alle Achtung«, sagte Aliza anerkennend.

»Leider blieben alle kinderlos, und deshalb hat er mich als seinen Alleinerben eingesetzt.« Archibald reichte Aliza die Mappe und nahm wieder Platz. »Das Testament, lesen Sie.«

Halblaut las Aliza, dass Archibald ein immenses Vermögen samt stattlichem Herrenhaus und einer indischen Teeplantage erben würde, sobald er heiratete.

»Ganz schön gemein«, entfuhr es ihr.

»Mein Onkel wusste nichts von meiner Lebensweise, er war lediglich ein überzeugter Anhänger der Ehe. Seiner Meinung nach ist ein Mann ohne Frau nur ein halber Mann. Außerdem war es in unseren Kreisen schon immer üblich, unter allen Umständen zu heiraten und den Fortbestand des Adelsgeschlechts zu sichern. Notfalls auch ohne Zuneigung.«

»Ohne Liebe?«, entfuhr es Aliza bestürzt. Das Leben war schwer genug auch ohne große Schicksalsschläge, aber wie sollte man es ohne Liebe ertragen? Sie dachte an Fabian; ohne ihn würde sie niemals glücklich werden, sie waren füreinander bestimmt.

»Vernunftehen sind natürlich immer nur eine Notlösung, aber ich habe sehr schnell bemerkt, wie entsetzt die meisten Frauen meine künstliche Hand ansehen, und es bald aufgegeben, nach einer Braut zu suchen.«

»Haben Sie Amber geliebt, oder wäre es eine Vernunftehe gewesen?«

»Liebe ...« Sein Blick wanderte ins Leere. »Es gibt zwei Arten von Liebe – die eine ist stabil und zuverlässig wie der Boden unter unseren Füßen. Das waren meine Gefühle für Amber. Die andere, die große unsterbliche Liebe, ist wild und leidenschaftlich wie ein Orkan, raubt uns die Sinne, und wenn sie eines Tages zerbricht, bleibt eine tiefe Narbe in unserem Herzen. So war meine Liebe zu William.«

Aliza vermochte nachzufühlen, wie Archibald empfand. Auch ihre Liebe zu Fabian war wie ein Orkan, und sie liebte ihn mehr, als tausend Worte sagen könnten. Aber eines wusste sie ganz sicher: Eine Ehe ohne Liebe käme für sie niemals infrage. In einem Buch hatte sie eine passende Metapher für solche Arrangements gelesen: *Man kann das Haus des Lebens auch ohne Liebe bauen, aber es wird die Seele darin fehlen.*

»Fände ich hingegen eine Frau«, redete Archibald weiter, »die bereit wäre, mich pro forma zu heiraten und für eine gewisse Zeit meine Gemahlin zu spielen, könnte ich das Erbe antreten. Selbstverständlich würde sie für diese ... wie soll ich sagen ... Gefälligkeit entsprechend entlohnt werden. Aber ich wüsste nicht, welche Frau sich auf solch einen absurden Handel einließe.« Er stand auf und ging zu dem Sideboard mit den Kristallkaraffen, Gläsern und Spirituosen. Daisy folgte ihm auf dem Fuße und ließ ihn nicht aus den Augen.

»Ich wüsste einen Ausweg«, unterbrach Aliza ihn, weil ihr in diesem Moment einfiel, was Mizzi beim Betrachten der Fotografie des jungen Lord Baringham mit Lady Amber gesagt hatte. »Meine Freundin Annemarie Lichtenstein wäre bestimmt an einem lukrativen Arrangement interessiert.«

»Wirklich?« Archibalds goldbraune Augen leuchteten auf.

»Ganz bestimmt«, versicherte Aliza und schilderte Mizzis Lage. »Sie kommt aus einer wohlhabenden Familie, hat durch die Nazis alles verloren und träumt von einem eigenen Modeatelier, das sich ohne finanzielle Mittel wohl erst in ferner Zukunft realisieren ließe.«

»Das klingt in der Tat nach einer geeigneten Kandidatin. Ich müsste Ihre Freundin natürlich zuerst kennenlernen, vielleicht bei einer Tasse Tee ...« Archibalds Stimme klang trotz seiner anfänglichen Begeisterung skeptisch.

Aliza vernahm deutlich seine Vorbehalte. »Aber?«

»Ich frage mich, ob es nicht klüger wäre, wir arrangierten eine zufällige Begegnung? Für Fräulein Lichtenstein entstünde auf diese Weise nicht das Gefühl, begutachtet zu werden«, argumentierte er und goss den Rest des Cognacs in ein Glas. »Wann sehen Sie besagte Dame wieder?«

»Sonntag, zum Tee ...« Aliza brach ab, weil ihr einfiel, worüber Mizzi und sie gerätselt hatten. »Als Annemarie zuletzt hier war, haben wir uns gefragt, wozu Sie ein derart feminines Zimmer benötigen, wo Sie doch nicht verheiratet sind und auch kein Hausmädchen hatten. Gibt es da vielleicht doch eine Frau, die bereit wäre, Sie zu heiraten?«

Archibald trank einen Schluck Cognac und nahm wieder auf dem Sofa Platz. »William hatte eine Zwillingsschwester, sie war Köchin bei den Lonsdales, oben in Wales, und musste die Stelle wegen eines Augenleidens aufgeben. Ich habe ihr angeboten, ihre letzten Jahre hier bei uns zu verbringen. Sie bezog das Zimmer und verstarb dann leider noch vor William. Ich konnte mich nicht entschließen, die Einrichtung zu ändern. Es war ja dann auch nicht mehr nötig, als Sie in Stellung kamen.« Er leerte das Glas. »Meine Mutter würde es Vorsehung nennen. Sie glaubt an Schicksal.«

»Was auch immer dahintersteckt, ich mag den Raum sehr, und Mizzi beneidet mich darum. Sie sitzt so gerne vor der wunderschönen Frisierkommode.«

»Vorzüglich«, bemerkte Archibald schmunzelnd und schlug vor, Mizzi noch diese Woche zum Dinner einzuladen. Er selbst diniere wie üblich im Club, käme dann *zufällig* früher nach Hause und würde sich hocherfreut zeigen, endlich Alizas Freundin kennenzulernen – von der sie ihm ja schon so viel erzählt hätte. Man würde gemeinsam einen Sherry nehmen, und dabei könne man sich ganz ungezwungen beschnuppern.

31

Brighton, Juni 1944

MIZZI KAM ZWANZIG Minuten zu spät in einem zerknitterten ärmellosen Kleid aus schwarzer Kunstseide, ungeschminkt, mit zerzausten Haaren und Lackresten auf den Nägeln. Die schwarze Brille auf der Nase trug nicht gerade zur Verschönerung bei. Wenn es in Mizzis Schicksal geschrieben stand, Lady Baringham zu werden, konnte nur eine Märchenfee helfen, sagte Aliza sich im Stillen.

»Wie geht es dir?« Mizzi beäugte Aliza durch die Brillengläser. »Du siehst hinreißend aus in diesem geblümten Sommerkleid mit dem schräg geschnittenen Rock von *Mizzi Lichtenstein*. Mich darfst du heute nicht so genau ansehen, Imogen hat einen neuen Liebhaber, deshalb durfte ich am Wochenende nicht ins Badezimmer und konnte die Haare nicht waschen.« Missmutig griff sie in die fettigen Strähnen.

»Mein Bad steht dir jederzeit zur Verfügung«, sagte Aliza mit einem Lächeln.

»Danke, darauf habe ich gehofft.« Sichtlich erleichtert drückte sie Aliza einen flüchtigen Begrüßungskuss auf die Wange. »Bei so schönem Wetter wie im Moment ist es in der Nähstube besonders stickig, da hab ich täglich eine Dusche nötig. Aber daran ist nicht mal im Traum zu denken.«

»Du kannst auch gerne baden, während ich das Essen zubereite«, sagte Aliza kurz entschlossen. »Danach hast du sicher großen Appetit auf Roastbeef und *mashed potatoes*.« Archibald musste sich zwar nicht in Mizzi verlieben, aber in diesem Zustand würde er sie als Heiratskandidatin niemals in Erwägung ziehen.

»Prächtig, prächtig.« Euphorisch tänzelte Mizzi einmal um die eigene Achse. »Ein Bad, Roastbeef mit Kartoffelbrei, auch ein armes Flüchtlingsmädchen hat manchmal Glück. Bei Imogen werden die Mahlzeiten schon seit Wochen spärlicher.«

Wenn du wüsstest, welches Glück dir demnächst winkt, dachte Aliza zufrieden, suchte für Mizzi ein frisches Handtuch aus dem Badezimmerschrank und reichte es ihr mit der Mahnung, nicht zu lange zu trödeln, sonst würde das Essen kalt. In Wahrheit fürchtete sie, Archibald könnte in seiner Ungeduld eher zurückkommen als angesagt. Er sollte Mizzi keinesfalls in der Badewanne vorfinden.

Bald darauf saßen die Freundinnen plaudernd in der Küche, Mizzi noch mit nassen Haaren und ungeschminkt, als die Wohnungstür aufgeschlossen wurde.

»Dein Archibald?«, scherzte Mizzi wie so oft.

»Aliza, wo sind Sie?«, ertönte da auch schon seine Stimme.

Daisy, die brav unter dem Küchentisch gelegen hatte, gab ein freudiges »Wuff« von sich und lief zur geschlossenen Küchentür. Aliza stand auf und eilte mit der Hündin in den Flur.

Archibald schwenkte eine Flasche Champagner und strahlte über das ganze sommersprossige Gesicht. Er roch nach Zigarrenrauch, wie gewöhnlich, wenn er aus dem Club kam, wirkte aber in dem hellen Anzug aus feinem Leinen wie ein Sommerfrischler, der sich zur Erholung an der Küste aufhielt. »Sie glauben nicht, was geschehen ist!«

Aliza hielt den Atem an. »Etwas Gutes, hoffe ich.«

»Etwas ganz und gar Großartiges!« Aufgeregt berichtete Archibald, dass in der Normandie an der französischen Küste knapp siebentausend Schiffe und eine über einhundertfünfzigtausend Mann starke Armee aus Briten, Amerikanern, Kanadiern, Franzosen und Polen gelandet sei. »Der heutige sechste Juni wird die Wende in diesem entsetzlichen Krieg bringen. Die Alliierten werden die Deutschen endgültig besiegen, und wir dürfen auf baldigen Frieden hoffen. Darauf müssen wir anstoßen.«

Aliza hatte konzentriert zugehört, aber Archibald hatte derart aufgeregt und schnell gesprochen, dass sie zur Sicherheit nachfragte: »Habe ich richtig verstanden? Die Alliierten sind in Frankreich gelandet und bekämpfen die Deutschen?«

»Ganz genau. Wir werden diese elenden Nazis zum Teufel jagen«, versicherte Archibald, dämpfte seine Stimme und erkundigte sich flüsternd nach Mizzi.

»Sie ist in der Küche, noch beim Dinner.«

»Ausgezeichnet.« Archibald nickte Aliza augenzwinkernd zu und überreichte ihr die Champagnerflasche. »In den Eiskübel damit, und sobald Sie Ihr Dinner beendet haben, gesellen Sie sich mit Ihrer Freundin, dem Champagner und Gläsern zu mir in den Salon. Ein denkwürdiger Tag!« Vergnügt zog er eine Schachtel Zigaretten aus der Jackentasche, rief nach Daisy und schlenderte summend davon.

»Himmel, dass ich das noch erleben darf«, seufzte Mizzi, als Aliza mit der Champagnerflasche zurückkehrte und von den Neuigkeiten berichtete.

Später im Salon klemmte Archibald sich die gekühlte Flasche unter den rechten Arm und entkorkte sie geschickt mit der linken Hand. Dann füllte er die Gläser und reichte je eines an Aliza und Mizzi. »Trinken wir auf den Frieden.«

»Auf den Frieden.«

»Frieden«, murmelte Aliza und musste an ihre Mutter denken, die stets davor gewarnt hatte, auf »ungelegte Eier« zu zählen. Vorsichtig nippte sie an dem perlenden Getränk. Es war der erste Champagner ihres Lebens; er war kalt, kribbelte auf der Zunge und schmeckte ähnlich wie Weißwein, aber ungleich erfrischender.

Mizzi trank ihr Glas in einem Zug aus und hob das leere Glas leicht an. »Prächtig, prächtig, Lord Baringham.«

Archibald nickte lächelnd, bat die »Ladys«, sich zu setzen, und erzählte von den Radiomeldungen der BBC, die er im Club gehört hatte.

Aliza kraulte Daisy, die neben ihr saß und beobachtete, wie Archibald Mizzis Glas auffüllte. Seine Mimik war beinahe undurchsichtig, typisch für nahezu all die Briten, die Aliza seit ihrer Ankunft hier erlebt hatte. Es schien, als würden sie ihre Gefühle hinter einer Mauer aus Konventionen, Plaudereien über die letzte Jagdgesellschaft oder das Wetter verbergen – das beliebteste und unverfänglichste Thema von allen.

Mizzi hingegen schien den Abend zu genießen, vor allem den Champagner. Sie hatte binnen Kurzem das dritte Glas intus, lachte oft und unpassend laut über Archibalds Geplauder und nahm die von ihm angebotenen Zigaretten mit einem lässigen »Genau meine Marke, Eure Lordschaft« entgegen.

Aliza fand, die beiden passten zwar nicht optisch zueinander, aber zumindest würden sie ein fröhliches Paar abgeben, das gerne trank und die gleiche Zigarettenmarke rauchte. Wenn das keine guten Voraussetzungen waren? Einen Atemzug später musste sie sich die Hand auf den Mund pressen, um ein Lachen zu unterdrücken. Wenn Mizzi tatsächlich Lady Baringham würde – ob sie dann wohl darauf bestünde, von ihr mit *Mylady* angeredet zu werden?

»Was ist so lustig?«, fragte Mizzi, die Alizas Anwandlung bemerkt hatte.

»Ähm ... nichts«, schwindelte Aliza. »Der Champagner kitzelt so in der Nase.«

Überraschend entschuldigte Archibald sich, um ein dringendes Telefonat zu führen. »Aber bitte, bleiben Sie noch sitzen, und genießen Sie den restlichen Champagner«, forderte er sie höflich auf.

Als er und Daisy den Raum verlassen hatten, setzte Mizzi sich auf das Sofa, legte die Beine hoch und seufzte melancholisch: »Man müsste als Lady geboren und reich sein. Das wäre ein Leben, wie ich es mir vorstelle.«

Aliza fand, es war Zeit für eine kleine Andeutung. »Vielleicht ist er gar nicht so reich, wie wir annehmen.«

Mizzi blickte sie verständnislos an. »Du meinst, der Schein trügt?« Ruckartig setzte sie sich wieder auf, schob die Brille auf ihrer Nase zurecht und musterte Aliza streng. »Was genau willst du mir sagen?«

Aliza zuckte die Schultern. »Nichts Bestimmtes. War nur so ein Gedanke, muss an diesem Zeug hier liegen ...« Sie hielt das leere Glas hoch. »Ich vertrage einfach keinen Alkohol.« Unabsichtlich musste sie aufstoßen. »Verzeihung.«

Mizzi beugte sich zum Eiskübel und angelte die Flasche heraus. »Ich könnte mich an das Zeug gewöhnen«, erklärte sie kichernd, während sie schwungvoll den Rest in ihr Glas goss, wobei die Hälfte daneben ging. »Oh, *quel malheur*. Aber wir haben ja Personal.« Sie stellte die leere Flasche umgekehrt in den Eiskübel und lachte übermütig, als wäre sie die Hausherrin und Aliza das Dienstmädchen.

Aliza fand es weniger lustig. »Du bist betrunken«, platzte sie heraus.

»Stimmt! Und ich fühle mich herrlich.« Mizzi trank das Glas aus, behielt es in der Hand und drehte sich durch den Salon wie ein Kind. Schließlich blieb sie genau vor Aliza stehen. »Nun guck nicht so traurig. Freu dich doch, dass wir schon bald nach Hause können. Nach Berlin. Stell dir einfach vor, die Nazis wären bereits besiegt. In die Wüste gejagt. Erschossen. Und du kannst deinen Fabian endlich wiedersehen. Ist das nicht ein Grund, mal einen über den Durst zu trinken?«

»Hmm«, murmelte Aliza. Sie wünschte sich nichts mehr, als dass der Albtraum des Krieges endlich vorüber wäre. Sie bangte so sehr um Fabian, dass es sie an manchen Tagen alle Kraft kostete, ihre Arbeit zu erledigen und ihre Angst vor weiteren Schicksalsschlägen zu verdrängen. Vor Briefen mit traurigen Botschaften. Vor dem, was sie in Berlin erwartete. In diesem Moment wünschte sie sich, dass Mizzi endlich aufbrechen würde. Demonstrativ räumte sie die leeren Gläser auf das Holztablett.

Doch Mizzi hatte sich wieder auf einem der Sofas ausgestreckt und verfolgte Alizas geschäftiges Treiben, ganz die Lady, die ihre Dienstbotin beobachtete, damit die auch keines der kostbaren Gläser zerbrach.

»Was ist eigentlich aus dem schweren Silbertablett geworden, auf dem du letztes Mal den Tee serviert hast?«

»Was?« Aliza tat, als hätte sie nicht verstanden. Noch war es zu früh, um Mizzi in Archibalds »Misere« einzuweihen. Außerdem stand es ihr nicht zu, sein Geheimnis zu verraten, das sollte er besser selbst tun, wenn es so weit war.

»Das silberne Tablett mit dem Wappen der Baringhams«, wiederholte Mizzi.

»Ach, das … ähm … Das hatte einen hässlichen Kratzer und ist beim Reparieren.«

»Du hast es ruiniert?« Mizzi schnellte in die Senkrechte. »Und dafür wurdest du nicht entlassen? Meine Güte, wie ich dich beneide. Imogen würde solch ein Vergehen der Polizei melden, einen Anwalt engagieren und mich ins Gefängnis werfen lassen.«

Aliza hielt sich die Hand vor den Mund, täuschte ein Gähnen vor und wechselte das Thema. »Tut mir leid, der Champagner scheint mich müde zu machen. Nicht böse sein, aber ich muss ins Bett.«

»Schon gut, ich sollte auch langsam aufbrechen. Wenn ich

nicht genug Schlaf bekomme, nicke ich morgen über der Näharbeit ein.« Ächzend erhob Mizzi sich vom Sofa, bedankte sich für das köstliche Essen und verließ nach einer letzten Umarmung endlich die Wohnung.

Eilig stellte Aliza das Tablett in der Küche ab – das Geschirrspülen verschob sie auf später – und lief zurück in den Salon, wo Archibald bereits auf einem Sofa saß, rauchte und sehr nachdenklich wirkte. Daisy lag neben ihm und spitzte die Ohren, als sie eintrat.

Mit einer Kopfbewegung wies er zum Sofa gegenüber. »Bitte, setzen Sie sich doch«, sagte er ohne erkennbare Gemütsbewegung.

»Und, wie gefiel Ihnen meine Freundin?«, platzte Aliza ungeduldig heraus. Sie war einfach zu neugierig.

»Eine bemerkenswerte Frau ...« Er nahm einen tiefen Zug aus der noch brennenden Zigarette und drückte sie dann aus.

»Aber?« Aliza spürte ganz deutlich seine Bedenken.

Um Archibalds Mund spielte ein kaum sichtbares Lächeln. »Sie hat nicht Ihre Klasse.«

»Verzeihung?« Aliza verstand nicht, warum er so etwas sagte.

»Ihre Freundin ... wie soll ich es ausdrücken ... ist etwas exaltiert.«

Aliza ahnte, dass ihn Mizzis lautes Lachen und ihr wenig damenhaftes Benehmen gestört hatten. »Sie hat nur zu viel getrunken«, versuchte sie zu erklären.

»Wahrscheinlich«, stimmte Archibald zu. »Aber mal abgesehen von ihrem etwas extremen Äußeren – verzeihen Sie meine Offenheit – fehlt ihr die aristokratische Ausstrahlung, die aber unbedingt nötig ist, um den Erpresser zu täuschen. Fräulein Lichtenstein könnte unter Garantie die langweiligste Gesellschaft in Schwung bringen, aber als meine Gattin? Nein. Auch meine Familie und unser Anwalt würden sich über eine solche Verbindung wundern. Sie würden die Ehe womöglich als Arrangement erkennen, sie anfechten, und damit würde ich mir mehr schaden als nutzen.«

Aliza konnte seine Argumente sehr gut nachvollziehen, wollte aber nicht kampflos aufgeben. Sie hatte ihre ganze Hoffnung auf Mizzi gesetzt. Wo sonst sollte Archibald binnen kürzester Zeit eine Braut finden? »Und wenn wir sie noch einmal zum Tee bitten? Ohne Alkohol benimmt sie sich wie eine Lady, ganz bestimmt.«

»Ich danke Ihnen sehr, dass Sie sich so um mich sorgen, und Sie dürfen Ihre Freundin jederzeit zum Tee bitten, aber dennoch ist es sehr unwahrscheinlich, dass ich meine Meinung ändern würde«, entgegnete Archibald.

Aliza war enttäuscht, aber noch war das letzte Wort nicht gesprochen. »Mizzi könnte sich bestimmt anpassen. Es wäre nicht das erste Mal, dass sie eine schwierige Situation meistert.«

»Möglicherweise, aber es gibt noch einen weiteren Grund für meine Bedenken. Fräulein Lichtenstein ist mir nicht sonderlich sympathisch. Mit ihr eine gewisse Zeit unter einem Dach zu leben, und das müsste ich, um das Testament zu erfüllen und die Öffentlichkeit zu täuschen, wäre mir einfach nicht möglich. Und noch etwas: Sie ist neidisch auf Sie, Aliza.«

»Ich weiß, das sagt sie ja auch ganz offen, aber mich stört es nicht. Sie war mir immer eine gute Freundin, hat mir beigestanden und mir unter anderem die Stelle bei *Le Chapeau* verschafft. Ohne sie wäre ich oft am Boden zerstört gewesen«, verteidigte sie Mizzi.

Archibald betrachtete sie bewundernd. »Das ehrt Sie sehr, Aliza, aber an Ihrer Stelle wäre ich weniger großzügig. Glauben Sie einem alten Mann mit Lebenserfahrung, Mizzi ist keine echte Freundin, und Neid macht selbst aus den besten Freunden oft die gemeinsten Feinde. Sollte ich mich täuschen, würde es mich sehr freuen.«

»Sie täuschen sich, ganz bestimmt«, entgegnete Aliza in voller

Überzeugung. Niemals käme sie auf die Idee, an Mizzis Loyalität zu zweifeln. Allein die geschenkten Kleider, ohne die Imogen sie niemals eingestellt hätte. Ohne Mizzis pragmatische Ansicht auf die Welt hätte sie die schweren Anfangsmonate in diesem so fremden Land nicht überlebt. Ohne Mizzis gute Laune wäre sie vor Heimweh und Sehnsucht nach Fabian verzweifelt.

32

Brighton, Juni 1944

DIE VERLOBUNGSFEIER FAND im *The Grand* statt, dem elegantesten Luxushotel der Stadt, das 1864 im viktorianischen Stil in der King's Road errichtet worden war. Damals wie heute logierte nur die Hautevolee in den begehrten Suiten mit Meerblick, wobei die höher gelegenen Zimmerfluchten bequem mit einem »Vertical Omnibus« zu erreichen waren, der in jenem Eröffnungsjahr der erste Lift außerhalb Londons war.

Der Bräutigam hatte zum Dinner im kleinsten Kreise geladen: die Freundin der Braut, deren ehemalige Arbeitgeberin nebst ihrem wesentlich jüngeren Galan sowie der Familienanwalt der Baringhams, als Tischherr für die Freundin der Braut.

Man saß an einem fürstlich gedeckten Tisch, genoss den Blick auf die Uferpromenade und sehnte sich nach Frieden. Danach, keine Angst mehr davor zu haben, das Motorengeräusch deutscher Luftwaffenmaschinen oder von Angriffen feindlicher U-Boote zu hören. Eifriges Personal servierte als Vorspeise Shrimps mit einem spritzigen Weißwein und zum Hauptgang Lammfilets, begleitet von einem französischen Roten. Crêpes Suzette, zu denen ein weicher Port gereicht wurde, bildeten den perfekten Abschluss und vermittelten gleichzeitig das Gefühl, es gäbe ein Leben ohne Krieg.

Die unerwartete Verlobung von Archibald Ernest Randolph, Lord Baringham, mit einer jungen Deutschen hatte nicht nur in seinem Club hohe Wellen geschlagen. Auch von seriösen

Tageszeitungen wurde das prickelnde Thema nicht ignoriert. Dergleichen geschah nicht alle Tage und wurde genüsslich ausgeschlachtet.

Fünfzigjähriger Junggeselle aus altem britischem Adel ehelicht zweiundzwanzigjährige Deutsche. Warum so plötzlich? Warum eine Frau aus dem Land der Feinde? Warum hat man noch nie von ihr gehört? Wer ist sie? Eine entfernte Verwandte aus Feindesland? Hoffentlich keine Spionin?

Manch einer verfiel beim Anblick des Brautpaars auf die Idee einer weit entfernten Verwandtschaft: Beide waren rothaarig, hellhäutig, und ihre Nasen zierten reichlich Sommersprossen. Auch der Fotograf des offiziellen Verlobungsfotos flüsterte seinem Assistenten zu: »Wüsste ich es nicht besser, würde ich sagen, Vater und Tochter.«

Aliza kümmerten Klatsch oder Geflüster wenig, solange sie die Heirat mit Archibald nicht gefährdeten.

Noch vor wenigen Tagen hätte sie nicht einmal in ihren verrücktesten Träumen daran gedacht, Archibalds Frau zu werden, um ihn aus seiner Notlage zu retten. Sie war mit Fabian verlobt und der festen Überzeugung, ihn bald wiederzusehen. Am 15. Juni hatte sie nämlich die so sehnlichst erhoffte Nachricht erreicht. Nie würde sie diesen Tag vergessen ...

Aus dem Küchenradio drang die euphorische Stimme des Nachrichtensprechers, der von Kämpfen an einer Küste namens Omaha Beach berichtete, von Hunderttausenden alliierten Soldaten, die sich inzwischen auf französischem Boden befanden und die der deutschen Wehrmacht schwere Verluste zufügten.

Aliza vernahm die begeisterten Meldungen nur aus der Ferne, denn der Postbote hatte ihr wenige Sekunden zuvor ein Kuvert in die Hand gedrückt, das ihren Herzschlag verdoppelte.

Der Brief kam aus Berlin von Fabians Mutter, war an Hazel geschickt worden, die ihn an *Le Chapeau* weitergeleitet hatte, bis er schließlich bei ihr gelandet war. Welch eine Erleichterung, nach so langer Zeit endlich ein Lebenszeichen zu erhalten. Mit zitternden Händen öffnete sie den Umschlag und entnahm ihm zwei dicht beschriebene Blätter.

Berlin, November 1943
Liebe Aliza,
wenn Dich dieser Brief erreicht, ist ein enger Freund der Familie gut in London angekommen. Er hat das Kuvert für uns nach England mitgenommen und dort aufgegeben. So musste ich mich nicht auf eine Rot-Kreuz-Nachricht mit fünfundzwanzig Wörtern beschränken.
Ich habe mich sehr über Dein Schreiben gefreut, das monatelang unterwegs gewesen sein muss, wie ich dem Datum entnehmen konnte. Dass es Dir gut geht, freut mich und meinen Mann sehr, und ich beantworte Dir auch sofort Deine Frage nach Fabian: Er lebt! Leider wurde er in Russland schwer verwundet und liegt noch in einem Lazarett, kommt aber hoffentlich bald nach Hause. Genauere Informationen erhielten wir nicht, auch nicht über die Schwere seiner Verletzungen, aber Fabian ist am Leben, und dafür sind wir dankbar.
Wegen Deiner Familie kann ich Dich ebenfalls beruhigen: Wie ich von Frau Karoschke erfuhr, konnte sie Berlin Ende 1942 verlassen und nach Chile oder Kuba emigrieren. Näheres wusste sie nicht. Sei nicht traurig deswegen, die Hauptsache ist doch, Deine Lieben sind in Sicherheit, und Ihr seht Euch eines Tages gesund wieder.
Vermutlich wirst Du von den schrecklichen Luftangriffen auf Berlin gehört haben und hast Dich nicht nur um Deine Eltern, sondern auch um Dein Zuhause gesorgt. Die Flugzeugflotte der königlichen Armee leistet wirklich ganze Arbeit, aber Euer

Haus steht noch, und auch unseres hat die Angriffe bislang unbeschadet überstanden. Ich war nie ein gläubiger Mensch, aber inzwischen bete ich jeden Tag, dass die Bomben uns nicht treffen. Es sind traurige Zeiten, in denen uns nichts bleibt, als zu hoffen. Pass gut auf Dich auf, liebe Aliza, damit wir uns eines Tages gesund in die Arme fallen können.
Wir schicken Dir viele liebe Grüße
Marlies und Bruno Pagels

Freudentränen flossen über Alizas Wangen. Fabian lebte! Sicher war er längst zu Hause. Bald, schon sehr bald würden sie sich wiedersehen. Einander in die Arme fallen. Und sich nie wieder loslassen.
Sie konnte nicht aufhören, sich diesen Moment vorzustellen. Eine schlaflose Nacht lang inhalierte sie jedes einzelne Wort des Briefes. Im Morgengrauen fiel ihr schließlich eine Unstimmigkeit auf: Frau Karoschke hatte behauptet, die Eltern seien 1942 emigriert. Aber das konnte unmöglich zutreffen, wo ihre letzte Rot-Kreuz-Nachricht von 1943 war. Darin hatten sie von Papieren geschrieben, die Karoschke besorgen würde. Warum hatte Karoschkes Frau gelogen? Auch der Brief von Frau Pagels war monatelang unterwegs gewesen, und Aliza verging fast vor Sorge um ihre Lieben. Sie musste unbedingt nach Berlin. Und wenn sie dafür zur Straftäterin würde. Es hieß doch: Im Krieg und in der Liebe sind alle Mittel erlaubt.
Aufgewühlt schrieb sie eine Rot-Kreuz-Nachricht an Fabian.

Mein Liebling, hoffe, Du bist nach Berlin zurückgekehrt. Ich versuche, nach Hause zu kommen. Ich liebe Dich und vermisse Dich mit jedem Herzschlag. Aliza

Als Mizzi von Alizas Plänen erfuhr, verdrehte sie die Augen.»Du willst nach Berlin? Bist du vollkommen übergeschnappt? Du bist immer noch Jüdin, und die Nazis sind immer noch an der Macht. Es ist lebensgefährlich, nach Deutschland zu reisen. Du besitzt nur die Kennkarte mit dem J-Stempel, damit wird man dich an der Grenze sofort verhaften und in ein Lager verschleppen. Du bräuchtest einen neuen Ausweis mit einem weniger jüdischen Namen als Landau, aber ich kenne leider niemanden, der dir da helfen könnte.«

Verzweifelt dachte Aliza darüber nach, wie sie zu neuen Papieren käme. Bei einem Spaziergang mit Daisy entlang der Uferpromenade kam ihr die rettende Idee. Es war, als wollte der Wind ihr zuflüstern: Heirate! Und dann erinnerte sie sich an die Geburtsurkunde, die Mama ihr eingepackt hatte. Als hätte sie geahnt, wie wichtig dieses Dokument eines Tages für sie werden würde.

Archibald sagte mit Freuden »Ja«, als Aliza einen Handel vorschlug: Sie würde ihn heiraten, wenn er ihr die Reise nach Berlin finanzierte und bereit wäre, sich so bald wie möglich wieder scheiden zu lassen. Gründe sollten sich finden lassen; der große Altersunterschied oder die Unvereinbarkeit ihrer Religionen. Archibald verständigte den Anwalt, und die offizielle Verlobung wurde bekannt gegeben.

Mizzi war fassungslos, als Aliza ihr von der Scheinheirat erzählte. »Und was springt für den Lord dabei heraus?«, fragte sie lauernd. »Musst du die nächsten zehn Jahre ohne Bezahlung putzen und ihm auch noch die Füße küssen?«

»Du übertreibst mal wieder«, entgegnete Aliza, behielt Archibalds Geheimnis natürlich für sich und murmelte etwas von einem feudalen Londoner Stadthaus, mit dem er schon lange liebäugle, es aber nur nach einer Heirat erhielte.

Mizzi schien sich mit der Erklärung zufriedenzugeben, und schon prasselten die nächsten Fragen auf Aliza ein: »Was wirst du zur Verlobung tragen? Wann wirst du in dieses prächtige Familienschloss umziehen? Und das Wichtigste: Muss ich dich mit *Mylady* anreden?«

»Zur Verlobung trage ich die Kombination aus dem weiten fliederfarbenen Taftrock mit dem lila Samtoberteil, die du mir vermacht hast. Und wann oder ob ich das Schloss jemals betreten werde, steht noch in den Sternen. Aber wer weiß, vielleicht darf ich dort leben und die vornehme Dame geben, solange der Krieg noch nicht vorbei ist. Wäre es nicht himmlisch, eine Weile mal nichts zu tun, ein müßiges Leben zu führen und den ganzen Tag ein Diadem im Haar zu tragen?«

»Außer bei der Jagd. Unter der Reitkappe wäre solch ein Kopfschmuck doch eher hinderlich«, spann Mizzi voller Übermut den Faden weiter.

»Du sagst es, Teuerste.«

»Darf ich dich besuchen?«

»Selbstverständlich, und du darfst auch mit meinen Juwelen spielen«, entgegnete Aliza, und gemeinsam prusteten sie los.

Aliza war in Hochstimmung, und nichts konnte dies trüben. Bald, schon sehr bald würde sie Fabian wiedersehen, und es war ihr vollkommen gleichgültig, ob Mizzi sie mit der Heirat aufzog oder nicht.

Während am 26. August 1944 eine Siegesparade über die Champs-Élysées marschierte, die Befreiung von Paris feierte und Charles de Gaulle anschließend vom Balkon des Rathauses eine Ansprache hielt, reisten die frisch Verlobten nach Offham zum Familiensitz. Aliza hatte Archibald überredet, Mizzi die Wohnung als kleinen Trost vorübergehend zu überlassen. Auch wenn die Verschmähte niemals erfahren würde, dass sie sich die große Chance mit zu viel Champagner verdorben hatte.

Es war ein prächtiger Sommernachmittag, die Sonne schien von einem strahlend blauen Himmel, der sich über eine idyllische Landschaft wölbte. Schwalben jagten nach Mücken, bunte Blumenwiesen lagen neben Feldern mit goldgelbem Korn, und auf den bereits abgeernteten dunkelbraunen Äckern pickten Vogelschwärme die letzten Körner auf.

Aliza hatte mit Archibald eine *marriage by licence*, eine schlichte Trauung auf dem Standesamt im kleinsten Kreise vereinbart. Dass sie vorher noch seine Eltern und die Brüder mit Frauen, Kindern und einige Verwandte kennenlernen sollte, hatte sie nicht erwartet.

»Ich würde dich auch ohne die Zustimmung meiner Familie heiraten, aber der Anstand gebietet es, dich offiziell vorzustellen. Schließlich wirst du eine von uns, eine Baringham, was alle Welt und nicht zuletzt ein gewisser Gauner erfahren sollte«, hatte Archibald ihr erklärt und im nächsten Atemzug eröffnet, dass sie eine Woche im Schloss bleiben würden.

Archibald saß in einem sandfarbenen Sommeranzug aus leichtem Tuch am Steuer eines gemieteten Bentley-Cabriolets. Er trug eine Sonnenbrille, auf dem Kopf einen Panamahut, mit dem auch Winston Churchill häufig gesehen wurde, und lenkte den flotten royalblauen Zweisitzer souverän mit der linken Hand. Die Gangschaltung zwischen den Sitzen betätigte Aliza. Sie hatte ihre Ersparnisse in neue Garderobe investiert und hoffte, das ärmellose violette Kleid mit den weißen Hibiskusblüten würde sich als richtige Wahl für einen Aufenthalt im Schloss erweisen. Für die Fahrt hatte sie einen Trenchcoat aus hellem Leinen übergezogen, ihr Haar mit einem Tuch gegen den Fahrtwind geschützt, und auch auf ihrer Nase saß eine Sonnenbrille. Daisy lag eingerollt zu ihren Füßen.

Aliza hielt die linke Hand aus dem Wagen, als wollte sie den Wind fangen und sich von ihm nach Hause tragen lassen. Sie war wie berauscht von den immer deutlicheren Anzeichen auf einen baldigen Frieden. Leider war im Juli das Attentat auf Hitler in seinem Führerhauptquartier misslungen. Doch in den letzten Wochen war Paris befreit worden, und das nährte die berechtigte Hoffnung auf Frieden. Wenn die Alliierten weiter so siegreich gegen die deutsche Wehrmacht vorrückten, war es dann überhaupt noch nötig, dass sie Archibald heiratete? In dem Fall würde sie auch so nach Berlin gelangen. Aber noch war kein Frieden, und deshalb gab es wichtigere Fragen mit ihrem Bräutigam zu klären. Nicht zuletzt musste sie sich daran gewöhnen, ihn zu duzen und mit *Darling* angesprochen zu werden. Hauptsache, er sagte nicht *Liebling* zu ihr, so durfte sie nur Fabian nennen.

Aliza mahnte sich zur Konzentration. Es gab so vieles, was sie noch vor der Ankunft im Schloss erfahren musste. »Archie, Darling ...« Ihr entschlüpfte ein Kichern. Es klang ziemlich albern, aber es war wichtig, um glaubwürdig zu sein. »Erkläre mir bitte noch einmal, wie ich deine Eltern anreden muss. Und was erzählen wir, wenn jemand fragt, wann und wo wir uns kennengelernt haben?«

»Mein Vater ist offiziell der Duke of Baringham, aber im Gespräch redest du ihn als Lord Baringham und meine Mutter als Lady Baringham an. Sie werden dir beide das Du anbieten, und dann nennst du sie einfach bei ihren Vornamen. Was unsere Bekanntschaft angeht, da bleiben wir am besten ganz nahe an der Wahrheit, Darling«, erklärte Archibald. »Wir haben uns vor ... sagen wir, einem halben Jahr bei Imogen kennengelernt, wo wir beide Kunden sind.«

»Letzteres ist nicht gelogen«, erkannte Aliza vergnügt. »Immerhin hat Imogen den Haarreif mit den hübschen Samtblumen für meine Verlobung entworfen und eigenhändig angefertigt.«

»Weil sie wusste, dass unser Verlobungsfoto in den großen Blättern erscheinen würde und sie damit zu kostenloser Werbung käme«, entgegnete Archibald mit einem verschmitzten Grinsen, um Aliza gleich darauf mit einem ernsten Blick zu bedenken. »Habe ich dir schon gesagt, wie unendlich dankbar ich dir bin? Dein Einfall rettet mich und nicht zuletzt meine Familie vor einer großen Schande.«

Aliza mahnte: »Noch sind wir nicht verheiratet, Archie Darling, und mit ungelegten Eiern lassen sich keine Omeletts braten.«

Archibald amüsierte sich köstlich über die deutsche Metapher, dennoch blieb er optimistisch, hatte sich der Erpresser doch nach den Zeitungsberichten über die Verlobung nicht mehr gemeldet.

»Wir müssen damit rechnen, dass deine Familie mich nicht akzeptiert. Ich bin eine Deutsche, eine Feindin und nicht einmal adelig. Eine durch und durch unpassende Partie.«

»Keine Sorge, Darling, die offizielle Version lautet: Du bist die Frau, die ich liebe, uns kann nichts mehr trennen. Außerdem leben wir nicht mehr im letzten Jahrhundert, wo dergleichen noch dem Ausschluss aus der Gesellschaft gleichkam. Man wurde nie wieder bei Hofe eingeladen, wenn die Auserwählte nicht standesgemäß war. Man stelle sich vor, welch eine Schmach. Einfach abscheulich«, spottete er und drückte einmal kräftig auf die Hupe.

Aliza verspürte ein unangenehmes Magenzwicken. War es Angst vor dem Abenteuer, denn es würde eines werden, oder war sie hungrig? Sie hatte heute Morgen vor Aufregung keinen einzigen Bissen hinuntergebracht. Hoffentlich war es nur der Mittagshunger, der sich meldete, und keine Warnung ihres Unterbewusstseins.

Schließlich hatten sie ihr Ziel fast erreicht. Archibald bog von der Landstraße nach links ab und fuhr durch einen schmalen, von hohen Laubbäumen beschatteten Weg.

»Nur noch wenige Minuten«, verkündete er mit einem Seitenblick auf Aliza. »Bist du bereit?«

»Ja, aber ehrlich gestanden, zittern mir die Hände und Knie …«

»Keine Angst, Darling, alles wird gut«, versicherte er.

Der schmale Weg stieg leicht an und endete an einem hohen

schmiedeeisernen Einfahrtstor, dessen Mitte das Wappen der Baringhams zierte.

Archibald hielt den Wagen an, stieg aus, griff durch die reich verzierten Ornamente an den inneren Türgriff und öffnete das Tor.

Der Weg führte vorbei an einer Reihe von Rhododendren von prächtigem Wuchs, die gewiss vor langer Zeit gepflanzt worden waren und deren Blütendolden in zarten Rosa- und Weißschattierungen leuchteten. Nach einer Weile verbreiterte sich der Weg und lief in einem Bogen vorbei am Familienschloss: einem mehrstöckigen, langgestreckten Gebäude mit hohen Fenstern, Erkern, Türmen und einem von Säulen getragenen Dach über dem breiten Eingang. Hinter dem Schloss erstreckte sich eine parkähnliche Landschaft mit weitläufigen Rasenflächen und immergrünen Koniferen.

Aliza hatte das Anwesen schon unzählige Male auf dem Ölgemälde in Archibalds Salon bewundert, doch in der Realität war es weitaus beeindruckender. »Das ... ist ja ... wie Manderley«, stammelte sie ergriffen. Genau so hatte sie sich den Herrensitz vorgestellt, den Daphne du Maurier in ihrem Roman *Rebecca* beschrieb. Allerdings wurde dieses Anwesen von der Sonne beschienen und wirkte freundlich und einladend.

»Bei Regen ist es recht praktisch«, sagte Archibald, als handelte es sich um ein Gartenhäuschen, in dem man die Gerätschaften vor Unwetter schützte.

Aliza musste laut lachen. »Das kann nur jemand sagen, der niemals mittellos war und noch nie in einem winzigen Zimmer zu zweit hausen musste.«

Archibald griff nach ihrer Hand. »Verzeih, Darling, wie gedankenlos von mir. Aber du weißt ja inzwischen, wie ungern wir Briten über Besitz oder Geld reden. Es gilt als vulgär. Überhaupt meiden wir alle Themen, die sich um Vermögen im weitesten Sinne drehen. Wir bewundern grundsätzlich nichts, was anderen gehört. Niemand soll auf die Idee verfallen, wir wären neidisch.«

»Ich verstehe«, antwortete Aliza und versprach: »Ich werde mich benehmen, als hätte ich mein Leben lang nur mit goldenen Löffeln gegessen, ohne ein einziges Wort darüber zu verlieren.«

Archibald hielt den Wagen an. »Ausgezeichnet!« Schmunzelnd stellte er den Motor ab und stieg aus. Als er den Wagen umrundet und die Beifahrertür geöffnet hatte, sprang zuerst Daisy heraus. »Lauf, mein kleines Mädchen«, forderte er sie mit sanfter Stimme auf, und die Hündin jagte vergnügt bellend in die Parkanlagen.

»Was antworte ich, wenn ich nach meiner Familie gefragt werde?«, erkundigte sich Aliza, als er ihr die Hand reichte.

»Archiiibald!«, eine hohe Frauenstimme unterbrach das Gespräch.

»Meine Mutter«, flüsterte Archibald und kam nicht mehr dazu, Aliza aus dem Wagen zu helfen, weil ihn zwei mütterliche Arme stürmisch an sich rissen.

Wenige Schritte hinter Lady Baringham tauchte ein älterer Mann im schwarzen Anzug auf, der Butler, unschwer an seiner unbewegten Miene zu erkennen. Ihm folgte ein junger Bursche, ebenfalls im dunklen Anzug.

Aliza holte Luft und stieg ohne Hilfe aus dem Wagen. Sie hatte Archies Mutter bereits auf Fotografien betrachtet und war nun verblüfft, wie wenig die Duchess diesen ähnelte. Auf den Bildern hatte sie schlank und hochgewachsen ausgesehen, war elegant frisiert und geschmackvoll gekleidet gewesen. Die Verkörperung einer britischen Adligen, wie Aliza sich solche hochwohlgeborenen Damen vorstellte. Die Frau, aus deren Umklammerung Archie sich nun löste, war eher der robuste Typ und einen Kopf kleiner als sie selbst. Ihre üppige Figur steckte in einem schlichten Kittelkleid, zu dem die wertvoll wirkende einreihige Perlenkette um ihren Hals nicht so recht passen wollte. Sie hatte langes braunrot gefärbtes Haar, das lockig auf den Schultern lag, goldbraune Augen, und ihre übers ganze Gesicht verteilten Sommersprossen hatte sie ganz offensichtlich Archibald vererbt. Trotz ihrer fünfundsiebzig Jahre wirkte sie vital wie eine Fünfzigjährige, war braun gebrannt wie jemand, der viele Sonnenstunden im Freien verbrachte, was nicht zuletzt auch die zahlreichen Linien um ihre Augen verrieten. Ihre nackten Füße mit den rot lackierten Zehennägeln steckten in staubigen Riemchensandalen. Neugierig streckte sie Aliza die Hand entgegen. »Willkommen auf Greenwoodhill. Wir waren alle sehr gespannt auf die Frau, die meinen geliebten Archie *eingefangen* hat.« Sie kniff ihren jüngsten Sohn in die Wange, als wäre er gerade mal drei Jahre alt.

»Vielen Dank, Mylady«, erwiderte Aliza, und vor Angst zog sich ihr der Magen zusammen. *Eingefangen!* Das konnte ja heiter werden. Die Duchess schien ihr nicht gerade freundlich gesinnt zu sein.

»Bitte, Mutter, ich bin überglücklich, dass diese wundervolle Frau meinen Antrag angenommen hat«, kam Archibald ihr zu Hilfe und reichte ihr den Arm. »Lass uns hineingehen, Darling.« Er pfiff nach Daisy, die bellend angeflitzt kam.

Virginia nickte gnädig und wies den geduldig wartenden Butler an, sich um das Gepäck zu kümmern. Der sagte: »Willkommen zu Hause, Mylord«, und leitete dann Virginias Befehl mit einer Handbewegung an den jungen Burschen weiter.

Aliza wurde schwindelig von dem Ehrfurcht einflößenden Anwesen. Da war zuerst die Eingangshalle, groß wie die gesamte elterliche Wohnung in Berlin. In der Mitte prangte ein pompöser Blumenstrauß auf einem Tisch mit goldverzierten Füßen. An den holzvertäfelten Wänden standen ähnlich pompöse Sessel wie in Archibalds Salon. Seitlich führte eine breite Treppe mit reich verziertem Geländer in drei Absätzen ins Obergeschoss.

Virginia eilte mit energischen Schritten auf den Blumentisch zu und hielt direkt davor inne. »Tee auf der rückwärtigen Terrasse. Sicher wollt ihr zuerst nach oben und euch ein wenig frisch machen«, sagte sie, schob hastig zwei Rosenstiele zurecht und verschwand durch eine doppelbreite Kassettentür.

Erleichtert blickte Aliza ihr nach. Ein kleiner Aufschub, bevor sie der Meute zum Fraß vorgeworfen wurde. Wenn alle Familienmitglieder ihr gegenüber ebenso feindselig waren, würde sie schwer zu kämpfen haben.

Der Butler wartete bereits mit dem kofferbeladenen Burschen an der Treppe, wo in Öl verewigte Ahnen teilweise mürrisch von den Wänden blickten. »Wenn Sie mir bitte folgen würden, Mylord«, wandte er sich an Archibald. Aliza schenkte er keine Aufmerksamkeit, sondern erklomm hocherhobenen Hauptes eine Stufe nach der anderen.

Wie es sich geziemte, wurde das Brautpaar in weit voneinander liegenden Räumen untergebracht. Gerade in Kriegszeiten musste auf Sitte und Anstand geachtet werden.

Beeindruckt sah Aliza sich in ihrem Zimmer um: ein breites Bett, daneben ein filigranes Tischchen mit Blumenstrauß und zierlicher Lampe. Ein dreiteiliger Frisierspiegel auf einem vergoldeten Tisch, davor ein grazilen Polstersessel mit geschwungener Lehne. Brokatvorhänge am Fenster, ein runder Teetisch nebst zwei Polstersesseln. Dicke Teppiche auf dem gewachsten Holzfußboden. Wenn Mizzi das sehen könnte, dachte sie und musste lachen, als sie die Freundin beinahe sagen hörte: »Prächtig, prächtig!«

Ein Klopfen an der Tür schreckte sie aus ihren Gedanken. Auf ihr »Bitte« kam nicht wie erwartet Archie herein, sondern ein junges Mädchen in einem schwarzen Kleid mit weißem Häubchen im dunklen Haar. Sie nannte ihren Namen und erklärte, Ihre Ladyschaft habe sie angewiesen, der jungen Verlobten beim Auspacken und Ankleiden behilflich zu sein.

Ungläubig starrte Aliza das Mädchen an, bis es unsicher fragte, ob alles in Ordnung sei. Als Aliza bejahte, machte es sich sofort an die Arbeit. Gezwungenermaßen sah Aliza untätig zu, wie für sie ausgepackt wurde, und fand die ganze Situation einfach nur absurd.

Geschieht das alles tatsächlich, fragte sie sich, oder wache ich gleich in irgendeinem Kellerzimmer auf? Kann ein jüdisches Flüchtlingsmädchen eine adlige Gesellschaft begeistern? War es verwerflich, was sie vorhatte? Ein Betrug an Fabian, für den sie eines Tages die Quittung bekäme? War es möglich, dass er gar davon erfuhr? Sie wagte kaum, sich vorzustellen, was dann geschehen würde. Ihr Hals wurde eng, und ihre Augen brannten. Tapfer kämpfte sie gegen ihre Furcht an und motivierte sich mit dem Gedanken, dass sie unter allen Umständen nach Berlin reisen und dafür jedes Opfer bringen würde. Entschlossen trat sie an eines der Fenster, um den Ausblick zu betrachten. Doch statt den im Sonnenlicht glitzernden Teich mit den lila Schwertlilien wahrzunehmen, vermeinte sie, Flugzeuge über Berlin zu sehen. Eine zerbombte Stadt. Und zwischen den Trümmern Fabian in blutigen Verbänden.

Der Nachmittagstee auf der Terrasse hinter dem Schloss lenkte Aliza kurzfristig von ihren neu erwachten Ängsten ab. Sie lernte Archies Vater kennen, einen hochgewachsenen Endsiebziger mit weißen Haaren und wachen grünbraunen Augen, der Aliza sofort nach ihren Reitkünsten befragte, ohne wirklich eine Antwort darauf zu erwarten. Es war lediglich die Einleitung zu einem langen Monolog über die alljährliche Jagdgesellschaft im September, zu der die zahlreiche Verwandtschaft erwartet würde und auch sie willkommen sei. Es sei auch nicht nötig, das eigene Pferd mitzubringen, es stünden genug Tiere zur Verfügung.

Um acht folgte das Dinner im Speisezimmer, zu dem Lord Hector, Archies ältester Bruder und Erbe, mit Gattin und drei

Kindern eintraf. Hectors Nachwuchs wurde allerdings im Kinderzimmer abgespeist, unter Beaufsichtigung einer Gouvernante.

Am nächsten Tag, einem Freitag, tauchte Lord Edward auf, der mittlere Bruder, nebst Gattin und vier Kindern.

Im Laufe des Samstags trudelten nach und nach Onkel, Tanten, Cousinen und Cousins zum großen Sommerfest ein.

Aliza gab es auf, sich die unzähligen Namen und Gesichter zu merken, es waren einfach zu viele, und alle musterten sie unfreundlich, manche sogar feindselig.

Im Park war ein großer weißer Baldachin aufgebaut worden, der die langen Büfetttische überspannte. Trotz Krieg und der herrschenden Lebensmittelrationierung blieben keine Wünsche offen: geräucherter Fisch, kalter Braten, Petits Fours, kandierte Früchte, Kuchen und reichlich Champagner. Unter einem zweiten Baldachin unweit des Lilienteichs hatte man, wie bei solch legeren Festen auf Greenwoodhill üblich, einzelne Tische mit je vier oder sechs Stühlen aufgestellt.

Am späten Nachmittag hatten sich etwa einhundert Gäste auf dem englischen Rasen versammelt. Damen in luftigen pastellfarbenen Kleidern mit breitkrempigen Hüten, Herren in hellen Leinenanzügen und mit Panamahüten auf dem Kopf, Kinder in hübschen Kleidern oder Anzügen mit kurzen Hosen. Der Duke of Baringham, selbst in einem sandfarbenen Anzug, eröffnete die Feierlichkeiten mit einer launigen Rede:

»Lieber Archie, liebe Aliza, liebe Gäste ... Den Anlass unserer heutigen Feier muss ich nicht extra erwähnen, es stand auf der Einladung, und ihr könnt alle lesen. Allerdings habe ich vergessen, darauf hinzuweisen, dass es sich um ein Mysterium handelt ...« Er grinste und wartete das allgemeine Gelächter ab. »Womit niemand mehr gerechnet hatte, ist urplötzlich eingetreten. Erheben wir die Gläser auf das junge ...« Er stockte, zog die Stirn in Falten und blickte das neben ihm stehende Paar an.

»Die Braut ist auf jeden Fall jung. Wie dem auch sei: ein Hoch auf die Verlobten.«

»Auf die Verlobten«, erklang es von allen Seiten.

»Dein Vater kann mich nicht leiden«, flüsterte Aliza Archibald zu. Der legte schützend den Arm um Alizas Schultern und küsste sie sanft auf die Wange. »Nimm es nicht persönlich, Darling, mein Vater versucht, bei jeder sich bietenden Gelegenheit witzig zu sein, was ihm leider nur selten gelingt.«

Witzig wollte offensichtlich auch Hector sein. Er gratulierte seinem Bruder zur Verlobung und musterte unschicklich lange Alizas geblümtes Kleid aus zartem Seidengeorgette. »In diesem atemberaubenden Kleid könntest du leicht einen Verkehrsstau auslösen.«

»Die Gefahr besteht bei deiner Frau eher nicht«, konterte Archibald und musterte mit hochgezogenen Brauen Hectors Frau; ihr hochgeschlossenes sackartiges Kleid, offensichtlich aus dem Jahr 1925, wurde eher einer verarmten Verwandten gerecht, aber nicht der Gattin des Titelerben.

Aliza fühlte sich, als hätte man sie in einem Theaterstück mit der Hauptrolle besetzt, ihr aber keinen Text gegeben. Vor allem die unzähligen Titel sowie die unterschiedlichen Anreden zu behalten war schwierig. Um niemanden zu brüskieren oder sonst einen Fauxpas zu begehen, hielt sie sich an einem Glas Apfelsaft fest und lächelte freundlich. Schwieriger war es, gehässige Unterhaltungen zu ignorieren, die in ihrer Nähe scheinbar absichtlich laut geführt wurden.

»Unser Archie hat sich eine hübsche Krankenschwester angelacht.«

»Mit fast fünfzig wird es ja auch langsam Zeit, daran zu denken, wer einmal den Rollstuhl schieben soll.«

»Jahrelang Junggeselle, und nun wird hoppla hopp in den Hafen der Ehe geschippert.«

»Vermutlich ist etwas Kleines unterwegs.«

»Ja, so ein junges Ding kann ein erloschenes Feuer in alten Lenden noch mal entfachen.«

»Eine Deutsche – die Spionin im eigenen Bett.«

»Verbotene Lust.«

Die beiden letzten Gemeinheiten kamen direkt von nebenan. Archie drehte sich auf seinem Stuhl zum Nebentisch. »Nur zu eurer Information, Cousine Edith und Cousin George, ich bin nicht King Edward, und Aliza ist nicht Wallis Simpson. Also keine Angst, das Empire erleidet keinen Schaden und wird auch nicht untergehen, nur weil ich eine Deutsche heirate.«

»Gut gesprochen«, lachte der Gerügte und erhob sein Glas. »Auf dich, altes Haus – und auf deine schöne Braut.«

Für einen Moment wünschte sich Aliza die Menschen herbei, die ihr in diesem Land voller Freundlichkeit begegnet waren: Mabel, die Kaufmanns, Mrs. Weinstein, die gute Phyllis und die Gibsons, auch wenn sie leider nicht in diese Gesellschaft gepasst hätten. Zum Glück dauerten selbst die anstrengendsten Feierlichkeiten nicht ewig. Erleichtert beobachtete Aliza, wie die Sonne langsam hinter den Baumkronen versank, die Silberplatten leergefuttert waren und die Dienerschaft mit dem Abräumen begann. Sie war nicht von Archies Seite gewichen und glaubte schon, das Schlimmste überstanden zu haben, als sich der Duke zu ihnen an den Tisch gesellte. Er schien reichlich gebechert zu haben, wie seine schleppende Aussprache unschwer erkennen ließ.

»Warum suuur Hölle mussss es eine ... hicks ... Nazibraut sein ... Konntest du denn keine Engländerin ...«

Archibald ignorierte die Beleidigung und grinste nur spöttisch.

»Bei allem Respekt, Eure Lordschaft, vielleicht habt Ihr die Güte Euch zu erinnern, dass Queen Victoria überaus glücklich mit einem deutschen Prinzen verheiratet war. Ich befinde mich also in allerbester Gesellschaft. Zudem führte das englische Königshaus bis ins Jahr 1917 den deutschen Namen Sachsen-Coburg und Gotha.«

»Parbleu!«, fluchte der Duke, während er kräftig mit der Faust auf den Tisch hieb.

Aliza war so gerührt über Archies Antwort, dass sie ihm spontan um den Hals fiel und ihn küsste.

Die Umstehenden applaudierten kräftig.

33

Brighton, November 1944

DEPRIMIERT GRIFF ALIZA nach dem zierlichen Kristallglas. Portwein war zwar keine Lösung, aber vielleicht würde er sie beruhigen. Je länger sie nämlich über die neuerliche Situation nachdachte, desto abstruser und unerträglicher erschien sie ihr.

»Bitte, Darling, es tut mir unendlich leid, und ich schwöre dir hoch und heilig, dass ich keine Ahnung hatte. Ich kannte nur dieses Testament hier ...« Kopfschüttelnd starrte Archibald auf das Dokument in seiner Hand.

»Ich gebe dir keine Schuld, Archie.« Aliza leerte das Glas und hob es leicht an. »Sei so lieb ... Und ich hätte auch gerne noch eine Zigarette.«

»Das Rauchen bekommt dir nicht, Aliza Darling, du hustest fortwährend.« Trotz seiner Besorgnis reichte er ihr die Packung.

Aliza ignorierte seine Fürsorglichkeit, angelte eine Zigarette aus dem Päckchen, ließ sich Feuer geben und resümierte in Gedanken erneut: Letzte Woche waren sie standesamtlich getraut worden, und vor einer Stunde hatten sie die Kanzlei des Familienanwalts verlassen. Seither stand sie unter Schock. Wusste nicht weiter. Diese unsägliche Testamentsklausel durchkreuzte all ihre Pläne.

Sie nahm einen tiefen Zug von der Zigarette.

Drei Jahre, drei Jahre, drei Jahre.

So lange sollte die Ehe mindestens bestehen.

Im Falle einer früheren Scheidung musste Archibald die

Erstzahlung von einhunderttausend Pfund zurückerstatten. Das gesamte Erbe – ein herrschaftlicher Landsitz in Cornwall zuzüglich der indischen Teeplantage und weitere hunderttausend Pfund – fiele dann einer gemeinnützigen Stiftung zu.

»Zumindest bleibt uns eine Bedingung erspart«, seufzte Archie, während er Alizas Glas mit Portwein füllte und sich selbst einen Whisky einschenkte.

»Und die wäre?«

»Kinder. Stell dir vor, Onkel Winifield hätte auch noch verlangt, dass wir uns vermehren.«

Aliza benötigte einen Moment, um die Absurdität seiner Worte zu begreifen und darüber lachen zu können. So heftig, dass die neben ihr schlafende Daisy aufschreckte.

Archibald brachte Aliza das aufgefüllte Glas und nahm dann auf dem Sofa ihr gegenüber Platz.

»Was hältst du von einer Reise nach Cornwall? *Primrose Manor,* unser frisch ererbtes Anwesen, begutachten. Als Kind habe ich dort wunderschöne Sommerferien verbracht. Es ist ein prächtiges Haus mit allem Komfort, Schwimmbad und Tennisplatz, und genau genommen gehört es zur Hälfte auch dir.« Er lobte die frische Meeresluft an der Küste von Cornwall, in der ihn manch geniale Idee ereilt habe.

Aliza aber zögerte. »Ich weiß nicht, Archie, meine Großmutter Ziva hat immer gesagt: *Wohin du auch gehst, deine Sorgen und Probleme begleiten dich.*«

»Eine kluge Frau, deine Großmutter, aber in unserer speziellen Situation wäre es geradezu unklug, die Probleme *nicht* mitzunehmen. Wir fänden wohl kaum eine Lösung, wenn wir sie hier zurückließen.« Archibald lehnte sich entspannt zurück und sah sie mit seinen warmen goldbraunen Augen an. »Ortswechsel verändern erst einmal nur die Perspektive, aber manchmal ändern sie auch die Betrachtungsweise der Situation, in der man sich befindet. Es wäre also keine Flucht, sondern nur eine andere Umgebung, nichts weiter. Du und ich, wir bleiben, was wir sind.«

Erstaunt sah Aliza auf. »Und das wäre?«

»Komplizen.« Ein verschmitztes Lächeln lag in seinem Blick. »Es ist, als hätten wir gemeinsam eine Straftat begangen und säßen dafür nun drei Jahre im Gefängnis. Es sei denn, es gelänge uns auszubrechen.« Vergnügt hob er sein Glas, als wollte er darauf anstoßen.

»Wie denn? Die Klausel ist eindeutig, ich wüsste nicht, wie wir da rauskommen.« Aliza war verzweifelt, denn ihr Plan war gründlich gescheitert. Sie trank das Glas Portwein in einem Zug aus.

»Hattest du bereits geplant, wann du nach Deutschland reisen willst?«, wechselte Archibald das Thema.

»Nicht im Detail, nur eben so schnell wie irgend möglich, sobald die Reisebedingungen ...« Nachdenklich zog sie an ihrer Zigarette. »Würde es dir schaden, wenn ich fahre?«

Archibald zuckte die Schultern. »Kein Gedanke. Offiziell könntest du deine Eltern besuchen, die wegen des Krieges nicht zur Hochzeit kommen durften. Das versteht jeder. Aber ich würde vorschlagen, vorher nochmals in Berlin anzurufen.«

»Du weißt doch, dass ich es bereits probiert habe und die Anschlüsse nicht mehr bestehen«, fuhr sie ihn ungeduldig an. »Deshalb kann ich nur vor Ort herausfinden, was mit meiner Familie geschehen ist und wo Fabian und seine Eltern jetzt leben. Womöglich wurde ihr Haus von den Bombern Ihrer Königlichen Majestät in Schutt und Asche gelegt, wie Cousin Cedric auf dem Sommerfest so bildhaft sagte.«

Archibald schien Alizas Vorwurf nicht zu verärgern. »Es ist einfach abscheulich, und es fehlen einem die Worte, wenn man so etwas hört«, bestätigte er leise. »Aber Cedric war sicher nicht bewusst, wie sehr dich seine Bemerkung getroffen hat. Soldaten stumpfen ab, je länger ein Krieg dauert, und auch ein Captain der *Royal Army* wie Cedric wird genau so unsensibel wie der gemeine Mann im Schützengraben. Deshalb wäre ich beruhigt, wenn du das Ende des Krieges abwarten würdest.«

»Wozu?«, fuhr Aliza ihn an. »Wenn du die Güte hättest, dich zu erinnern, dass wir nicht nur deinetwegen geheiratet haben, sondern auch, damit *ich* mit einem neuen Nachnamen sofort nach Deutschland fahren kann ... Bei Kriegsende sind die Nazis doch wohl endgültig besiegt, und dann wäre auch mein jüdischer Familienname kein Hindernis mehr.« Sie trat an eines der Fenster, öffnete es und atmete tief ein, um sich zu beruhigen. Sie wollte Archibald nicht die alleinige Schuld an dem Schlamassel geben. Sie glaubte ihm, dass er keine Ahnung von der Klausel gehabt hatte, und doch war sie unendlich wütend. Vor allem auf den hinterlistigen Erbonkel. Verzweifelt presste sie die Hand auf den Mund, um ihren Zorn zu unterdrücken.

»Aliza ...« Unerwartet stand Archibald neben ihr, zog sie in seine Arme und redete beruhigend auf sie ein. »Es tut mir so unendlich leid, und ich verstehe auch, wenn du wütend auf mich bist und die Heirat bereust.«

Aliza verlor die Beherrschung. Schluchzend lag sie in Archies Armen.

Ziemlich genau vor einem Jahr hatte Aliza erfahren, dass Fabian vermisst wurde. Diese Nachricht hatte eine Kette von Ereignissen ausgelöst, an deren Ende sie mit Archibald verheiratet war. Glück im Unglück, wie es so schön hieß, denn seit ihrer Ankunft in England war Archibald der Erste gewesen, bei dem sie sich nicht mehr ausgenutzt und auch nicht mehr so unglücklich gefühlt hatte. Vom ersten Arbeitstag an hatte er sie wie eine nahe Verwandte und nicht wie eine Dienstbotin behandelt. Nun war sie wie im Märchen sogar zur *Prinzessin* aufgestiegen – fatalerweise auch eingeschlossen wie Rapunzel, wenngleich beim freundlichsten Gefängniswärter, den man sich nur wünschen konnte. Der ihr jeden Wunsch erfüllen würde, wenn es in seiner Macht läge.

Nach dem gestrigen kleinen Streit hatte sie eingelenkt und, wie von Archie vorgeschlagen, erneut versucht, die Pagels' in Berlin zu erreichen. Ohne Erfolg. Das Fernamt erklärte abermals, der verlangte Telefonanschluss bestünde nicht mehr. Warum, das musste ihr niemand genauer beschreiben. Die Berichte und Bilder in den Tageszeitungen waren deutlich genug. Jedes Foto zeigte Berlin als einziges Trümmerfeld, und die Zerstörung dauerte nach wie vor an. Den Meldungen zufolge überflogen die alliierten Schnellbomber die Hauptstadt nun vierundzwanzig Stunden am Tag, um auch noch die letzten unversehrten Gebäude zu zerstören, Hitlers Hauptstadt vollständig auszulöschen, die Nazis zum Aufgeben zu zwingen – und den Krieg dadurch zu beenden.

Aliza vermied es so weit wie möglich, Radionachrichten zu hören oder die Tageszeitungen zu lesen. Dem Schrecken gänzlich auszuweichen gelang ihr jedoch nicht, denn Archibald hatte die Angewohnheit, seine Morgenzeitung beim Frühstück halblaut zu lesen. Heute murmelte er etwas von einer Seeschlacht um Leyte, bei der die japanische Flotte eine vernichtende Niederlage erlitten hatte.

»Und das bedeutet?« Alizas Frage war rein rhetorisch, die Antwort überhörte sie und widmete sich lieber ihrem Porridge. Vor der Heirat hatte sie morgens alleine in der Küche gesessen, als Archibalds Frau nahm sie die erste Mahlzeit des Tages mit ihm gemeinsam ein. Mrs. Keeling, die vor Kurzem eingestellte Haushälterin, hätte sich sonst sehr gewundert. Sie war eine patente fünfzigjährige Witwe mit zwei erwachsenen Kindern und von einer privaten Agentur für Hauspersonal vermittelt worden. Von Montag bis Freitag arbeitete sie täglich fünf Stunden am Vormittag.

»Ich kann doch nicht den ganzen Tag untätig im Salon rumsitzen«, hatte Aliza vehement protestiert, aber Archibald bestand darauf. Eine Angestellte könne notfalls das »ganz normale« Eheleben bezeugen. So fügte sich Aliza in den Müßiggang, über den sie sich vor gar nicht langer Zeit mit Mizzi lustig gemacht hatte. Ihre einzige »Arbeit« bestand darin, als Täuschungsmanöver das Bett in ihrem Zimmer zu machen. Archie zerwühlte morgens ein zweites Kissen in seinem Bett und warf noch ein Negligé dazu. Wenn Mrs. Keeling dann pünktlich um acht ihren Dienst antrat, war Archie bereits mit Daisy auf der Morgenrunde. Indessen hatte Aliza im gemeinsamen Badezimmer gebadet, war in ihren Morgenmantel mit dem aufgestickten Wappen der Baringhams geschlüpft und frisierte sich das Haar mit einer silbernen Bürste.

Untadelig gekleidet – Aliza in einem neu angefertigten Tweedkostüm und Archie in Anzug und Krawatte – saßen sie auch an diesem Morgen um halb neun im Esszimmer, wo Mrs. Keeling ein traditionelles englisches Frühstück mit Haferbrei, Eiern, Speck und Würstchen servierte und eine Stunde später zum Abräumen kam.

»Hast du Pläne für heute, Darling?«, erkundigte sich Archibald mit einem flüchtigen Blick über den Zeitungsrand, während Mrs. Keeling den Raum betrat.

Aliza wusste die richtige Antwort. »Was hältst du von einem Spaziergang mit Daisy an der Uferpromenade? Das Wetter ist herrlich …« Insgeheim dachte sie an den Brief, den sie an Fabian schreiben wollte. Sie verfasste jeden Tag einen, obgleich es keinen Sinn hatte, ihn zu verschicken. Die Post funktionierte schon längst nicht mehr.

»Ausgezeichnet«, antwortete Archie, faltete die *Times* zusammen und nahm die runde Lesebrille ab.

Mrs. Keeling hatte das Geschirr auf das neu angeschaffte Silbertablett geräumt. »Was wünschen Eure Lordschaft zum Lunch?« Diese Frage stellte die Haushälterin jeden Tag und demonstrierte damit, dass sie Aliza nicht zutraute, solche Entscheidungen zu treffen.

»Was immer Sie aus den Vorräten zaubern, wird ein Genuss sein, Ihre Kochkünste sind einfach göttlich«, antwortete Archie wie jeden Tag, lobte die soeben verspeisten *scrambled eggs* und gewann ihr Herz immer wieder aufs Neue.
»Auch der Porridge war wieder köstlich«, fügte Aliza noch hinzu.
»Sehr wohl.« Sichtlich geschmeichelt und mit hocherhobenem Kopf verließ sie das Esszimmer.

Unter einem stahlblauen Himmel lag das Meer ruhig da wie ein hellblaues Tuch aus glänzendem Satin, sanfte Wellen schwappten ans Ufer, und nur die Soldaten in den Panzern hinter dem Stacheldraht störten die Idylle. Sie erinnerten daran, dass die Deutschen noch immer nicht besiegt waren, sich ihnen an dieser Stelle aber keine Chance böte, ins Land einzudringen. Der Strand und auch der Pier mit den zahlreichen Buden und Vergnügungsmöglichkeiten waren nach wie vor für die Öffentlichkeit gesperrt. Lediglich auf der erhöhten, parallel zur King's Road verlaufenden Uferpromenade war Flanieren möglich.

Aliza liebte das Bummeln entlang der Küste, das Kreischen der Möwen, die sich frech auf den Panzern niederließen und auf jede von den Soldaten weggeworfene Kippe stürzten. Sie genoss die Sonne auf ihrer Haut, den Geruch des Meeres und den Wind in ihren Haaren. Die Begegnungen mit den immergleichen Hunden, die kurzen Gespräche mit den jeweiligen Besitzern. An Archies Arm zu spazieren, Bekannten zu begegnen und als Lady Baringham vorgestellt zu werden, daran vermochte sie sich jedoch nicht zu gewöhnen. Es erschien ihr wie ein Verrat an Fabian. Doch es gab kein Zurück.

Sie blieben am weiß lackierten schmiedeeisernen Geländer stehen. Daisy hatte eine aufregende Markierung gefunden und mochte sich nicht trennen.

»Als du noch zur Schule gingst, hattest du da bereits Zukunftspläne?«, fragte Archie.

Nachdenklich blickte sie übers Meer. »Das ist so lange her, ich erinnere mich kaum noch. Warum fragst du?« Sie strich eine Haarsträhne zurück, die der Wind sanft übers Gesicht geweht hatte.

Archie angelte ein silbernes Zigarettenetui aus der Innentasche seines dunkelblauen Mantels, klappte es auf, nahm eine Zigarette heraus und zündete sie mit einem goldenen Feuerzeug an. Das Erbe des Onkels hatte es ihm ermöglicht, sich wieder stilecht auszustatten. »Ich habe mich gefragt, ob du die Zeit nutzen möchtest ... Bitte, verstehe mich nicht falsch, es soll keine Bevormundung ... *Good morning.*« Er zog den Hut, als ein älteres Paar grüßend vorbeiging.

»Entschuldige, Darling, aber im Moment verstehe ich noch überhaupt nichts«, erwiderte Aliza ungeduldig.

Daisy zog an der Leine, und während sie weiterspazierten, begann Archie etwas umständlich von Mrs. Keeling zu reden, die doch nun den Haushalt erledige, und ob Aliza jemals an ein Studium gedacht habe, für das sie nun Zeit habe. An der Universität in Brighton sei das möglich.

Aliza lächelte ihn überrascht an. Seit sie verheiratet waren, sorgte er sich fortwährend um sie, und wenn sie ehrlich war, gefiel es ihr ausnehmend gut.

»Ach Archie, du glaubst gar nicht, wie gerne ich das tun würde. Mit sechzehn wollte ich Medizin studieren, später dann Literatur, aber ich habe kein Abitur. Ich konnte die letzte Klasse nicht abschließen, denn die verdammten Nazis haben alle jüdischen Kinder von den Schulen verwiesen und den jüdischen Schulen jegliche Reifeprüfungen verboten«, erklärte sie traurig.

Archie klopfte die Asche von der Zigarette. »Das lässt sich bestimmt regeln.«

»Du bist wirklich lieb, Archie, aber wie soll das funktionieren?«

»Eine kleine Spende für die Universitätsbibliothek bewirkt Wunder.« Vergnügt blies er eine Rauchwolke vor sich hin.

Aliza dachte an Mizzi. Reich müsste man sein!, hatte sie gesagt. »Du bist der liebste Ehemann der Welt«, scherzte sie und küsste ihn auf die Wange.

34

Brighton, März 1945

ALIZA KLAPPTE DAS Tagebuch zu. Sie hatte ausführlich über ihr Literaturstudium als Gaststudentin an der Universität in Brighton geschrieben. Aktuell arbeiteten sie sich durch *Bunbury*, ein Bühnenstück von Oscar Wilde. Archie hatte ganz recht. Es nützte niemandem, wenn sie schmollend auf das Kriegsende wartete und die Zeit untätig verstreichen ließ. Stattdessen wollte sie möglichst viel lernen und vielleicht sogar einen Roman über ihr Schicksal verfassen.

Im Moment saß sie in Archies Bibliothek an jenem Schreibtisch, an dem er mit der Waffe »gespielt« hatte. Eine blauäugige Formulierung, aber seine tatsächlichen Absichten auch nur gedanklich auszudrücken war ihr einfach unmöglich.

Entspannt lehnte sie sich auf dem bequemen Polsterstuhl zurück und blickte nachdenklich auf die Bücherregale. Archie hatte ihr diesen wundervollen Raum voller kostbarer Bücherschätze als Studierzimmer überlassen. Er selbst lese ohnehin nur die Tageszeitung, und die könne er sich auch im Club oder im Salon zu Gemüte führen.

Sie war gerade in die erste Szene von *Bunbury* vertieft, als es an der Tür klopfte.

Archie, wie üblich in Anzug und Krawatte bis zu den blitzblanken Schuhen tadellos gekleidet, steckte den Kopf zur Tür herein. Bei ihm war Daisy, die sofort in den Raum stürmte und schnüffelnd eine Kontrollrunde drehte. Archie entschuldigte sich für die Störung und meinte lächelnd, er habe für den Abend eine Überraschung.

»Du sollst mir doch keine Geschenke ...«

Abwehrend hob er die Hand. »Kein Gedanke, Darling. Ich werde doch mein Erbe nicht in irgendeinen Juwelierladen tragen.«

Aliza musste lachen, denn genau das versuchte er mit allergrößter Beharrlichkeit. Nur mit Mühe war es ihr gelungen, ihn vom Kauf eines viel zu teuren Colliers abzuhalten, das er ihr zu dem goldgefassten Verlobungsring mit dem großen Diamanten hatte schenken wollte. Dem Ring hatte sie zugestimmt, da der Kauf im Gesellschaftsteil des *Evening Argus,* einer Regionalzeitung, erwähnt wurde und abermals Archies »Normalität« bestätigte. Ansonsten legte sie keinen Wert auf Preziosen, wie hätte sie solch kostbaren Schmuck ihrer Familie oder Fabian erklären können? Seinen Verlobungsring verwahrte sie mit den Briefen in ihrem Schatzkästchen, nur das Taschentuch steckte immer in ihrer Handtasche.

»Ich habe einen Tisch im *Grand* reserviert«, erklärte Archie. »Bitte, sei um acht bereit. Daisy darf auch mit.«

Wenn Aliza rechtzeitig von der Universität zurückkehrte, nahmen sie gegen fünf den Nachmittagstee mit Sandwiches und frischen Scones ein, falls Mrs. Keeling Zeit gehabt hatte zu backen. Das späte üppige Dinner, das zu Archies Gewohnheiten gehörte, zelebrierte er meist mit Freunden im Club. Aliza nutzte die Gelegenheit, um Mizzi einzuladen, die glücklich war, Imogens spärliche Mahlzeiten verschmähen zu können. An den Samstagabenden speisten Archie und Aliza gemeinsam mit Freunden im Restaurant, nicht zuletzt, um in der Öffentlichkeit gesehen zu werden.

Dank Archies Erbe führten sie ein privilegiertes Leben wie in Friedenszeiten, und oft quälten Aliza Schuldgefühle. Sie lebte wie die Made im Speck, trug die feinsten Kleider und konnte ansonsten alles haben, was sie wollte, während sich ihre Familie irgendwo im Exil durchschlagen musste. Es ist so ungerecht, dachte sie auch an diesem Abend, als sie in dem weiträumigen Badezimmer vor einem Kristallspiegel ihr Haar mit Kämmen bändigte. Ihr schlechtes Gewissen meldete sich abermals, als sie die ehemalige Flurgarderobe hinter der Tapetentür betrat, die Archie für sie zum Kleiderschrank hatte umbauen lassen. Seufzend schlüpfte sie in das bordeauxrote Satinkleid mit der Perlenstickerei am runden Hals- und rückwärtigen V-Ausschnitt. »Du bist Lady Baringham, und eine Lady benötigt einen standesgemäßen Schrank mit entsprechendem Inhalt, allein schon wegen Mrs. Keeling«, hatte Archie erklärt. Es sei eben die Belohnung dafür, dass sie ihn vor dem Gefängnis bewahrt habe. Ein paar schlichte Hauskleider oder ein räudiger Pelzmantel wären ohnehin zu wenig.

Das Restaurant war kaum zur Hälfte besetzt, doch die zur Gänze eingedeckten Tische mit polierten Kristallgläsern, Silberbesteck, Platztellern und zu Schwänen geformten Servietten erweckten den Eindruck, als wäre es voll belegt.

»Sie werden bereits erwartet«, verkündete der befrackte *Maître d'Hôtel* mit einer halben Verbeugung und schnippte dabei mit den Fingern nach zwei Garderobenmädchen.

»Ausgezeichnet, ausgezeichnet«, freute sich Archibald, übergab dem Mann Daisys Leine, die er mit gekünstelt gespreizten Fingern, aber ohne erkennbare Gefühlregung entgegennahm.

Eines der Mädchen half Archie aus dem Mantel, er reichte ihr Schal und Hut, das andere kümmerte sich um Alizas Nerzmantel.

Geschmeidig drehte sich der Maître um und schritt mit Daisy an der Leine voraus zu einem der Tische an der längsseitigen Fensterfront, durch die man bei Tageslicht einen Blick aufs Meer genießen konnte.

Aliza hatte sich angewöhnt, in der Öffentlichkeit Archie unterzuhaken und ihre Hand so auf seinen Arm zu legen, dass jeder den Verlobungsring und den goldenen Ehering sehen konnte. Niemand sollte glauben, sie wären Vater und Tochter, wozu der sichtbare Altersunterschied schnell verleitete.

»Dort sitzt meine Überraschung«, flüsterte Archie ihr zu.

Aliza erkannte Cousin Cedric, den sie noch sehr gut vom Sommerfest in Erinnerung hatte. An jenem Nachmittag war er in einer reich dekorierten Uniform erschienen, die er auch heute trug. Aber was an einem Uniformierten so überraschend sein sollte, konnte sie sich nicht vorstellen.

Aliza wusste, dass Sir Cedric Malet der Sohn von Archibalds Tante, einer Schwester seines Vaters, und damit in direkter Linie mit Archibald verwandt war. Streng genommen war er nun auch ihr Verwandter. Cedric war Anfang vierzig und sah mit dem blonden Haar, den dunkelblauen Augen und den vollen Lippen ungemein attraktiv aus. Er hatte seine Laufbahn an der Militärakademie begonnen, eine Blitzkarriere hingelegt, die im Rang eines Captains gipfelte, und war ausgebildeter Pilot. Verheiratet war er nicht, weil sein Leben ausschließlich *Ihrer Majestät* gehöre, glaubte Archie. Aliza war sich dessen nicht so sicher, hatte sie doch auf dem Sommerfest zwei Damen flüstern hören, Cedric sei »*God's gift to women*« und kein Kostverächter.

Cedric stand höflich auf, als Aliza und Archibald an den Tisch traten, drückte eine Sekunde zu lang ihre Hand und wartete, bis sie ihm gegenüber Platz genommen hatte. Daisy verkrümelte sich unter den Tisch.

Es vergingen einige Minuten mit gesittetem Small Talk über das Wetter, der Bestellung und der anschließenden Verkostung des Weines, bis die Armee der dienstbaren Geister den Tisch verließ und sie unter sich waren.

Archie bot Aliza eine Zigarette an, und während er ihr Feuer reichte, ließ er die »Bombe« platzen. »Cedric hat vielleicht eine

Möglichkeit, dir bezüglich deiner Familienangelegenheit zu helfen«, flüsterte er, als wären sie alle drei Spione.

Aliza nahm einen tiefen Zug von der Zigarette und blickte ihn verunsichert an. Hatte sie richtig verstanden?

»Bitte keine Scherze, Darling«, sagte sie leise, aber doch drohend, und wandte sich an Cedric, der sicher für diesen »spaßigen« Einfall verantwortlich war. »Soll ich vielleicht wie eine Sprengbombe über der Stadt abgeworfen werden?«, zischte sie über den Tisch hinweg und fragte sich, ob er ihr tatsächlich helfen oder etwas ganz anderes von ihr wollte. Die Art, wie er sie so eindringlich mit seinen blauen Augen musterte, empfand sie als ungehörig.

Cedric verzog den schön geschnittenen Mund zu einem schiefen Lächeln. Er schien sich über Alizas Bemerkung zu amüsieren. »Es tut mir aufrichtig leid, wenn du diesen Eindruck hast. Aber Archie scherzt keineswegs. Er hat mir berichtet, wie sehr du dich um deine Familie sorgst, dass der Kontakt abgebrochen ist und du so bald wie möglich nach Berlin möchtest, um sie zu suchen.«

Aliza nickte versöhnt und berichtete von den irritierenden Unstimmigkeiten, die sich aus dem Brief von Frau Pagels ergaben. »Die Pagels' sind Freunde der Familie und auch Patienten meines Vaters«, erklärte sie noch, ließ ihre Beziehung zu Fabian aber unerwähnt. Natürlich würde er sich fragen, warum sie als verheiratete Frau nach einem anderen Mann suchte.

Cedric hatte aufmerksam zugehört. »Das klingt in der Tat beunruhigend. Und seitdem hat dich keine Nachricht mehr erreicht?«

»Keine.« Aliza ballte unwillkürlich die Hand zur Faust. Über die Situation zu reden ängstigte sie ebenso sehr wie die Träume, die sie immer wieder hatte und in denen sie tagelang durch ein zerstörtes Berlin lief. »Deshalb wäre ich dir unendlich dankbar, Cedric, wenn du mir helfen könntest.«

»Ich werde sehen, was ich tun kann«, antwortete Cedric und sah ihr dabei tief in die Augen. »Nur leider nicht sofort.«

»Wie bitte?« Aliza funkelte ihn an. »Worüber reden wir dann hier?« Sie war kurz davor, einfach aufzustehen und das Restaurant zu verlassen. Der Appetit war ihr jedenfalls gründlich vergangen.

»Cedric ist nur für einige Urlaubstage in England«, meldete Archie sich nun zu Wort und blickte sich kontrollierend um. Die Nebentische waren nicht besetzt. »Danach muss er zurück zu seiner Einheit ...« Unsicher sah er seinen Cousin an. »Damit habe ich hoffentlich kein Geheimnis verraten?«

Cedric schüttelte lachend den Kopf. »Nein, nein.«

Die Unterhaltung wurde von drei Kellnern unterbrochen, die je einen Teller mit einer silbernen Wärmehaube servierten und sie wie im Ballett synchron lüfteten, wozu der Maître voller Stolz erklärte: »Entenleberpaté mit Portweingelee auf Toast.«

Archie schenkte dem beflissenen Mann ein »Vorzüglich« und Cedric ein »Danke schön«.

Aliza nahm einen letzten Zug von ihrer Zigarette und schwieg. Sie wurde nicht schlau aus diesem sonderbaren Gespräch. Ob Cedric sich nur wichtigmachen wollte?

Nachdem sie wieder allein waren, widmete Cedric sich mit großem Appetit der Vorspeise. »Ich verrate wohl keine militärischen Geheimnisse, wenn ich von einer Reise auf den Kontinent abrate«, erklärte er zwischen zwei Bissen. »Es wäre klüger, das Ende des Krieges abzuwarten.«

Aliza ahnte, dass Cedric zum Thema Kriegsende weitaus mehr wusste als jeder Zivilist. Was blieb ihr anderes übrig, als zu akzeptieren, dass er nicht darüber reden durfte? Aber vielleicht war es möglich, ihm durch geschickte Fragen ein paar Informationen zu entlocken. Nachdenklich blickte sie aus dem Fenster, hinüber zum Meer, das sie jetzt am späten Abend nur erahnen konnte. Dort, in der Dunkelheit am Ende des Horizonts und noch ein Stück weiter, war das Ziel ihrer Sehnsucht. »Wann dieser elende Krieg endlich vorbei ist, weiß natürlich niemand«, begann sie und nahm das Besteck zur Hand. »Aber die von den Alliierten errungenen Siege der letzten Wochen lassen dennoch hoffen, dass Hitler spätestens im Sommer seine Macht verloren haben wird.«

Cedric murmelte etwas vor sich hin, während er das letzte Stück Patétoast auf die Gabel spießte und es sich in den Mund schob.

Archibald, der wegen seiner Prothese den Toast mit der Hand verspeist hatte, wandte sich an Cedric. »Was hältst du von einer Wette, Cousin?«

»Worauf?«

»Auf das Kriegsende. Einhundert Pfund, dass wir in zwei, drei Wochen darauf anstoßen können.«

»Sechs Wochen wären meiner Meinung nach realistischer«, entgegnete Cedric und fügte gut gelaunt hinzu: »Der Pott geht an Aliza. Sie wird Reisegeld benötigen.«

Diese »Wette« war die Bestätigung, die Aliza erhofft hatte. Cedric hatte indirekt gesagt, dass er nur noch mit wenigen Wochen rechnete, bis der Wahnsinn beendet wäre. Dann würde er ihr zu einer Reise nach Berlin verhelfen. Nun war sie neugierig, wie er sich diese genau vorgestellt hatte. Zweifellos wusste er längst, wie.

»Vor über sechs Jahren dauerte die Reise von Berlin nach London eine Ewigkeit«, begann sie zu erzählen. »Ich kann mich noch genau erinnern, wie erledigt ich war, als wir endlich ankamen. Eine Nacht und ein ganzer Tag mit dem Zug, dann aufs Schiff und in Harwich wieder in den Zug. Die Tour brachte uns alle an den Rand der Erschöpfung. Im Moment ist es lebensgefährlich, sich in einen Zug zu setzen oder gar ein Schiff zu betreten. Erst Ende Januar sank die ›Wilhelm Gustloff‹ mit zehntausend Menschen an Bord.« Sie nahm einen Schluck

Wein, beobachtete Cedric, der sich eine Zigarette anzündete, und murmelte dann vor sich hin: »Wie lange es wohl mit einem Flugzeug dauern würde?«

»Ich könnte mir vorstellen, dass die königlichen Flieger von der Küste aufs Festland etwa zwei Stunden benötigen. Ihre schwere Ladung bremst sie natürlich ganz schön aus«, sagte Archie und fügte, an Cedric gewandt, hinzu: »Das stimmt doch, oder?«

In diesem Moment führte der Maître sechs Herrschaften, die neugierig die Köpfe reckten und sich vielsagende Blicke zuwarfen, an einen Nebentisch. Kurzzeitig verstummte das Gespräch. Womöglich waren die neuen Gäste der Grund, warum Cedric seine Stimme dämpfte: »Ja, Archie hat recht, etwa zwei Stunden.«

Sekunden später wurden erneut blitzende Silberhauben serviert, darunter der Hauptgang: pochierter Lachs in cremiger Béchamelsauce mit Butterkartoffeln. Dazu genossen sie französischen Weißwein, den der servile Maître höchstpersönlich empfohlen hatte und nun von Archie verkosten ließ, bevor er die Gläser füllte.

Archie erhob sein Glas: »Auf unsere Wette.«

»Auf die Wette«, wiederholte Cedric.

Aliza lächelte ihnen zu, und der Gedanke, dass sie nur etwa zwei Flugstunden von Fabian entfernt war, bescherte ihr heftiges Herzklopfen. Wenn es nur endlich so weit wäre!

Sie musste an Mizzi denken, die praktisch auf gepackten Koffern saß und sofort nach Wien zu Verwandten reisen wollte, sobald das offizielle Kriegsende verkündet würde. Kann nicht schaden, auch schon mal die Koffer zu packen, dachte Aliza, während sie ihr Glas erhob und im Stillen auf das baldige Wiedersehen mit Fabian anstieß.

35

Berlin, Mitte August 1945

»NIMM MEINE HAND, und lass sie niemals wieder los«, flüsterte Fabian. Seine Stimme klag rauer, sein Äußeres hatte sich verändert und er war wie sie um sechseinhalb Jahre älter geworden. Die Zeit und die Erlebnisse hatten sichtbare Spuren hinterlassen, feine Linien um seine Augen gezeichnet und dem ehemals goldblonden Haar den leuchtenden Schimmer genommen. Doch sein Blick war unverändert zärtlich, und seine graugrünen Augen sagten: *Ich liebe dich mehr als tausend Worte.*

»Träumst du? Wir sind gelandet, du kannst aussteigen. Nimm meine Hand, ich helfe dir.«

Aliza zuckte zusammen, sie war in ihren liebsten Tagtraum versunken, hatte sich vorgestellt, Fabian endlich gegenüberzustehen, ihn beim nächsten Atemzug umarmen und küssen zu können. Aber es war Cedric, der ihr die Hand entgegenstreckte.

»Keine Angst, die Leiter ist zwar etwas wackelig, aber ich halte dich.«

Aliza hatte nicht mitgezählt, wie oft sie in England als Spionin verdächtigt und sogar laut beschimpft worden war. Mit der *Lysander*, dem Transportflugzeug für Spione, ganz offiziell auf dem britischen Militärflughafen in Berlin-Gatow zu landen, empfand sie als kleine Genugtuung.

Ihre Knie wackelten, als sie von dem ungepolsterten Sitz hinter dem Piloten kletterte. Cedric hatte sie als Passagier in der einmotorigen Maschine über den Ärmelkanal nach Berlin geflogen. Inzwischen gehörte er der britischen Besatzungsarmee in Deutschland an, und es war ihm gelungen, für sie diese Reise zu organisieren.

Alizas Beine waren vor ungefähr einer Stunde eingeschlafen und kribbelten nun schmerzhaft, als das gestaute Blut wieder zu zirkulieren begann. Der Notsitz hinter dem Piloten zwang jeden Fluggast, die Zeit in einer unbequemen, nahezu unbeweglichen Hockstellung zu verbringen. Jeder einzelne Muskel schmerzte, und auch ihr steif gewordener Nacken knackte, als sie den Hals bewegte. Und in ihren Ohren mischte sich das Dröhnen des längst verstummten Motors mit dem Hämmern ihres Herzschlags. Aber all das wurde nebensächlich, als sie tief einatmete.

Hätte sie erklären müssen, was ausgerechnet an der milden Septemberluft so besonders sein sollte, so hätte sie nur gesagt:

Sie war in Berlin.

Endlich zu Hause.

Der Albtraum war vorbei.

Der wolkenverhangene Himmel störte sie kein bisschen, denn worauf Archie und Cedric gewettet hatten, war Wirklichkeit geworden. Der Krieg war vorbei. Hitler hatte sich Ende April das Leben genommen, der militärische Widerstand war zusammengebrochen. Am 8. Mai 1945 war die bedingungslose Kapitulation von Generalfeldmarschall Keitel unterzeichnet worden. Nach zwölf Jahren war Hitlers Traum vom Tausendjährigen Deutschen Reich Geschichte. Generalissimus Stalin hatte mit fünfundzwanzigtausend Rotarmisten Berlin übernommen. Am 8. Mai hatte die Times getitelt: *War is over*. Die Welt war in einen Freudentaumel versunken, die Menschen hatten auf den Straßen gejubelt, getanzt, gesungen, und Wildfremde waren sich lachend in die Arme gefallen.

Sie hatte noch zahlreiche qualvolle Wochen des Wartens ertragen müssen, bis Cedric sein Versprechen einlösen und sie nach Berlin fliegen konnte. Mühsam schluckte sie den dicken Kloß in ihrem Hals hinunter. Und erst jetzt, nach der Landung in ihrer Heimatstadt, empfand Aliza dieses Glücksgefühl der Befreiung, nach dem sie sich all die Jahre gesehnt hatte. Sie holte tief Luft. Es war, als hätte sie fast sieben Jahre lang den Atem angehalten.

Übermütig zerrte sie sich die enge Lederkappe mit dem Pelzfutter vom Kopf, ergriff Cedrics ausgestreckte Hand mit ihrer Linken und kletterte vorsichtig auf die dreistufige Leiter, die am Flugzeug lehnte. Noch ein kleiner Sprung von der letzten Sprosse, und sie hatte wieder deutschen Boden unter den Füßen. Geschafft!

Am Abend zuvor hatte das Telefon geläutet. Es war Cedric gewesen, von dem sie seit Wochen nichts mehr gehört hatten und der ihr nun überraschend angeboten hatte: »Wenn du morgen Vormittag abflugbereit bist, kann ich dich nach Berlin mitnehmen. Für große Koffer ist allerdings kein Platz, du musst dich auf kleines Gepäck beschränken.«

Jubelnd war sie durch den Salon getänzelt, begleitet von Daisys Freudengebell. Archie hatte sich über die Maßen für sie gefreut und ihr mit der Bemerkung, Gepäck sei nur unnötiger Ballast, ein Bündel Geldscheine in die Hand gedrückt. »Damit bekommst du alles, was du brauchst.«

Als knapp Siebzehnjährige war sie mit einem kleinen Koffer ins Exil geschickt worden; nun, mit dreiundzwanzig, kehrte sie zurück als Lady Baringham, gekleidet in praktische Marlenehosen von Mizzi Lichtenstein, eine schwarze Bluse, Absatzschuhe aus Pythonschlangenleder und einen braunen Nerzmantel. Cedric hatte darauf bestanden, dass sie ihn anzog, die *Lizzie*, wie er das Flugzeug nannte, sei schlecht geheizt.

Sie hatte nur das Nötigste in eine lederne Reisetasche gepackt: Zahnbürste, etwas Kosmetik, Wäsche zum Wechseln, eine zweite Bluse, einen Pullover, eine Strickjacke, ein Chiffonkleid, das kaum Platz benötigte, Fabians Briefe, sein Foto und das Taschentuch. Das Bündel Pfundnoten steckte in ihrer Handtasche, die ebenfalls aus Schlangenleder gefertigt war und zu den Schuhen passte.

»Hat es einen bestimmten Grund, warum du ohne Ehering reist?«, erkundigte Cedric sich, als er ihre Hand losließ, und blickte ihr dabei lächelnd in die Augen, als rechnete er mit einer Antwort zu seinen Gunsten.

Erschrocken starrte Aliza auf den nackten Ringfinger. Sie hatte sich angewöhnt, Archies Ringe beim Baden oder Händewaschen abzulegen und sie auch nachts nicht zu tragen. »Den muss ich vor Aufregung und Reisefieber wohl im Badezimmer vergessen haben«, antwortete sie. Der fehlende Schmuck war keine Tragödie, aber in dieser Sekunde fiel ihr ein, dass sie in der Hektik auch vergessen hatte, Fabians Ring einzustecken. War es am Ende ein böses Vorzeichen? Sie verdrängte die mahnende Stimme in ihrem Hinterkopf. Im Moment konnte sie ohnehin nichts daran ändern. Wenigstens befand sich sein Taschentuch in ihrer Handtasche.

Cedric ging nicht weiter auf ihre Erklärung ein. Stattdessen zog er die Lammfelljacke aus, die er über einem royalblauen Overall trug. Danach öffnete er eine Klappe im Flugzeugbauch und holte Alizas Reisetasche aus dem Hohlraum, der lange Zeit todbringende Bomben transportiert hatte.

Wild hupend kurvte ein Jeep über das Gelände des Militärflughafens Gatow, der im Bezirk Spandau lag.

Cedric winkte dem Fahrer, der die hellbraune Uniform der britischen Armee trug. »Das ist Jeff, er bringt uns in die Stadt. Steig schon mal ein, ich muss die Maschine noch übergeben«, sagte er zu Aliza und drehte sich in Richtung Flugzeughangar, aus dem ein Mann im Laufschritt auf sie zukam.

Während Cedric sich mit einem Monteur im grauen Overall unterhielt, überlegte Aliza, wie weit es nach Charlottenburg war und wie lange sie sich noch gedulden musste. Unter normalen Umständen würde die Fahrt schätzungsweise vierzig Minuten dauern. Doch soweit sie beim Anflug hatte sehen können, war Berlin eine Ruinenstadt, die sich bis in die Unendlichkeit dehnte. Ihre Heimatstadt war vollkommen zerstört, schien nicht mehr bewohnbar zu sein. Ob ein Wagen problemlos von einem Viertel ins andere gelangen konnte, war aus der Luft nicht zu beurteilen. Von oben sah Berlin jedenfalls genau so aus, wie Cedric auf dem Sommerfest im Familienschloss angedeutet hatte: Schutt und Asche, so weit das Auge reichte.

So sehr sie sich wünschte, beim nächsten Atemzug zu Hause anzukommen, so sehr fürchtete sie sich vor der Fahrt durch die altbekannten Straßen, über beliebte Plätze und vorbei an imposanten Gebäuden, die womöglich nicht mehr zu erkennen waren oder überhaupt nicht mehr existierten. Doch am meisten ängstigte sie die Vorstellung, dass auch ihr Elternhaus von einer der Bomben getroffen worden war.

»Ich konnte dir eine Unterkunft in einem beinahe unbeschädigten Wohnhaus in der Ansbacher Straße Nähe Wittenbergplatz besorgen. Eine Witwe vermietet dort sehr ordentliche Zimmer«, erklärte Cedric, nachdem Aliza ihren Pelzmantel ausgezogen hatte, im Jeep auf dem Rücksitz saß und er selbst neben Jeff Platz genommen hatte.

Aliza kannte die Ansbacher Straße noch aus ihrer Schulzeit, hatte sie doch ihre Arbeitshefte in Moische Zimmermanns Schreibwarenladen gekauft, der nicht weit von der Wormser Straße entfernt lag. »Bitte, ich würde gerne zuerst zum Haus meiner Familie fahren.«

Cedric drehte sich zu Aliza um. »Du solltest dich zuerst etwas ausruhen. Der Flug war doch sicher sehr anstrengend für dich.«

»Ein wenig«, gestand Aliza. »Aber viel anstrengender wäre es, mich bis morgen zu gedulden. Ich will so schnell wie möglich herausfinden, was aus meiner Familie geworden ist. Kannst du das nicht verstehen?«

»Aber sicher.« Cedric nickte und lächelte sie freundlich an.

»Es ist nur ...«

»Ja? Sprich weiter.« Aliza spürte, wie diffuse Angst in ihr aufstieg.

»Um ehrlich zu sein, im Moment kommt es einem Abenteuer gleich, genaue Adressen ausfindig zu machen. Durch das Ausmaß der Zerstörung ist keine Orientierung möglich. Die Straßenzüge sind nicht mehr zu erkennen, die meisten Straßenschilder unter Trümmern begraben, und Hausnummern helfen auch kaum weiter.«

»Für Fremde mag das so sein, aber ich bin in dieser Stadt aufgewachsen, ich werde mich ganz sicher zurechtfinden«, entgegnete Aliza ungehalten.

Cedric zündete sich eine Zigarette an, sagte: »In Ordnung«, und bat Jeff: »Suchen wir die Wormser Straße.«

Jeff tippte sich an die Stirn, antwortete nur: »*Captain*«, als würde er sich bestens auskennen, und drückte aufs Gaspedal.

Zu Alizas Überraschung kam er tatsächlich schnell voran. Die Straßen waren weitgehend von den Trümmern befreit, und Jeff musste nur Bombenkratern ausweichen. Doch das Ausmaß der Zerstörung raubte ihr den Atem. Die Trümmerwüste nicht nur als gedrucktes Bild in der Tageszeitung zu sehen, sondern mittendrin zu sein, brachte sie an den Rand des Erträglichen. Es war eine Katastrophe unvorstellbaren Ausmaßes. Häusergerippe, Straßen voller Schuttberge und nirgendwo ein Baum, wohin sie auch blickte. Ruine reihte sich an Ruine, teilweise war nur die Vorderfront weggerissen, bei anderen Häusern gerade noch ein Stück Ziegelmauer übrig geblieben. Dazwischen klafften tiefe Bombenkrater. Und immer wieder brach irgendwo eine Mauer zusammen und wirbelte dicke Staubwolken auf. Eine endlos scheinende Schlange aus mageren Frauen und Männern kletterte auf den Trümmern der ehemaligen Prachtbauten herum und suchte nach noch verwertbaren Steinen. Alizas freudige Aufregung, wieder zu Hause zu sein, verwandelte sich in tiefe Trauer. Nur mit Mühe unterdrückte sie den Impuls, ihren Schmerz hinauszuschreien.

»Räumungstrupps haben die Straßen freigeschaufelt, für siebzig Pennys die Stunde. Und dort drüben ...« Cedric wies mit einer Kopfbewegung über die Straße zu einer Gruppe Frauen, die mit bloßen Händen Steine schichteten oder den Schutt mit Eimern beseitigten. »Die Berliner sind wirklich bewundernswert, sie richten sich, so gut es geht, in den Trümmern ein, kochen auf offenen Feuern, schuften unermüdlich und wollen ihre Stadt nicht aufgeben, obwohl Fachleute behauptet hatten, der Wiederaufbau könne fünfzig Jahre dauern. In den ersten Wochen nach Kriegsende wurde sogar überlegt, Berlin dem Erdboden gleichzumachen und es an anderer Stelle wieder aufzubauen«, erklärte er weiter, als ahnte er Alizas Gedanken.

Fassungslos starrte Aliza ihn an. »Berlin einebnen?«

»Die Kanalisation war zusammengebrochen, es gab keinen Strom und keine Wasserversorgung, die Menschen standen in langen Schlangen an den zu Pumpen umfunktionierten Hydranten ... Hey!«, rief er ein paar Halbwüchsigen zu, die vor einem Schutthaufen herumlungerten, und schnippte die gerade angezündete Zigarette aus dem Wagen. »Dann wurde es ungewöhnlich heiß, und die hygienischen Verhältnisse waren derart katastrophal, dass Typhus und Ruhr sich ausgebreitet haben.«

Aliza nahm die Sonnenbrille aus ihrer Handtasche, als könnte die ihre Augen nicht nur vor dem staubigen Fahrtwind, sondern auch vor dem Anblick der grausamen, unerträglichen Realität schützen. »Aber deshalb die Stadt vollkommen ausradieren?«

»Der Plan wurde wieder aufgegeben, als man merkte, wie sehr die Bevölkerung um jede einzelne Wohnung kämpft«, erklärte Cedric, und es klang ein wenig nach Entschuldigung. »Man muss sich nur umsehen. Straßenhändler bieten ihre Waren in Bauchläden an, täglich eröffnet ein neues Geschäft, und auf

425

dem Ku'damm gibt es bereits wieder die ersten Cafés. Einzelne Straßenbahnen und die U-Bahn am Wittenbergplatz fahren wieder, wenn auch nur kurze Stecken und oft unregelmäßig, aber überall spürt man die Hoffnung.«

Aliza hingegen spürte, wie erschöpft sie war, so als hätte die Reise nicht nur einen halben Tag, sondern wie damals im Januar 1939 knapp zwei Tage gedauert. Sie wollte nicht undankbar sein, Cedric bemühte sich so sehr, war freundlich und hilfsbereit. Aber sie ertrug seine Erklärungen nicht länger, wollte allein sein, sich unter einer Decke verstecken und erst hervorkommen, wenn Berlin wieder Berlin war.

»Cedric, bitte sei mir nicht böse, aber ich habe es mir anders überlegt«, wechselte sie das Thema. »Ich möchte doch zuerst in die Ansbacher Straße.«

»Sehr vernünftig«, entgegnete er und gab den Wunsch an Jeff weiter. »Ich hole dich gegen acht zum Dinner ab. Die Witwe bietet leider nur Frühstück an.«

Verwundert betrachtete Aliza das Anwesen Nummer sechs. Es war bis auf einige Einschusslöcher im graugelben Verputz unversehrt, hatte die Luftangriffe fast ohne Schrammen überstanden und ragte stolz wie ein Sieger aus den Trümmern heraus. Links daneben standen nur noch Mauerreste, umgeben von einem Steinhaufen. Dem rechts anschließenden Haus fehlten Dach und Vorderfront, was einen freien Einblick in die Wohnungen bot. In einigen hielten sich Menschen auf, die den Weg in den Abgrund mit lose aufgeschichteten Steinen begrenzt hatten.

Aliza betrat das Gebäude über eine sauber gefegte Vortreppe. Durch die doppelt breite Haustür mit bunten Glasverzierungen gelangte sie in ein repräsentatives Treppenhaus, dessen Stufen ähnlich wie zu Hause in der Wormser Straße aus rötlichem Marmor gefertigt waren. Sieben Stufen führten ins Hochparterre zur Wohnung der Witwe. *Pension Ottmann*, verkündete ein glänzendes Messingschild, darüber befand sich ein weißer Klingelknopf.

Eine magere junge Frau mit hohen Wangenknochen und großen dunklen Augen öffnete. Sie war etwa so alt wie Aliza, hatte das Haar vollständig unter einem zum Turban gebundenen Tuch versteckt und trug eine hellblaue Schürze, die Aliza an einen Schwesternkittel erinnerte.

»Tach och, komm Se rin.« Sie trat einen Schritt zur Seite. »Ick bin die Ulla, det Zimmermädchen. Soeben bin ick mit Uffräumen fertig jeworden. Komm Se von weit her? Ham Se sonst keen Jepäck?«, schwatzte sie fröhlich auf dem Weg durch die geräumige Diele und den langen Flur.

Aliza schüttelte den Kopf als Antwort. Sie musste schlucken, als sie den Dialekt vernahm. Noch mehr berührte sie die Heiterkeit der jungen Frau. Inmitten der unüberschaubaren Verwüstung benahm sie sich, als wäre alles paletti. Pfeif auf Krieg und Trümmer. Ja, das war ihr Berlin, wie sie es in Erinnerung hatte.

Das Zimmer lag nach vorne zur Straße hin, war klein und nur mit dem Nötigsten ausgestattet: Kleiderschrank, ein Einzelbett aus dunklem Holz, ein stoffbespanntes Wandlämpchen, Nachttisch, ein dunkelroter Polstersessel und ein hübscher Teppich auf dem glänzenden Parkettboden. Durch das hohe Fenster fiel auch jetzt am späten Nachmittag noch reichlich Licht in den beengten Raum.

Ulla blieb im Türrahmen stehen. »Leider hamwa nur de kleene Bude frei. De jroßen Zimmer sind von de Engländer ihre Verwandtschaft besetzt. In die Schublade von det Nachtkästchen liegt de Hausordnung, da steht allet druff, wat erlaubt is und wat nich. Wolln Se erst auspacken oder jleich det Bad und det Klo besichtigen?«

»Ja, bitte, ich würde mir gerne die Hände und das Gesicht waschen«, antwortete Aliza. Der Fahrtwind hatte ihr reichlich Sand ins Gesicht geweht.

»Ach, wie jut, Sie sprechen ja Deutsch, ick Dussel hab janz vergessen zu fragen, aber det wäre och keen Problem jewesen, de Witwe spricht fließend Englisch ... Na, denn folgen Se mir mal, bitte schön.« Ulla führte sie in ein geräumiges, zartblau gekacheltes Badezimmer. Ein Milchglasscheibenfenster zum Innenhof verwehrte neugierige Einblicke. Die schmale Toilette befand sich direkt daneben.

Wenig später, das Gesicht und auch die Zähne vom Sand befreit, ließ Aliza sich aufs Bett fallen. Erst jetzt im Liegen merkte sie, wie erschöpft sie war und wie übermächtig die Angst in ihr aufstieg, auch in der Wormser Straße nur eine Ruine vorzufinden. Aber bis Cedric sie abholen würde, blieben ihr noch über zwei Stunden. Zeit genug, um in die Wormser Straße und zurück zur Pension zu laufen. Sie konnte und wollte einfach nicht länger warten. Nach einer Zigarettenpause steckte sie das Päckchen in die Handtasche und machte sich auf den Weg.

Von Moische Zimmermanns Schreibwarenladen war nur ein Trümmerhaufen geblieben, und an die ehemals hellgelbe Jugendstilfassade erinnerten lediglich einzelne Mauerbrocken. Unzählige Ruinen weiter, am Wittenbergplatz, ehemals Sitz des monumentalen Kaufhauses *KaDeWe*, starrte sie ein ausgebranntes Gerippe an, gekrönt von der eisernen Dachkonstruktion, die den Bomben getrotzt hatte. Zum Kurfürstendamm und zur Parfümerie Pagels wäre es nur ein Katzensprung, aber zuerst wollte sie nach Hause. In der Bayreuther Straße erwartete sie der erste Lichtblick. Die Bäckerei Schneider existierte noch, als Kinder hatten sie immer gelacht über den Schneider, der ein Bäcker war. Er schien nach wie vor Brot zu backen, nur heute war bereits alles ausverkauft, wie ein handgeschriebenes Schild informierte. Bevor sie in die Wormser Straße einbog, zündete sie sich noch eine Zigarette an, um ihre Nerven zu beruhigen. Schließlich erreichte sie die Straße, in der sie aufgewachsen war und die sie nur widerwillig verlassen hatte.

Und da war es.
Ihr Elternhaus.
Erbaut von den Großeltern.
Der Anblick war erschütternd. Fassungslos starrte sie auf die Reste. Von dem ehemals viergeschossigen Anwesen existierte noch das Erdgeschoss. Ab der ersten Etage fehlten große Stücke der Fassade und boten Einblicke in die Wohnungen. Sogar von der Straße aus konnte sie Möbel in einem Zimmer erkennen. Unvorstellbar, dass tatsächlich noch jemand in diesen Trümmern lebte, die den Eindruck erweckten, als fiele das ganze Gebäude in der nächsten Sekunde in sich zusammen.

Das Haus links war bis auf das löchrige Ziegeldach fast unbeschädigt. Rechts daneben ragte ein Steinhaufen in den blauen Himmel. Greta, eine Klassenkameradin aus der Volksschule, hatte dort gewohnt. Hier hatte also die Bombe eingeschlagen und ihr Elternhaus mit beschädigt. *Beschädigt*, wie harmlos das Wort doch klang. Als handelte es sich um ein Loch in einem Hosenbein, das mit ein paar Stichen zu flicken war. Dieser Schaden aber schien irreparabel. Und nicht einmal die Sonnenstrahlen, die jetzt hinter einer dunklen Wolke hervorkamen und das ganze Elend in warmes Licht tauchten, vermochten das Bild des Grauens zu mildern.

»Ach nee ... det is doch ... Det glob ick ja nich ...«

Aus einem Fensterloch in der ersten Etage winkte ihr eine grauhaarige Frau zu. Aliza erinnerte sich an das kinderlose Ehepaar Weymüller, das in der Vierzimmerwohnung gelebt hatte. Beide waren um die fünfzig gewesen, er war damals bei Gericht als Notar tätig. Sie hob die Hand, um ihre Augen zu beschatten.

»Frau Weymüller?«

»Denn biste doch die kleene Aliza, ick werd verrückt ... Heinrich, kiek doch mal ...« Sie drehte sich um. Ein hagerer Mann tauchte an ihrer Seite auf. Ein Lächeln huschte über sein hohlwangiges Gesicht, als er Aliza erblickte. »Die Tochter vom

Herrn Doktor ... die kleine Aliza, so eine Freude.« Er räusperte sich sichtlich ergriffen.

»Komm nach oben, Kleene«, rief Frau Weymüller und winkte noch zusätzlich mit beiden Armen.

Im Halbdunkel des Treppenhauses, das bis zum Hochparterre noch ganz passabel aussah, erinnerte Aliza sich an den 9. November, als sie und Fabian sich hier geküsst hatten und von Frau Karoschke und Birgit überrascht worden waren. Was wohl aus Karoschkes geworden war? Frau Weymüller würde es bestimmt wissen.

Der Aufzugkorb war verschwunden, und nur ein paar lose hängende Drahtseile erinnerten an ihn. Die noch vorhandene Treppe in den ersten Stock war trotz stützender Holzbalken eine beängstigend wackelige Angelegenheit. Die Stufen knackten bei jedem Schritt, und Aliza war heilfroh, oben anzukommen. Die Wohnung gegenüber war ehemals die ihrer Eltern gewesen. Die Tür war verschlossen, das Namensschild fehlte.

Frau Weymüller erwartete sie bereits. Barfuß, mit leuchtenden Augen stand sie in der offenen Tür. »Wat 'ne Überraschung, komm rin. Ick habe dir gleich an deine hellrote Mähne erkannt. Ne, ne, ne, wat freu ick mir. Wo warste denn all die Jahre jewesen? In England, hat deine Mutter erzählt«, gab sie sich selbst die Antwort, während sie die Hände an der klein gemusterten Kittelschürze abwischte und ihr dann die Rechte entgegenstreckte.

Aliza folgte der aufgeregt plaudernden Frau durch die Diele in die zum Hinterhof gelegene Küche. Das Fenster bestand nur noch aus dem Rahmen, an den Wänden fehlte größtenteils der Verputz, und bei jedem Schritt knirschte der feine Sandstaub unter ihren Füßen.

»Ick kann dir leider nur een Stuhl und sonst nüscht anbieten, höchstens een Schluck Wasser«, entschuldigte Frau Weymüller sich und deutete auf die beiden Küchenstühle vor dem mit einer bunten Decke versehehen Tisch. »Zum Glück kommt et wieder aus dem Hahn. 'ne Zeit lang hatten wir noch nich mal dat, da musste ick zu de Pumpe lofen. Det war nich lustig, kann ick dir flüstern.«

»Danke, ein Schluck Wasser wäre sehr schön«, meinte Aliza. Sie setzte sich an den Küchentisch, fragte: »Darf ich rauchen?«, und bot der Frau eine an. Frau Weymüllers graublaue Augen weiteten sich begierig. »Ick rauche nich, aber wenn ick darf, nehm ick eene. Dafür krieg ich uffm Schwarzmarkt een Ei oder ooch zwee.«

Aliza nahm eine Zigarette heraus und reichte Frau Weymüller die restliche Packung *The Greys*. »Bitte, nehmen Sie, es sind englische, ich habe noch welche in der Pension.«

»Det jeht doch nich«, zierte sich Frau Weymüller höflichkeitshalber und ließ die Packung dann rasch in ihre Schürzentasche gleiten. Danach stellte sie Aliza ein Glas Wasser hin und setzte sich auf den Stuhl ihr gegenüber.

Während Aliza nervös an der Zigarette zog, erzählte sie von der letzten Nachricht ihrer Familie und fragte Frau Weymüller, ob sie wisse, wann genau ihre Eltern Deutschland verlassen hätten.

Frau Weymüller antwortete nicht sofort, kräuselte angestrengt die Stirn und erkundigte sich schließlich: »Wann jenau biste nach England jereist?«

»Im Januar 39.«

»Ach Gottchen, denn haste de janzen Gemeinheiten nich mitjekriecht«, seufzte sie und erzählte stockend, wie Karoschke sich das Haus unter den Nagel gerissen hatte. »Mein Heinrich hat ihm noch janz unschuldig jeholfen, een Vertrach aufzusetzen, im juten Glauben, det Karoschke deinem Vater dat Haus och tatsächlich wieder zurückjibt. Es gab doch een Jesetz, dat Juden nüscht mehr besitzen dürfen. Deshalb haben wir dem ollen Blockwart jeglaubt, dat er dem Doktor dat Haus mit die ausjefuchste Finte retten wollte.«

»Wollte er nicht?«

»Nee, nee, nee ... der olle Nazi ...« Frau Weymüller stockte.

»Was ist geschehen? Erzählen Sie mir bitte alles, was Sie wissen«, drängte Aliza.

Sichtlich betroffen berichtete Frau Weymüller, wie Karoschke sich nach Alizas Abreise zuerst in die Wohnung des Doktors schlawinert, sich dann das Haus unter den Nagel gerissen und schließlich begonnen hatte, die Mieten von allen Parteien zu kassieren, angeblich im Auftrag des Doktors. Dass Alizas Familie zu Ziva in die dritte Etage und am Ende ins Erdgeschoss ziehen musste.

»Aber warum sind sie nicht in der Wohnung meiner Großeltern geblieben?«

»Na, weil der olle Karoschke sein Schwager och noch ins Haus jeholt hat«, erklärte Hedwig Weymüller betreten. »Ick und meen Heinrich fühlen uns janz scheußlich, dat wir dem Nazischergen jeglobt haben«, bekannte sie. Nach einer Pause kam sie schließlich mit der Hiobsbotschaft: »Eines Nachts kam de Gestapo, hat se abjeholt, und det Haus jehört nu dem ollen Blockwart, respektive der Tochter. De Frau Karoschke is bei eem Bombenanjriff umjekommen, sie war unterwejens und hat es nich mehr in een öffentlichen Luftschutzraum jeschafft. Und der olle Feigling hat sich selbst entleibt, wie seen Führer. Allet elende Drückeberger, die sich ausm Staub machen, sobald et brenzlich wird. Unsereins bleebt mit de janze Sauerei ...«

Aliza wurde schwarz vor Augen. Nur noch aus weiter Ferne hörte sie eine weibliche Stimme auf sie einreden. Sie schloss die Augen, versuchte, gleichmäßig zu atmen und nicht in das tiefe schwarze Loch zu fallen, das sich vor ihr auftat. Doch der Schmerz war unmenschlich. Erst als sie spürte, wie jemand sachte über ihren Rücken strich, und die Stimme fragte, ob sie sich nicht wohlfühle, blickte sie wieder auf. »Wo ... wohin hat man meine Eltern deportiert? Und was ist mit meinem Bruder?«

Frau Weymüller wusste es nicht, auch nicht, ob Harald ebenfalls abgeholt worden war. »Aber ick globe, dat de Karoschkes wat damit zu tun hatten. Erst reißt er sich das Haus unter den Nagel, und denn ...«, sie schüttelte den Kopf, als könnte sie es selbst nicht begreifen. »Die Birgit, die weeß et bestimmt. Die arbeitet als Trümmerfrau, aber morjen Vormittag wird se wie jeden Ersten zum Mietekassieren anrauschen. Von mir hat det Nazibalg nüscht jekriegt, solange wir hier in *Sperlingslust* hausen. Am besten, du kommst och vorbei, denn kannste det Gör ausfragen.«

Nahezu blind für die Umgebung schleppte Aliza sich zurück in die Pension. In ihrem Kopf herrschte ein entsetzliches Chaos aus panischer Angst um die Eltern und die Erinnerung an die Nacht, als sie allein zu Hause gewesen und ihr Großvater abgeholt worden war. Der durchdringende Hilfeschrei, der sie geweckt hatte, gefolgt von Emils jammervollem Winseln und dem Anruf von Onkel Walter, der vor Gewaltaktionen gewarnt hatte, vermischte sich mit Frau Weymüllers Botschaft: *Die Gestapo hat sie abgeholt!*

Frau Weymüllers Worte hallten laut in Alizas Kopf, als wären es die Stiefelabsätze der Gestapo, die sie im November 1938 gehört hatte. Ihr Herz raste vor Entsetzen und Schmerz. Doch dann flammte Zorn in ihr auf und drängte ihre Tränen zurück. Keine noch so große Tränenflut half den Eltern. Gleich morgen Vormittag würde sie, wie Frau Weymüller angeboten hatte, auf Birgit warten. Wenn der Blockwart so grausam gewesen war, seine Eltern an die Nazis auszuliefern, musste Birgit wissen, wohin man sie verschleppt hatte und was mit Harald geschehen war.

36

Berlin, September 1945

AM NÄCHSTEN MORGEN gegen halb neun saß Aliza in Frau Weymüllers Küche und legte fünf Packungen amerikanische Zigaretten auf den blank geputzten Tisch. Ulla hatte ihr verraten, dass die englischen natürlich auch willkommen seien, aber für »Ami-Glimmstängel« bekäme man weitaus mehr Waren eingetauscht. Cedric hatte die begehrten Zahlungsmittel für sie organisieren können.

Frau Weymüller strich verlegen über ihr fettig wirkendes Haar, und ihre Wangen röteten sich vor Glück über die kostbare Schwarzmarkt-Währung. »So eene Freude aber och, dann danke ick och recht schön, dafür kriege ick vielleicht echten Bohnenkaffee«, jubilierte sie und spendierte ihren letzten Vorrat an Malzkaffee. »Jetzt musste mir aber Hedwig nennen«, bat sie beim Aufgießen des Ersatzkaffees.

Herr Weymüller, der mangels Sitzplatz am Büfett lehnte, durfte zu seinem Kaffee ausnahmsweise eine der Währungszigaretten genießen, was er mit leuchtenden Augen kommentierte: »Als würde man Brot verbrennen, das nenne ich wahre Dekadenz.«

Die Tassen waren noch halb voll, als es fordernd an der Tür klopfte.

»Det wird se sein, de Madame Hausbesitzerin«, feixte Hedwig und stürmte, wie zum Kampf bereit, mit leicht vorgeschobenem Kopf aus der Küche.

Aliza hörte, wie Hedwig laut vernehmlich sagte: »Ick zahle

ooch heute keene Miete, und so lange nich, bis det hier wieder 'ne ordentliche Behausung ist.«

Hedwig bekam zur Antwort, dass die Mieter im Erdgeschoss auch bezahlen würden, und wenn Hedwig sich weiterhin weigere, würde sie aus der Wohnung fliegen.

»Na, det wolln ma erst abwarten«, entgegnete Hedwig munter. »Aber heute darfste rinkommen, ick habe 'ne Überraschung.«

Aliza hatte große Mühe, in der abgemagerten jungen Frau die ehemals so gut genährte Birgit zu erkennen. Sie trug viel zu weite schmutzig-braune Männerhosen, die in der Taille mit einem Gürtel geschnürt waren, ein verwaschenes blaues Oberhemd, ein dunkelgrünes Tuch um den Kopf geknotet und wirkte um Jahre gealtert. Aus großen dunklen Augen musterte sie Aliza, schien sich aber nicht zu erinnern.

»Hallo, Birgit, wie geht es dir?«

Birgit schlug die Hand vor den Mund, als wollte sie sich selbst am Sprechen hindern. Schließlich krächzte sie: »Aliza?«

Hedwig kommentierte Birgits Reaktion mit einem heiteren: »Da biste platt, wa? Darf ick vorstellen – de rechtmäßige Hausbesitzerin. Aber ihr kennt euch ja, habt jemeinsam de Schulbank jedrückt. Und wenn ick Miete bezahle, dann der Kleen von unserm Doktor.«

»Richtig!«, bestätigte Herr Weymüller vom Büfett aus. »Ich werde gerne bezeugen, was für ein Schlitzohr der feine Herr Blockwart war.« Er pustete eine dicke Rauchwolke in die Trümmerküche.

Birgit ignorierte die anklagenden Worte und ließ sich schwer atmend auf den Stuhl fallen. »Du bist es tatsächlich«, schnaufte sie ergriffen und nahm das Kopftuch ab, unter dem ihr staubiges Haar mit zahlreichen Klammern festgesteckt war.

Aliza konfrontierte die ehemalige Freundin ohne lange Höflichkeiten mit all den Schandtaten ihres Vaters, die sie von Hedwig erfahren hatte.

»Nichts als Lügen«, wehrte Birgit sich aufgebracht. »Mein Vater hat deinem Vater tausend Reichsmark geliehen, für den Kindertransport, und dafür bekamen wir eure Wohnung als Pfand. Vielleicht magst du dich erinnern, dass dein Vater nichts mehr verdient hat?«

»Dann schulde ich dir also tausend Reichsmark?« Aliza griff nach ihrer Handtasche, holte die Geldscheine heraus und zählte fünfzig Englische Pfund auf den Tisch. »Genügt das?«

Birgit blickte entgeistert auf die Banknoten. »Ich weiß nicht«, erwiderte sie schulterzuckend und steckte die Scheine ein. »Aber für Geld bekommt man heutzutage ja nichts mehr«, sagte sie mit einem gierigen Blick auf den winzigen Zigarettenstummel im Aschenbecher.

»Warum verlangst du dann Miete?«

»Weil ich das Haus geerbt habe.« Selbstbewusst hob sie den Kopf, stand auf und schickte sich zum Gehen an. »Ich besitze einen rechtmäßigen Vertrag, der das bestätigt.«

»Der Vertrag beruht auf arglistiger Täuschung und hält keiner Anklage stand«, meldete sich Herr Weymüller in strengem Ton zu Wort.

»Anklage?« Birgit warf Aliza einen zutiefst verächtlichen Blick zu. »Bei welchem Gericht willst du mich verklagen? Die Stadt und damit auch ihre Verwaltung existieren kaum noch. Und ich kann mir nicht vorstellen, dass sich irgendjemand mit einem Streit um eine Ruine herumschlagen wird.«

»Abwarten«, antwortete Aliza gelassen. »Und jetzt will ich wissen, was aus meinen Eltern und aus Harald geworden ist.«

»Wieso fragst du mich das?«

»Du hast also keine Ahnung davon, dass sie von der Gestapo abgeholt wurden?«

»Na, dann weißt du es ja schon«, sagte sie schnippisch und rauschte aus der Küche.

Am Nachmittag stand Aliza abermals vor einem Trümmerberg. Nur Schutt und Staub waren von der Parfümerie Pagels übrig geblieben. Darunter lag vielleicht die geschwungene Neonschrift, die am Abend so wunderschön rosafarben geleuchtet hatte. Nichts deutete mehr darauf hin, wie luxuriös das Ladengeschäft gewesen war, wie reichhaltig das Sortiment und welch betörender Duft einen beim Betreten der Parfümerie empfangen hatte. Und nur sie wusste, dass sie hier ihre große Liebe gefunden hatte. Wie sehr sie Fabian vermisste. Hoffentlich ging es ihm gut. Ihn auch noch beweinen zu müssen würde sie nicht ertragen.

»Entschuldigung, weiß jemand, was aus der Familie Pagels geworden ist?«, fragte sie die Frauen, die in der Spätsommerhitze nebenan aus einem Schuttberg mit bloßen Händen die noch brauchbaren Steine sammelten. Andere klopften Mörtelreste ab und stapelten sie ordentlich aufeinander.

Eine ältere Frau in verdreckten Drillichhosen, einer löchrigen Strickjacke und einem geknoteten Tuch auf dem Kopf unterbrach die mühevolle Plackerei. »Pagels? Die von der Parfümerie?« Erschöpft wischte sie sich die Schweißtropfen von der Stirn.

»Ja, genau die. Ich suche die Familie. Marlies und Bruno Pagels und ihren Sohn Fabian.«

»Die ...« Erneut bückte sie sich nach den Steinen, hob welche auf und wandte sich wieder an Aliza. »Hat es alle bei eenem Luftanjriff erwischt. Muss vor eenem Jahr jewesen sin.«

Unter Alizas Füßen begann der Boden zu schwanken.

»Quatsch keene Opern, Agnes«, widersprach eine der jüngeren Frauen und schwang ihren Hammer durch die Luft. »Nur die Marlies und der Bruno sin umjekommen, ick war 'ne jute Kundin bei Pagels und war uff die Beerdigung.«

Aliza atmete auf. »Und Fabian?«

»Armer Kerl, kam erst später ausm Lazarett zurück, konnte

nur noch det Grab besuchen. Aber wem jeht et heutzutage schon besser? Nüscht zu futtern und keen Dach überm Kopp. Det hamwa nu davon, von wejen Tausendjähriges Reich ...«
»Wissen Sie, wo Fabian untergekommen ist?«, unterbrach Aliza das Lamento der Trümmerfrau.
»Nee, det tut ma leid, junget Frollein.«
»Und das Grab, auf welchem Friedhof liegt das Ehepaar?«
»Det weeß ick. Luisen-Friedhof, in de Königin-Elisabeth-Straße. Wissen Se, wo det is?«
»Leider nicht genau, aber ich werde ihn schon finden«, sagte Aliza. Erleichterung erfasste sie. Fabian lebte. Vielleicht konnte sie ihn am Grab seiner Eltern antreffen, und dann würde alles gut werden.
»Nähe Schloss Charlottenburg«, rief ihr eine der Frauen hinterher.

Euphorisch trat Aliza den Rückweg zur Pension an, vorbei an Bretterwänden, die mit Fotos, Namen und Adressen von Vermissten gespickt waren. Auch Gesuche nach Arbeit, egal welche, waren zahlreich vorhanden. Dachdecker, Elektriker oder Schreiner boten an, sofort beginnen zu können. Dazwischen die flehentliche Bitte, das in der Kantstraße geklaute schwarze Fahrrad doch der Mutter mit ihren sechs Kindern zurückzugeben. Alles sturmsicher mit Reißzwecken befestigt. Zahlreiche Passanten standen davor und studierten die Aushänge. Suchanzeigen in *Der Berliner,* der ersten Tageszeitung, die seit dem 2. August wieder in der britischen Besatzungszone erschien, hätten vermutlich weniger Erfolg. Aliza lächelte, weil ihr genau in diesem Moment Mizzi einfiel, die sagen würde: Prächtig, prächtig.

Sie vermisste die Freundin, die so viel praktischer dachte und handelte als sie selbst, aber sie würde es wohl oder übel allein schaffen müssen, denn Mizzi war längst nach Wien gereist. Notfalls konnte sie Cedric bitten, er hatte ihr gestern beim Dinner erneut seine Dienste angeboten. Doch einen Aushang brachte sie ohne Hilfe zustande. Zuerst benötigte sie ein Blatt Papier.

Wie sich herausstellte, war Briefpapier Mangelware. Im Tausch gegen drei Zigaretten fand Ulla dann aber doch einen halben Bogen plus der unerlässlichen Reißzwecken. Eine Stunde später heftete sie das Gesuch samt Fabians Foto auf eine Bretterwand, in nächster Nähe zur ehemaligen Parfümerie. Wenn Fabian gesehen worden war, dann wohl von jemandem, der in der Gegend lebte.

Während sie die letzte Reißzwecke durch das Papier ins Holz drückte, wurde ihr bewusst, dass sie weder von ihren Eltern noch von Harald Fotos oder andere Erinnerungsstücke besaß. Von Hedwig hatte sie erfahren, dass die zweite und dritte Etage im März beim schwersten aller Angriffe auf Berlin getroffen worden war. Was nicht verbrannt worden war, hätten sich die Aasgeier einverleibt. »Die kommen wie Ratten ausn Löchern, sobald die Feuer verlöschen, und verkloppen die Sachen denn uffm Schwarzmarkt«, hatte Hedwig geschnauft.

Noch schaffte Aliza es, den Gedanken zu verdrängen, dass auch Harald verschleppt worden war. Sie glaubte fest daran, ihn zu finden. Sie wollte in der Klinik nachfragen, was aus ihm geworden war. Und noch eine Möglichkeit fiel ihr ein: Herr Feiler, der ehemalige Patient ihres Vaters und Polizist. Mit etwas Glück tat er immer noch Dienst im Revier am Kaiserdamm.

Bevor sie sich dorthin auf den Weg machte, gönnte sie sich eine Erholungspause in einem der erstaunlich gut besuchten Cafés am Kurfürstendamm. Man saß unter rot-weiß gestreiften Sonnenschirmen, auf wackeligen Klappstühlen, an runden Tischen. Im Rücken die Ruinen, vor ihr der Ausblick auf die Schuttberge. Die Auswahl an Getränken und Imbissen war übersichtlich. Sie bestellte eine Kartoffelsuppe, eine Tasse Ersatzkaffee, dazu eine Flasche Zitronenlimonade. In der Sonne zu sitzen und die vorbeieilenden Passanten zu beobachten fühlte sich unwirklich an, bei allem, was geschehen war.

Gestärkt machte sie sich auf den Weg zur Polizeistation. Früher hätte sie für die Strecke ungefähr dreißig Minuten gebraucht, heute lief sie eine Stunde durch die Gegend, ohne das Präsidium zu finden. Entweder waren auch von diesem Gebäude nur noch Steine übrig geblieben, oder man hatte ihr wiederholt die falsche Richtung gesagt. Obendrein hatten Schuttberge oder die auf Schienen verlegten Trümmerloks sie zu Umwegen gezwungen. Entnervt gab sie schließlich auf.

Erschöpft, verschwitzt und mit schmerzenden Füßen schleppte sie sich in Richtung Ansbacher Straße. Es war beschwerlich, in den viel zu warmen Marlenehosen kilometerweit durch die Augusthitze zu laufen. Oder mit schicken Schlangenlederpumps auf rutschigen Abwasserrohren herumzuklettern, die als Behelfsbrücken über Bombenkrater verlegt worden waren, stets auf der Hut vor Fußangeln wie herumliegenden Kabeln. Mittlerweile musste sie Cedric zustimmen: Orientierung war oft kaum möglich. Straßenzüge waren nur mit viel Fantasie zu erkennen, Hinweis- oder Namensschilder fehlten, und Hausnummern halfen nur dann weiter, wenn man genau wusste, wo man sich befand. Sie benötigte dringend leichtere Kleidung, andere Schuhe und noch dringender ein Fahrrad, um das Grab der Pagels' und auch das der Großeltern auf dem Friedhof in Weißensee besuchen zu können. Zu Fuß wäre es bis dorthin ein Tagesmarsch, es fuhren weder Trambahnen noch Busse in diese Gegend.

Am Ende ihrer Kräfte erreichte Aliza die Pension. Nach einem lauwarmen Bad lag sie mit frisch gewaschenen Haaren in Unterwäsche auf dem Bett und rauchte eine Zigarette, um ihr Magenknurren zu besänftigen. Inzwischen war sie so hungrig wie damals im Hostel in Notting Hill und wartete ungeduldig auf Cedric, der sie zum Dinner in den Officers' Club im *Hotel Savoy* in der Kantstraße abholen wollte. Das *Savoy* hatte sämtliche Luftangriffe unbeschadet überstanden und bildete zusammen mit dem ehemaligen Gebäude der Deutschen Arbeiterfront am Fehrbelliner Platz das momentane Hauptquartier der britischen Militärregierung. Die wenigen Gebäude, die dem Gemetzel aus der Luft getrotzt hatten, waren zum Verdruss der Berliner von den Alliierten beschlagnahmt und untereinander aufgeteilt worden.

Cedrics Einladung ersparte es Aliza, auf dem Schwarzmarkt am Reichstag mit ihren Zigaretten »einzukaufen«, denn ohne Lebensmittelkarten bekäme sie keinen Krümel Brot. Ulla hatte ihr von der aktuellen Notsituation berichtet und dass jedem Bürger nur tausend Kalorien zustanden. Bei all der Schufterei sei es zu wenig zum Leben und zu viel zum Sterben. Ohne Schwarzmarkt wären sie alle längst so dünn wie Zwirnsfäden. »Is zwar verboten, aber jegen Zigaretten jibt et allet am Reichstach. Bei jutem Wetter is et fast so schön wie im *KaDeWe,* nur uff de Straße.« Aliza hatte gefragt, ob sie dort auch ein Fahrrad bekäme, worauf Ulla grinste: »Ick globe schon, uff jeden Fall musste jenügend Ami-Zigaretten mitnehmen.«

Nachdenklich folgte Alizas Blick den langsam aus dem geöffneten Fenster ziehenden Rauchschwaden. *Als würde man Brot verbrennen,* hatte Herr Weymüller es genannt. Das Ehepaar war die letzte Verbindung zu ihrer Familie. Und die beiden sahen nicht aus, als könnten sie sich wenigstens einmal am Tag satt essen. Ganz zu schweigen von der zerstörten Wohnung. Hedwigs launige Bezeichnung *Sperlingslust* täuschte lediglich darüber hinweg, dass sie nicht in einem Kellerloch hausen mussten, wie so manche bedauernswerte Familie. Aber wie sollten Hedwig und Heinrich den nächsten Winter überstehen, wenn selbst Strom nur stundenweise durch die Leitungen floss? Sie wollte das Haus schnellstens zurückerlangen und wieder aufbauen. Nicht nur für die Weymüllers, auch für sich und Fabian.

»Du warst so still während des Essens?« Cedric musterte sie besorgt, als sie noch einen Schlummertrunk an der Bar nahmen.

»Was hast du über deine Familie herausgefunden?«

Aliza erwiderte seinen eindringlichen Blick. Nicht zum ersten Mal fiel ihr auf, wie attraktiv Cedric war, mit dem kantigen Gesicht, den intensiv blauen Augen, dem glänzenden blonden Haar und dem sinnlichen Mund. Die olivbraune Ausgehuniform der *Royal Air Force* mit der taillenkurzen Jacke stand ihm ausgezeichnet. Wäre sie nicht unsterblich in Fabian verliebt, könnte sie schwach werden. Aber Fabian hatte mit seinem ersten Kuss etwas in ihr berührt, das wie ein leises Lied den Takt ihres Herzschlags vorgab. Trotz der knapp sieben Jahre, die sie einander nicht gesehen hatten, war diese Melodie nicht verstummt.

»Heute Vormittag habe ich einiges von der Tochter des Blockwarts erfahren«, begann sie und berichtete die Einzelheiten der Begegnung mit Birgit. »Gestern noch war ich sicher, dass meine Eltern und Harald in einem der Lager umgekommen sind, aber solange das nicht bestätigt wurde, besteht ein letzter Funken Hoffnung, dass sie überlebt haben. Oder?«

Cedric hörte aufmerksam zu, nippte an seinem Whisky, und als sie geendet hatte, sprach er ihr sein Mitgefühl aus: »Es tut mir unendlich leid, was deiner Familie zugestoßen ist. Ich werde mich bei den entsprechenden Stellen erkundigen, wohin sie verschleppt wurden. Aber das Haus bekommst du zurück, ganz bestimmt.«

»Wie kannst du da sicher sein?«

»Nun, bereits vor zwei Jahren haben die Alliierten in London eine Erklärung ausgearbeitet, in der vereinbart wurde, dass nach einem Sieg alle Enteignungen der Nationalsozialisten rückgängig gemacht würden. Zurzeit arbeiten die Militärregierungen an Gesetzen zur Rückerstattung. Ich schätze, es dauert noch eine Weile, aber ich verspreche dir, du bekommst dein Zuhause wieder. Es wäre zwar von Vorteil, wenn du Papiere besäßest, die deinen Anspruch zweifelsfrei belegen, aber wenn Herr Weymüller den Betrug bestätigt, sollte es keine Probleme geben.« Sanft legte er seine Hand für eine Sekunde auf ihre. »Wann immer du meine Hilfe benötigst, bin ich für dich da.«

»Das ist sehr lieb von dir, Cedric, ich bin dir wirklich unendlich dankbar.« Sie zögerte, ihn um noch mehr Ami-Zigaretten zu bitten. Es fühlte sich anmaßend an, Wünsche einfach so äußern zu können und sie prompt erfüllt zu bekommen, während so gut wie jeder Berliner ums nackte Überleben kämpfte.

»Aliza, geniere dich bitte nicht.« Er lächelte sie liebevoll an. »Du weißt, ich würde mich für dich in mein Schwert stürzen.«

Belustigt blickte sie ihn an. »Du hast ein Schwert?«

Er lachte. »Auf unserem Familiensitz in Wales muss noch irgendwo eines rumliegen. Aber du wolltest mich um etwas bitten.«

»Archibald hat mir zwar genügend Bargeld mitgegeben«, sagte sie. »Aber ich muss dir nicht erzählen, dass die harte Währung in diesen Zeiten kein Papiergeld ist.«

»Nur mit amerikanischen Zigaretten wird das Leben zwischen den Trümmern erträglich«, philosophierte Cedric und fragte: »Noch einen Portwein?«

»Sehr gern, danke. Ich konnte nur ein einziges Paar Schuhe mitnehmen.« Sie blickte nach unten auf die arg mitgenommenen Pumps. »Als Kletterschuhe taugen sie nichts. Und dieses Kleid ...« Sie zupfte den Saum des Chiffonkleides zurecht.

»In dem du hinreißend aussiehst«, unterbrach Cedric sie.

»Danke, du bist wirklich ein vollendeter Gentleman.« Sie schenkte ihm ein liebevolles Lächeln. »Ich trage es auch sehr gerne, aber zum Umherlaufen zwischen den Ruinen ist es gänzlich ungeeignet. Ich habe gehört, am Reichstag könnte man alles bekommen, was man braucht.«

Die Drinks wurden serviert, und Cedric bot ihr Zigaretten für den Schwarzmarkt an.

»Verzeih, ich sollte das nicht erwähnen, ich wurde gewarnt, dass es bei Strafe verboten sei, dort zu handeln«, meinte Aliza.

»Offiziell ist so einiges verboten, dennoch schert sich kaum jemand darum. Ich lasse dir morgen Vormittag eine Stange von den amerikanischen Zigaretten in die Pension schicken. Leider kann ich dich nicht begleiten, aber du solltest auf keinen Fall alleine auf den Schwarzmarkt gehen. Du würdest nicht glauben, was für ein Gesindel dort unterwegs ist.« Flüchtig streifte er ihre Hand, als er ihr Feuer reichte.

Gerührt lächelte sie ihn über die Flamme des Feuerzeugs an. Sie genoss seine Besorgnis und vor allem seine Hilfe, ohne die ihr Aufenthalt hier weitaus weniger angenehm wäre, doch mit jedem Treffen spürte sie deutlicher, dass er ihr nicht nur half, weil sie durch die Heirat verwandt waren.

»Das klingt ja mächtig aufregend und viel spannender, als in einem ganz normalen Laden einkaufen zu gehen«, sagte sie kumpelhaft, in der Hoffnung, sein unterschwellig spürbares Begehren zu entschärfen.

»Wann hattest du den Reichstag eingeplant?« Er nahm sein Glas zur Hand und hob es ihr leicht entgegen.

Aliza griff nach dem Portwein. »Nach dem Frühstück.«

»Dann schicke ich dir Fabian, meinen Sekretär, mit einem Wagen und den Zigaretten.«

Aliza fiel das Portweinglas aus der Hand. Klirrend zersplitterte es auf dem Steinfußboden.

37

Berlin, September 1945

»GUTEN MORGEN, FABIAN.«
»Guten Morgen, Lady Baringham.« Der junge Mann sprang aus dem Jeep, um Aliza die Beifahrertür zu öffnen, und reichte ihr die Hand zum Einsteigen. Im Stechschritt umrundete er dann den Wagen, sprang leichtfüßig hinters Steuer und blickte Aliza fragend an: »Wieder zum Reichstag?«
»Zum Reichstag«, wiederholte Aliza seufzend. »Und bitte Daumen drücken, damit ich endlich ein Fahrrad finde.«
»Wird gemacht!« Er tippte sich an das Barett, startete den Motor und fuhr los.
Aliza bedankte sich mit einem Lächeln. Jedes Mal, wenn sie den jungen englischen Soldaten namens Fabian Fisher ansah, glaubte, hoffte sie, bald ihrem Fabian zu begegnen.
Fisher sah ihrer großen Liebe überhaupt nicht ähnlich, er war dunkelhaarig, zwei Köpfe größer und ein wenig übergewichtig. Aber Äußerlichkeiten waren unwichtig. Die Namensgleichheit – das spürte sie überdeutlich – war das Flüstern der Vorsehung, das sie wissen ließ, ihr Warten würde bald ein Ende haben.
Cedric war natürlich über ihre Schreckhaftigkeit verwundert gewesen und besorgt, als sie geistesgegenwärtig zu husten angefangen und vorgegeben hatte, sich verschluckt zu haben. Den wahren Grund hätte sie unmöglich verraten können, ohne Archie zu hintergehen. Und Cedric »das große Geheimnis« anzuvertrauen, dazu kannte sie ihn einfach nicht gut genug.

Zudem spielte es keine Rolle. Wozu also schlafende Hunde wecken? Offiziell war sie auf der Suche nach ihrer Familie, und das entsprach ja auch der Wahrheit.

»Heute ist mal wieder der Teufel los«, grinste Fisher, als er den Jeep parkte. »Bleiben Sie bitte dicht bei mir, in diesem Gewühl verliert man sich allzu leicht. Der Captain reißt mir den Kopf ab, wenn Ihnen etwas zustoßen sollte.«

»Keine Sorge, ich klebe wie eine Klette an Ihnen!«, versicherte Aliza.

Sie war heilfroh, sich nicht alleine durch diese unüberschaubare Menschenmenge drängen und vor allem, verhandeln zu müssen. Stets freundlich zu sein war kein Problem, das hatte sie bei Hazel gelernt, aber wenn es darum ging, Preise zu verhandeln, zöge sie den Kürzeren. Sie wusste lediglich, dass ein halbes Kilo Brot fünfundzwanzig Reichsmark oder zwei bis drei Zigaretten kostete. Fisher hingegen beherrschte die ungeschriebene Regel, die Preise nicht unabsichtlich in die Höhe zu treiben und den Profihändlern und Wucherern nicht zuzuarbeiten. Die versuchten natürlich, aus der allgemeinen Notlage so viel Kapital wie nur irgend möglich zu schlagen.

Als sie vor zwei Wochen an einem stürmischen Septembertag zum ersten Mal mit Fisher auf den Schwarzmarkt kam, hatte sie kaum ihren Augen getraut. Auf der weitläufigen Fläche vor der ausgebrannten Reichstagsruine drängte sich eine schier unglaubliche Menschenmasse. Kopftuch an Kopftuch, Hut an Hut und Militärmütze an Militärmütze schob man sich im Zeitlupentempo aneinander vorbei, immer aufmerksam um sich blickend. Das Militär hier anzutreffen hatte sie am wenigsten erwartet. Doch gerade die Mitglieder der Roten Armee waren zahlreich vertreten. Sie schienen besonders von deutschen Uhren fasziniert zu sein, manch einer hatte gleich mehrere Exemplare am Handgelenk.

Auch heute schubsten und schoben sich die Menschen wieder über den Platz und zogen die eine oder andere Kostbarkeit aus Taschen oder Mänteln hervor. Jeder wusste, dass der Handel verboten war und es sich dabei gefährlich lebte. Razzien waren an der Tagesordnung, also verbarg man seine Waren unter Jacken und Mänteln und schacherte weitgehend verdeckt. Was mit einem Fahrrad unmöglich war.

Gegen Mittag hatte Aliza ein schlichtes Sommerkleid und ein edles handgeschneidertes Kleid aus dunkelgrünem Crêpe de Chine ergattert, das sie an Mizzis Kreationen erinnerte. Wehmütig dachte sie an die Freundin, die sich auf dem Schwarzmarkt so glücklich fühlen würde wie eine Made im Speck. Bekleidung war relativ einfach zu finden, passende Schuhe kaum, denn die ließen sich nun mal nicht ändern wie ein zu großer Regenmantel oder ein zu weiter Rock. Ihre Füße steckten also immer noch in den Schlangenlederschuhen, die demnächst vollkommen auseinanderfallen würden. Und niemand, absolut niemand wollte ein Fahrrad verkaufen. Auch an den diversen Bretterwänden wurde keines angeboten.

Plötzlich packte Fisher sie an der Hand, zog sie ohne Vorwarnung durch die Menge und blieb vor einer älteren Frau stehen, die den Lenker eines sehr gut erhaltenen schwarzen Fahrrads umklammerte, um sie herum ein Pulk Interessenten.

Gebannt starrte Aliza auf das Rad, wagte kaum zu atmen. Es war ein Herrenrad, dessen Stange vom Sattel zur Lenkgabel das Aufsteigen erschwerte, aber Hauptsache, sie musste Fishers Zeit nicht länger in Anspruch nehmen. Cedric behauptete zwar, es sei kein Problem, aber sie fühlte sich mittlerweile sehr in seiner Schuld. Doch ohne Rad hatte sie keine Wahl, zu Fuß zum Reichstag zu laufen wäre eine Schinderei. Die Strecke durch den Tiergarten hätte hin und zurück zwei Stunden gedauert und obendrein noch blutige Füße bedeutet.

»Ich muss es haben, egal, was sie dafür verlangt«, zischte sie Fisher aufgeregt zu.

Er nickte kurz, wandte sich dann an die Frau und flüsterte ihr etwas ins Ohr. Aliza hatte ihn schon mehrmals Deutsch reden hören, er sprach recht passabel, mit einem sympathischen Akzent. Ungläubig sah die Fahrradbesitzerin zu Fisher auf.

Aliza fühlte sich zurück in die Kindheit versetzt, als sie ihr neues Gefährt bestieg. Zwei Stangen *Chesterfield* hatte das Prachtstück gekostet, zu dem ihr die Frau noch ein Paar Hosenklammern in die Hand gedrückt hatte. Das Rad hatte ihrem Mann gehört, der gefallen war.

»Es bringt ihn nicht zurück, egal, wie lange ich es behalten würde«, hatte sie mit gesenktem Kopf geflüstert. Die Zigaretten hingegen sicherten ihr Überleben bis weit ins nächste Jahr.

Noch etwas wackelig fuhr Aliza los. Es mochte zehn Jahre her sein, dass sie zuletzt im Sattel gesessen hatte. Dennoch war das Gefühl der Unsicherheit bald überwunden. Jetzt nur nicht zu unbekümmert losrasen, ermahnte sie sich, denn die kleinste Glasscherbe konnte den Spaß beenden. Auch die zahlreichen Flüchtlinge mit ihren hoch beladenen Leiterwagen, die Trümmerloks oder überraschend auftauchende Pferdefuhrwerke waren gefährlich. Beim Umfahren nur einen Augenblick nicht aufgepasst, und sie läge auf der Nase, oder, noch schlimmer, das Rad wäre demoliert.

Ihr erstes Ziel war die Bretterwand am Kurfürstendamm. Das Gesuch mit Fabians Foto hing unverändert dort. Offensichtlich war es naiv, auf einen Hinweis zu hoffen, sagte sie sich und stieg wieder in die Pedale. Wenn es eine echte Chance gab, ihn zu finden, dann am Grab seiner Eltern.

Der größte Teil der halbstündigen Strecke zum Luisen-Friedhof führte entlang der Leibnizstraße, einmal quer über die Kantstraße und dann noch einige Minuten im Zickzack durch kleinere Straßen.

Nachdem sie die Friedhofsverwaltung gefunden und eine

Wegbeschreibung zur letzten Ruhestätte der Pagels erhalten hatte, wanderte sie voller Erwartung durch die langen Reihen der Gräber.

Fabian am Grab seiner Eltern anzutreffen wäre zu viel der Hoffnung gewesen. Aber zu wissen, dass er hier gewesen war, empfand sie als tröstlich. Unweit der Grabstätte entdeckte sie eine Bank, von der aus sie die Stelle einsehen konnte. Sie setzte sich, verweilte eine gute Stunde und beschloss, von heute an täglich herzufahren.

Zurück in der *Pension Ottmann*, erwartete sie ein Brief von Archie. Er sorgte sich, wollte wissen, wie es ihr erging in der Trümmerstadt, erzählte von den ererbten Besitztümern in Cornwall, die er in Augenschein genommen hatte, und bat sie, sich, wenn möglich, telefonisch zu melden. Daraus würde nichts werden, außer der Militärregierung verfügte niemand über eine intakte Leitung, aber schreiben wollte sie sofort, hätte es längst tun sollen. Leider scheiterte es wieder mal am fehlenden Papier, das Ulla erst am nächsten Vormittag organisieren konnte.

Die Antwort an Archie begann mit einer Entschuldigung, dass sie ihren Ring im Badezimmer vergessen hatte, und der Erklärung, wie kostbar Schreibmaterial sei. Auch die katastrophalen Verhältnisse am Schwarzmarkt verheimlichte sie nicht. Als sie das Kuvert beschriftete, blitzte ein Gedanke in ihr auf, der sie regelrecht euphorisierte. Warum schreibe ich nicht an Fabian und hinterlege den Brief am Grab?, überlegte sie. Irgendwann würde er seine verstorbenen Eltern doch besuchen. Die Idee berauschte sie so sehr, dass sie am liebsten sofort zum Friedhof gefahren wäre. Doch es hatte zu regnen begonnen, und sie musste sich einen ganzen Tag gedulden, bis es aufhörte.

Am Friedhof stand sie vor einem neuen Problem. Der anhaltende Regen hatte jeden Zentimeter Erde aufgeweicht, und selbst wenn Fabian den Brief in kürzester Zeit fand, wäre er womöglich durchnässt und die Schrift verwischt. Und ein Grabstein, auf den sie das Kuvert hätte deponieren können, war noch nicht gesetzt worden. Ratlos betrachtete sie die Grabstätten in der Nähe, als ihr ein relativ großer, flacher Kieselstein auffiel. Es dauerte eine kleine Ewigkeit, einen zweiten, ähnlichen Stein zu finden. Zwischen beide legte sie den Brief. Mit einer Schnur zum Festbinden wäre es noch perfekter gewesen, aber es musste auch so gehen. Sie platzierte das »Päckchen« inmitten des Erdhügels und fuhr beruhigt zurück. Nun musste sie sich nur noch etwas gedulden.

Eine Woche lang verfiel sie in rastlose Geschäftigkeit, fuhr kreuz und quer durch die Stadt, erkundigte sich in der Klinik an der Iranischen Straße nach Harald und ihrem Vater, ohne etwas Neues über ihr Verschwinden zu erfahren. Sie seien eines Tages nicht mehr zur Arbeit erschienen, hieß es. Aliza besuchte auch das Grab der Großeltern auf dem jüdischen Friedhof in Weißensee und flehte in stummer Zwiesprache, Fabian zu ihr zu schicken.

Schließlich ertrug sie es nicht länger und fuhr noch einmal zum »Briefdepot«.

Das Kuvert war verschwunden.

Fabian war da gewesen.

Doch das Hochgefühl verflog in Sekundenschnelle. Unsicher fragte sie sich, ob er den Brief schon vor Tagen gefunden hatte. Nein, unmöglich, dann hätte er sich längst gemeldet. Die Adresse der Pension hatte sie deutlich darauf vermerkt. Also war er frühestens gestern oder heute Vormittag da gewesen.

So schnell sie es vermochte, radelte sie zurück zur Pension, stürmte atemlos ins Hochparterre – und hatte sich umsonst abgehetzt.

»Nee, det wär mir uffjefallen«, antwortete Ulla, als sie fragte, ob sich ein junger blonder Mann nach ihr erkundigt habe.

Nervös wartete Aliza bis zum Abend, um schließlich nach Erklärungen zu suchen. Der Brief konnte von einer frechen

Elster, einem Raben oder sonst einem Tier weggeschleppt worden sein. Aber wäre das möglich gewesen, ohne die Steine zu verändern? Sicher nicht. Also musste ihn jemand genommen und die Steine wieder ordentlich aufeinandergelegt haben. Aber wer?

Um das herauszufinden, hatte sie nur eine Möglichkeit: einen zweiten Brief zu hinterlegen und den Beobachtungsposten auf der Bank erneut zu beziehen.

Tagelang saß sie nun ab dem frühen Vormittag auf dem Posten, fühlte sich wie eine Spionin und kreierte alle möglichen Szenarien, warum Fabian nicht auftauchte: Er war krank. Hatte keine Möglichkeit, das Grab zu besuchen. Lebte nicht mehr in Berlin. Fand vielleicht nur sonntags Zeit für einen Friedhofsbesuch.

Jeweils am späten Nachmittag, kurz bevor der Friedhof schloss, nahm sie den Brief wieder an sich und fuhr zurück.

Ein milder, regenarmer September verstrich, die ersten Blätter färbten sich bunt, und immer öfter trieben kräftige Winde dunkle Wolken über den Himmel. Doch solange es nicht schüttete wie aus Kübeln, verfolgte Aliza ihre Mission. Am letzten Sonntag des Monats fuhr sie später als gewöhnlich zum Friedhof. Sie hatte das Eingangstor noch nicht erreicht, als ihr auf der anderen Straßenseite eine schwarze Limousine auffiel. Eine junge Frau in einem schwarzen Kostüm, deren schräg sitzender Hut ihr Gesicht zur Hälfte verbarg, half einem offensichtlich blinden Mann mit dunkler Brille und Hut beim Einsteigen. Anschließend nahm sie neben ihm im Fond Platz. Kaum war die Tür geschlossen, raste der Wagen auch schon los.

Einen flüchtigen Moment glaubte Aliza, es wäre Mizzi, um den Gedanken sofort als Hirngespinst abzutun. Mizzi wollte doch nach Wien und hatte wie sie alles verloren. Wie hätte die Freundin zu solch einem Luxusfahrzeug kommen können? Außerdem war sie Jüdin, und soweit Aliza wusste, hatte sie keine nichtjüdischen Verwandten, die sie auf einem evangelischen Friedhof besuchen würde.

Nachdenklich wanderte Aliza durch die Reihen der Gräber zur letzten Ruhestätte der Pagels.

Jemand war hier gewesen und hatte drei rosa Nelken, gebunden mit Asparagus, dagelassen.

Ein aufgeregtes Kribbeln durchlief sie. Wenn die Blumen von Fabian stammten, schien es ihm gut zu gehen. Wie sonst hätte er sich solch einen Gruß leisten können?

Sie blieb noch eine Weile auf ihrer Bank sitzen, reckte die Nase in die milde Septembersonne und musste lächeln, als ihr einfiel, dass ihre Sommersprossen sprießen würden und was Fabian darüber gesagt hatte: *Es sind Ephelides, das kommt aus dem Griechischen und bedeutet Sternenstaub, den die Götter nur auf den allerschönsten Nasen verteilen.*

Die Begegnung vor dem Friedhof beschäftigte Aliza für den Rest des Tages. Und je länger sie darüber nachdachte, umso sicherer war sie, tatsächlich Mizzi gesehen zu haben. Warum war sie in Berlin und nicht in Wien? War der blinde Mann an ihrer Seite womöglich ihr Vater? Wie war sie zu Wohlstand gekommen? Hatte sie den Besitz ihrer Eltern zurückerlangt?

Cedric hatte ihr erklärt, mit Papieren wäre es kein Problem. Sie erinnerte sich an das Foto, das Mizzi ihr von dem Hotel auf dem Ku'damm gezeigt hatte, und das von der elterlichen Villa in Grunewald. Oder war es Zehlendorf gewesen?

Als sie sich auf die Suche nach dem Hotel machte, lauteten die Antworten immer ähnlich: »Hotel Lichtenstein? Nie jehört. Wo soll dat denn sein?«

Innerhalb einer Woche hatte sie den ellenlangen Ku'damm schließlich abgeklappert. Ein zermürbendes Unterfangen. Vor der Zerstörung waren es um die zweihundert Anwesen und ebenso viele Hausnummern gewesen, jetzt waren es größtenteils nur noch

Ruinen und Trümmerberge. Ein Hotel war jedenfalls nicht unter den Gebäuden, die den Angriffen standgehalten hatten.

Bei einem der nächsten Abendessen mit Cedric erzählte Aliza von der Limousine.

»Ich war mir zuerst nicht ganz sicher«, sagte sie, ohne den Friedhof zu erwähnen, sonst hätte sie gestehen müssen, welches Grab sie warum dort besuchte. »Inzwischen bin ich aber hundertprozentig überzeugt, dass es meine Freundin war.«

»Welche Informationen hast du sonst noch?«, fragte Cedric, hilfsbereit wie eh und je.

»Sie heißt Annemarie Lichtenstein, ihre Eltern besaßen ein Hotel auf dem Ku'damm und eine Villa. Beides war von den Nazis konfisziert worden.«

»Mit dieser Information kann ich nachforschen lassen. Über sämtliche Beschlagnahmungen und Enteignungen gibt es Unterlagen. Man glaubt ja nicht, wie akribisch diese Nationalsozialisten ihre Beutezüge aufgelistet haben. Häuser, Grundstücke, Kunstwerke, Schmuck, Wertsachen und was weiß ich noch alles. Ganze Regale voller Ordner, in denen die Listen aufbewahrt wurden«, erläuterte Cedric, der hörbar schockiert war. »Hätte ich es nicht mit eigenen Augen gesehen, ich würde es nicht glauben wollen. Man steht davor und bekommt eine leise Ahnung von den Tragödien, die sich abgespielt haben müssen. Ich versuche, etwas über deine Freundin herauszufinden, aber versprechen kann ich nichts.«

»Das wäre sehr lieb, danke, Cedric«, sagte Aliza und musste schlucken. Seine Erklärung erinnerte sie daran, dass seine Nachforschungen über den Verbleib ihrer Eltern bislang nicht von Erfolg gekrönt waren. Die Ungewissheit ließ sie nachts oft nicht schlafen. Es bedeutete aber auch, dass sie wohl nicht in das gefürchtete Todeslager Auschwitz verschleppt worden und vielleicht sogar noch am Leben waren.

»Bitte warten Sie, ich fahre wieder zurück«, bat Aliza den Taxifahrer, den die Witwe Ottmann organisiert hatte. Bevor sie ausstieg, reichte sie dem Chauffeur noch eine Schachtel Zigaretten. »Es könnte ein paar Minuten dauern ...«
Beinahe andächtig nahm er die Packung entgegen. »Wird jemacht, junge Frau. Und keene Eile, wa ...«
Nach dem ersten Blick auf die Prachtvilla wusste Aliza, woher Mizzi ihr Selbstbewusstsein hatte. Wer in solch einem Anwesen aufgewachsen und dann enteignet worden war, nahm sich entweder das Leben, wie Onkel Walter, oder steckte Schicksalsschläge einfach weg. Aliza erinnerte sich an ein Gespräch, das sie zu diesem Thema geführt hatten. »Ach, weißt du, das Paradies ist stets ein gewesener Ort«, hatte Mizzi gesagt. »Wozu also über verlorenes Hab und Gut klagen?«

Das weltliche Paradies lag jedenfalls hier draußen am Dianasee, wo die herrschaftlichen Anwesen aus der Gründerzeit, der Zeit des Art déco oder des Jugendstils von den Luftangriffen verschont geblieben waren. Diese Gegend schien der Krieg ignoriert zu haben. Anscheinend gab es hier nichts, das zu bombardieren gelohnt hätte. Nur die parkähnlichen Gärten zeugten von der Erkenntnis, dass es in Zeiten von Lebensmittelrationierungen klüger war, Gemüse und Kartoffeln statt bunte Blumen oder Rosensträucher anzupflanzen. Auf den Zierbeeten wuchsen nun Kohlköpfe, Stangenbohnen und an sonnigen Plätzen Tomatenstauden.

Die zweigeschossige Villa, die Mizzis Familie gehört hatte, war im neoklassizistischen Stil erbaut, mit einem Vordach auf vier schlanken Säulen, Seitenflügeln und hohen Sprossenfenstern. Den Zutritt versperrte ein geradliniger Eisenzaun.

Neben dem Eingangstor entdeckte Aliza einen Klingelknopf ohne Namensschild. Ihr Läuten blieb ohne Wirkung. Niemand öffnete, und niemand erschien am Fenster, um nachzusehen, wer es wagte, am Sonntag ohne Anmeldung zu stören.

Aliza hatte lange überlegt, welcher Tag wohl am günstigsten wäre, und sich für den Sonntag entschieden. Falls Mizzi eine Arbeit gefunden hatte, wäre sie dann am ehesten zu Hause.

Sie läutete erneut. Diesmal Sturm.

Endlich wurde die breite Haustür unter den Säulen geöffnet.

Eine schlanke Frau in einem eleganten schwarzen Kleid aus schimmernder Satinseide trat aus dem Schatten. Ihr kurzes schwarzes Haar lag in Locken um ihren Kopf, ihre Augen hinter der schwarzen Brille waren dunkel umrandet, und an beiden Armgelenken glänzten breite goldene Reifen. Aliza kannte nur eine Frau, die derartige Eleganz verkörperte.

»Mizzi, du bist es wirklich!«, rief sie euphorisch. »Was für eine Freude, ich kann es kaum fassen!«

38

Berlin-Dianasee, September 1945

MIZZI ERSTARRTE. IHR wurde übel vor Schreck. Was sie nie für möglich gehalten hatte, war geschehen. Aliza hatte sie wohl doch vor dem Friedhof erkannt, nach ihr gesucht und sie tatsächlich gefunden. Und obwohl sie gezögert hatte, ihr zu öffnen, und auch jetzt noch die Tür am liebsten wieder zuschlagen wollte, verzog sie den Mund zu einem Lächeln, bevor sie absichtlich exaltiert ausrief: »*Lady Baringham,* das ist ja eine tolle Überraschung. Aber bitte, kommen Sie doch ins Haus.«

»Einfach unglaublich, du hier in Berlin«, strahlte Aliza, die ihren Unmut nicht zu spüren schien und sie herzlich umarmte. »Ich dachte, du wärst in Wien, und dann sehe ich dich vor dem Friedhof. Das warst doch du? Wen hast du dort besucht? Wer war der Mann, mit dem du in den Wagen gestiegen bist? Wie hast du eure Villa so schnell zurückbekommen? Und wem gehörte diese Luxuskarosse?«

Mizzi löste sich aus Alizas Armen. »Lange Geschichte, aber komm erst mal rein in die gute Stube, dann trinken wir ein Tässchen Tee auf unser Wiedersehen, und ich erzähle dir, was geschehen ist«, sagte sie, um Zeit zu gewinnen, und schritt durch das hallenartige Entrée voran in den Salon. Sie hatte keine Ahnung, wie sie sich herausreden sollte, aber irgendwie würde sie es schon schaffen. Hauptsache, sie konnte Aliza bald wieder loswerden. Jede Minute, die sie im Haus verbrachte, konnte eine Katastrophe auslösen.

»Nobel, nobel, mindestens so feudal wie bei Archie«, bemerkte Aliza, die sich in dem mit erlesenen Antiquitäten, allerlei Silbernippes und prächtigen Ölgemälden geschmückten Salon umsah.

Mizzi überging Alizas Begeisterung und entschied sich, den ironisch-lustigen Tonfall beizubehalten. Darüber würde Aliza sich nicht wundern.

»Ich lasse Tee bringen.« Sie zog an der Klingelschnur neben dem Kamin an der Wand. »Nehmen Sie Platz, Eure Ladyschaft.« Sie deutete auf drei mit eisblauem Chintz bezogene Chaiselongues, die um einen weißen Säulenkamin postiert waren.

»Du hast sogar Personal?«, staunte Aliza und nahm Platz. »Jetzt bin ich wirklich neugierig.«

Eine ältere Frau in einem hochgeschlossenen schwarzen Kleid mit weißer Schürze betrat den Raum und blieb wortlos an der Tür stehen. »Sie haben geläutet?«

»Ganz recht, Luise, das ist meine Freundin Lady Baringham aus England. Wäre es wohl möglich, Tee und eine Kleinigkeit zum Knabbern zu bekommen?«, sagte Mizzi freundlich.

»Selbstverständlich, gnädige Frau«, antwortete Luise und verließ den Salon.

Mizzi nahm auf dem Sofa gegenüber Platz. Lässig beugte sie sich nach einer silbernen Schatulle und einem goldenen Feuerzeug auf dem Beistelltisch. »Möchtest du rauchen?«

Aliza nahm eine der englischen Zigaretten. »Jetzt mach's nicht so spannend, und erzähl endlich«, verlangte sie.

Mizzi reichte Aliza das Feuerzeug und zündete zuerst ihre Zigarette an, bevor sie mit dem Bericht ihrer Reise begann. »Zuerst fuhr ich nach London, von dort mit dem Zug nach Harwich, wo ich die Fähre nehmen wollte ...«

»Also denselben Weg zurück, auf dem wir nach England kamen«, stellte Aliza fest. »Aber wieso *wollte*, fuhr die Fähre denn nicht?«

Überreizt zog Mizzi an der Zigarette. »Doch, doch, und ich bestieg sie ja auch. Allerdings war ich mehr oder weniger gezwungen, meine Pläne zu ändern ...« Sie stockte, blies eine Rauchwolke in den Raum und wurde durch ein kurzes Klopfen an der Tür unterbrochen. »Ja, bitte.«

Luise kam mit einem Servierwagen, auf dem sich eine silberne Teekanne, das dazu passende Milchkännchen nebst Zuckerdose sowie Tassen und Teller befanden. Auf einer Etagere hatte sie klein geschnittene, mit Wurst- und Käsescheiben belegte Brote und trockene Kekse arrangiert. Während sie alles auf dem niedrigen Tisch zwischen den Sofas verteilte, fragte sie: »Soll ich Ihrem Mann Bescheid sagen?«

»Nein, nein, vielen Dank, Luise«, erwiderte Mizzi fahrig. »Das übernehme ich, und wir bedienen uns selbst.« Sie entließ ihre Angestellte mit einem überaus freundlichen Lächeln und schenkte dann den Tee ein. »Nimm dir, was du magst«, sagte sie zu Aliza, ohne sie anzusehen.

Aliza fixierte Mizzi mit großen Augen. »Moment mal, habe ich richtig verstanden – du bist verheiratet?«

Mizzi senkte den Kopf, als hätte Aliza sie bei einer Missetat erwischt. »Nein ... na ja, nicht direkt. Ich habe, wie soll ich sagen, einen Untermieter, und damit Luise nicht auf dumme Gedanken kommt, ist er offiziell mein Ehemann.«

»Das ist ja verrückt. Bitte ihn doch zu uns, ich würde ihn gern kennenlernen«, forderte Aliza sie auf und fragte weiter, wer er sei und wie es zu der »Untermiete« gekommen war.

Mizzi unterdrückte ein Seufzen. Zu gerne hätte sie Aliza angefahren, dass es sie überhaupt nichts angehe, wer bei ihr wohnte, aber das würde sie nur noch neugieriger machen. Also versuchte sie, Zeit zu gewinnen, und sagte: »Das erkläre ich dir später.«

»Na gut«, meinte Aliza sichtlich enttäuscht. »Und wie ging es weiter auf der Fähre?«

Mizzi nahm einen Schluck Tee. Wie sollte sie Aliza erklären, dass sie nie vorgehabt hatte, nach Wien zu fahren?«Auf der Zugfahrt …«, sie zog an ihrer Zigarette, und dann kam ihr der rettende Gedanke,»… lernte ich ein Ehepaar kennen, die meinten, Deutschland läge komplett in Trümmern, und es sei fraglich, ob es eine Bahnverbindung nach Österreich gäbe. Aber nach Berlin könnten sie mich in ihrem Wagen mitnehmen.«

Aliza lachte.»*Masel-tov*, würde ich meinen.«

Mizzi drückte ihre Zigarette aus.»Man muss das Leben nehmen, wie es kommt, und ich dachte mir, warum nicht, und so bin ich hier gelandet. Und du? Wie kamen Eure Ladyschaft nach Berlin?«, wechselte sie bei der Gelegenheit das Thema.

Aliza berichtete in wenigen Sätzen von Cedric und dem abenteuerlichen Flug in der»Lizzie«, dann stellte sie auch schon die nächste Frage.»Als du hier warst, wie ging es dann weiter?«

Mizzi pfiff leise.»Per Flugzeug, ganz wie es einer Lady gebührt«, ergriff sie Alizas Antwort als Rettungsfaden, um Zeit zum Überlegen zu gewinnen.»Noch Tee oder ein Schnittchen, *Mylady?*«

»Lass den Quatsch und erzähl weiter«, lachte Aliza.

Mizzi strich sich eine Locke aus der Stirn und schob die Brille auf ihrer Nase zurecht.»Das nette Ehepaar hat mich sogar zu sich ins Haus eingeladen und auch zu unserem Hotel gefahren, von dem leider nur noch ein Trümmerhaufen übrig war.«

»Das tut mir leid«, bemerkte Aliza traurig.»Und ich weiß, wie du dich gefühlt haben musst, denn von meinem Elternhaus sind ebenfalls nur noch Reste übrig.«

»Und wo wohnst du?«, fragte Mizzi und war in einer sentimentalen Anwandlung kurz davor, Aliza Unterschlupf anzubieten.

»Mach dir keine Sorgen um mich, ich wohne in einer Pension. Nicht sonderlich luxuriös, aber wir haben schon Schlimmeres ertragen. Und nun verrate mir endlich, wie du eure Villa zurückbekamst.«

Mizzi zündete sich eine weitere Zigarette an. Sie war nervös und fühlte sich einfach scheußlich. War da nicht ein Geräusch in der Diele? Nein, alles ruhig.

»Nun, wie gesagt, meine neuen Freunde nahmen mich bei sich auf, sonst hätte ich ... Ich will gar nicht daran denken, *anyway*, nach einer Weile, es muss Anfang August gewesen sein, kam mir die Idee, einfach nachzuschauen, ob unser Anwesen überhaupt noch existierte oder vielleicht von der Roten Armee verwüstet worden war, da gab es schlimme Geschichten über Plünderungen und Zerstörungen. Jedenfalls kann ich dir gar nicht sagen, wie verblüfft ich war, als ich es vollkommen unbeschädigt vorfand. Ungefähr eine halbe Stunde lang stand ich einfach nur vor dem Zaun, unfähig, mich zu bewegen, und habe mein Zuhause angestarrt wie ein Weltwunder.«

»Es ist ein Wunder«, bestätigte Aliza. »Und ich freue mich sehr für dich. Aber bitte, erzähl weiter.«

»Schließlich kam ein junger Mann in Uniform heraus und fragte mich, wer ich sei oder wen ich suche ...« Sie brach ab und lauschte erneut, denn sie glaubte, Schritte gehört zu haben. »Nun, mit meinem Ausweis und den Fotos des Hotels, der Villa und dem Bild meiner Eltern konnte ich beweisen, die Tochter der Besitzer zu sein und dass uns die Nazis enteignet hatten.«

»Und wer war der junge Mann in Uniform?«

»Ein Soldat Ihrer Königlichen Majestät. Der Stadtteil hier liegt in der britischen Besatzungszone, und die Villa war von den Engländern für ein hohes Tier, einen Major oder so, beschlagnahmt worden. Das war im Juli, als die Alliierten Berlin besetzten und dann ihre Pfründe aufteilten. Die offizielle *Restitution*, wie die Rückgabe der von der NSDAP beschlagnahmten Bankkonten und Immobilien genannt wird, kann noch etwas dauern, aber ich durfte sofort wieder einziehen.« Sie blies eine Rauchwolke aus und hatte plötzlich die rettende Idee. »Als der Major nicht sofort eine neue Bleibe fand, habe ich ihm angeboten, als Untermieter hierzubleiben, und ich bekam dafür eine höchst lukrative Stelle in der Verwaltung. Sie suchen händeringend zweisprachiges Personal.«

»Prächtig, prächtig«, freute Aliza sich mit Mizzis Worten. »Fehlt nur noch Nachricht von deinen Eltern und deinem Bruder aus Kuba.«

Die Tür öffnete sich, und ein schlanker blonder Mann kam mit vorsichtig tastenden Schritten in den Raum. Auf seiner schmalen Nase saß eine dunkle Brille, er hatte sich seit Tagen nicht rasiert, und an seinem Arm leuchteten drei schwarze Punkte auf einer gelben Armbinde, das Zeichen der Blinden.

»Annemarie?« Seine Stimme klang, als wäre er nicht sicher, ob sich überhaupt jemand im Raum aufhielte.

Mizzi sprang sofort von ihrem Platz auf und eilte zu ihm.

»Liebling, es tut mir leid, die verantwortliche Frau für die Abwicklung der Rückerstattung unseres Vermögens ist unangemeldet aufgetaucht«, flüsterte sie ihm zu. Dann nahm sie seinen Arm und führte ihn behutsam in sein Zimmer.

Aliza war wie gelähmt sitzen geblieben und vermochte nicht zu fassen, wen sie glaubte, eben gesehen zu haben. Die Zigarette in ihrer Hand glomm unbeachtet weiter, bis die Glut ihre Fingerspitzen erreichte und sie den Stummel mit einem Aufschrei fallen ließ.

Fabian!

Der geliebte Mann, den sie so sehnlichst vermisste, den sie seit ihrer Rückkehr nach Berlin so verzweifelt gesucht hatte, tauchte wie aus dem Nichts in dieser Villa auf? Noch dazu blind. Nein, das war unmöglich. Sie konnte, wollte es nicht glauben. Sie hatte sich getäuscht. Ihre brennende Sehnsucht musste sie getäuscht haben. Fabian hätte doch gespürt, dass sie anwesend war. Nein, das war nur ein Mann, der Fabian verblüffend ähnlich sah. Wie sollte er auch in dieses Haus kommen? Jeden Moment würde Mizzi zurückkehren und alles aufklären, oder?

Als Mizzi ihr wieder gegenübersaß, konfrontierte Aliza sie mit ihrem Verdacht. »Was ist hier los? Von wegen Untermieter der *Royal Army*, das ... das war doch Fabian.«

Mizzi funkelte sie angriffslustig an und schob lässig die Brille auf ihrer Nase zurecht. »Ja, das war Fabian. Aber du hattest ihn doch längst vergessen, oder warum hast du dich nicht sofort scheiden lassen, als der Krieg vorbei war? Deine Ausrede, warum du nicht gleich nach Berlin wolltest, war doch so dünn wie der Tee von Mrs. Weinberg seinerzeit im Hostel.«

Aliza erinnerte sich wieder an den Streit mit Mizzi, als diese sich Anfang Juni verabschiedet hatte, um angeblich nach Wien zu reisen. Mizzi war fassungslos gewesen, dass sie nicht sofort nach Berlin aufbrechen wollte. »Ich dachte, du würdest vor Sehnsucht nach Fabian vergehen und eher gestern als morgen nach Hause wollen. Deshalb hast du doch diesen Lord geheiratet, oder?«, hatte sie gefragt. Aliza hatte Mizzi erklärt, dass Berlin direkt nach Kriegsende ausschließlich von der Roten Armee besetzt und es im Moment noch zu gefährlich sei; außerdem ginge es mit der Scheidung nicht so schnell. »Wer nicht will, findet für alles Ausreden«, hatte Mizzis Antwort gelautet, und spöttisch hatte sie hinzugefügt: »Ich schätze, du willst lieber das luxuriöse Leben einer Lady Baringham führen, als mit deiner angeblich großen Liebe in Trümmern zu hausen.«

Aliza schluckte, Mizzis Vorwurf war ungerecht gewesen und war es immer noch. Doch was hätte sie antworten können? Sie hatte Archie fest versprochen, den Grund der Heirat und vor allem die Testamentsklausel niemals zu verraten. »Das erklärt aber immer noch nicht, wieso Fabian hier ist und warum du ein Zusammentreffen mit mir verhindert hast. Ich will sofort mit ihm reden.« Sie stand auf und schickte sich an, den Salon zu verlassen. »Wo ist er, oben?«

Mizzi hob den Kopf. »Setz dich wieder hin«, verlangte sie

herrisch. »Oder willst du ihm gestehen, dass du die Frau eines englischen Lords geworden bist?«

Aliza setzte sich. »Ich werde ihm erklären, warum ich Archie geheiratet habe. Er wird es verstehen«, sagte sie voller Hoffnung.

Mizzi blickte sie lauernd an. »Und was ist deine Ausrede, warum du bei dem uralten Lord bleibst? Denn *das* wird Fabian nicht verstehen. Kein Mann würde es. Nicht zu vergessen, dass er in seinem Zustand hochgradig labil ist.«

»Oh, ich vergaß, seit du im Hotel manchen Gästen eine ganz besondere Betreuung hast zukommen lassen, kennst du dich ja bestens aus mit der männlichen Psyche«, spottete Aliza, und obgleich sie Mizzi insgeheim zustimmen musste, ging sie zum Angriff über: »Warum ist Fabian hier? Und was ist mit seinen Augen?«

Mizzi griff seelenruhig nach den Zigaretten, zündete sich eine an und blies eine dicke Rauchwolke in den Raum, ehe sie antwortete. »Es ist eine Kriegsverletzung, aber die Ärzte rätseln noch, was genau mit seinen Augen nicht stimmt. Er wurde verwundet, hatte lange Zeit hohes Fieber und kann nur noch Schatten sehen.«

»Ich will trotzdem mit ihm reden«, verlangte Aliza nicht weniger herrisch.

»Nein!« Fahrig drückte Mizzi die zur Hälfte gerauchte Zigarette aus. »Ich denke, es ist alles gesagt.«

Aliza vernahm deutlich, dass Mizzis Stimme zitterte. Die stets so selbstsichere Freundin wirkte mit einem Mal nervös, als fürchtete sie sich vor ihr.

»Was ist hier los? Du benimmst dich, als wärst du seine Ärztin, die Besuchserlaubnis erteilen darf«, schrie sie mit zornbebender Stimme.

»Fabian glaubt ...« Mizzi holte tief Luft und betrachtete ihre akkurat lackierten Fingernägel, »du bist in London bei einem Bombenangriff ums Leben gekommen.«

Stumm vor Entsetzen starrte Aliza die hinterhältige Freundin an. »Was?«

»*Du* hast ihn doch mit der Heirat verraten. Wenn er dich für tot hält, kann er dich nach einer Zeit der Trauer vergessen und eine neue Liebe finden. Verrat hingegen schmerzt ein Leben lang.«

Schlaflos starrte Aliza in die Dunkelheit des Pensionszimmers. Vergeblich versuchte sie, den Blick an den Schattenrissen des Mobiliars zu verankern und aus diesem grausamen Gedankenkarussell auszusteigen, das sie wach hielt. Dass sie Fabian gegenüber für tot erklärt worden war, erschien ihr umso grotesker, je länger sie darüber nachdachte. Gleichzeitig fühlte sie sich in einem entsetzlichen Albtraum gefangen. Von einer Diebin, die vor langer Zeit geplant haben musste, was sie schließlich in die Tat umgesetzt hatte.

Welch ein heimtückisches Vorhaben. Zuerst hatte sie Fabians Verlobungsring gestohlen. Die Gelegenheit dazu hatte sich geboten, als sie und Archie im Familienschloss weilten und Mizzi die Wohnung hütete. Mit diesem »Beweis« konnte sie Fabian täuschen. Ihm vom letzten Wunsch seiner Verlobten erzählen, die ihre Freundin angeblich in ihrer Todesstunde gebeten hatte, ihm das Andenken zu überbringen. »Du hast mich für tot erklärt? Was habe ich dir angetan?«, hatte sie Mizzi angebrüllt.

»Mir hast du nichts getan, aber du hast dich nicht sofort wieder scheiden lassen. Noch eindeutiger konntest du nicht bekunden, dass du Fabian nicht mehr liebst. Ich dagegen liebe ihn, seit mein Bruder ihn zum ersten Mal mit nach Hause brachte. Und dass *ich* nach meiner Ankunft in Berlin von den Nachbarn der zerstörten Parfümerie erfuhr, dass er bei einer Tante lebt, und ihn dort fand, ist der Beweis, dass er und ich zusammengehören.« Nur zu gerne habe er ihr Angebot angenommen, in die Villa einzuziehen. Ob das nun der Wahrheit entsprach oder was

Mizzi ihm sonst noch alles vorgelogen hatte, war unwichtig. Es zählte allein, dass Fabian nun bei Mizzi lebte.

All die Jahre hatte sie geglaubt, Mizzi sei ihre beste Freundin. Hatte sich von Geschenken und Kleidern blenden lassen. Hatte ihr vertraut wie einer Schwester. Tatsächlich war sie mit einer Teufelin befreundet gewesen. Und das Schicksal schien auf Mizzis Seite zu sein. Wieder einmal war sie das Glückskind, wie so oft. Und so schwer es Aliza auch zuzugeben fiel, insgeheim hatte Mizzi die besseren Karten. So schwer es ihr auch fiel, der Verräterin das anzurechnen. Aber wie sollte sie Fabian die Situation erklären, ohne Archies Geheimnis zu verraten? Darüber hatte sie tatsächlich noch nicht nachgedacht.

Als die Sonne träge über die wenigen unzerstörten Dächer kroch, die Ruinenstadt in kühles Morgenrot tauchte und die wenigen noch in den Trümmern ausharrenden Vögel weckte, hatte Aliza einen Entschluss gefasst: Sie würde nicht aufgeben, sondern nach England zurückkehren und gemeinsam mit Archie nach einer Lösung für eine schnelle Scheidung suchen.

39

Berlin, September 1945

MÜDE VON EINER durchwachten Nacht leerte Aliza die Tasse mit dem Ersatzkaffee. An den Geschmack hatte sie sich inzwischen gewöhnt, munter machte er dennoch nicht. Viel wahrscheinlicher würde ein Gang durch den Regen zum *Savoy* sie schockartig aufwecken. Es schüttete wie aus Kübeln, und sie besaß natürlich keinen Regenschirm.

Gekleidet in ihre Marlenehosen, eine weiße Hemdbluse und eine etwas zu große Kostümjacke aus braun-schwarz kariertem Wollstoff vom Schwarzmarkt und mit den unvermeidlichen Schlangenlederschuhen an den Füßen, verließ sie die Pension.

Es regnete unverändert stark, dazu wehte ein kräftiger Ostwind, und die Böen kamen direkt von vorn. Aliza bedauerte, keine Zigaretten eingesteckt zu haben, um sie an die mageren Kinder verteilen zu können, die bei jedem Wetter in den Ruinen nach Verwertbarem suchten und für die selbst eine angeschlagene Tasse vermutlich ein echter Schatz wäre.

Es war später Vormittag, denn sie hatte das Frühstück in die Länge gezogen, um Cedric nicht direkt bei Dienstbeginn zu überfallen. Sie hätte auch den Regentag im Pensionszimmer verbringen und ihn beim Abendessen nach einer Fluggelegenheit fragen können; doch allein die Vorstellung, den ganzen Tag untätig auf dem Bett zu liegen, hatte sie trübsinnig werden lassen. Lieber wurde sie nass bis auf die Haut und spürte dann zumindest, dass sie lebte und nicht tot war, wie diese Verräterin behauptete.

Nach einigen Metern kam ihr ein großgewachsener Mann entgegen.

Auch er war ohne Regenschirm unterwegs, und auch ihn schien das Wetter nicht zu stören. Seine aufrechte Haltung, der schnelle Schritt und die Art, wie er den Kopf hielt, erinnerten sie an ... Nein, es war nur verzweifeltes Wunschdenken, die Sehnsucht nach einem vertrauten Menschen, der sie in die Arme nahm und tröstete.

»Aliza?«

Skeptisch blickte sie den nun dicht vor ihr stehenden jungen Mann an. Er war einen Kopf größer als sie und hatte dieselben graugrünen Augen und blonden Haare wie ihr Bruder. Mit einem unterdrückten Schrei fiel sie ihm um den Hals. »Harald!«

»Schwesterherz, ich fasse es nicht.« Er presste sie so fest an sich, dass sie nach Luft schnappte.

»Harald ... du bist es wirklich, meine Güte, ich kann es kaum fassen ...« Sie löste sich aus seinen Armen und betrachtete ihn ungläubig von den regendurchnässten Haarsträhnen über den nicht weniger nassen, zerknitterten beigen Staubmantel bis hinunter zu den schäbigen braunen Halbschuhen an seinen Füßen. Er war schmal geworden, sein gut geschnittenes Gesicht wirkte noch kantiger, aber seine Augen strahlten sie so vertraut an, dass sie ihre Gefühle nicht zurückhalten konnte. »Es ist ein Wunder ... Wie ... wo ... ich meine ... ich hab dich in der Klinik gesucht ...« Überdreht vor Freude stammelte sie zwischen Lachen und Weinen konfus vor sich hin.

Er legte den Arm um ihre Schultern. »Was ich erst vor drei Tagen über mehrere Ecken erfahren habe, weil ich dort nicht mehr arbeite«, erklärte er. »Aber du hattest keine Nachricht hinterlassen, wo ich dich finden könnte.«

Sie war ohne Handtasche losgelaufen, hatte kein Taschentuch eingesteckt und musste die Nase hochziehen. »Weil man mir gesagt hat, du wärst eines Tages nicht mehr zur Arbeit erschienen, und ich dachte, du wärst auch ...« Sie konnte es nicht aussprechen. »Aber du lebst.«

Die Sonne kam hinter den Wolken hervor, schien Harald direkt ins Gesicht und brachte seine blauen Augen zum Strahlen. »Ja, *Masel-tov*, und heute Morgen kam mir dann endlich der Gedanke, wenn du tatsächlich in Berlin bist, gehst du garantiert in die Wormser Straße, und dort erfuhr ich von den Weymüllers, wo du wohnst.«

Aliza hatte sich langsam wieder beruhigt und schlug vor, in der Pension weiterzureden. Vergessen waren ihre Reisepläne. Sie hatte ihren Bruder wiedergefunden. War nicht mehr allein. Hatte einen Verbündeten, der mit ihr kämpfen würde.

Sie machten es sich im Frühstückszimmer bequem, und Ulla servierte gegen eine Packung Chesterfield ein Margarinebrot mit Spiegelei für Harald. Dazu tranken sie den leidigen Ersatzkaffee, der Aliza noch nie so köstlich geschmeckt hatte wie in diesem Moment.

Harald stürzte sich ausgehungert auf die unerwartete Mahlzeit, berichtete zwischen einzelnen Bissen ausführlich von Karoschkes Versprechungen, mit denen er sich im Laufe der Jahre erst ihre Wertsachen, später die elterliche Wohnung und schließlich das Haus ergaunert hatte.

»Davon hat mir Frau Weymüller schon berichtet, und auch, dass sie und ihr Mann die Machenschaften des Blockwarts bezeugen würden«, erwiderte Aliza. »Vielleicht hilft uns das bei der Rückerstattung.«

»Und genau wegen dieser Betrügereien war ich so unfassbar wütend auf diesen hinterhältigen Treppenspitzel, dass ich ihn eines Tages verdroschen habe«, schnaufte Harald.

»Du hast ihn verprügelt?«

Harald nickte. »Und zwar so richtig, er wurde sogar ohnmächtig.« Er schob den Teller zur Seite, hob die Hände und barg sein Gesicht darin.

»Was hast du?«, fragte Aliza besorgt, als sie meinte, ihn weinen zu hören.

»Ich bin schuld …« Seine Stimme erstickte. »Mein Ausraster war der Grund, warum Karoschke uns die Gestapo auf den Hals gehetzt hat.«

Entsetzt starrte Aliza ihren Bruder an.

»Das Ganze geschah frühmorgens, ich kam vor der Nachtschicht nach Hause, als mir Karoschke im Hausflur begegnete und ich in meiner Wut auf ihn losging. Natürlich tat es mir leid, als er dann auf der Treppe lag, aber da war es schon zu spät. Ich habe es gleich den Eltern gebeichtet und sie angefleht, sich mit mir zu verstecken. Im Leichenkeller der Klinik wären wir bestimmt untergekommen. Aber Papa wollte nicht, er vertraute immer noch auf Karoschkes Loyalität, und ehrlich gesagt, ich habe mir eingeredet, solange wir Arbeit haben, sind wir sicher vor der Deportation.« Harald holte ein schmutziges Stück Stoff aus seiner Manteltasche, das nur mit sehr viel gutem Willen als Taschentuch zu bezeichnen war, und putzte sich die Nase. »Wir saßen den ganzen Tag in der Wohnung und haben gewartet, aber nichts geschah. Am späten Nachmittag musste ich wieder los, um rechtzeitig meine Nachtschicht anzutreten. Wir waren doch auf meinen Verdienst angewiesen. Papa meinte, ich solle zur Arbeit gehen und mir keine Sorgen machen, Karoschke habe sich bestimmt wieder beruhigt …«

Aliza ahnte, was geschehen war. Frau Weymüller hatte ihr ja davon erzählt. Zitternd nahm sie eine Zigarette aus der Packung, die auf dem Tisch lag, und erwischte unabsichtlich ihre halb volle Kaffeetasse. Die hellbraune Flüssigkeit verpasste der weißen Tischdecke einen sandfarbenen Fleck. »Aber wie konntest du entkommen?« Sie schob ihm die Zigarettenpackung hin. »Hier, bedien dich.«

Harald nahm eine Zigarette heraus, kramte eine Schachtel Streichhölzer aus der Manteltasche und inhalierte tief beim

Anzünden. »Ich hatte das Haus gerade verlassen, als ein schwarzer Wagen vorfuhr und zwei Kerle in Kleppermänteln ausstiegen. Da ahnte ich, wohin sie wollten, konnte die Eltern aber nicht mehr warnen.« Er blickte düster ins Leere, als sähe er die Szene vor sich. »Ich bin dann so schnell gerannt, wie ich konnte, aber nicht in die Klinik, sondern zur Wohnung einer jungen Ärztin, mit der ich mich angefreundet hatte.«

Aliza kämpfte mit zwiespältigen Gefühlen. Wenn es sich so zugetragen hatte, war Haralds Wutausbruch tatsächlich schuld an der Verschleppung der Eltern, aber es hatte auch nur eine lächerliche Sekunde gefehlt, und sie hätte keinen Bruder mehr.

»Ich bereue es jeden Tag«, sagte Harald leise, als spürte er, woran sie dachte. »Jeden Tag in jeder Sekunde, bis an mein Lebensende werde ich mich schuldig fühlen.«

Aliza legte die Hand auf seinen Arm. »Du hast es doch nicht mit Absicht getan, und vielleicht ...«

Er sah sie entgeistert an. »Du hoffst, sie könnten überlebt haben?«

Aliza nickte zaghaft.

Harald blickte zur Seite, es schien, als fiele es ihm schwer zu antworten. »Natürlich habe ich über den Suchdienst vom Roten Kreuz längst Nachforschungen angestellt«, sagte er schließlich. »Sie wurden nach Sachsenhausen deportiert und dort ermordet.«

Aliza gelang es mit letzter Kraft, nicht vor Schmerz laut aufzuschreien und das ältere Ehepaar zu erschrecken, das an einem Nebentisch frühstückte. Leise versuchte sie, so normal wie möglich weiterzusprechen. »Und wie bist du ... ich meine, wer hat dir geholfen?«

»Die Ärztin, die ich eben schon erwähnt habe. Sie heißt Friederike.« Er brach ab und blickte zur Seite, als hütete er ein Geheimnis. »Im Moment klopfe ich Steine, dafür bekommt man die Schwerstarbeiter-Lebensmittelkarten.«

»Wenn du Lebensmittel brauchst, ich habe Zigaretten für den Schwarzmarkt. Aber wieso erzählst du nicht weiter von Friederike?«, hakte Aliza nach und musterte ihn prüfend. Diese Ärztin war eindeutig mehr als eine gute Fee in der Not.

Um Haralds Mund spielte ein kleines Lächeln. »Sie ist eine fantastische Ärztin, und … wir sind verlobt und wollen bald heiraten. Ich möchte mein Medizinstudium wieder aufnehmen, sobald der Unibetrieb anläuft. Aber die Humboldt-Universität liegt in der russischen Zone, weshalb die Alliierten sich noch einigen müssen, wer endgültig dafür zuständig ist. Außerdem wurde das Gebäude ziemlich beschädigt, wenn auch nicht komplett zerstört, und im Moment fehlt es vor allem an Dozenten. Der größte Teil war in der Partei, manche vielleicht nicht aus Überzeugung, dennoch kann es dauern, die pechschwarzen Schafe auszusortieren.«

Aliza seufzte. Auch wenn Harald zuversichtlich klang, es würde noch viel Wasser die Spree runterfließen, bis die Schatten der Nazis verblassten. Doch sie wollte an die Zukunft glauben, wollte wieder hoffen und träumen. »Wenn wir unser Haus zurückbekommen, bauen wir es auf, du eröffnest die Praxis wieder und praktizierst in Papas Andenken. Und wann lerne ich Friederike kennen?«

»Wenn du willst, schon heute Abend, aber …«

»Nun rück schon raus mit der Sprache«, ermunterte Aliza ihren Bruder. »Du verheimlichst mir doch was. Falls sie einen anderen Glauben hat, du weißt, das war in unserer Familie nie ein Thema. Oder war sie in der Partei, sozusagen zwangsweise, um ihren Beruf unbehelligt ausüben zu können?«

Harald schüttelte den Kopf. »Nein, sie ist Jüdin, aber zehn Jahre älter als ich.« Er schnaufte erleichtert. »So, nun ist es heraus, ich hoffe, du bist nicht schockiert.«

Aliza war so überrascht, dass sie einen Moment benötigte, um den »Schock« zu verdauen. Dann lächelte sie ihren Bruder an.

»Läppisch, kann ich da nur sagen, zehn Jahre sind wirklich läppisch.« Sie erzählte von Archie, der achtundzwanzig Jahre älter war, warum sie ihn geheiratet hatte und die Ehe mindestens drei Jahre, also bis September 1947 bestehen musste. »Ich hoffe, dass *du* jetzt nicht schockiert bist«, schloss sie erleichtert, endlich jemandem vertrauen zu können. Ihre Sorgen teilen zu können. Harald war ihre Familie, er würde Archies Geheimnis niemals verraten.

Harald betrachtete sie ein wenig befremdet. »Du sitzt also in einem goldenen Käfig, und ein homosexueller Lord hat den Schlüssel«, flüsterte er sichtlich amüsiert. »Wenn das kein Stoff für einen spannenden Roman ist, weiß ich auch nicht. Wolltest du nicht mal Schriftstellerin werden?«

»Du hast es nicht vergessen.« Sie erinnerte sich, dass er sie oft damit geärgert hatte. »In England habe ich als Gaststudentin Literaturseminare besucht. Aber du weißt noch nicht alles.«

»Du hast noch mehr Tragödien auf Lager?«

Aliza nickte. »Ja, und was ich dir jetzt erzähle, ist eine *echte* Tragödie.« Stockend begann sie, von ihrem Besuch bei Mizzi zu berichten.

Harald hörte schweigend zu, und als sie geendet hatte, zischte er zornig: »Was für ein Miststück!«

»Stimmt!«, pflichtete Aliza ihrem Bruder bei. »Aber dieses *Miststück* hat die besseren Karten. Ich frage mich ständig, wie Fabian reagieren würde, wenn ich ihm einfach die ganze Wahrheit gestehe.«

»Ich würde nichts überstürzen, Fabians Verletzung ist nicht zu unterschätzen. Menschen, die ihr Augenlicht verloren haben, sind überempfindlich und verhalten sich unter Umständen irrational. Noch dazu, wo er glaubt, du wärst gestorben«, meinte Harald, ganz im milden Tonfall eines Arztes, der den Angehörigen die traurigen Umstände so schonend wie möglich beizubringen versucht. »Außerdem habe ich selbst erlebt, welches Unglück emotionaler Aufruhr bringt. Wenn du ihm unvorbereitet gegenübertrittst, löst du vielleicht einen seelischen Schock bei ihm aus.«

Aliza spürte, wie ihr Hals eng wurde. Die ganze Situation schien aussichtslos. Sie fühlte sich so hilflos, als hätte sie Fabian für immer verloren.

An diesem Abend wälzte Aliza sich abermals schlaflos in den Kissen. Fabians Taschentuch in den Händen haltend, kreisten ihre Gedanken unablässig um die Frage, wie sie ihn aus den Klauen dieser Hexe befreien konnte. Obgleich das reichlich theatralisch formuliert sein mochte, traf es umso genauer zu. Auch die Begegnung mit Haralds Verlobter hatte sie aufgewühlt. Nicht Friederike als Person, Aliza schätzte sie als kluge, engagierte Ärztin ein. Und Harald war bis über beide Ohren verliebt in diese Schönheit mit den dunklen Locken und goldbraunen Augen. Dass sich beider Zukunftspläne auf dasselbe Ziel richteten, würde die Beziehung trotz des Altersunterschiedes sicher festigen.

Was Aliza am Schlafen hinderte, war Friederikes Meinung zu Fabians Erblindung: Es gäbe vielerlei Ursachen, unter anderem auch psychosomatische, hatte sie erklärt, und noch wisse man viel zu wenig über kriegsbedingte Augenverletzungen oder Traumata.

Würde Fabian sein Augenlicht wiedererlangen? Würde er sie eines Tages erneut so ansehen wie beim Abschied am Bahnhof Friedrichstraße? Die Erinnerung an diesen Moment ließ sie aufstöhnen. Sie sehnte sich so sehr nach ihm. Nach seinen Küssen, den Berührungen seiner Hände, nach seiner warmen Stimme, mit der er ihr zuflüsterte, wie sehr er sie liebte.

Verzweifelt presste sie sein Taschentuch an ihre Nase. Doch der Duft war längst verflogen. Wie hatte er in einem Brief geschrieben? *Ich versprühe hin und wieder ein wenig von Deinem Parfüm und bilde mir ein, Du hättest den Raum gerade verlassen.*

Am nächsten Morgen erwachte sie voller Tatendrang. Die Reise nach England war erst einmal verschoben, aber sie würde Archie schreiben, dass sie ihren Bruder gefunden hatte, Fabian lebte und Mizzi sie betrogen hatte. Überraschen würde es ihn nicht, hatte er sie doch vor der falschen Freundin gewarnt. Jetzt bereute sie, ihm nicht geglaubt, Mizzi allein in die Wohnung gelassen und ihr Gelegenheit zum Diebstahl gegeben zu haben. Aber es war zu spät, über »verschüttete Milch« zu weinen, wie Hazel gesagt hätte. Keine noch so große Tränenflut brächte ihr Fabian zurück. Sie musste kämpfen, und sie hatte auch schon eine Idee, wie sie den Kampf gewinnen konnte.

Der Brief an Archie beschäftigte sie den gesamten Vormittag über, denn das ganze Drama auf zwei Seiten zu beschränken war fast unmöglich. Aber mehr Briefpapier war auch nicht für eine ganze Schachtel Zigaretten aufzutreiben gewesen.

Am Nachmittag radelte sie zum Schwarzmarkt. Da sie nun in Berlin blieb, benötigte sie Schuhe dringender denn je. Inzwischen wagte sie sich auch ohne männliche Begleitung in das dichte Menschengewühl am Reichstag. Und längst wusste sie redliche Normalbürger von ausgefuchsten Profihändlern zu unterscheiden.

Am Reichstag angekommen, suchte sie gezielt nach Kalle, einem knochigen Mann mit unerschütterlichem Gemüt von ungefähr vierzig Jahren. An den Treppen zum Haupteingang hatte er seinen Stammplatz und war somit einer der Könige des Schwarzmarktes. Kalle konnte angeblich alles besorgen, was der darbende Berliner begehrte. Auf die versprochenen Schuhe wartete sie allerdings immer noch.

»Mensch, Mädchen, jut, dasste kommst«, empfing Kalle sie, den Hut wie immer schräg auf dem Kopf, im Mundwinkel eine brennende Zigarette. »Ick habe da wat für dir …«, murmelte er und bedeutete ihr mit einer Kopfbewegung, ihm zu folgen.

Auf der Rückseite der Reichstagsruine hielt Kalle vor einem

Kellerfenster, das mit Steinen gefüllt war. Flink entfernte er einige, tauchte mit dem Arm in das entstandene Loch, zog ein Zeitungspäckchen heraus und drückte es Aliza in die Hand.

»Ick hoffe, dat se passen.«

Es waren schwarze Halbschuhe, mit einem kleinen Absatz und einem Riemchen über dem Rist. Sie rochen ein wenig muffig, waren feucht, aber passten perfekt. Aliza behielt sie gleich an und bezahlte mit einer halben Stange Chesterfield.

»Darf es sonst noch wat sein, Gnädigste?«, fragte Kalle, ganz der gewiefte Händler, der sich seine Kunden warmhielt. »Ick hätte och Pelze, nich hier, aber kann ick die Tage besorjen. Der nächste Winter kommt bestimmt, wa.«

»Danke, im Moment nicht«, antwortete Aliza und sagte ihm stattdessen, was sie dringend suchte.

»Det hab ick ja noch nie jehört«, entgegnete er, zog einen Bleistift aus der Brusttasche seines Jacketts und ließ sie den Namen auf der Ärmelmanschette notieren. »Aber ick werde meen Möchlichstes tun, Gnädigste.«

Zehn Tage dauerte es, dann hatte Kalle tatsächlich een halb vollet Püllecken »Schööö Reviäää« – wie er mit gespitzten Lippen hauchte – aufgetrieben.

Als sie den kugelrunden Kristallflakon mit dem erhabenen Sternenmuster aus der verschmutzten Zeitungshülle befreit hatte, wurden ihre Augen feucht. Der Duft war wie eine direkte Verbindung zu Fabian und ihr Zauberelixier, mit dem sie Mizzi besiegen würde.

Kalle forderte drei Schachteln Ami-Zigaretten, die Aliza ihm gerne überreichte. Als er mitbekam, dass ihre Handtasche gefüllt war mit Schwarzmarktwährung, murmelte er etwas von einem Schmuckstück, das er extra für sie aufgehoben habe.

Aliza hatte zwar überhaupt kein Verlangen nach Schmuck, aber sie war so dankbar für das Parfüm, dass sie sich interessiert zeigte.

Kalle angelte eine verschmutzte Pappschachtel aus dem Kellerfensterloch und blickte sich mehrmals um, bevor er das »Schatzkästchen« öffnete und eine goldene Gliederkette mit einem Opalstein herausfischte. »Massivet Jold, eene echte Wertanlage, det Jeschmeide kannstee och noch die Enkelkinder vererben«, erklärte er munter, als er sie ihr in die Hand legte.

Aliza durchfuhr ein Stich. Genau so eine Kette hatte die Großmutter besessen. Aufgeregt fragte sie: »Wer hat sie Ihnen verkauft?«

Kalle zuckte die Schultern. »Son junget Mädchen hat se mir verkoft. Die kommt öfter, bringt immer ausjesucht edle Ware.«

Aliza bat Kalle, das Aussehen des Mädchens zu beschreiben, und als er meinte, sie wäre dunkelhaarig und ziemlich dürr, vermutete Aliza, es handelte sich um Birgit. Dann stammte der Schmuck tatsächlich von Bobe. Sie tauschte die Kette gegen ihre restlichen fünf Zigarettenschachteln und legte sie sich um den Hals. »Fragen Sie das Mädchen das nächste Mal bitte nach ihrem Namen. Ich glaube nämlich, es könnte eine ehemalige Schulkameradin sein, die ich gerne wiedersehen würde.«

Zurück in der Pension erwartete sie die nächste Überraschung: Archibald Ernest Randolph, Lord Baringham der Dritte saß in einem menschenleeren Frühstücksraum bei einer Tasse Tee und rauchte eine Zigarette.

Aliza glaubte zu träumen, als sie ihren Ehemann an einem der Fenstertische erblickte. Er war wie immer untadelig gekleidet, sah gesund und leicht gebräunt aus, als käme er direkt aus einem langen Urlaub. »Archie, wie wundervoll!« Sie umarmte ihn stürmisch. »Aber ich bin doch erstaunt, dich persönlich hier zu sehen. Wie geht es Daisy, ist sie bei dir?« Suchend bückte sie sich, um unter dem Tisch nachzusehen.

»Nein, nein, Daisy habe ich auf dem Familiensitz untergebracht, dort fühlt sie sich wie zu Hause, außerdem ist die

Köchin ganz vernarrt in sie.« Liebevoll küsste Archie sie auf die Wangen. »Aber du musst völlig verzweifelt sein, kein Wunder, in dieser Trümmerstadt. Ich bin immer noch schockiert, was für ein Anblick, was für eine Tragödie. Und ich bin gekommen, weil dein Brief nach einem Hilferuf klang. Ich konnte dich in diesem Zustand unmöglich allein lassen. Also stieg ich, wie es sich für einen treusorgenden Ehemann geziemt, sofort in das nächste Flugzeug, *et voilà!*«

»Das klingt, als befänden wir uns bereits seit Jahren im Frieden, und jeder könnte jederzeit reisen, wohin er möchte«, entgegnete Aliza.

»Nun, es ist durchaus von Vorteil, über enge verwandtschaftliche Bande zur *Royal Army* zu verfügen, die ich schamlos ausgenutzt habe. Selbstverständlich nur, da es sich um einen Notfall handelt«, antwortete Archie heiter.

»Oh, Archie Darling, ich weiß nicht, was ich sagen soll. Danke schön, das ist so lieb von dir.« Sie war zutiefst gerührt über so viel Herzlichkeit. Gleichzeitig fiel ihr ein, dass Archie ein Zimmer benötigte. »Aber wo soll ich dich unterbringen, in meiner kleinen Kammer würden wir uns zu zweit kaum umdrehen können, und ich bezweifle, ob wir in Berlin ein respektables Hotel finden.«

Doch Archie hatte bereits alles geregelt. »Cedric hat mir berichtet, dass diese Pension hier in der Nähe deines Elternhauses liegt, deshalb habe ich der Dame des Hauses als kleines Extra die drei Pfund Tee angeboten, die ich vorsorglich eingepackt hatte.«

»Bei solch einer Menge Tee hat sie bestimmt ein fürstliches Quartier für dich gefunden.«

»Sie war so freundlich, mir ihr eigenes Schlafzimmer zu überlassen und selbst in eines der kleinen Pensionszimmer umzuziehen. Das Mädchen kümmert sich gerade um frische Wäsche und dergleichen.«

Aliza ahnte, dass Archie die Witwe Ottmann mit seinem Charme bezirzt und ihr Komplimente für die überaus reizende Herberge gemacht hatte. Auch wenn sie im Moment nicht wusste, wie er sie bei ihren Problemen unterstützen konnte, war er doch ein Verbündeter und allein seine Anwesenheit ungemein beruhigend.

»Ich habe mir überlegt, dass ich mit Fabian sprechen sollte«, unterbrach Archie ihre Gedanken.

»Worüber?«

»Nun, es wäre doch denkbar, dass er die Situation eher nachvollziehen und akzeptieren kann, wenn ich ihm alles von Mann zu Mann erkläre.«

»Das würdest du wirklich tun?« Aliza war unsagbar erleichtert. »Aber zuerst muss er erfahren, dass Mizzi ihn schändlich belogen hat und ich noch lebe. Ich weiß auch schon, wie ich das anstelle.«

40

Berlin, wenige Tage später

ALIZAS HÄNDE ZITTERTEN, als sie auf den Klingelknopf drückte. Sie hatte vor Aufregung kaum geschlafen, die ganze Nacht grübelnd in den Kissen gelegen und sich unablässig vorgestellt, wie Fabian auf ihre »Botschaft« reagieren würde. Jetzt fürchtete sie, ihn vielleicht nicht anzutreffen.

Ein sanfter Windhauch verfing sich in ihrem Kleid. Lange hatte sie vor dem Spiegel ihre überschaubare Garderobe anprobiert, bis ihr einfiel, wie sinnlos es war. Fabian würde sie ja nicht sehen können. Schließlich hatte sie sich für das dunkelblaue Kleid mit dem stilisierten weißen Rosenmuster aus kunstseidenem Rayon entschieden, das sie auf dem Schwarzmarkt erstanden hatte.

Endlich wurde die Tür geöffnet. Luise, in einem schwarzen Kleid mit weißem Bubikragen und weißer Schürze, musterte Aliza mit unwillig hochgezogenen Augenbrauen. Als wäre sie eine verwahrloste Obdachlose, die um einen Platz zum Schlafen betteln wollte.

»Ich bin eine Freundin von Frau Lichtenstein«, erklärte Aliza freundlich lächelnd. »Vielleicht erinnern Sie sich noch an mich von meinem letzten Besuch?«

»Mmm ...« Luise nickte, weiterhin mit ablehnender Miene. »Aber Frau Lichtenstein ist nicht im Hause.«

»Ach, wie schade«, bedauerte Aliza. Sie hatte mit dieser Antwort gerechnet. Es war ein normaler Mittwochvormittag, und

Mizzi hatte ja erzählt, dass sie unter der Woche für die englischen Besatzer arbeiten würde. »Und ihr Mann?«

»Der ist da, wo soll er auch sein.«

Aliza streckte der Haushälterin das kleine Päckchen entgegen, das sie die ganze Zeit in der Hand gehalten hatte. »Würden Sie ihm das bitte geben?«

Zögernd nahm Luise es an sich, hielt es unschlüssig in ihrer Hand und betrachtete das weiße Seidenpapier mit der roten Schleife, als könnte es womöglich etwas Verbotenes verbergen.

»Es ist nur ein Taschentuch«, erklärte Aliza.

»Soll ich etwas ausrichten?« Luise hatte sich offensichtlich auf ihre Stellung und das damit verbundene Benehmen besonnen.

»Nicht nötig, aber ich würde gerne warten, bis er es ausgepackt hat«, antwortete Aliza.

»Wie Sie wünschen«, entgegnete Luise steif und führte Aliza in den Salon.

Angespannt wanderte Aliza zwischen den eisblauen Chintzsofas umher. Ihr Kopf schmerzte, und ihr Herz schlug so heftig, dass sie den schnellen Takt bis in die Fingerspitzen fühlte. Und ihr war abwechselnd heiß und kalt wie im Fieber. Schwer atmend blieb sie an einem der drei hohen Sprossenfenster stehen, aus dem man einen gepflegten parkähnlichen Garten bewundern konnte.

Dunkle Wolken zogen vor die Sonne. Schon platschten dicke Regentropfen auf das Gras und schimmerten im letzten Sonnenlicht. *Himmelstränen* hatte Ziva solch glitzernde Tropfen genannt. Hoffentlich waren es keine Vorboten für kommende Tränen.

Beinahe unglaublich, wie schnell Mizzi ihr Zuhause zurückbekommen hat, dachte sie gleich darauf sprunghaft. Andererseits passte es genau in das Bild, dass sie inzwischen von der vermeintlichen Freundin hatte. Mizzi gab sich nicht mit Absagen zufrieden, sondern verfolgte beharrlich ihre Ziele, die sie offensichtlich immer erreichte. »Dieses Mal nicht, dieses Mal hat die Hexe sich verrechnet«, murmelte Aliza angriffslustig und versuchte, sich zu beruhigen. Aber es gelang ihr nicht, sie war viel zu aufgekratzt.

»Aliza?«

All die Jahre voller Sehnsucht lagen in seiner rauen Stimme. Nervös drehte sie sich um.

»Ja.«

Fabian stand auf einen Stock gestützt im Türrahmen, in anthrazitfarbenen Hosen und einem hellblauen Hemd ohne Krawatte. Die dunkle Brille fehlte. Er blickte in ihre Richtung, wo er sie, wie sie vermutete, schemenhaft wahrnahm.

Atemlos durchquerte sie den Salon. Dicht vor ihm blieb sie stehen. »Ja, mein Liebling, *je reviens*«, flüsterte sie mit tränenerstickter Stimme.

Fabian ließ den Stock fallen, schlang die Arme um sie und drückte sein Gesicht in ihr Haar. »Mein geliebtes Löwenmädchen, ich wusste, dass du lebst. Oh Aliza, ich bin der glücklichste Mensch auf Erden.«

Schweigend verharrten sie eng umschlungen. Keine Ängste, kein Hoffen, keine Unsicherheit mehr. Endlich angekommen sein. Nur noch einander spüren. Sanfte Küsse, zärtliche Worte und seine Hände auf ihrem Gesicht, die vorsichtig ihre Konturen ertasteten.

Unerwartet löste er sich von ihr, fasste in seine Hosentasche und holte einen Ring heraus. »Ist das dein Verlobungsring?«

Aliza erkannte ihn sofort. Der goldgefasste Smaragd von klarem Grün, umgeben von Diamantsplittern, den die falsche Freundin ihr gestohlen hatte. »Ja, den hast du mir vor fast sieben Jahren angesteckt.«

»Dann hat mich Annemarie zumindest in diesem Punkt nicht belogen. Ich hätte es ihr zugetraut, dass sie mir einen falschen unterschiebt.« Tastend suchte er ihre linke Hand und schob den

Ring an ihren Finger. Dann nahm er ihren Kopf in seine Hände und küsste sie leidenschaftlich.

»Oh Fabian«, seufzte Aliza, als er sie losließ. »Wie lange habe ich auf diesen Moment gewartet. Wir wollen uns nie wieder trennen, versprich mir das.«

»Mein Liebling, seit unserer Trennung damals auf dem Bahnhof Friedrichstraße habe ich mich jede Sekunde bis zum Wahnsinn nach dir gesehnt, habe mir unser Wiedersehen ausgemalt ...« Er stockte. »Lass uns hinsetzen, ich möchte dir etwas sagen.«

Aliza erschrak über den plötzlich so ernsten Tonfall und führte ihn zu einem der Sofas, wo sie sich dicht nebeneinandersetzten. »Was hast du?«

»Ich habe dir damals versprochen, dass wir sofort heiraten, wenn du aus England zurückkommst oder ich es dorthin schaffe.« Er hielt ihre Hand fest in seiner. »Aber ich bin fast blind, sehe nur noch Schatten, und wer weiß, ob ich eines Tages wieder völlig normal sehen kann. Es ist sogar möglich, dass ich vollkommen erblinde.« Er atmete schwer. »Deshalb habe ich einen Entschluss gefasst. Du sollst dich nicht an einen Kriegskrüppel binden ...«

»Was sagen denn die Ärzte?«, unterbrach Aliza ihn.

»Im Lazarett konnte man ...«

»Warst du denn hier noch bei keinem Augenarzt?«, unterbrach Aliza ihn erneut.

»Ich kam erst Ende 44 aus dem Lazarett zurück, da waren meine Eltern bereits tot. Eine Tante nahm mich bei sich auf, aber ihr und auch mir fehlten die finanziellen Mittel für kompetente Spezialisten. Annemarie hätte ich niemals um Geld gebeten, und da ich als Kriegsinvalide lediglich normale Kassenärzte aufsuchen könnte, habe ich mich gefragt, wozu. Die würden mir sicher auch keine andere Diagnose stellen als die Ärzte im Lazarett.«

Aliza glaubte, tiefe Resignation in seiner Stimme zu vernehmen. Aber aufgeben kam nicht infrage. Wie ihr Vater immer gesagt hatte: *Manche Krankheit verlangt nach mehr als einem Arzt.* Also würde sie nicht aufhören zu kämpfen, sondern die Meinung einer echten Koryphäe einholen, die Mittel dazu hatte sie.

»Welche Diagnose bekamst du denn im Lazarett?«

»Dass meine Hornhaut durch ein Geschützfeuer schwer verletzt wurde, ich auf einem Auge nichts mehr und auf dem anderen noch Umrisse erkenne. Man hat versucht, die Selbstheilungskräfte durch Salbenverbände anzuregen, aber in Wahrheit kann mir keine Salbe der Welt helfen. Die Ärzte im Lazarett rieten mir zur Geduld, doch mein Zustand ist unverändert. Wie auch immer, als blinder Mann kann ich dich unmöglich heiraten.«

»Hör sofort auf mit dem Quatsch, ich liebe dich, und daran ändert auch dein Augenproblem nichts. Die Welt ist momentan ohnehin kein schöner Anblick«, erklärte Aliza. »Wir werden die besten Fachärzte konsultieren, du wirst bald wieder ganz gesund sein. Darf ich dich vorher noch etwas fragen?«

»Alles, was du willst«, sagte er und tastete nach ihrer Hand.

»Woher wusstest du, dass ich lebe?«

Über Fabians Gesicht zog sich ein feines Lächeln. »Wenn sich über Blindheit etwas Positives sagen lässt, dann, dass sich alle anderen Sinne verstärken.« Sanft streichelte er ihre Finger. »Die kleinste Berührung oder für Sehende kaum wahrnehmbare Gerüche werden plötzlich intensiver. Geräusche verstärken sich, man hört Zwischentöne und sogar unausgesprochene Worte deutlicher. Dass Annemarie mich angelogen hat, habe ich an ihrer veränderten Stimme gehört, als sie von diesem Bombenangriff und deiner letzten Bitte sprach. Außerdem fand ich es merkwürdig, warum *sie* bei dem Angriff nicht umgekommen ist, ja, nicht mal einen Kratzer abbekommen hat. Genau nachzufragen habe ich mir erspart, um mir nicht noch mehr Lügen anhören zu müssen.«

»Aber ich begreife nicht«, wandte Aliza zaghaft ein, »warum du dennoch bei ihr geblieben bist.«

»Weil sie trotz allem die einzige Verbindung zu dir war. Nenne mich albern, aber tief in meinem Herzen wusste ich, dass du mich über diese Frau eines Tages finden würdest. Und ich hatte recht.«

»Ich war eher der Meinung, dir am Grab deiner Eltern zu begegnen, habe dort unzählige Stunden verbracht und auch einen Brief für dich hinterlassen.«

»Einen Brief?« Fabian klang ehrlich überrascht. »Wir waren auf dem Friedhof, einige Male, aber von einem Brief weiß ich nichts.«

»Natürlich nicht, sonst wäre Mizzis Lügengebäude wie ein Kartenhaus in sich zusammengestürzt.« Aliza seufzte, denn noch immer brannte ihr eine Frage auf der Seele.

Fabian drehte den Kopf zu ihr. »Was möchtest du noch wissen?«

Aliza fehlte der Mut für die *eine* große Frage. Sie fürchtete sich vor einer positiven Antwort, die sie glaubte, nicht verkraften zu können. »Ähm ... nichts«, antwortete sie ertappt. »Lass uns gehen. Ich möchte Mizzi lieber nicht begegnen.«

»Du weichst mir aus.« Fabian schien sich mit ihren Worten nicht abspeisen lassen zu wollen. »Irgendwas bedrückt dich, ich spüre es ganz deutlich. Also raus mit der Sprache, bitte.«

Aliza überlegte lange, dann platzte sie einfach heraus: »Hast du mit ihr geschlafen?«

Durch Fabians Körper ging ein Ruck, als hätte ihm jemand einen heftigen Stoß versetzt. »Darüber sorgst du dich?« Er nahm sie in die Arme und bedeckte ihr Gesicht mit Küssen. »Mein süßes Löwenmädchen, ich liebe nur dich, wie könnte ich da mit einer Lügnerin ins Bett steigen. Ich schwöre beim Grab meiner

Eltern, dass Mizzi nur eine Art Haltestation auf dem Weg zu dir war. Aber ich will gerne gestehen, dass mich der Luxus in diesem Haus, das gute Essen und auch die Fürsorge von Luise oder ihre Hilfe beim Rasieren nicht gestört haben.« Er strich mit der Hand über seine stachelige Wange. »Du musst entschuldigen ... Wenn ich geahnt hätte, dass wir uns heute endlich wiedersehen.«

Zutiefst erleichtert lachte Aliza auf. »Es hat nur ganz wenig gekratzt, und jetzt lass uns von hier verschwinden.«

»Wohin?« Er klang unsicher, als scheute er sich nun doch, die angenehme Unterkunft zu verlassen.

»Ich möchte dich mit jemandem bekannt machen, der mir in England in einer Notsituation geholfen hat«, antwortete sie.

»Ein Mann?«

Aliza war beruhigt, als sie aus Fabians Frage eher Neugier als Eifersucht heraushörte. Eine gute Voraussetzung für das Gespräch mit Archie. »Ja, es ist ein Mann, aber er ist keine Konkurrenz für dich. Oder willst du etwa wegen des Luxus doch hier bei Mizzi bleiben?« Sie erhob sich.

»Auf keinen Fall, ich war schon viel zu lange hier.« Er streckte ihr die Hand entgegen.

»Das wollte ich hören.« Als er beim Aufstehen ihre Hand drückte und sie die alte Vertrautheit spürte, erfasste sie ein wohliger Glücksschauer. Mit Fabian wieder vereint zu sein gab ihr übermenschliche Kraft. Endlich würde alles wieder gut werden.

Der Sommer verweilte bis Mitte Oktober in Berlin. An manchen Tagen stand die Sonne an einem blitzblauen Himmel und heizte die Stadt vom frühen Morgen bis zum späten Abend auf. Die brütende Hitze erschwerte die Arbeit der Frauen und Männer auf den Trümmerbergen, und das Leben in den staubigen Notunterkünften ohne Strom und fließend Wasser wurde noch strapaziöser. Nicht einmal das nächtliche Sternenmeer verbreitete noch Hoffnung in der untergegangenen Metropole.

Aliza hingegen schwebte im siebten Himmel. In Fabians Armen, eingehüllt in Liebesbekenntnisse, liebkost von seinen Händen, vibrierte ihr Körper vor Glück und Leidenschaft.

»Wenn ich darüber nachdenke, begehen wir Ehebruch.« Zärtlich strich Fabian über ihr Haar und küsste sie auf die Stirn. »Fühlt sich irgendwie aufregend an.«

»Du bist albern.« Wohlig seufzend schmiegte sie sich an ihn. Während sie dem gleichförmigen Schlagen ihrer Herzen lauschte und dem sich einander anpassenden Atmen, schloss sie die Augen und dachte nicht mehr an seine Behinderung. Wenn sie das Gewicht seines Körpers spürte, er langsam in sie eindrang und ihre anfänglich sanften Bewegungen in atemlosem Rhythmus endeten. Wenn ihre Liebesschwüre von seinem Stöhnen erstickt wurden. Wenn durch das offene Fenster der Lufthauch einer samtweichen Spätsommernacht in den Raum wehte und sie das köstliche Prickeln auf ihrer Haut beim Verdunsten der Schweißtropfen genoss. Abkühlung brachte die Nachtluft jedoch kaum. Ihre nackten Körper erhitzten sich bald wieder in Leidenschaft.

»Im Gegenteil, nie war ich so ernsthaft. Dein Archie ist ein ungewöhnlicher Mann. Ich fand ihn auf Anhieb sympathisch, nicht zuletzt benutzt er ein exquisites Aftershave, das nach Zedernholz und Zitrone duftet.«

»Dann verzeihst du mir wirklich?«, fragte Aliza abermals.

Nie würde sie den Nachmittag vergessen, an dem sie ihm Archie zuerst nur als ihren ehemaligen Arbeitgeber vorgestellt hatte. Behutsam begann Archie, von jenem Tag in Brighton zu erzählen, als sie von Imogen entlassen worden war und nicht gewusst hatte, wohin. Archie gestand seine homosexuelle Veranlagung und dass Aliza ihn durch die Heirat aus der hoffnungslosen Situation gerettet hatte. Aliza saß nervös dabei und übersetzte bisweilen, wenn Fabians Englisch nicht ausreichte.

»Es gibt nichts zu verzeihen, mein Liebling, es war Krieg, wir alle befanden uns in einer Ausnahmesituation. Ich verstehe das sehr gut, und ich glaube sowohl Archie als auch dir, dass ihr keine Ahnung von dieser seltsamen Klausel hattet. Ziemlich raffiniert, der reiche Onkel, aber wir werden ihn mit jeder Tasse Tee hochleben lassen und uns wohlwollend an ihn erinnern.« Fabian atmete schwer, seine Brust hob und senkte sich einige Male, bevor er weiterredete. »Dennoch ändert das nichts an meinem Entschluss. Als ich im Lazarett mit verbundenen Augen in ewiger Nacht lag, hat mich nur die Hoffnung auf unser Wiedersehen am Leben erhalten. Gleichzeitig schwor ich mir, dich freizugeben, wenn ich mein Augenlicht nicht zurückerhalte.«

»Vergiss endlich diesen albernen Schwur, mein Liebling. Sobald die Scheidung durch ist, wird geheiratet«, erklärte Aliza mit Nachdruck. »Schließlich habe ich dir meine ›Millionen‹ geschenkt, welcher Mann würde mich jetzt noch nehmen? Keiner will eine ›gebrauchte Braut‹, du bist also verpflichtet, mich zu ehelichen und eine ehrbare Frau aus mir zu machen.« Sie hob den Kopf von seiner Schulter, küsste ihn auf die Wange und sagte mit fester Stimme: »Bevor wir nicht bei sämtlichen Augenspezialisten Berlins waren und keine eindeutige Diagnose erhalten haben, bist du für mich nur vorübergehend sehbehindert. Wir sollten den Mut nicht verlieren. Mein Vater hatte eine Weisheit, mit der er seinen mutlosen Patienten neue Zuversicht gab: *Solange Sie atmen, gibt es auch Hoffnung auf Heilung.*«

»Mein tapferes Löwenmädchen, ich liebe dich mehr, als tausend Worte sagen könnten.«

Epilog

IN DEN FOLGENDEN Wochen suchten Aliza und Fabian jede in Berlin praktizierende Kapazität für Augenheilkunde auf, unter anderem auch eine Koryphäe in der renommierten Augenklinik. Bei einer gründlichen Untersuchung und einem ausführlichen Gespräch mit Fabian bestätigte sich die Ursache seiner massiven Sehstörung: »Die Hornhaut ist tatsächlich stark geschädigt«, erklärte der Facharzt, und das sei die schlechte Nachricht. »Aber, und hier kommt die gute Nachricht: Mittels einer Hornhauttransplantation kann eine vollständige Heilung erreicht werden.«

Überglücklich bat Aliza den Arzt, die Operation sofort vorzunehmen, Kosten spielten keine Rolle. Doch da musste er sie leider enttäuschen. Obwohl dieser Eingriff bereits im Jahr 1905 erstmals durchgeführt worden und inzwischen sehr erprobt sei, fehle es an Spendermaterial. Alles, was er im Moment für Fabian tun konnte, war, ihn auf eine Warteliste zu setzen. Mit etwas Glück würde er in etwa zwei bis drei Jahren an die erste Stelle der Liste rücken. Auf *Glück* wollte Aliza sich nicht mehr verlassen. Zu oft hatte sie in den letzten Jahren erlebt, dass es auf sich warten ließ und die Falschen traf. Fabian war weniger pessimistisch und bereit, sich zu gedulden.

Aliza musste sich schließlich dem Schicksal fügen, das ihr wieder einmal Warten aufgebürdet hatte. Doch dann geschah alles in einer derartigen Geschwindigkeit, dass ihr schwindlig wurde. Im Sommer 1948 wurde Fabian operiert, und sie und Harald erhielten dank der Aussagen des Ehepaares Weymüller nicht nur das elterliche Anwesen, sondern auch zahlreiche Andenken und Wertsachen zurück, die Birgit gehortet hatte.

Sobald es Fabian besser ging, wurde die Scheidung in die Wege geleitet, und einige Wochen danach ließen Aliza und Fabian sich standesamtlich trauen. Archie blieb weiterhin in Berlin. Er wollte seiner »deutschen Familie« bei der *Restitution* und dem Wiederaufbau des Elternhauses beistehen und nicht zuletzt auch das Finanzielle übernehmen, das sei er Aliza schuldig. Dies wäre auch von England aus möglich gewesen, aber den Lord lockte das turbulente Berliner Nachtleben. Es erinnerte ihn an den Roman *Goodbye to Berlin* von Christopher Isherwood, in dem der Autor seine Zeit im Berlin der frühen 1930er-Jahre schildert. Die morbiden Nachtclubs dieser Zeit faszinierten Archie, und die Romanfigur der Pensionswirtin Fräulein Schroeder habe Ähnlichkeit mit der Witwe Ottmann. Die Witwe ihrerseits liebte Archie, weil er jedes Mal, wenn jemand auszog, das frei gewordene Zimmer anmietete und ihr ein geruhsames Auskommen sicherte. Archie hingegen verfügte auf diese Weise bald über die gesamte Zehnzimmerwohnung, doch das für ihn Wichtigste war: Er musste das Badezimmer mit niemandem mehr teilen. Betrachtete man Archies stets heitere Miene, so schien es, als wären die im Roman erwähnten Lokalitäten noch nicht vollständig untergegangen. Und Sally Bowles, das verrückte Mädchen aus dem Roman, trete in irgendeiner der Bars auf und amüsiere sich mit alliierten Soldaten.

Aliza begegnete Mizzi nicht mehr, jedenfalls nicht persönlich, entdeckte aber auf der Suche nach einem Brautkleid ein Modegeschäft auf dem Ku'damm, das wundervolle Kleider von *ML* führte. Die ehemals beste Freundin hatte also ihren Traum von der eigenen Modekollektion verwirklicht. Aliza konnte nicht widerstehen, probierte eines der Cocktailkleider an, und es sah einfach traumhaft aus. Hin- und hergerissen zwischen altem Groll und der Erinnerung an die unzähligen Abenteuer, die sie gemeinsam durchgestanden hatten, fiel ihr ein jüdisches Sprichwort ein: *Wenn du keine Möglichkeit hast, deinem Feind die Hand abzuhacken, versöhne dich mit ihm.* Sie hatte keine Möglichkeit, Mizzi die Hand abzuhacken, es wäre auch zu unmenschlich, stattdessen kaufte sie das Kleid, trug es zur Hochzeit und versöhnte sich im Stillen mit ihr.

Nachwort

IM KRIEG UND in der Liebe ist alles erlaubt, sagt ein Sprichwort. Dieser Roman über eine Liebe im Krieg handelt nicht nur von der ersten großen Liebe zweier junger Menschen, die unfreiwillig getrennt werden, sondern auch von der Liebe eines Vaters zu seiner Tochter, eines Arztes zu seinem Beruf und seinen Patienten, der innigen Zuneigung zwischen zwei Freundinnen und von Familienliebe. Nicht zuletzt ist es eine Geschichte für die Menschlichkeit, gegen radikale Ideologen und das Vergessen. Nie war es so wichtig wie heute, sich daran zu erinnern. Nie war es wichtiger, Mitgefühl zu zeigen.

Die Ausgangsidee zu diesem Roman blitzte bereits auf, als mir die Stolpersteine in Berlin auffielen. Goldglänzende Steine, verlegt vor den Häusern, in denen im Holocaust umgekommene Juden gelebt hatten. Damals, vor vier Jahren, recherchierte ich zu meinem Roman *Wie der Wind und das Meer,* der teilweise in Berlin spielt und in dem ein jüdisches Mädchen ihre Eltern bei einem Bombenangriff verliert. Während der weiteren Recherchen fiel mir unter anderem das Buch *Kindertransporte in eine fremde Welt* von Mark Jonathan Harris und Deborah Oppenheimer in die Hände, ein ebenso interessantes wie zutiefst erschütterndes Werk. Zu lesen, dass bereits kleine Kinder von drei oder vier Jahren ohne Eltern nach England geschickt wurden, war für mich als Mutter kaum zu ertragen. Dennoch entstand nach dieser bewegenden Lektüre die Idee, darüber zu schreiben. Nach und nach entwickelte sich die fiktive Geschichte von Aliza Landau, die nicht nur Familie und Heimat, sondern auch noch ihre erste große Liebe verlassen muss. Fast zwei Jahre dauerte die Arbeit an dem Roman, der mich mehr Energie und Kraft gekostet hat als meine vorhergehenden. Und obwohl Aliza und ihre Familie von mir erdacht wurden, so steht ihre Geschichte für all die Schicksale, die niemals vergessen werden dürfen.

Bedanken möchte ich mich bei meiner wunderbaren Agentin Andrea Wildgruber, meiner hochgeschätzten Redakteurin Angela Kuepper und dem einzigartigen Verlagsteam von Blanvalet, das mich auf so großartige Weise unterstützt. Ihr seid die Besten!
Nicht zuletzt danke ich von ganzem Herzen meinen Leserinnen und Lesern, die es mir ermöglichen, meinen Traum zu leben.

Lilli Beck
München, im September 2018

»Halt dein Gesicht in den Regen, jeder Tropfen ist ein Kuss von mir ...«

512 Seiten. ISBN 978-3-7645-0577-6

München, April 1945. Nach einem verheerenden Fliegerangriff irrt der elfjährige Paul mit einem Koffer durch die Trümmerlandschaft. Auf der Suche nach einem Versteck trifft er auf ein kleines Mädchen. Sie heißt Sarah, hat wie er ihre Familie verloren – und sieht Pauls Schwester verblüffend ähnlich. Um in der verwüsteten Stadt nicht allein zu sein und von den Behörden nicht getrennt zu werden, schließen Paul und Sarah einen Pakt: Von nun an werden sie sich als Geschwister ausgeben. Ihr Plan geht auf. Doch wie hätten sie ahnen können, dass Jahre später ihre Notlüge ihr Verhängnis werden würde – und dass sie sich würden verstecken müssen, um sich lieben zu dürfen ...

Lesen Sie mehr unter: **www.blanvalet.de**